TARA DUNCAN
Contre la Reine Noire

타라 덩컨

9 검은 여왕

TARA DUNCAN, Contre la Reine Noire
by SOPHIE AUDOUIN-MAMIKONIAN

Copyright©XO EDITIONS (Paris), 2011
Korean Translation Copyright©Sodam&Taeil Publishing Co., Ltd., 2012
All rights reserved.

This Korean edition was published by arrangement with XO EDITIONS (Paris)
through Bestun Korea Agency Co., Seoul

이 책의 한국어판 저작권은 베스툰 코리아 에이전시를 통한 저작권자와의 독점 계약으로 (주)태일소담에 있습니다.
저작권법에 의해 한국 내에서 보호를 받는 저작물이므로 무단 전재와 무단 복제를 금합니다.

TARA DUNCAN
Contre la Reine Noire

타라 덩컨
⑨ 검은 여왕

펴 낸 날 ㅣ 2014년 5월 15일 초판 1쇄

지 은 이 ㅣ 소피 오두인 마미코니안
옮 긴 이 ㅣ 이원희
펴 낸 이 ㅣ 이태권
펴 낸 곳 ㅣ (주)태일소담
　　　　　서울시 성북구 성북동 178-2 (우)136-020
　　　　　전화 ㅣ 745-8566~7 팩스 ㅣ 747-3235
　　　　　e-mail ㅣ sodam@dreamsodam.co.kr
　　　　　등록번호 ㅣ 제2-42호(1979년 11월 14일)

ISBN 978-89-7381-937-9 04860
　　　978-89-7381-830-3 (세트)

• 책값은 뒤표지에 있습니다.
• 잘못된 책은 구입하신 곳에서 교환해드립니다.
• 이 도서의 국립중앙도서관 출판시도서목록(CIP)은 서지정보유통지원시스템 홈페이지
　(http://seoji.nl.go.kr)와 국가자료공동목록시스템(http://www.nl.go.kr/kolisnet)에서
　이용하실 수 있습니다.(CIP제어번호: CIP2014013907)

www.dreamsodam.co.kr

TARA DUNCAN
Contre la Reine Noire

타라 덩컨

⑨ 검은 여왕

소피 오두인 마미코니안 지음 | 이원희 옮김

소담출판사

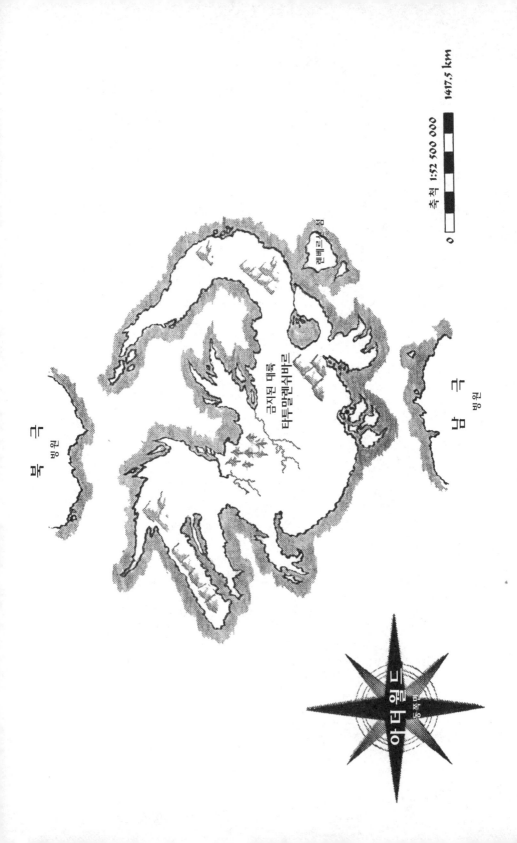

축척 1:52 500 000

0   1417.5 km

이전 줄거리

:: 『타라 덩컨 1』, 「아더월드와 마법사들」 ::

　타라 덩컨은 자신의 탄생에 관한 비밀을 모른 채 프랑스의 타공 마을에서 할머니와 평화롭게 살고 있다. 어느 날 갑자기 나타난 마지스터의 공격으로 할머니 이사벨라가 중상을 입으면서 타라는 자신이 마법사라는 것과 아마존 정글에서 바이러스에 감염되어 죽은 줄 알았던 어머니 셀레나가 살아 있다는 사실을 알게 된다.

　한편 마법의 세계를 지배하고, 마법 능력이 없는 인간들을 노예로 만들겠다는 야망에 불타는 마지스터는 악마의 힘을 지닌 사물들을 얻기 위해 타라를 납치하려고 혈안이다. 영문도 모른 채 마지스터의 끈질긴 추격을 받는 12세 소녀 타라는 영생하는 마법을 사용하다 잘못되어 사냥개로 변한 증조할아버지 마니투와 마법의 행성 아더월드로 피신한다.

　아더월드의 랑코비트라는 나라에서 살게 된 타라는 페가수스와 정신적으로 결합되는 놀라운 경험을 한다. 아더월드는 수많은 종족의 마법사들과 수시로 풍경을 바꾸는 살아 있는 궁전, 뱀파이어, 키마이라, 하르퓌아, 유니콘 같은 전설의 동물들, 악마…… 등이 버젓이 활개를 치는 무시무시한 세계지만, 다행히 타라는 지구의 친구 파브리스, 공주의 신분인 무아노, 어린 도둑 칼리반 달 살란, 난쟁이 파프니르, 하프엘프 로빈 등을 만나면서 신기하기 이를 데 없는 마법의 세계에 빠져든다.

　데미데루스의 직계 후손인 타라와 오무아 제국의 여제 리스베스만 악마의 힘을 지닌 사물에 접근할 수 있기 때문에 마지스터는 타라를 납치한다. 그러나 소녀 마법사는 친구들의 도움으로 억류되어 있던 어머니를 구하고, '실루르의 옥좌'를 파괴한다.

　마지스터는 사라지기 직전 죽은 것으로 알고 있는 타라의 아버지가 사실은 오무아의 황제 단비우 탈 바르미 압 산타 압 마루이며, 따라서 타라가 아더월드의 오무아 제국을 계승할 후계자라고 밝히는데…….

:: 『타라 덩컨 2』, 「비밀의 책」 ::

　칼이 살인죄로 고소되어 감옥에 갇히자 타라는 하는 수 없이 아더월드로 돌아간다. 땅신령들이 흉악한 마법사에게 억류된 식구들을 구해달라는 조건으로 칼을 탈옥시킨다. 그러나 땅신령들의 함정에 걸려든 칼이 치명적인 벌레에 감염되었기 때문에 타라와 친구들은 악당 마법사와 맞서 싸울 수밖에 없다. 마침내 문제의 마법사를 굴복시키고 땅신령들을 구하지만 칼의 무죄를 증명하기 위해서는 악마들의 세계 림보에 있는 조각상 재판관이 있어야 한다. 죽음을 무릅쓴 모험 끝에 그들은 목적을 달성하고 무사히 아더월드로 돌아온다.

그러나 이번에는 불과 며칠 사이에 아더월드를 정복한 영혼 약탈자의 기상천외한 공격에 맞서야 한다. 타라의 목숨이 위험해지자 마지스터가 그 싸움에 개입하게 되고, 드래곤으로 변신한 타라와 마지스터는 서로 협력하여 영혼 약탈자를 물리치기에 이른다. 일단 영혼 약탈자를 제거한 뒤에 마지스터는 림보로 홀연히 사라지고, 타라는 마지스터가 죽었다고 생각한다.

한편 자식이 없는 오무아의 여제는 타라가 자신의 후계자라는 걸 알게 되고, 타라를 아더월드로 데려가겠다고 주장한다. 거절하면 지구가 위험에 처하게 되는데…….

::『타라 덩컨 3』, 「저주받은 왕홀」::

폭탄 테러로 어머니가 부상당했다는 소식을 듣고 황급히 아더월드로 돌아간 타라는 림보로 영원히 사라졌다고 믿었던 상그라브들의 보스 마지스터가 돌아왔음을 알게 된다.

공간이동의 문 폭발 사고, 도서관의 좀비 살해 사건 등 테러 행위와 이상한 사건이 잇달아 발생하는 가운데 타라는 오무아의 궁전에서 공식적으로 여제 후계자 수업을 받기 시작한다.

여제를 함정에 빠뜨려서 악마의 힘을 지닌 사물들 중 '저주받은 왕홀'을 손에 넣은 마지스터는 아더월드에 있는 모든 마법사의 능력을 빼앗아버린 데 이어서 악마 군단을 앞세워 오무아 제국을 침략하고 드래곤들을 몰살하겠다고 선전포고한다.

여제와 황제가 포로로 잡혀 있기 때문에 타라는 여제 후계자로서 오무아 제국과 아더월드를 지키기 위해 또다시 온갖 위험을 무릅써야 한다. 하는 수 없이 타라는 각자의 조국으로 돌아가 있는 친구들을 오무아로 불러들이고 의문의 사건들에 얽힌 미스터리를 하나씩 풀어나간다. 그리고 마지스터가 심복인 여자 뱀파이어와 스파이를 궁전에 심어놓았음을 알게 된다.

타라는 이번에도 하프엘프 로빈, 지구 소년 파브리스, 면허 받은 도둑 칼리반, 난쟁이 파프니르, 개로 둔갑한 증조할아버지 마니투, 특히 놀라운 기지를 발휘한 '야수'

무아노의 도움, 그리고 상그라브들의 감옥에서 탈출한 스너피가 전해준 정보 덕분에 마지스터와 가공할 만한 악마 군단을 물리치기에 이른다.

한편 타라는 자신의 열네 번째 생일파티를 엉망으로 만드는 것을 시작으로 말썽을 일으키고 다니는 쌍둥이 남매가 놀랍게도 친동생들이라는 사실을 알게 된다.

여러 가지 이유로 타라의 유전자가 조작되었을 거란 의혹이 제기되면서 여제는 정밀분석을 지시한다. 로빈은 마침내 사랑을 고백하기 위해 타라를 만나러 가지만 소녀의 방은 텅 비어 있다. 후계자가 사라진 것이다…….

:: 『타라 덩컨 4』, 「드래곤의 배반」 ::

아더월드 오무아 제국의 실험실에서 드래곤과 유전학자가 맞서고 있다. 이 싸움의 결과에 지구의 미래와 어린 마법사들의 운명이 달려 있다. 그러나 학자가 사망하면서 사건은 오리무중에 빠진다.

한편 아더월드를 몰래 빠져나온 타라는 이집트의 한 박물관에서 양피지 문서를 훔치는 데 성공하지만, 유전자 조작으로 너무 강력해진 마법 능력 때문에 목숨이 위태롭다. 게다가 로빈을 공격한 하르퀴아들에게서 알아낸 정보 때문에 초능력 있는 지구 소년을 구하러 가지 않을 수 없는 상황에 처한다.

두렵지만 단호하게 결정을 내린 타라는 영국 스톤헨지 유적지로 향한다. 증조할아버지 마니투와 하프엘프 로빈, 난쟁이 파프니르, 야수 무아노, 파브리스, 칼의 도움을 받아 타라는 스톤헨지에 얽힌 비밀로 최대 위기를 맞는 지구를 구하고, 유전자 조작으로 인한 마법 능력의 수수께끼를 풀 수 있을까?

:: 『타라 덩컨 5』, 「금지된 대륙」 ::

마지스터가 지구에 사는 타라의 친구 베티를 납치하는 사건이 발생한다. 그런데 베티가 억류되어 있는 곳은 드래곤들이 접근을 금하고 있어서 아무도 들어갈 수 없는 대륙이다. 그러나 마지스터는 마법의 장벽을 넘어 베티를 가둬놓는 데 성공한다. 게다가 하르퀴아의 독에 감염된 베티를 살리려면 후계자의 피가 있어야 한다는데…….

마법 능력을 잃고 모처에서 비밀리에 요양하고 있던 타라는 지구의 친구를 구하기 위해 오무아의 황궁으로 돌아가고, 랑코비트에 있는 친구들을 소집한다. 그러나 오무아 여제의 음모에 걸려든 로빈이 행방불명된 상태다.

　우여곡절 끝에 마법 능력을 되찾은 타라가 엘프 군단을 이끌고 마침내 금지된 대륙을 향해 출발한다. 그런데 거기서 발견한 것은 붉은 여왕이 지배하는 무시무시한 세계……. 그리고 드래곤들이 비밀에 부치던 끔찍한 비밀을 알게 되는데…….

　타라는 흉악한 붉은 여왕에게서 베티를 구해내고 철천지원수 마지스터를 궁지에 몰아넣을 수 있을까?

:: 『타라 덩컨 6』, 「마지스터의 함정」 ::

　셀레나에게 접근하는 자는 누구든 죽이겠다고 선포하는 마지스터. 그 협박 때문에 타라는 마지스터가 유일하게 접근하지 못하는 드래곤들의 행성으로 어머니 셀레나를 피신시킨다.

　그러나 뱀파이어들이 악마의 마법을 연구한다는 이유로 젠드라의 별과 크라에토비르의 반지를 보관하고 있다는 사실을 알게 된 타라는 크라살비로 향한다. 공식적으로는 약혼녀를 구해달라는 드라고쉬 선생님의 청을 받아들여서 셀렌바를 변호하러 가는 것이지만, 실은 크라에토비르의 반지를 훔쳐 마지스터를 제압하기 위해서다.

　우여곡절 끝에 타라는 반지를 손에 넣지만, 이번에는 드래곤들의 여왕으로 선출된 샤름(솀 선생님의 약혼녀)의 대관식에 초청을 받는다. 타라는 오무아 제국의 사절단을 이끌고 드란보우글리스펜쉬르 행성에 도착하지만 쿠데타의 소용돌이에 휘말리게 된다. 위기 상황을 맞은 타라와 친구들은 드래곤들의 행성에 지금까지 알려진 열세 개의 악마의 사물 외에 두 개가 더 있다는 것과 일부 드래곤들이 지구를 정복하려는 엄청난 음모를 꾸미고 있었다는 사실에 경악한다.

　타라에게서 멀리 떠나보내려는 속셈으로 위험천만한 해적 소탕 작전에 로빈을 들러리로 이용하는 여제 리스베스, 티라니크 수상과 마지스터의 관계를 밝히려다 살해당하는 엘레아노라, 짝사랑하던 엘레아노라를 잃은 칼의 슬픔, 마법의 힘이 약해 패밀리어를 잃고 실의에 빠져 있다가 돌연 마지스터와 함께 사라지는 파브리스…… 등 우정과 사랑, 모험과 배신이 얽히고설킨다.

　한편 아버지의 유령을 소생시키겠다는 일념으로 타라는 양피지에 적힌 조제법에 따라 묘약을 만들지만, 중요한 실수를 저지르는 바람에 저승의 문이 열리고 수많은 유령이 분노의 고함을 지르면서 쏟아져 나오는데…….

::『타라 덩컨 7』, 「유령들의 습격」::

아버지를 소생시키는 묘약을 만들던 타라의 실수로 수많은 유령들이 습격해오면서 파멸의 위기에 처하는 아더월드.

순식간에 여제, 장관들, 모든 권력자들이 유령에 들리면서 아더월드는 유령들의 세상이 된다. 타라는 화를 면하지만, 타라가 보는 앞에서 로빈이 유령에 의해 죽고 만다.

유령들을 피해서 살아 있는 궁전에 숨어 있는 타라는 자포자기에 빠지고, 칼은 그런 친구에게 삶의 의욕을 불어넣기 위해 온갖 노력을 한다.

유령이 리스베스 여제를 장악하고 있는데 제국의 후계자까지 없다면, 타라의 강력한 마법이 없다면 아더월드를 구할 희망이 사라지는 것이다.

엘프족, 난쟁이족, 뱀파이어족, 인간족은 무자비한 침략자들에 대항하기 위해 레지스탕스를 조직하기에 이른다.

수배령이 내려지고 목에 현상금까지 걸린 타라는 유령들을 퇴치할 방법을 찾아 모험을 떠나는데…….

타라는 아더월드를 구해내고, 살아갈 의욕을 찾을 수 있을까?

::『타라 덩컨 8』, 「사악한 여제」::

유령들의 습격으로 아더월드를 위험에 빠뜨린 잘못 때문에 지구로 추방된 타라는 아더월드와 완전히 단절된다. 사랑하는 친구들과도 연락이 끊긴 채 무료하게 지내던 중, 열여섯 살이 되는 생일날 끔찍한 소식을 접한다.

마지스터의 상그라브들이 아더월드의 여러 나라 정부들과 심지어 타라와 절친한 친구들의 집을 동시다발로 공격하면서 부상자들이 속출하고 있다고…….

타라는 마지스터가 자신의 친구들을 없애려는 것이 목적임을 깨닫고 아연실색하지만 사실 범인은 마지스터가 아니었다. 그리고 밝혀지는 진실은 훨씬 최악인데…….

분노와 불안에 사로잡힌 타라는 위험에 빠진 아더월드를 구하기 위해 비밀리에 마법의 행성으로 들어가기로 작정한다. 그러나 공간이동의 문이 모두 봉쇄되어 있기 때문에 악마들의 세계, 림보를 경유해야 아더월드로 갈 수 있다.

림보에 도착한 그들은 지구처럼 변한 악마의 행성에 이어 인간 모습의 악마들을 보며 경악하는데…….

타라와 마지스터를 없애려는 자는 과연 누구인가? 타라는 아더월드를 구할 수 있을까?

:: 『타라 덩컨 9』, 「검은 여왕」 ::

이 이야기는 이제부터 읽어야지요. 그럼 친애하는 독자 여러분, 재미있게 읽기 바랍니다. 준비하시고…… 읽기 시작!

TARA DUNCAN
Contre la Reine Noire

타라 덩컨

9 검은 여왕 | 차례

일러두기
이 책의 본문에 표시된 ✳부분은 부록 '아더월드의 용어 해설'에 자세히 소개되어
있습니다.

9 검은 여왕

프롤로그

유령을 본다는 건 분명히
정상이 아니라는 건데……

＊

미국의 대통령은 잠을 이루지 못하고 있었다. 아주 편안한 침대에 누워 있건만 이리 뒤척이고 저리 뒤척였다.

민주당 대통령 후보로 나선 팔팔한 젊은이에게 밀릴 수 있다는 걸 알지만, 재당선 여부 때문에 불안한 것이 아니었다. 너무 고단해서, 정말이지 또다시 출마하고 싶은 마음이 없었다.

나이가 들면서 직무에 대한 열정이 식고 파렴치해지기 시작하면 산골짜기로 들어가 연어 낚시나 하면서 보낼 때가 된 것인데…….

더군다나 정치보다는 낚시를 훨씬 더 좋아하는 사람이라면.

안 오는 잠을 자보겠다고 기를 쓸 필요가 있을까. 아내가 깨지 않게 숨을 죽이면서 조용히 일어난 대통령은 크림색 가죽 실내화를 신고, 검은색과 빨간색의 실내 가운을 걸치고 집무실로 향했다.

침실에 딸린 방으로 조용히 갔으면 여러 가지로 좋았을 텐데. 그 방이라면 세계에서 가장 강력한 나라의 대통령이 불면에 시달린다는 사실을 아무에게도 들키지 않았을 것이다. 하긴 잠자는 데 어려움을 겪는 대통령이 어디 이 사람뿐이랴. 대통령이란 직무는 고통이 따르고 대통령=불면증이라는 눈에 보이지 않는 등식이 존재하는데.

침실 문 밖에서 보초를 서는 경호원 존이 속삭이는 소리로 인사했다. 그러고는 재빨리 동료 경호원들에게 '글래디에이터'가 집무실로 향하고 있다고 알렸다. 대통령은 엷은 미소를 머금은 채 푹신한 파란색 양탄자를 밟으며 걸어갔다. 검투사라는 뜻의 '글래디에이터'는 대통령 자신이 선택한 암호명이었다. 굶주린 사자가 우글거리는 원형경기장 안에 있는 느낌이 들기 때문이었다.

한밤중인데도 눈이 말똥말똥해서 대기하고 있는 경호원들이 벌써 4년째 나라를 통치하는, 키가 크고 등이 구부정한 백발의 대통령에게 경례했다. 대통령은 또다시 한숨을 내쉬었다. 어느새 4년이란 시간이 흘렀다니! 나라가 신음하고 있었다. 아니, 지구 전체가 신음하고 있었다. 환경오염에 고갈되어가는 천연자원, 욕심이 한도 끝도 없는 기업들, 지구를 파괴하는 인간들……. 하지만 이 끔찍한 추세를 어떻게 멈출지 아무도 방법을 모르고 있었다.

지구의 상황이 미사일 속도로 파멸을 향해 치닫고 있는데!

경호원이 공손하게 집무실 문을 열어주었다. 대통령은 입술을 실룩거리지 않으려고 꾹 참았다. 뭐야? 혼자 문도 열지 못할 정도로 힘이 없어 보인다는 건가? 하지만 생각만 하고 아무 말도 하지 않았다. 경호원으로서 할 일을 한 것뿐인 젊은이를 상대로 예민하게 반응할 필요는 없었다.

여러 개의 강렬한 조명등이 백악관의 정원을 비추고 있었다. 대통령은 집무실의 전등을 켰고, 안락의자에 털썩 주저앉았다. 그리고 혼자 있게 된 김에 바퀴 달린 의자가 움직이지 않게 중심을 잘 잡은 다음 반들반들한 책상 위에 두 발을 올려놓고는 개구쟁이 소년처럼 즐거워했다.

이렇게 책상 위에 두 발을 올려놓는 걸 아내는 아주 싫어했다. 의자가 넘어져서 다칠까 봐 걱정하는 것이다.

어이쿠, 아내의 말이 맞았다.

정말 넘어졌으니!

그런데 의자 때문이 아니라 유령 때문이었다.

믿을 수 없어서 눈이 휘둥그레진 대통령은 반쯤 몸을 일으켰다. 넘어지면서 어딘가 분명히 다쳤는데 아무 느낌이 없었다.

"하지만…… 어떻게……." 대통령이 우물우물 말했다.

〈꼬마유령 캐스퍼〉에 등장하는 유령과는 분명히 달랐다. 바닥에서 1미터쯤 공중에 떠 있다는 것과 몸이 투명해서 다른 사물들이 비쳐 보인다는 걸 제외하고 이 유령은 아주 단단해 보였다.

이 유령은 사물을 만질 수도 있는 것 같았다. 유령이 벽난로 위에 있는 괘종시계를 들었다가 고개를 끄덕이면서 조심스럽게 다시 내려놓았기 때문이다.

그러고는 타원형 집무실을 돌아다니면서 집기에 관심을 보였다. 의자, 안락의자, 실내장식품, 마룻바닥 위에 깔아놓은 양탄자…….

대통령은 본능적으로 눈을 비볐다. 맙소사, 눈을 다시 떴는데 유령은 그대로 있었다.

저녁에 술을 마시지 않았으니 취한 것도 아닌데……. 맙소사, 환영이 보이는 건가! 뇌종양인가? 대통령은 전화기를 향해 손을 뻗다가 경호원들도 유령을 상대로는 뾰족한 수가 없을 거라고 생각했다. 지금 눈앞에 있는 것이 유령이 확실하다면.

유령이 뭔가 낌새를 챈 듯 힐끔 쳐다봤다. 전화기를 들려던 대통령의 손이 멈췄다. 유령이 고개를 갸웃하면서 대통령을 빤히 뜯어봤다.

그러더니 유령이 아주 이상한 말을 했다.

"안녕하십니까, 놀라게 해서 죄송한데 체중이 몇 킬로그램이십니까?"

마지스터

그토록 탐하던 여자를 잃고 완전한 상실감에 빠졌으니

*

몇 시간 전의 아더월드.

가슴이 찢어지게 아팠다. 꿈에도 생각지 못한 너무나 충격적인 일이라서 마음을 추스를 수가 없었다. 밤이고 낮이고 고통스러웠다.

미칠 것 같고, 죽을 것 같았다.

여러 행성에서 공공의 적 1위[1]인 마지스터가 사랑 때문에 죽는다면 완전 코미디 아닐까?

마지스터는 일어났다. 자이언트 거미의 비단실로 짠, 검은색에 가

---

1. 단순히 공공의 적 1위라는 정도로만 생각한다면, 마지스터는 아직 사태 파악을 못하고 있는 것이다. 마지스터라는 이름만 들어도 부르르 떨면서 간을 생으로 씹어 먹어도 모자라고, 양파와 곁들여 기름에 튀겨 먹어도 시원치 않다고 벼르는 인간, 드래곤, 그 밖의 종족들이 얼마나 많은데…….

까운 잿빛 마법복이 아주 잠깐 펄럭였다. 금빛 마스크가 차츰 어두워지면서 정신적인 고통을 반영했다.

마지스터는 셀레나 덩컨의 시신을 응시했다. 크리스털 의료 기기에 에워싸여 누워 있는 셀레나는 살아 있는 것 같았다. 하지만 살아 있는 게 아니었다. 육신의 껍질에 불과했다. 그녀의 혼은 이미 마법사들이 죽은 뒤에 떠나는 비욘드월드에 가 있었다.

이따금 마지스터는 소리를 지르고 싶었다. 한순간도 분노와 절망에서 벗어날 수 없었다. 비명을 지를 뻔했지만 참았다. 드래곤들의 모진 고문도 견뎌내지 않았던가. 드래곤들이 가했던 고문은 상상조차 할 수 없는 전대미문의 가혹 행위였다. 드래곤들은 갈퀴발톱과 마법을 사용하여 손발을 짓이기고, 이를 부러뜨리고, 턱을 박살 내고, 살갗을 벗기면서 영원한 자국을 남겼다.

마지스터는 고심 끝에 마법을 공급해주는 악마의 셔츠와 연결된 끈을 잘라버렸다.

눈앞에 둥둥 떠오른 셔츠에 갇힌 악마들의 얼굴이 분노로 일그러졌는데 나가겠다고 아우성치는 것 같았다. 마지스터는 악마의 셔츠를 의자에 내려놓았다. 시커먼 천 속에 들어 있는 악마의 영혼들과 접촉한 의자가 바들바들 떠는데 연기가 풀풀 났다.

마지스터는 한순간 비틀거렸다. 마법의 셔츠와 연결되었던 보이지 않는 곳에서 피가 흘러내리고 있었다. 셔츠와 다시 결합될 때까지는 이렇게 피가 흐를 것이다.

마지스터는 거울에 비친 자신의 완벽한 모습을 찬찬히 뜯어봤다. 굵은 목, 근육질의 긴 다리, 나무랄 데 없이 멋진 가슴, 메달리스트 체조 선수가 울고 갈 정도의 복근. 마지스터는 마법이 흘러나가게 내버려두었다. 마스크가 일부분 사라지면서 흉터로 일그러진 입술이 드러났다. 등이 구부정했고, 다리 하나가 약간 휘어 있었다. 거울 앞에는 부상당한 남자가 서 있었다. 파리한 피부에 가득한 흉터는 꾸물꾸물 기어 다니는 핏빛 벌레 같았다. 하지만 이 흉터 밑에서 잘생긴 예전의 모습이 서서히 나타나고 있었다. 마치 복원되려고 애쓰는 것처럼.

"비열한 드래곤들! 너를 이렇게 해놓은 놈들, 언젠가는 내가 꼭 응징해주겠다."

거울에 비친 자신에게 말을 건다는 것이 어찌 정상이라 할 수 있을까? 하지만 모두가 미쳤다고 하는데 정상이 아닌 행동을 마다할 이유도 없었다. 마지스터는 흐릿해지고 있지만 여전히 소름 끼치는 흉터를 뚫어져라 응시했다.

이런 흉한 모습을 본 사람은 두 명밖에 없었다. 마지스터가 오늘처럼 본래의 모습을 드러낸 어느 날 오른팔인 셀렌바에게 들키고 말았다. 그 순간 뱀파이어의 눈에 어린 동정심과 혐오감을 읽으면서 마지스터는 자신의 몸을 부숴버리고 싶은 심정이었다. 하지만 잔혹한 뱀파이어가 너무나 쓸모가 많기 때문에 셀렌바의 머릿속에서 마지스터의 흉측한 모습에 대한 기억을 싹 지워버렸다.

또 한 사람이 지금 눈앞에 누워 있는 셀레나였다. 아름답고 다정하고 연약한 셀레나 덩컨은 마지스터의 끔찍한 모습을 보고도 뒷걸음치기는커녕 도와주려는 듯 그에게 다가왔었다.

그때도 몸을 부숴버리고 싶은 심정이었다. 그래서 셀레나의 머릿속에서도 기억을 지워버렸다. 더는 동정을 받고 싶지 않았다. 그런데 시간이 흐를수록 이상한 사실을 알아차리게 되었다. 드래곤들의 파괴 마법 때문에 원하는 대로 몸을 치료할 수 없었는데 그 파괴력이 차츰 약해지고 있었다.

셀레나를 만나기 전에는 악마의 마법을 사용하지 않으면 걸음을 떼기도 힘들었다. 그런데 셀레나가 일종의 인간 치료제가 되어주고 있는 것이었다. 셀레나가 곁에 있으면서부터 마지스터는 차츰 똑바로 설 수도 있고, 이가 다시 났기 때문에 음식도 마음 놓고 먹을 수 있었다. 더는 죽을 먹지 않아도 되다니…….

등이 펴지고, 다리도 펴지고, 흉터마저 차츰 사라졌다. 셀레나에 대한 관심이 고마움에서 욕망으로, 그리고 사랑으로 변했다. 셀레나의 치료 능력 때문에 그녀에 대한 사랑이 날로 커져만 갔다. 흉터투성이의 육신만큼이나 비뚤어진 사랑이지만 이것도 분명히 사랑은 사랑이었다.

1, 2년쯤 지나면 몸이 완전히 회복될 텐데. 드래곤 공주 아마바쉬로우쉬바를 매료시켰던 예전의 멋진 모습을 되찾을 수 있을까? 하지만 셀레나가 죽어버렸으니 이제 어떡한단 말인가. 아직 성치 않은 몸으로 그냥 살아야 하는 건가? 마지스터에게 셀레나는 숨 쉬는 데 필요한 공기 못지않게 없어서는 안 될 존재였다. 사랑하기 때문이기도 하고 그를 구해줄 수 있는 유일한 사람이기 때문이기도 했다. 다른 누군가의 도움이 필요하다는 걸 인정하기 정말 싫지만 이제는 고백할 수 있는데……. 나를 구할 수 있는 사람은 셀레나 당신밖에 없다고.

마지스터는 육감적인 입술을 마스크로 감추고 눈을 감았다. 그렇다고 비욘드월드로 셀레나를 찾으러 가기 위해 죽을 수는 없지 않은가. 아드월드뿐만 아니라 지구에서 아직 할 일이 너무 많았다.

복수해야 했다. 나를 절망에 빠뜨렸던 자들을 없애버려야 해. 지구를 정복하고 지구인들의 과학기술을 이용하여 악마들을 물리쳐야 해. 쉬는 건 그다음이야. 즉 악마와 드래곤, 두 종족을 학살한 다음에.

하지만 이 신 나는 계획을 시작하기 전에 마지막으로 꼭 해야 할 일이 있었다. 죽은 자들의 세상에서 셀레나를 돌아오게 하는 것이었다.

그런데 단 한 가지 마음에 걸리는 것은 양아버지가 될 사람으로서 셀레나의 딸에게 너무 서툴게, 아니 너무 못되게 행동한 것이었다. 그래서 타라가 자신을 증오하고 있으니. 솔직히 마지스터는 누군가와 친구가 되려면 어떻게 처신해야 되는지 방법을 전혀 몰랐다.

마지스터는 어깨를 으쓱했다. 방법을 꼭 찾아야 하는데. 아니, 사실은 늘 찾고 있었다.

마지스터는 악마의 셔츠를 다시 입었고, 몸은 다시 완벽해졌다. 결합된 악마의 마법이 끈적거리는 진흙처럼 영혼과 온몸을 뒤덮을 때마다 고통의 비명이 절로 나오지만 감수해야 했다. 멋진 모습으로 돌아오자 마지스터는 안도의 숨을 내쉬었다. 타라 때문에 첫 번째 잿빛 요새를 잃고 새로 지은 요새는 방어를 훨씬 강화한 철옹성이었다. 마지스터는 인간과 협력 관계에 있는 림보의 붉은 악마들 중에서 위험한 에프리트를 고용하여 셀레나의 시신을 지키게 했다. 누군가가 시신을 훔쳐갈까 봐 걱정이 되기 때문이었다. 안티 트란스미투스, 치명적인 함정, 파괴 마법 등으로 보안 장치를 해놓았으니 허락 없이 들어왔다가는 처참한 죽음을 면치 못할 것이다.

마지스터는 셀레나의 구불구불한 머리를 어루만지고 흰색과 빨간색의 멋진 독수리로 변신했다. 그리고 새 잿빛 요새의 창문을 향해 무언의 지시를 내린 다음 멋지게 날아올랐다.

그런데…… 쿵! 열리지 않은 유리창에 부딪쳤으니.

독수리는 유리창을 따라 미끄러지다 바닥으로 쿵, 떨어졌다.

그 순간 셀레나의 굳은 얼굴 위로 그림자가 지나가는 것 같았다. 미소 짓는 그림자? 설마 느낌이겠지.

눈앞에서 뱅글뱅글 돌던 별들이 보이지 않자 독수리는 조심스럽게 발을 움직여보고 넘어지지 않기 위해 날개에 의지했다. 체면을 구긴 독수리는 헝클어진 깃털을 다듬고 나서 주둥이를 열었다.

"셀산티에!" 독수리는 힘없는 소리로 말했다.

누구도 대답하지 않았다. 독수리가 으르렁거렸는데 새들의 세계에서 별로, 아니 거의 사용하지 않는 소리였다. 으르렁은 늑대나 호랑이가 내는 소리인데…….

날개로 머리를 감싸자니 모양이 빠지겠고, 독수리는 하는 수 없이 소리쳤다.

"셀산티에!"

셀레나의 시신을 책임지고 있는 에프리트가 나타났다. 울퉁불퉁한 근육질의 몸뚱이, 이빨과 눈썹, 머리털에 잘 어울리는 샛노란 뿔, 초록색 발톱의 붉은 악마는 독수리로 변신한 마지스터를 알아보지 못하고 등을 돌렸다.

"주인님!" 에프리트가 되돌아오면서 외쳤다.

에프리트는 아무도 없는 걸 확인하고서 다시 소리쳤다.

"주인님, 어디 계세요?"

"더 낮춰!" 마지스터가 말했다.

"주인님, 어디 계세요?" 에프리트가 속삭였다.

독수리는 한숨을 푹 내쉬었는데 허파가 그리 크지 않은 새치고는 한숨 소리가 꽤 컸다.

"소리를 낮추라는 게 아니라 몸을 더 낮추고 밑을 보라고! 창문 아래!" 마지스터가 지친 목소리로 말했다.

에프리트는 몸을 숙이고 뚫어져라 쳐다보다 자신 없는 목소리로 물었다.

"주인님?"

"그래, 나 맞아!" 마지스터가 대답했다. "이마에 혹이 났잖아!"

기계적으로 이마를 만져보려던 에프리트는 1밀리미터만 더 가까이 손을 뻗었으면 손가락 하나가 날아갈 뻔했다. 무슨 놈의 주둥이가 면도칼처럼 날카롭담!

"내 지시에도 창문이 열리지 않아 혹이 생겼다는 뜻이야."

에프리트는 샛노란 눈살을 찌푸렸다.

"주인님의 지시라고 하셨어요? 하지만 저는 어떤 지시도 듣지 못했는데요."

독수리/마지스터는 사람의 발이 아니라 발길질을 할 수 없지만 발톱으로 에프리트의 눈깔을 콱, 찌르고 싶어 미칠 지경이었다.

"내가 내린 무언의 지시! 머릿속으로 보내는 것이든, 구두로 하는 것이든 내 지시에 복종하기로 계약되어 있지 않나?"

에프리트는 독수리를 쳐다보다가 난처한 표정을 지었다.

"아, 그건…… 저하고는 안 맞아요. 주인님, 제발 저를 믿고 무언의 지시는 하지 말아주세요. 제 이름과 주인님이 원하시는 걸 큰 소리로 말씀해주세요. 그렇게만 하시면 저를 확실히 믿으셔도 됩니다."

"하지만 이 방에 적들이 있는데 눈치채지 못하게 함정에 빠뜨려야 할 경우 큰 소리로 지시를 내리는 건 절대 바람직하지 않다!" 독수리가 퉁명스럽게 대꾸했다.

"물론 지당하신 말씀입니다. 하지만 무언의 지시를 보낸들 제가 듣지 못한다면 그게 무슨 소용이겠습니까?" 에프리트가 제법 논리적으로 반박했다.

독수리는 인상을 쓸 수 없지만, 틀림없이 속으로 눈살을 찌푸리고 있는 것이 느껴졌다.

"그렇지만 계약서를 보면 무언의 지시와 구두의 지시에 응해야 한다고 분명히 명시되어 있다." 독수리가 부르르 떨리는 발톱을 억제하면서 응수했다.

에프리트는 몸을 비비 꼬았다.

"아, 네, 계약서…… 좋지요. 하지만 무조건 믿을 만한 것은 못 되지요. 제가 경력을 좀 위조한 건 인정합니다. 이유는 알 수 없지만 사실 일이백 년 전부터 제 기능 중에서 무언의 지시에 대한 수행 기능이 정지되어 있어서요."

독수리/마지스터는 깊은 생각에 잠긴 것 같았다.

"흐음, 둘 중 하나를 선택하는 수밖에." 독수리가 마침내 말했다. "하나는 너를 죽이고 교체하는 것……."

에프리트는 이 미치광이가 손가락 하나, 아니 깃털 하나만 까딱하는 순간에는 림보로 떨어질 거란 각오를 하면서 뻣뻣하게 굳어버렸다.

"다른 하나는 오해라고 생각하고 이번만은 눈감아주는 것. 나는 할 일이 엄청나게 많은 사람이니까."

바짝 움츠리고 있는 에프리트를 쏘아보는 독수리의 노란 눈빛에는 적의가 어려 있었다.

"내가 지금 몹시 바빠서 운 좋은 줄 알아! 이제 창문을 열어!"

에프리트는 움직이지 않았다.

독수리는 이놈이 아직도 정신을 못 차렸나? 하는 얼굴로 에프리트를 쳐다봤다.

"그러니까요." 에프리트가 감히 말했다. "계약서대로 제 이름을 먼저 부르신 다음에……."

성난 소리를 내면서 일어서는 독수리를 보면서 에프리트는 말끝을 흐렸다. 그리고는 얼른 뛰어 창문을 열었다. 독수리는 몇 걸음 뒤로 갔다가 힘겹게 날아올랐다. 에프리트는 구시렁거리며 창문을 닫았다.

이 모든 것이 사촌의 말을 철석같이 믿은 탓이었다. 사촌이 말했었다. "가봐, 정신병자라는데 아무도 찾지 못하는 요새에 살고 있대. 세상에서 그보다 편한 일은 없을 거야. 일할 것도 없이 그냥 놀고먹으면서도 사프란²을 마음껏 살 수 있을 텐데."

크리스털 의료 기기에서 나는 소리만 규칙적으로 들리는 가운데 에프리트는 무슨 이상이 없는지 방을 한 바퀴 돌면서 유심히 살폈다.

· · · · · · · · · · · · · ·

2. 사프란은 악마들이 탐내는 향신료이다. 악마들에게는 금보다 훨씬 더 귀중해서 사프란과 바닷물을 사기 위해 일한다고 말할 정도이다. 악마들에게 바닷물은 술과 같은 효과가 있어서 바닷물을 마시면 취한다.

갑자기 미닫이문이 열리고 빨간색 가죽 팔 하나가 나타났다. 그 팔 끝의 손에 들린 유리병 하나엔 투명한 액체가 가득 담겨 있었다.

"안녕, 셀산티에." 유혹적인 목소리가 말했다. "너에게 작은 선물을 가져왔는데. 자, 받아. 지구에서 방금 갖고 온 바닷물이야!"

팔의 주인이 조심스러운 걸음으로 문 앞에 다가섰고, 얼음같이 차가운 뱀파이어 셀렌바의 얼굴이 나타났다. 빨간 눈, 창백한 피부, 떡 벌어진 어깨, 개미허리. 어느 모로 보나 금지된 것을 위반한 모습이었다. 법을 어기고 인간의 피를 빨아 먹는데도 만족할 줄을 모르는 야만적인 살상 기계로 변해버린 뱀파이어였다.

악마는 노란 송곳니들을 드러내면서 미소를 지었다. 이빨 색깔과 땋은 머리 색깔이 어쩌면 그리도 잘 어울리는지.

"와우, 지구의 바닷물!" 붉은 악마는 화들짝 반겼다. "최고의 선물이에요!"

"얼마 전에 미션이 있어서 지구에 갔다가 인간 서너 명의 피 맛을 보고 쇼핑을 좀 했지."

뱀파이어와 붉은 악마는 씨익, 미소를 지었다. 에프리트는 방어 장치를 정지시키고 셀렌바를 들어오게 했다. 셀렌바가 가볍게 손가락을 까딱하자 올리브 한 알과 칵테일 술잔 하나가 나타났다.

붉은 악마의 얼굴에 기쁨의 주름살이 졌다.

"당신은 정말 사는 게 뭔지 아는군요!" 에프리트는 좋아서 어쩔 줄 몰라했다.

"글쎄, 인간들은 아마 죽이는 게 뭔지 안다고 할걸." 셀렌바가 응수했다.

에프리트는 고개를 끄덕였다. 하긴 그 말도 맞네. 에프리트는 귀한 바닷물을 찔끔찔끔 따라서 코를 킁킁거리며 향을 맡아보고는 몸뚱이를 파르르 떨며 꿀꺽 삼켰다.

"와우, 최고, 최고! 오, 비쇼우트르르르의 내장이여! 셀슈맹과 함께 마시면 얼마나 좋을까! 아더월드의 바닷물이 있다고 그렇게 뻐기던 셀슈맹도 지구의 바닷물은 먹어본 적이 없는데…… 아, 안타깝다. 이걸 봤으면 부러워서 죽으려고 할 텐데."

"당연하지." 악마들의 경쟁심을 잘 아는 셀렌바가 부추겼다. "가서 네 친구에게 바닷물을 자랑하고 와. 그동안 여기는 내가 대신 지키고 있을 테니까."

에프리트는 눈살을 찌푸렸다.

"믿어도 돼요? 셀레나 부인에게 무슨 일이 생기면 큰일 나거든요. 주인님이 부인을 지키는 일에 대해서는 하도 깐깐하셔서. 계약서 조항 중 몇 가지는 변조할 수 있지만, 중요한 건 너무 표가 나서 안 되는데……"

에프리트는 부르르 떨었다.

"주인님이 아주 마음에 안 드는 조항을 만들었어요. 내가 부인의 시신을 성실하게 지키지 않을 경우 나를 묵사발로 만들어서 삶아 먹겠다고. 난 그렇게 끝장나고 싶지 않아요. 내 말이 무슨 뜻인지 알면……"

"그런 걱정은 하지 말고 가서 바닷물 자랑이나 해. 네 친구들의 코를 납작하게 만들어버려. 부인의 시신은 아무 일도 없을 테니까."

에프리트는 긴가민가하는 표정이지만 손에 들고 있는 병에 대한 유혹을 떨치지 못했다. 에프리트는 셀렌바에게 씨익, 웃어 보이고는 사라지면서 한마디를 남겼다.

"5분 후에 돌아올게요!"

셀렌바는 돌아서서 옴짝달싹 안 하는 시신을 물끄러미 응시했다.

"죽어서도……." 셀렌바는 빈정거리는 목소리로 중얼거렸다. "죽어서도 보스의 마음을 사로잡고 있다니, 이런 제기랄! 대체 너란 여자는 어떻게 생겨먹은 괴물이야?"

얼마나 아이로니컬한가! 셀레나를 괴물로 취급하다니. 말은 바른대로 해야지, 솔직히 둘 중에서 진짜 괴물은 인간의 피를 빨아 먹는 셀렌바가 아닌가. 하지만 셀렌바는 불행한 뱀파이어였다. 라이벌의 죽음을 목격하면서 그렇게 좋아했는데!

게다가 셀레나를 자기 손으로 죽인 것이 아니라 하늘이 준 선물이 아닌가!

이제야 드디어 마지스터가 이 겁 많은 셀레나가 아니라 셀렌바를 사랑한다는 걸 인정할 수밖에 없을 거라고 믿었건만…….

그런데 전혀 그렇지 않았다. 마지스터는 셀레나를 단념하지 않았다. 죽은 자를 돌아오게 하는 비법이 적힌 양피지를 손에 넣기 위해 오무아의 여제에게 일부러 붙잡히기까지 했다.

마지스터는 실패했지만, 셀렌바는 그가 포기하지 않았다는 걸 알고 있었다. 그렇지 않다면 무엇 때문에 늑대인간들이 지키고 있는 시신—영혼이 없는 육신—을 훔쳐왔겠어?

셀레나의 팔과 다리, 가슴과 연결된 크리스털 의료 기기를 보면서 뱀파이어는 손톱이 날카로운 손으로 튜브를 만지작거렸다.

"만약에 사고가 일어난다면?" 셀렌바가 중얼거렸다. "이 의료 기기 중 하나의 전원을 끄고 당신이 완전히 죽으면 그가 나에게 돌아올까?"

물론 시신은 대답하지 않았다. 셀렌바는 주먹을 꽉 쥐고 잠시 머뭇거렸다.

"안 돼!" 셀렌바는 한숨을 내쉬었다. "보스는 그렇게 어리석은 사람이 아냐. 내가 한 짓임을 금방 알아차릴 거야. 그러면 나는 영원히 그를 잃는 거야."

셀렌바는 생각에 잠긴 채 에프리트가 싱글벙글해서 돌아올 때까지 기다렸다. 붉은 악마가 나타나면서 일으키는 바람에 셀렌바의 긴 백발이 휘날렸다.

셀렌바는 조소를 흘리면서 성큼성큼 방을 나갔는데 몹시 화가 나 있었다. 자기 자신에 대해서, 셀레나에 대해서, 그리고 다른 여자를 사랑하는 남자에게 빠지게 만든 세상에 대한 분노였다.

하지만 셀렌바는 인내심이 강했다. 대낮에는 행동할 수 없었다. 어둠 속에서, 아, 그래! 범죄를 꾸미는 데 제격인 어둠 속에서 필요한 일을 하면 돼.

어쨌든 셀레나는 결국 죽을 것이다.

그리고 죽으면 결정적으로 마지스터는 내 남자가 될 거야.

2
타라 덩컨

제국을 다스리라는데 어떻게 해야 정중한 거절이 될까

*

벨제부트는 하품을 했다. 어쩌다가 지옥에서 가장 사악한 왕자의 이름을 갖게 되었지만 벨제부트는 장밋빛 새끼 고양이에 지나지 않았다. 물론 악마 세계의 고양이지만 아기였다. 아니, 사실은 이미 열 살이나 먹었으나 절대로 더는 늙지 않기 때문에 아기처럼 보일 뿐이었다.

고양이의 몸뚱이에서 피곤함이 느껴졌다. 고양이에게도 그동안 아주 많은 일이 있었다. 예전에는 우유와 고기를 먹으며 사랑받고 살면서 형제자매들과 장난도 치고, 고양이풀숲에 누워 자기도 했는데……. 지금은 영혼의 동반자가 된 파프니르의 튼튼하고 따뜻한 어깨 위에서 지내고 있었다. 악마의 세계 림보에서 처음 만나서 난쟁이와 고양이가 정신적으로 결합했을 때 파프니르는 공포에 질려서 정말 심하게, 꽤 한참 동안 비명을 질러댔었다.

마법사와 패밀리어는 어느 한쪽이 잘못되면 둘 다 죽을 위험이 있는, 끊어지려야 끊어질 수 없는 관계였다. 그리고 선택하고 말고도 없는 관계였다. 용맹한 전사로 이름난 난쟁이 체면에 장밋빛 고양이를 어깨에 달고 다니는 것이 좀 안 어울리지만 그래도 가까워지는 데는 큰 도움이 되면서 둘 사이에 이내 무조건적인 사랑이 싹텄다.

따라서 벨제부트는 파프니르를 따라 아더월드에 왔는데 아주 흥미로운 종족들이 사는 행성이었다. 림보에도 이상한 사람들과 사물들이 있을 만큼 있기 때문에 악마들보다 이상한 것이 아니라 흥미로웠다. 벨제부트는 특히 뱀파이어가 마음에 들었다. 어떤 면에서 매력적인 큰 고양이들을 연상시켰기 때문이다. 물론 사자와 표범이 섞인 것 같은 두 발 동물 살테렌스도 마음에 들었다. 반면에 거칠고 사나운 인간과 말의 형상을 한 켄타우로스, 너무 뾰족한 뿔 때문인지 심하게 예민해 보이는 유니콘, 그리고 드래곤에게는 경계심을 보였다. 버터 덩어리처럼 생겼지만 평온해 보이는 카흠보옴과 머리가 둘인 타트리스족은 호감이 갔다.

오무아 제국의 수도 팅가푸르의 황궁 접견실은 으리으리했다. 까치와 마찬가지로 벨제부트는 번쩍거리는 것을 좋아하는데 여긴 그야말로 거의 모든 것이 번쩍거렸다. 금으로 장식한 조각상과 조각품들, 빈 공간이 없을 정도로 곳곳에 박힌 보석들, 벽면의 장식은 또 어찌나 섬세한지 진짜 레이스 같았다. 오무아의 역대 황제와 여제들의 모험담을 상기시키는 벽화가 있는가 하면, 벽을 스크린 삼아 총천연색 영화도 상영되고 있었다. 팔이 넷인 티그족 친위대원들과 최고 마구스들이 양탄자를 타고 공중에서 경비를 서고 있었다. 침입자가 보이는 즉시 마법이나 화살을 날릴 기세로 궁인들의 머리 위, 주홍빛 지붕을 이루는 루비 천장을 스치듯 날아다녔다. 그중에서도 난쟁이와 엘프 예술가들이 만들어놓은 오무아의 옥좌는 아주 인상적인 걸작품이었다.

거대한 방에 각양각색의 온갖 인간과 동물, 곤충이 가득했고, 안쪽에 오무아의 여제가 있었다. 우아한 몸매를 한층 돋보이게 해주는 하늘하늘한 흰색 드레스, 이날의 의상에 맞춘 은발이 다이아몬드 샌들을 신은 발까지 구불구불 흘러내리는 리스베스 여제는 오무아를 상징하는 100개의 금빛 눈을 가진 주홍빛 공작 옥좌에 앉아 있었다.

벨제부트는 궁전에 있는 한 공원에서 살아 있는 공작을 만났는데 거들먹거리는 폼이 조각가에게 포즈를 취해주는 모델 공작인 모양이었다. 하도 같잖게 굴어서 벨제부트가 꽁무니 깃털 몇 개를 뽑았다. 그랬더니 공작이 아주 생난리를 쳤다. 멍청한 조류 같으니라고! 잡아먹으려는 것이 아니라(그러기에는 너무 크잖아!) 그냥 좀 같이 놀자는 건데. 공작의 깃털을 없애고 있던 벨제부트는 현장에서 성난 경비들에게 붙잡히고 말았다. 수염에 빨간 깃털이 붙어 있는 바람에 아무리 무고하다는 눈빛으로 귀염을 떨어도 통하지 않았다. 경비들은 파프니르에게 데려다 주면서 호통을 쳤다.

다행히 파프니르는 그나마 유머 감각이 아주 조금 있어서 웃게 해주었다. 마침내 경비들이 떠났다.

접견실 안이 술렁거리고 있었다. 흰 머리털이 섞인 금발의 소녀 타라 덩컨은 오무아의 상징인 금빛과 주홍빛의 아름다운 드레스 차림이었다. 하지만 크라에토비르의 반지 조각이 척추에 박히는 공격을 받은 뒤로 걸음걸이에 문제가 있어서 은제 외골격을 걸쳐 입은 상태였다.

리스베스 여제가 방금 황위를 양위한다고 선포하면서 열여섯 살[3]에 불과한 조카딸 타라를 지명했던 것이다.

타라 덩컨의 반응이 아주 재미있었다.

"아!" 아연실색해서 멍하니 벌리고 있던 타라의 입에서 새어 나온 소리였다.

소녀는 이어서 단호하게 말했다.

"절대 안 됩니다."

접견실을 나가려고 옥좌에서 일어나던 리스베스는 그대로 동작을 멈췄다. 오무아의 황위를 거절해? 야망이 있는 사람이든 아니든 그렇게 쉽게 거절할 것이 아닌데…… 하지만 벨제부트는 이미 타라 덩컨이 범상치 않다는 걸 알아차리고 있었다.

리스베스 여제는 몸을 숙이고 눈살을 찌푸리면서 소리쳤다.

"뭐라고? 절대 안 된다고 했니?"

타라는 상냥하게 미소를 지었다.

"네, 설마 그 말을 못 알아듣는 건 아니죠?"

벨제부트는 재미있다는 듯 고양이 소리를 냈다. 야옹! 타라 덩컨이 예의범절을 안 배운 거야? 여제 앞에서 이건 좀 아닌 것 같은데.

리스베스 여제의 표정이 심상치 않았다.

"어디서 감히 버릇없게!"

. . . .

3. 림보에서 보낸 몇 주는 아더월드 시간으로 1년 반에 해당하기 때문에 현재 타라는 열일곱 살이다. 하지만 타라는 열일곱이라는 나이에 익숙해지지, 아니 받아들이지 못하고 있다.

타라는 당당하게 앞으로 나가려다가 휘청했다. 걸음을 도와주는 외골격이 반응하려면 시간이 좀 걸리는 걸 또 깜빡한 것이다. 머쓱해진 타라는 어깨를 으쓱하면서 발을 조금씩 떼면서 걸어 나갔다. 어깨에 올라앉아 있던 축소된 페가수스가 떨어지지 않으려고 날개를 퍼덕였다. 타라는 페가수스를 다정하게 쓰다듬어주었다.

"저를 끔찍한 자리에 앉히려고 하니까요!"

타라는 날카로운 어조로 대꾸했다.

모두가 리스베스와 타라 사이에 오가는 불꽃 튀는 대화를 지켜보고 있었다. 크리스털리스트들은 한마디도 놓치지 않았고, 날아다니는 작은 카메라 스쿠프들까지 리스베스와 타라 주위를 왔다갔다하며 어찌나 빠르게 날개를 파닥이는지 미니 폭풍이 일어날 정도였다. 아더월드의 주르날리스트들은 이 흥미진진한 대결 장면을 행성 전체에 전하기에 바빴다.

모든 것이 너무 따분하고 시끄럽다는 생각에 여기저기 둘러보던 벨제부트의 눈에 재미있는 동물이 포착되었다. 꼬리가 둘 달린 빨간 쥐(파프니르의 기억에 있는 이미지에 따르면 뿌익!)가 문짝 사이로 빠져나갔던 것이다. 쥐가 궁전에 들끓지 못하게 없애버리려는 본능이 발동한 벨제부트는 쥐를 사냥하기로 마음먹었다. 고양이는 마법사와 패밀리어를 결합시키는 정신적인 끈을 통해 파프니르에게 놀다 오겠다고 알렸다. 여제와 타라의 팽팽한 말싸움에 정신이 팔린 난쟁이는 건성으로 고개를 끄덕였다. 벨제부트는 파프니르가 리스베스 여제를 원망하고 있음을 느꼈다. 모든 난쟁이가 그렇듯 파프니르는 자유를 박탈당하는 걸 참지 못했다. 리스베스 여제가 타라에게 황위를 물려주는 것은 감옥살이나 다름없어 보였다. 그리고 리스베스가 타라를 대하는 방법이 잘못된 것이라서 내심 재미있었다. 만약 리스베스가 조카와 단둘만 있는 자리에서 다정하게 나라를 다스려달라고 부탁했다면 딱해서라도, 아니 양심의 가책 때문에라도 타라는 받아들였을 텐데. 어쨌든 리스베스가 유령에 들렸던 것도, 반지의 지배를 받았던 것도 따지고 보면 타라 때문이니까.

지금 타라는 재갈을 물리려는 사람에게 대드는 야생 페가수스처럼 뻗대고 있었다. 파프니르는 리스베스 여제가 결국에는 뜻을 이루겠지만 그리 쉽지는 않을 거라고 확신했다.

벨제부트는 파프니르와 같은 생각이었다. 다정하게 대해주는 타라 덩컨이 아주 마음에 들었다. 벨제부트와 시선이 마주칠 때마다 흠칫 흠칫 놀라는 멍청한 파브리스와는 달랐다. 금발의 파브리스가 고양이를 두려워한다는 건데 두 발을 가진 키다리와 네 발을 가진 고양이의 키 차이를 생각하면 얼마나 웃기는 일인가. 사실 파브리스는 악마의 마법을 증오하는데 벨제부트가 바로 그 악마의 세계에서 태어난 고양이이기 때문이었다.

파프니르는 고양이를 바닥에 내려놨다. 벨제부트는 고맙다는 표시로 난쟁이의 손을 핥고 뿌익이 나간 쪽으로 쏜살같이 달렸다.

빨간색 쥐가 순식간에 사라지는 바람에 흔적을 찾기 힘들었다. 약속 시간에 늦어서 쥐가 그렇게 부리나케 내뺀 걸까? 벨제부트는 쥐를 따라잡기 위해 속력을 높였다. 마당에 들어서는 순간 초록색 귀가 달린 오렌지빛 므르르르(궁전에 사는 아더월드의 고양이) 한 마리가 뿌익에게 달려들었다. 혼비백산한 뿌익이 또 사라졌다. 휙, 어디로 증발해버린 거지? 이게 어떻게 된······.

　잠시 후 또 느닷없이 뿌익이 나타났다. 이번에는 쥐를 놓쳐서 화가 난 므르르르가 사라졌다가 씩씩거리면서 나타났다. 짜증이 난 벨제부트는 한숨을 내쉬었다. 정신 사납게 얘들은 왜 이렇게 나타났다 사라졌다 하는 거지? 므르르르와 뿌익을 관찰하던 벨제부트는 마침내 무슨 상황인지 알아차렸다. 아더월드의 고양이와 쥐가 순간 이동하는 거리가 기껏해야 1미터를 넘지 못하기 때문이었다. 그렇다면 뿌익이 움직이는 방향을 예측해서 미리 길목을 지켜야 잡을 수가 있는데······ 궁전의 고양이는 영리하지 않았다.

　므르르르는 번번이 뿌익에게 속았다. 뿌익이 벽을 뚫고 사라지면 므르르르는 두리번두리번 찾기 일쑤였으니. 벨제부트는 한심하다는 듯 울음소리를 냈다. 멍청이는 뿌익이 어디로 도망쳤는지 보지도 못한 모양이었다. 므르르르가 등을 둥글게 하고 여기저기 킁킁거리면서 냄새를 맡았지만 허탕이었다. 벨제부트는 사이렌이 문을 열어주길 조용히 기다렸다가 뿌익의 뒤를 쫓았다. 그리고 쥐의 흔적을 대번에 찾았다. 뿌익은 제 몸뚱이보다 더 큰 동물—아마도 쥐의 일종인 초록색 타크—이 파놓은 구멍으로 빠져나간 것이었다. 장밋빛 털 한 개 남기지 않고 구멍으로 쏙 빠져나간 벨제부트는 스릴이 넘치는 사냥에 흥분이 되었다.

　설치류 동물이 파놓은 통로는 많은 방과 연결되고, 오르락내리락하면서 점점 더 깊이 들어가다 궁전에서 아무도 사용하지 않는 버려진 공간까지 이어졌다. 파프니르가 궁전에는 벌레 방지 주문이 걸려 있다고 말해줬는데 이상했다. 주문이 약해진 걸까? 고양이는 재채기를 했다. 바닥에 두텁게 쌓인 먼지를 보면 뿌익과 작은 동물이 남긴 흔적만 있을 뿐 오랫동안 아무도 지나간 적이 없는 것 같았다.

그래서 인간의 목소리가 들렸을 때 벨제부트는 질겁했다. 호기심이 발동한 고양이는 사냥감을 까맣게 잊고 살금살금 다가갔다.

그리고 목소리가 들리는 구멍으로 들어가서 조심스럽게 주둥이만 내밀었다. 빨간 대리석으로 이뤄진 웅장한 방 한가운데에 키 큰 남자가 잿빛 마법복 차림으로 서 있는데 가슴 부위에 빨간 원이 그려져 있고, 눈이 어릿어릿할 정도로 현란한 금빛과 은빛, 검은빛의 반사경 마스크를 쓰고 있었다. 남자는 크리스털 전광판을 응시하고 있는데 오무아의 여제와 타라를 중심으로 많은 궁인이 모인 접견실이 보였다.

바닥에 동그란 모양의 검은색 철판이 있었다. 남자가 조심스럽게 거리를 둔 철판이 진동하더니 마법이 작동하는 듯 윙윙거렸다.

파프니르의 뇌에 입력된 정보 덕분에 남자가 누구인지 알아차린 벨제부트는 눈이 동그래졌다.

마지스터!

타라 덩컨의 철천지원수.

식겁해서 뒷걸음치던 벨제부트는 상그라브들의 보스에게 발각되었다. 벨제부트가 방어할 겨를도 없이 시커먼 마법의 광선이 날아왔다. 필사적으로 발을 버둥거리던 장밋빛 고양이는 애처로운 소리로 울었다. 정신적인 끈을 통해 고양이의 공포를 느낀 파프니르가 새파랗게 질려서 비명을 지르는 모습이 전광판에 보였다. 비명소리가 어찌나 큰지 여제와 후계자의 대결이 중단될 정도였다.

모두들 잔뜩 긴장하고 있는 가운데 최고 마구스들은 본능적으로 마법을 작동했다. 하지만 아무 일도 없었다. 위험한 조짐조차 없기 때문에 모두 난쟁이 전사를 향해 의혹의 눈초리를 보냈다. 공포에 질린 패밀리어와 교감하는 파프니르는 부들부들 떨고 있었다.

"안 돼!" 난쟁이가 갑자기 고함쳤다. "아프게 하지 마!"

여제와 후계자는 아연실색했다.

"이런, 이런, 이런, 어린 첩자." 마지스터가 뜻밖의 수확물을 살피면서 고양이 소리를 냈다. "가만히 있어, 귀여운 것. 네가 이렇게 나를 도와줄 줄이야!"

마지스터는 마법을 중단하고, 축 늘어진 고양이를 움켜잡아 이상한 기계 위에 올려놨다.

잠시 후, 마지스터와 벨제부트는 오무아의 접견실 한가운데에 유형화되었다.

마법의 화살과 광선이 일제히 날아오자 겁에 질린 벨제부트는 눈을 감았다.

3
함정

미치도록 사랑한다는 남자에게
어머니는 당신을 사랑하지 않는다는 말을
어떻게 설명해야 위험하지 않을까

*

마지스터는 잠자코 있었다. 벨제부트는 눈을 감았다. 그리고 죽었다고 생각했다. 고통의 비명소리들이 들리는데 아무런 느낌이 없었다. 벨제부트는 살며시 눈을 떴다. 오무아의 최고 마구스들과 티그족 친위대가 마지스터를 향해 발사한 마법의 광선에 맞은 걸까? 궁인들이 여기저기 쓰러져 있었다.

최고 마구스들과 친위대는 가차 없이 공격했고, 여제가 중단시키지 않았다면 공격은 계속되었을 것이다.

"멈춰라! 영상이다! 마법이 빗나가서 애꿎은 궁인들이 쓰러지고 있단 말이다!"

이미 때는 늦었다. 시신이 여기저기 널브러져 있었다. 여제가 새로운 명을 내리자 이내 레파루스 주문이 부상자들을 치료했고, 중상인 경우는 샤먼이 있는 의무실로 실려 나갔다. 흥분이 가라앉으려면 시간이 필요했다. 접견실에 있는 이들의 눈길이 마지스터에게 쏠렸는데 여전히 벨제부트를 품에 안은 채 태연히 지켜보고 있었다. 마지스터의 아들 실버가 창백한 얼굴로 서 있었다. 하지만 아들을 받아들이지 않는 마지스터는 실버에게 눈길도 주지 않았다. 마지스터의 마스크는 타라 덩컨, 오직 한 사람을 향해 있었다.

한편 벨제부트는 가만히 있지만은 않았다. 정신적으로 파프니르를 자신이 있는 곳으로 인도하고 있었다. 다행히 공포에서 벗어난 난쟁이 전사는 도끼 두 개를 뽑아 들더니 친위대장 크산디아르를 강제로 잡아끌었다. 그렇게 해서 난쟁이는 친위대장과 수하의 친위대원 여섯 명과 함께 벨제부트가 있는 곳으로 향했다. 파프니르는 쥐가 다니는 구멍으로 들어갈 수 없어서 벽을 부숴야 하는데 리스베스 여제가 궁전을 훼손하면 노발대발하기 때문에 그럴 수가 없었다. 그래서 그들이 귀중한 시간을 허비하는 사이에 파프니르는 불안에 떨고 있었다. 한두 개의 문은 저항하지 않았다. 저항하는 문은 난쟁이의 도끼에 박살이 났다. 그 뒤로는 문들끼리 서로 연락을 주고받았는지 난쟁이의 도끼가 보이는 즉시 순순히 문이 열렸다. 하지만 벨제부트와 뿌익이 다니는 통로와 다르기 때문에 길을 찾기 위해 수없이 오르락내리락했고, 시간이 좀 걸릴 것 같았다. 벨제부트의 걱정은 얼마나 버틸 수 있을지 모른다는 것이었다.

"이제 끝났나?" 마지스터가 말했다. "히스테리는 끝났니?"

"원하는 게 무엇인가, 상그라브?" 리스베스 여제가 물었다. "어떻게 전광판에 네 모습이 나타나는 것인가? 안티 트란스미투스를 걸어놓았고, 곳곳이 봉쇄되어 있는데."

마지스터는 들은 척도 않고 여전히 타라를 빤히 쳐다보고 있었다.

타라는 눈살을 찌푸렸다.

"고모, 마지스터가 뭘 원하는지 알 것 같아요. 내 어머니 때문에 온 거죠?"

"그 때문만은 아냐." 마지스터가 대꾸했다. "내가 온 건 너 때문이기도 하니까."

타라는 물러서지 않았지만, 금발을 뒤로 넘기는 것으로 보아 절제하고 있는 것이 느껴졌다. 타라 뒤쪽에 서 있던 궁인들이 슬금슬금 비켜섰다.

"영상에 불과하다면 당신은 나를 대적하기가 쉽지 않을 텐데요."

타라는 두려움을 억누르면서 지적했다.

"그건 괜찮아. 싸우러 온 게 아니라 너에게 간청하러 온 거니까."

그러더니 그 오만하고 무시무시한 마지스터가 갑자기 무릎을 꿇었다. 수많은 궁인은 말할 것도 없고 전 세계가 깜짝 놀랄 일이었다!

실버는 딸꾹질을 했다. 이 난데없는 행동에 아연실색한 타라는 눈이 휘둥그레졌다. 마지스터가 나타난 뒤로 타라는 경계를 늦추지 않았다. 하지만 마지스터가 방금 한 말과 행동은 정말 이상했다. 열여섯 살밖에 안 된 소녀에게 인구 2억의 제국을 다스리라고 하는 등 이상한 일이 부지기수로 많은 행성이라지만, 마지스터까지 보탤 줄이야!

"제발 부탁한다, 타라 덩컨." 마지스터가 부드러운 목소리로 말했다. "네 어머니를 죽은 자들 세상에서 돌아올 수 있게 도와줘."

타라가 입을 열려는 순간 리스베스 여제가 끼어들었다.

"상그라브, 부탁을 들어주면 우리가 얻는 것은 무엇이냐?"

아, 적이라고 무조건 내치지 말고 얻을 건 얻어야 한다고 했지, 참! 타라는 미처 그 생각을 못했는데.

마지스터가 믿기지 않는다는 듯 머리를 갸웃했다.

"협상하자는 겁니까? 타라의 어머니에 관한 건데 살아서 돌아온 어머니를 품에 안고 싶은 마음이야 나보다 타라가 더 간절하지 않겠소?"

뭐? 마지스터가 지금 엄마를 안고 싶다고 말한 거야? 그 모습을 상상만 해도 타라는 구역질이 일었다.

"우리는 죽은 사람을 돌아오게 할 수 없어요." 타라는 리스베스 여제가 협상에 들어가기 전에 말했다.

술렁거림이 있는 동안 잠시 생각에 잠겼던 타라가 말을 이었다.

"아니, 소생시키는 비법이 있었죠. 그런데 유령들의 습격을 받은 뒤로 우리는 양피지를 없앴고, 우리의 기억에서도 비법을 지워버렸거든요."

"알아." 여전히 무릎을 꿇은 채 마지스터는 빠져나가려고 몸부림치는 장밋빛 고양이를 꽉 잡으면서 차분하게 대답했다.

"그래서……."

"그러니까 내가 여기 온 것은 너를 위한 것이기도 해, 타라. 네 어머니를 소생시키는 유일한 방법은 악마의 사물들을 이용하게 해주는 거니까!"

윙윙거리는 스쿠프 소리가 간간이 들릴 뿐 죽음 같은 정적이 흐르고 있었다.

"악마의 힘을 이용하면 죽은 마법사들의 영혼이 떠나는 비욘드월드의 장벽을 박살 낼 수 있어. 네 어머니의 영혼을 찾아서 내가 보호하고 있는 육신에 돌려주면 되는 거야. 그리고……."

"안 돼요!" 타라가 말을 자르면서 쪽빛 눈으로 마지스터의 금빛 마스크를 노려봤다. "절대로!"

마스크가 천천히 검은색으로 변했고, 마지스터가 일어섰다.

"그 방법밖에 없다는 건 너도 알잖아!" 마지스터가 소리쳤다.

주홍빛과 금빛 드레스에 외골격을 걸친 타라가 잘그랑 잘그랑 소리를 내며 걸어 나가는데 눈빛이 이글거렸다.

"아니, 난 아무것도 몰라요!" 타라가 응수했다. "내가 아는 건 악마의 사물들이 끔찍하게 위험하다는 것, 그리고 당신과 나의 고모를 미치게 만든다는 거예요. 크라에토비르의 반지가 고모를 장악했을 때를 생각하면 정말……. 따라서 나는 악마의 사물에 관련된 일에 관여하지 않겠어요. 그것이 세상에서 내가 가장 사랑하는 어머니와 아버지를 소생시키는 일일지라도."

타라는 의도적으로 아버지를 포함시켰다. 예상대로 마지스터가 흠칫 놀랐다. 정곡을 찌른 것이었다.

"어머니를 완전히 포기하겠다는 말로 들리는데 제정신으로 하는 말이니?"

"어머니는 이미 돌아가셨어요. 당신이 내 어머니의 시신에게 하고 있는 짓은…… 옳지 않아요. 이제 어머니의 시신을 돌려주세요, 마지스터. 당신은 그럴 권리가 없어요!"

마지막 말은 진심이었다. 마지스터는 지구에서 이사벨라와 늑대인간들이 지키고 있던 셀레나의 시신을 빼앗아갔다. 타라는 어머니의 유령을 만나서 비욘드월드에서 아버지와 행복하게 지내는 걸 확인한 뒤에 마지스터가 셀레나의 생명을 인위적으로 붙들고 있는 마법의 의료 기기를 떼어버리기로 결심했다. 그런데 마지스터가 셀레나를 소생시키겠다고 선수를 친 것이었다. 하지만 남의 말을 들으려 하지 않고 자기 생각에만 갇혀 있는 마지스터는 타라가 왜 거부하는지 이해할 수 없었다. 마지스터는 고개를 흔들었다.

"이해를 못하는구나! 의료 기기를 떼어버리면 시신은 정말 가망이 없어지는 거야. 악마의 사물들이 있어야 네 어머니를 구할 수 있어!"

"어머니는 이미 돌아가셨다고요!"

타라가 되뇌는데 눈물이 글썽했다.

"셀레나와 내 동생을 소생시키기 위해 악마의 사물들을 사용하게 내버려둔다 치고, 그다음에는 어떻게 되는가?"

리스베스 여제는 차분하게 물었다.

타라는 소스라쳤다. 아버지 단비우가 리스베스 여제에게는 동생이니 보고 싶은 게 당연한데 그 생각을 못했다니…….

"아, 찬성하는군요." 마지스터의 마스크가 약간 밝아졌다. "그 말을 하려는데 타라가 끊어버리는 바람에……. 악마의 사물들을 사용하게 해주면 골칫거리가 없어지지요. 악마의 사물들이 완전히 파괴되는 거니까. 사물 속에 갇혀 있다가 소모되지 않은 악마의 영혼들은 해방이 되어 흩어져버리고요.”

“파괴된다…….”타라는 아까부터 머릿속에 맴도는 생각을 정리하려 애쓰고 있었다. “그럼 해방된 악마의 영혼들은 다 어디로 가지……?”

생각에 잠긴 타라가 혼잣말을 하는 것이기 때문에 마지스터는 개의치 않고 리스베스 여제에게 말했다.

“5000년 전에 5인의 최고 마구스들이 압수하면서 없애버리려고 했던 위험한 악마의 사물들이 완전히 사라지는 것이죠. 그렇게 되면 나라는 존재 때문에 시달리는 일도 없어지죠. 나는 아더월드 정복에 대한 꿈을 접고 모두 평화롭게 살게 두겠소. 드래곤들도.”

접견실이 희망의 속삭임으로 술렁거렸다. 마지스터의 제안은 그만큼 유혹적이었다. 너무 화가 난 타라는 눈을 감고 머릿속에서 맴도는 생각에 집중했다. 이 악마 같은 작자가 목적을 달성하기 위해 모든 이들을 농락하다니. 마지스터는 거짓말하고 있는 것이 분명했다. 타라는 느낄 수 있었다. 드래곤들을 전멸시키겠다는 것은 마지스터가 존재하는 이유였다. 하지만 마지스터의 제안을 희망으로 받아들이는 사람들에게 함정이라는 걸 어떻게 이해시킬 수 있을까?

“어머니는 지금 아버지와 함께 있어서 아주 행복하세요.”타라는 좀 더 마지스터 쪽으로 다가가면서 말했다. “두 분은 재회했고 비욘드월드에서 아주 즐겁게 지내고 있어요. 두 분을 다시 떼어놓으려고 하지 마세요. 아니면 다음에 우리가 대적할 때 당신을 죽이지 않고 잿빛 시간4 속으로 보내서 영원히 무력화시킬 테니까요!”

궁인들은 이런 식의 감정적인 반격을 예상하지 않았다. 리스베스 여제의 능수능란한 대응에 익숙해진 사람들이었다. 또다시 죽음 같은 침묵이 흘렀다.

　"이제 말 다 한 거니, 타라 덩컨?" 마지스터가 어찌나 침통해하면서 유감스러워하는 목소리로 말하는지 타라는 등줄기가 서늘했다.

　타라는 정신을 가다듬고 빈정거렸다.

　"네. 지구를 정복해서 비마들을 노예로 만들고 드래곤들을 커다란 핸드백으로 만들어버리겠다는 상그라브들과의 싸움을 끝내고, 악마의 사물들을 완전히 없애버리기 위해 고모께서 당신과 협상하고 싶어한다는 거 알아요." 타라는 굳은 얼굴로 지켜보는 리스베스 여제를 힐끔 쳐다보면서 말을 이었다. "하지만 협상할 이유가 전혀 없어요. 내 어머니는 지금 있는 곳을 떠나지 않을 거니까요."

　"그럼 강제로라도 네가 말을 듣게 만들어야지." 마지스터가 자세를 바로 하면서 말했다. "이놈이 네가 거부한 것에 대한 첫 번째 희생양이다, 타라 덩컨."

　마지스터는 말을 끝내기가 무섭게 벨제부트의 목을 뚝 부러뜨렸다.

　마지스터와 벨제부트가 있는 마지막 문을 향해 도끼를 쳐드는 순간 파프니르는 정신적인 끈이 사라지는 걸 느꼈다. 마치 유령이 사라

....

4. 데미데루스는 잿빛 시간 속에서 영원히 살아 있는 형태를 유지하고 있다. 잿빛 시간 속으로 들어가는 것은 까다롭지 않지만, 나들이하듯 함부로 나올 수가 없다.

지는 것 같았다. 갑자기 심장에 통증을 느낀 난쟁이는 그대로 쓰러질 뻔했다. 하지만 무슨 일인지 알아차리지 못한 파프니르는 공격을 받은 것이라고 생각했다. 그런데 옆에 있는 크산디아르 친위대장은 무사했고, 비칠거리는 난쟁이를 붙잡아주었다.

"파프니르, 왜 그래?" 크산디아르가 놀란 얼굴로 물었다.

파프니르는 팔이 넷인 친위대장의 넙데데하고 투박한 얼굴을 올려다봤다. 크산디아르는 오무아의 색깔인 주홍빛과 금빛의 정복 차림이었다.

"벨제부트가 죽은 것 같아요." 파프니르는 비통하게 말했다. "나와 연결된 끈이 방금 끊어졌어요."

격분한 크산디아르는 씩씩거렸다. 마법사가 패밀리어를 잃는 것이 얼마나 고통스러운지 잘 알고 있었다. 장밋빛 고양이와 난쟁이 전사는 아주 최근에 결합된 사이라 정신적인 끈이 아직은 좀 약하지만 그래도…….

"여기 있어. 우리가 문을 박살 내고 마지스터를 체포할 테니까."

파프니르는 머릿속이 지끈거리지만 자세를 바로 하고 양손에 도끼를 움켜잡았다.

"아니, 나도 같이 가요!" 난쟁이가 매섭게 말했다. "이번에는 기필코 그 쌍놈의 브롤부레5를 붙잡아야 해요. 그래서 죽이는 짓거리를 밥먹듯 하는 버르장머리를 고쳐주자고요!"

· · · · · · · · · · · · ·

5. 난쟁이들의 욕설. 번역이 불가능하지만 굳이 표현하자면 '우주에서 가장 비열한, 콧물 흘리는 찌질이'라는 뜻. 난쟁이들은 비열함을 경멸하며, 감기에 걸리는 걸 아주 무서워한다. 광산에서 작업할 때 자칫 재채기를 했다가는 수백 톤의 돌 더미에 깔려서 죽는 사고가 일어나기 때문이다.

난쟁이의 도끼에 찍힌 마지막 문은 말 그대로 산산조각이 났다. 빨간 대리석의 방은 먼지와 거미줄이 가득했다.

한복판에서 윙윙거리는 검은색 철판 옆에 벨제부트가 널브러져 있었다. 마지스터는 보이지 않았다.

파프니르는 달려가서 도끼를 바닥에 내려놓고 조심스럽게 고양이를 품에 안았다. 황궁 접견실에 있는 크리스털 전광판에 파프니르의 모습이 나타났다. 철판이 계속 작동하고 있어서 이미지를 비추기 때문이었다. 슬퍼하는 모습을 보이고 싶지 않은 파프니르가 뒷걸음치자 전광판에서 난쟁이가 사라졌다. 목구멍이 꽉 막혀오지만 파프니르는 꾹꾹 누르고 있었다. 난쟁이 전사는 절대 울지 않기 때문이었다. 울면 안 돼, 울지 않을 거야……. 하지만 눈물이 주르륵 흘러내렸다. 아! 결국, 눈물이 하염없이 흐르고 있었다.

아연실색한 친위대원들이 방을 뒤지고, 주변을 샅샅이 훑었지만 마지스터는 사라지고 없었다. 무표정한 얼굴의 크산디아르가 고양이를 안고 절망해 있는 난쟁이를 향해 몸을 숙이고 말했다.

"미안해. 더 빨리 왔어야 했는데. 궁전에 이렇게 버려진 데가 있었다니……. 당장 이곳에 경비를 배치할 거야. 이런 일이 다시는 일어나지 않게."

"그는 떠나지 않았어요." 파프니르가 초록색 눈을 닦으면서 말했다. "여기 어딘가에 아직 있어요."

"뭐라고?"

"마지스터, 그 쌍놈의 브롤부레가 아직 여기 있다고요! 타라를 노리고 있으니까요. 무슨 강박관념처럼 타라의 어머니를 소생시키는 것에 집착하고 있어요. 타라가 있는 곳에 마지스터가 있으니 둘은 떼려야 뗄 수가 없는 관계죠. 둘은 정말 지독한 악연이에요."

크산디아르도 알기 때문에 걱정이 가득한 얼굴이었다. 파프니르의 말은 분명한 사실이었다. 하지만 그 악연이 어디까지 가려는지. 집착 때문에 마지스터는 또 얼마나 나쁜 짓을 저지를까?

"궁전 어딘가에 있겠지? 도망가지 않았으면."

파프니르는 벨제부트를 손바닥에 올려놓고 매서운 눈초리로 일어 났다.

"당연히 있죠! 그리고 팅가푸르 황궁 안에 상그라브 첩자들이 많다 는 거 알잖아요."

크산디아르는 이맛살을 찌푸리면서 심호흡을 하더니 난쟁이 전사 에게 말했다.

"패밀리어가 이렇게 된 것에 애도의 뜻을 표한다. 이제 나는 갈게. 후계자를 지키는 친위대를 더 보강해야겠어."

그렇게 말하고 친위대장은 문 쪽으로 뛰어나갔다.

파프니르가 침통한 눈빛으로 고양이를 쳐다보는데 얼굴에 반드시 응징하고 말겠다는 비장함이 어렸다.

바로 그 순간 머릿속에서 패밀리어와 정신적인 끈이 다시 연결되 는 느낌에 파프니르는 하마터면 고양이를 떨어뜨릴 뻔했다.

"오, 어머니의 수염이여! 이게 어떻게 된……."

'아야, 아야, 아야.' 벨제부트가 파프니르의 머릿속에서 앓는 소리 를 냈다. '그 멍청한 놈이 나를 너무 아프게 했어!'

"그놈이 네 목을 부러뜨렸어." 난쟁이가 큰 소리로 말했다. "정신적인 끈이 사라지는 걸 분명히 느꼈는데 어떻게 된 거니?"

'림보에서 악마들이 늘 우리를 밟고 다니면서 죽였어.' 벨제부트
가 조심조심 목을 가눠보면서 설명했다. 뼈가 맞춰지는 것 같은 소리
에 강심장인 파프니르조차 소름이 끼쳤다. '그래서 아르칸즈가 무성
생식으로 우리를 아주 많이 복제했지. 그리고 우리가 죽어도 몇 분
후에는 정상으로 돌아와서 살아날 수 있도록 튼튼하게 만들었어. 물
론 완전히 짓이겨져서 시간이 지나도 정상으로 돌아오지 않으면 정
말 죽은 거야. 이번 경우는 대단한 것이 아니라서 쉽게 회복될 수 있
었어. 많이 아팠지만.'

파프니르는 떨리는 손으로 고양이의 장밋빛 털을 쓰다듬었다.

"너를 잃었다고 생각했어."

'응, 나도 죽었다고 생각했어.' 고양이가 심각하게 대꾸했다. '그
누구도 내 목을 부러뜨린 적이 없었는데! 그 나쁜 놈은 뭐야? 나는 자
기한테 아무 짓도 하지 않았는데…… 아무튼 아직은! 좀 기다린다고
손해 볼 건 없겠지만 언제고 날 잡아서 놈을 응징하자. 그럴 거지, 나
의 파프니르?'

"물론이지!" 너무 기쁜 파프니르는 신이 나서 말했다. "반드시 응
징해야지. 아르칸즈를 만나면 고맙다고 안아줘야겠어."

'아! 그러면 너무 놀랄 텐데.' 고양이는 저돌적으로 달려드는 난쟁
이의 힘에 휘청거리는 아르칸즈의 모습을 떠올리면서 재미있어했다.

둘은 냉소적인 눈길을 주고받았고, 파프니르는 고양이가 생각보다
훨씬 생명력이 강하다는 걸 모든 사람에게 보여주기 위해 벨제부트
를 어깨에 올려놨다.

하지만 파프니르가 접견실로 돌아갔을 때 고양이가 살았는지 죽었는지는 더 이상 궁인들의 관심사가 아니었다. 갑자기 나타난 마지스터 때문에 모두가 불안에 떨고 있었다. 타라는 모든 관심이 자신에게 집중되어 있는 기회를 이용해서 말했다.

"고모, 이제 아시겠죠? 나를 오무아의 여제로 앉히는 것은 큰 실수예요. 마지스터는 무슨 일이 있어도 나를 공격할 거예요. 엄마에게 집착하고 있으니까요. 그래도 꼭 원하신다면 음…… 부통령처럼 '부여제'는 어떨까요?"

"부여제라니 그런 관직은 존재하지 않아." 리스베스 여제가 말했다. "여제 대행이라면 몰라도."

접견실에 웃음소리가 번졌다.

"그건 아니죠." 타라는 아주 진지하게 말했다. "대행은 원래의 주인이 돌아올 때까지 그 자리를 대신하는 건데 고모가 원하시는 건 그게 아니잖아요. 그럼 공동 여제는 어때요? 고모는 계속 통치하고, 나는 고모 곁에서 여제의 직무를 배우는 거예요. 일단 그렇게 시작한 다음 상황을 두고 보면 되잖아요."

제안은 그렇게 했지만 크게 양보한 것이라 타라는 그리 행복한 얼굴이 아니었다. 리스베스 여제는 잠시 머뭇거리다 고개를 끄덕였다.

"의회의 승인을 받아야 하는데 우리 헌법에 '부여제'에 관한 것이 명시되어 있는지 모르겠다, 타라."

"그럼 의회의 답을 기다린 뒤에 결정해요. 지금은 고모가 통치하시고, 나는 바보 같은 짓을 저지르지 않도록 노력할게요. 그리고 고모가 어떻게 나라를 다스리는지 잘 보고 배울게요."

사실, 이는 타라가 현재 받는 후계자 수업과 별반 다르지 않았다.

대결에서 승리하지 못했다는 걸 의식한 리스베스 여제는 호적수에게 경의를 표하듯 타라에게 고갯짓을 하고 퇴장했다. 마지스터의 움직임에 대한 친위대의 보고를 받기 위해서였다. 빌어먹을 마지스터가 어떻게 궁전에 침투했는지 알아낸 모양이었다.

리스베스가 접견실 안쪽으로 사라지자 타라의 어깨가 축 처졌다. 하지만 자신을 쳐다보는 많은 사람들을 보면서 가슴을 쭉 펴고 친구들에게 따라오라는 신호를 보내고는 재빨리 출구 쪽으로 향했다.

장관들을 비롯한 궁인들과 크리스털리스트들이 타라에게 모여들었다. 타라에게 충성을 맹세하는 이들이 있는가 하면, 리스베스 여제의 제안을 거절한 것에 비난하는 이들도 있었다. 거동이 불편한 타라는 친위대원들의 호위를 받으면서 마음만은 아더월드에서 가장 빠른 동물 로미네트* 보다 빠르게 달아났다.

대리석 복도를 따라 거대한 유리창을 통해 햇살이 비쳐 들어 나무들이 잘 자라고 있었다. 요정들이 조각상들에 앉은 먼지를 털면서 즐겁게 재잘거리고 있었다. 타라를 뒤따르는 호위대가 한층 강화되어 있어서 시선을 끌지 않고 지나가기가 쉽지 않았다. 크산디아르는 리스베스 여제를 경호하기 때문에 친위대장의 아내이자 카무플레 국장 세네가 누구든 후계자에게 접근하지 못하게 삼엄하게 지키고 있었다.

그들은 나무와 꽃들의 가루받이를 책임지는 한 떼의 비즈즈즈를 만나게 되었다. 몇 주 전에 사고가 있었다. 황궁의 한 정원사가 동물원에 주문하면서 저지른 실수로, 침이 없어서 공격적이지 않고 맛있는 꿀을 생산하는 빨갛고 노란 비즈즈즈의 분봉과, 맹독성의 공격적인 빨갛고 노란 곤충 사카트의 분봉이 바뀌었던 것이다. 정원사는 비즈즈즈의 분봉이라고 생각하고 황궁에 풀어놨는데 오는 동안 작은 상자에 갇혀 있었던 것에 성이 난 사카트들이 정원사에 이어서 궁인들에게까지 독침을 쏘아댔던 것이다.

그날, 곳곳에서 터져 나오는 비명소리, 공포에 질려서 도망치는 소리, 고함소리로 황궁은 아수라장이었다.

혹시 또 사카트 공격을 받을까 불안한지 궁인들이 따라오지 못하고 주춤주춤 물러섰다. 그걸 보면서 타라는 묘안이 떠올랐다. 타라는 회심의 미소를 지으면서 비즈즈즈들을 불렀다. 황궁의 복도에 있는 동물과 곤충은 모두 여제와 후계자들에게 복종하는 주문에 걸려 있었다. 자이언트 거미가 방에 들어왔을 때는 그냥 짤막하게 나가달라고 정중하게 부탁하면 되니까 편리했다. 아더월드에서는 정말 곤충인지, 아니면 다른 마법사가 둔갑시켜놓은 곤충인지 알아볼 수가 없었다. 작은 동물이라도 함부로 으스러뜨렸다가는 성난 마법사와 맞닥뜨릴 위험이 있으니.

한 번도 해본 적이 없지만 타라는 조심스럽게 지시를 내렸다.

비즈즈즈 떼가 얌전히 타라 일행을 에워싸자 전진하기가 훨씬 수월해졌다. 친구들이 타라에게 미소를 보냈고, 호위대도 은근히 기뻐하는 눈치였다.

잘그랑거리는 외골격 때문에 타라는 빨리 걷는 것이 힘들었다. 외골격은 세련되지만 아주 민감하게 반응하기 때문에 타라는 비칠거리면서 천천히 걸었다. 양쪽에서 친구들이 균형을 잃지 않게 살펴주어 든든하고 뿌듯했다. 더 빨리 가기 위해 마법을 작동하고 싶은 유혹이

일지만 자신의 마법이 변덕스럽다는 걸 알기 때문에 단념했다. 황궁을 훼손하는 위험을 무릅쓰고 싶지 않았다.

거의 30분이 지나서 그들은 타라의 거처에 도착했고, 호위대는 방문 앞에서 보초를 섰다. 세네가 크산디아르와 합류하기 위해 떠나자 그들은 긴장을 풀 수 있었다.

타라는 의자들을 향해 친구들이 앉을 수 있게 자유롭게 움직이라는 신호를 보냈다. 보라색 안락의자와 소파들이 섬세하게 조각된 나무다리로 빠르게 움직였다.

하지만 친구들은 먼저 타라를 에워싸면서 의자에 앉게 도와주었다. 늑대인간 파브리스(금발에 검은색 눈), 랑코비트의 야수 무아노(구불구불한 긴 머리에 귀여운 눈), 면허 받은 도둑 칼(천사같이 천진한 얼굴에 잿빛 눈), 타라를 다정하게 쳐다보는 은발의 멋진 하프엘프 로빈, 파프니르는 남친(마지스터의 아들인 하프드래곤 실버)이 생긴 뒤로 빨간색 긴 머리를 하나로 땋아 오른쪽 어깨에 걸쳐서 임자 있는 몸이라는 티를 내고 다녔다. '매직갱'의 패밀리어들도 옆에 있었다. 무아노의 은빛 표범 쉬바, 칼의 여우 블롱딘, 타라의 페가수스 갈랑, 로빈의 거추장스러운 히드라 소우르브, 파프니르의 장밋빛 고양이 벨제부트.

빨간색 가죽옷을 입은 파프니르와 검은색 아마로 지은 옷차림의 칼만 빼고 무아노와 로빈, 파브리스는 랑코비트를 상징하는 파란색과 은색의 마법복을 입고 있었다.

타라는 친구들을 빤히 쳐다봤다. 온갖 모험을 함께하면서 동고동락한 친구들이었다. 타라를 슬프게 하는 것은 모험이 끝나지 않았다는 것이었다. 마지스터가 살아 있는 한 그들은 위험에 빠질 것이고, 타라는 누구보다 목숨이 위태로웠다.

크리스털 볼이 계속 울리자 무아노는 통화하기 위해 자리를 떴다. 잠시 후 상기된 얼굴로 돌아오는 무아노의 눈빛이 반짝거렸다.

"실버는 어디 있지?" 칼이 불쑥 물었는데 실은 파프니르의 고양이가 어떻게 살아났는지 수상쩍게 여기는 눈치였다. 하지만 잘못 물어봤다가 이마에 도끼가 날아올까 봐 입도 벙긋 못 하고 있었다.

파프니르는 짜증을 날려버리기 위해 콧김을 불었다.

"그 빌어먹을 아버지가 있는 곳을 찾으러 떠났어." 난쟁이가 내뱉었다. "실버가 왜 그렇게 그 괴물에게 가까이 가려고 애를 쓰는지 난 도무지 이해가 안 돼."

"아버지니까." 얼굴이 다시 하얘진 무아노가 부드럽게 말했다. "그건 부정할 수 없잖아!"

"그렇겠지." 파프니르가 응수했다. "하지만 지금은 내 남친이야. 목숨이 위태로운데도 기를 쓰고 빌어먹을 정신병자한테 가려고 하는 마음을 아주 없애버리고 말겠어!"

타라는 미소를 지었다. 파프니르와 마지스터 사이에서 샌드위치가 되어 있는 실버가 불쌍했다.

"아야, 아야." 타라가 외골격을 거칠게 벗으면서 툴툴거렸다. "이건 정말 마음에 안 들어! 파프니르?" 타라는 오만상을 찌푸리면서 조심스럽게 앉은 다음 칼이 차마 꺼내지 못한 질문을 했다. "괜찮아? 아까는 얼마나 겁이 났는지 몰라. 하긴 이 행성에 살면서 나는 늘 겁에 질려 있지만. 마지스터가 네 패밀리어를 죽이는 걸 봤을 때……"

타라는 장밋빛 혀로 발을 핥고 있는 고양이를 쳐다봤다.

"그런데 죽지 않았어."

파프니르가 다정하게 쓰다듬자 벨제부트는 세수를 멈추고 야옹거렸다.

"나도 죽은 줄 알았어. 하지만 림보의 악마들에게 짓밟히는 것이 단련이 돼서 튼튼하다고 설명해주면서……."

타라는 페가수스의 주둥이를 쓰다듬다가 말을 끊었다.

"설명해줬어? 하지만 패밀리어들은 말하지 않는데……. 어떻게 설명해줬는데? 이미지를 보여줬어?"

파프니르는 머리털과 똑같이 빨간 눈썹을 움직이면서 말했다.

"아니, 말로 설명했어. 그럼 너는 갈랑과 어떻게 소통하는데?"

"갈랑은 이미지를 보여주거나 감각적인 느낌으로 전달하지. 패밀리어들은 정신적 결합이 되었을 때 자기 이름을 알려줄 때만 말을 해. 그러니까 평소에는 소리를 내서 말하는 게 아냐."

로빈과 무아노, 칼도 고개를 끄덕였다.

파프니르는 놀라는 표정을 지었다.

"하지만 벨은 계속 소리를 내서 말하는데!"

벨제부트가 발끈했다.

'당연히 소리를 내서 말하지. 나는 아더월드의 이 패밀리어들과는 달라! 나는 두뇌가 있거든!'

파프니르의 초록빛 눈이 반짝이는 것으로 보아 분명히 장난기가 돌고 있는데 더는 아무 말도 덧붙이지 않았다. 괜히 쓸데없는 말로 잘난 척하다 벨제부트가 칼의 여우 블롱딘, 무아노의 은빛 표범 쉬바, 타라의 페가수스 갈랑, 로빈의 히드라 소우르브 사이에서 왕따가 될까 걱정되었기 때문이다. 안 그래도 소우르브가 분개하는 울음소리를 내자 갈랑이 애써 진정시키고 있었다.

자신의 활약 덕분에 악마의 반지를 물리쳤고, 마지스터가 파프니르의 패밀리어를 죽이지 못했다는 걸 알고 기분이 좋아진 칼이 웃으면서 말했다.

"넌 정말 독특해, 파프니르! 너는 패밀리어가 있는 유일한 난쟁이일 뿐만 아니라 너의 패밀리어도 여느 패밀리어와는 다르잖아. 그리고 남친도 난쟁이라고 자처하는 하프드래곤이니까 정말 평범하지 않고. 난 너희의 2세가 어떨지 너무 궁금해."

파프니르의 얼굴이 새빨개졌다. 2세라니, 생각해본 적도 없는 말을 던진 칼에게 눈을 흘겼다.

그때 파브리스가 아주 중요한 의문을 제기했다.

"그럼 악마들을 죽일 수 없다는 뜻인가? 죽음을 이겨내는 데 성공했다는 거잖아?"

모두 아무 말도 못한 채 눈이 동그래져서 서로를 쳐다봤다. 이윽고 파프니르가 먼저 입을 열었다.

"벨의 말로는 오랜 실험의 결실인데 절대로 안 죽는 건 아니래. 마지스터는 벨의 목을 부러뜨리기만 했지 댕강 잘라버렸다면 정말 죽었을 테니까."

모두의 얼굴에 안도하는 빛이 역력했다.

"우리 늑대인간들이랑 비슷하네." 약간 안심이 된 얼굴로 파브리스가 한마디 했다. "우리를 죽이는 방법은 한 가지밖에 없으니까."

"그래." 칼이 타라를 쳐다보면서 말했다. "그러니까 악마들을 죽이……(칼은 파프니르와 악마 세계의 고양이를 힐끔 쳐다보면서 표현을 바꿨다) 무찌르기가 굉장히 어렵다는 사실을 새롭게 안 거네, 그렇지? 너의 마지스터는 네 어머니와 악마의 사물에 집착하고 있고."

"나의 마지스터라니!" 타라가 발끈하며 안락의자에게 좀 더 푹신하게 만들어달라고 부탁했다. "이제는 마지스터를 죽일 수도 없어. 엄마가 있는 비욘드월드로 보내면 안 되니까. 마지스터와의 게임이 훨씬 복잡하게 됐어!"

"너는 킬러가 아냐." 무아노가 차분하게 지적했다. "방어하다가 실수로 죽일 수는 있어도. 바로 그래서 마지스터가 아직 살아 있는 것이고. 여러 번 기회가 있었지만 그냥 날려버렸어."

친구들이 고개를 끄덕였다. 타라는 심호흡을 하면서 서서히 새빨간 장밋빛으로 변하는 벽을 둘러봤다. 오무아의 황궁은 으리으리하지만, 랑코비트처럼 살아 있는 궁전이 아니었다. 그래서 건축가들은 벽화와 풍경을 살아 움직이게 만들었고, 특히 타라의 거처는 벽의 색깔을 수시로 변하게 만들었다. 그래서일까, 마치 '색깔이 방울져 떨어지는' 것처럼 현란했다. 마룻바닥을 뚫고 심은 금빛 미모사나무는 감정에 따라 반응하는데 기쁨과 두려움, 불안을 표현하는 분홍색, 갈색, 짙은 초록색이 벽의 색깔과는 어울리지 않았다. 그리고 랑코비트에서 외교적 선물로 보내준, 타라의 아버지 단비우의 그림도 몇 점 걸려 있었다. 색깔과 형태의 유희가 만들어내는 묘한 소용돌이로 시선을 사로잡는 그림이었다.

타라는 속이 울렁거렸다. 정말로 열여섯 살보다는 나이를 더 먹은 느낌 때문에 안락의자에서 몸을 비비 꼬았다. 얼마나 힘들었던가! 악마의 반지 조각을 제거한 뒤로 다시 걸을 수 있게 됐지만, 외골격의 도움을 받는데도 온몸이 격하게 저항했다. 근육이 있는지도 몰랐는데 온몸이 구석구석 아팠다. 그리고 마침내 머릿속에서 맴도는 생각에 집중했다. 그사이에 신경 쓰이는 단계에서 걱정스러운 단계로 발전해 있었다.

"고의든 아니든, 마지스터는 아직 우리의 삶에 나쁜 영향을 끼치고 있어. 근데 당장 그보다 훨씬 두려운 게 있어."

친구들이 깜짝 놀랐다.

"아, 그래?" 칼이 잿빛 눈을 찡그리면서 말했다. "아주 끔찍한 위협인 모양인데⋯⋯. 그 어느 때보다 최악인 것 같아? 와우! 타라, 너 없는 삶은 얼마나 시시할까!"

"하하하! 그런가? 칼, 악마 얘기가 나왔으니까 말인데 마왕 아르칸즈가 악마의 반지를 파괴했을 때 무슨 일이 일어났는지 봤지?"

칼은 헝클어진 갈색 머리를 끄덕였다.

"아주 쉽게 파괴했지. 그래서 마지스터를 없애달라고 아르칸즈에게 부탁이라도 하려고?"

얼마나 기발한 생각인가! 원수를 둘이나 보내버리는 건데⋯⋯.

타라는 한숨을 내쉬면서 좀 걸으려고 무의식적으로 일어서다가 근육이 말을 안 듣자 포기했다.

"그럴 수 있다면 유혹을 떨치기 힘들 거야. 하지만 아르칸즈는 림보에 있는 게 낫다고 생각해. 마지스터는 림보의 악마들에 비하면 아무것도 아냐. 악마들을 더 강력하게 만들지 않기 위해서라도 나는 마지스터가 악마의 사물들을 손에 넣게 내버려둘 수 없어. 그리고 나도 악마의 사물 가까이 가지 말아야 해."

타라의 완강한 어조에 친구들이 놀란 듯이 쳐다봤다.

"왜?" 마침내 파브리스가 물었다. "너는 악마의 사물들을 파괴하기 위해 최선을 다했는데……."

타라는 두 손으로 머리를 감싸면서 신음했다.

"내가 왜 그렇게 바보 같았을까!"

친구들은 어안이 벙벙한 얼굴이었다.

"네가 그렇게 말하니까 궁금한데……." 칼이 대표로 나섰다. "무슨 반전이 있는 모양인데 차근차근 설명 좀 해줄래?"

"내가 악마의 사물들을 파괴했잖아."

"그랬지, 그게 왜?"

"악마의 사물에는 수백만의 영혼이 저장되어 있어. 악마들이 마법을 사용해서 우리를 물리칠 수 있는 유일한 방법이니까."

"그거야 그렇지, 그런데?"

"그런데 악마의 사물을 파괴하면 남은 마법의 에너지가 어디로 가는지 한 번도 생각해보지 않았어."

"그러네……."

타라의 말에 충격을 받은 칼이 말끝을 흐렸다.

"맙소사, 내가 생각하는 그거야?"

눈을 비비던 타라는 정성 들인 화장을 망쳐놨다고 신경질적으로 투덜거리는 코디네이터이자 보디가드 역할을 하는 체인지라인을 목덜미에서 떼어버렸다.

"마법의 에너지는 마왕에게 돌아가는 거야. 아르칸즈가 마법을 흡수해버렸잖아! 칼 너도 봤고, 나도 봤어. 그때는 알아차리지 못했지만 명백한 사실이야."

무아노는 타라와 칼이 하는 말을 이해하지 못하는 파프니르와 파브리스에게 설명해주었다. 난쟁이는 마법을 싫어하기 때문이고, 파브리스는 악마의 마법에 대한 관심을 껐기 때문이었다.

"타라가 악마의 사물을 파괴했을 때……."

"그 사물의 마법이 림보로 돌아가서 마왕에게 공급된다는 말이지? 그래서 마왕은 점점 더 강력해지는 것이고."

정적이 감돌았다.

"대단한 거 아니네." 칼이 중얼거렸다.

"응, 전혀." 로빈은 한술 더 떴다. "악마의 사물을 파괴하는 것이 위험하다는 걸 다른 종족들에게 알려야지. 그래야 악마의 반지 같은 시제품이나 완제품을 손에 넣더라도 파괴하면 안 된다는 걸 알 테니까."

"모든 게 악마들이 짜놓은 작전의 일부 같아." 타라는 생각에 잠긴 얼굴로 말했다. "악마들은 지각단층 전쟁 때 악마의 사물들을 빼앗아서 감춰놓은 최고 마구스들을 죽였어. 나의 조상 데미데루스는 죽일 수 없었지. 전쟁이 일어났을 때 돌아오기 위해 잿빛 시간 속에서 기다리고 있기 때문에. 하지만 악마들은 사물이 지닌 힘을 회수하는 방법이 파괴라는 걸 알고 있었어. 내 생각에는 악마들이 마지스터에게 주문을 걸어놓은 것 같아. 사물들의 힘을 찾아오려고. 나 덕분에 그들은 이미 강력한 사물 두 개, 실루르의 옥좌와 저주받은 왕홀의 힘을 회수했어. 악마의 반지는 중요하지 않다고 봐. 시제품이라서 5000년 동안 이미 많은 힘을 소모했으니까."

이쯤에서 가상으로 악마 쪽을 대변하기로 작정한 무아노가 갑자기 끼어들었다.

"네가 잘못 알고 있는 것이라면!"

"뭐라고?"

"그래, 네 말대로 반지를 파괴했을 때 아르칸즈는 '어쩌면'(무아노는 두 손으로 따옴표를 열고 닫았는데 말을 강조할 때 사용하는 지구의 인용 부호가 마음에 쏙 들었던 것이다) 그 사악한 힘을 흡수했을지도 몰라. 하지만 한편으로는 아르칸즈가 파괴적이고, 다른 한편으로는 이 세계에 있었기 때문이기도 해. 타라, 제대로 짚은 거라고 확신해? 이런 말해서 미안하지만 마지스터의 제안은 혹할 만해. 위험한 사물들을 아예 없애버리자는 건데. 물론 네가 어머니와 아버지가 돌아오는 걸 원치 않는다는 말은 그 이유를 아니까 이해해. 하지만 악마의 사물을 파괴하지 않겠다는 말을 우리가 어떻게 이해할 수 있겠어?"

착하고, 온순하고, 이성적인 무아노가 반박하자 타라는 깜짝 놀랐다. 타라는 신랄하게 쏘아붙이려다 입을 다물었다. 무아노는 아더월드를 훨씬 잘 아는 친구가 아닌가. 신중하게 검토할 필요가 있는 추론이었다. 그리고 친구들에게 생각을 강요하지는 말아야 했다.

"나는 악마의 사물을 파괴하기 위해 마지스터가 필요하지 않아." 타라는 천천히 말했다. "실루르의 옥좌와 저주받은 왕홀을 파괴했을 때처럼 하나씩 차례로 없애면 되니까."

무아노는 구불구불한 갈색 머리를 끄덕였다. 그 생각은 하지 않았었다. 다른 사람들도 마찬가지일 텐데.

"아!" 무아노가 혼란스러운 얼굴로 말했다. "그 말도 맞지만 이해가 안 돼. 너는 마지스터가 줄곧 한 가지만 원한다는 걸 알고 있었어. 그렇다면 더 일찍 악마의 사물들을 파괴했어야 되는 거 아냐? 5000년 전에 데미데루스도 없애려고 했잖아. 악마의 사물들이 없다면 마지스터가 너를 못살게 구는 일은 없을 텐데!"

타라는 한숨을 내쉬었다.

"두려워서."

"두려워? 타라 네가?" 이상할 정도로 침묵을 지키던 로빈이 말했다. 유리창으로 비쳐 드는 햇살에 크리스털 눈이 반짝였다. "뭐가 두려워?"

"신전을 지키는 존재들이 두려웠어. 정말 무시무시했어. 나를 죽일 뻔했고. 그리고 로빈, 너도 알잖아. 내가 악마의 마법과 자주 접촉했다는 걸. 그래서 지킴이들이 그걸 느끼고 나를 공격할까 봐 두려웠어. 나는 지킴이들에게 맞서서 대응할 수 없어."

친구들은 눈이 동그래져서 타라를 쳐다봤다.

"그리고 나는 왜 두려워하면 안 되는데? 나도 무섭단 말이야. 무슨 일이 있어도, 설사 내 목숨을 구하는 일이라고 해도 다시는 아틀란티스에 가고 싶지 않아."

타라는 신중하게 여운을 남겼다.

"내가 납득할 만한 엄청난 일이 일어난다면 몰라도."

"맙소사." 칼이 중얼거렸다. "지킴이들보다는 마지스터가 덜 무섭다는 거네? 타라, 너한테 공포증이 있다니!"

타라는 이맛살을 찌푸렸다.

"그래, 나 지킴이 공포증 환자야. 지킴이들을 보면 공포에 떨게 돼. 비둘기, 자이언트 거미, 상어, 개나 뱀을 무서워하는 사람도 많아. 나는 특히 갈퀴발톱과 송곳니가 있는 아티팩트들, 죽일 수 없는 신전의 심판관들이 무서워. 근거가 있는 두려움이라고 생각해. 아무튼 내가 잘못 생각하는 게 아니라고 확신해. 마왕 아르칸즈는 시제품 반지에서 마법의 힘을 분명히 회수했어. 악마의 사물이 여기에 있든, 림보에 있든 우리가 파괴하면, 그것은 아르칸즈가 원하는 걸 해주는 거야. 난 확신해."

무아노는 한숨을 내쉬었다. 타라의 생각에 동의하지 않지만 딱히 해줄 말이 없었다. 친구는 고집이 셌다. 그리고 불행히도 타라의 직감은 대체로 맞는 편이었다. 마지스터가 죽은 여자를 미친 듯이 사랑하는 것도, 악마의 사물들을 원하는 것도 맞는 말이고, 사물의 힘이 합법적인 주인에게 돌아가는 것은 성냥불이 꺼지면서 불의 원소에게 돌아가는 것처럼 비슷한 이치 아닌가. 무아노는 파브리스를 쳐다봤다. 야수의 예민한 감각 덕분에 무아노는 파브리스에게서 두려움을 느낄 수 있었다. 마지스터가 접견실에 나타나는 순간 파브리스가 경직되는 걸 느꼈다. 공포에 떨고 있는 것이었다. 마치 마지스터가 다가오거나 건드리면 자신의 영혼을 앗아간다고 확신하는 것처럼.

"그래서……." 타라가 말끝을 흐렸다.

"그래서?" 칼이 호기심이 동한 얼굴로 물었다.

"그래서." 타라는 자세를 바로 하다가 고통으로 얼굴을 약간 찡그리면서 말했다. "마지스터에게 말해야겠어!"

파브리스는 입을 멍하니 벌렸다.

"그건 왜? 뭐 때문에?"

"마왕에게 농락당하고 있다는 걸 깨닫게 해주려고. 정확하게 말하면 전 마왕이지만, 뒤를 이은 아르칸즈도 악마의 사물들을 파괴하도록 유도하고 있으니까 절대로 파괴하면 안 된다는 걸 알려줘야지."

무아노가 파브리스의 머릿속을 읽을 수 있다면 잘못 생각한 게 아니라는 걸 확인할 수 있을 텐데! 금발의 지구 소년은 질겁해 있었다. 마지스터를 따라가서 지내는 동안 상그라브들의 보스가 얼마나 잔혹하게 굴었으면, 얼마나 미친 짓을 했으면 이럴까. 그래서 파브리스에게 이성을 되찾아주는 것은, 아더월드 사람에게 은유법을 써서 낙타에게 바늘구멍으로 들어가라고 한다거나 드래곤을 암소라고 설득하는 것이나 다름없었다. 잔뜩 긴장한 파브리스는 타라를 뚫어져라 쳐다보면서 친구들 모두가 하고 싶은 의문을 제기했다.

"그래서 어떡할 생각인데?"

타라가 미소를 지어 보였는데 기쁨이라곤 없는 미소였다.

"글쎄, 아직은!"

타라가 칼에게 시선을 옮기면서 갑자기 불길한 미소를 보냈다.

"하지만 나는 칼이 기발한 생각을 해줄 거라고 확신해!"

칼은 어이가 없는 얼굴로 타라를 쳐다봤다. 전적으로 신뢰해주는 친구들에게 해줄 일은 한 가지밖에 없었다.

칼은 신음소리를 냈다.

변신

어떻게 변장해야 사람들에게 결정타를 날릴 수 있을까

*

　마지스터는 혼란에 빠진 궁정을 지켜보고 있었다. 온갖 종족이 혈안이 되어 찾고 있는 대상이 자신이라는 걸 알면서도 변장하고 그들 틈에 끼여 있을 때의 묘한 기분을 뭐라고 표현할 수 있을까!

　궁전에서 일어난 화재로 어머니가 사망한 데 이어서 남편까지 사고로 사망하자 여제는 피해망상에 사로잡혔다. 그래서 궁전에서는 마법으로 위장하지 말고 본모습을 드러내라는 법을 제정하려고 했다. 젊고 예쁜 여자가 나이 지긋한 부인이나 늙수그레한 남자로 밝혀지는가 하면, 근육질의 전사는 여드름투성이의 비쩍 마른 소년이고 이글거리는 눈빛의 잘생긴 장관들은 비만의 노인들로 드러나자 여기저기서 불만이 터져 나왔다. 모든 사람이 본모습을 가리고 멋지게 변신하고 싶어했다. 리스베스 여제는 결국 명을 거둬야 했다. 오늘 마지스터는 그것이 고마울 따름이었다.

마지스터는 귀를 기울였다. 흥분한 궁인들이 수군덕거리면서 불평을 늘어놓고 있었다. 한 무리의 켄타우로스들은 후계자가 감히 제국의 수장인 여제에게 도발하는 것을 이해할 수 없다고 했다. 말이나 늑대, 무리를 지어 사는 대다수 동물들과 마찬가지로 켄타우로스 종족은 우두머리―암컷이나 수컷 알파―에게 복종하기 때문에 거역한다는 것은 생각도 할 수 없었다. 그래서 켄타우로스들은 후계자가 고모를 죽이고 여제 자리를 차지할 거라고 예상했는데 유혈 사태는커녕 싸움도 일어나지 않자 약간 당황하고 있었다.

접견실이나 집회장에 들어가려면 뽑아야 하기 때문에 금빛 뿔 하나 없을 뿐인데 너무 표 나게 매력이 뚝 떨어진 유니콘들은 사나운 성깔(발을 밟혔다가는 누구라도 뿔로 박아버릴 정도였다)에 비추면 켄타우로스들보다는 그래도 타라를 이해해주었다. 하지만 새로 태어난 유니콘의 이름을 결정하는 데만 최소 6개월이 걸릴 정도로 토론을 즐기기 때문에 여제와 후계자의 대화가 너무 짧게 끝나버린 것에는 실망한 빛이 역력했다. 그 밖에도 접견실은 온갖 종족으로 붐비고 있었다. 무의식적으로 누군가를 으스러뜨릴까 조심하는 그린 드래곤과 레드 드래곤, 땅신령들, 전투복 차림의 난쟁이들, 빌랭의 용병들과 수장 바리우스 덩컨 남작, 진실의 입들(통치자들의 명이 있어야 누군가의 생각을 읽기로 서약했는데도 모두 슬금슬금 피했다), 시커먼 아우라가 감도는 뱀파이어들…….

온갖 종족들, 특히 생각을 폭로할 수 있는 진실의 입들과 섞여 있는 것이 불편한 마지스터는 자리를 옮겼다. 누군가를 찾고 있었다. 아,

드디어 원하는 대상, 국방 장관과 타트리스족 출신의 테오클리스 신임 수상을 발견했다. 반역을 저지른 죄로 경질된 전임 수상 티라니크는 쓸모가 많았는데 애석하게도 피살되었다. 마지스터는 국방 장관과 수상에게 접근했다.

"마지스터의 위협을 받아들일 수 없습니다!" 국방 및 악마의 위협과 공격적인 종족을 감시하는 장관**6**이 노발대발하고 있는데 얼굴빛이 붉고 콧수염을 기른 남자였다. "마지스터가 미래의 여제를 계속 공격할 텐데 우리가 어떻게 지켜줄 수 있겠습니까?"

테오클리스 수상이 국방 장관을 쳐다봤다. 첫째 얼굴은 까만 눈에 갈색 머리인 반면에 둘째 얼굴은 까만 눈에 금발이었다.

"우리가 지켜주지 않아도 될 겁니다." 첫째 얼굴이 말문을 열었다.

"……그럴 필요가 없으니까요." 둘째 얼굴이 말을 이었다.

"……확실한 방법은……."

"……악마의 사물들을 파괴해버리는 겁니다!" 둘째 얼굴이 미소를 지으면서 말을 맺었다.

국방 기타 등등**7** 장관은 어이가 없다는 듯 두 개의 얼굴을 가진 여성 수상을 쳐다봤다.

"악마의 사물들을 파괴해요? 하지만…… 그건 무기예요!"

무기를 파괴한다는 생각만으로도 끔찍한 고통이라는 듯 국방 장관

• • • • • • • • • • • • • •

6. 이보다 훨씬 길게 직무를 나열하는 장관들도 있으며, 한 페이지의 절반을 차지할 정도로 긴 경우도 있다.

7. 아더월드에서는 장관들이 여러 개의 직책을 갖고 있어서 '기타 등등'이란 표현이 따라다닌다.

의 얼굴이 일그러졌다.

"네, 무기죠!" 금발의 얼굴이 생각에 잠긴 표정으로 말했다.

"하지만 우리는 사용할 수 없어요." 갈색 머리의 얼굴이 지적했다.

"우리에게는 쓸모없으니……." 금발이 강조했다.

"우리의 여제 후계자 타라 덩컨에게 부탁해야지요……." 갈색 머리가 말을 이었다.

"……파괴해달라고."

그렇게 말하고 나서 수상은 뇌출혈로 쓰러질 것 같은 장관을 향해 두 머리로 우아하게 고갯짓 인사를 하고 돌아섰다.

인간 이외의 종족을 혐오하는 장관이 멀어져 가는 타트리스족 수상을 쏘아보면서 내뱉었다.

"인간도 아닌 것들이! 저런 것들에게 나라를 맡기다니, 나라 꼴이 어떻게 되려고……!"

이 말을 들으면서 숨을 죽이고 있던 마지스터는 좀 더 가까이 가서 국방 장관의 팔을 툭 건드리고는 귀에 대고 속삭였다.

"장관님, 그냥 내버려두지 않을 거죠?"

장관이 소스라치게 놀라서 돌아봤다.

"뭐라고 했습니까? 부인? 아가씨?"

갑옷 차림의 우아하고 멋진 엘프 여전사로 변신해 있는 마지스터가 묘한 미소를 지었다.

"우리 엘프 전사들은 무기의 가치를 알고 있지요." 엘프녀/마지스터가 인상을 쓰는 장관에게 넌지시 말했다. "무기를 없애자고 하는 것은 수상이 무기를 두려워하기 때문이에요. 쯧쯧, 정말 바보 같은 생각이잖아요. 림보의 악마들이 공격해오면 어떻게 맞서려고⋯⋯?"

장관이 정색하는 얼굴로 엘프녀를 마주 보고 섰는데 경멸하듯 노려봤다. 이런, 유혹 실패!

"우리는 악마의 사물을 건드릴 수도 사용할 수도 없습니다. 그리고 나는 이런 일에 엘프가 왜 관심을 갖는지 모르겠군요('인간이 아닌 주제에'라는 걸 은근히 내비치는 어조였다). 남의 대화를 엿듣는 것도 예의에 어긋날 뿐만 아니라⋯⋯."

엘프녀에게서 이상한 느낌이 든 국방 장관은 경계하면서 한 발짝 뒤로 물러섰다. 하지만 엘프는 주먹을 꽉 쥐면서 참았다.

"죄송합니다, 장관님. 엿들은 것이 아니라 우연히 옆에 있다가 듣게 된 겁니다. 어쨌거나 우리가 지금 당장은 악마의 사물들을 사용할 수 없지만 나중에도 그렇다고 할 수는 없겠지요."

이상한 엘프녀가 너무 가까이 몸을 들이대자 장관은 눈을 깜박이면서 다시 뒤로 물러섰다.

"마지스터가 갖고 있는 셔츠와 마찬가지로 악마의 반지는 필요할 경우 인간도 악마의 마법을 사용할 수 있다는 걸 보여주었지요. 여제를 통해서 봤잖아요? 따라서 악마의 사물을 어떻게 사용할지 방법을 알아내는 것은 시간문제라고 생각해요. 면밀히 연구하면 되니까. 악마의 사물에게 접근하지 말라는 것은 5000년 전에나 유용한 낡은 법이에요. 그 뒤로 우리의 과학과 마법이 얼마나 눈부시게 발전했는데. 오무아의 연구소는 세계 최고 수준입니다! 악마의 속바지를 갖고 있는 드래곤들이 5000년 동안 아무런 실험도 안 하고 그냥 구경만 했을 거라고 생각하세요?"

생각에 잠긴 장관은 엘프녀를 짜증스럽게 쳐다봤다. 자신의 생각과 전혀 다를 뿐만 아니라 인간도 아닌 주제에 가르치려는 태도가 마음에 들지 않기 때문이었다.

"우주선을 조종하는 드래곤들을 따라가려면 우리는 아직 멀었소. 부싯돌로 불을 피우는 수준이랄까. 아무튼 그래서 나는 특히 드래곤들을 좋아하지도 않고, 무기를 파괴하자는 생각에 찬성하지도 않아요. 드래곤들이 악마의 마법을 사용하는 데 성공하지 못했다면 우리도 성공하지 못하는 겁니다."

맙소사, 정체불명의 엘프녀를 상대로 내가 지금 무슨 얘기를 하는 거지? 장관이 얼른 표정을 바꾸고 마지못해서 정중하게 인사했다.

"의견을 줘서 고맙소. 그대의 마법이 빛나기를!"

의례적인 인사말을 던지고 장관은 멀어져 갔다.

엘프녀보다 인간 남자로 있는 편이 나았을걸. 마지스터는 오만상을 찌푸렸다. 오무아 사람들은 인종차별이 심했다. 아더월드에서 가장 커다란 인간의 제국은 인간이 아닌 종족들을 받아들였지만 존중해주는 건 아니었다.

슬루르크! 잘못된 선택. 마지스터는 자신이 한 말을 장관이 깊이 새기길 바랄 수밖에 없었다. 신전을 지키는 불멸의 존재들의 감시를 뚫고 악마의 사물들을 꺼내왔을 때 가로채야 하는데……. 아니면 손에 넣을 기회가 없었다. 그렇게 되면 아주 복잡한 작전을 수없이 짜야 하고, 결국 죽음 말고는 다른 선택의 여지가 없었다.

마지스터가 생각에 잠겨서 머릿속으로 궁리를 하고 있을 때 갑자기 누군가가 이름을 불렀다.

"마지스터!"

마지스터는 무의식적으로 하마터면 대답할 뻔했다. 정신을 차리고 제때에 입술을 깨물었다. 접견실에 있는 모든 크리스털 전광판에 타라 덩컨의 이미지가 나타나 있었다. 타라는 침실에 딸린 서재의 컴퓨터 앞에 앉아 있었다. 전 세계와 행성 너머까지 메시지가 전파되도록 궁전 내부와 외부의 통신망이 모두 연결된 상태였다.

"마지스터." 전광판에 나타난 이미지가 말하는데 오무아의 연구실에서 조정하는 신기술 홀로그래피 효과 때문인지 보는 사람은 누구나 후계자가 자신을 쳐다보면서 이야기하는 느낌이 들었다. "이건 당신에게 보내는 메시지예요. 마왕 아르칸즈가 크라에토비르의 반지를 파괴했을 때 칼과 나는 반지에 있던 힘이 마왕에게 돌아가는 걸 확인했어요. 따라서 우리는 악마의 사물이 파괴되면 사물에 남아 있는 악마의 영혼들이 림보에 있는 주인에게 돌아간다는 결론을 내렸지요. 당신은 악마의 사물들을 사용해서 그 힘으로 아더월드와 비욘드월드 사이의 장벽을 박살 내겠다고 했어요. 하지만 사물에 있는 악마의 영혼들 중에서 소모되지 않은 영혼들은 해방되어 주인에게 돌아가는 거예요. 아르칸즈가 크라에토비르의 반지를 파괴했을 때 그랬으니까요. 따라서 우리는 악마의 사물을 파괴하면 안 돼요. 계획을 포기하기 바랍니다. 악마의 사물들을 파괴하는 것은 악마들이 바라는 거예요. 훨씬 강력해진 힘으로 우리를 침략하기 위해서."

타라의 이미지가 사라졌다. 마지스터는 인상을 썼다. 이렇게 느닷없이 성명을 발표하는 것으로 한 방을 날리다니. 한마디도 믿지 않지만, 타라가 방금 선제공격을 한 것이다.

성가신 계집애!

아니, 완전히 틀린 말은 아니었다. 사물에 들어 있는 힘을 모두 사용하려면 사물을 파괴해서 악마의 영혼들을 풀어주어야 했다. 그런데 수백만의 영혼이 다 필요하지 않을 경우, 특수 철창에 가둬둔다면 모를까, 소모되지 않고 남은 영혼들이 주인에게 돌아가는 것은 의심의 여지가 없었다.

하지만 마지스터는 개의치 않았다.

태양과 행성을 변형시키기 위해 수십 억 영혼을 파괴한 악마들인데 수백만의 영혼이 돌아간다고 힘이 세지면 얼마나 더 세질 거라고…….

타라의 논리가 일리는 있지만, 정말 성가셨다. 타라의 성명을 믿고 지지하는 이들도 있을 텐데. 타라가 잘못을 저질러서 신망을 잃게 만들어야 하는데……. 마지스터는 멈춰 선 채로 생각에 잠겼지만 당장은 묘수가 떠오르지 않았다. 정신이 온통 크리스털 의료 기기에 에워싸인 셀레나의 시신에 쏠려 있어서였다. 마지스터는 주먹을 꽉 쥐었다. 아니, 타라가 방해한다고 포기할 내가 아니지!

마지스터가 악마의 마법과 타라를 생각하면서 머릿속으로 한 가지 계획을 세우고 있을 때 키가 크고, 은빛 정맥이 불거진 검은빛 엘프가 허리를 감았다. 당황한 마지스터는 하마터면 엘프를 죽일 뻔했지만 자신이 아름다운 엘프녀로 변신해 있다는 것을 기억했다.

"처음 보는군요, 매력적인 전사." 엘프가 치근거렸다. "새로 왔죠? 우리 여왕의 임명을 받고 오무아 군대에 파견됐군요? 당신에 대해 깊이 알고 싶은데 어디 구석진 곳으로 갈까요?"

마지스터는 침을 삼켰다. 엘프들은 마음에 드는 상대가 있으면 환심을 사기 위해 유혹하는 능력이 뛰어난 것으로 유명했다. 모든 사람이 보는 데서 정체가 들통 나면 체포될 위험이 있었다. 아무리 강력한 마지스터라도 수많은 적을 상대할 정도는 아니었다.

셀렌바라면 어떻게 했을까? 머저리의 피를 빨아 먹는 셀렌바의 모습이 떠오르자 얼른 떨쳐버렸다. 안 돼, 셀렌바처럼 하면. 타라의 어머니 셀레나라면 어떻게 했을까? 눈을 깜박이면서 치근거리는 남자를 정신 차리게 할 거야.

마지스터는 눈을 깜박였다. 효과가 있는지 엘프가 약간 물러서면서 말했다.

"눈에 뭐가 들어갔어요? 내가 훅훅, 불어줄까요?"

마지스터는 즉시 멈췄다. 이런, 눈 깜박이는 짓을 하지 말걸. 그럼 좀 거칠게 나가볼까…….

엘프녀/마지스터는 엘프의 따귀를 갈기고 휙 돌아서서 쌩하니 가버렸다. 어리둥절한 블랙 앤드 실버 엘프는 멀어져 가는 엘프를 바라보다가 미소를 지었다.

친구인 바이올렛 엘프가 다가왔다.

"뭐 하는 거야? 세 번이나 불렀는데…… 귀먹었어?"

"친구, 믿을 수 없는 일이 일어났어. 너무 즐기기만 해서 한 번도 없었던 일인데……!"

뭐라는 거야? 바이올렛 엘프가 쳐다봤다.

"뭐?"

"내가 걸려들었어. 사랑에 빠졌다고! 방금 따귀를 얻어맞았는데 그게 무슨 뜻인지 자네는 알잖아!"

"한때는 결혼하고 싶다는 뜻이었지. 그러나 낡은 풍습이라서 요즘은……."

"낡은 풍습이라도 난 마음에 들어! 놓치기 전에 얼른 쫓아가서 '좋다'고 말해야겠어!"

친구가 뭐라고 하기 전에 블랙 앤드 실버 엘프는 아름다운 엘프녀를 뒤쫓아 달려갔다.

추방되었던 후계자가 돌아와서 여제로 승격되는 일은 정말 흔치 않은 일이라서 접견실은 그 어느 때보다 많은 이들로 북적였다. 마지스터는 군중을 뚫고 나가기가 쉽지 않았다. 게다가 머저리 엘프가 쫓아오면서 소리쳐 부를 때는 화가 치밀었다. 그 바람에 이목까지 끌게 되었으니 마지스터는 엘프녀로 위장한 걸 후회하면서(다음에는 곱사등이 타트리스의 모습으로 변장해야지) 하는 수 없이 멈춰 서서 머저리를 기다렸다.

"거기 서요!" 블랙 앤드 실버 엘프가 소리쳤다. "와, 로미네트보다 훨씬 빠르군요."

아름다운 엘프가 불태워 죽일 듯한 기세로 노려보자 블랙 앤드 실버 엘프는 얼굴이 더 환해졌다. 와우, 아름다운 데다 성깔까지! 엘프는 '완전 내 스타일'이라는 얼굴로 몸을 앞으로 숙이면서 엘프녀/마지스터의 엉덩이를 찰싹 때렸다.

"낡은 풍습을 좋아하는 당신에게 주는 내 대답이오."

엉덩이를 맞은 엘프녀는 황당한 표정을 지었다. 엘프들이 옛날에는 청혼을 받아들이는 표시로 이렇게 여성의 엉덩이를 때린다는 걸 마지스터가 알 리 없었다.

블랙 앤드 실버 엘프는 바보 같은 미소를 흘리면서 반응을 기다리고 있었다. 아름다운 엘프녀가 다가서더니 번쩍 들어 올렸을 때 깜짝 놀랐다. 얼굴이 시뻘게진 엘프녀의 눈빛이 분노로 이글거리는데 이상하게도 손에서 시커먼 마법의 광선이 번쩍이고 있었다. 그러다 엘프녀/마지스터는 사람들이 호기심 가득한 얼굴로 쳐다보고 있다는 걸 알아차렸다.

엘프녀/마지스터는 이를 악물면서 블랙 앤드 실버 엘프를 바닥에 내려놨다. 그러고는 갑옷을 매만진 다음 숙소로 데려갈 거라면서 따라오라는 손짓을 했다.

잠시 후, 빈방으로 떠밀었다. 빈방? 아니, 화장실인데⋯⋯. 블랙 앤드 실버 엘프는 여성치고는 취향이 아주 독특하다고 생각했다.

엘프녀/마지스터는 씨익, 미소를 짓더니 변신하기 시작했다.

그래서 본모습⋯⋯ 번쩍거리는 갑옷이 시커먼 마법복으로 변하고 마스크가 아름다운 얼굴을 가렸을 때 블랙 앤드 실버 엘프는 뒷걸음쳤다.

마침내 엘프는 얼마나 큰 실수를 저질렀는지 깨달았다.

그리고 죽는다는 것도.

마지스터가 어쩔 수 없이 죽여야 했던 시체를 향해 몸을 숙이고 있을 때 등 뒤에서 문이 열렸다. 방심하고 있었던 걸 자책하면서 돌아서는 마지스터의 두 손이 시커먼 불빛에 휩싸였다.

하지만 앞에 있는 건 적이 아니라 실버였다.

그의 아들 실버.

적이 아니라고? 그건 모를 일이었다. 그래서 마지스터는 마법을 끄지 않았다. 아마바쉬로우쉬바의 아들에 대해 아는 것이 없었다. 아들은 난쟁이 부부의 교육을 받으며 자랐고, 혈검을 갖고 있는 것으로 보아 난쟁이 전사들 중에서도 가장 난폭하고 뛰어나다는 불굴의 전사였다. 마지스터는 좀 전에 고양이의 목을 부러뜨렸는데 아들이 사랑하는 난쟁이 파프니르의 패밀리어라는 걸 알고 있었다. 그래서 복수하러 온 걸까? 실버와 많은 시간을 보낸 건 아니지만 생각보다는 훨씬 순종적이었다. 실버는 아버지에 대해, 그리고 삶에 대해 알고 싶어했지만, 마지스터는 대답을 별로 해주지 않았다. 여전히 정체를 알 수 없는 수수께끼의 인물로 남아 있는 걸 보면.

실버는 마지스터가 움켜쥐고 있는 검은 불을 쳐다보면서 천천히 팔짱을 끼는 것으로 공격할 생각이 없음을 내비쳤다. 마지스터는 비웃음을 꾹 참았다. 감히 내 앞에서 무방비 상태로 있는 멍청한 짓거리를 하다니. 마지스터가 완전히 보내버리는 데스트룩투스와 마비시키는 파랄리수스 중에서 어느 것으로 제압할지 아직 결정을 내리지 못하고 있을 때 실버가 뜻밖의 말을 했다.

"저는 강력한 전사이고, 아버지의 아들입니다. 솔직히 말하면 아버지가 왜 저를 피하는지 이해가 잘 안 됩니다. 제가 두려우십니까? 제가 아버지를 넘어설까 봐 두려우신 겁니까? 하지만 그건 순리입니다. 자식은 성장하면서 결국은 부모를 넘어서기 마련이니까요. 반드시 힘 때문이 아니라 살아가는 동안 자라기 마련이라 때가 되면 부모님

80

을 넘어서는 겁니다…….”

어이가 없는 마지스터는 마법의 불이 꺼지게 내버려두었다. 그러고는 배를 잡고 폭소를 터뜨렸다.

“이렇게 웃어본 지가 얼마 만인지 모르겠구나. 네가? 감히 나를 넘어서?”

그게 포복절도할 정도로 웃기는 말인가? 실버는 좀 과장된 행동이라고 생각했다. 마지스터는 진정하는 데 시간이 좀 걸렸다.

“뭐, 그럴 수도 있겠지. 하지만 그런 건 조금도 신경 쓰지 않아. 내가 너를 거부하는 것은 너를 믿지 않기 때문이야. 내 수하의 상그라브들이야 강력한 힘을 얻기 위해 나에게 붙어서 복종한다지만 너는 왜 나를 죽자고 쫓아다니는지 이유를 모르겠다. 그래서 경계하는 거야.”

“아버지에 대한 사랑 때문입니다.” 실버가 부드럽게 대답했는데 파닥파닥 날아다니는 브리앙트의 빛을 받아 피부가 반짝거렸다.

마지스터는 실버의 말에 충격을 받은 듯 잠시 침묵을 지켰다.

“네 어머니와 많이 닮았구나.” 마지스터가 쉰 목소리로 말했다.

“인간의 모습일 때는 지금의 너 같았지. 그리고 불빛과 붉은빛, 캐러멜빛이 모두 섞인 갈기, 네 눈과 똑같은 금빛 눈, 많이 그립구나.”

“하지만 아버지는 셀레나 부인을 사랑하잖아요.” 실버는 차분하게 말했다.

마지스터는 마스크에 가려서 실버가 볼 수 없지만 눈살을 찌푸렸다.

“이런 대화가 무슨 의미가 있는지 모르겠다. 다른 사람들이 나를 잡으러 올 수 있게 시간을 끄는 것일지도 모르는데.”

실버는 미소를 지었다.

"아닙니다. 저는 아버지를 이해하려고 노력하는 겁니다."

마지스터가 빠른 걸음으로 다가오자 실버는 하마터면 뒷걸음질칠 뻔했지만 억제했다. 거의 동물적인 감각이었다. 어떤 경우에도 약한 모습을 보이지 말아야 했다.

마지스터는 아들을 향해 마스크로 가린 얼굴을 숙였다.

"나를 알고 싶단 말이지? 나를 알려면 복종해야 돼. 무엇이든. 네가 그럴 수 있을까? 난쟁이 파프니르를 향한 마음이 너를 그쪽으로 이끌 텐데?"

실버는 어깨를 으쓱했다.

"네, 제 마음이 선택한 파프니르는 저를 기다릴 겁니다. 그럼 한 가지 청을 해도 되겠습니까, 아버지? 아더월드 시간으로 1년만 곁에서 아버지를 알고 싶습니다. 그리고 사랑하는 파프니르에게 돌아간 뒤로 다시는 아버지를 괴롭히지 않겠습니다."

"조건이 있다." 마지스터가 말했다.

"네, 말씀하세요." 실버는 금빛 눈으로 돌연 시커메진 마지스터의 마스크를 뚫어져라 쳐다보면서 말했다. "저기 널브러진 엘프처럼 저를 언제든 죽이겠다고 하시면…… 네, 그러세요. 저는 막지 않을 겁니다. 설사 왜 그러시는지 그 이유를 모른다고 해도. 하지만 아버지는 바보가 아니십니다."

마지스터는 실버를 불태워 죽일 뻔했지만 꾹 참았다. 맞는 말이었다. 바보가 아닌데 시간을 허비할 필요가 없었다. 이 아이는 분명히 쓸모가 있을 텐데……. 어떻게 하면 완벽하게 써먹을지 벌써 묘안이 떠오르고 있었다.

실버는 마지스터의 생각이 마스크에 반영되는 걸 알았다. 파란색으로 변해 있었다.

"따라와." 마지스터는 엘프녀의 모습으로 다시 변신하면서 말했다. "일단 여기를 나가자."

"트란스미투스를 사용하지 않습니까?" 실버가 놀란 얼굴로 물었다.

마지스터는 대꾸 없이 실버를 나가게 하고 화장실 문을 닫은 다음 '사용 중지'란 표시를 나타나게 했다. 이윽고 마지스터는 실버가 한 번도 가본 적이 없는 쪽으로 향했다. 방치된 곳이 많았다. 궁전이 워낙 커서 절반 정도만 사용하기 때문이었다.

마지스터가 비밀 문을 열자 지하로 내려가는 복도가 나왔다.

"이 지하 통로로 드나들기 때문에 트란스미투스가 필요 없는 거군요!" 실버의 눈이 휘둥그레졌다. "안티 트란스미투스 주문을 걸어놨는데도 아버지가 어떻게 궁전에 침입하는지 알아내려다가 여제가 미칠 지경에 이르는 이유를 알겠어요. 아버지가 아예 주문을 사용하지 않는 것도 모르고!"

"복잡하지 않은 탑이 최고의 장소이지." 마지스터가 비웃음을 흘렸다. "이런 지하 통로가 세 개 있어. 네가 나를 배신하고 오무아 정보기관에 알린다 해도 상관없다. 다른 두 개의 통로는 절대 찾지 못할 테니까."

실버는 배신할 생각이 없지만 아무 말도 하지 않았다. 어차피 피해망상에 빠져 있으니 무슨 말을 해도 믿지 않을 텐데.

마지스터와 실버는 관리 상태가 좋은 터널을 꽤 오랫동안 걸어갔다. 수 킬로미터는 되는 것 같았다. 공기는 시원했고, 브리앙트들이 날개를 파닥이며 빛을 비추고 있었다. 이윽고 그들은 벽 앞에 이르렀다. 마지스터가 손으로 건드리자 벽이 빙그르르 돌았고, 그들은 궁전 밖으로 나와 있었다. 마지스터는 실버의 어깨에 손을 얹고 재빨리 트란스미투스 주문을 읊었다. 몇 분 후, 그들은 비밀 공간이동의 문 앞에 이르렀는데 숲 속이었다. 드래코-티라노사우루스 한 마리가 갑자기 나타난 사냥감 두 마리에게 달려드는 걸 보면서 실버는 소스라치게 놀랐다. 실버가 정신이 팔려 있는 사이에 마지스터는 새로운 주소를 외쳤고, 눈 깜짝할 사이에 잿빛 요새에 유형화되었다.

실버는 반항하지 않으려고 애를 썼다. 두렵지 않았다. 드디어, 물론 확실한 건 아니지만, 미스터리한 아버지가 자신을 해칠 생각이 없는 것처럼 느껴졌다.

"그럼 이제 네가 어느 정도로 나에게 도움이 되는지 알아봐야지." 마지스터가 말했다. "따라와."

실버는 온순하게 따라갔다. 그들은 한 방으로 들어갔는데 꾸르륵꾸르륵 소리를 내는 기계가 잔뜩 있었다.

마지스터는 기계들을 가리키며 실버에게 계획을 설명했고, 필요한 것을 준비하느라고 몹시 바쁘다고 말했다.

마지스터가 실버에게 해야 할 일을 말하는 순간, 하프드래곤은 웬만해서 땀이 나지 않기에 망정이지 흠뻑 젖을 뻔했다.

아버지는 미친 인간이었다. 방금 깨달았는데 때가 너무 늦었다.

"거절하면 어떻게 됩니까?" 실버가 물었다.

"선택의 여지가 없다." 마지스터가 대꾸했다.

"선택의 여지는 있기 마련인데……. 그렇더라도 제 대답은 거절입니다."

실버는 이번에 팔짱을 끼지 않았다. 정직한 것이지 바보는 아니었다. 마법의 공격을 방어하기 위해 비늘을 세웠고, 불굴의 전사에게 더는 가까이 오지 말라는 표시로 검을 뽑아 들 생각이었다.

마지스터는 한 발, 두 발 다가왔다. 실버는 싸우고 싶지 않기 때문에 똑같이 한 발, 두 발 뒷걸음쳤다. 바로 그 순간 마지스터가 악마의 모습을 새긴 단검을 꺼냈다. 단검? 실버는 혈검에 상대가 되지 않는다는 걸 굳이 말하지 않았다.

실버는 방어 자세를 취하기 위해 검을 뽑아 들려고 했지만 몸이 움직여지지 않았다.

시선을 내리던 실버는 마지스터가 별 문양 안으로 몰아넣고 움직이지 못하게 만들었다는 걸 알아차렸다. 빠져나가려고 했지만 너무 늦었다.

마지스터가 한 발짝 다가가서 단검을 휘둘렀다.

그리고 단숨에 실버의 목을 찔렀다.

5
고백

사랑 고백을 어떻게 해야
스파슌으로 둔갑하지 않을까

*

오무아의 여제는 호박색 규방에 있었다. 리스베스는 이 방을 좋아했다. 햇빛이 비쳐 들면 얼굴빛이 해를 머금은 복숭아처럼 보이는 방이었다. 게다가 데미데루스의 직계 후손을 나타내는 흰 머리털이 두드러진 금발에 빨간색 드레스를 입어서일까, 어느 때보다 화사해 보였다. 그녀는 자신이 아름답다는 걸 알고 있었다. 어쩌면 마법의 거울을 볼 때마다 '세상에서 가장 아름답고, 가장 우아하고, 기타 등등, 기타 등등' 이런 말을 계속 듣다 보니 정말 세상에서 최고의 미녀라고 착각하는지도 모르지만…….

예전에는 가장 아름답다는 말을 들으면 즐거웠는데, 오늘은 허무하고 우울하고 서글펐다. 리스베스는 가늘고 긴 손가락을 쳐다봤다. 손가락이 파르르 떨렸다.

권력을 행사하는 것은 세상에서 가장 좋아하는 일이었다. 국민의 삶과 죽음에 완전히는 아니라도 어느 정도 권한이 있다는 것에 사명감 같은 걸 느꼈다.

하지만 지금은 아니었다. 아침에 일어나기가 무섭게 씻고 식사한 다음, 두려움과 불확실함 속에서 정무에 시달리다 보니 아주 많이 지쳐 있었다. 그래서 황위를 양위했던, 아니 양위하려고 했던 것이다. 마지스터의 유령에 이어 악마의 반지가 몸을 장악했을 때는 능욕당한 느낌이었다. 그 끔찍한 느낌을 극복할 수 있을 거라고 생각했는데 ―어쨌거나 그녀 자신이 저지른 잘못은 아니지 않은가―유령에 이어서 악마의 반지 때문에 누구도 침범할 수 없는 내면의 감정이 산산조각이 나버렸다.

마지스터의 유령과 반지는 강제로 배신하게 했고, 고문하게 했고, 죽이게 했다. 리스베스는 아무것도 할 수 없었다. 타라를 원망하지 않았다. 타라는 훌륭한 여제가 될 자질을 갖추고 있었다. 리스베스가 경험한 것 못지않게 끔찍한 시련을 겪고 있는 타라는 어릴 적부터 후계자로 보호받고 자란 리스베스와는 달랐다. 마지스터에게 장악되었던 때를 제외하면(마지스터조차 예의를 갖추었다) 아무도 감히 리스베스에게 대들거나 모욕하지 못했다.

그런데 지금 리스베스는 두려웠다. 두려움이 다시 시작되고 있었다. 한밤중에 악몽에 시달리다 땀에 흠뻑 젖은 몸으로 비명을 지르며 눈을 뜨기 일쑤였다. 그럴 때는 두려워서 다시 잠을 청하지 못했고, 악몽이 찾아올 겨를이 없을 정도로 아주 잠깐씩 눈을 붙이는 것으로 만족해야 했다. 그래서 고단했다. 리스베스는 이런 식으로 계속 피로에 지치고 두려움에 떨면서 제국을 다스리다가는 자칫 큰 실수를 저지를 것만 같았다.

충성스러운 시종장 리버사이드가 무표정한 얼굴로 방에 들어왔다. 떨리는 손을 책상 밑으로 감추면서 리스베스 여제는 미소를 지었다.

"무슨 일인가, 리버사이드?"

"한 남자가 알현을 청합니다, 폐하. 바리우스 덩컨, 빌랭 왕국의 트리 반트릴 남작이라면서 안전에 대한 중요한 정보를 가져왔다고 합니다."

너무 고지식해 더는 승진할 수가 없는 시종장이 덧붙였다.

"어떤 안전에 대한 것인지 명확히 밝히지 않았습니다, 폐하. 그냥 '안전'이라고만 했습니다."

리스베스는 눈살을 찌푸렸다. 하지만 바리우스에게 했던 일을 생각하면 일단 만나줘야 하는데……. 그게 뭐 대수로운 일이라고! 리스베스는 덜 형식적인 면담이 되도록 자리에서 일어나 책상을 떠났다. 주홍빛 벨벳을 씌운 황금빛 안락의자가 얌전히 뒤따랐다.

"들여보내게."

"네, 폐하."

리버사이드는 신경질적으로 보이는 바리우스 덩컨을 들여보내면서 소스라칠 정도로 우렁차게 이름과 작위를 외쳤다.

"바리우스 덩컨, 빌랭 왕국의 트리 반트릴 남작!"

윤기 흐르는 검은색 머리의 매력적인 남작이 리스베스 여제 앞에서 정중하게 허리를 숙였다.

"남작, 이렇게 다시 만나다니 정말 반갑군요!" 여제가 우아하게 한 손을 내밀자 남작이 자연스럽게 입을 맞추었다. "그동안 잘 지냈습니까?"

"두 번이나 스파슌으로 둔갑된 뒤로 아직도 이따금 씨앗과 구더기를 먹고 싶습니다." 남작이 어설픈 유머를 구사했다. "그것 말고는 아주 잘 지내고 있습니다."

리스베스가 눈살을 치켜 올렸다.

"잘 지내는데 무슨 일로 나를 찾아온 겁니까? 내 시종장에게 안전에 대한 정보를 주겠다고 했다는데……."

바리우스가 미소를 지어 보였다.

"네, 사실은 나의 안전에 대한 얘기를 하러 왔습니다."

리스베스는 어리둥절했다. 시종장이 바리우스가 무엇에 대한 안전인지를 빠뜨렸다고 하더니 뭔가 꿍꿍이가 있었군. 리스베스는 남작이 무슨 수작을 부리는지 지켜보기로 했다. 호기심이 동하고 기분을 좀 바꾸고 싶기도 했다.

"무슨 말인지 모르겠군요. 남작의 안전과 오무아 제국이 무슨 관련이 있나요?"

"청할 것이 있습니다. 하지만 먼저 또다시 나를 깃털 달린 짐승으로 둔갑시키지 않겠다고 약속해주시기 바랍니다. 아직까지도 심각한 정신적 충격에서 벗어나지 못한 터라 이번에 또 그런 일을 겪고 싶지 않아서……."

리스베스는 터져 나오려는 웃음을 간신히 참고 있었다. 입술을 깨물었지만 창백한 얼굴이 붉어지면서 눈빛에 웃음기가 가득했다.

바리우스는 리스베스가 이상할 정도로 창백하고 피곤해 보인다고 생각하면서도 일단 심호흡을 했다. 그러고는 바닥에 무릎을 꿇고 앉았다. 깜짝 놀라는 리스베스를 쳐다보면서 바리우스는 고백했다. 여제가 아니라 한 여인을 상대하듯 아주 과감하게.

"리스베스, 내 사랑을 받아준다면 무한한 영광이겠소!"

리스베스는 눈이 휘둥그레져서 일어났다.

"뭐라고요?"

"당신을 사랑해요."

"어떻게……?"

바리우스는 눈살을 찌푸렸다.

"그야…… 진심으로 사랑하지요."

리스베스는 당황한 표정으로 손사래를 쳤다.

"'어떻게 사랑하느냐'고 물은 게 아니라 '무슨 말인지 모르겠다'는 뜻이었어요."

"아, 그랬습니까? 리스베스, 당신은 머리를 돌게 만드는 재주가 있군요. 그러니까 내 말은 당신을 사랑한다는 겁니다."

리스베스는 그래도 믿기지 않는다는 얼굴로 어떻게 그럴 수가 있냐고 묻고 싶었다. 머릿속이 멍했다.

바리우스는 불쑥 찾아와서 이런 고백을 하게 된 이유를 설명했다.

"당신이 나를 스파슌으로 둔갑시킬 때는 정말 굉장히 화가 났었죠."

리스베스는 이맛살을 찌푸리고 머릿속으로 지난날을 떠올렸다.

"남작, 당신은 나의 올케 셀레나에게 청혼하러 왔었어요. 아름다운 셀레나, 사랑스러운 셀레나 운운하면서…… 당신이 얼마나 무례했는지 그때를 생각하면 지금도……!"

바리우스는 미소를 지으면서 까만 눈으로 리스베스의 쪽빛 눈을 응시했다.

"네, 그랬지요. 그리고 그때는 당신이 질투하고 있다는 걸 깨닫지 못했어요."

리스베스가 성난 표정으로 변하며 어물거렸다.

"하지만 나는……."

바리우스가 잠자코 까만 눈으로 뚫어져라 쳐다보고 있었다. 오늘처럼 피곤한 날이 아니라면 바리우스에게 불의 마법을 날렸을 텐데. 리스베스는 힘도 없지만 거짓말하고 싶지도 않았다.

"그래요, 질투했어요."

"나는 구더기나 씨앗을 찾아다니는 신세가 된 뒤에야 그걸 알아차렸어요."

리스베스의 얼굴이 빨개졌다. 반응이 솔직했다. 바리우스는 말을 돌리지 않고 밀고 나갔다.

"그리고 두 번째로 마지스터가 나를 스파슌으로 둔갑시켰을 때 당신의 실제 모습을 발견할 수 있었지요. 그 새장 우리 안에 갇힌 채 당신 곁에 있으면서 있는 힘을 다해서 싸우는 걸 봤어요. 당신의 멋진 모습을 보면서 그때 사랑에 빠졌지요."

"하지만…… 하지만." 리스베스는 어물어물 말했다. "그때는 유령이 장악하고 있었기 때문에 나는 제국을 다스릴 방법이 전혀 없었는데! 이해가 안 되는군요."

바리우스는 바닥에 깔린 금빛 양탄자가 두꺼워도 무릎을 꿇고 있으니 많이 불편했다. 리스베스가 알아채고 자리에 앉으라고 손짓하자 안락의자가 재빨리 바로 옆으로 이동했다. 리스베스는 웃음을 참았다.

"휴." 바리우스는 편안하게 의자에 앉으면서 말했다. "힘이 약하고 패배했다고 해서 통치자 자격이 없는 건 아니지요. 공격자보다 힘이 세지 않은 것뿐인데. 내가 어렸을 때 용병들의 자식은 나보다 훨씬 키가 크고, 힘도 셌지요. 마법 능력이 생겨서 마침내 방어하게 될 때까지 나는 날마다 두들겨 맞았어요."

리스베스는 호기심이 가득해서 쳐다봤다. 잘생긴 남작이 마음을 솔직하게 털어놓기로 작정한 것 같았다. 정말 뜻밖의 신선함이었다.

"아버지가 보호해주지 않았어요?"

"아버지는 잘됐다고 생각하셨죠. 나를 때린 건 친형 그로그였거든요. 남동생 로리도 나를 샌드백으로 삼았고요."

"하지만 그건……."

"바보 같고 멍청하고 부당한 범죄행위라고요? 네, 그렇죠. 하지만 나는 아주 어렸고, 용병들은 거칠었죠. 모든 사람의 눈에 나는 책을 좋아하는 아이일 뿐 언젠가 나라를 다스릴 가능성이라고는 전혀 없는 존재였죠. 하지만 알다가도 모르는 게 인생이죠. 생각한 대로 흘러가는 게 아니라서……."

메모루스 마법 덕분에 리스베스는 아더월드의 모든 역사를 훤히 알고 있었다.

"두 형제가 사냥을 나갔다가 사고로 죽은 것으로 기억하는데요? 그래서 당신은 아무런 방해 없이 아버지의 뒤를 이었고요."

바리우스는 고개를 끄덕였다.

"네, 그랬죠."

리스베스는 잠시 기억을 더듬었다.

"아니, 사고가 아니었어요."

바리우스는 한숨을 내쉬고는 반들거리는 검은색 머리를 마구 헝클어뜨렸다.

"네, 형제들의 목을 비틀어버리는 상상을 수없이 했어요. 나한테 정말 무자비하게 잔혹한 형제들이었으니까요. 아버지처럼 형제들은 나보다 훨씬 키가 크고 힘이 셌어요. 그걸 이용해 많은 사람을 공포에 떨게 했지만 남작의 아들이라는 이유로 비호를 받았죠. 하지만 그건 사고였어요. 나는 형제들의 끔찍한 죽음에 아무런 책임이 없어요."

바리우스는 잠시 말을 중단하고 생각에 잠겼다.

"나는 아버지가 왜 그렇게 나를 미워했는지 이유를 전혀 몰라요. 형제들이 나를 그토록 심하게 괴롭히는데도 모른 척할 정도로."

리스베스는 검은색 머리와 검은색 눈의 잘생긴 남자를 쳐다봤다. 바리우스의 부모가 기억났다. 바리우스의 아버지는 바이킹의 후손인 빌랭의 많은 용병과 마찬가지로 금발에 파란 눈을 지닌 폭군이었다. 바리우스의 어머니도 금발인데 그런 부모에게서 검은색 눈의 자식이 태어날 가능성은 거의 없었다. 그의 어머니는 원정을 떠난 남편이 돌아오려면 시간이 오래 걸릴 거라고 생각한 것이 틀림없었다. 흠. 리스베스는 그 생각을 입 밖에 내지 않았지만 비밀정보국 국장 세네에게 바리우스가 태어나기 아홉 달 전에 트리 반트릴 남작 부인을 찾아온 남자 손님이 누구인지 확인하라는 메모를 정신적으로 보냈다.

"아버지는 원정 중에 전사하셨죠." 바리우스가 말을 이었다. "그래서 형님이 새로운 남작이 되었지요. 하지만 동생 로리가 몹시 시기했죠. 문제의 날, 두 형제는 크루이크크크 사냥을 나갔죠. 접근 금지 주문을 걸어놨는데도 밭을 황폐하게 만드는 위험한 수컷을 잡으려고."

"크루이크크크한테 형제들이 당했다는 거예요?" 리스베스가 의아한 얼굴로 물었다. "야생 크루이크크크가 성질은 좀 포악하지만 그 정도로 위험한 동물인지는 몰랐는데……."

"무기나 마법을 당해낼 정도는 아닐 겁니다. 사실은 드래코-티라노사우루스의 공격을 받았던 거니까요. 그런데 알 수 없는 것은 사냥꾼들의 안전을 위해 드래코들을 사흘 동안 울타리 안에 가둬놨는데 그런 일이 일어났다는 거예요. 그날 천둥 번개가 치면서 벼락이 연거푸 떨어졌다는데 그 바람에 울타리가 망가진 모양이에요.[8] 안전을 책임져야 할 사람들은 모두 사망한 상태로 발견되었어요."

리스베스는 바리우스의 눈빛에서 거짓말이 아니라는 걸 읽었다.

"누군가 당신의 형제들이 남작이 되는 걸 원치 않은 사람이 있었군요." 리스베스가 말했다.

바리우스는 고개를 끄덕였다.

"나도 그렇게 생각했지만 지금까지 누가 그랬는지, 또 이유가 뭔지

....

8. 〈쥬라기 공원〉에서 영감을 얻었다. 앞으로는 아더월드에서 영감을 받는 작가들도 많지 않을까!

알아내지 못했어요. 솔직히 나는 동생 로리가 큰형을 죽이기 위해 그 모든 일을 꾸몄는데 뭔가가 잘못된 거라고 생각해요. 힘만 세지 아둔해서 원하는 건 뭐든 빼앗을 수 있다고 생각하는 형제들이었거든요. 하지만 나는 형제들과 달라요. 치밀하게 행동하려고 노력했지요."

리스베스는 사랑에 빠졌다고 고백하는 남자를 뚫어져라 쳐다봤다.

"나에 대한 마음을 이렇게 솔직하게 털어놓는 것은 치밀한 게 아닌데요." 리스베스가 묘한 쾌감을 느끼면서 지적했다.

"네, 그렇지요." 바리우스는 진지하게 대꾸했다. "당신, 리스베스 틸랑넴에게는 그럴 필요가 없기 때문에 솔직하게 말하는 겁니다."

그러자 리스베스가 이번에는 대놓고 묻기 껄끄러운 질문을 했다.

"그런데 당신은 왜 '배반자'라고 불리죠?"

이상하게도 바리우스의 낯빛이 어두워지기는커녕 밝아졌다.

"아! 그건 가장 영리하다는 뜻이 담긴 영광의 칭호죠. 랑코비트 기습 작전에 동참하길 거부한 것이 문제가 되었죠. 작전에 문제가 있고, 준비가 허술하다고 생각했거든요. 실은 나에게 적대감을 가진 남작들이 끼여 있어서 혹시라도 내 뒤통수를 칠지도 모른다는 의심이 들어서 거부했던 건데…… 그들 모두 전사하면서 나는 배반자라는 별명으로 불리게 되었죠. 아무튼 참전을 거부한 나만 살고 다 죽었으니 내 판단이 옳았던 것으로 결론이 났죠. 그러자 나를 더는 괴롭히지 않았어요. 나는 기습 부대를 조직하는 대신에 훨씬 진보적인 용병대를 양성했지요. 전에는 전략이라고 해봐야 고래고래 소리를 지르면서 손에 닿는 것은 모조리 죽이거나 약탈하는 것이었는데, 그 과정에서 많은 우군을 잃기도 했죠. 나는 수하의 지휘관들에게 전술을 연구하게 했어요. 물론 아둔한 머릿속에 병법을 주입시키느라 많은 시간이 걸렸지만, 지금 우리 용병대는 세계 최고가 되었지요. 따라서 빌랭에서 배반자라는 칭호는 칭송이나 다름없지요."

이번에는 바리우스가 쪽빛 눈의 아름다운 리스베스를 쳐다보면서 꺼내기 힘든 말을 했다.

"당신이 결혼했었다는 거 압니다."

리스베스의 얼굴이 어두워졌다.

"남편을 사랑했습니까?" 바리우스가 부드럽게 물었다.

이번에는 리스베스가 한숨을 내쉬었다.

"다릴 크라투스는 어머니 엘세스 여제께서 골라준 남자였어요. 오무아의 남쪽, 미카일 해와 가까워서 늘 문제가 발생하는 국경 지역을 다스리던 사람이었죠. 마법이 불안정해서 걸핏하면 사람들이나 물건이 사라져버리는 야생적인 지역인데 500년 전에야 오무아 제국에 병합되었죠. 국경 지역의 백작들이 병합에 저항하면서 투쟁을 벌였지요. 그러던 중 다릴이 반란을 꾀하고 있다는 정보를 입수했지요. 내 어머니는 영리한 분이셨죠. 다릴의 마음을 사로잡기 위해 나와 결혼하면 황제 직위를 주겠다고 제안했지요. 물론 나의 남동생 단비우가 황제를 그만두었을 때 뒤를 잇는 식으로. 그러자 다릴은 권력을 탈취할 기회가 있을 거라고 생각한 거죠."

"정략결혼이었군요." 바리우스가 흡족한 어조로 말했다.

"처음에는 그랬죠." 리스베스가 머리를 쓸어 넘기고 주홍빛 벨벳을 씌운 황금빛 안락의자에 등을 기대면서 말했다. "키가 크고 손에 못이 박인 금발의 전사를 보는 순간 너무 싫었어요. 게다가 나는 그 당시 트론도르의 막시밀리엥 왕자를 사랑하고 있었으니까요."

리스베스는 허공을 바라보면서 안색이 어두워지는 바리우스의 눈을 피했다.

"얼마나 잘생겼는지 내가 본 사람 중 최고의 미남이었죠. 나는 열한 살 때부터 왕자를 좋아했어요. 왕자가 궁전에 와 있을 때는 왕자를 만나려고 마법으로 궁인들을 모두 잠들게 했다가(리스베스는 킥킥거렸다) 어머니한테 몇날 며칠 엄청나게 야단을 맞기도 했죠. 서너 번 만나서 잘생긴 얼굴과 다정함에 눈이 멀었던 것뿐임을 깨닫는 데는 시간이 좀 걸렸지요. 어느 순간 왕자에 대한 환상이 깨졌거든요. 하지만 아직도 그가 미소를 보내면 가슴이 두근거리죠."

리스베스는 못마땅해하는 빛이 역력한 바리우스를 힐끔 쳐다보면서 재빨리 하던 말을 계속했다.

"왕자와는 달리 다릴은 거만하고 영리하고 아주 개혁적이었어요. 우리 오무아 제국의 많은 관습 때문에 처음에는 힘들어했죠. 나는 곁에서 지켜보다가 그의 됨됨이를 차츰 알게 되었어요. 남편은 사람들의 말에 귀를 기울이면서 무슨 문제가 생기면 개선하려고 애를 썼지요. 그리고 우리 오무아와 마찬가지로 국민을 중요하게 생각했어요. 우리의 결정을 이해하지 못했지만 우리의 설명에 귀를 기울였죠. 처음에는 문화 차이 때문에 사이가 멀었지만 원하는 것이 같았기 때문에 우리는 점점 가까워졌어요. 국민이 행복하고 건강하고 무엇보다 안전하기를 원했으니까요. 그러던 어느 날 단비우가 도망쳤고, 우리는 동생이 죽었다고 생각했어요. 그러자 오무아의 군대를 지휘하고 있던 이복오라버니 산도르가 단비우를 대신하여 황제가 되겠다고 나선 거예요. 하지만 다릴이 황제 자리를 차지하기 위해 온 힘을 쏟았기 때문에 두 사람은 사이가 아주 나빠졌죠."

바리우스는 인상을 썼다. 혈통과 오무아 군대의 사령관이라는 특권을 자랑스럽게 생각하는 거만한 산도르 황제와 그 못지않게 거만한 다릴 크라투스의 기 싸움이 얼마나 팽팽했을지 가히 상상이 되었다.

"그러다 다릴이 사냥하다 사고로 목숨을 잃었어요."

바리우스는 이맛살을 찌푸렸다.

"네, 그러네요." 리스베스는 우연의 일치에 놀란 듯 말했다. "사냥하다 보면 사고가 일어나기 십상이겠죠, 안 그래요?"

"나도 남작들에게서 같이 사냥을 가자는 초대를 자주 받지요. 하지만 그런 초대를 받을 때마다 나는 거절하죠. 사냥에서 일어나는 사고로 남작령의 수장이 자주 바뀐다는 걸 알기 때문에……."

리스베스와 바리우스는 고개를 끄덕이면서 시선을 주고받았다.

"다릴 곁에서 보낸 그 몇 년은 정말 격동적이고 열정적이었어요. 나는 그를 사랑하게 되었죠. 그는 내 의견에 반대도 많이 했지만 절대로 나의 지성을 과소평가하지 않았죠."

바리우스는 고개를 끄덕이며 생각했다. 리스베스는 굉장히 날카로운 사람인데 심기를 잘못 건드렸다가는 무슨 봉변을 당할지 모르지.

"나도 리스베스 당신의 지성을 과소평가하지 않아요." 바리우스는 다정하게 속삭였다. "내 마음을 사로잡은 게 당신의 지성인데."

리스베스는 눈살을 찌푸렸다.

"이런 때는 누구도 따라올 수 없는 미모라든가 뭐 그런 찬사를 해야 되는 거 아닌가요?" 리스베스는 서운해했다.

"그거야 물론이지요." 바리우스는 눈을 반짝이면서 말했다. "리스베스, 당신은 지성과 미모를 겸비한 굉장히 아름다운 여인이오."

리스베스는 전율이 일었다. 바리우스의 목소리는 부드럽고 따뜻하고 다정했다. 누군가와 이렇게 마음을 털어놓고 말하는 것이 얼마 만인가. 남편 다릴을 잃었을 때 다시는 사랑하지 않겠다고 맹세했었다. 너무 고통스러웠다. 그리고 세월이 흘렀고, 고통이 누그러들었고, 지금처럼 정신적으로 육체적으로 약해져 있을 때는 든든한 어깨가 절실했다.

"내가 황위를 양위했다는 거 알죠?"

"그런 빅뉴스는 놓칠 수가 없지요. 모든 크리스털 전광판과 온갖 종족의 입소문을 통해 지금쯤 행성 전체가 알고 있을 겁니다. 그리고 어린 타라 덩컨이 당신의 제안을 거절했다는 것도 알아요. 타라 덩컨의 말에 일리가 있어요."

리스베스의 쪽빛 눈이 동그래졌다.

"어머니 엘세스가 돌아가시고 황위를 물려받았을 때 내 나이는 타라보다 그리 많지 않았어요."

"리스베스, 당신은 30대였어요." 바리우스가 반박했다. "그리고 당신은 이 행성에서 성장하고 교육을 받았으니 타라와는 경우가 달라요. 우리 영지에 와서 숨어 지낼 때 타라를 겪어봐서 아는데 사랑스러우면서도 마법 능력이 너무 강력한 아이예요. 새가 두더지처럼 땅속에 구멍을 파기 위해 태어난 것이 아니듯 여제는 타라에게 맞지 않아요."

"타라는 나의 후계자예요. 데미데루스의 혈통이기 때문에 그 아이에게는 선택의 여지가 없어요. 무조건 여제가 되어야 하는 아이예요."

리스베스는 아름다운 미소를 지으면서 무슨 말인가 하려는 바리우스의 말을 막았다.

"오무아 제국이 초신성의 폭발력에 버금가는 엄청난 마법 능력이 있는 아이를 보유하고 있는 걸 달갑게 여기지 않는 나라들이 많죠. 그 때문이라도 나는 자르나 마라보다는 타라를 후계자로 임명할 이유가 있어요. 나는 다른 나라들을 흔들어놓는 걸 아주 좋아해요. 특히 내 선택이 두려워서 흔들릴 때."

이번에는 바리우스가 미소 지을 차례였다. 타라에 대해서 더는 반박할 말이 없었다.

바리우스가 리스베스의 테스트를 성공적으로 통과한 것이었다. 의견이 다를 경우에는 주저치 않고 반박하되 너무 지나치지 말아야 했다.

"좋아요." 조카에 대해 충분히 얘기를 했다고 판단한 리스베스가 말을 이었다. "나도 질문이 있어요, 바리우스 덩컨, 트리 반트릴 남작."

리스베스는 몸을 숙였다. 그리고는 햇볕에 탄 바리우스의 가무잡잡한 손을 가볍게 건드리면서 속삭였다.

"나의 총애를 어떻게 얻을 생각인가요?"

바리우스가 질겁한 얼굴로 쳐다봤기 때문에 리스베스는 터져 나오려는 웃음을 꾹꾹 눌러야 했다.

"글쎄요. 아직은 모르겠지만……. 당신을 유혹할까요? 웃게 만들까요? 해박한 지식으로 놀라게 할까요?"

리스베스는 환한 미소를 지으면서 소곤거렸다.

"키스부터 시작하는 건 어때요?"

바리우스는 이게 무슨 횡재지? 하는 얼굴로 멍하니 처다보다가 얼른 정신을 차렸다. 리스베스의 부드러운 입술에 홀린 바리우스가 몸을 점점 숙이고 있을 때였다. 시종장 리버사이드가 사색이 되어서 불쑥 나타났다.

"폐하! 방금 1층 화장실에서 시신이 발견되었습니다!"

6

살해

광장히 복잡한 음모를 꾸미고 있을 때
훼방꾼이 나타나면 악당은 어떻게 할까

*

타라는 여제와 거의 동시에 보고를 받고 사건 현장에 도착했다.

친위대원 두 명이 마주쳤는데 우선권에 관련한 새로운 규칙이 아직 정해지지 않았기 때문에 서로 리스베스 여제 또는 타라에게 먼저 알리기 위해 몸싸움이 있었다. 예민해진 리스베스와 타라가 자칫 모든 사람을 두꺼비로 둔갑시킬지 모르는데 흥분을 가라앉혀야 했다. 아직은 '부여제'든 '공동 여제'든 의회의 승인이 나지 않았는데 타라는 왜 여제를 수행하듯 호위대가 뒤따르는지 알 수가 없었다.

그런데 먼 친척인 바리우스가 와 있었다. 타라는 약간 놀라면서 고모 옆에 바짝 붙어 있는 남작을 눈여겨보았다.

친위대원들이 이미 현장을 통제해놓은 상태였고, 수사관들은 바닥이나 공기에 남을 수 있는 흔적을 찾으면서 시신을 면밀히 검사 중이었다. 작은 병들이 마치 유리 풍선처럼 둥둥 떠다녔다.

타라는 혼자였다. 친구들은 타라의 방에서 마지스터의 계획을 좌절시킬 방법을 궁리하고 있었다. 상대를 알면 그래도 방법을 찾기가 수월할 텐데……. 마지스터는 정체를 알 수 없는 인물이라 정말 쉽지 않았다.

수사를 지휘하는 친위대장 크산디아르가 난감한 표정을 지으며 두 손으로 잿빛 천 조각을 들고, 다른 한 손으로는 짧게 깎은 머리를 긁적이고 있었다. 주홍빛과 금빛 정복이 구겨진 것은 시신을 살피느라고 여러 번 쭈그리고 앉았다는 표시였다.

리스베스 여제와 타라를 보는 즉시 친위대장이 허리를 숙였다.

"폐하, 화장실에는 스쿠프가 없기 때문에 무슨 일이 일어났는지 파악할 수 없습니다."

타라는 새까맣게 탄 시신과 옷을 보면서 침을 삼켰다. 이런 모습에 아직 익숙하지 않은 까닭에 시신에 눈길을 주지 않으려고 애쓰면서 정신을 집중했다.

피해망상이라는 소리를 들을지언정 1퍼센트의 가능성이라도 있다면 짚고 넘어갈 필요가 있었다.

"마지스터가 한 짓이라면? 아까도 파프니르의 패밀리어를 죽였는데……, 아니 죽일 작정이었으니까 어쩌면 우리가 굴복할 때까지 누군가를 계속 죽일지도 모르죠."

크산디아르와 리스베스는 동시에 인상을 썼다.

"그거 재미있는 생각입니다!" 친위대장이 놀리는 어조로 말했다. "그런데 그것으로 마지스터가 왜 이 보잘것없는 엘프를 공격했는지 설명이 될지 모르겠습니다.”

그러면서 친위대장이 눈살을 찌푸렸다.

“게다가 왜 엘프입니까? 아무 영향력도 없는 일개 병사일 뿐입니다.”

이번에는 타라가 눈살을 찌푸렸다.

“누군가의 신분이나 지위는 전혀 중요하지 않아요, 크산디아르!”

친위대장은 고개를 끄덕이면서 시신을 향해 몸을 숙이고 다시 살폈다.

“그런 뜻이 아닙니다, 폐하. 병사는 군사 계급에서 높은 지위가 아니라는 걸 강조한 것일 뿐입니다. 이 엘프를 잃는 것보다는 엘프 군대의 지휘관을 잃는 것이 훨씬 제국에 타격을 준다는 의미에서 드린 말씀입니다.” 친위대장이 정색을 하면서 덧붙였다. “따라서 의문을 제기하겠습니다. 마지스터가 영향력이 없는 엘프를 죽인 범인이라고 가정할 경우 왜 엘프를 죽였을까요? 그리고 왜 하필이면 이 엘프를 죽였을까요?”

한 티그족 여자가 모자 모양의 기구를 머리에 쓰고 다가왔는데 눈이 가려져 티그족 남자가 양손을 잡아주고 있었다. 여자가 시신 앞에 섰고, 남자가 모자를 건드리자 벌처럼 윙윙거리다 갑자기 멈췄다. 모자를 벗고 불안한 표정으로 주위를 둘러보는 여자의 두 눈은 사시가 되어 있었다.

“머리끝에서 발끝까지 온몸이 흔들리는 게 아주 불쾌한 느낌이에요. 이건 악마의 마법이 분명합니다. 몸에 남은 악마의 마법 찌꺼기가 보여요. 범인이 누구인지는 모르지만 마지스터나 악마의 마법에 감염된 상그라브 중 한 명에게 살해된 것이 틀림없습니다.”

크산디아르가 고맙다고 하자 여자는 약간 비틀거리면서 멀어져 갔다.

"악마의 마법을 구별해내는 모자를 갖고 있었어요?" 타라가 외쳤다. "그런데 왜 상그라브들을 색출하는 데 사용하지 않죠?"

"안타깝게도 마법의 양을 많이 사용할 때만 작동하는 기구거든요. 마지스터가 악마의 마법에 도움을 청하지 않고 변장하는 정도의 마법을 사용하면 알아낼 수 없습니다. 그래서 우리 과학자들이 지금도 계속 연구하고 있습니다."

타라는 리스베스 여제를 향해 돌아섰다.

"모우르무르가 필요해요."

"뭐라고?"

"모우르무르 덩컨. 저의 증조할아버지(더 정확히는 외외증조부) 마니투의 아내 마젠티 발 아르젠몽 레틸라의 남동생이에요."

"아, 발명가! 그래, 알아. 그런데 덩컨 가문과 상관이 없는 것 같은데 왜 덩컨이라고 하는지 늘 궁금했어."

"덩컨 가문의 먼 친척 하드라 덩컨과 결혼하면서 아내의 성을 따랐기 때문이에요. 천재적인 발명가로 현재 지구에서 외할머니를 위해 연구하고 계세요. 고모의 특별 회견에 참석했다가 다시 지구로 돌아가셨을 텐데…… 아무래도 지금은 여기가 더 그분의 도움이 절실해요."

리스베스는 내색하지 않았지만 눈꺼풀이 미세하게 떨렸다. 정말 좋아하지 않지만 이사벨라 덩컨과 기 싸움을 벌일 공적인 기회가 생긴 걸 은근히 기뻐하는 눈치였다. 그 순간 타라는 외할머니에게 미안한 생각이 들었다. 리스베스는 모우르무르가 오무아의 자원을 자유롭게 사용한다고 뭘 만들어낼 수 있을지 반신반의하는 눈치였다. 타라는 제국을 위해 모우르무르를 불러들이자고 고모를 설득했다.

"그렇게 해. 그가 유용할 거라고 생각한다면."

타라는 전화와 카메라, 네비게이터의 기능을 갖춘 컴퓨터폰을 톡톡 건드리면서 아더월드의 매직넷과 지구의 인터넷을 접속했다. 그래서 살아있는 돌에게 전화 기능을 면제해줄 수 있었다. 지구를 향해 떠난 SMS 문자메시지는 이사벨라의 저택으로 전송되었다.

타라가 메시지 발송을 끝내자 크산디아르 친위대장이 말했다.

"고로 상그라브가 저지른 살해 사건으로 결론을 내립니다. 마지스터가 엘프들과도 동맹을 맺었는지 그것도 수사할 생각입니다. 지금까지 우리가 체포한 상그라브들 중에는 인간만 있었는데 엘프들을 끌어들였다면 정말 골치 아픈 일이 아닐 수 없습니다. 이것이 끔찍한 음모의 시작이라면……."

그때 짧은 금발에 실크 옷차림의 젊은 여자가 뛰어오면서 소리쳤다.

"라브리!"

"와우." 타라가 말했다. "적어도 이름은 알게 되었군요."

"오, 아더월드의 모든 신이시여!" 금발의 젊은 여자가 흐느껴 울었다. "나의 라브리가 살해되다니!"

"무슨 말도 안 되는 소리!" 금발의 여자 뒤에서 날카로운 목소리가 내뱉었다. "당신의 라브리가 아니라 나의 라브리예요!"

검은색 눈에 갈색 머리의 예쁜 여자는 머리끄덩이라도 잡고 싸울 기세였다.

"아! 천만의 말씀!" 가슴골이 드러나는 원피스 차림으로 나타난 포동포동한 세 번째 여자가 폭발했다. "나의 라브리입니다!"

수사관들 뒤쪽에 몰려든 군중 속에서 여자들이 아우성치고 있었다. 리스베스 여제와 타라는 어이가 없는 시선을 주고받았다. 도대체 궁전의 여자들을 몇 명이나……. 라브리는 정말 잘나가는 바람둥이였던 게 분명했다.

타라가 손을 들어서 주목하게 한 다음 친위대장에게 물었다.

"범죄 현장을 구석구석 사진과 비디오로 찍어놨죠?"

"네, 다 찍어놨습니다. 왜 그러십니까?"

타라가 마법을 부르자 모두 슬금슬금 물러섰다. 타라는 속으로 한숨을 내쉬면서 아주, 아주 조심스럽게 마법의 양을 억제하면서 모두 들어올 수 있게 벽을 움직이며 작은 화장실을 크게 넓혔다. 그러자 궁전이 기꺼이 크기에 맞춰주었다. 타라는 마법 조절에 성공해서 불상사 없이 끝난 것에 안도했다.

"자, 그럼 라브리를 아는 아가…… 여성분들은 내 오른쪽에 서고, 아닌 분들은 모두 나가주세요."

타라의 오른쪽에 50여 명의 성난 여자들이 바짝바짝 다가섰다. 갑자기 한 여자가 튀어나와서 시신을 걷어차면서 소리쳤다.

"에이, 배신자 놈아! 나밖에 없고, 네 인생의 빛이라고 하더니!"

"인생의 빛이 이렇게 많아서 훤했군!" 이번에는 갈색 머리 여자가 조롱하면서 시신을 걷어찼다.

크산디아르 친위대장이 나섰다.

"신사 숙녀 여러분, 진정하세요! 시신을 훼손하면 안 됩니다. 시신에 어떤 자국이라도 남겼다가는 용의자로 의심받을 수 있습니다."

"무슨 용의자 말이오?" 한 여자가 소리쳤다. "치정살인죄 용의자가 되는 건가요?"

군중 속에서 시니컬한 웃음소리가 났다. 타라도 웃지 않으려고 입술을 깨물어야 했다.

그때 창백해져서 뛰어온 바이올렛 엘프가 많은 여자들 사이를 비집고 나왔다.

"라브리!"

"맙소사!" 갈색 머리 여자가 혐오스러운 눈초리로 시신을 쏘아봤다. "정말 너무하네! 남자까지?"

여자는 다시 발을 쳐들다가 친위대장의 무서운 눈초리에 멈췄다.

바이올렛 엘프는 질겁해서 몸을 부르르 떨었다.

"무슨 그런 오해를……. 천만의 말씀입니다. 라브리는 좋은 동료였어요. 치마 두른 여성이라면 사족을 못 쓰고 쫓아다니는 경향이 있지만, 치마 입지 않은……."

"옷 타령은 그만!" 리스베스 여제가 짜증스럽다는 어조로 명했고, 타라는 고개를 끄덕였다.

그제야 여제와 후계자가 있는 자리라는 걸 깨달은 바이올렛 엘프는 침을 꼴딱 삼켰다.

"제 말은 라브리가 여자를 아주 많이 좋아했다는 뜻이었습니다. 죽기 직전에도 아름다운 여성을 쫓아갔었습니다. 구체적으로 말씀드리면 라브리에게 따귀를 날린 엘프녀였습니다. 우리 셀렌다의 옛 풍습이거든요. 옛날에는 엘프녀들이 마음에 드는 남성을 만났을 때 따귀를 세게 날려서 비틀거리지 않고 잘 버티는지 확인했지요. 일종의 프러포즈라고 할 수 있습니다."

리스베스 여제와 타라의 눈이 휘둥그레졌다. 이어서 시신 옆에 들러붙어 있는 여자들의 눈도 동그래졌다.

"뭐라고!" 키가 2미터는 될 것 같은 갈색 머리 여자가 소리쳤다. "라브리와 결혼하기 위해서는 따귀를 날리면 되는 거였단 말인가요? 미리 알았다면 좋았을 텐데! 슬루르크! 몇 번이고 따귀를 갈길 뻔했지만 너무 귀여워서 손도 못 댔건만!"

사랑에 빠졌던 여자들의 탄식이 흘러나왔다.

"그럴 수가!" 앙상하게 마른 금발 여자는 어이없어했다. "엘프녀와 결혼할 생각이었나? 브롤부레!"[9]

다른 여자들도 이구동성으로 외쳤다.

"라브리는 늘 그랬듯이 아름다운 엘프녀를 쫓아갔어요." 바이올렛 엘프가 말을 계속했다. "그랬다가 죽은 겁니다. 아무래도 엘프가 아니었던 것 같아요. 라브리가 좀 둔하기는 해도 정말 착한데 좀 치근덕거린다고 죽이다니…… 엘프라면 절대 그러지 않았을 겁니다."

리스베스 여제가 냉랭한 목소리로 말했다.

"따라서 이 사건은 엘프와 상그라브가 연루된 음모가 아니라는 결론을 내릴 수 있소. 친위대장, 마지스터가 잘못 선택한 변신 때문에 일어난 불미스러운 사건이오. 이제부터 마지스터를 찾아야 하오. 블랙 경보를 내리고, 곳곳에 스쿠프들을 배치하여 감시 지역을 확장하

· · · · · · · · · · · · ·
9. 원래는 난쟁이족의 욕설인데, 아더월드의 모든 종족이 사용한다.

시오. 세네는 주요 장소에 카무플레 요원들을 배치하고."

오무아의 비밀정보국 카무플레 국장이자 크산디아르 친위대장의 아내인 세네 센스사스는 여제의 명을 기다리지 않았다. 이미 궁전 안팎에 경보를 내리고 안보를 위한 일련의 조치를 취한 상태였다.

크산디아르는 정중하게 대답했다.

"폐하, 실은…… 한 시간 전, 마지스터가 황궁 안에 있을 것이라고 의심되는 순간부터 블랙 경보를 내린 상태입니다. 마지스터를 색출하려면 그 방법밖에 없기 때문입니다. 안내 방송을 했는데 못 들으셨습니까? 폐하의 침실과 집무실에 있는 크리스털 전광판에도 안내 방송이 나갔을 텐데요."

"아?" 얼굴이 살짝 빨개진 리스베스 여제는 옆에 서 있는 바리우스 덩컨을 힐끔 쳐다보면서 말했다. "내가 좀 바빠서 못 들었군."

크산디아르는 무표정한 얼굴로 듣고 있다가 여제를 곤경에서 벗어나게 해주었다.

"안내 방송을 할 때 소리를 좀 작게 했습니다, 폐하. 너무 깜짝 놀라게 하고 싶지는 않았습니다."

그때, 한 티그족 여자가 와서 건네는 크리스털 볼을 받으면서 친위대장은 고개를 끄덕였다.

"아, 기다리던 것이 도착했습니다. 궁전 곳곳을 돌아다니는 스쿠프들 덕분에 화장실에서 사건이 일어나기 직전까지 찍은 필름을 확보했습니다."

친위대장이 부하에게 신호를 보내자 눈앞에 영상이 나타났다. 스쿠프들이 문제의 두 엘프를 찍은 장면이었다. 국방 장관과 이야기를 나누는 엘프녀와 엘프녀에게 접근하는 블랙 앤드 실버 엘프의 모습이 고스란히 담겨 있었다.

블랙 앤드 실버 엘프가 엘프녀로 변신한 마지스터의 엉덩이를 찰싹 때리는 광경을 보면서 타라는 웃음을 참을 수 없었다.

"저 질겁하는 것 좀 봐요!" 타라는 토를 달지 않을 수 없었다.

타라는 고개를 숙이다 시신이 보이자 얼른 영상에 집중했다. 엘프녀가 한 손으로 블랙 앤드 실버 엘프를 덥석 들어 올리는데 다른 손에서 번들거리는 검은 마법의 광선을 보면서 모두 경악했다. 타라의 어깨에 앉은 갈랑이 울음소리를 내면서 날개를 파닥였다.

"악마의 마법!" 타라가 축소시킨 페가수스를 쓰다듬어주면서 말했다. "그런데 왜 모두 가만히들 있죠?"

"사람들은 겉으로 드러나는 모습만 보니까." 리스베스 여제가 심각한 얼굴로 말했다. "재미있는 장면을 보느라고 아름다운 엘프의 모습으로 위장한 공공의 적을 보지 않는 거지. 이 필름을 방송으로 내보내야겠소. 마지스터는 이미 다른 모습으로 변신해 있겠지만 그래도 모두 경계하라는 뜻에서."

"그러면 사람들이 노이로제에 걸릴 거예요." 타라가 지적했다.

"그래도 죽는 것보다는 낫지." 리스베스 여제가 응수했다.

타라는 고개를 끄덕였다. 맞는 말이었다.

리스베스 여제가 갑자기 눈을 가늘게 뜨면서 타라를 응시했다.

"왜요?" 타라는 신경질적으로 물었다. "제가 또 뭘 어쨌는데요?"

"그 성명! 악마의 영혼들이 림보로 돌아갈 위험이 있다고 발표한 성명…… 나한테 먼저 말했어야지! 그런 생각이 안 들어?"

타라는 당황했다.

"악마의 사물들을 건드리는 것은 물론이고 파괴하면 절대로 안 된다는 걸 모든 사람에게 알려야 했어요. 되도록 빨리 알리는 것이 중요해서……."

"물론 그렇겠지. 하지만 네가 거절했기 때문에 아직은 내가 여제야. 그런 식으로 나한테 알리지도 않고 적들을 자극하는 걸 금한다. 알아듣겠니? 그렇다고 마지스터가 엘프를 죽인 것이 네 탓이라는 말은 아냐. 하지만 마지스터의 계획은 이제 변경되었을 수도 있어. 더 공격적이고, 더 파괴적이 될 텐데 그건 네가 그런 성명을 발표한 탓이고! 게다가 너는 우리 과학자들과 의논도 하지 않고 혼자 결정했어. 타라, 그건 정말 경솔한 짓이야!"

타라는 항변하지 않았다. 고모의 말이 맞지만, 악마들이 너무 두려워서 생각하고 말고도 없었다. 그리고 타라는 생각보다 행동이 앞서는 경향이 있었다. 많이 생각하는 건 정말 체질적으로 맞지 않았다.

그렇지만 타라는 지난 몇 년 동안 많은 걸 배웠다. 척추에 박힌 쇳조각 때문에 몸이 마비되어 있었던 것도 생각을 많이 할 수 있는 기회를 주었다. 타라는 마침내 마법 능력을 고맙게 생각했지만 그렇다고 마법을 원하지는 않았다. 수많은 사람을 다스리면서 뭐가 좋고 나쁜 것인지 결정하는 것도 프랑스에서 살던 때와는 완전히 달랐다. 민주주의국가에서는 국민이 선출한 대통령이 직책을 잘 수행하면 재선출할 수 있는데.

아더월드에서는 마법 능력이 강력한 사람이 권력을 잡고, 왕이나 여왕, 황제 앞에서는 모두 굽실거렸다. 뱀파이어들의 민주적인 나라

크라살비를 제외하면 인간들의 나라 스파니비아와 타트리스들의 나라 타트란, 이 두 나라만 공화제였다. 타라는 성가신 머리카락을 쓸어 넘기면서 생각에 잠긴 눈으로 고모를 바라봤다. 타라는 지구에서 배운 빈약한 지식을 쥐어짜면서 민주주의가 더 낫다는 걸 설명했지만 고모는 어이가 없다는 얼굴로 쳐다봤다.

"그래, 나도 민주주의의 원리는 알아. 뱀파이어족이나 타트리스족처럼 자신의 이익보다는 공동의 이익을 먼저 생각하는 이들에게는 민주주의가 통하겠지. 하지만 오무아에서는 그렇지 않아. 상인 조합들이 즉시 반기를 들면서 국민의 이익이 아니라 기업의 이익에 도움이 되는 후보자를 내세우려고 할 테니까. 그렇게 해서 선출된 대통령은 자기를 찍어준 이들을 만족시키기 위해 타협하고 비열한 짓을 계속해야 되겠지. 아무튼 좋은 생각이지만 민주주의는 실현성이 없어, 적어도 여기서는."

타라는 고개를 끄덕이면서도 기업이나 개인이 선거운동에 자금을 대지 못하게 막으면 된다고 반박했지만 고모를 설득하지 못했다.

"게다가 지구는 악마들의 위협을 받지 않아." 여제는 힘주어 말했다. "여기서는 가장 강한 데미데루스의 후손들이 침략을 막으면서 옥좌를 지켜야 하지. 바로 그래서 너를 후계자로 선택한 거야. 우리 중에서 네 마법이 가장 강력하기 때문에 우리 군대를 이끌고 침략자들을 무찌를 수 있으니까!"

타라는 유령들이 습격하기 전에 나눴던 이 대화를 똑똑히 기억하고 있었다. 조상 데미데루스처럼 언젠가는 진짜 군대를 상대로 싸워야 한다는 걸 깨달았을 때 몸서리쳤던 기억도 생생했다. 오, 제발, 그런 날이 가능한 한 늦게 오길!

타라는 오무아 제국의 정치제도에 대해 나름대로 생각하는 것이 있었다. 누구든 한 사람은 이 진흙 구덩이에서 빠져나가야 했다. 생각과 달리 고모를 설득하지 못하면 어쩔 수 없겠지만.

"그럼 마지스터가 우리의 허를 찌를 기회가 더는 없기를 바라야겠습니다." 크산디아르가 정중하게 끼어들면서 여제와 타라를 중재했다. "그리고 타라 폐하의 성명으로 악마의 사물이나 시제품을 지니고 있는 모든 이들, 특히 드래곤들에게 도움이 될 겁니다."

타라는 미소를 감췄다. 브라보, 크산디아르!

리스베스 여제는 친위대장의 중재에도 불구하고 타라를 무섭게 쏘아봤다.

"아, 드래곤들을 잊고 있었네! 타라, 미리 말해두는데 악마의 마법을 해방시키지 말아야 한다는 너의 성명 때문에 드래곤들이 나를 성가시게 하면 네가 알아서 답변해. 너는 그들과 친하니까!"

타라는 입술을 깨물었다. 현재 셈 선생님은 아더월드에 없지만, 맞는 말이 아닌가. 성명을 발표했으니 머지않아 드래곤들은 설명을 요구할 것이 틀림없었다.

타라는 한숨을 내쉬었다.

어쨌든 엘프 살해는 마지스터가 의도적으로 저지른 사건이 아니었다는 것이 확인되었다. 라브리라는 이름의 엘프는 좋지 않은 때에 좋지 않은 장소에서 재수 없이 당한 것이었다.

새로운 임무가 떨어지기 전에 타라는 자신의 방으로 돌아갔다. 할 일이 많았다.

특히 로빈과 할 얘기가 있었다.

서로 사랑하는 사이인데 언제부턴가 둘의 사이가 삐걱거리고 있었다.

호위를 받으면서 방으로 들어간 타라는 너무 놀라서 꼼짝하지 못했다.

방이 비어 있었다. 아니, 한 남자와 뜨겁게 포옹하고 있는 무아노만 있었다. 그런데 무아노의 남친 파브리스가 아니었다!

타라가 질러대는 욕설에 커플이 소스라치게 놀랐다.

"아, 타라!" 무아노는 얼굴이 빨개져서 외쳤다. "미안해, 들어오는 소리 못 들었어."

그런데 무아노는 아주 천연덕스러웠다. 은빛 표범 쉬바마저 아무렇지도 않은 듯 엎드린 채 하품을 했다.

타라는 주먹을 불끈 쥐면서 한가운데에 버티고 섰다. 타라의 어깨에 앉은 갈랑은 봉변을 당할까 봐 조심스럽게 날아갔다.

"오, 끔찍한 벤드룩의 내장이여!" 타라가 모욕당한 것 같은 어조로 소리쳤다. "무아노, 너 이게 무슨 짓이야?"

무아노는 어리둥절해서 타라를 쳐다봤다.

"파브리스와 키스하고 있잖아. 왜 그래, 타라? 처음도 아닌데!"

타라는 냉소하면서 떨리는 손가락으로 남자를 가리켰다.

"하지만 파브리스가 아니잖아!"

무아노는 돌아보면서 깔깔대고 웃었다.

"아, 내 정신 좀 봐! 깜빡했네……. 파브리스, 보여줘!"

남자의 얼굴이 마치 징그러운 벌레들이 기어 다니는 것처럼 일렁거리다 뼈들이 새로 맞춰지는 듯싶더니 낯익은 얼굴이 나타났다.

외골격 속에서 무릎이 후들거리는 타라는 눈치껏 뒤에 와서 대기해준 안락의자에 고마워하면서 털썩 주저앉았다.

"파브리스? 이게 어떻게 된 거야?"

눈이 동그래진 타라를 보며 웃던 파브리스가 얼굴을 찌푸렸다.

"아야! 늑대인간들과 얘기하다가 알게 된 거야. 늑대인간들은 마음대로 골격을 변경할 수 있어. 자주 하는 건 아니지만. 에이, 그거 되게 아프네!" 파브리스는 얼굴을 문질렀다.

타라는 입을 멍하니 벌렸다.

"마음대로 얼굴을 바꿀 수 있단 말이야? 말도 안 돼!"

"오랫동안 변해 있을 수는 없어. 일정한 시간이 지나면 뼈가 정상으로 돌아가는 경향이 있거든. 하지만 다른 사람으로 행세할 수 있어. 금발일 경우에만. 머리 색깔과 눈빛은 바꿀 수가 없어. 마법을 사용하면 되겠지만, 내 마법이 얼마나 형편없는지 너도 알잖아."

"머리야 염색하면 되니까 완벽한 스파이 노릇을 할 수 있어." 무아노가 반박했다.

파브리스는 슬픈 미소를 지으면서 심호흡을 했다.

"변신할 수 있다는 것이 나한테 필요할지 모르겠어. 무아노, 너에게 하고 싶은 말은 그게 아냐. 나의 절친 타라도 있는 자리에서 제안하고 싶은 게 있어."

구불구불한 갈색 머리의 무아노는 자세를 바로 하고 예쁜 눈으로 파브리스를 응시했다.

"바룬이 죽은 뒤로 많이 생각했어." 파브리스는 아주 진지했다. "마법의 강력한 힘을 얻기 위해 마지스터에게 붙어서 내가 저지른 잘못에 대해서. (무아노는 눈살을 찌푸렸다. 파브리스가 한 번만 더 〈스타워즈〉에 등장하는 다스 베이더의 '포스', 즉 힘을 언급하면 소리를 지를 것 같았다. 대체 영화감독 조지 루카스가 지구인들에게 무슨 짓을 한 거지? 주문이라도 걸었나?) 그리고 피, 음모, 배신…… 그 모든 것이 나와 맞지 않아."

타라는 목이 메었다. 타라와 마찬가지로 파브리스는 지구에서 자랐기 때문에 마법에 대한 반응이 똑같았다. 그리고 마법이 두려워서 도망치고 싶은 충동을 자주 느끼는 것도 비슷했다.

"이 행성은 나와 맞지 않아." 파브리스가 무아노 앞에 무릎을 꿇고 손을 잡으면서 말을 이었다. "여기서 끊임없이 느끼는 두려움 때문에 나는 생각을 제대로 할 수가 없어. 무엇보다 내가 원하는 인생을 살 수 없어. 내가 어떻게 됐는지 봐! 내 의지와 상관없이 늑대인간으로 변하잖아. 그게 싫어. 마법이 싫기 때문에 이 세계가 너무 싫어!"

충격을 받은 무아노는 얼굴이 창백해졌다. 그리고 버림받는 느낌에 뒤로 물러났다. 하지만 파브리스는 손을 놓아주지 않았고, 남자치고는 속눈썹이 아주 긴 커다란 눈으로 무아노의 금빛이 도는 갈색 눈을 뚫어져라 응시했다.

"지구로 돌아가서 공간이동의 문 보조 문지기를 하겠다고 지원했어. 아버지는 마법 능력이 없는 비마인 데다 나이도 많고, 지난 몇 년 동안 계속된 사건 사고로 부상을 입고 많이 약해지셨어. 랑코비트에서도 웬만한 공격에는 끄떡없는 늑대인간 문지기를 반기는 눈치였어. 오무아에서도 내가 문지기로 지원하자 곧바로 수락했어. 월급도 나오고, 타라와 함께 우리가 처음에 오무아를 구해준 보상으로 여제께서 하사한 돈도 있으니까 편안하게 살 수 있어."

무아노의 눈이 동그래졌다.

"너…… 그 말은……."

"나는 지구로 돌아가고 싶어."

파브리스는 단호하게 말했다.

"그리고 너와 같이 가고 싶어."

무아노는 숨이 막혔다. 작은 별들이 보일 때 깨달았다. 무아노는 심호흡을 하고 눈앞에 있는 소년을 쳐다보면서 손을 뺐다. 큰일은 사소한 것에서부터 시작된다더니……. 언제부턴가 파브리스가 아더월드를 좋아하지 않는다는 걸 느끼고 있었다. 하지만 이렇게 느닷없이 떠난다고 할 줄이야, 정말 상상도 못한 일이었다.

"파브리스…… 마법이 통하지 않는 한참 뒤떨어진 행성에서 살고 싶단 말이야?"

"한참 뒤떨어진 행성이라니!" 타라가 발끈하면서 파브리스를 구원하고 나섰다. "그렇게 말하면 안 되지. 지구의 과학기술은 너희의 마법과 완벽하게 견줄 수 있어. 물론 석유를 사용하는 것 때문에 마법보다 대기를 오염시키는 단점이 있지만 해결책을 찾으면 돼. 그리고 마법을 빼고는 너희가 우리보다 더 낫다고 생각하지 않아."

"문제는 그게 아냐." 무아노가 벌떡 일어나 단호하게 응수했다. "파브리스, 너는 나를 떠나 지구에 가서 살고 싶은 거야. 나는 네 결정을 그렇게 받아들일 수밖에 없어."

"같이 가자고 말했잖아?" 파브리스는 의아한 표정으로 대꾸했다.

무아노는 성난 눈초리로 파브리스를 째려봤다.

"내 가족과 친구들은 모두 아더월드에 살고 있어."

"내 가족과 친구들도, 타라를 제외하고는 모두 지구에 살고 있어." 파브리스가 맞받아쳤다.

"하지만 지구에서는 내가 마법을 거의 쓸 수가 없잖아."

"그건 말도 안 되는 핑계야. 타라가 스톤헨지에서 기계를 파괴한 뒤로 마법은 훨씬 강력해졌어. 그리고 타라의 할머니 이사벨라를 비롯해서 셈샤나쉬들이나 새로운 마법사들이 지구에서 마법을 사용하고 있잖아!"

"파브리스, 넌 나를 내 가족에게서 떼어놓으려는 거잖아!"

"내가 여기 있으면 나도 가족과 떨어져서 사는 거야. 하지만 무아노, 네 부모님이 히믈리아에서 살기로 했을 때 너도 처음에는 난쟁이들의 나라에 살면서 문화적 충격을 받았을 거야. 모르긴 몰라도 지구인들 속에서 사는 것보다는 문화적 충격이 훨씬 컸을 거야."

파브리스는 다가가서 무아노를 포옹했다. 거칠게 뿌리친 건 아니지만 무아노가 단호하게 빠져나갈 때는 숨이 턱 막혔다.

"완전히 달라. 우리 아버지는 엄마에게 마법도 싫고, 행성도 싫고,

생활 방식도 싫다고 하지 않았어!"

"파브리스의 말은 그런 뜻이 아니라……."

타라가 다시 끼어들었다.

"넌 가만히 있어!" 무아노가 일축했다.

깜짝 놀란 타라는 입을 다물었다. 수줍음이 많은 무아노가 타라에게 이런 식으로 말한 적은 한 번도 없었는데…….

무아노는 파브리스를 보면서 목소리를 높였다.

"파브리스, 그 바보 같은 계획을 고집해도 나는 따라가지 않아. 나는 지구에 가서 할 일이 없어. 더군다나 나와 상의도 하지 않고 결정을 내린 사람하고는. 너는 마지스터를 따라갈 때도 나한테 한마디도 하지 않았어. 그리고 지구로 돌아갈 계획을 세우고 보조 문지기로 지원한다는 것도 말해주지 않았어. 그렇게 중요한 결정을 하면서 나를 완전히 배제했다는 것, 절대로 용납할 수가 없어."

무아노의 어조에 타라와 파브리스는 움찔했다. 무아노는 화가 많이 나 있었고, 눈물까지 흘리고 있었다.

그들은 서로를 뚫어져라 응시했다. 그리고 타라는 무아노의 눈물이 글썽한 눈에서 사랑이 식어가고 있음을 느꼈다.

파브리스는 애원하면서 다가갔지만 무아노는 뒤도 돌아보지 않고 뛰쳐나갔다.

자책감에 사로잡힌 파브리스는 쫓아 나가지 못했다.

"맙소사." 파브리스가 말했다. "맞아. 난 왜 이렇게 멍청할까!"

타라는 문을 쳐다보면서 물었다.

"무아노 갔어?"

문에 나타난 입이 대답했다.

"네, 잠시 내 몸에 기대고 있다가 로미네트처럼 뛰어갔습니다. 내 생각을 말씀드리자면……."

"필요 없어!" 타라와 파브리스가 동시에 외쳤다.

화가 난 목재 문이 눈살을 찌푸렸고, 눈에 이어서 귀와 입이 차례로 사라지고 매끈한 표면만 남았다.

"무아노의 말이 맞아." 타라는 지적했다. "가만 보면 너는 정말 저지른 다음에 용서를 구하는 경향이 있어."

파브리스는 금발을 마구 헝클어뜨렸다.

"그래, 알아. 그럼 나는 어떤 선택을 해야 되는데? 살루와 베티는 지구에 살고 있잖아. 왜 무아노는 그럴 수 없는데?"

어, 왜 글로리아라고 하지 않지? 파브리스는 무아노란 별명을 싫어해서 글로리아라고 부르는데! 좋지 않은 징조였다. 파브리스도 화가 나기 시작했다는 뜻이었다. 타라는 진정시키려고 애를 썼다.

"베티는 지구인이니까 당연하고, 살루는 다시는 드래곤으로 변신할 수 없게 됐잖아. 그러니까 네 경우와 비교할 수는 없어. 파브리스, 무아노에게 생각할 시간을 좀 줘. 무슨 일이 있든 무아노는 늘 너를 지지해주었어. 네가 지구로 돌아가고 싶어하는 것을 자기와 헤어지고 싶은 거라고 생각한 모양이야. 마법을 포기하면서 동시에 자기도 포기하는 것으로 받아들인 거야."

"그건 아니지!" 파브리스가 반박했다. "원하면 언제든 공간이동의 문을 통해 아더월드로 돌아갈 수 있는데!"

"그건 달라." 타라가 지적했다. "무아노에게는 지구에서 사는 것이

구속일 수 있어. 너도 알잖아."

파브리스는 반박하려다 털썩 주저앉았다. 맞는 말이 아닌가. 결정하기 전에 무아노에게 먼저 말해야 했는데 통보가 되었으니. 파브리스는 이맛살을 찌푸렸다. 왜 이렇게 항상 서툴기만 한지…….

파브리스와 타라는 침묵을 지키면서 잠시 생각에 잠겼다.

"그냥 넘어가지 않겠지?"

"모르겠어." 타라가 대답했다.

"나를 깔아뭉개려고 할 텐데." 파브리스는 한숨을 내쉬었다.

"그럼 그렇게 하게 가만히 있어. 무아노가 정말로 깔아뭉개도 잘못했다고, 정말 후회한다고 말해. 다음부터는 화장실에 갈 때도 먼저 물어보고 가겠다면서."

파브리스와 타라는 서로 쳐다보다가 동시에 웃음을 터뜨렸다.

"사랑이란 사람을 바보로 만드는구나!" 파브리스는 결심한 얼굴로 말했다.

"그래서 세상에는 수많은 바보가 있는 거야."

파브리스는 잠시 생각에 잠겼다.

"너는 어때?" 자기 혼자만의 문제가 아니라는 생각이 들었는지 파브리스가 갑자기 물었다. "로빈과 어떻게 되어가는데?"

타라는 깜짝 놀라는 눈초리를 던졌다.

"음…… 좋아. 왜?"

"네가 부여제나 공동 여제가 되면 너희 둘의 사랑도 좀 복잡해지지 않을까?"

타라는 의자에서 자세를 바로 했다.

"내가 읽은 책들에 따르면, 너도 알잖아, 내가 강력한 마법 능력을 얻으려고 한동안 책을 많이 읽었던 거. 여제에게 청혼하는 남자는 일련의 시련을 통과해야 되고, 상원과 하원의 승인을 받아야 해."

타라는 쪽빛 눈을 부릅떴다.

"일련의 시련? 파브리스, 농담이지?"

"천만에. 『궁정 비사』에도 분명히 실려 있을 테니까 잘 살펴봐. 그 사이에 나는 무아노의 방까지 기어가서 용서를 구할게."

"꽃다발을 들고 가." 타라는 무의식적으로 말했다.

"꽃은 안 돼. 야수의 신진대사 때문에 재채기를 해서. 굽실거리면서 기분을 맞춰줘야지. 길에 유리 파편이나 숯불을 깔아놓으면 훨씬 좋아할 거야."

뭐라는 거야? 타라가 믿기지 않는 눈길로 쳐다보자 파브리스는 슬픈 미소를 지어 보이고 방을 나갔다. 타라는 고개를 끄덕였다. 친구들의 사랑은 아주 복잡한 모양이었다. 늑대인간과 야수의 사랑이라서 그런가?

이번에는 타라가 방을 나가려고 할 때 책상 위에 놓인 크리스털 볼이 울렸다.

울림이 없는 이상한 목소리가 들리는데 이미지는 보이지 않았다.

"당신은 나를 모르겠지만, 나는 당신을 잘 압니다. 당신의 도움이 필요합니다. 끔찍한 범죄가 일어나지 못하게 막기 위해서입니다."

고개를 갸웃하는 타라의 얼굴이 굳어졌다. 친한 친구들과 가족 외에는 아무도 이 크리스털 볼의 번호를 모르는데……. 그래서 타라는 경계심 없이 크리스털 볼을 받았다.

"······그래서요?" 타라는 확신을 갖지 못하는 목소리로 물었다.

"우리는 공통된 관심사가 있습니다." 목소리가 말을 이었다.

"아, 그런가요?"

"네."

목소리가 제안하는 것이 어찌나 놀랍고, 이상한지 아연실색한 타라는 한동안 아무 말도 하지 못했다.

그리고 골똘히 생각했다.

"알겠어요." 타라는 바보 같은 짓을 저지르고 있다고 생각하면서 대답했다.

"좋습니다."

"어떻게 연락하죠?"

"당신은 할 수 없습니다. 너무 위험해요. 내가 다시 연락할 테니 기다리십시오."

타라는 손을 약간 떨면서 크리스털 볼을 끊었다.

생각을 정리하기까지 시간이 좀 걸렸다. 타라는 이것저것 차분히 검토하고, 따져보면서 머리를 굴리기 시작했다. 목소리가 한 말은 일리가 있었다. 어떤 잘못도 저지르면 큰일 날 일이었다.

일단 모든 것이 분명해지자, 자세한 사항은 여러 차례 수정하게 될 거라고 생각하면서 타라는 이 이상한 통화를 하기 전의 생각으로 돌아갔다.

오, 아더월드의 신들이여! 로빈은 도대체 어디 있는 거야?

7
로빈

사랑하는 사이가 아닐 때
여제의 부군이 될 사람을 어떻게 알아볼까

*

　로빈은 황궁의 도서관에 있었다. 심하게 공격적이지 않아서 자물쇠로 채울 필요가 없고, 힘센 백과사전이 약한 사전을 집어삼키는 데가 아니라서 위험하지 않은 칸이었다. 빨간 눈에 촉수가 바글거리는 버터 덩어리 같은 모습의 학식이 많은 종족 카흠보움들이 수백만 권에 이르는 책들을 분류하고 있었다.

　갑자기 어디선가 폭발이 일어나서 로빈은 소스라치게 놀랐다. 카흠보움들이 소리가 난 쪽으로 뛰어갔다. 로빈이 약간 불안한 얼굴로 뒤따라갈 때 방송이 나왔다.

　"유감스럽게도 '사랑에 빠진 인간 연인들의 일상과 풍속'을 읽던 한 카흠보움이 방금 폭발하였기에 앞으로 카흠보움족에게는 이 장르의 책을 읽는 것이 금지되었음을 알리는 바입니다."

로빈은 고개를 끄덕였다. 카흠보움이 무슨 이상한 상상을 했구나. 카흠보움들은 너무 흥분하면 폭발하기 때문에 조심해야 하는데. 두 카흠보움이 스티븐 킹의 책을 읽다가 죽은 뒤에 공포 소설을 모조리 도서관에서 없애버려야 했다.

로빈은 일터에서 쓰러진 사서에게 애도를 표하는 묵념을 짧게 한 뒤에 읽던 책에 집중했다. 팅가푸르 궁전의 황족들만 읽을 수 있는 『궁정 비사』가 아니라 실패한 후보자들의 사례를 기록한 책이었다. 성공한 후보자들의 사례를 기록한 책은 아무리 찾아봐도 없었다. 성공한 후보자들은 비법을 알려주고 싶은 마음이 없을 테니 그런 책은 아예 없었던 것이다.

로빈은 엘프들의 나라 셀렌다 궁정과 격식이 그리 까다롭지 않은 랑코비트 궁정에서 성장했다. 랑코비트의 역대 왕과 왕비들은 서로 원해서 결혼했다. 정략결혼이 전혀 없었던 건 아니지만 나라를 위태롭게 하는 경우가 아니면 대체로 자유롭게 결혼했다.

반면 데미데루스의 오무아에서는 직계 후손들이 악마들을 상대로 싸워야 하는 우두머리로 살아야 하기 때문에 후손의 배우자도 그에 걸맞은 용맹함과 지략을 갖추었는지 확인하는 판단 기준을 만들었다.

로빈은 타라의 공식적인 약혼자가 되기 위해 해야 할 것들을 생각하자 의기소침해졌다. 후보자들이 지켜야 할 의무를 설명한 양피지를 펼쳐봤는데 도서관의 절반을 차지할 정도로 길었다.

"달팽이 알레르기가 있으면 안 된다고?" 로빈은 여덟 번째 의무 조항을 보면서 어이가 없었다.

"오, 데미데루스여,[10] 달팽이 알레르기가 있든 없든 그게 무슨 상관있단 말입니까?"

"알레르기가 있으면 좋지 않아." 머리 위에서 어떤 목소리가 냉소적으로 말했다. "명성 높은 우리 가문은 결점이 있는 사람을 받아들일 수 없노라."

깜짝 놀란 로빈이 얼굴을 처들었다. 아는 목소리였다. 흰 머리털이 섞인 구불구불한 머리의 소녀가 책장 위에 서 있었다.

"마마." 로빈이 진지하게 인사했다. "잘 지내셨죠?"

"아니, 잘 지내지 못했어." 타라의 동생 마라가 솔직하게 대답했는데 얼굴은 미소를 짓고 있었다. "고모가 여제 후계자 자리를 박탈하지 않는 바람에 빌어먹을 호위대를 따돌리기 바빠서. 그리고 곧 들이닥칠 테니까 얘기할 시간이 20분밖에 없어."

마라는 바보 같은 목소리로 손뼉 치는 시늉을 했다.

"고모의 동물원을 구경 가는 척하다가 내뺐거든."

마라가 이번에는 교활한 미소를 지으며 정상적인 목소리로 말했다.

"호위대는 내가 짐승에게 물리지 않기를 바라면서 아마 사방으로 찾아다니고 있을 거야."

로빈은 미소를 꾹 참았다.

"나를 찾아온 거예요, 마마? 아니면 우리가 우연히 만난 건가요? 그리고 '빌어먹을'은 마마가 입에 담기에는 아주 상스러운 말입니다."

· · · · · · · · · · · · · ·

10. 오무아 제국을 건국한 최고 마구스이며, 리스베스와 타라, 자르, 마라의 조상이다. 악마들과 전쟁이 일어날 경우 돌아오기 위해 잿빛 시간 속에 갇혀 있다. 5천 살이 넘는 나이치고는 젊어 보인다.

"뭐야, 말하는 훈련하고 있어?" 호기심이 동한 마라가 눈을 반짝이면서 물었다. "아까부터 '마마'라고 부르는 것도 그렇고! 난 우리가 친구라고 생각했는데. 그럼 반말하는 게 자연스러운 거 아냐? 나, 너의 여친 타라의 동생이라고!"

그러면서 로빈이 읽고 있던 실패한 후보자들의 책에 시선을 보내면서 마라는 깔깔대고 웃었다.

"아, 알았다! 왜 이러는지 이제야 이해가 되네. 이것 때문이었어? 갑자기 이상하게 굴어서 깜짝 놀랐잖아!"

로빈이 털썩 주저앉았다.

"끔찍해! 힘이나 민첩함을 시험하는 것은 문제가 없어. 내가 이래 봬도 하프엘프인데. 이거 본 적 있어? 지능에 대한 시험도 있고, 수학도 있어!"

로빈의 눈빛은 공포로 가득했다.

마라의 웃음소리가 커졌다.

"왜 수학을 싫어해?"

"수학이 나를 싫어하지." 로빈이 말했다.

마라는 로빈을 뚫어져라 쳐다봤다. 림보에서 검은 여왕이 로빈을 변신시킨 뒤로 혼혈의 특징인 검은 머리털이 사라지고 없었다. 백 퍼센트 온전한 엘프의 얼굴에 약간 연약해 보이는 아름다움이랄까. 아무튼 로빈은 이전처럼 용맹해 보이지도, 호전적으로 보이지도 않았다. 싸우고 싶은 마음도 없는 것 같았다. 그리고 크리스털 눈은 불안한 빛이 역력했다. 로빈이 갑자기 눈살을 찌푸렸다.

"근데 정말 많이 컸네!"

면허 받은 도둑의 검은색 가죽과 실크로 된 유니폼으로 호리호리한 몸매를 드러낸 마라가 흡족한 얼굴로 말했다.

"여기 없었던 게 1년 반이 넘었잖아. 나이를 한 살 반이나 더 먹었는데. 타라 언니가 또다시 이삼 주 동안 림보에 가 있다 오면 나랑 언니의 실제 나이가 같아질 텐데."

로빈은 멍한 얼굴로 마라를 쳐다봤다.

"오, 젤리소르의 충치여! 난 아직 적응이 안 돼. 림보에서 보낸 시간이 몇 주일밖에 안 되는데 시차가 그렇게 많이 나다니! 그건 그렇고 내 질문에 아직 대답하지 않았어. 나를 찾아온 거야? 아니면 우연히 만난 거야?"

"너를 찾아다녔어." 마라가 로빈의 크리스털 눈을 응시하면서 말했다. "칼과 잘 안 됐어. 그래서 말인데 로빈, 엘프인 네가 칼을 유혹하는 방법을 가르쳐주면 안 될까?"

거의 악몽이나 다름없는 순간이었다. 어린 소녀가 남자를 유혹하는 방법을 가르쳐달라고 하다니.

로빈의 얼굴이 빨개졌다. 엘프들은 얼굴을 붉히는 경우가 거의 없지만, 당황하자 로빈의 인간적인 부분—지금은 육체적으로 드러나지 않고 숨어 있는—이 나타난 것이었다.

"왜 그렇게 얼굴이 빨개져?" 마라가 외쳤다. "내가 무슨 말을 했다고?"

로빈은 헛기침을 하면서 목소리를 가다듬었다.

"누구, 내가? 안 돼. 내 말 잘 들어, 마라. 나는 유혹에 대해 말해줄 자격이 없어. 타라를 쫓아다니느라고 허송세월을 보냈으면서(로빈이 쓸쓸한 미소를 지었다) 결국은 멍청하게 굴다 거부한 걸 생각하면."

마지막 말은 절대로 하지 말아야 했는데. 마라가 힘없는 물고기를 덮치는 굶주린 상어처럼 달려들었다.

"뭐? 뭐라고? 언니를 거부했다고? 그런데 아직 살아 있어?"

"마라!"

"뭐, 왜? 그러니까 무슨 일인지 말해주면 되잖아."

호기심으로 반짝이는 마라의 눈과 마주친 로빈은 한숨이 나왔다. 그냥 넘어가지 않으리라는 걸 깨달았던 것이다. 멍청하기는! 가만히 입 다물고 있지 말은 왜 꺼내가지고!

"직~~~~접들~~~~어!"

마라는 손가락으로 귀를 잡고 마구 흔들었다.

"다시 말해줄래? 내 고막이 잘못된 것 같은데."

"타라가유혹주문에걸려있었다는것때문에내가화를냈어." 로빈이 단숨에 내뱉었다.

달라붙어서 튀어나오는 말들을 떼어서 생각하던 마라는 눈이 동그래졌다.

"말도 안 돼, 농담이지?"

"사실이야. 유혹 주문이 셀레나 부인에 이어서 타라에게……."

"그럼 자르와 나도?" 마라가 물었다.

"아니, 셀레나 부인과 타라만……."

"이런!" 마라가 또 로빈의 말을 잘랐다. "나도 알았다면 칼이 나를 피해 달아나지 못하게 주문을 사용했을 텐데."

로빈은 손사래 쳤다.

"칼에게는 통하지 않았어. 나와는 달리 유혹 주문의 영향을 받지 않았거든."

"아, 그래? 어떻게 했는데?"

"그건 칼에게 물어봐야지. 아무튼 난 타라를 많이 원망했어. 타라의 잘못이 아닌데도."

"하지만 언니를 사랑한 지 몇 년 됐잖아." 마라가 눈살을 찌푸리면서 로빈은 모르고 지나쳤던 것을 대번에 짚어냈다.

"그래, 알아. 그래서 내가 멍청하다는 거야. 유혹 주문은 그야말로 유혹하기 위한 거라서 많은 시간이 흘렀는데도 여전히 사랑한다면 유혹 주문과는 아무 상관없이 정말 사랑하는 거야. 그런데 난 그걸 깨닫지 못했어."

"나는 대번에 알겠는데!" 훨씬 어린 마라가 아주 만족스러운 얼굴로 말했다.

"부모님이 공격을 받고, 악마의 반지가 우리를 모두 죽이려고 했어. 그리고 악마의 세계에서 수많은 악마들과 싸워야 했는데 그중 한 악마가 가짜 타라로 변신해서 나를 유혹하고……."

점점 커지는 마라의 눈을 보면서 로빈은 말끝을 흐렸다.

"어머머!" 마라가 외쳤다. "지금 말하려는 것이 내가 생각하는 그거야?"

로빈은 입술을 깨물었다. 또 쓸데없는 말을 하다니, 냉정함을 잃지 말아야 하는데. 평정심을 잃으면 아무 말이나 하는 경향이 있었다.

마치 특히 좋아하는 비둘기를 찾아낸 고양이처럼 마라의 눈이 가늘어졌을 때 로빈은 짜증이 났다.

"림보에 가 있는 동안 그런 일이 있었구나. 칼은 그런 얘기를 전혀 해주지 않는데. 그래서 어떻게 됐는데? 설마……?"

어쩔 줄 모르는 로빈이 고개를 끄덕였고, 마라는 얼굴을 찌푸렸다.

"타라 언니도 알아? 알았는데도 네가 이렇게 멀쩡한 거라면 언니가 너를 정말 사랑한다는 증거인데."

"그래, 타라도 알아." 로빈이 침울한 어조로 말했다. "악마들의 궁전 일부를 파괴했지만, 나는 봐줬어. 나 같은 멍청이를 타라가 그렇게 사랑해주었는데……."

"멍청하다는 말을 너무 많이 하는 것 같아."

로빈은 고개를 끄덕였다.

"멍청한 게 사실이니까."

"언니에게 뭐라고 했는데? 유혹 주문에 대해 뭐라고 했냐고 묻는 거야. 가짜 타라의 악마와 뭘 했는지가 아니라(마라가 킥킥거렸다). 나도 같이 갔으면 좋았을걸, 아, 아쉽다!"

로빈은 자세를 바로 하면서 애원하듯 마라를 쳐다봤다.

"마라, 타라에게는 아무 말도 하지 않았어. 유혹 주문은 장기적으로 작동할 수 없다는 걸 몰랐다고 말해야 했는데 아직 못 했거든. 그래서 타라는 내가 유혹 주문에도 불구하고 자기를 용서해준 것으로 생각하고 있어."

마라는 몇 걸음 물러서더니 성난 표정으로 긴 머리를 쓸어 넘긴 뒤에 가는 허리에 두 손을 얹었다.

"로빈, 그렇게 중요한 문제를 거짓말했단 말이야? 미쳤구나. 아니면 죽을 각오를 했거나. 언니는 굉장히 강력한 마법사라는 것, 그리고 수많은 사람을 묵사발로 만들었다는 것 잊지 마. 그런 사람에게 거짓말을 했다니 정말 잘못 생각했어!"

"거짓말? 누가 거짓말을 했는데? 그리고 왜?" 잘 아는 목소리가 갑자기 물어서 그들은 소스라치게 놀랐다.

타라가 불쑥 나타났다.

타라의 두 손에 마법의 빛이 번쩍거리고, 두 눈도 이글거리고 있었다.

아주 못마땅한 표정이었다.

로빈은 침을 꼴딱 삼키면서 뒷걸음치고 싶은 충동을 억제하고 엷은 미소를 지어 보였다. 마라는 마법의 빛에 아랑곳없이 타라를 왈칵 끌어안았다. 타라는 동생을 해칠까 봐 아슬아슬하게 마법을 껐다.

"언제 얘기를 나눌 수 있을까 했는데…… 마침내 기회가 왔네." 마라가 반겼다. "그런데 마법은 왜 작동한 거야? 언니가 도서관을 폭발시킨 뒤로 사서들이 굉장히 예민해 있다는 거 잘 알면서!"

타라는 미소를 지었다.

"일부러 그런 게 아니었어. 그때는 마법 조절을 잘 못해서……."

마라가 빈정거리는 시선으로 언니를 쳐다봤다.

"그래, 지금도 조절을 잘하는 건 아냐. 하지만 호위대 때문에 짜증 나 죽겠어."

"언니도 그래?"

"참을 수가 없어! 화장실까지 따라다니려고 한다니까!"

자매는 유감스러운 시선을 주고받았다.

"쉽게 따돌릴 수가 없어." 타라가 말했다. "그런데 누가 거짓말을 했다는 거야? 왜?"

마라는 재미있어하는 얼굴로 대답했다.

"로빈이 언니에게 할 말이 있대."

그렇게 말하고 마라는 두 발짝 물러서서 지켜보겠다는 자세를 취했다.

로빈이 째려봤다.

"마라, 네가 좀 전에 부탁했던 것에 대해 말해주겠는데……."

"뭔데?"

"계속 쫓아다니는 수밖에 없어."

"별것 아니네. 아무튼 지금은 이게 훨씬 재미있겠어. 어떤 의미에서는 둘이 어떻게 해결하는지 보는 것도 도움이 될 것 같아."

안락의자 하나가 뒤에 와서 대기하자 마라는 다리를 꼬고 앉아서 엄숙한 어조로 선언했다.

"자, 이제 시작해도 좋아."

타라는 웃음을 참았다. 마라가 아예 자리까지 잡고 앉자 로빈은 정말이지 난감한 얼굴이었다. 이 영리한 계집애가 또 무슨 짓을 꾸미는 거지?

로빈은 정신을 바짝 차렸다. 용맹한 엘프 전사가 아닌가.

먼저 침착하게 말해야 했다. 로빈은 어떻게 말하는 게 좋을지 곰곰이 생각하다가 느닷없이 타라를 끌어안고(적어도 이렇게 가까우면 타라가 마법으로 공격하지 못할 테니까) 머리에 턱을 대면서 긴 금발에서 나는 라벤더 향을 맡았다.

로빈은 유혹 주문 일과 관련하여 모든 것이 자신의 잘못이라면서 그때 느꼈던 심정과 왜 그렇게 행동했는지 말하면서 배신당하고 조작된 느낌이 들었다고 솔직하게 털어놓았다. 진정한 사랑이었는데 유혹 주문 때문에 타라를 사랑한 거라고 믿었고, 타라 행세를 한 미녀/악마에게 속았던 것도 정말 너무나 어리석었다고 덧붙였다.

타라는 아무런 반응을 보이지 않았다. 로빈은 이걸 좋은 징조로 봐야 할지, 나쁜 징조로 봐야 할지 알 수가 없었다.

고백이 끝나자 로빈은 놀라울 정도로 홀가분해졌다. 마라를 힐끔 쳐다보니 극장에라도 와 있는 듯 커다란 통으로 유형화시킨 캐러멜 팝콘을 냠냠거리면서 이들을 지켜보고 있었다.

로빈은 마라의 목을 조르면 타라가 싫어할지 잠시 의문이 들었다.

타라는 로빈의 품을 빠져나와서 남친을 쳐다봤다. 좀 더 일찍 실토하지 않은 것에 화가 나고, 그토록 매정하게 굴었던 것에 어이없기도 하고……, 정말 착잡한 표정이었다.

타라는 실망했고, 몹시 화가 났다.

할 것이 한 가지밖에 없었다.

타라는 로빈을 꽉 끌어안았다.

하지만 타라는 더 이상 뜨거운 전율이 느껴지지 않았다. 이번에는 안도한 로빈이 포옹했다. 로빈은 어깨 너머에서 마라의 시선과 마주쳤다.

마라가 팝콘을 입에 문 채로 유감스러운 표정을 짓고 있었다.

타라는 몸을 뺐다. 그리고 로빈을 향해 미소를 지었지만 공허감이 밀려왔다. 타라는 어머니에게 착한 로빈과 인생을 함께하고 싶다고 말했었다.

셀레나는 미소 띤 얼굴로 딸의 머리를 쓰다듬어주면서 말했다.

"수많은 소년 소녀가 그랬듯이 너도 열네 살의 사랑이 반드시 열여섯, 열여덟, 스무 살의 사랑으로 이어지지 않는다는 걸 알게 될 거야. 사람은 변해. 청춘 남녀는 훨씬 변화가 심하지. 물론 천생연분을 아주 일찍 만나는 사람도 있지만 드문 경우야. 로빈은 너의 천생연분일수도 있고, 아닐 수도 있어. 두고 봐야 알겠지."

그때만 해도 타라는 어머니의 말을 강력하게 반박했었다. 그 뒤로 변한 걸까, 타라는 생각에 잠겼다.

"타라, 내가 많이 원망스럽지?" 로빈이 물었다.

"아니, 나는 처음부터 마법을 좋아하지 않았고, 마법에 얽혀서 살고 싶은 생각도 없었어. 따라서 그 일은 전혀 중요하지 않아. 서로 사랑하는 게 중요하니까."

로빈은 '서로 사랑하는 게 중요하다'는 말을 그냥 지나쳤지만, 마라는 아니었다.

갑자기 타라의 시선이 근사한 금빛 책상 위에 놓인 책에서 멈췄다. 제목을 보고 입술을 실룩거리던 타라가 놀라는 눈초리로 로빈을 쳐다봤다.

"나의 배우자가 되는 공식적인 후보가 되려고?"

로빈이 머쓱한 미소를 지었다.

"응, 그래서…… 후보가 되려면 뭘 해야 되는지 목록을 보고 있었어. 근데 네 조상님은 좀 지나친 것 같아."

남이 데미데루스를 비판하는 것이 싫은 타라가 응수했다.

"그 당시는 그럴 만한 이유가 있었겠지. 물론 나는 당시의 조건들을 오늘날에 적용하는 건 무리라고 생각하지만. 그런데 난 네가 공식적인 후보로 나서는 걸 원치 않아."

타라는 시험 목록을 읽느라고 로빈의 표정을 살필 수 없었다. 하지만 마라는 놓치지 않았다.

타라의 동생은 로빈이 차마 하지 못하는 질문을 했다.

"왜?"

"왜냐고?" 타라는 건성으로 대답했다. "열여섯 살에 결혼한다는 것 자체가 말도 안 되기 때문에 공식적 후보가 될 필요가 없어. 로빈은 내 남친인데 이런 시험을 받는다는 것도 웃기고. '달팽이 알레르기는 안 된다'? 이렇게 웃기지도 않는 조항을 만들다니, 데미데루스가 이때 엄청 화가 나 있었던 모양이네."

몇 분 전만 해도 이런 시험을 거칠 필요가 있을까, 의문을 가졌던 로빈은 갑자기 뒤통수를 맞은 것 같았다. 스스로 기권하기 전에 아예 후보로 나서지도 말라니!

"하지만 언니는 열일곱 살이야." 마라가 끼어들었다.

"뭐? 하지만 난……."

"언니가 림보에서 보낸 몇 주일이 아더월드 시간으로는 1년이 훌쩍 넘었단 말이야. 따라서 언니는 열일곱 살하고도 몇 달이 지났어. 정확하게 일곱 달 후에는 언니의 열여덟 살 생일이 돌아와."

타라는 이맛살을 찌푸렸다. 나이에 대한 얘기를 여러 번 들었지만 친구들과 마찬가지로 자꾸 잊어먹었다.

"싫어! 열일곱 살 생일 파티도 안 했는데 열여덟 살로 곧장 넘어가는 게 어디 있어?"

"싫든 좋든, 일곱 달 후에 언니는 열여덟 살이 돼. 그리고 지금은 문제가 있다고 생각되겠지. 하지만 때가 되면 배우자 후보 행렬이 궁정으로 몰려올 텐데 모른 척 넘어갈 수는 없을걸."

"그럼 리스베스 고모한테는 왜 후보들이 없는데?" 타라가 발끈해서 내뱉었다.

"그거야 고모가 불임이니까 그렇지." 마라는 똑 부러지게 대답했다. "내가 후계자가 된 뒤로 고모는 『궁정 비사』를 공부하라면서 언니와 나, 자르, 우리 셋 중 한 사람은 반드시 제국에 후손을 남겨야 한다고 말씀하셨어. 우리 마법의 힘은 국민의 안전을 보증하는 것이라면서. 언니는 선택의 여지가 없어."

타라는 침을 삼켰다. 도대체 얘는 어느 별에서 왔기에 이렇게 이성적인 거야?

누구는 번식용 암소 신세가 되었는데…….

"음매애애!"

로빈과 마라는 놀란 얼굴로 타라를 쳐다봤다. 타라는 방금 왜 그런 소리를 냈는지 설명하지 않았다.

"그럼 나는 가야겠어." 마라는 타라의 눈치를 보면서 말했다. "천장이 무너져 내리기 전에……."

바로 그때 도서관으로 들이닥친 호위대원들 때문에 마라는 말을 맺지 못했다. 호위대원들이 에워싸자 마라는 눈을 치켜떴다. 호위대장이 원망 섞인 잔소리를 쏟아냈는데 공손하지만 단호했다.

"정말 어이가 없군!" 마라가 쏘아붙였다. "내가 분명히 동물원에

갈 거라고 했는데 대체 여긴 왜 온 거죠? 나야 언니를 만나러 잠깐 들른 거지만. 설마 내가 부여제 또는 공동 여제, 아무튼 폐하를 만나는 것도 문제가 되나요?"

마라는 거짓말을 했다고 구시렁거리는 호위대원들을 째려봤다.

호위대원들은 잠자코 마라를 에워싸는 것으로 만족하지만 그들의 눈빛에 두 번 다시 속지 않겠다는 각오가 역력했다.

로빈에게 윙크를 하면서 일어난 마라는 한 번의 우아한 손짓으로 팝콘을 사라지게 하고는 한숨을 내쉬었다.

"그래, 네 말이 맞아, 로빈. 너는 최고의 후보는 아닌 것 같아. 파브리스는 최악의 후보이고……. 다른 사람을 찾아봐야겠다."

타라는 눈살을 찌푸렸다.

"최고의 후보라니?"

마라는 피식 웃었다.

"남자 유혹하는 방법을 가르쳐줄 최고의 후보."

타라는 할 말을 잃었다.

마라의 시선이 눈을 부릅뜨고 있는 호위대장과 마주쳤다.

"크센브릴, 내가 당신을 유혹할 경우 어떤 조언을 해주겠어요?"

팔이 넷 달린 호위대장의 파란 눈이 공포로 가득 찼다.

"마마, 그게…… 무슨 말씀인지요?"

마라가 사뿐사뿐 다가가자 호위대장은 자신도 모르게 뒷걸음쳤다.

"마라!" 타라가 난감한 얼굴로 외쳤다. "죄 없는 대원들에게 장난치면 못써! 누군가 죽이려고 할 경우 너를 지켜주는 이들이 있는 걸 고마워하게 될 텐데."

마라는 한숨을 내쉬었다.

"설마 내가 언니보다야 더 괴상하겠어? 주위에 있는 것들을 모조리 쾅쾅, 폭발시킬 때는 정말…… 휴! 그걸 벌써 잊은 건 아니겠지?"

"그걸 상기시켜줘서 고맙다." 타라가 응수하는데 탄식하는 어조였다. "그리고 원래 괴상하거든!"

"오, 근데 어쩌지요? 예전만큼 괴상하지는 않은데요." 마라가 우아하게 허리를 숙이면서 말했다. "나도 늙으면 괴팍하게 굴지 몰라!"

호위대원들이 숨을 죽였고, 로빈도 바짝 긴장했다. 하지만 타라의 손에서 마법의 빛은 나타나지 않았다. 타라와 마라는 서로 쳐다보다 깔깔대고 웃으면서 팔짱을 끼고 도서관을 나갔다.

로빈은 안도의 숨을 내쉬었다.

"여자들은 정말 모르겠어."

부여제 또는 공동 여제와 후계자를 뒤따르는 호위대장도 로빈의 말에 전적으로 동의한다는 듯 고개를 끄덕였다.

로빈은 책을 사서에게 반납하고 재빨리 타라를 쫓아 나갔다. 타라의 방으로 들어가자 자매가 아무 말 없이 로빈을 쳐다봤다. 로빈은 거북했다. 마라는 언니의 뺨에 입을 맞춘 다음, 로빈의 뺨에도 입을 맞추더니 나가기 전에 한마디 했다.

"고마워, 언니! 나가다 칼을 본다면 언니가 알려준 대로 해볼게."

"칼?" 로빈이 물었다. "무슨 말을 해줬는데?"

타라의 대답은 로빈의 예상을 완전히 빗나갔다.

"너에 대해서." 타라가 짓궂은 표정으로 대답했다.

"아!"

타라가 지어 보이는 희미한 미소에 로빈은 훨씬 불편해졌다. 로빈이 자신과 칼, 마라가 무슨 상관이 있냐고 물어보려는 순간 천장에서 크리스털 전광판이 내려오더니 화면에 리스베스 여제의 이미지가 쑥 나오면서 말했다.

"타라. 지금 와주겠니? 회의실에서 장관들과 비상 각료회의를 하고 있는데 오늘의 의제는 너와 관련된 것이다."

비상 회의? 아더월드에서 '비상'이라고 하면…… 보나 마나 골치 아픈 일이 생겼다는 건데. 타라는 내키지 않았다. 게다가 각료회의에 참석하지 않은 지도 꽤 오래되었는데. 타라는 입술을 깨물었다. 설마 여제의 부군이 될 후보자에 대한 얘기를 하려는 건 아니겠지!

그러나 전혀 다른 의제였다.

"중요한 문제를 두고 토론을 벌이고 있는데 국방 장관과 수상의 의견이 대립하고 있다."

타라는 눈을 치켜떴다.

주홍빛과 금빛 드레스 차림의 아름다운 리스베스 여제가 몸을 약간 숙였다.

"악마의 사물들을 절대적으로 파괴해야 된다는 의견과 파괴하지 말자는 의견이 대립 중이다."

8
잘못된 해결책
속으로는 '너무 멍청하다'고 생각해도
겉으로는 '전적으로 동의한다'고 말할 줄 알아야 하는데

✳

답답하게 왜들 이러지? 타라가 발표한 성명을 듣지 않았다는 건가?
악마의 사물들을 파괴하면 악마들이 훨씬 강력해져서 결국 우리를
침략할 거라고 했건만……

타라가 반박하려는 순간 이미 전광판에서 리스베스 여제의 모습이
사라지고 없었다. 그때 노크 소리가 났다. 타라는 한숨을 내쉬면서
문에게 열어주라고 지시했다. 호위대장이 얼굴을 들이밀고 말했다.

"지금……."

"각료회의에 가야 된다고?" 타라가 말했다. "알아요. 여제께서 방
금 알려주셔서 아니까 곧 나가죠."

외골격을 응시하던 타라는 문득 장난기가 발동해 로빈에게 배시시
웃었다.

"너무 아파⋯⋯." 타라는 외골격에 눌린 다리와 허리를 주무르면서 말했다. "모우르무르 삼촌할아버지가 잘 만들었지만 내 몸에 딱 맞지 않아서인지 너무 아파. 회의실까지 나를 부축해줄래?"

로빈은 활짝 웃었다.

"분부만 내리시죠, 나의 공주님. 안고 갈 수도 있사옵니다."

타라는 솔깃했지만 그건 좀 지나치다고 생각했다.

"음, 장관들은 거의 나이 든 분들인데 괜한 소리 듣고 싶지 않아. 이 기구를 벗고 걸어갈 수 있게 나를 부축해주면 그것으로 충분해."

"나를 공식적인 후보로 인정하는 거야?" 타라의 생각을 알고 싶은 로빈이 넌지시 물었다.

"아니." 타라는 솔직하게 대답했다. "넌 나의 남친인데 너까지 후보자 대열에 끼어들 필요 없지. 우스꽝스럽게. 그리고 나는 너무 어려! 모우르무르 삼촌할아버지에게 말해야겠어."

근육이 회복되는 동안 타라가 걸어 다닐 수 있게 해주는 외골격 기구를 벗겨주던 로빈은 깜짝 놀랐다.

"모우르무르 선생님? 왜, 기구를 다시 만들어달라고 하려고? 그리고 우리끼리니까 하는 말인데 타라, 이걸 벗는 건 좋은 생각이 아닌 것 같아. 회의실에 도착할 때까지 굉장히 고통스러울 텐데."

타라는 묘한 미소를 지었다.

"아니, 외골격 때문이 아냐. 삼촌할아버지를 만나서 부탁할 게 있어서 그래. 내가 제국을 물려받는 후계자의 굴레에서 벗어나려면 고모의 불임을 고쳐서 아이를 많이 낳게 하는 방법밖에 없어. 그럴 수 있는 사람이 모우르무르 삼촌할아버지야. 마지스터가 저지른 살해 사건에 대해 메시지를 보냈으니까……."

"뭐라고?"

아! 로빈은 모르고 있구나. 한쪽에서는 비가 내리는데 다른 쪽에서는 해가 쨍쨍 비칠 정도로 황궁이 굉장히 넓다는 걸 타라가 또 잊은 것이다. 타라는 화장실에서 일어난 엘프 살해 사건에 대해 설명해주었다. 로빈이 불안한 시선을 보냈지만 타라는 머릿속으로 궁리를 하느라고 개의치 않았다.

"그래서 모우르무르 삼촌할아버지에게 아더월드에 와서 도와달라고 부탁했어. 고모 문제도 해결하고."

로빈은 타라가 마지스터에 대해 말하고 싶어하지 않는다는 걸 알아차리고 캐묻지 않았다.

"왜 모우르무르 선생님에게 부탁해? 그분은 과학자이지 산부인과 의사가 아닌데!"로빈의 얼굴이 빨개졌고, 타라는 웃지 않으려고 입술을 깨물었다.

"엄마에게 걸린 유혹 주문을 풀어준 분이야."타라가 말했다. "우리는 그런 주문에 걸려 있는지도 몰랐는데. 따라서 모우르무르 삼촌할아버지는 천재이고, 천재들이 다 그렇듯 뭐든지 할 수 있어. 빠른 시일 내에 할 수 있는 최선책이야. 고로 우리에게는 세 가지 미션이 있어. 리스베스 고모의 불임을 고쳐주고, 신랑감을 찾아서 무사히 결혼시키는 거야."

타라는 말을 중단했다가 이었다.

"자식은 한 여섯 명쯤 낳게 해야지!"

타라가 갑자기 수염에 크림을 잔뜩 묻힌 고양이처럼 보였다.

"그럼 나는 해방되는 거야!"

로빈은 조그맣게 휘파람을 불었다.

"휴, 만만한 계획이 아냐! 네 고모의 비위를 맞출 정도로 미친……, 아니 용감한 남자를 어디서 찾겠어?"

"이미 찾은 것 같아. 바리우스 덩컨."

로빈은 타라가 말하는 사람을 알아차리는 데 시간이 좀 걸렸다.

"스파슌?"

타라는 웃음을 참았다.

"맞아, 하지만 벌써 오래전에 정상으로 돌아왔어."

불쌍한 바리우스. 스파슌이라는 별명으로 불리다니! 하긴 두 번씩이나 그에게 일어났던 일을 모르는 사람이 아더월드에 있을까.

"바리우스 남작은 용사 중의 용사이지." 로빈이 아주 진지하게 말했다.

타라는 미소 지었다. 로빈은 용맹하고 착하고 정직하지만, 하여튼 웃기는 것과는 거리가 멀었다. 난쟁이들과 마찬가지로 엘프들이 무기 다루는 솜씨는 뛰어나도 유머는 장기가 아니었다. 너무 진지한 로빈이 그렇게 말하니까 웃음이 나오기는 했다.

타라는 로빈의 얼굴을 보면서 생각했다. 그런데 로빈이 제 딴에는 유머랍시고 한 모양이었다. 진지한 얼굴에 미소가 감도는 걸 보면.

타라와 로빈은 호위를 받으면서 방을 나섰다. 타라는 걸음을 뗄 때마다 아프기 때문에 관절염에 걸린 달팽이처럼 느릿느릿 움직였다. 꼼짝하지 못한 채 누워서 지낸 날들 때문에 근육이 말을 듣지 않았다. 오랜만에 신이 난 갈랑이 앞장서서 날아갔다. 타라는 그동안 덩달아서 갑갑하게 지낸 페가수스를 자유롭게 풀어주려고 정신적 끈을 끊어주었다. 기뻐하는 소리를 내면서 날아간 페가수스는, 대형 유리창을 통해 비처 드는 햇빛과 경쟁을 벌이며 복도를 밝히는 브리앙트들에게 장난을 걸었다.

"아야, 아야." 타라가 고통스러운 신음소리를 냈다. "외골격 기구를 괜히 벗었나 봐. 너무 아파."

"그러게 내가 기구를 벗는 게 좋은 생각이 아니라고 했잖아." 로빈이 떨떠름한 얼굴로 대꾸했다.

"그럼 강력하게 우겼어야지." 타라는 도리어 큰소리쳤다.

로빈은 한숨을 내쉬었다. 500미터쯤 걸어갔을 때 혼잡한 복도에서 마주친 켄타우로스는 타라에게 정중하게 인사를 한답시고 네 다리가 엉키지 않게 움직이는데 어찌나 위태위태한지 하프엘프는 화들짝 놀랐다.

타라가 말릴 겨를도 없이 로빈은 타라를 답삭 안고서 켄타우로스에게 고개를 끄덕여주고는 얼른 자리를 피했다.

타라 일행은 궁전 안을 붕붕 날아다니는 꼬맹이들과 마주쳤다. 아직은 마법 능력이 없지만 어른들이 재미있게 놀라고 공중 부양 주문을 걸어놓고, 사방으로 흩어지지 않도록 보이지 않는 고무줄로 묶어놓은 아이들이었다. 타라를 향해 참새 떼처럼 날아온 꼬맹이들이 사탕을 달라고 졸랐다. 타라는 호위대원들이 눈살을 찌푸리거나 말거나 웃으면서 아이들의 소원을 들어주었다. 사탕 소리를 들었는지 은빛 유니콘까지 난데없이 나타났는데 좀 더 많이 가질 욕심에 마법으로 만든 팔을 네 개나 달고 있었다. 이윽고 사탕이 비 오듯 쏟아지자 아이들이 좋아서 소리를 꽥꽥 질러댔다.

더.

더.

더.

"휴!" 로빈이 우산을 불러내면서 말했다. "벌써 내 발목까지 쌓이기 시작하는데 멈춰야 해, 타라."

타라는 쏟아지는 색색의 사탕을 보면서 한숨을 쉬었다.

"빌어먹을 마법. 양보다 다양한 종류로 사탕을 부탁했는데 산더미같이 쌓아놓을 줄이야! 복도마다 산더미처럼 쌓여야 멈출 거야."

로빈은 눈살을 찌푸렸다.

"좀 더 구체적으로 말할 필요가 있겠어. 이를테면 '많은 종류의 사탕'이라고 말했어야……."

"'맛과 색깔이 다양한 여러 종류의 사탕 천 개'라고 할 걸 그랬어. 그래도 설마 이럴 줄 누가 알았겠어."

타라는 산더미같이 쌓인 사탕 무더기를 가리켰다. 은빛 유니콘은 발목까지 올라온 사탕 더미를 보면서 꼬맹이들과는 달리 별로 기뻐하지 않는 표정이었다.

"또 다른 걸 요구하기 전에 어서 가자." 타라가 말했다.

로빈이 타라를 다시 안고(타라가 마법으로 사탕을 불러낼 때 로빈은 자기까지 '딸기 맛 젤리 타가다[11]'로 변하게 될까 봐 조심스럽게

----

11. 딸기 맛 젤리 타가다는 아더월드와 타딕스와 마딕스, 드란보우글리스펜쉬르에도 공급되어 있다. 독일 제과회사 하리보는 자사 제품인 젤리가 이렇게 먼 곳에서도 유명한지 상상도 못할 것이다.

타라를 내려놨었다) 출발했다. 든든한 하프엘프의 품에 안긴 후계자를 쳐다보는 수많은 시선에는 미래의 여제에게 호의적일 경우 엘프들과 체결할 계약, 협정, 동맹을 상상하는 이해타산적인 눈빛도 있었다.

"타라, 네가 알아차렸는지 모르겠는데 몇 백 미터를 걸어가는 이 짧은 시간에 너는 여러 세대의 상인들을 혼란에 빠뜨렸어." 로빈이 속삭였다. "상인들이 네 마음에 들기 위해서는 엘프들과 동맹을 맺어야 한다고 생각할 거야."

타라는 미소를 지었다.

"알아. 엘프들의 여왕이 제일 좋아하겠지."

무시무시한 타빌라 여왕을 생각만 해도 편치 않은지 로빈이 얼굴을 찡그렸다.

"네가 나와 결혼하지 않으면 그렇지도 않아. 모든 계약이 물거품이 되는 거니까."

"나와 결혼하는 남편의 종족이 오무아의 무역에 영향을 줄 거라고 생각할 정도로 멍청하다면 '세상에서 최고의 상인'이란 말을 들을 자격이 없지." 타라는 매몰차게 말했다.

타라는 이용당하는 걸 좋아하지 않았다. 더군다나 무슨 생각을 하는지 전혀 짐작이 가지 않는 이들에게 이용당하는 것은.

"하지만 가능성이 전혀 없는 건 아냐. 네가 원하든 아니든 영향을 받게 될 테니까. 네 고모가 걱정하는 것이 바로 그거야. 엘프라는 나의 신분이 결국은 네 행동에 영향을 미치고……."

"'영향을 미친다'는 말 한번 유식하게 하네." 아주 가까이에서 목소리가 이죽거렸다.

타라와 로빈은 소스라쳤다. 오는 걸 보지도 못했는데 칼이 호위 대장에게 인사하면서 눈앞에 나타났던 것이다. 타라는 활짝 웃는 칼을 보면서 예전처럼 로빈과 키 차이가 많이 나지 않는 것에 깜짝 놀랐다.

"칼!" 타라가 외쳤다. "어디 갔었어?"

"마지스터가 어떻게 시도 때도 없이 이 황궁을 들락거리는지 조사 하러." 칼이 피식 웃으면서 대답했다.

"아, 그랬구나. 그래서 알아냈어?"

"그럼, 어렵지 않았어." 칼이 거드름을 피웠다.

그러고는 이내 표정이 어두워졌다.

"어디에 뚫어놨는지 장소를 찾는 데는 실패했지만."

"뭘 뚫었는데?" 로빈이 물었다.

"마지스터가 이 궁전으로 들어오기 위해 뚫어놓은 지하 통로!"

타라의 쪽빛 눈이 휘둥그레졌다.

"아, 지하 통로! 그 생각을 못했네. 궁전에서는 트란스미투스를 하 지 못하게 되어 있으니 마지스터가 지하 통로를 이용했을 텐데……. 게다가 일반적으로 지하 통로에는 마법을 감지하는 경보기를 설치하 지 않고!"

궁인들이 군주의 의견에 전적으로 동의하는 것은 아니기 때문에, 특히 군주가 사람을 마구 죽이는 위험한 정신병자일 때는 도망칠 방법을 만들어놓아야 하기 때문에 궁전에는 지하에 비밀 통로들이 있기 마련이다. 강으로 곧장 이어지는 통로도 있고, 마법을 이용하거나 그 밖의 여러 방법으로 탈출하는 통로도 있을 것이다. 궁전 지도책에는 기록되어 있어도 쓸모가 없어서 아무도 모르는 지하 통로가 있을 수도 있고…….

"맞아, 그래서 내가 친위대와 상의한 뒤에 내려가서 확인했어. 그리고 궁전을 수리하는 영선과에 들러서 한 타트리스 부인과 얘기를 나눴어. 그런데 해충 방지 주문에도 불구하고 많은 곤충이 궁전 안을 돌아다니는데 어디로 들어오는지 찾을 수가 없다고 짜증을 내는 거야. 그래서 말인데 우리가 모르는 지하 통로가 있다면……."

"곤충이 어떻게 궁전으로 들어오는지 설명이 되는 거네! 브라보, 칼, 넌 정말 대단해! 근데 황족과 정보국도 모르는 지하 통로를 마지스터는 어떻게 알고 있을까?"

칼은 얼굴을 찡그렸다.

"크산디아르 친위대장과 세네 카무플레 국장도 너와 같은 말을 하면서 마지스터가 잃어버렸거나 잊힌, 궁전의 옛 지도를 갖고 있는 것이 틀림없다는 결론을 내렸어. 그래서 도서관으로 갔는데…… 많은 지도책이 없어진 걸 알고 카흠보움 둘이 폭발할 뻔했어. 양피지를 백지로 바꿔치기를 해놨더라고. 내가 먼저 그 생각을 했어야 되는데."

도둑으로서의 재능과 지능에 자부심이 있는 칼은 자존심이 상한 얼굴이었다.

"쥐처럼 몰래 드나드는 마지스터의 사고방식이라면, 비밀 통로는 여러 개 있을 거야. 근데 나를 찾고 있었어?"

"응. 크산디아르와 세네가 궁전을 조사하고 있으니까 칼 너는 필요하지 않을 거야." 타라가 말했다. "난 네가 지구에 가서 모우르무르 삼촌할아버지를 모셔오면 좋겠어."

칼은 이마에 주름을 잡았다. 그 발명가는 베이비시터가 필요하지 않은데 왜 나한테 쓸데없는 일을 시키는 거지?

타라는 어리둥절해하는 칼을 보면서 설명했다.

"파브리스도 지구로 떠날 예정이야. 문지기가 되기로 결정했거든. 떠나는 파브리스와 동행할 친구가 있으면 좋겠는데 난 각료회의에 참석해야 해서……. 파브리스에게 전화를 하거나 가능한 한 빠른 시일 내에 만나러 갈 거라고 전해줘."

칼의 잿빛 눈이 동그래진 걸 보면 이번에는 타라가 친구를 놀래주는 데 성공한 것이다.

"파브리스가 지구로 돌아가겠대? 문지기가 되겠다고? 따분한 직업인데!"

타라는 고개를 끄덕였지만 씁쓸했다. 나는 도무지 쉴 틈이 없어서 미치겠는데 얘들은 따분한 걸 걱정하다니.

"파브리스가 원하는 게 그거야." 타라가 설명했다. "아더월드에서는 두려워서 살기 싫어졌대. 지구에 있으면(타라는 '나와 멀리 떨어져 있으면'이라는 말을 굳이 덧붙이지 않았지만 느낌으로 알 수 있었다) 시도 때도 없이 공격받는 일은 없을 거라고 생각해."

"바보!" 칼이 내뱉었다. "악마의 반지가 지구에서 너를 공격했던 건 어쩌고?"

"하지만 반지는 나를 공격한 거지 파브리스가 아니잖아. 슬프지만,

파브리스가 평온한 삶을 원한다면 내게서 멀리 떨어져 있는 것이 나아. 그러니까 잘못 생각한 건 아냐."

불안할 때는 늘 그렇듯 칼은 그렇지 않아도 덥수룩한 머리를 마구 헝클어뜨렸다.

"무아노의 반응은?"

"나빠."

"그래서?"

"응. 무아노는 따라가지 않겠다고 하면서 자기 방으로 가버렸어. 그 뒤로는 어떻게 됐는지 몰라. 나는 고모의 명을 받고 각료회의에 참석하러 가는 중이고, 파브리스는 무아노에게 변명하러 달려갔거든."

"나는 너를 찾으려고 비 오듯 쏟아지는 사탕을 따라왔는데." 칼이 장난스럽게 말했다. "오케이, 파브리스를 찾아서 같이 지구로 갔다가 모우르무르 선생님을 모셔올게. 나중에 봐!" 마지막으로 타라에게 장난기가 가득한 눈짓을 보낸 뒤에 칼은 호주머니에서 꺼낸 막대사탕을 입에 넣더니 쏜살같이 뛰어갔다.

로빈은 빙긋이 웃으면서 백 미터쯤 가다가 회의실 문 앞에서 타라를 내려놨다.

"다 왔습니다, 공주님." 로빈이 호위대원들이 보는 앞에서 열정적인 목소리로 말했다. "너를 안고 올 수 있어서 행복했어. 여기서 기다릴까?"

예의를 깍듯하게 지키는 로빈을 보면서 타라는 아프지만 꾹 참고 까치발을 들어 하프엘프에게 입을 맞췄다.

타라가 눈을 떴을 때 로빈의 눈에는 감격한 빛이 역력했다.

"네가 이럴 때는 숨이 막히고 심장이 터질 것 같아." 로빈이 달뜬 목소리로 말했다.

타라는 공허함이 느껴지지만 미소를 짓고 질문에 대답했다.

"아니, 기다리지 마. 오래 걸릴 것 같으니까. 그리고 호위대원들이 있는데 무슨 걱정이야."

로빈은 컴퓨터폰을 보면서 이맛살을 찡그렸다.

"어머니 심부름을 해야 하니까 이따가 다시 올게. 그때까지 회의가 끝나지 않았으면 여기서 기다리고 없으면 네 방으로 갈게."

타라는 무슨 일이냐고 물어보려다 말았다. 말해줄 만한 것이면 로빈은 묻지 않아도 해줬을 텐데. 집안 일일 거라고 생각하면서 타라는 회의실로 들어갔다. 어깨에 페가수스를 앉힌 채로.

장관들이 모두 참석해 있었다.

흰색 반점이 있는 보라색의 화사한 돌 본데르[12]로 이루어진 회의실은 반원형이었다. 장관들은 1미터 높이의 공중에 떠 있는 양탄자를 하나씩 차지하고서 서류 받침대까지 달린 푹신한 안락의자에 앉아 있었다. 나팔 소리가 요란하게 울리면서 타라가 등장했을 때 타트리스족 수상 테오클리스 부인이 발언하는 중이었다.

"와우!" 귀가 따가운 타라는 오만상을 찌푸렸다. "나를 귀머거리로 만들고 싶은 거라면 좋을 대로 하세요."

갈랑은 절대적으로 동의한다는 듯 머리를 끄덕였다. 타라보다 훨씬 귀가 예민한 페가수스도 시끄러운 소리가 마음에 들지 않았던 것

· · · · · · · · · · · · ·
12. 소리를 증폭하는 특성이 있는 아더월드의 돌이라서 마이크를 사용할 필요가 없다.

이다.

주홍빛과 금빛의 마법복에 금빛 샌들을 신은 타라는 걸어갔다. 체인지라인은 타라의 긴 금발을 틀어 올리되 중간쯤에서 길게 늘어뜨린 머리에 보석 밴드와 진홍색 산호 핀으로 멋을 냈다.

리스베스 여제는 주홍색과 금색이 지겨울 때 이따금 흰색과 검은색, 파란색 옷차림을 했다. 양위를 선언할 때 흰색으로 입었기 때문인지 이번에는 눈빛과 똑같은 쪽빛 드레스였다. 실크와 새틴이 섞인 레이스가 사파이어 무도화까지 늘어져 있었다.

그리고 피부에 아바타를 연상시키는 파란빛을 띠게 한 것은 참신한 변화였다. 아더월드에서도 영화 〈아바타〉가 대단한 인기를 끌었던 것이 분명했다. 타라는 고모가 〈아바타〉 속의 '나비족'보다는 '스머페트'를 닮았다고 생각하지 않을 수 없었다.

"와서 앉아, 타라." 리스베스 여제가 낭랑한 목소리로 말했다. "아더월드의 미래가 걸린 문제인데 네 의견도 들어야 하기 때문에 오라고 한 거야."

타라는 침을 삼켰다. 설마 그뿐일까. 타라가 마지못해서 고모 옆 옥좌를 갖춘 양탄자에 오르자 책상이 앞에 놓였다. 리스베스 여제가 마주 보는 곳의 양탄자 의자에 발언자가 앉아 있었다. 이런 식으로 발언자는 양탄자를 탄 채로 이동할 수 있었다. 테오클리스 수상이 일어서서 정중하게 고개를 숙였다가 제자리로 날아가면서 중앙이 텅 비었다. 아더월드의 다른 나라들과 달리 오무아에는 비인간이 그리 많지 않아서 다른 종족과 인척 관계가 거의 없었다. 트롤들을 제외하고는 누구도 원주민이라고 자부할 수 없기 때문에 타 종족을 차별하는 반응을 보였다가는 언론 매체에 가십 거리를 제공할 수 있었다. 엘프를 사랑하기 때문에 인종차별과는 거리가 먼 타라는 정부에서 일하는 데 중요한 것은 판단력과 능력이라고 생각했다. 아! 인내심도 아주 많이 필요하지. 정치인은 배신과 말 바꾸기가 능하기 때문에 낯가죽이 두꺼울 필요가 있고, 상대보다 빨리 크게 말을 많이 하는 능력도 요구되었다.

이런 점에서 머리가 둘 달린 타트리스족은 확실히 유리했다. 티라니크가 정체불명의 괴한에게 살해되면서 임명된 타트리스족 수상은 많은 논란을 불러일으키면서 해임되었다. 그리고 타트리스족으로서는 두 번째로 수상이 된 현재의 테오클리스 부인은 유능함과 정중함과 단호하게 밀어붙이는 추진력으로 종족에 대한 비판을 마침내 잠재웠다.

리스베스 여제가 흡족한 미소를 지으면서 말했다.

"이제 타라가 참석했으니 악마의 사물들을 어떻게 할지 결정합시다."

아더월드의 미래가 걸린 문제라고 하더니, 이럴 줄 알았다니까! 갈랑이 날개를 펼치면서 동반자의 마음을 대변하자 타라는 페가수스를 쓰다듬어주었다.

"최근까지 우리는 악마의 사물들을 그대로 숨겨놓아야 한다고 생각했소. 그런데 데미데루스께서 사물들을 감춰놓은 장소를 마지스터가 알아내면서 문제가 생겼어요. 여기 있는 타라 덩컨이 우리는 생각해본 적도 없었던 일, 즉 악마의 사물을 파괴할 수 있다는 걸 보여주었지요."

이번에는 여제가 타라를 쳐다보면서 말했다.

"네가 실루르의 옥좌와 왕홀, 그리고 시제품 크라에토비르의 반지를 파괴한 뒤로 두 파가 대립하고 있어. 악마의 사물들을 파괴하자는 파와 너의 감독하에 사물들을 연구하자는 파. 사물들을 분석하는 중에 뭐가 잘못될 경우에는 네가 우리를 보호해줄 거라고 믿으니까."

타라는 공포를 억제하면서 의문을 제기했다.

"내가 이해가 안 되는 것은……." 타라는 손에서 땀이 나지만 차분하게 말했다. "최고 마구스, 드래곤 등 뛰어난 마법사가 그렇게 많은데 5000년이란 세월 동안 왜 악마의 사물들을 그냥 방치해두고 제대로 알아낸 것이 없냐는 겁니다. 난 그게 너무나 이상해요!"

리스베스 여제는 한숨을 내쉬었다.

"사실, 중요한 무기들을 파괴했기 때문에 너는 지탄받을 뻔했어. 드래곤들과 우리의 군(여제가 노려봤지만 국방 장관은 못 본 척했다)에서는 데미데루스께서 압수한 사물들을 없애는 걸 원치 않았지. 네가 친구들과 함께 그 사물들이 있는 곳으로 들어가기 전까지 우리는 신전의 지킴이들이 데미데루스의 직계 후손만 통과시킨다고 생각했어. 따라서 후손과 동행하면 다른 사람들이 들어갈 수 있다는 것도 전혀 몰랐고……."

이번에는 여제가 연구개발 기타 등등 장관을 째려봤다. 연구개발 장관은 키가 크고 비쩍 말랐고, 아인슈타인을 연상시키는 헝클어진 백발의 인간인데 국방 장관보다도 더 눈 하나 깜짝하지 않았다.

"그런데 너는 그 누구도 하지 못한 걸 해냈어. 악마의 사물을 파괴하다니! 너의 마법은 인간이 지닐 수 있는 최고의 능력이야. 데미데루스는 당시에 드래곤들을 믿지 않았지. 그리고 그 판단은 틀리지 않았어. 드래곤들이 아직도 악마의 사물을 보관하고 비밀리에 실험해왔다는 걸 알았으니까. 그래서 데미데루스께서 욕심 많은 드래곤들과 야심 있는 최고 마구스들의 손에 들어가지 않게 하려고 악마의 사물들을 감췄던 거야. 그리고 너무 위험한 사물들이라서 정말로 없애려고 했지만 데미데루스에게는 그럴 힘이 없었어. 다른 네 명의 최고 마구스들과 힘을 합해도 파괴할 수 없다고 믿었고.”

타라는 다리가 아프지만 꾹 참으면서 안락의자에서 몸을 웅크렸다. 아! 그러니까 그것도 전략이었구나. 데미데루스가 그 당시 악마의 사물을 파괴할 정도로 강력하지 않다고 말했다고? 아니, 꼭 그 때문이 아니라는 걸 타라는 알아차렸다. 탐욕스러운 이들에 대한 불신이 문제였던 것이다. 톨킨의 『반지의 제왕』에서 서로 반지를 가지려고 쟁탈전을 벌이는 것처럼 다른 최고 마구스들이 사물들을 가지려고 했던 것이 틀림없었다. 데미데루스는 악마의 사물들이 타락과 고통을 가져다줄 뿐임을 알고 있었던 것이다. 물론 목숨을 구해주기도 했지만.

타라는 성명을 발표하면서 했던 말을 반복할 필요는 없다고 생각했다. 타라가 사물 속에 남은 악마의 영혼들이 림보로 돌아가기 때문에 사물을 파괴하면 안 된다고 주장한 걸 장관들은 모두 알고 있었다. 타라는 너무 매혹적인 아르칸즈를 떠올리는 것만으로도 소름이 끼쳤다. 그런데 소름이 끼치는 이유가 아르칸즈가 두렵기 때문인지, 아니면 매혹적이기 때문인지 잘 모르겠다는 것이 문제였다.

연구개발 장관이 발언했는데 목소리가 냉랭했다.

“나는 사물들을 없애버려야 한다고 생각합니다. 너무 위험한 것들입니다. 우리 정부는 드래곤 정부에 강력하게 항의하여 드래곤들이 지금까지 사물들에 대해 연구한 결과를 받아내야 합니다. 우리의 어린 여제께서 그 일을 맡아준다면 나는 파괴하는 쪽에 찬성합니다."

연구개발 장관은 책상에 있는 초록색 버튼을 눌렀다. 머리 위쪽에 번쩍거리는 글이 나타났다. **연구개발 기타 등등 장관: 찬성.**

얼굴이 보랏빛으로 변한 국방 장관은 책상을 뚫어버릴 정도로 세게 검은색 버튼을 눌렀다. 빨간색 글이 나타났다. **국방 기타 등등 장관: 반대.**

타라는 미소를 지으면서 속으로 말했다. 군인 정신이 투철할 테니 이 장관은 믿어도 되겠군.

"그럴 수는 없습니다!" 국방 장관이 소리쳤다. "다볼, 우리는 이미 의견을 나누지 않았습니까? 무기(장관이 힘주어 말했다)란 말입니다! 악마의 사물을 사용하게 될 경우 우리가 얼마나 막강해지는지 압니까? 아무도 우리에게 대항하지 못할 겁니다! 마음만 먹으면 아더월드를 정복할 수도 있습니다!"

국방 장관은 그 순간 모든 시선이 자신에게 쏠려 있는 걸 깨닫고 흠칫 놀랐다.

"그러니까 내 말은…… 우리는 당연히 그런 마음을 먹지 않지요. 하지만 마음만 먹으면 그럴 수…… 있다는 뜻입니다."

다른 장관들이 국방 장관을 향해 폭군이 되고도 남을 인물이라면서 큰 소리로 야유하거나 비웃었다. 리스베스 여제는 잠자코 있었지만 상황을 주시했다.

타라는 고함치고 싶은 마음을 꾹꾹 눌렀다. 늙은 군인이 너무 흥분한 나머지 과장하다가 손가락질을 받으니! 빨리 수습해야 했다.

"당연히 그럴 일은 없습니다. 정복하는 일은 절대 없습니다!"

타라가 거의 악을 쓰듯 외쳤기 때문에 깜짝 놀란 장관들이 입을 다물었다. 타라는 양탄자에게 가운데로 이동하라고 지시했다.

"하지만 국방 장관이 무기라고 한 것은 맞는 말입니다." 타라가 말을 이었다. "나는 현재 우리의 기술로는 악마의 사물들을 아무런 위험 없이 연구하지 못할 것이라고 생각합니다. 악마의 사물들이 드래곤들에게 어떤 영향을 주었는지 모두들 알고 계실 겁니다. 끔찍한 변이가 일어났지요.13 하지만 우리 후손들이 언젠가는 분명히 악마의 마법을 분석해낼 겁니다. 따라서 다음 세대를 위해 우리는 악마의 사물들을 지키고 보존해야 합니다."

다른 장관들이 속지 않는다는 표시로 입가에 미소를 머금었지만, 타라는 자신의 짧은 발언에 자신이 있었다. 타라는 검은색 버튼을 힘껏 눌렀다. **후계자이자 미래의 여제 타라: 반대.**

리스베스 여제가 고개를 끄덕이더니 초록색 버튼을 눌러서 타라는 크게 실망했다. **리스베스 여제: 찬성.**

"악마의 사물들을 손에 넣기 위해서라면 마지스터는 무슨 짓이든 할 거야." 리스베스는 타라의 놀란 눈을 보면서 말했다. "남은 악마의 영혼들이 림보로 돌아가는 것 때문에 걱정한다는 거 알지만 내 생각은 달라. 나는 악마의 영혼들이 주인에게 돌아가지 않는다고 확신한다. 악마들의 천국으로 갈 거라고 생각해. 어딘지는 몰라도 자유롭게 풀려났으니 안식할 수 있는 곳으로 갈 거야. 그런 의미에서 사물

. . . .

13. 연구하는 과정에서 갑자기 팔다리가 여러 개 생기는 바람에 절단해야 하는 등 이상한 일들이 발생했다.

들을 파괴하는 것은 한편으로 악마의 영혼들에게는 동정심을 베푸는 것이고, 다른 한편으로 위험 요소를 없애는 거니까 아더월드의 미래를 위해 신중한 처사이기도 해. 고로 나는 찬성이다."

타라는 화가 나지만 참았다. 고모의 발언은 장관들의 지지를 받고 있었다. 고모의 말에 반박하는 주장을 하려면 악마의 반지(도와주기도 하고 공격하기도 했던)를 상대로 싸우면서 죽을 고비를 넘길 때의 이상한 느낌을 설명해야 하는데 쉽지 않았다.

타라가 오무아 제국의 미래라면 리스베스는 현재였다. 장관들이 항상 리스베스 여제의 생각에 동의하는 건 아니지만, 악마의 사물에 관해서는 여러 해 동안 나라를 비교적 잘 다스려온 군주의 발언을 따를 것이 틀림없었다. 타라는 이기지 못할 거란 느낌이 들었다.

"우리는 찬성입니다." 테오클리스 수상의 두 얼굴이 말했다. "너무 위험한 무기들이라서 지킬 수 없다고 생각합니다. 만약 악마들이 쳐들어올 경우 그들은 제일 먼저 그 사물들을 회수하려고 달려들 겁니다. 그러니까 그것들을 파괴해서 아더월드뿐만 아니라 지구를 지킵시다."

모든 장관의 발언이 끝나고 표결 결과가 나왔다.

찬성 22, 반대 15.

타라가 졌다.

9
사악한 힘

한 번 빠진 함정에는
또다시 걸려들면 안 되는데

*

리스베스 여제는 타라를 처다봤다.

"표결은 끝났다, 타라. 이제는 우리도 너만 악마의 사물을 파괴할
수 있는 게 아니라는 걸 알았으니 최고 마구스들과 함께 내가 할 것
이다. 네가 신전의 지킴이들을 몹시 두려워한다는 거 알고 있어."

타라는 깜짝 놀랐다. 지킴이들을 두려워하는 걸 어떻게 알지? 불과
몇 시간 전쯤 친구들에게 처음으로 말한 건데 그걸 고모가 안다는 것
은 방에 도청 장치를 해놓은 것이 틀림없었다.

쯧. 그렇다면 타라가 고모를 모우르무르에게 진찰을 받게 하고, 남
자를 찾아줄 생각이라는 것도 알고 있다는……. 타라는 침을 꼴깍 삼
켰다. 조카를 감시하다니! 단둘이 있을 때 고모에게 꼭 짚고 넘어가
야 할 일이었다.

도청 장치는 칼에게 제거해달라고 부탁하면 되고, 지금은 훨씬 중요하고 급한 문제부터 해결해야 했다. 마지스터의 도발로 야기될 초강력 악마들의 침략으로부터 아더월드를 지켜야 하는데.

타라는 빠르게 머리를 굴렸다. 칼의 방식으로 하면? 아냐, 악마의 사물들을 훔친다는 건 말도 안 돼. 생각만 해도 공포가 엄습했다. 흉측하고 무시무시한 지킴이들과 맞서야 하고, 설사 지킴이들이 무사히 통과시켜준다 해도 악마의 사물에 너무 가까이 가지 말아야 해. 너무 위험했다. 사악한 마법과 결합되면 언제 또 검은 여왕으로 둔갑될지 모르는데……

그때를 생각하면 지금도 소름이 끼쳤다.

그럼 파프니르의 방식은? 움직이는 것은 닥치는 대로 두들겨 패고, 움직이지 않는 것은 닥치는 대로 도끼로 찍어버려? 안 돼. 전면전이라면 몰라도 이 경우에는 적절하지 않아. 파브리스의 방식은? 악마의 마법과 타협하고 혼자 도망치는 것? 그것도 아냐. 아더월드 사람들이 악마들과 타협하게 내버려둘 수 없어. 절대로.

무아노의 방식은? 방법을 찾을 때까지 수많은 책을 뒤지며 읽고 또 읽는 것? 하지만 시간이 없어. 아니, 더 치밀한 방법을 찾아야 했다. 덩컨 식의 유일무이한 방법.

한편 리스베스도 조카의 동태를 살피고 있었다. 타라가 찡그리는 걸 보면서 뭔가를 꾸미고 있음을 알아차렸다. 한 시간 전쯤, 회의실에서 장관들의 얘기를 건성으로 듣던 리스베스는 조카딸이 후계자가 되지 않을 생각으로 고모의 배우자를 찾고, 불임을 고쳐주려 한다는 말을 할 때(한쪽 귀에 조카를 정탐하는 이어폰을 끼고 있었다) 당장 타라의 방으로 달려갈 뻔했다.

세상에! 맹랑하기가 이를 데 없군!

하지만 억지로 화를 가라앉히면서 이런저런 궁리를 하던 리스베스는 그리 나쁠 것도 없다는 생각이 들었다. 모우르무르의 명성은 익히 들어서 한때 불러들일 생각도 했었다. 하지만 당시에 모우르무르는 자신이 날린 주문에 영원히 갇혀 있기 때문에 죽은 사람이나 다름없는 것으로 알고 있었다. 리스베스는 임신할 수 없는 자신의 납작한 배를 만졌다.

불임 선고를 받았을 때는 얼마나 참담한지 정신적으로는 거의 죽은 거나 다름없었다. 아이를 가질 수 없는 것, 대를 잇지 못하는 것, 그리고 무엇보다 아기를 품에 안고 천사 같은 얼굴에 뺨을 대볼 수 없는 걸 알고 얼마나 실의에 빠졌는지 건강까지 안 좋아졌었다. 스스로 허약함을 용납할 수 없는 리스베스는 마음을 독하게 먹었다. 하지만 단념이 되지 않았다. 아이를 가질 수만 있다면! 밤에도 불현듯 그 생각이 떠오르면 벌떡벌떡 일어나서 잠을 이루지 못했다. 리스베스는 바리우스를 생각했다. 좋은 남자였다. 든든한 남자였다. 그런 남자가 느닷없이 찾아와 사랑에 빠졌다고 고백하지 않았던가. 리스베스를 두려워하지 않다니, 좀처럼 없는 일이었다. 그래도 리스베스는 엘프들의 여왕 타빌라만큼 무시무시하지는 않았다(타빌라도 자식이 없고, 공동으로 통치해줄 왕이 없는 상태였다). 리스베스는 타빌라가 탕딜루스 망질을 선택했었다는 소문을 들은 적이 있었다. 하지만 탕딜루스는 도망쳐서 인간과 결혼했다. 그런 이유로 타빌라가 탕딜루스의 아들인 하프엘프 로빈 망질을 그토록 미워하는 것이었다. 타라의 목숨을 여러 번 구하면서 로빈이 아더월드의 영웅이 되었는데도 불구하고.

리스베스는 타라가 어떻게 하는지 지켜보기로 했다. 잘되면 서로에게 좋은 '윈윈 전략'이 아닌가. 리스베스는 그토록 꿈꾸던 아이를 갖고, 타라는 자신이 원하는 대로 자유로워지는 것이니…… 아무튼 지금보다는 좀 더 자유로워지는 거니까. 물론 타라가 강력한 마법사이자 오무아 제국의 후계자 중 한 사람인 것은 변함이 없지만.

타라도 고모를 살피고 있었다. 고모의 시선을 느낀 타라는 재빨리 표정을 지웠다. 무엇보다 무슨 궁리를 하는지 들키지 말아야 했다. 아니면 고모는 성층권을 뚫을 정도로 까마득히 높은 탑에 조카를 가둬버리고도 남을 사람이었다. 그런데 갑자기 고모의 얼굴이 밝아졌다. 무슨 좋은 계획이 떠오른 걸까? 혹시 지킴이들과 악마의 사물들과 관련된 것이라면……. 타라는 얼굴을 찡그렸다.

타라는 목소리를 가다듬었다.

"고맙습니다, 고모. 하지만 나한테 맡기세요. 나의 외외외종조부 모우르무르 덩컨이 나를 돕기 위해 오실 거예요. 대단한 천재니까 악마의 영혼들을 추적하는 기계를 발명해서 나의 추측을 입증해줄 거예요."

호기심이 동한 국방 장관이 끼어들었다.

"표결 결과에도 불구하고 나는 여전히 반대하는 입장이지만 악마의 사물을 파괴하면 그 영혼들은 자기들의 천국이나 지옥으로 사라질 겁니다. 그런데 어떻게 존재하지도 않는 것을 추적할 수 있겠습니까?"

타라는 마치 동의하는 것처럼 고개를 끄덕이다가 반박했다.

"하지만 나는 악마의 영혼들이 림보로 돌아가며, 그 에너지는 자취를 남긴다고 생각해요. 따라서 그 영혼들이 어디로 가는지도 알 수 있다고 생각합니다. 그 영혼들이 마왕에게 돌아가서 에너지를 공급하는 것으로 확인될 경우에는 악마의 사물을 파괴하는 것이 아주 위험하다는 내 말을 받아들이기 바랍니다."

국방 장관이 확신을 얻은 듯 고개를 끄덕였다.

"정말 기발한 생각입니다, 마…… 아니, 폐하."

다른 사람의 생각을 이용해서 내 것으로 만드는 것도 능력이었다. 어린 후계자가 묘안을 내놓지 않았는가.

"가능한 한 작은 사물로 시험해볼 필요가 있겠습니다. 예를 들어 크라에토비르의 반지처럼 작은 사물에는 크뢰의 이중 도끼나 그루이그의 검보다 영혼의 수가 적게 들어 있으니까요."

타라는 미소를 지었다.

"네, 당연하죠. 악마들에게 필요 이상의 영혼을 돌려보내지 말아야 하는데. 아무튼 모우르무르께서 악마의 영혼을 추적하는 기구를 만들기만 한다면……."

리스베스 여제는 흡족했다. 그 방법은 마음에 들었다. 이번만은 타라가 놀라울 정도로 이성적이었다. 사실 리스베스는 조카딸이 악마의 사물을 훔칠 계획을 꾸미는 게 틀림없다고 생각했다.

"이로써 결론은 내려졌다. 타라, 너는 지구의 아틀란티스로 가. 악마의 사물을 파괴해야 하니까."

타라는 목이 메었다. 하마터면 고모도 악마의 사물에 접근할 수 있으니까 직접 하라고 말할 뻔했다. 하지만 단지 두렵기 때문에 작전을 망칠 수는 없었다.

그리고 두려운 정도가 아니라 공포였다. 신전 지킴이들의 갈퀴발톱이 얼마나 무시무시한데⋯⋯. 타라가 그런 존재들을 두려워하는 것이 칼이 생각하는 것처럼 비정상적인 것은 분명히 아니었다.

"모우르무르가 영혼을 추적할 수 있는 기계를 발명해서 악마의 영혼들이 사라지는 것이 아니라 림보로 돌아가는 것으로 판명이 나면 우리는 이 작전을 중단한다. 타라, 너의 두 번째 미션은 마지스터를 체포하는 거야. 네 어머니를 소생시키려 하기 때문에 악마의 사물에 접근하려면 너를 따라다닐 게 틀림없어. 그러니까 너는 정말 조심해야 한다. 자기가 원하는 것을 얻기 위해서라면 무슨 짓이든 할 사람이니까."

이런 걸 절묘한 타이밍이라고 해야 하나. 회의실에 설치된 여러 개의 대형 전광판에 수십 대의 항공모함과 함선, 군인뿐만 아니라 민간인들까지 운집한 바다가 나타났다. 그런데 태양이 하나였다.

"무슨 일이오?" 리스베스 여제와 타라가 동시에 물었다.

아주 황당한 표정의 크산디아르 친위대장이 화면에 나타났는데 실물과 똑같이 입체적으로 보이는 홀로그램 이미지였다.

"회의를 방해해서 죄송합니다, 두 분 폐하. 방금 지구에서 일어난 사건에 대한 뉴스를 입수했습니다. 지구에 있는 나라(친위대장이 메모를 읽느라고 시선을 내렸다), 미국의 함선들입니다."

타라의 심장이 콩닥콩닥 뛰었다. 지구에 얼마나 중대한 사건이 일어났기에 각료회의를 중단시키는 걸까?

화면에 현지 특파원이 나타났는데 헬리콥터를 타고 작전지역 상공을 돌고 있었다.

타라는 특파원의 말을 알아들을 수 있지만, 다른 사람들은 트라둑투스 주문이 필요했다. 특파원의 얼굴에서 긴장감이 읽혔다. 촬영 때문에 열어놓은 문을 통해 바람에 흩날리는 짧은 갈색 머리가 보였다. 특파원이 설명했다.

"오늘 아침 일찍 미국의 고든 대통령이 대규모 작전을 시작했습니다. 수많은 배와 비행기들이 원인도 모르게 사라졌던 버뮤다 삼각지대에 함대가 출동해 있습니다. 이 삼각지대는 플로리다 연안과 푸에르토리코, 버뮤다제도 사이에 위치해 있습니다."

타라와 리스베스 여제는 시선을 주고받았다. 배와 비행기들이 왜 사라졌는지 잘 알고 있었다. 악마의 사물들이 일으킨 영향이 틀림없었다.

"미국 대통령이 직접 현장에 나가는 경우는 아주 이례적인 일입니다(흥분한 특파원이 침을 튀기며 말했다). 우리가 입수한 정보에 따르면 대통령이 바다 깊숙이 잠수함 여러 척을 급파해서 뭔가를 찾고 있는 것 같습니다. 하지만 우리는 삼각지대에 접근할 수 없기 때문에 아직은 무슨 일인지 알아내지 못했습니다. 아! 지금 현장 가까이 나가 있는 배에서 촬영기사가 신호를 보내고 있는데……. 네, 보십시오! 방금 폭발이 일어났습니다!"

장관들도 자세히 보려고 전광판 앞으로 다가섰다. 정말로 이상한 폭발이 일어났고, 마치 거인이 수면을 휘젓는 것처럼 바다가 출렁거렸다. 그런데 폭발 색깔이 수상쩍었다. 빨간색이나 노란색이 아니라 검은색이라는 건…….

"오, 끔찍한 벤드룩의 내장이여!" 국방 장관이 말했다. "저건 마법…… 마법에 의한 폭발입니다!"

탄식이 쏟아졌다. 지구에 있는 누군가가 대규모 마법 작전을 수행하고 있는 것이었다.

비마들이 보는 앞에서!

리스베스 여제가 명했다.

"지구의 감시인들에게 연락해서 즉시 상황을 보고……."

말을 끝낼 겨를도 없이 옆에 있는 또 다른 전광판에 타라의 외할머니 이사벨라의 얼굴이 나타났다. 거만한 표정의 이사벨라가 화면에서 쑥 나왔는데 실물 크기의 이미지였다. 고양이 눈처럼 반짝이는 초록빛 눈의 차가운 얼굴, 늘 단정하던 은발이 평소와 달리 좀 헝클어져 있는데 몹시 화가 나 있고, 불안한 표정이었다. 24개의 전광판들과 연결된 다원 방송장치 덕분에 아더월드의 주요 국가 수도로 뉴스가 중계되고 있었다. 시차로 인해 잠자던 중에 소스라치게 놀란 몇몇 군주는 애써 깨어 있었던 표정을 지으면서 잠옷을 사라지게 했다. 뱀파이어들의 나라 크라살비의 대통령은 허겁지겁 딸기**14** 무늬 실크 파자마를 사라지게 했다.

"여기는 블랙코드." 이사벨라가 냉랭한 목소리로 말했다. "방금 대서양에서 일어난 마법에 의한 폭발을 녹화했습니다. 미국의 두 감시인을 통해 보고받았는데 미국 대통령이 수색 작업을 하고 있답니다.

· · · · · · · · · · · · · ·

14. 뱀파이어는 직접 체내로 흡수되는 식물성 영양물을 식용할 수 없지만, 간혹 인간처럼 먹는 뱀파이어도 있다. 딸기를 좋아하는 대통령의 여친이 딸기 무늬 파자마를 선물했는데 그는 이를 부드득 갈면서도 꾹 참고 입었다.

아틀란티스 바로 위에서!"

"네, 우리도 방금 확인했습니다." 테오클리스 수상이 대답했다.

"하지만 누가 무슨 이유로 저지른 것일까요?" 둘째 얼굴이 말을 이었다.

"그건 정보가…….." 첫째 얼굴이 말을 받았다.

"……부족한 상황이라서…….."

"……그리고 감시인들이 수많은 언론 매체가 있는 앞에서…….."

"……그 모든 걸 숨길 수 없을 텐데 보통 일이 아닙니다."

이사벨라는 입술을 비죽거렸다.

"감시인들의 직무가 바로 감시하고, 망가진 걸 복원하는 겁니다. 가스 포켓(가스로 채워진 암석 가운데 있는 포켓 모양의 통로를 말하며, 이 가스 포켓에 미연 가스가 정체한 경우 가스 폭발이 일어나기 쉽다—옮긴이)이 폭발한 거라고 언론에 말할 겁니다. 마법에 의한 폭발 사고가 일어날 때마다 가스 포켓 탓으로 돌렸으니까요."

"마지스터의 짓이 틀림없어." 타라가 중얼거렸다.

"그래, 분명해." 리스베스 여제가 단언했다. "그자는 악마의 사물들을 이용하여 네 어머니를 소생시키겠다는 미친 계획을 절대로 포기하지 않아. 그 점에 있어서는 마지스터에게 연민을 느껴. 오늘날에 정말 찾아보기 힘든 순정이야."

타라가 반박하려다 입을 다물었다. 고모의 농담이겠지…….. 아닌가? 이사벨라는 한숨을 내쉬었다.

"그렇게 해서 내 딸 셀레나를 소생시킬 수만 있다면 나는 마지스터의 계획을 찬성하고 싶은 것이 솔직한 심정이오. 하지만 확실치도 않은 희망을 위해 림보의 악마들이 쳐들어오게 할 수는 없어요. 내 손주들의 목숨이 위태로워질 텐데."

타라는 미소를 지었다. 할머니가 손녀를 믿어주니 좋은 현상이었다.

아프다는 걸 잊고 일어서던 타라는 근육이 말을 듣지 않자 그제야 깨닫고 몸을 떨었다. 그러고는 정말 생각지도 않은 말을 툭 내뱉었다.

"지구로 가야겠어요. 당장!"

이사벨라 옆에 칼의 이미지가 나타났다. 약속한 대로 파브리스와 함께 지구로 갔고, 모우르무르를 만나러 이사벨라의 저택에 가 있었다.

"여러분, 모두모두 잘들 지내시죠?"칼이 넉살 좋게 인사했다.

장관들이 무표정한 얼굴로 아무도 인사를 받아주지 않자 칼은 얼굴을 찌푸렸다.

"타라, 언제 기병대를 이끌고 올 거야? 여기 문제가 좀 생겼는데……. 모우르무르 선생님이 폭발을 본 뒤로, 정확하게 2분 전부터 아더월드로 가지 않겠다고 하시거든. 짐을 싸다 중단했어(칼의 찡그린 얼굴을 보면 짐이 얼마나 많았는지 상상이 갔다). 지금은 지구를 도와야 할 때라면서 여기 있는 게 낫다고 생각해서."

"내가 갈 거니까 거기 그냥 계시라고 해. 내가 지구에 가서 도움을 받을 거라고."

"나도 가겠다."타라 뒤에서 활기찬 목소리가 말했다. "마지스터가 내 어깨에 칼을 꽂았으니 결판을 지어야지."

타라는 갑자기 움직이지 않으려고 천천히 돌아섰다. 산도르가 서 있었다. 금빛과 주홍빛의 갑옷을 입은 황제의 금발이 어깨 위에서 찰랑거렸다. 머리에 오무아 제국의 군대 통수권 왕관을 쓰고 있었다.

무능할 경우는 선거 때마다 바뀌는 것이 국방 장관이기 때문에 군대 통수권은 황제에게 있었다.

타라는 미소를 보냈다. 지독한 훈련으로 너무 힘들게 한 이복삼촌을 좋아하지 않지만, 그런 훈련 덕분에 몇 번이나 목숨을 잃지 않은 것은 고마웠다.

"함께 갈 필요까지는 없을 것 같은데……."

"아니, 갈 거야." 산도르 황제가 말을 끊었다. "내가 필요할 거라고 생각한다. 나도 악마의 사물들을 파괴하지 말아야 한다고 생각해. 악마의 영혼들이 주인이 있는 림보로 돌아가는지, 뭐 그건 모르겠다만, 아무튼 무기잖아. 언젠가 우리 국민에게 꼭 필요한 초강력 무기들이니까. 악마의 마법에 감염되지 않고 사용할 수만 있다면 악마들을 물리치는 부메랑으로 이용할 수 있을 거야."

타라는 소름이 돋았다. 황제의 어조가 음산하게 느껴져 어깨를 으쓱했다.

"마음대로 하세요. 고모가 괜찮다고 하시면 저야 당연히 좋지요. 삼촌이 옆에 계시면 든든한데."

와우, 살다 보니까 타라가 저런 말도 할 줄 아네! 화면 속의 칼이 깔깔대고 웃으면서 앞으로 나와 정중하게 허리를 숙여 인사했다.

"산도르 황제 폐하, 황궁의 보물을 지키는 책임이 있는 것으로 아는데요." 면허 받은 도둑이 탐욕의 미소를 지으며 말했다. "조심하십시오. 폐하가 지구에서 악당들과 싸우는 사이에 제가 아더월드로 돌아가서 어쩌면……."

이사벨라는 한숨을 내쉬면서 한심한 대화를 중단시켰다.

리스베스 여제가 스머프처럼 파란 얼굴을 흔들었다.

"저 아이가 지금 지구에 있는지는 몰랐네. 타라, 어차피 잘됐다! 황제께서 너와 함께 가주겠다고 하니 나는 걱정을 덜 수 있어서 기쁘구나. 여섯 시간마다 나한테 상황을 보고하기 바란다. 친위대장?"

"네, 폐하?"

"세네와 함께 타라를 따라 지구로 가시오. 친위대장이 우리 황실에 얼마나 충성스러운지 내가 잘 아니까 타라를 지켜주리라 믿어요."

크산디아르는 오히려 모든 사람을 지켜주는 사람은 타라라고 대답할 뻔했지만 공손하게 답변했다.

"네, 폐하, 분부대로 세네에게 당장 알리겠습니다."

국방 기타 등등 장관과 연구개발 기타 등등 장관도 동행하라는 여제의 명이 떨어지자, 연구개발 장관은 떨떠름한 표정을 지었다.

타라는 충동적으로 행동하지 않으려고 꾹 참았다. 장관들도 각자 경호원이 있을 텐데 타라의 경호원들까지 합치면……. 이러면 작은 군대가 출동하는 것이나 다름없지 않은가. 군대를 이끌고 가면 어떻게 지구인들의 눈에 띄지 않을 수 있을까. 더군다나 팔이 넷이나 되는 티그족 친위대원들까지 있는데…….

그 순간, 국방 장관의 보좌관 중 한 명이 서류를 조회하다가 발언했다.

"죄송합니다만, 폐하, 출발하시기 전에 한 가지 질문해도 되겠습니까?"

리스베스는 기계적으로 대답하려다가 자신이 아니라 타라에게 하는 질문이라는 걸 알아차렸다. 흐음, 아직 승인이 나지도 않았는데

모두가 부여제로 대하는 분위기이니 타라에게 마땅한 칭호를 찾아야
겠군.

"뭡니까?" 타라가 남자를 향해 돌아서면서 대꾸했다.

"주위에 있는 악마의 마법을 흡수하기 위해 읊었던 아주 특별한 주
문이 스파…… 뭐라고 했는데……."

"아, 맞아요, 스파리담." 타라가 무의식적으로 대답했다. "그건
왜……."

말을 채 끝내기도 전에 끈적거리는 사악한 에너지가 타라를 후려
쳤다.

뭔지 알아차린 타라는 공포의 비명을 질렀다.

10
검은 여왕

두세 개의 팔이나 다리가 더 달리는 사고 없이
본래의 모습으로 돌아오는 방법도 모르면서
어떻게 변신할까

*

타라의 비명에 장관들과 친위대, 그리고 여제는 아연실색했다. 공포에 질린 절규라고 할까. 모두가 기계적으로 마법을 작동했다. 회의실 여기저기서 불덩이들이 번쩍번쩍했다.

한가운데서 시커먼 마법의 빛으로 빛나던 타라가 안개 같은 것에 휩싸여서 사라졌다.

그리고 다시 나타났는데…… 더 이상 타라가 아닌 검은 여왕이 장악한 낯선 타라였다.

모두 입을 멍하니 벌린 채 소름 끼치는 아름다움을 지닌 검은 여왕을 바라봤다. 매력적인 소녀의 모습은 온데간데없었다. 쳐다보는 것만으로도 소름이 돋는 얼음 같은 얼굴, 타라보다 키가 크고, 은과 크리스털이 박힌 검은색 갑옷 차림의 검은 여왕. 악의 화신! 푸른 광채가

174

날 정도로 시커먼 머리에 그 특유의 흰 머리털이 또렷했다. 잿빛 피부에 새까만 눈빛, 송곳니 같은 이빨, 강철 갈퀴 같은 손톱……. 이런 걸 치명적인 아름다움이라고 하나, 검은 여왕/타라는 눈이 부셨다.

어깨 위에 앉은 갈랑도 피에 굶주린 송곳니와 갈퀴발톱, 시커먼 털의 괴물로 변해 있었다.

"이 가증스러운 계집애가 나를 절대로 해방시켜주지 않을 줄 알았는데!" 검은 여왕이 기지개를 켜면서 말하는데 타라의 85B컵의 평범한 가슴 대신에 110E컵의 풍만한 가슴이 눈길을 끌었다.

검은 여왕이 머리를 숙이고 경악해서 쳐다보는 사람들을 살폈다.

"뭐지, 이것들은? 아! 나를 숭배하려고 다 모여 있는 건가?" 검은 여왕이 달콤한 어조로 말했다.

산도르 황제가 입을 열었는데 자신이 없는 목소리였다.

"타라?"

"삐이이이!" 검은 여왕이 조롱하는 목소리로 말했다. "틀렸다! 하도 깊이 파묻혀서 굴착기로 파내야 할걸. 가만있어보자, 타라의 기억을 들여다봐야겠군. 아! 산도르 황제! 안녕, 귀여운 것."

검은 여왕이 이맛살을 꿈틀거렸다.

"내 앞에서 무릎을 꿇어라!"

산도르 황제는 자신도 모르게 무릎을 꿇었다. 산도르는 전략이 뛰어난 사람이었다. 위력이 얼마나 대단한지 전혀 모르는 상대와 무작정 싸우는 것만큼 무모한 짓은 없지. 산도르는 별 감정 없는 얼굴로 무릎을 꿇은 채 일어나려고 하지도 않았다.

"좋아아아." 검은 여왕이 중얼거렸다. "순한 놈이로군."

검은 여왕이 주위에 있는 사람들을 둘러보면서 말했다.

"음, 각료회의 좋지. 나한테 필요한 게 바로 이거야. 내가 제국을 접수했으니 이제부터 너희들을 고통 속에서 죽여야겠다. 그래야 내가 즐거우니까……."

리스베스 여제가 냉소하면서 손짓을 했다. 머리 위에서 친위대원들을 가리고 있던 인비지빌루스―타라도 알아보지 못했다―가 사라지고 히플리아의 철로 짠 두꺼운 그물이 덮치면서 검은 여왕은 갈랑과 함께 갇혀버렸다.

"이런 첼프*의 똥 같으니라고!**15**" 격분한 검은 여왕이 소리쳤다. "이까짓 걸로 나를 가두겠다? 이런다고 내가 네 놈들의 가죽을 못 벗길 줄 알아? 흥, 꿈 깨시지!"

검은 여왕이 분노의 마법을 방출했지만 그물은 끄떡도 하지 않았다. 성난 갈랑의 갈퀴발톱도 소용없었다.

"타라가 검은 여왕으로 변했을 때의 상황에 대해 친구들이 작성한 보고서를 읽으면서 면밀히 분석했지." 리스베스 여제가 말하는 사이에 산도르 황제가 벌떡 일어섰다. "황제와 나는 이런 재앙의 불씨를 구경만 하고 있지 않기로 결정했다. 타라가 어떻게 왜 검은 여왕으로 변하는지 모르지만 한 가지는 확실히 알지. 당신은 절대로 이 그물에서 벗어날 수 없다는 것! 당신을 위해 특수 제작한 거니까."

검은 여왕은 리스베스의 말을 듣지 않고 있었다. 엄청난 마법을 방출했지만, 히플리아의 철로 만든 그물은 끄떡도 하지 않았다. 검은

---

15. 림보의 동물로 액체가 가득 찬 풍선 형태를 하고 있다. 악마들은 첼프 향기를 좋아하는데 검은 여왕이 이렇게 첼프를 욕설로 사용한다는 것은 타라에 더 가깝다는 표시이다.

여왕 안에 갇힌 타라도 자신을 장악한 끔찍한 존재의 마법을 소모시키기 위해 있는 힘을 다하고 있었다. 타라는 검은 여왕이 권력과 죽음을 갈망하고 있다는 걸 잘 알았다.

계속되는 격한 공격에 그물이 차츰 녹기 시작하자 장관들이 창백해졌다. 그런데 동시에 검은 여왕의 피부빛이 연해지고 있었다. 새까만 머리가 금발로 변하고, 까만 눈이 푸른빛으로 변하는 사이에 갈랑도 회색을 띠고 있었다. 타라가 모습을 드러내려고 사투를 벌이고 있는 것이었다.

'스파리담'을 말하게 하는 것으로 타라를 검은 여왕으로 변하게 만든 남자가 자신의 손을 내려다보고 있는데 고통으로 얼굴이 일그러졌다. 마지스터에게서 받은 악마의 셔츠 조각이 에너지를 모두 소모하고 파괴되면서 남자의 손이 타들어가고 있었다. 남자는 잔뜩 불안한 얼굴로 레파루스 주문을 읊었지만 아무 소용없었다. 이상하다는 생각에 친위대원 둘이 탐색하는 얼굴로 다가가자 남자가 물러섰다. 손의 통증이 점점 심해지더니 팔까지 아팠다. 이제는 팔다리에서 연기까지 나고, 손이 시커메지자 공포에 사로잡힌 남자는 고통의 비명을 지르기 시작했다. 검을 뽑아 든 친위대원들과 최고 마구스들이 남자의 머리 위와 주위를 에워쌌다.

유심히 지켜보던 테오클리스 수상이 마지못해 퉁명스럽게 물었다.
"왜 그러는 거요?"
"아악!" 남자가 외쳤다. "내 몸이 타고 있어!"
친위대원들이 미처 막을 겨를도 없이 마치 타라에게 구원을 바라듯 남자는 비틀비틀 다가갔다. 그러고는 몸의 절반이 새까맣게 탄 남자가 그물을 건드렸다. 치지직……

연기가 사라졌을 때 리스베스 여제와 장관들은 철 그물이 녹아 없어졌다는 걸 깨닫고 경악했다.

검은 여왕과 패밀리어는 사라지고 없었다.

로빈이 셀렌다에서 어머니를 위해 장을 보고 있을 때였다. 뒤쪽에서 울리는 폭발음에 깜짝 놀란 로빈은 스플루프*의 알들을 떨어뜨렸다.16 스플루프의 알을 사려고 수천 킬로미터나 떨어진 멀리까지 온 건데! 로빈이 돌아서자 위험을 감지한 릴란드릴의 활도 즉각 로빈의 어깨에 유형화되었다. 알이라면 사족을 못 쓰는 히드라가 깨진 알들을 보면서 신음소리를 냈다.

하프엘프는 갑자기 눈앞에 나타난 검은 여왕을 보고 심장이 멎을 뻔했다. 다시 말해 검은 여왕으로 변신한 타라. 더 정확히 말하면 검은 여왕과 타라가 반반씩 섞인 모습이라 속이 뒤집어질 것만 같았다.

"타라?" 로빈이 불안한 얼굴로 말했다. "무슨 일이야?"

"함정에 빠졌어." 검은 여왕/타라가 공포에 질린 어조로 말했다. "로빈, 검은 여왕이 이기게 내버려두면 안 돼. 그렇게 되면 네가 즉시 나를 죽여!"

갈랑이 늑대 울음소리를 냈는데 고통스러워하는 것 같았다.

----

16. 엘프들의 나라 셀렌다의 숲에 서식하는 빨간 도가머리의 은빛 새 스플루프의 알은 값이 아주 비싸다. 그런데 로빈이 방금 몽땅 깨뜨렸으니 어머니한테 굉장히 혼날 텐데……

로빈의 아름다운 크리스털 눈이 휘둥그레졌다. 사랑하는 타라를 죽이라니! 로빈은 활에게 어디인지는 모르지만 나타나기 전에 있던 곳으로 돌아가라고 말했다.

"타라, 악마의 마법을 사용한 거야? 어쩌다가 그런 정신 나간 짓을! 왜?"

"마지스터 때문이야." 타라는 갈랑을 쓰다듬어주면서 신랄하게 말했다. "상그라브가 국방 장관의 보좌관으로 위장해 있었어. 각료회의에 상그라브를 들여보냈을 줄이야! 그 보좌관이라는 자가 느닷없이 내게 악마의 마법을 흡수할 때 하는 주문이 뭐냐고 물어보는 거야. 난 정말 아무 생각 없이 '스파○○'이라고 말해버렸어. 그 순간 악마의 마법에 휩싸이면서 검은 여왕이 나를 장악했는데……"

타라가 말을 중단했다. 머리와 눈빛이 새까맣게 변하는 걸 보면서 로빈이 경악할 때 타라는 사라지고 검은 여왕이 나타났다.

"……얼마나 오래 기다리다 나온 건데 이것들이 난리야." 검은 여왕이 냉랭한 목소리로 말을 이었다. "이 조그만 행성은 이름에 걸맞은 통치자가 필요해!"

"아, 정말 그럴까요?" 뒤에서 싸늘한 목소리가 말했다. "그래서 당신은 그럴 능력이 있다? 난 그렇게 생각하지 않는데."

로빈이 뒷걸음쳤다. 최악의 상황이 일어났다. 엘프들의 무시무시한 여왕 타빌라가 방금 타라 바로 뒤에 유형화되었으니! 하프엘프는 침을 삼켰다. 검은 여왕과 타빌라 여왕 중 누가 더 무시무시할까? 하나로 땋아 늘인 은빛 머리에 금빛 갑옷 차림의 타빌라 여왕을 보면서 로빈은 숨이 멎을 뻔했다. 좋지 않은 징조인데……. 불길한 징조.

위협을 느낀 검은 여왕이 뱀처럼 빠르게 휙 돌아섰다. 엘프 여왕은 키가 더 크고, 강력해 보였다. 검은 여왕보다 강력하진 않지만, 이미 검은 여왕은 그물과 싸우고, 궁전에 걸린 안티 트란스미투스에도 불구하고 빠져나오느라고 악마의 에너지를 많이 소모한 상태였다. 그래서 가능한 한 빨리 악마의 사물들이 있는 데로 가서 에너지를 받아야 하는데 멍청한 계집애가 강제로 남친 앞에 유형화했으니. 지구로 가는 공간이동의 문이 그리 멀지 않기 때문에 거기까지만 가면 되는데……. 그래서 검은 여왕은 일단 모습을 지우고 타라의 몸속에 숨어서 웅크렸다.

깜짝 놀란 타빌라가 침입자를 향해 마법의 불을 날리려는 순간 검은색 갑옷의 실루엣이 작아지더니 머리가 황금색으로 변했다. 타라가 흐리멍덩한 눈으로 나타났고 어깨 위에는 은빛으로 돌아온 갈랑이 앉아 있었다.

타라는 마치 귀가 떨어져 나가지 못하게 하려는 듯 두 손으로 머리를 부여잡았다.

"아야, 아야, 너무 아프다!"

"타라 덩컨 여제?" 타빌라 여왕이 경계를 늦추지 않고 물었다.

"오, 좀 작게 말해주세요. 머리가 울려서……." 타라는 오만상을 찌푸렸다. "네, 맞습니다. 하지만 검은 여왕은 아주 가까운 데에 있고, 악마의 힘을 모조리 소모한 것이 아니라서 말씀을 조심하셔야 합니다. 검은 여왕도 들으니까요."

몸속에 이런 존재가 있다는 것은 정말 끔찍했다. 악마의 반지 조각이 척추에 박혀 있을 때와 비슷했다. 다른 점이 있다면 이번에는 검은 여왕의 정체를 잘 모른다는 것이었다. 외부에서 온 존재일까? 아니면 타라 자신의 마음속 깊은 곳에 숨은 욕망의 표시일까? 알 수가 없었다.

타빌라 여왕이 머리를 갸웃하면서 쳐다보는데 까부는 쥐새끼를 어떻게 해줄까 노려보는 고양이 같았다.

"여긴 우리밖에 없다." 여왕이 주변을 가리키면서 지적했다.

정말이었다. 갑옷 차림의 엘프 전사들이 우글거려야 하는데 아무도 없었다. 타라는 엘프들의 여왕이 아무도 대동하지 않고 혼자 움직이는 걸 본 적이 없었다.

설마 근처에 있겠지. 타라는 손을 떼고 귀를 기울였지만 조용했다. 그래서 로빈을 쳐다봤는데 겁먹었나, 눈썹 하나 까딱하지 않고 정중하게 허리를 굽히고 있었다. 타라는 몸에 너무 큰 검은색 갑옷이 아직 사라지지 않은 상태라서 허리를 굽혀 예를 갖추는 것이 쉽지 않았다. 타라는 체인지라인을 불렀고, 짧은 원피스와 샌들을 만들어주자(날씨가 좀 더웠다) 안도의 숨을 내쉬었다. 페가수스의 갈퀴발톱으로부터 보호하려고 사용하는 안장도 어깨 위에 나타났다.

"아…… 네, 안녕하세요, 전하. 이런 식으로 셀렌다에 침입한 걸 용서하십시오. 본의 아니게 이렇게 됐습니다."

"무단 침입을 했으니 너를 죽일 수도 있다, 어린 여제." 엘프들의 여왕이 냉랭하게 지적했다. "그렇게 한들 아무도 나를 비난하지 못할 것이다. 내가 제거한 사람은 타라가 아니라 검은 여왕이니까."

이런, 갑옷을 그냥 입고 있을걸……. 바짝 긴장한 페가수스는 당장이라도 공격할 기세였다.

로빈이 소스라쳤고, 히드라의 일곱 머리가 분노의 울음소리를 냈다. 타빌라 여왕이 알아차리고 덧붙였다.

"하프엘프가 비밀을 누설할 경우에는 죽음을 면치 못할 것이다. 그러면 아더월드에서 골칫거리 둘을 동시에 없애버리는 것이지."

여왕의 목소리가 얼굴 못지않게 차가웠다. 타빌라는 모기 두 마리 죽이겠다는 것처럼 너무 간단하게, 거리낌 없이 말했다. 아주 조금의 가책도 없이. 타라는 앞으로는 아무리 하찮은 모기라도 함부로 죽이지 말아야겠다고 처음으로 생각했다.

그 순간 로빈이 믿어지지 않는 행동을 했다. 활이 유형화되더니 곧장 여왕의 심장을 겨누는 것이 아닌가. 감히 여왕에게 맞설 용기가 있는 엘프가 있을 줄이야. 타빌라도 적잖이 놀란 얼굴이었다.

"여왕님께 충성하고 복종해야 한다는 것을 잘 압니다." 로빈이 이맛살을 찌푸리면서 말했다. "하지만 방해했다거나 잠정적인 위협이 될 수 있다는 이유만으로 무고한 사람을 둘이나 죽인다면 그냥 보고만 있지 않겠습니다."

로빈은 괜한 허세가 아니었다. 엘프들은 인간과 달리 허세를 부리지 않았다. 엘프들의 여왕은 현란한 손놀림으로 단검 두 개를 뽑아들었다.

"좋다. 네 화살이 내 단검보다 더 빠른지 어디 보자."

질겁한 타라가 개입하려는 순간 로빈의 활에서 희뿌연 형체가 나왔다. 타라는 뻣뻣해졌다. 유령! 모조리 추방했는데 어떻게 또 유령이!

타라는 자신도 모르게 뱀파이어로 변신했다. 몸속에서 검은 여왕이 키득거리는 웃음소리가 들렸다. 검은 여왕이 얼마나 여러 가지 모습으로 변신할 수 있는지 몹시 궁금해하자 타라가 무언의 대답을 했는데 아주 거칠었다. '아가리 닥쳐!' 자존심이 상하지만 검은 여왕은 일단 후퇴했다.

갑자기 나타난 뱀파이어에 놀라면서도 타빌라는 아무런 반응을 보이지 않았다. 이미 활에서 나온 유령에 홀린 얼굴이었다.

로빈이 상세하게 묘사했던 것이 기억난 타라는 그제야 누군지 알아차렸다.

릴란드릴!

아더월드 역사상 가장 무시무시했던 엘프 여왕, 가장 명성이 자자했던 엘프 전사 릴란드릴. 그런데 싸움터에서 장렬하게 전사한 것이 아니라 독 가시가 목에 걸려서 죽었으니. 너무나 분한 릴란드릴의 유령은 임무를 아직 다하지 않았다는 생각에 활 속으로 숨어들었다. 로빈은 활의 주인인 릴란드릴의 존재를 안 뒤로 애정(활은 여러 번 로빈의 목숨을 구해주었다)과 분노(릴란드릴의 가학적이고 냉혹한 훈련은 최악의 교관도 벌벌 떨 정도였다)를 동시에 느끼고 있었다.

타빌라는 얼마든지 상대해주겠다는 자세로 몸을 약간 웅크렸다. 릴란드릴이 가슴을 부풀리면서 고함을 질렀다.

"오, 벤드룩의 내장이여! 타빌라, 그 단검을 치우지 못할까! 내가 화를 내기 전에!"

타빌라는 흠칫 놀랐지만 단검을 그대로 손에 쥔 채로 거만하게 입술을 실룩거렸다.

"유령? 내가 한낱 유령 따위에게 복종할 거라고 생각하다니!"

어디선가 날아온 화살이 타빌라의 두 발 사이에 꽂혔다. 타빌라와 로빈이 아연실색해서 동시에 유령을 쳐다봤다.

"다음 화살은 네 심장에 꽂힐 것이다!" 유령이 으름장을 놓았다. "그리고 그까짓 가슴받이로는 어림없지. 활은 내 기대를 저버리지 않거든. 물론 화살도."

타빌라는 눈을 가늘게 뜨고 활에서 유령의 풍만한 가슴으로 시선을 옮겼다. 엘프녀들은 대체로 날씬한데…… 갑자기 타빌라의 두 눈이 휘둥그레졌다.

"릴란드릴?"

"이제야 알아보는군. 그래, 나다."

이런 조무래기들이 뭐라고, 하는 얼굴로 타빌라가 외쳤다.

"왜 얘들의 편을 들어주지? 무엇보다 이 잡종 인간은 죽여야 한다. 그리고 계집아이는 더 나빠. 아더월드를 위험에 빠뜨렸는데!"

릴란드릴이 다가가서 그 거대한 가슴을 타빌라의 갑옷에 대면서 내뱉었다.

"엘프들이 언제부터 인간들을 보호할 임무를 저버렸나?"

타빌라는 얼굴을 찡그렸다. 로빈은 숨을 죽였다. 보호할 임무라니? 타빌라는 릴란드릴을 뚫어져라 응시하면서 대꾸했다.

"5000년 전부터."

"하지만 데미데루스는 이 행성을 독차지할 수도 있었다. 우리 엘프족도, 드래곤족도 하지 못한 걸 해냈고 악마의 사물들을 압수했으니까. 그렇게 해서 전쟁은 끝났고, 우리는 나라를 잃었다(그때의 슬픔이 고스란히 배어 있는 목소리였다). 하지만 데미데루스는 좋은 사람이었지. 악마들에게 패배하여 영원히 떠돌며 살게 된 모든 종족을 이 행성에서 살게 해주었다. 우리를 받아들였고, 우리는 그 대가로 충성을 약속했다. 그걸 모른다는 말은 하지 마. 우리의 법에 명시되어 있는데! 그 약속은 파기될 수 없다. 네가 임무를 저버리기 위해 인간들의 수명을 줄이고 기억을 지워버린다면 몰라도?"

아주 신랄한 비난이었다. 타빌라는 뒷걸음쳤다. 로빈은 활을 내리지 않은 채 숨을 죽였다. 공포에 사로잡히는 여왕을 본 적이 없었다. 당황하고 겁먹은 얼굴이었다.

"그런데 나는 네가 왜 탕딜루스의 아들을 미워하는지 안다." 릴란드릴이 말을 이었다. "탕딜루스가 너를 거부하고 인간과 사랑에 빠졌기 때문이지. 그리고 아이까지 낳았다는 걸 용서할 수 없으니까. 그래서 자존심이 상하자 그 오점을 지워버리려는 것이고. 네가 탕딜루스의 아들을 죽이려고 한 것이 처음이 아니라는 걸 알아. 그래서 이번에는 내가 개입하는 것이다."

코앞으로 바짝 다가온 유령을 쳐다보느라고 타빌라의 눈이 사시가 되었다.

"나의 임자를 건드리지 마라!" 성난 릴란드릴이 호통쳤다. "내 보호를 받고 있으니까. 어떤 방법으로든 또다시 그랬다가는 죽음을 면치 못할 것이다. 알았나?"

격분해서 경련을 일으키는 타빌라는 아무 대답도 하지 않았다. 발 밑에 박혀 있던 화살이 윙윙거리며 올라오더니 타빌라의 목에 닿는 순간 한 줄기의 피가 흘러내렸다. 유령이 화살을 좀 더 누르면서 반복했다.

"알았나?"

엘프들은 현실적이었다. 기어코 복수를 하겠다면 수명이 너무 많이 단축되는 것보다는 일단 수명을 연장하는 쪽을 택해야 했다. 타빌라는 항복했다.

"네."

릴란드릴에게는 그것으로 충분했다. 화살이 사라졌다. 릴란드릴은 로빈에게 미소를 보내고, 아직도 멍한 얼굴인 타라에게 윙크를 보낸 뒤에 활과 함께 사라졌다. 그런데 너무 갑자기 사라지는 바람에 로빈이 중심을 잃고 넘어질 뻔했다.

엘프들의 여왕은 자신의 목을 살며시 만져봤다. 손에 묻은 피를 맛보며 미소를 흘리는 모습에 타라는 소름이 돋았다.

"네가 아주 대단한 지원군이 있구나, 하프엘프. 그런데 릴란드릴이 너를 죽이면 내게 죽음을 면치 못한다고만 했지⋯⋯."

또다시 활이 로빈의 팔에 갑자기 유형화되는 바람에 이번에는 히드라가 자빠질 뻔했다.

"⋯⋯아, 내가 빠뜨렸군. 나를 소지하고 있는 임자의 여자친구와 그 가족을 비롯하여 가깝든 멀든 지인을 괴롭혔다가는 가만두지 않겠다. 명심해!" 릴란드릴의 목소리가 말했다.

활이 다시 사라졌다. 로빈은 여왕의 노기 띤 시선과 마주치지 않으려고 고개를 돌렸다. 뱀파이어로 변신한 타라의 얼굴은 태연했다. 타빌라는 로빈을 공격할 수 없기 때문에 타라에게 분풀이를 했다.

"또다시 검은 여왕이 행성을 위협하게 내버려두면 내가 너를 죽일 거야. 릴란드릴이 간섭을 하든 안 하든. 알아들었지?"

"네, 아주 잘 알아들었습니다." 타라는 무릎이 후들거리지만 내색하지 않으려고 애쓰면서 대답했다. "이제 우리 다른 데로 갈까, 로빈? 우리가 방해를 너무 많이 한 것 같은데. 트란스미투스 주문은 네가 해줄래? 지금은 마법을 너무 많이 사용하면 안 되거든."

로빈은 기꺼이 응했다. 즉시 주문을 읊었고 타라와 함께 사라졌다.

둘이 사라진 자리에 남은 깨진 스플루프 알들을 쳐다보면서 타빌라 여왕이 구시렁거렸다. 이것으로 끝난 게 아냐. 탕딜루스를 괴롭힐 방법을 찾아야 하는데…….

그들은 랑코비트에 있는 로빈의 집에 유형화되었다. 하프엘프의 깜짝 놀라는 얼굴을 보면서 타라는 이렇게 멀리 갈 생각이 아니었다는 걸 알아차렸다. 릴란드릴의 유령이 도움을 준 것이 틀림없었다. 장거리를 가려면 공간이동의 문을 이용하거나 트란스미투스를 여러 번 사용해야 했다.

타라는 주위를 둘러봤다. 강력한 레비투스 주문으로 공중에 떠 있는 엄청나게 많은 책들, 포근하고 아늑한 거실, 파란색 장미로 덮인 한쪽 벽면, 짙은 파란색 소파, 노란색 안락의자, 배치가 잘된 브리양트들……. 책 읽는 이들에게는 그야말로 쾌적한 공간이었다.

로빈의 인간 어머니 메보라가 기다리고 있었다. 탕딜루스는 아들이 집에 유형화되는 즉시 알려주는 신호기를 설치해놓았던 것이다. 메보라가 달려와서 아들을 품에 안았는데 몹시 흥분해 있었다. 어머니의 얼굴에서 불안을 느낀 로빈은 깜짝 놀랐다.

"엄마? 무슨 일……."

"다시 떠나야 해, 로빈!" 메보라가 말했다. "물론 당장은 아니지만 가능한 한 빨리! 너 때문에 아버지가 랑코비트와 오무아의 외교 분쟁에 연루되면 안 돼. 타라가 위험인물로 선포되었거든."

로빈은 항변하려고 했지만 메보라가 막았다.

"알아, 알아, 난 너를 믿어. 그리고 타라도 믿어. 하지만 검은 여왕으로 변신한 모습이 공개되었어."

메보라가 벽을 향해 돌아서서 외쳤다.

"화면! 타라 덩컨, 최근 뉴스!"

즉시 크리스털 전광판이 켜지고, 행성에서 가장 유명한 타트리스 주르날리스트 쥘과 짐의 두 얼굴이 나타났다.

"우리 여제께서는 정말 고민이 많습니다." 첫째 얼굴 짐이 말했다.

"어린 후계자의 지위를 박탈하고 추방했다가 다시 복귀시키고 공동 여제, 아니 부여제로 임명했는데 말입니다." 둘째 얼굴 쥘이 말을 이었다.

"그것이 불과 몇 시간 전의 일이건만 새로운 부여제가 악마의 마법에 감염되어 쿠데타를 일으켰습니다. 이 장면을 보면 알겠지만, 짐, 정말 설명이 필요 없습니다."

타라의 모습이 나타났는데 정말로 타라가 한 말인지 누구도 알 수 없게 소리를 죽여놓았고, 입술로도 읽을 수 없게 입의 윤곽이 희미했다. 하지만 검은 여왕으로 변한 모습은 또렷했다. 메보라와 로빈이 동시에 부르르 떨었다. 타라는 침을 삼켰다. 정말이지 무시무시한 모습이 아닌가.

맙소사, 타라가 권력을 잡고 모든 사람에게 고통을 주겠다고 선언하는 순간에는 소리를 죽이지 않은 상태였다.

타라가 그물에서 어떻게 빠져나갔는지는 보여주지 않았다. 쥘과 짐은 붙잡혔지만 외부의 개입으로 도망치는 데 성공했다는 것만 언급했다.

행성 전체에 타라 덩컨 수배령이 내려져 있었다.

또!

그래도 감옥에 갇혀 있지 않아서 다행이었다. 시도 때도 없이 갇히는 바람에 이제는 익숙해질 때도 되었지만.

"지구로 가야겠어." 타라가 말했다.

마지스터는 해가 갈수록 수법이 치밀해지고 있었다. 정말 기막힌 방법으로 타라를 함정에 빠뜨렸으니.

메보라는 뱀파이어로 변신한 타라의 창백한 얼굴과 핏빛 눈, 하얀 머리를 살펴보면서 이맛살을 찡그렸다. 아들이 엘프와 결혼하는 걸 반대했는데 지금은 후회가 되었다. 사랑하는 인간을 만났는데 이렇게 걸핏하면 목숨이 위태로우니 차라리 엘프가 낫겠다는 생각이 들었다.

"인간의 피를 빨아 먹는 뱀파이어의 모습으로 변신해봐야 아무 소용없어. 모든 공간이동의 문 데이터베이스에는 너의 DNA가 입력되어 있으니까. 어떤 모습으로 위장하든 통과하지 못해."

타라는 무슨 말을 하려다 바로 눈앞에 있는 메보라의 목에서 냄새를 느꼈다. 이런, 배가 고파왔다. 질겁한 타라는 로빈의 어머니에게 달려들어 목을 깨물기 전에 재빨리 본모습으로 변신했다. 진짜 타라로 돌아오자 근육통이 되살아났다.

"그럼 다른 방법을 찾아봐야겠어요. 물론 림보를 경유할 수는 없어요. 아르칸즈와 나는 사이가 아주 나빠서……."

로빈이 얼굴을 찌푸렸다. 타라로 위장한 악마의 함정에 빠진 뒤로 아르칸즈라면 치가 떨렸다. 타라는 더 이상 그 일을 거론하지 않았지만 로빈은 굴욕을 느꼈다.

"그러니까 공간이동의 문에 입력된 데이터를 지워야지요." 로빈은 머릿속에서 어른거리는 유혹의 이미지를 떨쳐내면서 말했다. "타라가 무사히 통과할 수 있게."

메보라는 빨리 떠나보내야 하는 위급한 상황인 걸 알지만 몇 가지 질문을 하지 않을 수 없었다.

"떠나기에 앞서 어떻게 된 일인지 말해주고 가. 정확하게 무슨 일이 있었니? 영상을 보면 타라가 무슨 말인가 하자마자 바로 검은 여왕으로 변하던데……."

타라는 스파리담(물론 소리 내어 말하지 않았다) 덕분에 타라의 마법과 악마의 마법이 합쳐져 검은 여왕을 불러낸 것이라고 설명했다.

"흐음, 알겠어. 그럼 검은 여왕이 다시는 나타나지 못하게 악마의 힘이 완전히 소모될 때까지 어딘가로 피신해 있는 게 어떨까?"

타라는 검은 여왕이 흥분하는 걸 느꼈다. 마음에 들지 않는다는 뜻이겠지.

"아니, 그건 불가능해요." 타라가 대답했다. "마지스터를 체포할 수 있는 사람은 아마 나밖에 없을 거예요. 마지스터는 내 어머니를 소생시키기 위해서 악마의 사물들을 원하니까요. 마지스터가 해방시키는 에너지는 림보로 돌아가서 악마들에게 힘을 공급한다고 생각해요. 물론 확인한 건 아니지만(타라는 정직하게 고백했다). 바로 그때문에 마지스터가 나를 함정에 빠뜨린 거예요. 악마의 마법을 사용하면 내가 검은 여왕으로 변한다는 걸 마지스터는 알거든요. 검은 여왕으로 변하면 고모가 나를 체포하리라는 것도 알고요. 하지만 모든 정신병자들이 그렇듯 마지스터는, 나를 함정에 빠뜨렸던 남자를 통제하는 데 실패했어요. 상그라브라는 것이 들통 났으니까요. 상그라브는 악마의 힘을 소진하면서 나를 향해 걸어왔어요. 내가 자기를 구해줄 거라고 생각하는 것처럼. 그러고는 히믈리아의 철로 짠 그물 위로 쓰러졌고 폭발했죠. 그래서 나는…… 그러니까 검은 여왕은 그 틈에 도망칠 수 있었어요."

갑자기 화면이 바뀌면서 새로운 영상이 나타났다. 여제와 황제가 공간이동의 문 대합실에서 스쿠프들 앞에 서 있었다.

무릎 바로 위까지 내려오는 스커트에 가슴골이 훤히 드러난 셔츠, 몸에 딱 맞는 투피스 차림의 여제가 설명했다.

"우리는 지구로 갑니다. 우리 오무아 제국과 아더월드를 상대로 음모를 꾸미는 마지스터를 저지하기 위해서입니다. 우리는 마법에 관련된 비밀을 지켜야 합니다. 그리고 곧 돌아올 겁니다."

리스베스 여제는 얼굴 윤곽이 드러나도록 머리를 단정하게 틀어 올렸고, 상의 깃에 미국 국기가 선명한 카드를 핀으로 고정하고 있었다. 백악관에서 발급하는 공식 카드였다. 타라는 입술을 깨물었다. 여제와 황제는 버뮤다 삼각지대로 가는 것이 분명했다. 마지스터가 놓은 함정에 뛰어드는 것이었다. 리스베스 여제 옆에 서 있는 산도르 황제도 아주 세련된 차림이었다. 여제는 성난 벌 떼처럼 주위에서 윙윙거리는 스쿠프들 앞에서 인사한 다음 지구로 가는 빛의 원으로 들어섰다.

로빈은 대합실에서 하나둘 사라지는 이들을 유심히 살폈다. 대부분 공무원처럼 민간인 복장인데 같은 양복점에서 맞춘 옷이 아닌지 각양각색이었다. 하지만 그중 장군들은 군복 차림이었다. 여제는 정확하게 무엇이 필요한지 모르기 때문에 해군과 육군, 공군을 비롯하여 심지어 해안 경비병의 군복까지 갖추게 했다. 어쨌든 마법으로 속이면 인간들은 아무것도 알아채지 못할 텐데.

"마지스터가 너를 이용하는 거야." 마침내 로빈이 말하는 순간, 질겁한 타라는 뇌 기능이 정지되는 느낌이 들었다. "마지스터가 움직이면 너는 선택의 여지없이 쫓아갈 수밖에 없잖아. 하지만 타라, 이번만은 쫓지 않는 게 어떨까? 네 고모는 바보가 아냐. 그게 함정이라는 걸 잘 알고 있어. 내 생각에 마지스터는 여제를 두려워해. 오무아의 여제 리스베스는 강력해. 잘 봐(로빈이 여제를 따르는 친위대를 가리켰다), 여제는 오무아 군대의 거의 절반에 가까운 군사를 거느리고 있잖아. 눈 깜짝할 사이에 배를 나포할 것이고, 마지스터는 꼼짝못할 텐데 네가 가서 뭘 더 할 수 있겠어? 너는 강력하지만 수십 명의 최고 마구스보다 더 강하지는 않아."

타라는 입술을 깨물었다. 맞는 말이었다.

그리고 틀렸다. 마지스터와 여러 번 싸우다 보니 타라는 정신병자의 머리가 어떻게 돌아갈지 예측할 수 있었다. 악마의 사물에 접근하기 위해 마지스터가 선택한 사람은 리스베스였다. 번번이 계획을 망친 타라를 아더월드에 묶어두고, 여제를 지구에 오도록 머리를 쓴 것이었다.

그래서 타라 역시 마지스터를 속이기로 계획을 세웠다. 하지만 메보라에게 말하지 않았다. 로빈의 어머니까지 끌어들여 위험에 빠뜨릴 필요는 없었다.

"미안하지만 나는 달리 방법이 없어." 타라는 로빈에게 말했다. "고모는 악마의 사물들을 파괴하는 것에 찬성했어. 그리고 안전상 악마의 사물들을 감춰놓은 곳을 비밀에 부쳐야 해서 지구에 가는 이유를 명확하게 밝히지 않았어. 하지만 고모가 가는 이유는 두 가지 목적을 이루기 위해서야. 악마의 사물들을 파괴해 마지스터와 검은 여왕이 접근하지 못하게 하려는 거지. 나는 무슨 수를 써서라도 그걸막아야 해. 모우르무르 삼촌할아버지는 고모와 생각이 달라. 내 생각에 고모는 연락도 하지 않았을 거야. 고모는 악마의 사물들을 파괴하는 걸 반대한 나를 이미 검은 여왕의 지배를 받고 있었던 거라고 생각하니까. 따라서 고모는 모우르무르에게 악마의 사물들을 파괴했을 때 그 영혼들이 어디로 가는지 추적하는 기구를 발명하라는 부탁도 하지 않을 게 뻔해. 고모는 아무런 의문도 제기하지 않고 파괴해버릴 거야…… 그러면 아르칸즈만 신 나겠지. 우리를 정복하는 데 필요한 것을 얻으니까."

메보라는 회의적인 표정이었다. 타라가 악마의 사물들이 지닌 힘을 불안해하는 것은 이해되지만, 림보에서 겪은 일에 대해 로빈이 해준 이야기에 따르면 새로운 마왕은 힘이 더 필요할 것 같지 않았다.

행성을 지구처럼 만들고 태양을 변형시키기 위해 수십억의 영혼을 희생시켰는데 수백만의 영혼쯤 돌아온다고 성공이 보장되는 건 아닐 텐데……. 하지만 메보라는 다른 추론에도 귀 기울일 필요가 있었다. 알고 있는 사실보다는 확실한 증거에 근거해야 했다.

"하지만 지구에 무사히 갔다고 해도 리스베스 여제는 너희를 눈에 띄는 즉시 체포하고 엄중히 감시할 거야."

메보라는 차분하게 지적했다.

맞는 말이었다. 하지만 메보라는 아주 사소하지만 상황의 판도를 바꿔줄 만한 것, 그들의 절친 중에 지구인 문지기가 있다는 걸 모르고 있었다. 타라는 필요 이상으로 메보라를 끌어들이고 싶지 않아 더는 말해주지 않았다.

"무슨 일에나 때가 있죠." 타라는 한숨을 쉬고 호주머니에서 아더월드 마법의 저장소인 살아있는 돌과 초강력 컴퓨터폰을 꺼냈다. "먼저 불법 노선 전문가에게 의견을 물어본 다음 어떻게 할지 우리 생각해보자."

메보라가 잠자코 입술을 오므리고 있자 로빈이 고개를 끄덕였다. 메보라는 '우리'라는 말이 마음에 안 들지만 아들이 타라를 포기하지 않으리라는 걸 알고 있었다.

"정보국장을 남편으로 둔 사람의 직감으로 믿을 만한 사람이 있는 모양인데…… 그 전문가가 누구니?"

살아있는 돌은 연락할 사람이 누구인지 물어볼 필요가 없었다. 대화에 귀를 기울이고 있었기 때문에.

'칼, 착한 칼에게 걸게.' 살아있는 돌이 기뻐했다.

11
모우르무르
전문가라고 반드시 모든 걸 안다는 보장은 없는데

*

칼은 지구에 있는 이사벨라의 저택에 있었다. 더 구체적으로 말하면 저택의 지하 실험실17에서 모우르무르와 의논하고 있을 때 크리스털 볼이 울렸다. 칼이 매직컴 탁자 위에 크리스털 볼을 올려놓자 타라의 이미지가 나타났다. 칼의 잿빛 눈이 휘둥그레졌다.

칼은 누가 보는 사람이 없는지 주위를 살펴본 뒤에 속삭였다.

"타라! 왜 이제 해? 얼마나 마음을 졸이면서 네 연락이 오기만 기다렸는데!"

"그게…… 검은 여왕으로부터 40분 전에야 겨우 빠져나와서 더 빨리 연락할 수가 없었어."

. . . .

17. 발명하는 과정에서는 걸핏하면 폭발 사고가 일어나기 때문에 지하실에 실험실을 차려 놓고 조심하는 수밖에 없다.

"아, 그랬구나. 함정에 빠졌던 거야? 악마의 마법 때문에? 오, 젤리소르의 충치여! 다시는 그 무시무시한 검은 여왕을 볼 일이 없을 줄 알았는데. 그래서 공간이동의 문을 통과할 수가 없어서 나한테 연락한 거지?"

척하면 척, 칼과는 이렇게 잘 통한다니까. 칼은 혼자 질문하고 혼자 대답했다. 타라는 고개를 끄덕였다.

"응, 모든 공간이동의 문 데이터베이스에 내 DNA가 입력되어 있어서 통과할 수가 없어. 무슨 방법이 없을까?"

"없어." 칼이 대답했다.

실망하는 타라의 얼굴을 보면서 칼은 영악한 미소를 흘렸다.

"하지만 너의 외외외종조부께서 발명한 기구들을 무게로 치면 500킬로그램도 넘는데 설마 무슨 방법이 없겠어? 잠깐 기다려봐."

칼이 모우르무르와 알 수 없는 눈짓을 주고받았다. 모우르무르는 고개를 끄덕이면서 칼에게 매직컴에 있는 크리스털 볼을 갖다 달라고 손짓했다. 그러고는 크리스털 볼을 마법복 주머니에 집어넣고 외쳤다.

"트란스미투스!"

잠시 후, 발명가와 칼은 어딘가로 이동해 있었다.

칼은 손에 쥐고 있던 크리스털 볼로 주변을 보여주었고, 타라는 타공의 브주아 지롱 백작의 성에 있는 공간이동의 문 대합실이라는 걸 알아봤다. 느닷없이 나타난 두 사람을 보면서 파브리스의 눈이 동그래졌다.

"휴, 간 떨어질 뻔했네. 내가 지구에 온 건 조용히 살고 싶어서야.

제발 부탁인데 이렇게 불쑥불쑥 나타나지 좀 마!"

칼이 미소를 지었다.

"하지만 우리가 없으면 따분해서 미칠 텐데!"

"아니, 난 절대 따분하지 않아! 이번엔 또 무슨 일인데?"

칼은 크리스털 볼에 홀로그램처럼 투영된 타라의 이미지를 보여주었다. 파브리스는 깜짝 놀랐다.

"타라? 괜찮아? 검은 여왕으로 변해 있는 뉴스를 봤어. 무아노와 많이 걱정했는데!"

"무아노가 거기 있어?"

"응, 마지스터가 버뮤다 삼각지대에서 벌이는 일로 네가 즉시 지구에 올 거라고 생각했어. 그래서 무아노도 여기 와 있는 것이고(파브리스의 흡족해하는 얼굴로 보아 상황이 뒤집어진 것을 기뻐하고 있었다). 거기 어딘데?"

"트라비아." 타라가 대답했다. "로빈의 부모님 집에 있어."

타라가 어떻게 합류할지 설명하자 파브리스는 금발을 헝클어뜨리고 까만 눈을 찡그리며 한숨을 내쉬었다.

"내가 지구에서 문지기로 살겠다고 결심한 것은 평온하게 살고 싶어서야. 쿠데타를 조장하고, 공간이동의 문을 조작하기 위해서가 아니라고!"

칼이 깔깔대고 웃었다. 파브리스가 원래 이렇게 불평이 많았던가? 완전 투덜이가 됐네.

"파브리스, 네가 지금 한 말, 정말 그렇게 생각하는 거 맞아? 네가 유럽에 있는 공간이동의 문을 지키는 문지기라서 우리에게 얼마나 다행인데! 아주 절묘한 타이밍이었어. 너 정말 감각 있다."

파브리스는 신음소리를 냈다. 타라도 빙긋이 웃었다. 오, 불쌍한 파브리스! 파브리스는 처음부터 마법을 싫어했고, 마법에 대한 욕심 때문에 저지른 잘못은 평생 잊지 못할 죄책감으로 남을 것이다. 그건 타라도 비슷하지만.

"뭘 꾸물거려?" 귀에 익은 목소리가 말했다. "못된 놈들을 해치우러 가자! 너무 오랫동안 얌전하게 지냈더니 몸이 근질근질해서 죽겠어. 용맹한 난쟁이라는 이름에 걸맞게 살아야지."

칼은 타라가 파프니르의 모습을 볼 수 있게 크리스털 볼의 방향을 바꿔주었다. 매직갱이 전원 모였네! 타라는 파프니르가 무아노와 같은 생각으로 지구에 갔다는 걸 알고 정말 기쁘고, 또 고마웠다.

"문을 조작한다, 문을 조작한다……." 모우르무르가 그들 뒤에서 쉰 목소리로 말했다. "녀석들, 그렇게 단박에 되는 게 아냐. 생각 좀 해야겠다."

엉뚱한 발명가의 시커먼 재가 묻은 얼굴이 갑자기 클로즈업되었을 때 타라는 움찔했다. 헝클어진 백발의 모우르무르는 투덜거리는 어조지만 도전을 즐거워하는 눈치였다.

"타라, 공간이동의 문으로 가야 해." 모우르무르가 말했다.

"살아 있는 궁전으로 가." 칼은 타라가 이해를 못했을까 봐 구체적으로 말했다.

"이곳과 너희가 있는 곳을 연결해놓을 거니까." 모우르무르가 톡 나서는 칼을 째려본 다음 말을 이었다. "그다음 두 문에 입력된 정보를 지우고 수동으로 이동시킬 거야. 그러면 도처에서 경보가 울리겠지만 너희는 통과할 수 있어."

"좋아요, 지금 당장 살아 있는 궁전으로 출발할게요." 타라가 일어서면서 말했다. "준비하는 데 얼마나 걸릴까요, 모우르무르 삼촌할아버지? 외외외종조부보다 삼촌할아버지가 더 간단하고, 듣기도 편하고…… 좋으시죠?"

모우르무르는 마음에 든다는 표시로 싱글벙글했다. 오랜 세월 아무도 그렇게 불러준 사람이 없었는데 .

"이미 준비됐어. 대학 다닐 때 발명한 건데 무단 외출할 경우……."

눈을 반짝거리는 칼을 발견한 모우르무르가 얼른 덧붙였다.

"……흠흠, 대륙 이동의 단거리에는 완벽하게 작동하는데 은하계 사이에서도 가능하게 힘을 변경시켜야 해. 너희가 궁전에 도착하는 사이에 준비는 끝나. 아, 물론 에너지의 양을 정해야 하지만! 그래야 계속 떠 있거든. 아마 그게 가장 까다로운 작업일 거야."

칼은 타라에게 아주 약간 불안한 미소를 보냈다.

"여기서 뭔가 폭발하기 전에 서둘러. 살아 있는 궁전에게 너희가 갈 거라고 알릴 거니까 지난번처럼 눈에 띄지 않게 궁전 뒤쪽에 있는 지하 통로로 들어가. 궁전의 문지기 외눈 거인 맑은시냇가수줍은꽃에게도 연락해놓을게. 아마 아무 문제없을 거야. 아, 그리고 경비들이 너희를 공격해도 제발 부탁인데 죽이지는 마. 적이 아니라 명령에 복종하는 것뿐이니까."

타라는 어이가 없는 얼굴을 했다.

"칼, 그야 두말하면 잔소리지!"

그때 살아있는 돌이 타라의 눈앞에 둥둥 떠올라서 못마땅한 투로 물었다.

"착한 칼, 잘생긴 칼을 만나러 지구에 간다고?"

"응……." 타라는 한숨을 내쉬었다.

살아있는 돌이 빛을 발하지 않아서 거의 시커멨다.

"살아있는 돌은 지구 싫어. 마법 마음대로 사용 못해."

"알아. 하지만 우리는 마지스터를 잡아야 해. 신명 나는 싸움이 벌어질 거라고 약속할게."

기분이 좋아진 살아있는 돌이 번쩍거리기 시작했다.

"오, 좋아! 힘을 줄게! 하, 하, 하!"

살아있는 돌이 기뻐하면서 타라가 벌려주는 호주머니 안으로 쏙 들어갔다.

"내가 생각해봤는데 타라 네가 자꾸 싸움판에 끼어드는 게 아무래도 친구들 때문인 것 같아." 로빈이 진지하게 말했다. "친구들이 거의 다 피에 굶주린 전사들이라서. 너의 살아있는 돌도 그렇고!"

타라는 미소를 지었다. 맞는 말이었다. 온화한 무아노조차 미녀와 야수의 후예로서 송곳니와 갈퀴발톱이 달린 괴물로 변신할 수 있다는 걸 안 뒤로 함께 싸우는 걸 좋아하고 있으니. 파브리스만 거의 죽지 않는 늑대인간으로 변할 수 있는데도 싸움을 좋아하지 않았다.

타라가 일어섰다. 타라와 로빈이 친구들과 통화하는 사이에 메보라는 그들의 계획을 듣지 않으려고 방을 나가주었다. 잠시 후, 로빈의 어머니가 파란 눈을 찡그리면서 돌아왔는데 걱정이 가득한 얼굴이었다.

"고맙습니다, 부인. 그리고 이렇게 불쑥 찾아온 걸 용서해주세요.

이제 떠나겠습니다."

"떠나기 전에 나에게 민투스 주문을 날려서 오늘 너희 둘을 본 기억을 지워야 해." 메보라는 단호했다. "조사받을 경우 나는 거짓말하고 싶지 않아. 내 아들은 스플루프 알을 사러 셀렌다에 갔고, 타라는 이틀 전에 본 것으로 기억해야 되니까. 그리고 소메이우스 주문을 덧붙여. 한잠 자고 나면 민투스 효과가 강화되니까."

로빈은 미소를 지으면서 어머니를 포옹했다. 메보라는 공중에 떠 있는 책들 밑에 놓인 소파에 누워 눈을 감았다. 로빈이 민투스와 소메이우스 주문을 연달아 날리자 어머니는 평온하게 잠들었다. 발꿈치를 들고 살금살금 집을 나가자마자 타라와 로빈은 내달렸다. 겨우 몇 초가 지났을까. 근위병들이 집에 거의 돌격하는 수준으로 들이닥쳤다. 하지만 메보라가 깊이 잠들어 있어서 목이 쉬어라 소리를 질러봤자 헛수고였다.

로빈은 트라베스티수스 주문을 날려서 타라를 짧은 머리에 까무잡잡한 청년으로 변신시켰다. 갈랑은 커다란 개로 변해 있고, 자신은 온전한 엘프의 얼굴로 바꾸었다. 인간의 피를 받은 표시인 검은 머리털이 사라진 상태지만 그래도 얼굴이 알려져 있기 때문이었다. 근위병들은 위장술을 감지해내는 안경을 쓰고 있어서 둘은 요리조리 피해야 했다. 다행히 거리에는 사람이 아주 많았고, 아무도 관심을 갖지 않았다. 손님을 불러 모으는 행상인들, 연극이나 영화를 보여주면서 행인들을 유혹하는 장사꾼들, 절대 마법이 아니라 기막힌 재주라고 주장하는 곡예사들……. 아더월드에 훨씬 익숙한 로빈은 군중에게서 불안한 눈빛과 불만이 가득한 입을 알아볼 수 있었다. 악마라면 누구나 벌벌 떠는데 검은 여왕이 출현했다는 소식에 몹시 불안에 떨고 있는 것이 틀림없었다.

로빈과 마찬가지로 타라도 트라비아를 좋아했다. 랑코비트 왕국의 수도 트라비아는 아기자기하게 꾸며놓은 도시였다. 오무아 제국의 시끌벅적한 팅가푸르와는 사뭇 다르게 트라비아는 조용한 편이었다. 살아 있는 궁전은 동화 속 성이라기보다 무시무시한 요새의 모습을 하고 있었다. 유령들의 습격으로 곤혹을 치른 것이 그리 오래전이 아니므로 똑똑한 궁전으로서는 당연한 선택이었다.

타라와 로빈은 조심스럽게 궁전의 정문을 피했다. 둘은 인적이 드문 작은 길을 따라가다 페가수스들이 둥지를 트는 강철나무 그늘에 숨어서 슬그머니 궁전 뒤로 갔다. 성벽에 가까이 다가선 타라는 위장한 모습을 사라지게 했다. 체인지라인이 면허 받은 도둑들의 복장을 입혀주었고, 머리를 하나로 땋아주었다.

궁전이 정말로 칼의 연락을 받았는지(칼이 어떻게 살아 있는 궁전과 의사소통을 하는지는 미스터리였다) 궁전의 정신을 상징하는 유니콘이 벽에서 꿈틀 움직였다.

유니콘은 타라를 뚫어져라 쳐다보더니(살아 있는 궁전은 칼과 타라를 아주 많이 좋아한다) 이내 성벽의 일부분이 빙그르르 돌았다. 타라는 미소를 지었다.

"고마워, 궁전." 타라가 속삭이면서 로빈에게 들어가자는 눈짓을 보냈다.

유니콘이 살아 있는 궁전의 몸속에 나 있는 굽은 길로 안내했다. 궁전은 궁인들이 타라와 로빈을 보지 못하게 복도의 방향을 계속 바꾸고 있었다. 타라는 호주머니 안에 궁전을 넣고 다니면 정말 편리할 거라고 생각했다. 그들은 아무도 마주치지 않았다.

수줍은꽃은 공간이동의 문 대합실 부근의 방에서 기다리고 있었다. 유령들이 습격했을 때 트라비아를 방어하고 저항을 도와주었던 빨간 머리의 외눈 거인이 의기소침한 얼굴로 두 손을 비비 틀었다. 늘 그렇듯 타라 앞에서 정중하게 인사했다. 타라가 검은 여왕이 아니라 정상적인 모습으로 돌아와 있어서 안도하는 눈치였다.

"마마, 오, 이게 어떻게 된 일입니까?" 수줍은꽃이 기어드는 목소리로 말했다. "칼한테서 이쪽으로 오실 거란 연락을 방금 받았는데 행성 전체에서 마마를 추적하고 있다는 뉴스도 나오고…….어찌해야 될지 정말 모르겠습니다."

타라는 미소를 지었다.

"수줍은꽃. 실은 나도 몰라요. 어쨌든 마지스터가 악마의 사물들을 파괴하지 못하게 막으려면 내가 지구로 가야 해요. 하지만 공간이동의 문에는 나에 대한 정보가 입력되어 있어서 통과시키지 않을 거예요. 타공에 있는 공간이동의 문은 모우르무르 발명가께서 알아서 할 건데…… 한 30분 동안만 나를 궁전의 대합실에 있게 해줄 수 있어요?"

외눈 거인의 얼굴이 창백해졌다. 얼마나 공포에 떨고 있는지 눈빛이 머리 색깔처럼 빨개졌다.

"30분이요? 그건 안 됩니다! 우리 왕국에는 수많은 대사들이 수시로 왕래하고 있습니다. 한밤중에도 고위급 관리들이 드나들어서……."

로빈은 싸우게 될지도 모른다는 생각에 머리를 묶으며 제안했다.

"공간이동의 문이 일시적으로 고장이 났다고 말하면 되죠."

외눈 거인은 한숨을 내쉬었다. 칼의 연락을 받고 이럴 줄 예상은 했지만……. 외눈 거인은 하는 수 없이 고개를 끄덕였다. 타라는 다정하게 거인의 팔을 잡았다. 유령들이 습격했을 때 칼과 타라를 숨겨 주면서 목숨을 구해줬는데 또 신세를 지게 되다니.

"고마워요, 수줍은꽃. 너무 오래 난처하지 않도록 빨리 떠날게요."

갑자기 그들 뒤에서 유니콘이 딸꾹질 같은 소리를 냈고, 문이 열렸다. 소스라치게 놀란 타라와 로빈, 수줍은꽃은 뒷걸음쳤다. 랑코비트의 베어 왕과 티타니아 왕비가 서 있는데 표정이 심상치 않았다. 왕비는 틀어 올려 쪽 찐 머리에 꽃 모양의 다이아몬드와 사파이어가 박힌 황금 왕관을 썼는데도 키가 작았다. 랑코비트를 상징하는 파란색과 은색 마법복 차림의 왕은 키는 작아도 위엄이 있어 보였다.

"방금 들은 말에 따르면 어쩐지 반역의 냄새가 나는 모의 같지 않아요?" 티타니아 왕비가 남편에게 가볍게 말하는데 얼굴이 붉게 달아오른 것으로 보아 화가 나 있었다.

베어 왕은 유령에 들려서 호되게 당한 뒤로 자라게 내버려둔 수염을 가다듬으면서 엄숙하게 말했다.

"수줍은꽃, 자네가 이럴 줄은 정말 상상도 못했네. 외눈 거인들은 충신이라고 믿었건만."

하얗게 질려서 부들부들 떨던 수줍은꽃이 유령들과 맞설 때의 용맹함을 되찾고 공손하게 고했다.

"전하, 타라 덩컨 마마의 행동에 분명한 이유가 있다는 걸 알았기 때문입니다. 하지만 마지스터는 우리 행성에서 가장 위험한 인물이라 전하를 연루시키고 싶지 않았습니다. 그래서 그 위험한 반역자를 체포할 수 있게 도우려면 타라 덩컨을 빨리 지구로 보내주는 것이라고 생각했습니다."

와우, 수줍은꽃이 검은 여왕에 대해서도, 악마의 사물들에 대해서도 언급하지 않고 이런 식으로 정리해버리니까 상당히 합리적으로 느껴졌다. 공공의 적 1위를 붙잡는 문제인 만큼 직감에만 의존하는 수사로는 안 된다는 것을 넌지시 강조하는 말이 아닌가. 타라는 나중을 위해 새겨두었다.

베어 왕과 티타니아 왕비는 냉정한 얼굴로 그들을 쳐다봤고, 타라는 무릎이 후들거렸다. 왕비와 왕이 지금 당장 감옥에 가둔다면 모든 것이 실패였다.

갑자기 왕비가 한숨을 내쉬었다. 스파이들로부터 궁전이 뭔가 일을 꾸미고 있다는 보고를 받았을 때 왕비는 무슨 일인지 짐작이 갔다. 영리한 궁전과 결탁할 수 있는 사람은 거의 없었다. 타라 덩컨과 칼리반 달 살란을 제외하고는. 왕비는 칼이 지구에 가 있다는 걸 알기 때문에 타라밖에 없다는 결론을 내렸다.

외눈 거인의 말이 맞았다.

"너 자신 있지?" 왕비가 타라에게 물었다. "마지스터가 사물을 파괴하면 남은 악마의 영혼들이 힘을 공급하기 위해 림보로 돌아간다고 생각하니?"

이런, 이런! 왕비는 다 알고 있잖아. 당연히 뉴스를 봤을 텐데 그 생각을 못하다니. 그리고 다른 군주들과 마찬가지로 악마의 사물이 어디 있는지도 알고 있었다.

"모르겠어요." 타라는 정직하게 대답했다. "크라에토비르의 반지를 파괴했을 때 악마의 마법이 마왕 아르칸즈에게 돌아가는 걸 봤어요. 어쩌면 가까운 곳에 악마의 사물이 없어서 그랬을지도 모르니까 추측에 불과할 수도 있어요. 악마들은 수십억의 동족을 죽이고 그 영혼들을 에너지로 사용하여 행성들을 지구처럼 만들었어요. 이미 수십억의 영혼을 사용했기 때문에 너무 많은 생명을 희생시켰다는 인상을 받았어요. 따라서 5000년 이상 갇혀 있는 수백만의 영혼이야말로 그들에게 부족한 것을 채워주는 아주 중요한 것일지도 모른다는 생각이 들었어요. 확인한 건 아니지만 나는 그렇다고 확신하고 있어요."

티타니아 왕비는 생각에 잠겨서 고개를 끄덕였다. 궁전을 통째로 살테렌스의 붉은 산으로 이동시키는 바람에 낮잠 자다 혼쭐이 빠진 뒤로 타라를 두려워하는 왕과 달리 왕비는 타라를 아주 좋아했다. 랑코비트의 왕비는 타라를 믿었다. 타라가 비록 늘 전대미문의 모험에 끼어들고 있지만 올곧고 정직하다는 것을 알았다. 그래서 타라에게 증거 불충분에 의한 무죄 추정의 특전을 주기로 했다.

"알았다, 타라. 여보, 지금부터 30분 동안 공간이동의 문은 사용할 수 없는 거예요. 통신원들에게 알립시다."

"수줍은꽃?" 이번에는 베어 왕이 말했다.

"네, 전하." 수줍은꽃이 이번만은 비밀리에 하지 않아도 된다는 것에 후련해진 듯 활짝 미소 지었다.

"타라와 로빈에게 필요한 것은 무엇이든 다 해주게. 아! 그리고 수줍은꽃……."

"네, 전하."

"다음에 또 몰래 뭔가를 할 때는 감옥살이를 하게 될 테니 명심하게, 알았나?"

"네, 전하. 고맙습니다, 전하."

베어 왕은 미소를 지으면서 왕비와 함께 방을 나갔다. 유니콘이 불안한 표시로 뿔을 흔들었다.

"정말 잘됐다." 로빈이 말했다. "근위병들을 두꺼비로 둔갑시킬 필요도 없고, 공간이동의 문까지 가기 위해 싸울 필요도 없고, 이동하는 순간까지 필사적으로 몰려오는 병사들도 없고……. 뜻밖에도 너무 이러니까 싱겁다."

타라는 눈살을 찌푸렸다. 하프엘프가 칼을 생각나게 했다. 어설프지만 나름 칼의 유머를 흉내 낸 것이었다.

"휴!" 외눈 거인은 불안에 떨고 있었다. "전하께서 나를 몹시 원망하시겠죠?"

"아니, 그렇지 않아요." 타라가 안심시켰다. "내 생각에는 두 분이 이 궁전에서는 멋대로 아무 짓이나 하면 안 된다는 걸 일러주신 거예요. 통치권자의 위엄을 보여주신 거죠. 극적이고 효과적인 방법으로. 이제 갈까요?"

수줍은꽃은 안도의 숨을 내쉬면서 타라와 로빈을 공간이동의 문 대합실로 안내했다. 궁전이 계속 그들을 지켜주어 이번에도 아무도 마주치지 않았다. 대합실에 들어서자 수줍은꽃이 잠시 기다리게 했다. 궁전이 타라와 로빈을 구석진 곳에 숨겨주는 사이에 수줍은꽃은 모든 사람을 나가게 했다. 공간이동의 문은 텅 비었고, 제어판이 반짝이고 있었다. 외눈 거인이 요정과 꼬마도깨비 파보, 거인, 드래곤 등 아더월드의 종족을 표현한 다섯 장의 화려한 양탄자 중 하나에 이동의 왕홀을 끼워 넣을 준비를 했다. 타라와 로빈은 제어판 뒤에 가서 섰다. 접속이 이뤄지는 동안 타라는 살아있는 돌을 들고 칼에게 걸었다.

살아있는 돌이 지구에 있는 브주아 지롱의 성 공간이동의 문을 보여주자 타라가 말했다. "우리는 준비 다 됐어."

살아있는 돌이 비춰주는 랑코비트의 공간이동의 문을 보면서 칼이 눈을 부릅떴다.

"어? 어떻게 된 거지? 시체도, 불탄 자국도, 격렬하게 싸운 흔적도 없다니! 타라, 너 또 무슨 짓을 한 거야? 궁전을 통째로, 아니 도시를? 아니 대륙을 통째로 재워버린 거야?"

타라는 이를 부드득 갈면서 아무 설명도 해주지 않기로 했다. 궁금해서 속 좀 터지게 만들어야지.

"대충 알아서 했어." 타라는 얼버무렸다. "그쪽은 준비됐어?"

칼이 인상을 쓰면서 고백했다. "모우르무르 선생님의 빌어먹을 거시기가 빌어먹을 거시기를 낳았어."

로빈이 웃었다.

"모우르무르 선생님의 빌어먹을 거시기가 빌어먹을 거시기를 낳았다고? 칼, 넌 왜 자꾸 이상한 말을 만들어? 그냥 알아듣기 쉽게 말해주면 될 텐데."

칼은 하프엘프를 째려보면서 말했다.

"빌어먹을 기구가 빌어먹을 결과를 낳았어. 이제 됐냐? 지금은 내가 멀쩡하지만 좀 전까지 형광등이었거든."

타라는 참을 수가 없었다.

"괜찮아, 칼. 네가 얼마나 반짝이는지 잘 아니까!"

"자 자, 얘들아." 모우르무르가 말했다. "그만 재잘거리고 천재를 잘 봐야지. 로빈, 통과하고 싶으면 갈랑을 붙잡아. 내가 모든 시스템을 고장 내기만 하면 너는 이미 이쪽으로 넘어와 있을 테니까."

외눈 거인이 파랗게 질렸다.

"'모든 시스템을 고장 내기만 하면'이라니요? 그런 말은 듣지 못했는데……. 이건 또 무슨 얘기예요?"

모우르무르는 크리스털 볼을 향해 힐끔 눈길을 주었지만 대답하지 않았다. 로빈은 시키는 대로 페가수스와 히드라를 양쪽 어깨에 올려놓고 이동의 문 중앙에 섰다. 타라는 갈랑의 눈을 보면서 이렇게 헤어지는 걸 아주 못마땅해하고 있다는 걸 알았다.

수줍은꽃은 마지못해 이동의 왕홀을 양탄자의 중앙에 끼워 넣었다.

"이따 봐, 타라." 하프엘프는 손짓 키스를 보내면서 말했다.

손이 오글거리는 행각에 칼은 토하는 시늉을 했다.

"지구, 타공, 브주아 지롱의 성!" 로빈이 외쳤고, 폭발하는 빛 속으로 사라졌다. 잠시 후, 로빈이 칼 앞에 나타났다.

"멀쩡한 거야?" 칼이 로빈을 찬찬히 뜯어보면서 말했다. "손, 발이 떨어져 나간 것이 없는지 잘 봐. 보이지 않는 데도……."

로빈이 눈을 흘겼다.

"칼, 그만큼 까불었으면 이제 됐다." 모우르무르가 나무랐다. "자, 이제 타라를 통과시켜야지. 가능한 한 온전하게."

타라는 가슴을 두근거리며 한가운데에 섰고, 심호흡을 하고 나서 외쳤다.

"지구, 타공, 브주아 지롱의 성!" 그 순간 엉뚱한 생각이 스쳤다. 성대결절로 목소리가 안 나오면 마법사들은 어떻게 할까?

타라는 왕홀과 양탄자들이 분출하는 빛에 휩싸였다.

두 가지 상황이 동시에 일어났다.

타라는 아무런 변화 없이 그 자리에 꼼짝 않고 있었다.

그리고 요란한 경보가 울리기 시작했다. 소리가 어찌나 큰지 타라는 두 손으로 귀를 틀어막아야 할 정도였다.

"궁전!" 공포에 질린 수줍은꽃이 외쳤다. "경보를 멈춰, 당장!"

하지만 궁전은 아무것도 할 수 없었다. 경보는 공간이동의 문 소관이라서 궁전은 사람들이 놀라지 않게 요란한 소리가 건물 전체로 퍼져 나가지 않게 막는 것으로 만족했다. 그래서 이동의 문에서는 귀청이 떨어져 나갈 것 같은 경보가 계속 울렸다.

"흠, 알겠어." 모우르무르가 말했다.

타라는 그 말이 들리지 않지만 입술의 움직임으로 알았다. 모우르무르가 앞에 있는 뭔가 빛을 발하는 기구를 건드리자 경보가 멈췄다. 갑자기 고요해졌다. 안도의 숨을 내쉬면서 타라는 귀에서 두 손을 뗐다.

"이건 뭐, 내가 통과하는 게 정말 싫다는 얘기죠?" 타라는 몹시 불쾌한 어조로 말했다. "삼촌할아버지, 칼이 말한 거시기가 통하지 않는가 본데 이제 어떡하죠?"

발명가는 아주 난처한 표정이었다.

"이상해. 아무것도 폭발하지 않았어."

타라는 칼의 얼굴을 보면서 웃음을 참을 수 없었다.

"왜요? 무언가 폭발해야 되는 거였어요?"

"응, 그쪽 공간이동의 문 제어판에 합선이 일어나야 내가 조정할 수가 있는데……."

바로 그때 타라가 있는 방과 모우르무르가 있는 방에서 불빛이 가물거리더니 지지직거리는 소리가 들렸다. 이윽고 작은 폭발이 일어나고 깜깜해졌다.

살아 있는 궁전이 항의의 표시로 우르릉거리자 불빛이 돌아왔다. 아연실색한 수줍은꽃이 시커먼 줄무늬로 얼룩진 제어판 주위를 한 바퀴 돌았다.

"모우르무르, 무슨 짓을 한 것이오? 전하께서 나를 살려두지 않을 텐데!"

지구의 방도 훤해졌고, 살아있는 돌이 통신을 끊지 않았기 때문에 타라는 평소보다 훨씬 더 시커멓게 그을음이 앉은 모우르무르의 얼굴을 볼 수 있었는데 만족스러운 표정으로 손가락을 빨고 있었다.

"어휴, 감전사할 뻔했네." 모우르무르는 고개를 설레설레 저으면서 중얼거렸다. "자, 이제 어떻게 되는지 보자……."

발명가가 빛을 발하는 기구를 만지작거리자 수줍은꽃의 제어판이 다시 작동하면서 지지직거렸다. 타라는 웃음이 싹 달아났다.

"한가운데에 자리를 잡아, 타라." 모우르무르가 지시했다.

"네, 근데…… 자신 있죠?"

"아니." 모우르무르는 솔직하게 대답했다. "네 몸의 반쪽만 이곳으로 오고, 나머지 반쪽은 아더월드에 남아 있을 확률이 50프로야."

타라는 시키는 대로 한가운데에 서서 말했다.

"오! 나는 그렇게 반반씩……."

말을 끝내기도 전에 타라는 칼과 로빈 앞에 와 있었다.

"……나뉘고 싶지 않은데." 하고 말을 맺으면서 타라는 황당하게도 로빈이 아니라 칼의 품에 왈칵 안겼다. 전혀 예상도 않고 있던 칼은 벌렁 자빠질 뻔했다.

"와우! 타라, 나도 이렇게 만나서 엄청 기뻐. 괜찮아?"

타라는 안도의 숨을 내쉬었다. 대체 왜 로빈이 아니라 칼의 품에 안겼을까? 로빈에게 뭔지 모를 불편함을 느끼고 있었다. 이제는 뜨거운 열정이 느껴지지 않았다. 로빈을 위해서라면 목숨을 걸게 했던 열정이 더 이상 느껴지지 않았다.

아무튼 타라는 더 이상 사랑에 빠져 있지 않았다. 그리고 아주 귀찮았다. 하지만 타라는 열정이 회복되길 바라면서 내색하지 않았다.

"응, 난 괜찮아." 타라가 대답하자 안심한 갈랑(겁에 질려 있었다)이 어깨에 올라앉았다.

로빈이 와서 포옹을 했는데 타라는 가만히 있었지만 약간 뻣뻣했다. 하프엘프는 눈살을 찌푸리면서 잠자코 있었다. 파브리스와 무아노, 파프니르도 타라를 얼싸안았고, 또 한 번 마지스터의 계획을 망치기 위해 모인 걸 모두 기뻐했다.

타라가 모우르무르를 돌아봤다.

"고맙습니다, 삼촌할아버지. 정말 대단하셨어요. 각료회의에서 악마의 사물에 갇혀 있던 영혼들을 추적할 목적으로 사물 하나를 파괴하러 지구에 가기로 결정했어요. 참고로 내가 검은 여왕으로 변하기 전에 결정된 거예요. 나는 그 영혼들이 어디론가 가서 갇혀 있다가 다시 사용된다고 생각하거든요. 그러다 마지스터의 함정에 빠져서 검은 여왕으로 변했지만, 그 계획은 포기하지 않을 거예요."

모든 전략이 모우르무르에게 달려 있기 때문에 타라는 말을 잠시 중단하고 뜸을 들이다가 덧붙였다.

"그게 가능할까요?"

모우르무르는 덤덤한 얼굴로 말했다.

"영혼들을 추적하는 거 말이니? 에너지를 추적하는 건 쉬워. 어디까지?"

"림보까지요."

모우르무르는 어안이 벙벙해서 타라를 쳐다봤다. 잠시 후, 발명가의 얼굴이 환해졌다.

"아하! 마침내 이 천재가 도전할 만한 일이 생겼구나. 다른 세계로까지 추적의 범위를 확장하는 것……. 아주 좋아. 물론 해봐야지."

타라는 미소를 지으면서 긴장을 약간 풀었다. 불가능한 일일수록 모우르무르는 의욕이 충천했다. 이것도 집안 내력인가? 타라도 불가능한 미션에 뛰어들기 일쑤인데…….

타라는 두 번째로 중요한 질문을 했다.

"악마의 사물들에 접근하려면 버뮤다 삼각지대에 가야 해요. 가장 가까운 공간이동의 문이 푸에르토리코에 있는데 우리를 보내줄 수 있어요? 아니면 비마들의 비행기를 타고 가야 하나요?"

모우르무르는 꾀죄죄한 손수건을 꺼내서 얼굴을 닦더니 자신의 마법복을 가리켰다. 호주머니에 신기한 발명품, 폭발물 등 수백 개의 기구가 들어 있었다.

"내가 같이 갈 거고, 이렇게 마법복 호주머니에 실험실을 넣고 가는 거나 다름없는데 당연히 할 수 있지. 물론 매직컴도 가져갈 거고. 어디를 가든 파자마와 칫솔만 챙기면 되니까 나는 준비됐다!"

타라는 무슨 말을 하려다가 입을 다물었다. 모우르무르는 니트로글리세린(다이너마이트의 주요 성분으로 강렬한 폭발성을 지닌다—옮긴이)처럼 불안정하고 언제 폭발할지 몰라서 아주, 아주 위험한데. 하지만 무슨 문제가 생기면 당장 해결해줄 능력이 있으니까 꼭 필요한 사람이기도 했다.

현장으로 어떻게 갈지 결정이 되었으니 이제 계획을 말해야 했다. 브주아 지롱의 성에 있는 그들만의 비밀 장소에서 타라는 상황을 설명하고, 오무아 사람들에게 악마의 사물이 얼마나 위험한지 설득하든 못하든 감행할 작전을 밝혔다.

모우르무르의 인생에서 영감을 받은 작전이었다. 만족스러우면서 동시에 답답한 인생이었다. 수많은 실수를 저질렀지만 그게 모두 헛된 것이라는 생각은 1초도 하지 않았다.

타라는 발명가의 승부욕을 건드리는 좋은 질문들을 했고, 그 질문들이 모우르무르의 창의력을 자극했기 때문에 타라를 기쁘게 하는 대답이 나왔다. 모우르무르는 천재일 뿐만 아니라 전 세계, 아니 우주를 구할 수도 있게 되는 것이 아닌가.

타라의 작전을 보강하기 위한 여러 가지 좋은 의견이 나왔다.

귀담아들으면서 곰곰이 생각하던 칼이 휘파람을 불었다.

"타라, 네가 하려는 것은 너무 과감해. 하지만 일리가 있다고 생각해. 아무리 위험한 생각이라도 확실히 아주 기발하단 말이야!"

"악마의 영혼들이 림보로 돌아가는 것이 맞다는 전제하에 할 수 있는 작전이야." 타라가 상기시켰다. "그렇지 않고 영혼들이 그저 흩어져버리는 거라면 아무 소용없어. 고모가 악마의 사물들을 파괴하게 내버려두는 수밖에. 그리고 마지스터를 체포하면 목숨이 위태로울 일도 없는 것이고."

모우르무르는 어찌나 골똘히 생각하는지 귀에서 연기가 풀풀 날 것 같았다.

"그 작전을 하려면 많은 걸 발명해야겠다. 다행히 필요한 걸 거의 갖고 있으니까 그건 됐고. 그런데 일단 푸에르토리코에 도착한 다음 작전을 실행하려면 좀 기다려야 해. 네가 원하는 걸 만들려면 며칠이 걸릴 거야. 영혼 추적기 말이다."

1분 1초가 아까운 긴박한 상황이지만 타라는 고개를 끄덕였다. 타라의 작전은 믿을 수 없을 정도로 위험해서 뛰어난 기구 없이는 절대 해낼 수 없었다. 따라서 참고 기다려야 했다.

모우르무르가 흡족한 얼굴로 두 손을 비볐다. 이 아이는 정말이지 기상천외한 것을 만들게 하는 탁월한 재주가 있었다.

모두들 타라가 제안한 그야말로 미친 작전을 나름대로 정리하느라 깊은 침묵이 흐르고 있었다.

파브리스가 마지못해서 말했다.

"나도 같이 갈게." 파브리스는 한숨을 내쉬었다. "너희가 또 끔찍하게 위험한 상황에 놓였잖아. 퇴로를 마련하고 목숨을 구해줄 사람이 필요해."

무아노가 놀라는 얼굴로 파브리스를 빤히 쳐다보다가 날카로운 목소리로 내뱉었다.

"마법과 상관없이 평온하게 살려고 지구에 온 거라면서!"

"버뮤다는 지구에 있잖아." 파브리스가 차분하게 말했다. "아빠에게 며칠만 더 문지기 역할을 해달라는 쪽지를 남기면 돼. 그동안 상황은 종료될 테니까. 그리고 내가 문지기를 선택했다고 친구들까지 버린 건 아냐. 내가 친구들이야 죽거나 말거나 모른 척할 거라고 생각했단 말이야?"

무아노는 멀거니 입을 벌리고 쳐다봤다.

"에이, 한 쌍의 비둘기, 구구 구구구, 사랑싸움은 나중에 둘이서만."

"칼, 자꾸 비둘기, 비둘기 하지 마. 그냥 커플이라고 하면 될걸!"

타라가 핀잔을 주었다.

"한 쌍의 비둘기나 한 쌍의 커플이나 그게 그거지, 뭐."

무아노는 웃음을 터뜨렸다. 파브리스와 함께 갈 생각에 반짝이는 무아노의 눈과 탁자 위에 쪽지를 놓고 고개를 들던 파브리스의 눈이 마주쳤다.

"그럼 이제 꾸물거릴 필요 없잖아요?" 무아노가 말하자 표범도 신이 나는지 울음소리를 냈다. "가죠?"

"그래, 가자." 모우르무르가 말했다. "모두 가운데로 와서 서. 그리고 마법을 작동해. 오무아의 친위대와 병사들을 때려눕혀야 할 거다. 여제의 명으로 지키고 있을 게 틀림없으니까."

그들은 마법을 작동했다. 타라는 불안한 눈길로 이동의 왕홀을 힐끔 쳐다보고 끔찍한 경보가 또다시 울릴 걸 대비해 두 귀를 틀어막았다. 하지만 이번에는 모우르무르가 제대로 한 모양이었다.

그들은 사라졌다.

그리고 다시 나타났다.
하지만 푸에르토리코는 아니었다.
어디지?

12

초원

어딘지도 모르고 아무것도 없는 곳에서는
이내 무료해지는데

*

초원이었다.

또.

림보에 갔을 때처럼.

하지만 얼핏 봐도 림보 같지는 않았다. 지금으로서는.

공간이동의 문이 이따금 원하는 목적지가 아닌 어딘가로 데려간다
는, 그 일이 벌어진 건가?

비행기를 탔어야 했나?

초원을 휩쓰는 바람 소리가 천둥소리처럼 요란했다. 타라는 바람
이 뼛속을 파고드는 것 같았다. 질겁한 체인지라인이 타라에게 전투
용 갑옷을 입혀주었다. 타라는 군대도 아닌데 아무짝에도 소용없는
지휘관 모자에다 검까지 허리에 차고 있어 인상을 썼다. 아무도 없는

218

거대한 땅덩이에 이런 것들은 정말이지 쓸모없는데…….

갑옷 차림의 타라를 보면서 친구들도 무장하려고 주문을 읊었는데 마법이 제대로 작동하지 않는 것 같았다. 왜 그런지 모르겠지만 속도 불편하고 느낌이 좋지 않았다. 친구들은 하나둘 마법의 빛을 껐다.

모우르무르가 호주머니에서 강철과 크리스털로 이뤄진 기구를 꺼내서 안테나를 길게 뽑자 삐삐, 소리가 났다.

"흠흠, 흠흠."

"흠흠이 괜찮다는 뜻이죠?" 칼이 공손하게 물었다. "아니면 흠흠이 빌우모죽인가요?"

모우르무르는 넉살 좋은 칼이 묻는 말에 신경 쓰지 않고 한두 번 더 흠흠, 하고 내뱉다 문득 이상한 말을 들은 것 같은지 눈썹을 치켜 올렸다.

"뭐라고 했니? 빌우모죽…… 그게 뭐니?"

"어디서든 튀고 싶어서 칼이 만든 말이니까 신경 쓰지 마세요." 무아노가 말했다. "빌우모죽은 '빌어먹을, 우리 모두 죽는구나'의 약자예요. 선생님, 얘는 자기가 굉장히 웃기다고 생각하거든요."

칼은 입술을 비죽거렸다. 웃기다고 생각하는 게 아니라 정말 유머가 넘치는데.

"제발, 림보에 와 있다는 말은 하지 마!" 파브리스가 울상을 지었다. "아르칸즈는 한 번 보는 것으로 충분하단 말이야."

오, 타라는 속으로 뜨끔했다. 나만 그렇게 생각하는 게 아니구나.

"아냐, 아냐." 모우르무르가 말했다. "여기는 림보가 아니야. 이 매직미터기를 보면 우리는 그렇게 많이 움직이지 않았어. 그러니까 내 말은 다른 행성에 와 있는 건 아닌 것 같아. 저 위에 보이는 것은 하늘이 아냐."

하늘이 아니라고 하는 것을 향해 모두 얼굴을 들었는데…… 하늘이랑 똑같았다. 구름이 몽실몽실 떠 있는 파란 하늘, 노란 태양. 하늘이잖아.

타라가 빙긋이 웃으면서 말했다.

"'이것은 하늘이 아니다'라는 말을 들으니까 르네 마그리트의 그림이 생각나네('인간의 눈으로 보는 것만이 다가 아니다'를 그림으로 표현한 벨기에 출신의 초현실주의 화가[1898~1967]. 사과 그림 밑에 '이것은 사과가 아니다'라고 쓰여 있다—옮긴이)."

타라의 말에 파브리스만 입술을 비쭉거릴 뿐, 지구의 화가를 모르는 아더월드의 친구들은 아무 반응이 없었다. 칼이 모우르무르에게 시선을 옮기면서 말했다.

"타라, 아무래도 이 여행으로 모우르무르 선생님이 충격을 받으신 모양이야."

"타라를 통과시키기 위해 문에 합선을 일으켰더니……." 모우르무르가 말했다. "우리가 통과한 이동의 문이 푸에르토리코로 보내지 않고 일종의……."

모우르무르가 뭐라고 설명하는데 도무지 알아들을 수가 없었다.

"그러니까 한마디로 정리해서 여기가 어디냐고요?" 도끼를 움켜잡은 파프니르가 누구든 나타나기만 하면 휘두를 기세로 물었다.

모우르무르는 난쟁이 한 번 쳐다보고, 하늘 한 번, 초록색 풀 한 번 다시 쳐다보고 나서 솔직하게 대답했다.

"모르겠다. 이 매직미터기가 이상한 건지……." 모우르무르가 머뭇거리다가 말을 이었다. "아무튼 이게 정확하다면, 이것이 가능한 일이라면 여기는 지구야. 단정할 수는 없지만."

모우르무르는 훨씬 단호한 어조로 덧붙였다.

"하지만 저건 하늘이 아냐."

타라는 유유히 흘러가는 구름을 바라봤다.

"네, 알았어요. 하늘이 아니에요. 그럼 뭘까요?"

"거대한 돌 더미."

파프니르는 도끼를 거두고 쭈그리고 앉아서 정신을 집중하려는 듯 눈을 감고 냄새를 맡았다.

"얘는 뭐 하는 거야?" 칼이 구시렁거렸다. "볼일 보고 싶은 거면 여기서 이러지 말……."

"선생님의 말이 맞아." 파프니르가 쭈그리고 앉은 채로 말하자 벨제부트는 아주 가까워진 땅바닥을 보면서(다른 사람들의 어깨 높이에 비하면 지면에 가까운 편이지만) 펄쩍 뛰어내려 향기로운 풀밭에서 기지개를 폈다. "갇혀 있는 느낌이 들어. 냄새로 알 수 있어."

파프니르는 초록빛 눈을 뜨고 일어나서 손을 털었다.

"어마어마하게 큰 동굴 속이야!"

무아노가 뭐라고 중얼거리는데 무슨 계산을 하는 것 같았다.

"말도 안 돼." 무아노는 단정적으로 말했다. "이렇게 커다란 동굴은 없어! 타딕스나 마딕스**18**에 있는 것도 아냐. 달에서는 중력이 작아서 붕 떠다녀야 하는데 그렇지가 않잖아(무아노는 둥둥 떠오르지 않는다는 걸 보여주기 위해 펄쩍 한 번 뛰었다). 그리고 허공에 저렇게 거대한 돌 더미가 떠 있다는 것도 말이 안 되고. 벌써 오래전에 무너져 내렸어야 하는데……."

모우르무르가 금속 막대기 같은 것을 여기저기 흔들면서 말했다.

"떠받쳐주는 주문이 걸려 있는 게 틀림없어. 보이지는 않지만 분명히 존재해. 여기는 많은 마법이 작용하고 있는 게 느껴져. 내가 '느낀다'고 말할 때는 내 기구들이 확인시켜주는 거야. 어떤 마법들이 작용하는지는 전혀 모르겠지만……. 아무튼 다 비정상이야."

칼은 타라를 쳐다보면서 눈을 찡긋했다.

"그렇지 않아요. 우리랑 다니면 무슨 일이 생기는 게 정상이거든요." 장난기가 발동한 칼이 능청스럽게 말했다. "그러니까 금지된 대륙에 갔을 때처럼 하면 돼요. 혹시 끔찍한 폭군이 장악하고 있으면 타라가 한두 번 폭발시킨 다음 압제에 신음하는 국민을 해방시키고, 우리는 룰루랄라 집으로 돌아가면 되거든요. 하지만 타라, 이번에는 조심해야 할 거야. 아니면 네가 보여준 만화**19**처럼 머리 위로 하늘이 무너져 내릴지 모르니까!"

친구들의 시선이 쏠리자 타라는 얘가 아무 말이나 막 하는 거야, 하는 얼굴로 어깨를 으쓱했다.

• • • • • • • • • • • • •

18. 아더월드의 두 위성.

19. 『아스테릭스』에 나오는 묘약 이야기는 아더월드 마법사들의 관심을 끌었다. 등장인물로 나오는 파노라믹스를 신고되지 않은 마법사로 의심하고 있다.

222

"칼, 미안하지만 금지된 대륙과는 달라." 파브리스가 한숨을 푹 내쉬면서 말했다. "그때는 거기가 어딘지도 알고, 탈출할 방법도 있었어. 하지만 지금 여기는 공간이동의 문이라고는 없어. 압제에 신음하든 안 하든 아예 아무도 없다고."

"꼭 그렇지는 않아, 파브리스." 모우르무르는 여전히 요란하게 삐삐, 삐삐 울리는 기구를 움켜잡은 채로 말했다. "공간이동의 문은 어딘가에 분명히 있어. 무슨 일이 일어난 건지 대충 알 것 같다. BG의 문(모두 의아한 얼굴로 쳐다보자 모우르무르는 BG는 '브주아 지롱'을 가리킨다고 말했다)과 푸에르토리코, 즉 PR의 문을 연결했을 때 우리는 PR에 도착한 게 틀림없어. 하지만 이동의 문 대합실에 유형화되기가 무섭게 곧장 어떤 트란스미투스에 의해 이곳으로 내던져진 거야. 어찌나 순식간인지 우리가 알아차릴 사이도 없이 자동으로 다시 이동한 것 같아."

"그럼 그곳을 찾아서 돌아가면 되는 거예요?" 무아노가 물었다.

"정확해."

로빈이 안도하는 얼굴로 미소를 지었다.

"아, 다행이네요. 그럼 해결책이 있는 거잖아요?"

엘프들은 아무 계획이 없다는 것 자체를 아주 끔찍해했다.

모우르무르는 고개를 끄덕였다.

"근데 그게…… 말이 그렇다는 거야. 아주 멀리 있어서 단거리 이동의 트란스미투스를 여러 번 사용하면 시간을 좀 벌 수는 있겠지. 무슨 이유인지 모르지만 여긴 마법이 썩 잘 통하는 것 같지 않아서."

"얼마나 먼데요?"

모우르무르가 어떤 기구를 건드리자 탁탁, 소리가 났다.

"이 매직미터기에 나타난 수치로 약 5000킬로미터."

모두 놀란 토끼눈으로 발명가를 쳐다봤다.

"5000킬로미터요?" 칼이 외쳤다. "에이, 농담하지 마세요! 그렇게 큰 동굴은……."

칼은 모우르무르의 얼굴을 보고 말끝을 흐렸다.

"농담이 아니군요. 오, 트라둑의 똥이여! 그러면 몇 달은 걸릴 텐데!"

"하루 24시간인 지구의 척도로 계산해서 하루에 20킬로미터씩 가면 250일쯤 걸리겠지. 트란스미투스를 이용하여 100킬로미터씩 연속으로 갈 수 있다면 물론 시간이 훨씬 단축될 것이고."

"그럼 트란스미투스로 가요." 걷는 거라면 질색하는 칼이 너스레를 떨었다. "나는 '도시남'이라 이런 시골 공기에는(칼은 이 말을 하면서 부르르 떠는 시늉을 했다) 적응이 안 되는 몸이라서."

모두 트란스미투스를 이용하는 데 찬성했다. 그러자 여우 블롱딘과 표범 쉬바가 칼과 무아노에게 딱 달라붙었고, 히드라 소우르브는 로빈의 목에 휘감겼고, 장밋빛 고양이 벨제부트와 페가수스 갈랑이 각각 파프니르와 타라의 어깨에 올라앉았다. 마법이 가장 강력한 타라는 모우르무르가 가리키는 방향을 향해 정신을 집중하면서 트란스미투스를 외쳤다.

그들은 펄쩍 뛰었다.

그리고 100킬로미터쯤 떨어진 거리에 와 있었다. 그런데 타라의 얼굴이 풀 색깔처럼 시퍼레져 있었다.

"으음……." 타라가 신음소리를 냈다. "속이 너무 안 좋아."

부리나케 뛰어가던 타라는 미처 멀리 가지도 못한 채 속에 있는 걸 모두 토했다.

불안해진 무아노가 마법복 주머니에서 물병을 꺼내 들고 뛰어갔다. 타라는 입을 헹구고 물을 뱉었다.

"고마워, 무아노."

"갑자기 왜 그래?"

"너무 쉽게 생각했나 봐." 타라는 머리를 땋고 있어서 다행이라고 생각하면서 울상을 지었다. "뭔가 좀 이상한데……."

그들은 타라가 토한 장소에서 멀리 떨어졌다.

"속이 막 뒤틀렸어." 아직도 얼굴이 시퍼런 타라가 설명했다. "마치 누군가 창자와 위를 마구 휘젓는 것처럼. 좀 더 멀리 가려고 마법을 강화하는데 속이 안 좋더니……. 그러니까 나한테 마법을 사용하라고 하지 마. 못 하겠어."

기온이 따뜻한데도 타라는 온몸이 덜덜 떨리고, 서 있는 것도 힘들었다. 로빈이 든든한 어깨를 빌려주었다.

"뱀파이어로 변신하는 게 좋겠어." 뱀파이어 모습의 타라를 그렇게 싫어하면서도 하프엘프는 넌지시 말했다. "뱀파이어는 비위가 좋잖아. 그리고 뱀파이어로 변신하는 건 마법이라기보다는 유전자 변형이니까 덜 힘들 거야."

타라는 마법이라는 말만 들어도 얼굴이 다시 시퍼렇게 변했다. 타라는 로빈에게서 떨어져서 비틀비틀 열 발짝을 떼다가 심한 위경련 때문에 배를 움켜잡았다.

"안 되겠는데……. 선생님, 어떡하죠?" 로빈이 걱정스러운 얼굴로 물었다.

난관에 봉착한 모우르무르는 문제를 해결하려는 열의에 불타고 있었다.

"타라가 쉬어야 할 것 같으니까 조금만 더 가서 야영하자." 모우르무르가 제안했다. "우리도 뭘 좀 먹어야 하고(그 말에 타라는 다시 안색이 시퍼레져서 후닥닥 뛰어갔다). 일단 앉아서 어디에 와 있는지, 무슨 일이 일어나고 있는지 생각 좀 해야겠다."

아직은 아무도 피곤하지 않지만, 나이 든 발명가가 숙고하려면 휴식이 필요하다는 걸 이해했다. 몇 킬로미터쯤 걸어가는 동안 시원한 바람 덕분인지 타라의 뺨이 발그레했다. 갑옷이 무겁기 때문에 타라는 체인지라인에게 편안한 반바지에 소매 없는 티셔츠, 튼튼한 워킹화를 부탁했다. 타라의 목덜미에 찰싹 달라붙어 있는 체인지라인이 부르르 떨면서 기분이 상했다는 표시를 했지만 복종했다. 몇 미터쯤 걸어가던 타라는 티셔츠가 번쩍거리고 생각보다 무겁다는 걸 알아차렸다. 고집이 센 체인지라인이 기어코 쇠사슬 갑옷 티셔츠로 바꿔놓았던 것이다.

타라는 미소를 지었다. 체인지라인이 진심으로 보호해주려고 이러는 건데 하는 수 없지. 악마의 반지가 공격하는데 보호해주지 못해서 타라가 죽을 뻔했던 일로 불안에 빠져 있기 때문에 더욱 그랬다. 오랫동안 마비되었던 것으로 인한 통증이 차츰 근육통으로 바뀌고 있었다. 아직 여기저기 아프지만 걸을수록 근육이 점점 풀리면서 다리에 힘이 생겼다. 잃기 전에는 그것이 얼마나 중요한지 결코 깨닫지 못한다는 걸 타라는 이번 기회에 새삼 절감했다.

풍경은 너무나 단조로웠다. 까마득히 펼쳐진 초원, 띄엄띄엄 외로이 서 있는 나무 몇 그루, 하늘, 태양.

그들은 적당한 장소를 찾아 야영지로 정했다. 모우르무르는 마법복 주머니에서 실험실을 꺼내놓고 기구의 수를 셌다. 초원에서 삐삐, 부르릉, 윙윙…… 온갖 소리를 내는 기계들이 번쩍번쩍하자 제법 그럴듯한 연구소로 보였다.

모우르무르는 여러 가지 작전을 위한 작업을 동시에 진행하고 있었다. 물론 타라가 제안한 작전인데 이 낯선 환경에 맞춰서 다시 연구하는 중이었다.

실험 대상이 되기 일쑤인 조수가 없기 때문에(발명가는 조수들을 데려오려고 했지만, 그들은 아더월드에서 수배령이 내려진 도망자를 돕는 작전에 연루되기를 거부했다) 짜증이 난 모우르무르는 욕설을 내뱉는 것으로 화풀이를 했다. 칼이 수첩을 꺼내서 받아 적을 정도로 별의별 욕설이 다 있었다.

칼도 마법복 주머니에 넣어온 것들을 꺼냈다. 텐트, 침대, 욕실. 칼이 배치하기 위해 마법을 사용했을 때 속이 울렁거렸다. 타라만큼 심한 건 아니지만 입을 틀어막아야 할 정도였다.

"트란스미투스를 사용할 때만 이러는 게 아냐. 마법을 사용하면 무조건 속이 울렁거리는 주문이 걸려 있나 봐."

"특히 너와 타라." 파프니르가 말했다. "그러게 내가 말했잖아, 빌어먹을 마법은 아무짝에도 소용없다고. 걱정할 것 없어. 걸어가면 되니까!"

광산에서 워낙 많이 걷기 때문에 파프니르에게는 전혀 문제가 되지 않았다.

로빈도 개의치 않았다. 어딘지도 모르는 곳에 와 있지만 그래도 타라와 함께 250일을 보내면 둘 사이에 흐르는 어색함이 없어질 거란 기대로, 친구들과 초원을 걷는 것이 아주 마음에 들었다.

한 가지 괴로운 것이 있었다. 이상하게도 발라의 이미지들이 머릿속을 떠나지 않았다. 로빈은 너무 치근거려서 괴롭기도 했지만 목숨을 구해줘서 고맙기도 했던 바이올렛 엘프가 그리웠다. 너무 집요해서 피곤하고, 너무 오만해서 거부감이 있었는데 정말 이상한 일이었다. 로빈은 발라의 모습을 떨쳐내려고 타라에게 정신을 집중했다. 속이 진정되었는지 한결 나아 보이는 타라가 안락의자에 앉아 눈살을 찌푸리면서 하늘을 바라보고 있었다.

"타라!" 무아노가 말했다. "그거 좀 그만하지?"

타라는 어리둥절한 얼굴로 친구를 쳐다봤다. 구불구불한 긴 머리의 무아노가 미소를 지으면서 말했다.

"그렇게 계속 눈살을 찌푸리면 주름이 자글자글해진단 말이야!"

타라는 어안이 벙벙했다.

"주름살……. 하지만 무아노, 나는 그런 걸 걱정할 나이가 아냐!"

"쯧쯧, 쯧쯧." 무아노가 손가락을 까딱까딱하면서 말했다. "엄마가 말씀하셨어, 문제를 피하는 데 너무 이른 건 없다고."

무아노는 짓궂은 표정으로 로빈을 쳐다봤다.

"엘프와 결혼할 사람이면 그렇게 생각하면 안 되지." 하프엘프가 말했다. "엘프들은 수명이 훨씬 기니까 주름은 신경을 좀 써야지."

"헤이, 여자들." 칼이 참견했다. "잠옷 차림으로 얼굴에 팩을 붙이는 단계로 넘어갈 때 나한테 미리 좀 알려주라. 나도 옆에서 꼽사리 끼게. 특히 아주, 아주 짧고 얇은 잠옷을 입고 있을 때!"

로빈과 무아노, 타라가 동시에 칼을 째려봤다. 칼이 깔깔대고 웃었다. 타라는 한숨을 내쉬었다.

"내가 눈살을 찌푸린 건 태양이 움직이지 않기 때문이야." 타라가 말했다. "아까부터 태양이 계속 똑같은 자리에 있어. 정상이 아냐."

"그래, 제대로 봤구나." 깊은 생각에 잠겨 있던 모우르무르가 말했다. "인공 태양이야. 그리고 이 초원에는 마법을 방해하는 주문이 걸려 있어. 살테렌스[20]처럼 마법을 완전히 사용할 수 없는 건 아니고."

"따라서 우리는 세상에서 가장 큰 동굴 안에 있는데 인공 하늘과 인공 태양이 있다, 그 말이죠?" 파프니르가 명쾌하게 정리했다.

"그래." 모우르무르는 기구들을 다시 한 번 확인하고 말했다. "아까 말한 대로, 너희들이 내 말을 귀담아들었는지 모르겠는데 여기는 지구야!"

• • • • • • • • • • • • • •

20. 살테렌스들의 나라. 노예제도를 주장하는 종족으로 사자와 표범의 잡종인 두 발 동물이며, 붉은 산에 있는 마법의 소금 광산을 개발한다. 공격적이고 위험한 살테렌스족은 사막에 마법을 사용할 수 없는 주문을 걸어놓았다. 소금 광산에 끌려가서 다음과 같은 소리를 지르지 않으려면 살테렌스는 절대로 가지 말아야 하는 곳이다. "어떤 멍청한 놈이 살테렌스에서 바캉스를 보내는 것이 아주 좋은 생각이라고 말한 거야?"
참고: 영악한 살테렌스족은 순진한 관광객을 유혹하기 위해 '아더월드 최상의 낙원, 아름다운 태양 빛에 반짝이는 모래가 광활하게 펼쳐진 백사장, 친절하기 이를 데 없는 원주민'이라고 선전한다. 그리고 바겐세일 여행이라는 문구, 아름다운 야자수와 크리스틸 같은 바다를 배경으로 찍은 사진들에 현혹되지 말아야 한다. 야자수들 뒤에는 상어, 흡혈 곤충, 관광객을 노예로 붙잡아두려는 살테렌스들이 도사리고 있다는 걸 명심해야 한다.

타라와 파브리스는 의혹의 눈초리로 쳐다봤다. 아더월드에서 온 친구들과는 달리 둘은 지구를 아는데 인공 태양이 있는 동굴이란 존재하지 않았다.

디즈니랜드에도 없었다.

"말도 안 돼요!" 타라와 파브리스가 동시에 외쳤다.

그러자 모우르무르는 뭔지 모를 도표를 잔뜩 꺼냈다. 모우르무르의 말에 따르면 그 도표들이 입증하는 것은 다음과 같았다. 1)그들은 지구에 있다. 2)정확하게 어디라고 정의를 내릴 수 없다.

"우리는 아주, 아주 밑에 있어." 모우르무르가 말을 끝마치자 도표가 사라졌다.

여섯 명의 매직갱은 드래곤에게 한 방 얻어맞은 암소 같은 표정을 지었다.

칼은 파프니르 때문에 벽을 뚫고 들어가는 경험을 한 뒤로 밀폐된 공간을 몹시 싫어했다.

"아주, 아주 밑이라면?"

모우르무르는 손가락을 꼽으면서 열거했다.

"움직이지 않는 인공 태양, 인공 하늘, 머리 위에 떠 있는 거대한 땅덩이, 나트륨 함량이 아주 높은 H_2O."

"오, 내 조상들이시여!" 무아노가 공포에 질린 듯 중얼거렸다. "바다 밑바닥에 있는 거야."

타라는 침을 꼴딱 삼키면서 가짜 하늘을 쳐다봤다. 틈새 같은 게 없나? 물이 폭포처럼 쏟아지면 실감이 날까?

"정확하게 수심 2605미터 지점." 모우르무르가 말했다. "지구의 대양 중에서 가장 깊은 대서양 해저. 내 매직미터기에 따르면 대서양의 평균 깊이가 4000미터가 넘으니까 우리는 2000미터쯤 위에 있다고 봐야지. 가짜 하늘의 높이는 1000미터에서 1500미터 사이로 추정돼. 여기는 500미터에서 최고 1000미터 사이의 아주 깊은 해구가 틀림없어."

이번에는 모두 더 두려운 얼굴로 하늘을 올려다봤다.

"여기가 덥다고 놀랄 일은 아냐." 모우르무르는 덧붙였다. "내 생각에 우리는 용암 호수 위에 떠 있는 것 같아. 그리고 더운 건 태양 빛으로 인한 열기 때문이고."

맙소사, 해저에 있는 것으로도 모자라서 용암 호수 위에 떠 있다니.

"내가 아까 말한 대로 여기서는 마법을 절대로 사용하면 안 되겠어, 타라." 칼이 한숨지었다. "저 가짜 하늘이 아주 약해서 한 방이면 우르르……."

타라는 칼에게 눈을 흘기고 지리 시간에 배웠던 걸 떠올렸다.

"트란스미투스 주문이 우리를 버뮤다 삼각지대와 반대 방향으로 보낸 모양이야. 내 추측이 맞는다면 타공에서 그리 멀리 와 있지 않아. 이동의 문이 우리를 땅 밑으로 보낸 거야. 수직으로는 깊지만, 수평으로는 많이 움직인 게 아냐."

"아니, 그렇지 않아." 모우르무르가 반박했다. "우리는 분명히 문제의 지역에 도착했어. 그런데 탁구공처럼 튕겨 나간 거야. 아, 탁구 얘기를 하니까 정말 치고 싶구나! 아주 재미있는 운동인데."

모우르무르는 타라의 외할머니 이사벨라의 집에 머물며 배운 탁구에 푹 빠져 있었다.

"나 탁구공 아니거든요." 칼이 화난 표정을 지으면서 너스레를 떨었다. "그러니까 다시 말해서 누군지 모르지만 우리가 삼각지대에 너무 가까이 오지 못하게 내동댕이쳤단 얘기죠?"

모두 고개를 끄덕이면서 한마디씩 했다.

"그런 주문이 걸려 있다면 걸어서 가야 한다는 건데……."

"이게 함정이 맞다면 우리를 삼각지대 쪽으로 오지 못하게 하는 것이 목적일 거야. 그렇다면 트란스미투스를 이용하여 타공으로 돌아가는 건 아무 문제가 없는 거잖아."

타라가 벌떡 일어났다.

"우리가 할 일이 바로 그거야. 공간이동의 문을 사용할 수 없다면 비행기를 타면 돼. 몇 시간이면 푸에르토리코에 갈 수 있고, 거기서 배를 타고 마지스터가 일을 꾸미는 현장으로 가는 거야."

크리스털 볼을 만지작거리던 무아노가 고개를 갸웃하며 말했다.

"타라, 외할머니 이사벨라와 연결이 되는지 한번 걸어볼래? 내 크리스털 볼은 먹통이야. 살아있는 돌은 강력하니까."

자기를 찾는다는 걸 느낀 살아있는 돌이 타라의 호주머니에서 톡튀어나왔다.

"이사벨라에게 연락? 내가 연결할게." 살아있는 돌이 즐거워했다.

하지만 이내 살아있는 돌의 빛이 가물거렸다.

"안 돼, 안 돼……. 연결 안 돼. 아무도 받지 않아."

깜짝 놀란 살아있는 돌 위로 친구들의 크리스털 볼 번호를 비롯한 수많은 번호가 떠다니고 있었다. 하지만 어떤 크리스털 볼도 울리지 않았다. 15분쯤 후, 타라는 살아있는 돌에게 그만하라고 말했다. 살아있는 돌은 화가 났지만 아무것도 할 수 없었다. 통신을 가로막는 주문이 걸려 있는 게 틀림없었다.

타공으로 돌아가기 위해 트란스미투스를 작동했는데 그들은 여전히 초원에 있었다.

"이젠 놀랍지도 않아." 칼이 말했다. "항상 똑같잖아. 마법을 사용할 수 없는 곳에서 꼼짝 못하고 있는데 우리를 죽이려는 것들은 떼거리로 몰려오고……. 하여튼 너무 식상해!"

칼의 예측과는 달리 막막한 초원에는 아무도 없었다. 그들은 긴장을 약간 풀었다.

"칼, 네가 뛰어난 도둑인 건 맞는데……." 파브리스가 놀렸다. "설인이라고 불리는 존재의 첫 글자, 마라가 타라를 부르는 호칭 첫 글자, 길이를 재는 도구, 이 세 글자를 더하면? 예, 언, 자. 네가 예언자가 아니라서 천만다행이다. 죽이려고 몰려오는 떼거리는 없으니까."

"문자 수수께끼를 내는 걸 보니까 이제야 진짜 파브리스 같네." 칼이 능청을 떨면서 손사래 쳤다. "하지만 문자 수수께끼가 그리웠다는 말은 절대 아니다!"

태양이 미동도 하지 않으니 밤이 되었는지 알 수가 없었다. 그럼에도 그들은 잠잘 준비를 하고 일단 쉬기로 했다. 한편으로는 모우르무르가 초원에 늘어놓은 50톤에 이르는 실험 기구들을 거두려고 하지 않았고, 또 한편으로는 트란스미투스를 사용한 뒤로 모두 속이 좋지 않기 때문이었다. 특히 타라는 아주 심했다. 타라는 움직일 때마다 위가 배를 뚫고 나올 것만 같았다.

아주 불쾌한 느낌이었다.

로빈은 이 기회에 타라에게 다가갔다. 로빈이 샤워를 도와주겠다면서 장난을 걸었는데 칼까지 등을 밀어주겠다고 나서는 바람에 산통을 깨버렸다.

눈치가 없는지, 아니면 너무 영리한 건지……. 그래놓고서 칼이 얼마나 재미있어하는지 로빈은 한참을 노려봤다. 이렇게 놀려먹는 대신 타라의 사랑을 되찾을 수 있게 도와줄 것이지!

로빈은 어찌할 바를 몰랐다. 뭐라고 말하지? 칼은 끼어들지 않는 게 나은데……. 여자친구가 없는 칼에게서는 사실 기대할 게 없었다.

얼마 후, 빛이 기울기 시작했다. 하늘에서 이상한 별들이 반짝이고, 움직이지 않는 태양이 보름달로 변했다. 작은 동물이 있는지 보이지는 않아도 수풀 속에서 바스락거리는 소리가 분명히 들렸다. 파브리스와 무아노는 늑대와 야수로 변신해서 주변을 살펴보고 당황해서 돌아왔다.

킁킁거리며 맡아봤지만 동물의 냄새가 나지 않았다. 전혀.

정상이 아니었다. 소리를 분명히 들었는데 아무것도 없다니.

그래서 그들은 교대로 불침번을 서기로 했다. 2시간씩 캠프를 지키기로 하고 모우르무르는 불침번에서 면제해주었다. 발명가는 실험하는 데 정신이 팔려서 위험을 감지하지 못할 가능성이 있었다. 모우르무르가 보초를 서겠다고 우겼지만 매직갱은 고집을 꺾지 않았다.

얼마나 잤을까. 몇 분밖에 잠을 못 잔 것 같은데 로빈이 와서 다음 차례인 타라를 깨웠다. 그러고는 잠자리로 가지 않고 보초를 서는 데까지 타라를 따라왔다.

타라는 로빈이 심각한 얘기를 꺼낼 것 같은 예감이 들어 가슴을 졸이면서 물었다.

"안 잘 거야?"

"응, 둘만 있을 때 얘기 좀 하려고. 타라, 왜 이러는데?"

타라는 하프엘프를 쳐다봤다. 몇 년 동안 인생의 중요한 부분을 함께한 잘생기고, 용감한 로빈.

타라는 지구인들이 엘프에 대해 갖는 이미지 때문에 선입견이 있다는 걸 미처 깨닫지 못했었다. 톨킨이 『반지의 제왕』 속 '중간계'에 사는 엘프 종족을 아름답고 강인한 너무나 완벽한 존재로 미화한 탓도 있었다. 타라의 눈에 로빈은 영웅이었다. 하지만 타라가 그렇게 본 것은 톨킨과 상관없이 로빈이 정말로 영웅다운 행동을 했기 때문이었다.

그런데 림보에서 있었던 일은 그 완벽한 이미지를 깨뜨렸다.

타라는 도저히 용납할 수가 없었다. 어떤 변명도 소용없었다.

로빈은 뭔가 좋지 않다는 걸 직감적으로 알았다. 엘프들은 육체적 관계를 대수롭지 않게 여기는 경향이 있었다. 엘프들에게는 샤워하거나 숨 쉬는 거나 다름없었다. 그래서 로빈은 타라의 마음이 멀어지는 이유를 전혀 알 수가 없었다.

오늘 밤에는 정말 이유를 알아낼 작정이었다. 로빈은 정면공격을 피해 돌려서 말하기로 했다.

"내가 실패한 후보자들의 책을 읽는 걸 보고 너는 뜻밖이라는 듯 깜짝 놀랐어. 내가 얼마나 너를 사랑하는지 알면서. 난 너와 살고 싶어. 너 없이는 숨 쉴 수 없다는 걸 너도 알잖아. 너는 내 목숨이고, 내가 존재하는 이유라는 걸 너도 알잖아, 타라."

타라는 애원하는 듯한 로빈의 목소리가 너무 싫었다. 어둠 속에서 로빈의 타원형 얼굴과 은빛 머리만 보였다. 하프엘프를 안심시키고 괜찮아질 거라고 말하려는 순간 타라는 갑자기 울화가 치밀어서 내뱉었다.

"제발 부탁인데 그런 식으로 말하지 마, 로빈. 상황을 더 힘들게 만들지 마." 타라의 뺨을 타고 눈물이 주르륵 흘러내렸다. "난…… 안 되겠어."

"뭐가 안 되는데?" 로빈이 물었다. "타라, 나한테 화나 있다는 거 알아. 유혹 주문에 대해서 내가 멍청하게 굴었어. 진정한 사랑이었는데 그걸 깨닫지 못하고 내가 바보같이 너를 거부했어. 질투에 사로잡혔고, 어리석었고, 편협했고, 완전히 바보였어. 하지만 타라, 나를 원망하지 않는다고 했잖아, 이해한다고 했잖아! 그리고……."

"악마랑 잤잖아!" 도저히 슬픔과 분노를 참을 수 없는 타라가 폭발했다. "어떻게…… 네가 어떻게 그런 짓을 저지를 수 있어! 그런 너를 어떻게 믿을 수 있겠어? 아무리 엘프들이 그렇다지만, 나라고 위장하면 아무 여자나 네 침대로 들어갈 수 있다는 건데!"

13

통신

어떻게 해야 잠깐이라도 외부 소식을 알 수 있을까

*

로빈은 따귀를 맞은 것처럼 비틀거렸다. 너무 충격이 커서 타라가 방금 한 말을 이해하는 데 시간이 걸렸다.

"뭐라고? 그래서 나를 원망하는 거야? 하지만 타라, 그 상황에서 네가 아니라는 걸 어떻게 알 수 있었겠어?"

타라는 의자에서 일어나 삿대질을 했다. 제정신이 아니었다. 그렇게 솔직히 말할 생각은 아니었는데……. 하지만 일단 내뱉고 나자 속이 후련했다. 그래서 이왕 시작했으니 끝까지 가보기로 했다.

"나는 그런 행동을 하지 않으니까! 나는 그런 여자가 아니라는 걸 정말 몰라서 그래? 더군다나 수백만의 악마들이 우리를 잡아먹고 이용할 생각밖에 없는 곳이었는데 그 짓을 한다는 게 말이 돼?"

또다시 충격을 받은 로빈이 뒤로 물러섰다.

"그런 여자가 아니라니. 어떻게 그런 말을? 타라, 어떻게……."

"그건 아주 중요한 문제야." 타라가 꾸짖듯 말했다. "우리 지구인들에게 '첫 경험'은 아주 중요해. 너희 엘프들에게는 코 푸는 것처럼 간단한 일이겠지만. 특히 우리 여자들에게는 아주 중요해. 그걸 문화 차이나 낡아빠진 가부장제의 문제라고 하면 어쩔 수 없지만."

로빈은 파랗게 질렸다. 전혀 생각도 못한 것이었다. 로빈에게 그 일은 악마들의 세계에서 일어난 좀 특별한 일화에 불과했다. 더군다나 지옥이라고 생각한 곳에서 천국에 있는 듯한 느낌이 들었기 때문에…….

"미안해…… 내가 잘못했어." 로빈이 주눅 들린 목소리로 말했다.

타라는 눈물을 닦았다.

"나도 미안해, 로빈."

그렇게 말하고 타라는 등을 돌리고 캠프 주위를 살피러 갔다. 로빈은 따라가지 않았다. 타라를 만나면서 배운 게 있다면 이런 때는 혼자 놔두는 것이었다.

갑자기 휘파람 소리가 나서 로빈은 소스라쳤다.

"잘못 시작했어." 왼쪽 무릎 높이에서 나는 목소리였다.

로빈이 코를 실룩이면서 냄새를 맡았다. 그렇게 감각이 예민한 로빈이 가까운 데 누가 있는 것도 몰랐다니. 타라 때문에 정신이 멍해지는 바람에 전혀 알아채지 못하고 있었다.

엎드리고 있던 칼이 일어났는데 얼굴이 까맣고, 머리와 옷도 시커메서 거의 보이지 않았다.

"너 여기서 뭐 하는 거야?"

"너희 둘이 하도 소리를 질러대서 무슨 일인지 보러 왔지. 그래가지고 잘 되겠냐?"

로빈은 머리를 긁적였다. 심한 두통이 일어나는 것 같았다. '그럼, 다 잘될 거야' 하고 대꾸할 생각이었는데 가슴속이 뜨거워지면서 자신도 놀랄 정도의 말을 내뱉었다.

"아니, 미치도록 사랑하는데 계속 상처만 주고 있어."

"그래도 여러 번 목숨을 구해줬는데 설마 조금 지나면 화가 풀리겠지." 칼이 어디선가 꺼낸 단도로 손톱을 다듬으면서 말했다.

"너보다는 아니지." 로빈이 차분하게 말을 받았다. "타라 덩컨을 구출하는 데는 네가 챔피언이잖아. 타라가 사랑하는 사람은 너야, 내가 아니라. 틀림없어."

칼은 너무 놀라서 하마터면 손을 벨 뻔했다.

"너 돌았냐? 마라가 쫓아다니는 것만으로도 지겨운 사람이야, 내가. 후계자는 나하고 안 맞아!"

칼은 잠시나마 로빈을 웃게 만드는 데 성공했다. 하지만 하프엘프는 이내 침울해졌다.

"타라와 이렇게 끝나는 건 아니겠지?"

칼은 단도를 집어넣으면서 고개를 끄덕였다.

"여자들과 사귀어본 내 경험으로 보면……."

로빈이 비웃는 눈초리로 쳐다보자 칼이 얼른 말을 바꿨다.

"알았어, 알았어. 여자들과 사귀어본 나의 아주 짧은 경험으로 보면 끝난 게 아니야. 타라가 좋아하는 사람들을 죽이지만 않으면 언제든 타라를 되찾을 수 있어. 너를 믿게 하는 것이 가장 중요하니까 끝까지 포기하지 말고 노력해봐."

칼의 말에 솔깃한 로빈은 후회할 말이라는 걸 알면서도 물었다.

"너라면 어떡하겠어? 이제는 나를 믿지 않는데 어떻게 타라를 설득하지?"

칼은 입술을 깨물면서 궁리를 했다.

"너희 엘프들은 토끼 같잖아."

"동물에 비유하는 건 이제 듣기만 해도 짜증이 나려고 해."로빈이 심드렁하게 말했다. "비둘기, 토끼…… 오, 끔찍한 벤드룩의 내장들이여! 너희들은 왜 자꾸 나를 동물에 비유하는데? 그리고 토끼는 또 뭐야? 타라도 언젠가 토끼 어쩌고 하더니."

칼은 빙긋이 웃었다.

"토끼는 엘프처럼 번식력이 장난이 아니거든. 그래서 '뜨거운 토끼'라고 하면 여자를 밝힌다는 뜻이야."

로빈은 격분했다.

"뭐라고? 그러니까 내가 여자를 밝힌다고? 타라가 나를 그렇게 생각한단 말이야? 말도 안 돼! 난 아무도 덮치지 않았어. 덮치고 싶었지만 안 그랬어. 발라를 덮친 적도 없어. 다른 엘프들은 오래전부터 그랬지만. 그것도 여러 번!"

"워워!"칼이 말했다. "설득해야 하는 사람은 내가 아냐! 그래서 말인데 내 생각에는 암호를 하나 정해놓는 게 좋을 것 같아. 너희 둘 중하나가 좀 너무 섹시할 때 신원을 확인하기 위한 암호를 미리 정하는 거야. 다정한 대화를 나눌 때 나올 가능성이 전혀 없는 단어로. 예를 들어서 '오이' 같은 것도 괜찮고."

하프엘프는 흐릿한 눈으로 칼을 쳐다봤다.

"오이?"

"응. 너희 둘의 대화가 아주 이상하게 흘러가지 않는 한 생뚱맞게 오이란 단어가 나올 일은 없을 테니까. 타라로 위장한 여자가 너를 유혹할 경우 암호를 물어보란 말이야. 여자가 오이라고 대답하면 타라가 맞는 거잖아. 여자가 다른 걸 말하면 악마가 유혹하는 것이고. 그리고 여자가 마음에 안 들면 나한테 보내. 내 마음에는 들지도 모르니까!"

로빈은 이맛살을 찌푸리고 있다가 천천히 말했다.

"괜찮은 생각 같은데 타라에게 암호 얘기를 해볼게. 누군가 내 모습으로 위장해서 타라에게 접근하는 일도 일어날 수 있으니까. 암호는 타라에게도 필요할 거야. 고마워, 칼."

"천만에. 물어보고 나한테도 알려줘. 타라의 반응을 알고 싶으니까. 타라가 내 생각을 어떻게 받아들일지 정말 궁금하단 말이야."

칼은 잠자리로 돌아갔다. 심심했는데 타라와 로빈 커플의 사랑싸움 때문에 즐거웠다. 좀 유치한 방법을 몇 가지 더 알려줄 수도 있지만 나 즐겁자고 너무 착한 친구의 혼란을 이용할 순 없었다.

다음 날 아침, 타라와 로빈의 초췌한 얼굴에 대해 모두 모른 척했다. 밤새 코를 드렁드렁 골던 모우르무르와 파프니르를 제외한 다른 친구들은 커플이 싸우는 소리를 들었기 때문이다.

로빈이 타라에게 오이에 대해 얘기할 기회를 잡지 못하자 칼은 몹시 실망했다. 파프니르는 실버와 연락이 되지 않는 것 때문에 투덜거렸다. 아더월드를 출발하기 전에 가능한 한 빨리 합류하라는 음성 메시지를 실버에게 남겼다. 하지만 아무 연락이 없었다. 지금은 이렇게 외부와 통신이 차단된 곳에서 오도가도 못하게 되었으니 실버가 오고 싶어도 합류할 방법이 아예 없었다. 슬루르크! 게다가 속 시원하게 한바탕 싸움이라도 하면 좋겠는데 그러지도 못해서 실버가 원망스럽기만 했다. 빌어먹을 아버지를 뒤쫓아가더라도 연락이라도 좀 하고 갈 것이지!

그들은 다시 걷기 시작했고, 하루에 수 킬로미터를 가야 하기 때문에 해 질 녘에 트란스미투스를 사용하기로 했다. 단조로운 풍경, 꽤 높은 기온, 약해지지 말고 전진해야 한다는 스트레스 때문일까. 대화가 거의 없었다.

무아노는 의견을 묻지도 않고 지구에 가서 문지기를 하기로 결정한 파브리스를 아직 원망하고 있었다. 파브리스는 무슨 말로 용서를 빌어야 할지 몰라서 잠자코 있었다. 불행한 로빈은 머릿속으로 수없이 사과의 말을 하면서 타라도 오이를 가장 적당한 암호로 생각할지 궁금했다.

모우르무르는 열심히 계산하고 있었고, 파프니르는 벨제부트와 정신적 느낌을 주고받으면서 고양이와 교감이 어느 정도까지 가능한지 시험했다. 칼은 트란스미투스를 사용하면 타라처럼 먹은 것을 전부 토해내는 건 아닐지 불안해하면서 속이 울렁거리는 이유가 뭔지 골똘히 생각했다. 평소와는 달리 그들 모두 입을 굳게 다물고 있어서 아주 조용했다. 미동도 않는 태양 아래 점심을 먹기 위해 행진을 멈췄을 때 갑자기 하늘이 흐려지더니 폭우가 쏟아졌다. 춥지 않기 때문에 계속 걸어가기로 했다. 불안한 눈초리로 하늘을 쳐다보던 타라는 입술을 핥아보고 짠물이 아니라는 걸 알고 일단 안심했다.

온종일 폭우가 내렸다. 칼은 트란스미투스 주문을 읊었다. 타라가 사용했을 때만큼 많이 이동하지 못했고, 걱정했던 대로 지독하게 메스꺼워서 한동안 얼굴빛이 시퍼렜다. 칼이 너무 가엾어 레파루스 주문을 날려준 무아노도 토해야 했다. 어두워질 무렵에는 다행히 마치 수도꼭지를 잠그듯 비가 그쳤다.

선견지명이 있는 칼이 마법복 주머니에 넣어온 장작으로 모닥불을 피웠다. 연기 때문에 멀리서도 눈에 띄겠지만 그들은 가까이 모여 앉을 필요를 느꼈다.

파프니르는 난쟁이들의 대표 음식 중 하나를 선보였다. 그런데 음식에 대한 친구들의 평이 신랄했다. 둥둥 떠 있는 건더기는 마치 먹는 사람을 노려보는 것 같다고 할까. 파브리스는 고깃덩어리가 깨물려고 했다면서 오만상을 찌푸렸다.

"음, 맛있다! 엄청, 엄청 맛있어!" 파프니르는 자기도 맛이 끔찍한지 호들갑을 떨었다.

"이렇게 지독하게 맛없는 건 처음 먹어본다." 무아노가 말했다. 평소에 그토록 예의가 바른데 노골적으로 말하다니…….

파프니르가 숟가락을 든 채로 눈이 동그래져서 쳐다보자 질겁한 무아노는 얼른 손으로 입을 막았다.

"아, 그래? 그 정도야?" 난쟁이는 좀 뜻밖이라는 얼굴로 말했다. "갬볼 가루가 좀 모자랐나……."

"무아노의 말이 맞아." 파브리스가 끼어들었다. "심하게 맛없어."

파브리스도 자신의 입에서 나온 말에 깜짝 놀라는 것 같았다.

난쟁이는 어깨를 으쓱했다. 전투라면 누구에게도 지지 않을 자신이 있지만, 음식 솜씨는 형편없다는 걸 알고 있었다. 그리고 실은 실버에게 이 음식을 만들어줘도 될지 알아보려고 시험해본 건데 친구들의 얼굴을 보면 이건 '영 아니올시다'였다.

칼이 접시를 멀찍이 밀어놓더니 눈살을 찌푸리면서 말했다.

"여기서는 이상한 일이 일어나고 있어. 무아노, 아까 지독하게 맛없다고 했을 때 정말 그렇게 말하고 싶었어? 평소의 너는 절대로 그런 식으로 말하지 않는데."

무아노의 눈빛이 흐려졌다.

"난쟁이들이 히플리아의 광산에서 즐겨 먹는 음식이라고 설명하려고 했어. 그런데 지독하게 맛없다는 말이 툭 튀어 나간 거야. 아무리 맛이 없어도 그렇게 솔직하게 말해본 적이 한 번도 없었는데."

로빈이 손가락 마디 꺾는 소리를 내면서 말했다.

"나도 그랬어! 지난밤에 칼에게 타라와 잘될 거라고 말하려고 했는데 입은 사실을 말하고 있더라고. 정말 이상하지 않아?"

그들은 주위를 둘러봤지만, 인공 달/태양 아래 광활하게 펼쳐진 초원에는 움직이는 것이라곤 없었다.

"빌어먹을 주문 때문인 것 같아." 칼이 갑자기 말을 빠르게 했다. "하늘은 노…… 파랗다. 이것 봐, 말을 빨리 하면 잘못 말할 수도 있는데."

그들은 진심을 표현하는 정도를 평가하는 방법에 대해 토론을 벌였다.

깊은 생각에 잠긴 모우르무르는 하늘을 향해 기구들을 휘두르고 있었다. 타라가 부탁한 것 중에서 하나는 이미 해결한 발명가는 이제 다른 것에 열중하면서 깜짝 놀라게 해줄 거라고 말했다. 아주 가벼운 흰색 막대기로 땅바닥에 뭔가를 그렸는데 정육면체였다.

타라는 사실이든 거짓말이든 개의치 않았다. 이제껏 친구들에게 거짓말을 하지 않았다. 친구들의 목숨을 구하는 일을 제외하고는. 아무튼 또 이런 암담한 상황에 친구들을 끌어들였다는 것 때문에 타라는 화를 간신히 억누르고 있었다. 여기서 시간을 보내는 동안은 마지스터와 싸우지 않아도 되니까 그 점은 나쁘지 않았다. 하지만 누구와도 연락이 안 되기 때문에 타라는 최악의 상황을 상상하고 있었다. 마지스터가 악마의 사물들을 이미 파괴해서 악마들에게 에너지를 공급했다면……?

그리고 어머니를 소생시키는 데 성공했다면?

그게 아니라 고모가 먼저 악마의 사물들을 파괴했다면……?

타라는 생각에 잠겨서 모닥불을 응시하고 있었다. 마음이 복잡했다. 어머니가 아버지 없이 혼자 사는 것보다는 아버지와 함께 비욘드월드에 있는 걸 더 행복해한다는 사실을 확인했다. 물론 이성적으로는 충분히 이해하면서도 감성적으로는 어머니가 많이 그리웠다. 따뜻한 포옹, 부드러운 속삭임, 어머니의 사랑이 그리웠다. 이기적이라는 걸 알지만 어쩔 수 없었다. 어머니를 다시 보고 싶었다.

갑자기 타라는 벌떡 일어나서 호주머니에서 돌멩이를 꺼냈다. 이상한 광채를 번쩍이는 흑요석 조각이었다. 악마들이 만든 경이로운 조각상 재판관이 이 돌멩이를 주면서 뭐라고 했더라? 위급한 상황에 죽은 마법사들의 영혼에게 꼭 하고 싶은 말이 있을 때 재판관을 부르라고 했는데……. 타라는 지금이 바로 그런 상황이라고 판단했다.

"재판관이여, 내 부모님을 나타나게 해주소서!" 타라는 흑요석 조각을 들고서 외쳤다. 느닷없이 주문을 외치는 소리에 친구들이 소스라쳤다.

흑요석이 진동하기 시작했다. 타라는 성난 벌 한 마리를 잡고 있는 것 같았다. 진동이 어찌나 심한지 손이 너무 아파서 놔야 할 정도였다. 그런데 흑요석이 바닥에 떨어지지 않고 공중에 떠 있는 상태로 윙윙거렸다.

질겁한 친구들이 뭐 하는 거냐고 물을 겨를도 없이 떡 벌어진 어깨에 쪽빛 눈의 금발 남자와 틀어 올린 갈색 머리에 금빛이 도는 초록색 눈의 여자가 나타났다. 타라는 숨을 죽였다. 아버지와 어머니! 저녁 식사 중이었는지 자기 그릇과 크리스털 잔 등의 근사한 식기 세트, 촛불로 로맨틱한 분위기를 연출한 식탁이 보였다.

평소와 달리 그 모든 것이 하트 모양의 핑크빛 구름에 올라앉은 모습이었다.

"아버지와 어머니가 정말 재회하셨구나!" 칼이 말했다. "럭셔리하고 로맨틱한 저녁 식사, 와우!"

타라는 대답하지 않고 부모를 뚫어져라 살폈다.

"아빠, 엄마! 휴, 고맙습니다, 아직 거기 계셔서!"

"사랑하는 내 딸!" 눈앞에 나타난 타라의 모습을 보면서 셀레나와 단비우가 동시에 외쳤다(셀레나는 옷이 흔들리는 느낌이 들어서 살피다가 재판관이 준 흑요석 조각이 진동하는 걸 알아차렸다).

그들의 목소리에서 불안이 느껴졌다. '우리 딸이 이번에는 또 무슨 일을 저질렀기에, 뭘 잘못했기에 우리를 찾은 걸까?'

"아직 거기 있냐니, 그게 무슨 말이니?" 눈살을 찌푸리면서 말하던 셀레나는 타라가 있는 주변을 살피면서 물었다. "타라, 너 지금 어디 있는 거니? 잘 지내는 거야?"

"아직 거기 계시냐고 한 것은 엄마가 아더월드로 돌아오셨을까 봐 걱정했기 때문이에요. 마지스터가 엄마의 시신을 훔쳐가더니 악마의 사물들을 손에 넣으려고 혈안이 되어 있어요. 사물의 힘으로 엄마를 소생시키겠다면서! 그리고 여기가 어디냐고요? 타공에서 수 킬로미터 떨어진 지하에 있는데 마지스터가 악마의 사물들을 빼돌리려고 하는 지각단층으로 접근할 방법이 전혀 없어요. 그래서 생각다 못해 엄마와 아빠를 부르기로 한 거예요. 재판관 덕분이죠. 어쨌든 엄마가 거기 계시다는 건 마지스터가 아직 성공하지 못했다는 거니까 정말 다행이에요."

타라는 얼마 전부터 이모텝 역의 마지스터와 아낙수나문 역의 셀레나가 리메이크하는 영화〈미라〉를 보는 느낌이 들었다(왕의 여자 아낙수나문과 사랑에 빠진 승정원 이모텝, 들통이 나자 도망가는 이모텝과 자결하는 아낙수나문. 부활시키기 위해 아낙수나문의 시신을 훔치는 이모텝…… 여기까지는 모티브가 흡사하다—옮긴이). 영화에서 '죽음은 시작일 뿐이다……'라고 했는데 현실에서는 어떨지 두고 보면 알겠지.

깜짝 놀란 셀레나가 벌떡 일어난 바람에 식탁 위의 물병과 잔이 빙그르르 돌았다.

"뭐? 뭐라고? 마지스터가 뭘 어쨌다고? 어머니와 틸이 내 시신을 지키고 있는 게 아니란 말이니?"

이런, 타라는 어머니가 그 사실을 모른다는 걸 깜빡 잊고 있었다.

지난번에 만났을 때는 타라도 마지스터가 시신을 훔쳐갔다는 걸 알기 전이었는데.

"네, 미안해요, 엄마. 틸은 엄마의 시신을 지키지 못했어요. 마지스터가 엄마의 시신이 손상되지 않도록 크리스털 의료 기기로 보존하고 있는데 순간이동 장치까지 설치해놨으리라고는 아무도 생각 못했거든요."

"그래서 그자가 내 시신을 훔쳐갔다고?" 셀레나는 분통을 터뜨렸다. "대체 나를 가만 내버려두는 날이 오기는 할까! 마지스터도 나에 대한 사랑이 유혹 주문 때문이라는 걸 알 거 아냐?"

"근데 그게……." 타라는 로빈을 힐끔 째려본 뒤에 말했다. "말 그대로 유혹 주문일 뿐이었어요. 세월이 많이 흘렀는데도 사랑에 빠져 있으면 정말 사랑하기 때문이니까 주문과는 아무 상관없는 거예요."

단비우와 셀레나는 시선을 교환했다. 그럼 10여 년이란 세월이 흘렀으니 마지스터의 사랑이 진정한 사랑이라는 건데……. 좋지 않은 소식이었다.

"그냥 주문 때문이었으면 좋았을걸." 셀레나가 내뱉었다.

"그러게요." 심적 고통이 심한 로빈이 맞장구를 쳤다.

칼은 반짝이는 눈으로 모두를 지켜보면서 속으로 말했다. 암만 생각해도 타라 덩컨은 딱 내 취향인데. 같이 있으면 심심할 일은 절대로 없을 테고!

"어떻게 해서든 내가 아더월드로 가서 놈을 죽여야겠다." 믿을 수 없는 소식에 단비우는 치미는 울화를 억누르면서 말했다. "놈이 이곳으로 오면 제압하기도 쉽고."

셀레나는 어깨를 으쓱하면서 근육질 가슴을 쑥 내미는 남편의 품에 안겼다. 그 모습에 무아노는 웃음이 나왔다. 파브리스도 미소를 지었다.

"당신의 어머니 엘세스에게 붙잡히지 않고 용케 아더월드로 돌아가는 데 성공하더라도 당신은 유령인데 뭘 어떻게 하려고요? 쫓아다니면서 소리라도 지르려고요?"

"아니." 단비우는 차분하게 말했다. "놈의 몸을 장악하여 실수인 것처럼 불구덩이에 넘어진 다음 지글지글 타기 시작하면서 놈이 살아날 가망이 전혀 없다는 확신이 들 때 나는 재빨리 놈의 몸에서 빠져나와야지."

타라는 침을 삼켰다. 아더월드 사람들이 고문과 죽음에 대해 거침없이 말할 때마다 타라는 충격을 받았다.

셀레나는 감탄하는 눈초리로 남편을 쳐다봤다.

"오! 드디어 감성적인 화가의 모습 속에 감춘 황제의 위상을 드러내는군요."

"그자가 나를 이렇게 만들었으니 원수를 갚을 때가 오길 기다리고 있었지. 놈은 나를 죽였어. 그래놓고서 의도적인 것이 아니었다고 말했지. 하지만 달라질 건 없어. 나는 죽었고, 따라서 원수를 갚지 않을 이유가 없어. 우리를 조용히 살게 내버려뒀다면 나도 이런 생각을 하지 않겠지만, 그렇지가 않으니……."

완전히 홀린 얼굴로 이들의 대화를 듣고 있던 모우르무르가 타라와 부모 사이에 오가는 말에서 뭔가를 알아내려는 듯 주섬주섬 몇 가지 기구를 꺼내놓았다.

그리고는 갑자기 머리를 마구 헝클어뜨려서 폭풍에 휩쓸린 새둥지보다 더 엉망이 되었다. 몸이 정말 있는 듯 단단해 보이는 두 유령의 주위를 절룩절룩 걸어 다니는 발명가의 얼굴이 심상치 않았다. 뭔가 폭발할 때의 얼굴이라고 할까. 모우르무르에게 폭발은 일상적인 일이지만.

"말도 안 돼! 비욘드월드와 바로 연결되다니! 돌 조각 두 개만 갖고! 마법과 과학의 법칙을 깨버리다니. 이건 있을 수 없는 일이야! 어여쁜 셀레나, 내가 질문할 게 정말 많은데……. 거긴 어떠니? 원하는 건 모두 할 수 있는 것 같은데 유령들은 왜 아더월드로 돌아오고 싶어하지? 재판관이 어떻게……."

"재판관이 어떻게 하든 알려고 하지 마라, 마구스." 갑자기 우렁차고 단호한 목소리가 말했다. "이 아이와 부모가 대화하게 놔두고, 아더월드와 비욘드월드를 바로 연결하는 비밀을 알아내려고 하지 마라. 아니면 지금 당장 저승으로 보내줄 테니까!"

아, 뭐 그렇게 사적인 대화도 아니건만…….

공포에 질려서 뒷걸음치던 모우르무르는 뒤에 있는 의자에 발이 걸리면서 뒤로 벌렁 나자빠졌다.

애도 아닌데, 외외종조부의 '어여쁜 셀레나'라는 표현이 거슬리는 셀레나가 단호하게 말했다.

"내 딸과 얘기하는 중인데 이런 식으로 계속 방해하시면 당장 지구로 달려가서 목덜미를 잡아 바다에 빠뜨릴 겁니다, 아시겠어요?"

"그리고 유령들은 비욘드월드에 있고, 산 사람들은 아더월드와 다른 행성에 있어야 한다. 단비우도 예외가 아니다. 비욘드월드를 떠날 생각을 하지 마라, 알았나? 산 사람들의 일은 산 사람들에게 맡겨. 간섭하는 것은 죽은 자들의 역할이 아니다!"

재판관과 같이 있을 때는 정직하게 행동해야 했다. 마지스터를 새카맣게 태워 죽일 수 없는 것이 유감스러운 아버지의 얼굴을 보면서 타라는 하마터면 웃을 뻔했다. 하지만 어머니는 너무 걱정이 되었다.

"죄송하지만 꼭 알아야 하는 것이 있습니다." 모우르무르는 간청하는 목소리로 말했다. "내가 바로 그 문제의 쓰레기통을 발명했던 사람입니다."

"뭐라고?" 재판관이 외쳤다.

"아내는…… 뭐라고 표현해야 할지 모르겠지만 우리가 사는 이 공간 안에 있는 평행우주 공간에 빠져 있습니다. 우선 보기에는 완전히 비어 있는 공간이죠. 아무것도 탐지하지 못했으니까요. 어느 날, 아내가 그곳에 내동댕이쳐진 겁니다, 본의 아니게. 아내는 내 실험실에 있었는데…… 내 발명품을 만지면 안 된다는 걸 잘 아는 사람이었어요. 그러니까 아내는 실수로 그만 쓰레기통 안으로 넘어진 게 틀림없습니다. 당시 상황을 정확하게는 모르지만."

모우르무르가 말을 이었다.

"아내에게 꼭 해야 할 말이 있습니다, 제발 부탁입니다. 재판관, 제발, 제발, 내 아내 하드라 덩컨을 만나게 해주세요."

재판관이 너무 오래 잠자코 있어서 거부하는 것이라고 생각할 때 갑자기 셀레나와 단비우 옆에 중년의 여자가 나타났다. 갈색 눈에 희끗희끗한 머리, 사랑스러운 얼굴의 여자는 군인처럼 부동자세를 취하고 있었다.

"내 사랑 모우르무르." 여자가 발명가에게 인사했다.

"오, 내 사랑, 얼마나 후회했는지 모르오. 나는······ 나는······."

"당신 잘못이 아니에요." 하드라는 냉정하게 말했다. "내가 스스로 택한 죽음이에요. 왜 그랬는지는 당신도 알고, 나도 알아요. 통증을 낫게 해줄 온갖 레파루스와 칼무스 주문을 사용했지만 낫지 않은 것······ 기억나죠? 샤먼들도 가망이 없다고 했잖아요. 그것은 나 같은 군인에게는 도저히 견딜 수 없는 일이었죠. 그래서 통증이 없는 빠른 죽음을 선택한 거예요. 나는 소용돌이 쓰레기통에 빨려 들어서 죽었어요. 내 육신은 공간 속에 영원히 보존되어 있어요. 하지만 당신의 말은 틀렸어요. 평행우주 공간이 아니라 우리 세계의 가장 깊숙한 공간, 태양과 행성에서 아주 멀리 떨어져 있어서 기온이 절대영도에 이르고, 공간을 데워주는 것이라곤 아무것도 없는 곳이죠. 묘지로는 가장 완벽한 곳이기 때문에 나는 아주 만족해요. 당신에게 고맙다는 말을 하고 싶어요. 그 쓰레기통은 타이밍이 아주 좋았어요."

아! 설에 따르면 모우르무르가 발명한 쓰레기통을 사용하다 소용돌이에 빨려 들어간 사람은 누나 마젠티(마니투의 아내)였는데 사실은 그의 아내 하드라였던 것이다! 게다가 방금 한 말은 자발적으로 소용돌이 쓰레기통에 빨려 들어갔다는 것이 아닌가.

하드라가 몸을 숙이고 유령의 손으로 모우르무르의 얼굴을 쓰다듬었다. 그 모습에서 남편에 대한 사랑을 느낄 수 있었다.

"인생을 다시 시작해요, 내 사랑. 이건 명령이에요! 내가 죽은 걸 받아들이고 다시 사랑하면서 행복하게 살아야 해요. 다시 만날 날이 있겠죠, 그럼 안녕!"

252

모우르무르가 찢어지는 가슴으로 무슨 말을 덧붙일 겨를도 없이 하드라는 사라졌다. 모우르무르는 사라진 유령을 향해 내밀고 있던 손을 힘없이 내리고, 눈물이 그렁그렁해서 털썩 주저앉았다. 무아노도 눈물을 글썽이며 발명가의 어깨를 잡고 위로해주었다.

"선생님이 뭘 하면 안 된다는 걸 이제는 모두 알았어요." 칼이 목멘 소리로 말했다. "그럼 이 함정을 어떻게 빠져나갈 수 있는지 누가 알려주죠? 재판관께서 알려주실 건가요?"

칼은 사람들의 머릿속을 읽고 진실을 꿰뚫는 재판관이 마음에 들지 않았다. 하지만 도와줄 수 있는 존재는 재판관밖에 없었다.

"대답하기 전에 주의를 주겠다." 재판관이 못마땅한 어조로 말했다. "마지스터가 악마의 사물들을 파괴하게 놔두지 마라. 악마들이 너무 강해질 것이고, 너희의 세계와 악마들의 세계는 난폭해질 것이다. 난폭한 걸 싫어하지 않지만, 그럼 내가 할 일이 너무 많아진다는 뜻이다."

재판관이 마치 피곤한 것처럼 한숨을 쉬었다. 공포에 질려서 머리가 멍한 타라는 돌 조각상이 어떻게 피곤할 수 있는지 의문이 들었다. 그리고 자신의 예상이 맞았다는 걸 알고 소름이 끼쳤다. 전대미문의 가장 위험한 작전을 꾸미고 있는 타라에게 재판관이 힘을 실어준 것이다.

하지만 타라의 생각에 의문을 갖고 있던 무아노가 끼어들었다.

"왜요? 악마의 사물들에 축적되어 있는 영혼은 수백만에 불과해요. 아르칸즈는 행성을 지구처럼 만들기 위해 수십억의 악마들을 희생시켰어요. 그런 아르칸즈가 그까짓 수백만의 영혼이 돌아온다고 해서 얼마나 더 강력해지겠어요?"

"5000년 전에 축적된 힘은 아르칸즈가 죽인 악마들의 돌연변이 몸뚱이에서 얻는 힘보다 훨씬 완벽하다. 옛날 영혼 백만의 힘은 새로운 영혼 십억의 힘에 해당하기 때문이다. 다시 말해서 힘이 백 배로 센 것이다."

칼은 조그맣게 휘파람을 불었다.

"맙소사!" 칼이 혼잣말하듯 중얼거리다 목소리를 높였다. "그럼 정말 위급한 상황인데 서둘러야 해요. 마지스터가 악마의 사물들을 파괴하지 못하게 막으려면 우선 여길 나가서 지각단층으로 빨리 가야 하는데 어떻게 해야 됩니까?"

"맙소사! 나는 너희들의 세계에서 일어나는 일을 도와줄 수 없다. 그곳에 진실의 주문과 마법을 방해하는 주문이 걸려 있는 것이 느껴진다. 물론 내 마법은 제외하고(재판관의 목소리에서 흡족해하는 억양이 느껴졌다). 목적지에 이르려면 걸어가는 수밖에……."

칼이 유감스러운 듯한 신음소리를 냈다.

"……또는." 재판관이 말을 이었다. "최고 마구스가 발명하고 있는 기계를 이용하라."

실의에 빠져 있던 모우르무르가 너무 강한 빛으로부터 보호하려는 듯 눈을 찡그리면서 얼굴을 닦은 뒤에 일어났다.

"오, 끔찍한 벤드룩의 내장이여! 그걸 어떻게……."

"나는 다 안다." 재판관이 거드럭거리는 목소리로 대답했다. "그리고 신들을 부르면서 맹세하는 일은 삼가야 한다. 이따금 그들이 들으면……."

말끝이 길게 늘어지는 목소리가 먼 곳으로 가는 것처럼 점점 희미해졌다.

"…… 응답하니까……."

깜짝 놀란 타라는 벌리고 있던 입을 다물었다. 잠시 후, 타라가 말하려는 순간 칼이 빨랐다.

"슬루르크! 진실 주문에 걸려 있을 줄 알았어! 거짓말할 수가 없는 것이 이상하더라니!"

타라의 부모는 말없이 다정한 눈길로 딸을 쳐다보고 있었다.

"타라." 셀레나가 말했다. "다른 사람들처럼 평범하게 살 수 있는 날이 반드시 올 거야. 이 모든 건 마지스터가 사라지는 즉시 끝날 거야. 알았지, 타라? 선택하느냐 마느냐 그런 문제가 아니라 어쩔 수 없는 일이야."

아, 그건 타라도 잘 알고 있었다. 어머니가 방금 철천지원수를 죽이라고 허락한 것이다. 다시 말해 비욘드월드로 보내라는 것이었다. 하지만 아더월드인들은 지구인들이 사람을 죽이지 않는다는 걸 모르고 있었다. 물론 몇몇 야만인이나 정신병자, 권력에 굶주린 인간들을 제외하고. 그런데 타라는 미치광이 부류에 속하지 않았다. 그리고 아더월드에서 몇 년을 보냈지만 타라는 자신을 지구인이라고 생각하고 있었다.

그렇지만 마지스터와 싸울 때는 자신의 목숨, 가족과 친구들의 목숨을 지키기 위해 전력을 다해야 했고, 참지 않기로 했다. 악연을 끊고 종지부를 찍어야 하기 때문에.

"네, 엄마, 알아요." 타라는 차분하게 대답했다.

아버지가 고개를 끄덕였다. 비욘드월드에 그 더러운 코빼기를 보이는 날, 마지스터는 제대로 임자를 만나는 것이었다. 단비우는 입을 꾹 다물었지만 놈의 머리를 어딘가에 감춰버리고 몸뚱이가 머리를 찾으러 다니게 만들 생각을 굳히고 있었다.

단비우는 복수심에 불타는 분노를 꾹꾹 눌러야 했다.

친구들은 타라가 부모와 사적인 이야기를 할 수 있도록 멀찍이 떨어지면서 눈치 없는 파프니르와 모우르무르의 팔을 잡아끌었다.

친구들의 배려 덕분에 타라는 아버지, 어머니와 조용히 이야기할 수 있었다. 부모는 자르와 마라의 안부를 묻고 아더월드에 무슨 일이 있는지 물었다. 타라가 갑자기 나이를 건너뛰는 바람에 이제 곧 열여덟 살이 될 거라고 말하자 셀레나보다 단비우가 더 걱정했다.

그리고 고모가 양위를 제안했다는 말을 덧붙이자 단비우는 거의 경악하는 얼굴이었다.

"리스베스 누님이?" 단비우는 서너 번 더 반복했다. "리스베스 누님이?"

"네 아빠가 굉장히 충격을 받은 모양이다." 셀레나가 재미있어했다. "하긴 그 매서운 누님이 권력을 포기할 줄이야. 그건 정말 상상도 할 수 없는 일이지. 권력을 조금 내려놓는 것도 아니고 황위를 양위한다고 했으니 멍할 수밖에!"

셀레나와 타라는 웃음 지었다. 오랜만에 어머니와 얘기를 나누면서 기분이 좋아진 타라는 눈빛이 반짝이고 얼굴이 환해졌다. 그렇게 밝은 모습을 멀리서 지켜보는 로빈은 그동안 타라를 너무 마음 아프게 한 것 같아 괴로웠다.

"그리고 고모에게 구혼자가 생겼어요." 타라가 짓궂게 덧붙였다.

충격을 받은 단비우의 눈빛이 흐려졌다.

"설마?" 셀레나의 눈이 동그래졌다.

"사실이에요. 먼 친척인 바리우스 덩컨이니까 아빠도 알 거예요."

단비우는 이맛살을 찌푸렸다.

"배반자? 빌랭의 용병? 하지만 여제에 비하면 한낱 남작에 지나지 않아. 거의 평민이나 다름없어서 그럴 수는 없는……."

단비우의 눈이 셀레나의 번득이는 시선과 마주쳤다.

"뭘 그럴 수는 없어요?" 셀레나의 목소리는 냉랭했다. "당신 집안과 우리 집안의 결합이 처음도 아닌데. 평민……? 나도 평민인데! 그게 문제가 되나요?"

"아니, 그럴 리가." 갑자기 겁이 덜컥 난 단비우가 재빨리 말했다. "바리우스 덩컨, 그래, 아주 좋은 남자지. 능력도 있고, 자형으로 손색이 없어."

"흥……." 셀레나가 새침한 얼굴로 콧방귀를 뀌었다.

셀레나는 여전히 하트 모양의 핑크빛 구름에 올라탄 상태로 타라를 향해 몸을 숙였다.

"타라, 사나흘에 한 번씩은 우리에게 소식을 전해주렴. 아직도 나를 위해 네가 싸워야 하다니 걱정이 많이 되는구나."

"오로지 엄마를 위해 싸우는 건 아니에요." 타라는 솔직하게 말했다. "엄마의 시신을 찾아오기 위해 최선을 다하는 것은 곧 우리 세계 전체를 위해 싸우는 것이기도 하니까요."

그들은 마지못해서 헤어졌다. 타라는 조심하겠다고 약속했고, 서로에게 큰 도움을 줄 수 없지만 안심시켰다. 부모의 유령이 사라지고 혼자 버려진 느낌이 들 때 친구들이 타라를 에워싸면서 따뜻하게 위로해주었다.

한 시간쯤 후, 로빈은 타라와 단둘이 얘기할 기회를 잡았다. 타라는 긴장을 풀고 편안한 얼굴로 하프엘프가 하는 말을 들어주었다.

"뭐, 오이?"

"응, 오이." 로빈이 되뇌었다. "어떻게 생각해? 그러면 어느 누가 너처럼 위장해도 절대로 속는 일이 없을 텐데, 괜찮은 생각 아냐?"

웃음도 나오고 놀랍기도 한 타라는 정색을 하고 로빈을 쳐다봤다.

"이 웃기는 암호는 네가 생각한 거야?"

로빈은 거짓말하고 싶었지만 불가능했다.

"아니, 칼의 생각이야."

"그럴 줄 알았어. 로빈, 암호가 오이든 아니든, 나는 지금 네가 악마와 잤다는 사실을 참는 것도 힘들어. 그러니까 오이 얘기는 나중에 다시 하자."

"멍청한 짓을 했다는 거 알아." 로빈이 한숨을 내쉬면서 타라를 끌어안았다. "타라, 내가 단념하지 않으리라는 거 알지?"

타라는 아까부터 터져 나오려는 웃음을 참느라고 대답할 수가 없었다. 로빈은 타라가 아직은 화나 있어서 대답하지 않는 거라고 생각하고 놓아주었다.

그리고 나서 실수를 저질렀다. 로빈은 느닷없이 타라를 다시 포옹하면서 열렬하게 키스했다.

갑자기 로빈은 타라의 몸이 변하는 걸 느꼈다. 몸이 커져 있었다.

로빈은 눈을 뜨다가…… 2미터쯤 뒷걸음치다 넘어져서 엉금엉금 기어서 물러났다.

검은 여왕에게 키스를 하고 있었다니. 얼음장같이 차가운 얼굴, 시커먼 불빛이 이글거리는 눈, 검은색 갑옷의 여왕이 로빈을 흥미롭다는 듯 쳐다보고 있었다.

"냠냠." 검은 여왕이 입맛을 다셨다. "이 몸뚱이를 완전히 장악하는 날 너는 맛있는 간식이 될 거야. 하지만 그날까지는 이 계집애가 너의 키스를 원하지 않을 것 같단 말이지. 나를 불러내는 걸 보면. 엄청나게 화가 났다는 얘기지."

검은 여왕이 살벌한 미소를 흘렸다.

"또 보게 될 거야, 나의 토끼!"

검은 여왕이 사라졌다. 타라의 몸이 다시 변했고, 갑옷이 없어지자 체인지라인이 으르렁거리면서 재빨리 반바지에 쇠사슬 갑옷 티셔츠를 입혔다.

맥박이 빨라지면서 심장이 쿵쿵 뛰는 하프엘프는 타라가 검은 여왕 뒤로 피할 정도로 자신에게 화나 있다는 것이 믿어지지 않았다.

"왜 그래? 무슨 일 있었어?" 타라가 약간 당황한 얼굴로 물었다.

"네가 검은 여왕을 불러냈어. 그래서 내가 검은 여왕에게 키스를 했다고!"

로빈은 입술을 닦고 싶은 마음을 억지로 참고 있었다. 왜 이렇게 어이없는 상황이 계속되지? 로빈은 정말 미칠 것 같았다.

"뭘 했다고?"

"타라 너에게 키스를 하는데 펑! 하면서 네가 정신병자 킬러로 변해버렸어!"

타라는 하얗게 질렸다.

"내가 그런 게 아니잖아?"

로빈은 일어나서 흙을 털었다.

"그래, 알아. 정말 얼마나 놀라고 무서웠는지 몰라. 아주 끔찍했어.
그 정도로 네가 나한테 화나 있을 줄은 생각도 못했어. 하지만 걱정
마 타라. 앞으로는 네 허락 없이 키스하지 않을게."

로빈은 주뼛거리다 타라의 이마에 입맞춤을 한 뒤에 돌아섰다. 얼
떨떨한 타라는 멍하니 서 있었다.

"휴, 너 이제 화나면 너무 무섭다." 오른발 쪽에서 목소리가 속삭였다.

타라는 소스라쳤다. 시커멓게 입은 칼이 타라 앞에 나타났다. 염탐
하기 위해 수풀 속을 기어 다니는 것에 재미를 붙인 것 같았다. 타라
는 한숨을 내쉬었다.

"정말 일부러 그런 게 아냐. 불쌍한 로빈. 내가 로빈과 키스를 하고
있는데 아르칸즈로 변했다고 생각해봐! 나라도 질겁했을 거야."

"흠."

"내가 왜 그랬는지 모르겠어."

"흠, 흠."

"야아, 흠 말고 다른 거 없어?"

"어머, 어머. 그러니까 오이 얘기가 마음에 안 든다고?"

둘은 서로 쳐다보다 웃음을 터뜨렸다.

"오이……. 칼…… 넌 정말 못 말리는 애야!" 타라는 너무 웃다가
딸꾹질까지 했다.

칼이 손을 들자 타라는 손바닥을 마주 쳐주었다. 둘은 미소를 지었다.

"근데 말이야, 남자와 키스할 때마다 검은 여왕으로 변해버리면 너에게 남자들이 아예 접근하지 않을 수도 있겠어. 그러면 암호를 사용할 필요도 없는 거잖아." 칼이 지적했다.

타라는 한숨지었다.

"검은 여왕은…… 뭐랄까. 내 영혼의 가장 사악한 모습일지도 몰라. 나의 일부라고 봐야지. 검은 여왕은 로빈에게 벌을 주기로 작정한 것 같아. 아주 가혹할 정도로. 나는 누구에게도 그렇게 하지 못하지만, 검은 여왕은 달라."

"그걸 뭐라고 하더라? 아! 다중인격장애. 타라! 너 그런 정신분열증세가 있다고 말하는 건 아니지?"

"이건 정신병이 아니라 마법 때문에 생긴 일이야. 아직까지는 나도 통제할 수 없어서 무슨 짓을 할지 몰라. 계속 이런 식이면 정상적인 연애는 절대 할 수 없겠지."

어쨌든 감히 아무나 접근하지 못할 거라면서 친구를 위로하는데 칼의 표정이 아주 밝았다(이건 뭐지, 위로하는 거 맞나? 하는 얼굴로 타라는 눈살을 찌푸렸다). 그러고는 순찰을 돌기 위해 멀어져 갔다. 칼이 불침번을 설 차례였다.

칼은 이상한 생각이 들었다. 타라가 검은 여왕을 두려워하지 않는 것 같았다.

의문이 들었다. 타라가 잘못 생각하고 있는 거 아닐까? 검은 여왕을 타라의 일부라고 볼 수 있을까? 절친의 몸을 완전히 장악하고도 남을 정도로 아주 위험한 존재로 보였다. 타라에게 몸을 절대로 돌려주지 않으려고 할 텐데.

오락가락하던 비가 그쳤다. 칼이 무슨 걱정을 하는지 전혀 알아차리지 못한 타라는 마냥 행복했다. 모든 게 잘될 거야. 부모님이 나를 사랑해주고, 나도 부모님을 사랑하고, 나는 친구들을 사랑하고, 친구들도 나를 사랑하잖아. 머지않아 지각단층에 이를 것이고, 마지스터만 없애버리면 살기 좋은 세상이 될 거야.

다음 날 아침 일어났을 때 타라 일행은 포위되어 있었다.

수많은 동물에게.

14

전설의 아마존족

새로운 친구인지, 새로운 적인지
어떻게 알아낼 수 있을까

*

동물들이 아주 멀지도, 아주 가깝지도 않은 적당한 거리에서 키 높은 풀숲에 보이지 않게 숨어 있었던 것이다. 태양이 환해지자 당연히 동물들의 모습이 드러났다. 호랑이, 사자, 곰, 늑대, 흰족제비, 족제비, 흰담비, 여우, 오소리, 고양이, 표범, 수달, 퓨마……. 갈퀴발톱과 송곳니가 무시무시한 포식동물들이었다.

파브리스는 동물들을 발견하기 전에 이미 냄새를 맡았다. 콧구멍이 벌름벌름하면서 신호를 보냈다.

하지만 너무 늦었다.

동물 떼가 소리 없이 전진해왔다. 타라는 체인지라인에게 갑옷을 부탁했다.

'도움이 필요한가, 귀여운 계집애?' 검은 여왕이 머릿속에서 조롱하듯 물었다.

'꺼져버려!' 타라는 정신적으로 응수했다. '당신 따위 필요하지 않아!'

검은 여왕의 소리 없는 웃음에 타라는 소름이 끼쳤다. 로빈은 릴란드릴의 활을 잡고 동물들을 향해 화살을 겨누었다. 파프니르는 양손에 도끼를 뽑아 들었고, 무아노와 파브리스는 야수와 늑대로 변신했다. 유전자와 관련된 변형이지 마법을 사용하는 것이 아니라서 속이 울렁거릴 일은 없었다. 야수와 늑대가 위협적인 모습으로 앞에 나섰다.

"와우!" 동물 뒤쪽에서 목소리가 말했다. "코울투크 보믈마 톨크루크?"

혀 차는 소리가 많이 나는 언어였다. 타라는 한마디도 이해하지 못했지만 그 감탄조로 미루어 대충 추측했다. '와우, 쟤들 좀 봐!'

타라는 트라둑투스 주문을 날린 다음, 구토증이 올라오자 이를 악물었다. 그러고는 조심스럽게 트라둑투스의 범위를 넓히면서 모우르무르와 친구들은 동물 뒤쪽 사람들의 말을 알아듣게 하되, 저쪽에서는 아더월드의 말을 이해하지 못하게 했다.

푸르스름한 마법의 힘에 놀란 공격자들이 울창한 풀숲에서 방금 일어난 말에 올라탔다. 칼과 파브리스, 로빈과 모우르무르는 눈이 휘둥그레졌다.

여자들이었다. 키가 작은 여자, 키가 큰 여자, 뚱뚱한 여자, 날씬한 여자, 못생긴 여자, 예쁘장한 여자. 여자들이 동물 뒤에서 포위하고 있었다. 칼은 또다시 깜짝 놀랐다. 여자들 때문이 아니었다.

동물들 때문이었다.

모두 금빛 눈이었다.

"오, 발라보르의 수염21이여! 패밀리어들이잖아!"

하지만 있을 수 없는 일이었다. 패밀리어가 너무 많았다. 적어도 여자의 수보다 두세 배는 많은 것 같았다.

게다가 평범한 여자들이 아니라 전사들이었다. 더운 날씨 때문에 옷차림은 간단하지만 모두 활과 창으로 무장하고 있었다. 하지만 공격적으로 보이지는 않았다.

이쪽에서 공격했다면 여자들이 가차 없이 반격했겠지만, 아무도 움직이지 않자 여자들도 공격하지 않았다.

갑자기 원으로 둘러싸고 있던 동물들이 저마다 영혼의 동반자들 주위로 모여들었다.

그 광경에 타라와 친구들은 아연실색했다.

한 사람이 여러 마리의 패밀리어를 거느리다니!

파브리스는 충격을 받았다. 바룬의 죽음으로 얼마나 고통스러웠는데…… 눈이 믿어지지 않고 무릎이 후들거려 땅바닥에 주저앉았다.

키가 큰 늑대인간이 주저앉은 모습에 여전사들이 깜짝 놀랐는지

· · · · · · · · · · · · · · ·

21. 충치가 있는 제과의 신 젤리소르와의 내기(무슨 내기였는지는 아무도 기억하지 못한다) 에서 진 발라보르는 수염이 자라는 대로 내버려두어야 했다. 신은 아주 오랫동안 살기 때문에 수염이 아주아주 길었다. 그런데 어찌나 길게 자랐는지 방 안에 다 들여놓지 못할 정도여서 수염은 골칫거리가 되었다. 잠자는 동안 수염에 목이 졸려서 죽을 뻔했던 날, 발라보르의 아내는 면도하라고 아무리 사정해도 들어주지 않자 집을 나가기 직전 불을 질렀지만 불행히도 수염은 몇 미터밖에 줄지 않았다.

술렁거렸는데 트라둑투스 덕분에 이번에는 무슨 말인지 알아들을 수 있었다.

"왜 저러지?"

"모르겠어. 피곤한가?"

"인간 모습은 아주 잘생겼어. 이왕이면 내 앞에서 주저앉지!"

"쟤들이 오래 저러고 있을까요? 안 되는데……. 활을 당기고 있는 게 지겨워지기 시작했어요. 아이, 피곤해!"

땋아 늘인 희끗희끗한 머리, 강철색 눈의 나이 지긋한 부인이 나타나서 뭐라고 지시를 내렸다. 젊은 여전사들이 안도하면서 활을 내렸다. 사슴 가죽을 걸친 부인은 다른 여자들과는 달리 햇볕에 그을린 팔의 근육이 드러나는 타이츠 같은 티셔츠에 바지를 입고 있었다. 타라는 예순 살쯤으로 추정했는데 나이치고는 움직임이 날렵했다.

이윽고 나이 든 부인이 타라 일행을 향해 돌아섰다.

"너희는 동물들을 공격하지 않았다." 부인이 흥미롭다는 얼굴로 말했다. "너희들이 좀 전에 트라둑투스를 날렸으니까 우리가 하는 말을 알아들을 거라고 생각한다."

로빈이 깜짝 놀라서 활을 내렸다. 파프니르도 도끼들을 치웠다. 무아노 역시 원래의 모습으로 돌아왔지만, 타라는 갑옷을 그대로 입은 채 경계를 늦추지 않았다. 웬일로 모우르무르가 무리를 대표해서 앞으로 나갔다.

"그대의 마법이 빛나기를!" 모우르무르는 아더월드의 의례적인 인사말을 했다.

"응답하는 인사말이 있는데…… 기억이 안 나는군." 부인이 공손하게 대답하면서 땋은 머리를 뒤로 넘겼다. "아! '그대의 망치가 맑은 소리로 울리기를!' 이게 아닌가?"

"그건 난쟁이들의 인사말입니다. 난쟁이들을 만난 적이 있었나 보 군요. '그대의 마법이 세상을 지켜주길!' 이제 기억납니까?"

"아, 그런데 여기서는 마법을 사용하면 속이 안 좋기 때문에 삼가 고 있으니까 이렇게 답하겠다. '너의 마법으로 먹은 것을 전부 토해 내지 않기를!' 아틀란티스에 온 걸 환영한다!"

아더월드인들과는 달리 지구에서 자란 타라와 파브리스는 동시에 반응을 보였다. 전설의 섬 아틀란티스에 와 있다는 건가? 타라는 지 난번에 왔을 때와 너무 달라 이상했지만 의문을 제기할 엄두가 나지 않았다. 활로 무장한 이들에게 포위되어 있는 마당에. 더군다나 아틀 란티스에 산다는데 어떻게 감히 잘못이라고 말할 수 있겠는가.

모우르무르는 천연덕스럽게 인사하면서 물었다.

"그런데 왜 우리를 포위했습니까? 나쁜 짓을 하지 않는데요. 우 리는 공간이동의 문으로 가는 길을 찾는 여행객들일 뿐입니다."

완전히 거짓말은 아니기 때문에 진실 주문이 작용하지 않았다. 여 행 중인 것도 맞고, 공간이동의 문을 찾는 것도 맞으니까.

"이미 알아차렸겠지만 여기서는 진실이 아니면 들통이 나기 마련 인데 '여행객'이란 말은 일단 통과되었다. 너희가 위험한 존재들인 지 확인하기 위해 우리 동물들에게 지켜보게 했는데 어제저녁까지는 너희 정체를 평가하기가 좀 힘들었다. 그런데 죽은 마법사들의 유령 과 대화하는 걸 보면서…… 이상한 느낌이 들었다."

많은 여자들 앞에서 침을 흘리지 않으려고 애를 쓰면서 칼이 끼어들었다.

"실례지만 여러분은 누구세요?"

부인이 빙긋이 웃는데 자부심이 느껴지는 환한 미소였다.

"우리는 아마존족이다."

지구인들인 타라와 파브리스나 들어봤을 전설의 아마존족!

"나 알아, 아마존족!" 파브리스가 말했다.

"아, 그래?" 여자들이 옷을 조금만 입고 있어서 마음에 쏙 드는 칼이 속삭였다. "저 여자들에 대해 아주 많이 알고 싶은데."

부인이 호기심이 동한 얼굴로 파브리스를 쳐다봤다.

"아, 그런가? 우리 아마존족에 대해 알고 있는 걸 말해봐. 이들을 포위하라! 옐로우 분대는 삼분의 일만 남고 모두 말에서 내려! 지금 당장!"

아마존족 여전사들이 현란한 동작으로 단번에 뛰어내리자 말들은 유유히 풀을 뜯어 먹기 시작했다. 팔뚝에 노란색 표시가 있는 여자들 삼분의 일만 말에 앉아 있는데 아주 용맹해 보였다.

파브리스는 침을 삼키면서 본모습으로 돌아왔다. 늑대인간의 모습으로 말하는 것이 불편하기 때문이었다. 이윽고 부인이 고갯짓을 하자 파브리스는 이야기를 시작했다.

"영웅 헤라클레스의 과업 중 하나는 펜데실레이아의 여동생 히폴리테가 가지고 있던 허리띠를 훔쳐 온 것이었죠. 히폴리테는 트로이

의 왕 프리아모스 편에서 아가멤논의 군대와 싸운 아마존의 여왕이
었어요."

"전쟁 이야기야?" 싸웠다는 말에 솔깃해진 파프니르가 관심을 보
였다.

"응." 타라가 미소를 지으면서 대답했다. "사랑 이야기도 있고."

난쟁이는 얼굴을 찌푸렸다. 아, 사랑 이야기에는 별로 관심이 없는
것이 확연했다.

"불륜의 사랑 얘기야." 파브리스가 말했다. "트로이의 왕 프리아모
스의 아들 파리스가 메넬라오스(스파르타의 왕)의 아름다운 아내 헬
레네를 납치하면서 전쟁이 시작되었지. 헤라, 아테나, 아프로디테가
미의 경합을 벌였는데 심판을 맡은 파리스가 황금사과를 아프로디테
에게 주었고, 그 대가로 아프로디테는 지구에서 가장 아름다운 헬레
네와의 사랑을 허락했거든."

"그만 됐어." 칼이 심드렁하게 말했다. "무슨 말인지 하나도 모르
겠는데. 그리고 황금사과는 또 뭐야? 배라면 몰라도."

"배?"

"벨 엘렌 배 디저트[22]라고 있잖아!"

"칼!"

"또 뭐어? 아이스크림을 무지 좋아해서 그러는데."

어이없어하는 파브리스를 보면서 타라는 웃음을 꾹 참고 말했다.

"황금사과는 펠레우스(아킬레우스의 아버지)와 테티스(바다의 여

....

22. 지구에서 이름난 벨 엘렌(belle Hélène)배 디저트인데 아더월드에서도 수입해서 즐겨
  먹는다. 구운 배나 배 시럽에 바닐라 아이스크림과 뜨거운 초콜릿, 크림을 얹은 것이다.

신)의 결혼식에 불화의 여신 에리스를 초대하지 않아서 생긴 일화야. 화가 난 에리스는 장난을 치기로 작정하고 '가장 아름다운 여신에게'라고 쓴 황금사과를 향연장에 참석한 제우스 앞의 식탁에 떨어뜨렸지."

"아하!" 영리한 칼이 대충 짐작이 간다는 얼굴을 했다.

"여신들이 서로 황금사과를 가지려고 하는 바람에 '가장 아름다운 여신'을 뽑을 수밖에 없게 됐지. 그러자 난처해진 제우스는 날마다 봐야 하는 여신들과 등지는 일을 만들지 않으려고 한 인간에게 그 심판을 맡겼어. 사랑의 여신 아프로디테, 최고의 여신 헤라, 전쟁의 여신 아테나. 이렇게 세 여신이 뽑혔는데 누가 더 아름다운지 결정하기 불가능할 뿐만 아니라 제우스로서는 아내 헤라와 딸 아테나 중에서 누구를 고르기가 난처했기 때문이지."

"파리스는 트로이의 왕자였지만 트로이 멸망의 원인이 될 거란 태몽 때문에 왕위 계승 서열에서 완전히 밀려나 있었지." 파브리스가 말을 이었다. "불길한 태몽 때문에 양치기들의 손에서 자란 파리스가 가장 아름다운 여신을 심판하게 될 줄이야."

"양들과 대화를 나누며 살아온 사람은 교활함과는 거리가 먼데……." 칼이 재미있다는 얼굴로 말했다. "잘못된 선택을 한 게 뻔하군."

"파리스가 선택한 미의 기준에 대해서는 누구도 알 길이 없어." 타라가 솔직하게 말했다. "다만 헤라는 권력과 명예를, 아테나는 뛰어난 지혜를, 아프로디테는 지구에서 가장 아름다운 여자의 사랑을 주겠다고 했지. 그런데 아프로디테는 교활하게도 가장 아름다운 여자가 기혼녀라는 말은 하지 않았어. 아프로디테가 원한 대로 파리스와 헬레네는 사랑에 빠졌고, 파리스는 헬레네를 납치해서 트로이로 도망쳤지. 그러자 헬레네의 남편인 스파르타의 메넬라오스와 그리스군 총사령관 아가멤논이 트로이를 공격하면서 전쟁이 시작된 거야. 이때 아마존족이 트로이군과 함께 싸웠지만 패했고, 트로이는 멸망했지. 트로이의 왕 프리아모스, 파리스, 다른 이들도 모두 전사했어. 예지력이 있는 프리아모스 왕의 딸 카산드라가 경고했지만 아무도 귀담아듣지 않았으니. 호메로스는 『일리아드』와 『오디세이』에서 율리시스(오디세우스)의 모험을 통해 이 전쟁을 다루고 있어."

타라가 아마존족의 개입을 상기시켰을 때 뻣뻣해지던 부인이 덧붙여 말했다.

"우리 아마존족의 작은 무리가 실수로 아틀란티스 밖으로 나갔는데 살아갈 방법도 돌아올 방법도 없었다. 그래서 먹고살기 위해 용병이 되었고, 2년에 걸친 긴 전쟁으로 그들 모두 사망했다고 들었다. 그리고 트로이의 목마! 트로이 사람들이 똑똑했다면 그렇게 커다란 목마 안에 아무도 없는지 확인도 하지 않고 들여보내지 않았을 텐데!"

타라와 파브리스는 고개를 끄덕였다. 그들도 그 부분이 이상하다고 생각했었다.

"고대 문명에 대한 이야기 아주 잘 들었어." 칼이 지적했다. "근데 우리 아직 아침도 안 먹었잖아. 솔직히 내가 갖고 있는 비축 식량으로는 여기 있는 사람 모두가 먹기에 턱없이 부족한데. 이제 우리가 적이 아니라는 것이 밝혀졌는데 어떡할까요?"

부인은 빙긋이 웃으면서 눈을 지그시 감았다.

"너희가 적이 아니라고 누가 그래?"

타라 일행은 긴장하면서 경계 자세를 취했다. 하지만 잠시 침묵한 뒤에 부인이 미소를 지었다.

"너희들이 우리가 지키는 악마의 사물들에 접근한다면 적이 될 수 있다. 아마존족은 지구를 지키고, 지킴이들은 물을 지키고, 심판관들은 공기를 지키고 있다."

칼이 말하려고 하자 이 무리에서 가장 영리한 소년이라는 걸 이미 눈치챈 부인이 선수를 쳤다.

"불을 지키는 지킴이는 없다."

부인은 지킴이에 대한 말이 나오자 소스라치는 타라를 뚫어져라 쳐다보면서 말했다.

"지킴이들을 만난 적이 있구나. 이곳에서는 거짓말이 불가능하다. 지킴이들을 어떻게 만났나? 그런데 아직 살아 있다니, 불가능하다!"

부인은 '불가능'이라는 말을 엄청 좋아하는 모양이었다. 칼은 타라를 향해 씨익, 미소를 지어 보였다. 거만하고 자신만만한 부인도 머지않아 타라에게는 '불가능'이란 말이 해당되지 않는다는 걸 알게 되겠지.

"네, 신전에서 지킴이들을 만났어요." 타라는 마지못해서 대답했다. "실루르의 옥좌를 파괴했던 사람이 나예요."

칼이 피식 웃을 때 새파랗게 질린 부인이 뒷걸음쳤다.

"직계 후손!" 그제야 데미데루스의 혈통을 나타내는 그 유명한 흰 머리털을 알아본 부인이 목멘 소리로 말했다. "직계 후손이 무슨 일로 여기에? 오, 젤리소르의 충치여! 누군지 알겠습니다! 타라 덩컨 부여제!"

맙소사, 벌써 '부여제'에 대해 알고 있단 말인가? 타라는 그다음에 이어지는 검은 여왕에 대해서는 소문이 나지 않았기를 진심으로 바랐다. 검은 여왕으로 변한 타라에게 체포령이 내려졌다는……. 하지만 부인은 신경 쓸 일이 많아서 거기까지는 모르는 것 같았다.

절망이 느껴지는 얼굴로 부인이 덧붙였다.

"오랜 세월의 임무를 면해주려고 악마의 사물들을 파괴하러 오신 겁니까?"

부인의 목소리에서 불안한 음색을 듣지 않았다면 타라는 대답해주지 않았을 것이다. 아마존족이든 아니든, 이 부인이 친구인지 잠정적 적인지도 어차피 모르는 상황인데. 하지만 부인이 왜 불안해하는지 이유를 알아야 하기 때문에 타라는 솔직하게 대답해주기로 했다.

"아니에요. 나는 파괴를 막으러 온 거예요."

"슬루르크!" 한 여자가 중얼거렸다. "인사해야지, 라우라!"

옆에 있는 갈색 머리 여자가 인상을 썼다.

부인이 어찌나 느닷없이 지시를 내리는지 타라는 움찔했다.

"전사들이여, 주군이 오셨으니 위장술 종결! 2소대, 빨리 빨리! 1소대, 시작!"

순식간이었다. 짐승 가죽을 걸친 차림으로 전략에 따라 여기저기 배치되어 있던 여전사들이 '고탄성률의 고강도' 섬유 케블라로 만든 방탄조끼와 철모까지 쓴 군복에 기관총으로 완전 무장하는 사이에 주위의 수풀에서 또 한 무리의 여전사들이 나타났다. 이윽고 무표정한 얼굴에 싸늘한 눈빛, 땋아 늘인 희끗희끗한 머리, 풀밭과 같은 초록색 얼룩무늬 갑옷 차림의 부인이 철모를 벗더니 가슴에 주먹을 대는 것으로 경례를 붙였다. 어? 오무아 군대와 같은 방식의 경례였다.

"오무아 군대 블랙 섹션의 사령관 히글 5, 보고드립니다. 폐하! 분부받겠습니다, 폐하!"

좀 전까지만 해도 고대 문명 속의 아마존족, 창과 활로 무장한 여전사들과 있었는데 한순간에 미국 SF드라마 〈배틀스타 갤럭티카〉에 나오는 것 같은 군대를 만나고 있다니.

"근데……." 타라는 무슨 말을 해야 할지 몰랐다.

"지령에 따른 위장술이었습니다, 폐하!" 히글 5가 또다시 고함을 질렀다. **"침입자들에게 수준이 낮고 무지하고 약한 군대를 상대하는 것으로 믿게 하려는 것입니다, 폐하!"**

"근데…… 타라." 칼이 능청을 떨었다. "그라옥스*처럼 소리 지르지 말고 좀 작게 하라고 말해주면 정말 고맙겠는데."

"응." 생각에 잠긴 타라는 기계적으로 대꾸했다. "편하게 말하면 좋겠는데요. 사령관, 쉬어!"

히글 5는 즉시 뻣뻣한 자세를 풀고 정상적으로 말했다.

"그럼 말씀드리겠습니다."

"그렇게 해요."

"불행히도 장거리 트란스미투스는 불가능하지만, 풀밭 전용 허브[herve]글라이더를 이용하면 며칠 걸리지 않아서 목적지까지 갈 수 있습니다, 폐하."

"아, 허브글라이더……." 타라가 말했다. "그런 게 있다면 꽤 쓸모 있겠군요."

주위에 지켜주는 전사들이 이렇게 많은데…… 타라는 갑옷을 사라지게 했다.

멋진 아마존 사령관에게 홀딱 반한 모우르무르가 말했다.

"그런데 아까는 왜 인사말을 틀리게 한 겁니까?"

"그것도 위장술입니다." 사령관이 공손하게 대답했다. "위험하지 않다는 확신이 들 때까지는 아더월드의 관습을 모르는 체해야 합니다." 사령관이 타라를 보면서 말했다. "폐하, 지각단층을 통해서 가면 악마의 사물들이 있는 신전으로 곧장 갈 수 있는데 왜 이쪽으로 오셨습니까? 여긴 멀리 떨어진 곳입니다."

"알아요." 타라는 한숨을 내쉬었다. "내가 사연이 좀 있어서요. 내가 어디인가로 좀 가려고 하면 전 세계가 합세해서 막으니……."

사령관은 눈살을 찌푸렸지만 아무 말도 하지 않았다. 타라가 방금 한 말은 '전 세계가 무기이고, 그 무기가 나를 겨누고 있다'는 식의 피해망상증 발언인데……. 사령관은 꺼림칙했다.

칼이 아침 식사 얘기를 꺼냈기 때문에 아마존 여군들이 고기와 치즈, 과일을 가져와서 식탁을 차렸다. 칼이 휘파람을 불었다.

"와우! 좀 더 일찍 오지 그랬어요? 어제 우리가 야영할 때 왔으면 좋았을 텐데."

"칼!" 무아노가 소리쳤다.

"또 뭐? 얼마나 신속한지 봐! 대단하잖아! 그래도 이해가 안 되는 것들이 있어서 설명을 듣고 싶어요." 칼이 사령관을 향해 빙그르르 돌면서 물었다.

"질문을 받겠다!"

칼이 오만상을 찌푸리면서 귀를 만지작거렸다.

"제발, 10센티미터도 안 되는 바로 코앞에서 그렇게 소리를 질러대시면 내 고막이 터진답니다. 지금껏 여기에 군대가 있다는 얘기를 들어본 적이 없어요. 나는 물론이고 내 어머니도 면허 받은 도둑이라서 우리 집은 정말 소식통이라고 할 수 있는데……."

칼은 말을 중단했다가 아주 심각한 얼굴로 결론을 내렸다.

"그런데 어떤 정보도 들은 적이 없어요. 전혀. 그래서 석연치가 않아요."

사령관이 심호흡을 하자 칼이 얼른 손가락으로 위협했다.

"아니, 살살 말해요. 또 그라옥스처럼 소리 지르려고 한다는 걸 눈치챘다고요."

사령관은 보일 듯 말 듯 고개를 약간 까딱하면서 눈곱만큼의 미소를 머금었다. 아더월드 사람들은 그리 영악한 편이 못 되기 때문에 평소에는 고지식한 사령관보다 아마존족의 거친 캐릭터로 행동하고 있었다.

"우리 블랙 섹션은 비밀정보국에 속해 있다. 신병의 복무 기간은 10년이고, 2년마다 교대를 하지. 여길 나가는 즉시 민투스 주문이 작동하기 때문에 기억이 지워지고, 다시 돌아오면 기억이 살아나게 되어 있다. 장교들은 교대 기간이 더 길고, 복무 기간도 훨씬 길다. 나는 세 번째 돌아왔고 50년 동안 복무하고 있다."

칼이 놀란 얼굴로 눈썹을 꿈틀거렸다.

"그렇게 오랫동안!"

사령관은 어깨를 으쓱했다.

"보수도 후하고, 먹는 것도 풍족하고, 비교적 대우가 좋은 직업이다. 여기서 길을 잃고 헤매는 사람들이 많은데 의도적으로 오는 자들도 있지. 그래서 오무아 제국은 아틀란티스를 지켜야만 한다. 최고 마구스 데미데루스의 명에 따라 여제가 개인 재산으로 전사들의 급료와 경비를 지불한다. 여제 이외에는 아무도 모르기 때문에 압력을 가하는 사람이라곤 없다. 다른 나라들도 전혀 모른다. 모두가 악마의 사물들을 지키는 것은 지킴이들밖에 없다고 생각한다."

"와우." 칼이 진지한 얼굴로 말했다. "그러니까 일종의 연출이네요."

"그렇다."

"그렇게 해서 5000년이나 비밀을 지켜왔다고요?"

"그렇다."

"정말 대단하세요."

"고맙다."

칼이 준 초콜릿 빵을 먹으며 듣고 있던 타라는 불현듯 오무아 제국의 비자금에 대해 알아볼 필요가 있다는 생각이 들었다. 세상에, 5000년 동안이나 비밀이 새 나가지 않다니!

"타라!" 칼이 외쳤다. "이번에도 네가 이 많은 사람들을 끔찍한 노예 생활에서 해방시킬 수 있을지 모르겠다."

"하하! 글쎄."

사령관은 잠자코 있지만 눈빛으로 보아 칼이 무슨 말을 하는지 전혀 이해하지 못한 것 같았다.

"언제부터 우리를 미행했죠?" 타라는 아마존족을 전혀 눈치채지 못한 것이 너무 이상해서 물었다.

"어제저녁에야 발견했습니다. 계속 정찰하고 있지만 워낙 넓은 땅이라서……. 폐하를 대번에 알아보지 못한 것을 용서하십시오."

타라는 이맛살을 찌푸렸다. 오늘 아침은 체면이 말이 아니었다. 어둠 속에 모닥불을 피워놨으니 좀 떨어진 거리라도 주의를 기울였다면 묶여 있는 말들을 알아볼 수 있었으련만. 그리고 사령관도 위장술을 하기 바빠서 제국의 부여제라는 걸 알아차릴 수 없었던 것이다.

"죄송한데요." 파브리스가 물었다. "왜 이 부대에는…… 여자만 있죠?"

얘가 뭐라는 거야? 사령관이 쳐다봤다.

"특별한 이유는 없다. 여자들끼리 일하는 걸 좋아하는 부대도 존재하니까. 우리 여군들은 남자들이 주의가 산만하다고 생각한다."

"하하하!" 넉살 좋은 칼이 웃었다. "파브리스, 너 무슨 이상한 상상을 한 거지?"

파브리스는 눈을 흘겼지만 아무 말도 하지 않았다. 아더월드에서는 육체적 힘보다 마법에 의존하기 때문에 남자가 특별히 여자보다 힘이 세지 않다는 걸 자꾸 잊어버렸다. 그래서 여자로만 구성된 부대를 보고 걱정했는데 그야말로 쓸데없는 생각이었다.

"그럼 남자로만 구성된 부대도 있나요? 남자 부대도 아마존이라고 부르지는 않겠죠?"

사령관이 놀란 얼굴로 쳐다봤다.

"블랙 섹션은 특별히 남자나 여자를 가리키는 게 아니라 우리 부대의 명칭일 뿐이야."

"하지만 아마존은 여성형이니까 남성형이 되면……."

파브리스는 설명이 뒤죽박죽이 되고 말았다. 사령관은 파브리스가 무슨 뜻으로 하는 말인지 알아차렸다.

"그래, 여성형과 남성형을 구분하는 언어가 있다는 거 알아. 그런데 우리는 그렇지 않아. 아마존은 중성이거든. 트라둑투스는 여성형으로 통역했겠지만."

아, 통역의 문제! 프랑스어가 몸에 밴 탓이었다. 파브리스는 마법을 싫어하는 파프니르의 마음을 이해할 것 같았다. 이젠 정말 시간이 갈수록 마법이 싫어졌다. 그래서 자신에게 가장 중요한 문제였던 패밀리어에 대해 단도직입적으로 물었다.

"패밀리어가…… 여럿이에요." 파브리스는 어물어물 말하면서 사령관 뒤에서 똘똘한 눈으로 지켜보는 호랑이와 치타 두 마리를 가리켰다.

"그게 왜?"

"불가능한 일이라고 생각했어요."

"불가능한 일이지." 사령관이 짤막하게 대답했다.

"그런데 어떻게?"

"유변동."

"네?"

"유변동, 유전자변형동물이거든. 게다가 우리는 지구를 지키는 정예군이다. 우리도 유전적으로 변형되었기 때문에 보통 인간보다 강하고 빠르고 유연하지. 마법을 사용하지 않아도. 하지만 우리의 약점은 패밀리어야. 패밀리어가 죽으면 절망에 빠지니까."

히글 5는 파브리스의 눈빛을 알아봤다.

"이미 경험했나, 그런 건가? 눈빛을 보면 안다."

파브리스가 고개를 끄덕이는데 울컥해서 까만 눈에 눈물이 글썽였다.

"네, 나의 패밀리어 바룬은 블루 매머드였어요."

"미안하다." 히글 5가 나직하게 말했다.

"괜찮습니다." 감정을 억제하면서 파브리스도 말을 받았다.

"따라서 그런 단점을 일시적으로 대처하기 위해 우리는 전사들에게 하나가 아니라 여러 마리의 패밀리어를 결합시키기로 했지. 패밀리어가 여럿이면 그만큼 결합이 약해지지만 그중 한 마리가 죽어도 동반자에게 미치는 영향이 작아지니까."

히글 5가 머리를 쓰다듬어주자 호랑이는 하얀 송곳니를 드러내면서 늘어지게 하품을 했다.

그런데 히글 5가 뜻밖의 말을 덧붙였다.

"내 패밀리어 한 마리를 줄 수도 있는데?"

15
대이동

매머드 떼가 지나갈 위험이 있는 곳에서
깔려 죽지 않으려면
수면제를 삼가는 것이 좋은데

*

파브리스는 목소리가 나오지 않았고, 매직갱과 모우르무르도 어안
이 벙벙했다.

"뭐라고 하셨어요?" 금발의 지구 소년이 외쳤다.

파브리스는 목소리를 가다듬기 위해 헛기침을 하고 진지하게 다시
물었다.

"뭐라고 하셨어요?"

"지금으로서는 초극비 프로그램이라 여러 패밀리어를 드러낼 수
는 없다. 호랑이 티그레는 내가 여길 나갈 때도 데리고 가는 알파 패
밀리어니까 안 되지만, 치타 두 마리, 플루토와 플루타르는 말하자면
베타 패밀리어이지. 플루타르를 줄 수 있다. 정찰을 지켜워하는 중인
데다(사령관이 몸을 숙이고 파브리스에게 나직하게 말했다) 좀 게으

른 녀석이라서."

파브리스는 눈물이 핑 돌았다. 감격한 파프니르는 친구의 등을 토닥였다. 몇 분 동안이었지만 벨제부트를 잃고 죽을 것같이 고통스러웠던 걸 생각하면 친구의 심정을 이해할 수 있었다.

"고맙습니다." 파브리스는 울컥했다. "그렇게 마음을 써주셔서…… 하지만 사양하겠습니다. 바룬을 잃었을 때 너무 괴로웠기 때문에 다시 시작하고 싶지 않아요."

"그렇다면 할 수 없고." 사령관이 담담하게 대꾸했다. "폐하, 이제 어떡하실 겁니까?"

"가능한 한 빨리 공간이동의 문으로 가야 해요, 사령관." 타라는 단호하게 말했다. "지금 떠날 수 있을까요?"

사령관은 고개를 끄덕였고, 몇 분 사이에 짐을 꾸리고 떠날 채비를 끝냈다. 그들은 약간 떨어진 곳에 떠 있는 허브글라이더에 올랐다. 사령관은 일부 부하들을 데리고 여제, 아니 부여제를 해치는 일이 일어나지 않는지 확인하기 위해 타라 일행과 동행하고, 말에 오른 아마존 여군들은 남아서 계속 정찰하기로 했다.

타라는 극도로 불안했다. 사령관은 아더월드에 무슨 일이 있었는지 전혀 모르는 것 같았다. 리스베스 여제는 타라에게 체포령을 내렸다는 사실을 아직 아틀란티스에 알리지 않은 것이 틀림없었다. 그래서 히글 5가 타라를 부여제로 수행할 것이 아니라 감옥으로 데려가야 한다는 걸 알아차릴 때까지는 믿고 도움을 받아도 되었다. 타라는 슬며시 한숨을 내쉬었다. 가능한 한 늦게 알기를 바라는 수밖에. 여기서 마법을 사용했다가는 먹은 것을 다 토해야 하기 때문에 사령관의 도움이 절대적으로 필요했다.

초원에서 빠르게 이동하려면 풀밭 전용 허브글라이더도 꼭 필요했다. 초록색 얼룩무늬로 위장한, 검 모양의 기구들은 유리창이 닫히자마자 광활한 초원 위를 둥둥 떠서 속력을 냈다. 정말 효과적이었다.

무아노는 빠른 속도 때문에 헝클어지지 않게 긴 머리를 묶으면서 지적했다.

"칼의 말이 맞았어. 억압받는 사람들을 해방시키고, 그 과정에서 두세 명의 폭군을 죽이는 일이 생겨야 하는데, 싸울 일이 없으니까 오히려 이상해!"

"무슨 소리!" 타라가 반박했다. "늑대인간들 말고는 다른 종족을 해방시킨 적 없어. 그리고 우리가 살려고 발버둥치다가 그렇게 된 걸 너도 잘 알면서!"

"쯧쯧." 무아노가 눈을 반짝이면서 말했다. "타라! 너한테는 '영웅 신드롬'이 있어. 반디우 대군이 노예로 만든 땅신령들을 풀어줬던 거 잊었어? 살테렌스 광산의 노예들도 해방시켰잖아. 아더월드를 여섯 번이나 구했어. 특히 드래곤들의 침략을 막았던 건 어쩌고! 그리고 늑대인간들을 구해주는 정도가 아니라 금지된 대륙 전체를 해방시켰어. 지금도 악마들로부터 우리를 지키기 위해 목숨을 걸고 싸우려는 거잖아. 네 가족과 조국을 위해, 그리고 네가 정의라고 생각하는 것을 이루기 위해. 그래서 너에게 영웅 신드롬이 있다고 말하는 거야."

타라는 친구에게 미소를 지어 보이면서 대꾸했다.

"그렇게 말하면 너도 마찬가지지! 우리 친구들 모두 함께 위험을 무릅썼는데. 칼과 로빈은 이해할 수 있어. 파프니르도 싸움이라면 무조건 뛰어드는 아이니까 못하게 막을 수 없었다고 쳐. 하지만 무아노 너는 전사가 아니잖아. 나 때문에 이렇게 걸핏하면 위험에 빠지는데 짜증 나지 않아?"

"너 때문이 아니라 상황 때문이야." 무아노는 진지하게 대답했다. "아주 골치 아픈 사건들이 자꾸 일어나니까 너도 뛰어들 수밖에 없는 거지 네가 일부러 그러는 게 아니잖아. 그리고 너는 어미 오리와 같아. 그래서 우리는 너를 졸졸 따라다니는 거고."

"잠깐, 너 방금 나를 오리에 비유했어?"

"응." 무아노는 태연하게 대답했다.

둘은 마주 보고 깔깔대고 웃었다. 타라가 반지 조각의 독 때문에 병석에 누워 있었고, 온갖 사건사고 때문에 한동안 즐거운 시간을 함께하지 못했는데 얼마 만에 이렇게 얘기하면서 편하게 웃어보는 건지.

저녁이 되자 야영을 했고, 사령관이 데려온 요리사의 솜씨가 훌륭하다는 걸 알고 모두 기뻐했다. 저녁을 맛있게 먹은 다음 그들은 불가에 둘러앉았다. 사령관이 이곳의 자연환경에 대해 설명해주었다. 이 초원에는 아주 높다고 할 수 없는 일종의 천장이 있는 셈이라서 산은 존재하지 않지만, 거대한 숲과 낮은 언덕이 있고, 데미데루스가 변화를 주고 싶었는지 장소에 따라 기후가 달랐다.

원래 서식하는 지구의 동식물에 유전자 변이를 실시했는데 동물의 종류를 제한했기 때문에 온갖 동물이 살지는 않았다. 블루룹스, 타오르미, 사카트, 브르리르, 드래코-티라노사우루스, 크라크덴트, 샤트릭스 등의 아더월드 괴물들이 없다는 걸 알고 타라는 안심했다.

"하지만 동물을 못 봤는데요." 파브리스가 불쑥 지적했다. "물론 패밀리어들을 제외하고요."

파브리스는 부러운 눈초리로 사령관의 호랑이와 치타를 쳐다봤다.

사령관 히글 5는 재미있다는 표정을 지었다. 입꼬리가 적어도 0.5밀리미터 올라갔다는 것은 미소가 틀림없었다. 사령관이 손으로 호랑이를 가리키면서 말했다.

"호랑이에게 주문을 날려봐."

"네?"

"내 패밀리어 티그레에게 주문을 날려보라고. 쓰러뜨리는 것도 좋고 아무것이나 해봐, 상관없으니까."

파브리스는 이맛살을 찡그렸다. 마법을 사용하면 어떻게 되는지 아는데……. 더군다나 여자들 앞에서 먹은 걸 다 토하고 싶지 않았다.

"어서 해봐, 아무 일 없을 테니까 걱정하지 말고. 데미데루스께서 우리는 동물들로부터, 동물은 우리로부터 자신을 지킬 수 있도록 신경을 써주셨거든."

파브리스는 구시렁거리면서 조심스럽게 호랑이에게 마비시키는 주문을 날렸다. 하지만 호랑이는 태연하게 아가리를 쩍 벌리고 하품을 했다.

마법의 광선이 호랑이를 맞고 튕겨 나가다니! 잠시 후 호랑이의 몸이 푸르스름한 빛에 휩싸였다. 호랑이는 아무렇지 않은 듯 평온하게 드러누웠다.

파브리스는 어이가 없는 얼굴로 손을 쳐다봤다. 자신의 마법이 약한 건 알지만 그래도 이 정도는 아니었는데.

"그렇게 놀랄 것 없다." 히글 5가 재미있다는 얼굴로 설명했다. "데미데루스께서는 마법으로 동물을 잡는 것은 부당하다고 생각해 동물을 보호하기로 결정하셨다. 그래서 우리는 물리적인 방법으로만 동물을 잡아야 해. 물론 그렇게 현명한 데미데루스도 전쟁 무기가 얼마나 발달할지는 예상하지 못하셨지. 동물을 잡는 데 마법을 사용할 필요는 없으니까. 아무튼 우리는 아더월드를 구해준 데미데루스의 뜻을 존중하기 위해 동물을 잡겠다고 마법을 사용하지 않아."

"하지만 내가 이해가 안 되는 건 동물의 냄새가 전혀 나지 않는다는 거예요." 파브리스가 말했다. "늑대인간의 후각은 인간의 후각보다 훨씬 예민한데 아무 냄새도 맡지 못했어요. 이건 정상이 아니에요."

"이곳의 동물들은 영악해지는 걸 배웠다. 우리 패밀리어들은 보통 포식동물보다 훨씬 영리하고 빠르고 유능해서 위장술도 아주 놀라울 정도지. 냄새나 색깔, 활동으로는 탐지하기가 어려워. 하지만 동물이 아주 많다는 건 사실이다. 아주, 아주 큰놈들이고."

파브리스는 믿지 않는다는 뜻으로 어깨를 으쓱했다. 그러고는 늑대인간의 후각은 동물의 후각에 인간의 뇌까지 합세해서 느낌을 분석하기 때문에 훨씬 섬세하다고 주장했다. 그래서 동물은 없다고 확신한다고 말하는 순간이었다.

파브리스는 소스라쳤다. 바로 눈앞에서 뭔가가 휙, 지나가는 것이 아닌가. 분명히 털 달린 짐승이었다.

"실례하겠습니다." 파브리스가 사령관에게 말하고는 늑대로 변신해서 달려 나갔다.

"기다려!" 사령관이 외쳤다.

하지만 파브리스는 개의치 않고 전속력으로 내달렸다. 냄새가 나지 않는 것은 정말 놀라웠다. 아니, 어쩌나 감지하기 힘든지 열 번은 낌새도 못 채고 지나칠 정도로 아주 아주 옅은 냄새가 났다. 파브리스는 동물의 흔적을 놓치지 않으려고 땅바닥에 코를 들이대고 미친 듯이 냄새를 맡았지만 정체를 알 수 없었다.

그래서 파브리스는 덫을 보지 못했다.

그리고 구덩이에 빠지고 말았다.

구덩이에는 날카로운 못이 잔뜩 박힌 널빤지가 놓여 있었다. 동물이든 인간이든 수많은 못에 찔렸다면 살아남을 수 없는 상황이었다. 파브리스는 무참히 찔렸지만, 세포를 태우는 유일한 금속인 은을 사용해야만 죽일 수 있는 늑대인간이기에 목숨을 보존할 수 있었다.

못 박힌 나뭇조각들이 파브리스의 몸을 관통해 장기들이 심각하게 손상되었다. 끔찍한 고통에 파브리스는 비명을 질렀다. 이렇게 나비처럼 박제가 된 상태에서, 더군다나 늑대의 발로는 피가 묻어서 미끄러운 못을 뽑을 수 없었다.

누군가가 이름을 소리쳐 부르지만 파브리스는 대답할 수가 없었다. 무아노가 제일 먼저 달려왔다. 초고감도 청각이 파브리스의 비명을 감지하는 즉시 야수로 변했다.

어둠 속이라 무슨 일이 일어났는지 보이지 않지만 무아노는 피 냄새를 맡았다.

아주 많은 피. 못이 삐죽삐죽 박혀 있어서 크게 다칠 수도 있다는 걸 전혀 모른 채 무아노가 구덩이로 뛰어내리려고 할 때 불쑥 하얀 머리통이 나타났다. 빨리 따라오기 위해 뱀파이어가 즐기는 하얀 늑대로 변신한 타라였다. 어두운 곳에서 시력이 더 좋은 늑대의 주맹증 덕분에 타라는 날카로운 못들이 아주 잘 보였다.

타라는 늑대의 아가리로 무아노의 발을 물고 뛰어내리지 못하게 막았다. 무아노가 하얀 송곳니를 힐끔 쳐다보고는 반항하지 않자 타라는 야수의 발을 놓아주고 재빨리 본모습으로 돌아왔다.

"진정해. 못이 많이 박혀 있어서 너도 다친단 말이야. 나한테 맡겨, 무아노."

타라가 주문을 읊자 마법이 파브리스의 몸에 박힌 못을 모조리 절단한 다음 위로 올렸다.

타라는 파브리스를 무아노 앞에 조심스럽게 내려놓고는 토하기 위해 부리나케 뛰어갔다.

야수는 인간보다 행동이 너무 거칠어서 못들을 확 뽑으면 파브리스가 몹시 고통스러워할 텐데……. 그리고 강력한 레파루스로 응급 조치를 취하려면 인간의 몸이어야 했다. 따라서 기절시키는 수밖에 없었다. 무아노는 하는 수 없이 단단한 주먹이 되게 날카로운 갈퀴발톱들을 오므렸다. 그러고는 주먹으로 결정적인 한 방을 날려서 파브리스를 기절시켰다.

바로 그 순간 칼과 친구들이 도착했다.

무아노가 날린 주먹에 쓰러진 파브리스를 보면서 칼이 외쳤다.

"와우! 얘가 또 무슨 짓을……."

그제야 파브리스의 몸에 박힌 못과 피를 보면서 칼은 목이 메었다.

"오, 아더월드의 신들이여! 이게 어떻게 된 거야?"

무아노는 대답하지 않았다. 재생 능력이 빠른 파브리스는 어느새 상처가 아물고 있어서 살에 박힌 못을 힘껏 잡아당기자 쑥 빠졌다. 의식이 없는 상태인데도 파브리스는 신음소리를 냈다. 그사이에 도착한 허브글라이더들이 무아노와 파브리스를 도와주기 위해 헤드라이트를 비춰주었다. 무아노는 또 하나의 못을 뽑는 중이라서 고갯짓으로 고마움을 표시했다. 여군들이 빙 둘러서서 유심히 지켜봤다.

마지막으로 파브리스의 몸에 깊이 박힌 네 개의 못을 다 뽑는 데 몇 분이 걸렸다. 그 일이 끝나자 무아노는 파브리스를 길게 눕혀놓고서 뼈마디 소리가 날 정도로 빠진 어깨를 맞췄다. 그리고 비뚤어진 상태로 아무는 중인 다리를 다시 부러뜨린 다음 똑바로 붙였다. 무아노는 강력한 레파루스 주문을 날리고는 토하기 위해 어둠 속으로 미친 듯이 뛰어갔다.

두려움을 모르는 여군들조차 놀랐다는 듯 한마디씩 했다.

"봤어? 늑대인간들이 해방되었다는 말만 들었지 한 번도 본 적이 없는데……. 저렇게 다쳤는데 늑대인간이니까 견뎌내는 거야."

"아무튼 우리보다 훨씬 세. 우리가 덫에 빠졌으면 죽었을 거야!"

"훌륭한 샤먼이 있는데 불러야겠다." 히글 5가 말했다.

이때 표범을 데리고 돌아온 무아노가 고개를 설레설레 저었다.

"신진대사가 되고 있으니까 물과 고기를 먹이고 푹 쉬게 놔두면 회복될 거예요. 타라, 중상이라서…… 적어도 이틀은 지나야 일어날 수 있을 거야."

타라는 의식을 잃은 파브리스를 쳐다보면서 입술을 깨물었다. 이번에도 또 나 때문에 친구가 다쳤으니. 바로 이런 것 때문에 파브리스가 아더월드를 떠났던 건데……. 타라는 죄책감으로 괴로웠다. 그러자 갈랑이 주둥이를 비벼대는 것으로 타라를 위로해주었다. 무아노에게 아무 말도 할 수가 없는 타라는 멀찍이 걸어갔다.

우울해하는 친구의 모습이 마음에 걸려서 얼른 뒤따라온 파프니르가 타라에게 말했다. 싸움에만 관심이 있는 줄 알았더니 난쟁이에게 이렇게 살뜰한 면이 있을 줄이야.

"네 잘못이 아냐. 파브리스가 조심하지 않았기 때문이지. 그리고 우리는 무슨 일이 일어날지 뻔히 알고 너를 따라온 거잖아. 그러니까 혼자 행동하려고 하지 마. 혼자 빠져나갈 궁리하고 있는 거 다 보이거든?"

깜짝 놀란 타라는 난쟁이의 키에 맞추기 위해 몸을 숙였다.

"너 돗자리 깔아도 되겠다. 그래, 바로 그 생각을 하고 있었어. 내가 잘못 생각한 거야?"

"우리는 한 팀이야, 타라." 파프니르는 차분하게 말했다. "우리 매 직갱은 지금까지 많은 함정을 함께 헤쳐나갔어. 그런데 너는 왜 자꾸 세상의 짐을 혼자서 지려고 하는지 이해가 안 돼. 우리에게도 짐을 나눠줘. 참고로 난쟁이의 어깨는 아주 튼튼하거든."

타라는 미소를 지으면서 또 한숨을 내쉬었다.

"고마워, 파프니르."

"제발, 그 고맙다는 말 좀 그만해. 그리고 신 나는 싸움을 하는데 만날 똑같을 필요는 없잖아. 변화무쌍해야 스릴이 넘치지."

타라는 감동한 얼굴로 친구를 쳐다봤다. 파프니르는 벨제부트를 어깨에 올려놓으면서 말했다.

"파브리스가 낫기를 기다리면서 이틀은 여기 더 있을 거지?"

"응." 타라는 머뭇거리다 대답했다. "파브리스가 같이 떠나겠다고 한다면 기다려야지."

"알았어. 그럼 벨과 나는 여기 아마존 부대의 무기를 좀 더 자세히 봐둬야겠어."

타라는 파프니르의 뒷모습을 물끄러미 쳐다보다 파브리스가 있는 쪽으로 갔다. 칼은 덫에서 수십 미터쯤 떨어진 안전한 곳에 텐트를 쳐놓고 편안한 침대와 환자를 돌보는 데 필요한 모든 것을 준비했다. 금발 소년은 여전히 의식이 돌아오지 않은 상태였다. 무아노가 기절시켰을 때 인간의 모습으로 돌아와 있어서 그나마 다행이었다. 늑대로 남아 있었다면 무아노가 돌봐주기 너무 힘들었을 텐데. 무아노는 칼과 함께 환자의 머리맡을 지키고 있었다.

"파브리스는 좀 어때?" 타라가 물었다.

"피를 많이 흘렸어. 내 피를 수혈해주었는데 늑대인간의 몸이 피를 거부했어. 그래서 혈청을 주사하고 있는데(무아노는 파브리스의 팔에서 반짝이는 크리스털을 가리켰다) 보다시피 이건 거부하지 않아서 다행이야."

눈물이 글썽한 타라와 칼을 보면서 무아노가 덧붙였다.

"쇼크 상태에서 혈액순환 장애가 일어난 경우에 혈청 주사가 도움을 줄 수 있거든. 이 부대의 샤먼이 왔었는데 늑대인간의 신진대사를 전혀 모르기 때문에 나한테 맡겼어."

무아노는 한숨을 쉬면서 지친 손으로 이마를 문질렀다.

"이제는 기다리는 수밖에 없어."

그러고는 타라를 뚫어져라 쳐다보며 단호하게 말했다.

"이 기회에 단독 행동할 생각은 꿈도 꾸지 마. 파브리스가 조심하지 않아서 생긴 사고이지 너 때문이 아냐. 그러니까 또 슬그머니 도망치는 건 절대 안 돼. 아무튼 칼이 책임지고 너를 감시할 거니까."

"그래, 다른 사람은 몰라도 나를 따돌리지는 못해." 칼은 한 술 더 떴다. "아마존 여군들이 잡지 못하게 늑대로 변신해서 우리를 떼어놓고 너 혼자 줄행랑칠 생각이지? 우리가 다 예상했으니까 괜히 헛수고하지 마."

타라는 입술을 깨물었다. 네 발로 달리는 것보다 훨씬 빨리 갈 수 있는 허브글라이더를 훔칠 생각을 하기 전까지는 정말 그럴 생각이었다. 생각을 다 들킨 것 같아서 머쓱한 타라는 오히려 당당하게 반격했다.

"떠날 생각이었으면 벌써 멀리 가 있을 거야. 근데 칼, 너는 도둑이면서 어떻게 내가 우리 호위대에게서 허브글라이더를 슬쩍 '빌리거나' (타라는 어깨에 앉은 축소한 갈랑을 가리켰다) 그보다 더 빠른 페가수스를 타고 날아갈 거란 생각은 안 했을까? 난 그게 더 이상하다!"

두 친구의 놀라는 얼굴을 보면서 타라는 덧붙였다.

"그리고 파프니르도 아까 나한테 똑같은 말을 했지만 우리끼리니까 하는 말인데 솔직한 것이 좀 많이 불편하다."

진실 주문 때문에 작전을 털어놓게 될까 봐 타라는 더 이상 말하지 않았다.

그러자 타라를 너무 잘 아는 칼이 한 방 먹였다.

"머릿속의 꿍꿍이 때문에?"

슬루르크!

흥! 타라는 콧방귀를 뀌면서 대꾸 없이 텐트를 나갔다. 하지만 미소 짓고 있었다. 친구들의 사랑에 감동한 타라는 울컥했다. 곧 미소가 사라졌다. 친구들을 위험에 빠뜨리는데도 이걸 사랑이라 할 수 있나…….

타라는 히글 5와 한창 얘기 중인 로빈을 발견했다. 하프엘프는 덫이 있다는 것에 불안해하고 있었다. 아마존 여군들이 만든 거라고 생각하던 타라는 사령관의 대답에 깜짝 놀랐다.

"탈영병 집단이 놓은 덫이야." 사령관이 씁쓸하게 말했다. "5000년 전에 악마들과 전쟁할 때 군대에서 달아난 탈영병의 후손들이지. 아더월드와 전혀 접촉하지 않고 어떤 신세도 지지 않아. 초원에서 농사를 짓고 사냥하면서 미개인들처럼 살고 있어. 악마들과의 전쟁으로 극도의 충격을 받은 조상들 때문에 공황장애를 겪고 있지. 이 초원에서 거의 눈에 띄지 않게 살아가는데 우리를 침입자로 간주하고 있어."

"그들이 공격도 하나요?" 로빈은 더 불안해진 얼굴로 물었다.

"천만에." 히글 5가 안심시켰다. "성가신 존재들이지만, 우리를 잡으려는 덫이 아냐. 대이동 때문에 덫을 놓은 거니까."

"대이동이라면?"

"6개월마다 매머드 떼가 이동하는데 그때마다 탈영병 집단이 새끼들을 잡으려고 덫을 놓지. 구덩이가 작아서 큰놈들은 빠지지 않으니까. 매머드의 고기와 상아를 얻기 위해서인데 매머드는 새끼라도 엄니가 있거든. 이따금 스밀로돈을 잡을 때도 있어. 가죽과 이빨, 갈퀴 발톱을 얻기 위해서."

타라는 침을 삼켰다.

"스밀로돈이라면 칼이빨호랑이를 말하는데 여기 있단 말이에요? 위험한 동물은 없다고 생각했는데!"

히글 5가 타라를 쳐다보면서 물었다.

"우리의 패밀리어들이 어디 다른 데서 온 동물이라고 생각하세요? 물론 유전자 변이는 되었지만 다 여기서 태어난 동물들이에요."

타라는 불안한 시선으로 주위를 둘러봤다. 타라의 불안에 민감한 체인지라인이 즉시 갑옷을 입혀주었다. 타라는 갑옷의 무게 때문에 휘청거리면서 피해망상증 보디가드에게 속삭였다.

"체인지라인, 이럴 것까지는 없어. 검 한 자루와 단도 두세 개만 있으면 충분해."

체인지라인은 마지못해서 복종했다. 히글 5와 로빈은 멍하니 타라를 쳐다봤다. 히글 5는 순식간에 나타난 장검 한 자루, 단도가 아니라 단검 두 개의 손잡이에 부러운 눈길을 보내면서 잠자코 있었다.

훈련 기간이 고작 3년이라서 검술이 아주 뛰어나진 않지만, 칼이빨 호랑이를 상대로 싸울 정도는 되지 않을까. 물론 타라의 희망 사항이 지만.

"호랑이 말고 우리가 조심해야 할 동물이 또 있어요?"

"유감스럽지만 가장 공격적인 공룡들은 없애버렸습니다." 사령관이 대답했다. "아틀란티스에 있는 동물은 전부 지구에서 태어났으니까 조심하면 별일 없을 겁니다. 녀석들은 오래전부터 우리를 공격하면 죽는다는 걸 알고 있어요. 따라서 녀석들에게는 우리가 위험한 동물이지 먹이가 아니에요. 아무튼 이런 걸 이해하지 못하는 몇몇 멍청한 동물을 제외하고."

"고마워요, 사령관. 특히 덫이 있는지 잘 살펴볼게요. 그런데 아마존 여군들은 구덩이에 빠지지 않기 위해 어떻게 하죠?"

"우리는 주로 허브글라이더로 이동하니까 걱정할 필요가 없어요. 그리고 도보나 말을 타고 정찰할 때는 탈영병 집단이 제공해준 '함정을 표시해놓은 지도' 덕분에 지금까지는 아무도 구덩이에 빠진 적이 없어요. 미처 알려줄 겨를도 없이 파브리스가 너무 갑자기 달려가는 바람에 사고가 일어난 겁니다. 그런 일이 발생할까 봐 우리가 빨리 개입했던 건데……. 폐하와 친구들이 다치지 않기를 바랐는데 파브리스의 일은 유감입니다. 그리고 복부를 봤는데 여기저기 구멍이 났는데도 정말 빠른 속도로 살이 아물고 있어서 놀랐습니다."

"네, 늑대인간은 아주 강한 종족이죠." 타라가 말했다.

갑자기 무슨 생각을 골똘히 하더니 사령관이 말했다.

"폐하, 부여제로서 우리 아마존 부대에 권한이 있는 것 아닙니까?"

타라는 경계했다. 사령관이 갑자기 무슨 말을 하려는 거지?

"어떤 면에서는 그렇죠. 그건 왜요?"

"블랙 섹션의 여군들이 늑대인간이 될 수 있도록 파브리스에게 물어달라고 해도 되겠습니까? 그렇게 되면 우리 전사들이 훨씬 강하고, 민첩해지는데요."

타라의 눈이 동그래졌다. 이런 결정은 내가 내릴 일이 아닌데!

"사령관, 늑대인간이 된다는 것은 그리 간단한 일이 아니에요. 금지된 대륙에 있는 늑대인간들의 정부에 복종해야 되는데 그것은 오무아에 대한 충성에 위배될 수 있어요."

"아, 그렇게 되는……." 사령관이 생각에 잠겼다. "하지만 꼭 그래야 할까요? 나는 오무아의 시민이니까 다른 집단에 복종할 수는 없습니다. 내가 독립적으로 나의 무리를 만들면 되지 않을까요?"

타라는 눈살을 찌푸렸다.

"늑대인간들의 대통령 틸을 만날 때까지 기다려요. 그다음에 결정해도 늦지 않을 거예요. 늑대인간이 되면 대통령이 정한 법을 지켜야 해요. 수컷 알파인 틸 대통령을 거역하면 위계질서가 무너지는 거니까 그래선 안 되죠."

"그럼 늑대인간이 되기 전에 틸 대통령을 만나서 어떤 조건이 있는지 확실히 알아본 뒤에 결정하겠습니다. 만약 우리의 임무를 방해하는 것이 아니라면 늑대인간이 되겠다고 공식적으로 요청하겠습니다."

"당신이 그렇게 되면 우리에게 큰 손실이지요." 사령관이 딱 자신의 취향이라고 생각하는 모우르무르가 끼어들었다. "절대로 안 돼요, 히글! 당신과 연애를 하면 정말 즐겁고 행복할 것 같은데……. 늑대인간은 절대 안 됩니다."

사령관은 말이 나오지 않았다. 타라도 마찬가지였다. 방금 내가 무슨 말을 들은 거지? 귀가 믿어지지 않았다. 하드라의 유령 앞에서 눈물을 흘리던 모습을 본 것이 얼마 되지도 않았는데.

로빈은 정말 재미있어 죽겠다는 얼굴이었다. 오, 하프엘프!

"당신…… 지금 나를 희롱하는 겁니까?" 사령관이 쏘아붙였다.

"그래요, 당신의 마음에 들려고 애쓰는 겁니다. 내 아내 하드라의 말이 맞아요. 나는 너무 오랜 세월 홀아비로 살았어요. 당신은 아주 멋진 여성이고, 내가 발명한 무기들을 보면 마음에 쏙 들 거라고 확신하오. 당신은 죽은 아내 하드라를 많이 닮았어요. 그녀도 군인이었죠."

세상에, 아내의 유령을 만난 지 얼마나 됐다고!

너무 뜻밖의 말에 사령관은 당황했다.

"하지만…… 그러기에는 내가 너무 늙었어요!"

모우르무르는 윙크를 했다.

"아, 사랑하는데 나이가 무슨 상관있다고!"

이런 와중에 사랑 타령이라니, 더 듣고 싶지 않은 타라는 파브리스가 어떤지 보러 갔다. 로빈은 너무 웃음이 나와서 아무 말도 못하고 따라갔다.

텐트 안에 들어가 보니 파브리스가 깨어나 있었다. 눈빛은 아직 흐리지만 상처가 아무는 과정이 고통스럽기 때문에 욕설을 내뱉을 정도로 정신이 돌아와 있었다.

타라는 파브리스가 아프지 않게 조심조심 안아주면서 말했다.

"좀 괜찮아, 파브리스?"

"30톤쯤 되는 뭔가에 깔렸던 것 같아. 내가 어떻게 된 거야? 뭔가를 쫓다가 넘어졌던 것 같은데…… 그다음은 기억이 안 나."

"늑대로 변신해 있는 상태에서 중상을 입었기 때문에 살아난 것 같아." 타라는 파브리스와 옆에 앉아서 환자를 돌보는 무아노에게 설명했다. "옛날 오무아 군대에서 탈영한 병사들의 후손들이 놓은 매머드 덫에 빠진 거야. 덫을 놓아서 동물을 잡아먹고 사는 사람들인데 하필이면 네가 그 위를 지나가는 바람에."

"넘어질 때까지도 아무 냄새를 맡지 못했어." 파브리스가 말했다. "늑대의 후각을 속이다니! 그리고 뭐, 매머드 사냥? 그럼 나의 죽은 패밀리어 바룬 같은 매머드를 말하는 건가?"

매머드 얘기는 꺼내지 말걸. 타라는 괜히 말했다고 후회했다.

"블루 매머드가 아니라 지구의 매머드야. 바룬과는 다른 종이야."

파브리스는 일어나려고 했지만 움직이니까 배가 너무 아파서 포기했다. 여자들을 설레게 하는 속눈썹이 긴 까만 눈에 슬픔과 고통의 빛이 역력했다. 패밀리어를 하나도 아니고 여럿을 데리고 다니는 아마존 여군들을 보는 것만으로도 너무 힘들었는데 하필이면 매머드 덫에 빠져 죽을 뻔했다니!

"지구에서도 위험하긴 마찬가지네." 통증이 좀 가라앉자 파브리스가 말했다. "내가 왜 문지기가 되겠다고 했는지 모르겠다!"

"내 말이!" 무아노가 말을 받았다. "마법사인 이상 네가 어디에 있든 위험한 건데!"

"타라가 있는 곳이 위험하다고 말해야 맞지!" 로빈이 너무 솔직하게 끼어들었다. "타라를 알게 되면서부터 생각도 못했던 모험을 많이 했어. 마법사는 대부분 평온하게 아주, 아주 오래 사는데!"

타라는 로빈에게 싸늘한 눈초리를 던졌다. 하프엘프가 그냥 잠자코 있었으면 무아노와 파브리스가 어쩌면 화해할 수도 있는 분위기였는데. 하지만 로빈은 파브리스와 타라를 쳐다보지 않았다.

"그래, 틀린 말은 아냐." 파브리스는 한숨을 내쉬었다. "하지만 타라는 나의 절친이야. 걸어 다니는 사고뭉치라는 이유로 절친을 버리지는 않아!"

농담을 한다는 건 좋은 징조였다. 무아노는 친구들을 향해 고갯짓으로 문을 가리켰다. 말을 많이 시키면 힘드니까 파브리스가 푹 쉴 수 있게 나가라는 뜻이었다. 이틀 후에 흔들림이 심한 허브글라이더를 타고 떠나려면 건강이 완전히 회복되어야 했다.

다음 날도 그들은 이동하지 않고 파브리스의 텐트 주위에서 야영했다. 아마존 여군들은 단련이 잘 되어 있어서 식사 준비 등 몇 가지 일을 순식간에 해치웠다. 또다시 하루가 저물고 저녁 식사를 한 뒤에 그들은 칵스 달인 물, 커피, 차, 초콜릿 등을 차려놓고 모닥불 앞에 둘러앉았다. 파브리스는 혈청 주사를 맞는 것으로 만족하고 침대에 누워 있었다. 잠을 자면 그나마 통증에서 벗어날 수 있기 때문에 자고 싶은 마음밖에 없었다.

타라는 모우르무르가 사령관 옆에 앉아 있는 걸 봤다. 아주 바짝 붙어 앉아 있었고, 사령관은 많이 웃었다. 어머니는 자주 말했다. 남자가 여자를 유혹할 때 가장 좋은 방법은 여자를 웃게 만드는 것이라고.

하지만 백 퍼센트 성공은 아닌 모양이었다. 칼처럼 웃기는 애가 엘레아노라와 사귀는 데 실패한 걸 보면. 하긴 엘레아노라는 복수심에 불타서 칼의 사랑을 느낄 여유가 없었지만.

불현듯 타라는 의문이 들었다. 마지스터는 내가 정상적으로 살아가는 꼴을 절대로 볼 수 없는 편집증에 사로잡혀 있는 건 아닐까?

엘레아노라와 달리, 골치 아픈 일이 타라를 찾아다니는 것이지 타라가 그것을 찾아다니는 것이 아니었다. 타라는 땅이 꺼져라 한숨을 내쉬었다. 체인지라인이 타라의 머리를 빗어주었고, 쇠사슬 갑옷 티셔츠를 다른 재질의 옷으로 바꿔주었는데 옷에 아픈 근육을 풀어주는 기능이 있는지 등을 마사지해주었다. 타라는 행복한 신음소리를 냈다. 이럴 때는 마법이 고맙기도 했다.

파브리스의 텐트에서 나온 무아노가 합류했다.

"이렇게 마냥 기다리니까 지겹지?" 무아노가 물었다. "파브리스는 내일도 안 될 것 같은데. 내 생각에 모레는 더 아플 거야. 쉽게 옮길 수 있게 진통제를 주사할 건데 늑대의 신진대사 때문에 수면을 방해하거든."

"나는 떠나지 않아. 너희 없이 혼자 가지 않을 거야. 마지스터는 여러 번 자기와 나의 싸움이라고 믿게 해놓고는 혼자가 아니었어. 추종자들에다 그림자처럼 따라다니는 사냥꾼 뱀파이어 셀렌바까지…….. 나도 너희 덕분에 혼자가 아니라는 걸 잊지 말아야지. 너희가 있어야 작전도 되고 방어도 되고 공격도 되니까. 우리가 함께였기 때문에 여러 번 아더월드를 구했는데 이틀을 못 기다리겠어? 파브리스도 기다려주길 바랄 거야."

친구들이 미소를 지었다. 이번 모험은 너무 심심하다고 생각하던 파프니르가 특히 활짝 웃었다.

갑자기 타라는 무아노에게 아주 사적인 질문을 했다. 타라 자신도 입에서 나온 말에 깜짝 놀랄 정도로 아주 사적인 것이었다.

"너는 어떻게 할 건데? 내 말은 너희 둘, 파브리스와 너는 어떻게 할 거냐고?"

무아노는 어리둥절해서 타라를 쳐다보다가 진실 주문 때문에 어쩔 수 없다는 걸 깨닫고 한숨을 내쉬었다.

"모르겠어. 이젠 정말 모르겠어. 파브리스는 마법과 아더월드를 싫어하는데 나는 아더월드 사람이고 마법사야. 나를 사랑한다면서 나 없이 살 수 없다고 해놓고서 멀리 떨어진 지구에서 살겠다며 떠나버렸어. 모순이야. 우리를 배신하고 마지스터를 따라간 적도 있고. 내가 아직 사랑하는 게 문제지만 더 이상 파브리스를 믿지 않아."

타라는 눈길을 내렸다. 로빈에 대한 자신의 감정과 똑같았다. 타라도 더 이상 로빈을 믿지 않았다. 파브리스와 달리 로빈의 경우는 정상참작을 해줘야 하지만.

로빈은 한 대 얻어맞은 것처럼 반응했다.

"무아노! 네가 더 이상 믿지 않을 경우 파브리스는 어떻게 해야 되는데?" 로빈이 괴로운 목소리로 물었다. "방법은 있어?"

무아노가 한참을 잠자코 있어서 대답하지 않을 거라고 생각했다. 그런데 실은 생각에 잠겨 있는 것이었다.

"사랑하면 그 사람을 행복하게 해주고 싶은 거야. 사랑하는 사람에게는 상처를 주지 않아. 절대로. 30년이나 엄마를 사랑하는 아빠는 한순간도 상처를 주지 않았어. 파브리스는 계속해서 나에게 상처를 주고 불행하게 만들어. 그래서 끝낼 생각이야. 파브리스가 회복되는 즉시 헤어져야지."

그렇게 말하는 무아노는 눈물을 글썽였고, 타라도 눈물이 맺혔다. 로빈에 대해 같은 생각을 하고 있는데. 유혹 주문 때문에 밀어냈고, 그다음에는 여성 악마와 밤을 보내기까지……. 이렇게 계속 실망을 주는 남자와 사랑할 수는 없었다. 로빈이 키스할 때 검은 여왕이 나타난 것은 로빈과는 안 된다는 걸 가슴속 깊은 곳에서 이미 알고 있다는 증거였다.

하지만 지금은 말하지 않을 것이다. 친구들 앞에서는 안 돼. 너무 가혹해. 로빈을 위해서도 나 자신을 위해서도.

칼과 파프니르는 잠자코 있었다. 이윽고 인내심에 한계를 느낀 파프니르가 말했다.

"난쟁이들에게는 이런 문제가 없어. 천생연분에게 성실하지 않았다가는 도끼나 망치로 머리를 얻어맞으니까. 고통의 쓴맛을 보면 정신을 차리거든!"

무아노와 타라, 칼은 웃지 않을 수 없는 반면에 타라도 안 좋은 결정을 내릴 거란 느낌에 로빈은 웃을 기분이 아니었다.

그들은 한동안 좀 더 얘기를 하다가 자러 갔다. 차례로 불침번을 서겠다고 제안했지만 아마존 여군들이 거절했기 때문에 로빈은 타라와 얘기할 기회가 없었고, 텐트로 따라갈 엄두도 나지 않았다.

로빈은 불안했다. 두 번이나 잘못 행동했다는 걸 알고 있었다. 타라에게 큰 상처를 준 건 사실이지만 두 번 다 엘프의 본능이지 인간의 본능에서 비롯된 건 아니었다. 리스베스 여제가 왜 타라의 남자로 탐탁해하지 않는지 이제 이해되었다. 엘프와 인간의 결혼은 쉽지 않았다. 로빈은 처음으로 아버지와 어머니가 사랑을 지키고 결혼하기까지 얼마나 힘들었을지 짐작이 되었다. 더군다나 아버지 탕딜루스는 백 퍼센트 순종 엘프인데.

로빈은 엘프로서도 부족하고, 인간으로서도 부족한 반쪽이었다.

그런데 엘프들의 여왕에게서 죽이라는 임무를 받고서도 로빈의 목숨을 구해주었던 존재는 발라였다.

발라는 선정적이고 충동적이고 위험하지만…… 순종 엘프였다. 로빈은 눈살을 찌푸렸다. 그런데 왜 얼마 전부터 자꾸 발라 생각이 나지?

다음 날 아침, 파브리스는 얼굴빛이 많이 좋아졌다. 무아노는 혈청 주사를 중단했다. 파브리스는 붉은 살코기를 엄청나게 먹어치우고 잠자리에 들었다. 잠을 자야 먹은 것이 소화되기 때문이었다. 오후에 일어난 파브리스는 많이 좋아졌으니까 내일은 문제없이 출발할 수 있다고 말했다.

파브리스가 쉬는 동안, 칼은 타라에게 훈련을 시키기로 했다. 근육이 뒤틀리고 끊어지듯 아팠지만 타라는 운동이 필요하다는 걸 잘 알고 있었다. 게다가 단도를 날리는 솜씨도 아직 서툴러서 목표물보다는 주위 사람들을 맞힐 위험이 있었다. 칼은 특히 맞잡고 싸우는 걸 좋아했는데 이번에는 타라가 그동안 황제에게서 받은 훈련 덕분에 칼을 여러 번 땅바닥에 패대기칠 수 있었다.

타라와 칼은 이때 깨달았다. 검은 여왕이 로빈에게서는 인간적인 특성을 지워버리더니 칼의 키를 자라게 한 걸까? 적어도 7, 8센티미터는 키가 커 있었다. 신체적인 변화가 있으면 옷이 자동으로 몸에 맞춰지기 때문에 칼은 전혀 알아채지 못했다. 그런데 타라와 몸싸움을 하는 과정에서 칼은 거의 비슷한 높이에서 타라의 얼굴을 쳐다볼 수 있었다. 얼마 전까지만 해도 타라보다 분명히 키가 훨씬 작았는데…… 검은 여왕 때문이 아니면 림보에 있을 때 키가 자란 걸까? 그 순간 칼은 키가 작을 때 몸을 숙여서 공격을 피하던 전술을 긴급

수정했다. 재빠르게 바꾼 기술 덕분에 이번에는 타라가 풀밭에 엎어졌다.

먼허 받은 도둑의 기술이 흥미로웠는지 아마존 여군들이 우르르 몰려와서 칼과 타라의 훈련을 지켜봤다. 여군 여러 명이 칼에게 도전했다가 이내 후회했다. 칼은 결투를 벌일 때 봐주는 것이 없었다. 칼은 소리를 지르면서 냅다 달려드는 것이 아니라 상대를 재빠르게 먼저 제압하는 것이 목적이었다. 페인트 동작으로 속이는 것이 능한 데다 여자라고 살살 대해주는 법이 없었다. 상대는 상대일 뿐이었다. 실빈이라는 이름의 예쁘장한 궁수는 너무 오래 얼굴을 맞대고 있다고 투덜거리면서 칼에게 음흉하다고 핀잔을 주었다. 그런데 저녁에 불가에 둘러앉았을 때 타라는 칼과 실빈이 서로에게 머리를 기댄 채 이야기꽃을 피우는 모습에 미소 지었다. 칼이 엘레아노라의 비참한 죽음으로 인한 슬픔에서 조금씩 벗어나기 시작했다는 건데……. 타라는 칼에게 여자친구가 생기기를 진심으로 바랐다.

이왕이면 피에 굶주린 정신병자가 아니면 좋으련만, 이번에는 아마존 부대의 여군인데 괜찮을까.

그렇게 모두 불가에 앉아서 이야기를 나누고 있을 때 뭔가 시커먼 형체가 돌진해왔고, 즉시 보초들의 고함소리가 들렸다.

타라는 본능적으로 마법의 불을 켰다. 그런데 놀랍게도 옆에 앉은 히글 5는 태연하게 밤참을 먹고 있었다.

시커먼 형체가 복면을 벗었다. 온통 시커멓게 입었는데 이목구비가 아시아계였다. 그 옆에 하얀 사자가 한 마리 있고, 어깨 위에는 흰머리 독수리가 앉아 있었다. 등 너머로 두 개의 검이 보이고, 허리춤에 짧은 몽둥이 두 개를 차고 있었다.

"안녕하세요." 젊은이가 공손하게 인사했다.

타라가 작동해놓은 트라둑투스 주문 덕분에 한국어라는 걸 알 수 있었다. 그런데 재미있는 건 인사말의 발음이 "아뇨 아세 오(agneau assez haut, 프랑스어로 '제법 키가 큰 양'이란 뜻인데 발음이 정말 많이 비슷하다—옮긴이)"처럼 들렸다.

"사령관님의 마법이 빛나기를!" 젊은이는 완벽한 오무아어로 인사했다. "고인에게 애도를 표하러 왔습니다. 매머드 대이동 때문에 덫을 살피러 왔다가 사고가 일어난 걸 알았습니다. 죄송합니다. 사과를 받아주십시오. 혼령을 위해 기도하겠습니다."

"자네의 마법이 세상을 지켜주길! 용선, 마음을 써줘서 고맙지만 부상자는 괜찮아. 거의 회복되고 있으니까."

아주 깍듯한 젊은이가 멀거니 입을 벌리고 있었다.

"못을 잔뜩 박아놓은 덫에 빠졌는데 어떻게······!"

"특별한 인체를 가진 부상자라서 죽지 않았네." 히글이 차분하게 말했다. "이젠 정말 덫을 표시하는 방법을 찾아야겠어. 덫은 점점 늘어날 텐데 대책이 필요해······."

용선이라는 이름에서 '용'은 한국어로 '드래곤'을 의미했다. 호기심이 동한 타라는 유심히 살폈다.

"네, 정말 고민해봐야겠습니다." 용선이 진지하게 대답했다. "죽은 사람이 없다니 천만다행이네요. 여러분을 돕는 것이 내 의무이니 같은 사고를 당하는 일이 없게 가시는 목적지까지 동행하겠습니다. 공간이동의 문으로 가시는 거 아닙니까?"

히글이 타라에게 말하기 위해 정중한 어조로 바꿨다.

"폐하, 샤먼 양용선을 소개합니다. 탈영병 집단의 2인자입니다."

"아니, 탈영병 집단보다는 반군 부족이라고 해주시면 고맙겠습니다, 사령관님. 폐하의 마법이 빛나시기를!"

"그리고 나의 부관이었습니다. 한국이라는 나라에서 성장했기 때문에 이 지구를 잘 압니다. 용선은 5년 전쯤 아시아의 지구 지킴이에게 발각되었지요."

"그대의 마법이 세상을 지켜주길!" 타라가 화답했다. 반군 부족의 2인자라는데 그리 우락부락한 인상이 아니라서 일단 마음이 놓였다.

타라가 미소를 지어 보이자 용선이 미소로 응답했다.

히글 사령관이 용선에 대해 덧붙였다.

"용선은 반군 부족에 심어둔 우리의 정보원입니다. 반군 쪽에서 눈치를 채면 스파이를 가만두지 않을 것이기 때문에 아무나 할 수 없는 일이지요. 용선은 정말 용감한 젊은이입니다."

용선은 너무나 진지하게 스파이 생활을 하게 된 이유를 설명했다.

"마법을 사용할 수 없는 이 초원에서는 아이들이 병이 나도 제대로 치료를 받지 못한다는 것, 유목 생활을 하는 탓에 노인들의 건강관리가 쉽지 않다는 것……. 우선 이런 것들이 마음에 걸렸고, 그들을 돕는 것이 의사인 나의 의무라는 생각이 들었습니다. 그래서 사령관께서 반군 부족에 잠입시킬 지원자를 찾을 때 즉시 자원했던 겁니다. 지구에서 인턴 과정까지 마쳤고, 아더월드에서 샤먼 어시스턴트로 일한 경험이 있는 내가 적임자였으니까요."

"고맙네, 용선. 자네는 아주 잘해내고 있어. 가져온 소식은?"

"5000년 전 이후로는 탈영병이 없었을 텐데 반군 부족이 수상하게 생각하지 않나요?" 타라가 끼어들었다.

"술에 취해 동료 병사를 때리는 사고를 치고 도망쳤다고 했습니다." 용선이 대답했다. "그것이 탈영한 이유라고 했더니 그들은 믿었습니다. 일단 잠입하는 데 성공한 다음에는 아마존 부대를 머리에서 지워버렸다고 말했지요. 그리고 가져온 소식을 말씀드리자면, 반군의 대장 단트릭스가 신경이 좀 예민해 있습니다. 여러분이 야영하는 곳이 매머드를 잡기 위해 우리가 덫을 놓은 장소 부근이라 불안해하던 중 누군가가 덫에 빠졌다는 걸 알고 아마존 부대의 보복을 두려워했지요. 그래서 여러분을 도와주라면서 나를 보낸 겁니다."

용선은 냉소적인 미소를 지었다.

"대장은 나의 영향력이 커지는 걸 좋아하지 않아요. 내가 덫을 놓은 지도를 아마존 부대에 제공해야 한다고 주장했고, 샤먼으로서 병자들을 치료하니까요. 따라서 아마존 부대에서 나를 죽이길 바라고 보낸 건데 내가 무사히 돌아가면 대장이 아주 실망할 겁니다."

두 사람은 미소를 지었다.

"흠." 히글이 말했다. "그렇다면 우리와 타협하지 않았다는 걸 보여주기 위해 자네의 텐트를 좀 떨어진 곳에 쳐야겠군."

"고맙습니다, 사령관님."

"10분 후에 내 텐트에서 다시 만나지."

"알겠습니다, 사령관님. 한 바퀴 순찰을 돌고 다시 오겠습니다."

복면으로 얼굴을 가린 용선은 흰머리 독수리와 하얀 사자를 데리고 어둠 속으로 사라졌다.

매직갱은 감동을 받았다. 들통이 나면 죽이려고 달려들 게 뻔한 사람들을 도와주기 위해 날마다 목숨을 걸다니! 하루 이틀도 아니고 꽤 된 것 같은데! 얼마나 대단한 용기인가!

"이게 바로 앙가주망이야." 무아노가 중얼거렸다.

"그래!" 칼이 한술 더 떴다. "날마다 매머드 고기 스테이크를 먹는다는 것만으로도 엄청난 희생정신이잖아!"

파프니르가 웃음을 터뜨렸다.

"칼, 너무 먹는 거 밝힌다. 그러다 타라의 증조할아버지처럼 된다!"

"네 발 달린 검은 털북숭이가 된다고?"

"아니, 뚱보!"

칼은 오만상을 찌푸렸다. 하지만 걱정할 필요가 없었다. 신진대사가 워낙 활발해서 소화력은 끝내주는 데다 날마다 운동을 하니까 비만이 될 위험은 없었다.

그들은 잠을 자러 갔다. 평온했지만 피곤한 하루였다.

다음 날 아침, 그들은 소스라치면서 잠을 깼다.

불길 때문이었다.

보초들이 사이렌을 울렸다. 요란한 소리에 모두 벌떡 일어났다. 얼마나 놀랐는지 가슴이 벌렁거리고 이마에 식은땀이 흘렀다.

아마존 부대는 망원경 덕분에 풀밭에 번지는 불길을 볼 수 있었다. 이어서 여기저기서 커다란 바위들이 아주 느리게 움직이기 시작했는데 문제의 바위들이…… 매머드 떼?

불길에 겁먹은 매머드들이 돌진해오고 있었다.

태양이 방금 불을 밝힌 때였다.

잠수함의 사이렌을 연상시키는 소리에 놀라 텐트를 뛰쳐나간 매직갱은 아비규환의 광경을 목격했다.

수천 마리의 매머드가 야영지를 향해 달려오고 있었다. 맙소사, 쟤들에게 깔리면 그냥 압사하는 건데……. 질겁한 아마존 여군들이 모두 허브글라이더에 태워서 달아나려고 했지만, 선두의 매머드들이 당장이라도 들이닥칠 상황이었다. 파브리스는 본능적으로 늑대로 변신했지만, 아픈 끝에 너무 힘을 썼는지 기절하고 말았다. 이번에는 무아노가 변신해서 파브리스를 어깨에 둘러멨다.

하지만 피신할 데가 없었다. 칼은 모우르무르가 하는 대로 공중 부양을 했다. 아마존 여군들은 공포에 질려서 마법을 사용할 엄두도 못 내고 있었다. 파브리스를 돌보느라고 정신이 없는 무아노는 야수의 모습이라서 공중 부양을 할 수 없었다. 그때 불쑥 나타난 용선이 유연한 동작으로 두 손에 장검을 뽑아 들고 거구의 매머드들에게 맞설 자세를 취했다.

용기는 정말 가상하지만 헛된 짓이었다. 그래봐야 짓뭉개지는 건 시간문제인데…….

타라는 선택의 여지가 없었다. 위급한 상황에 놓인 친구들과 아마존 부대를 구해야 했다.

"살아있는 돌!" 타라가 외쳤다. "도와줘. 힘을 줘!"

마법이 타라의 손으로 몰려왔고 파란빛이 번쩍였다. 아더월드 마법의 저장소인 살아있는 돌의 힘이 합세하자 타라의 쪽빛 눈이 이글거리고 흰 머리털이 지지직거렸다. 눈부신 빛의 여신 같은 타라가 공중으로 떠오르면서 마법을 날렸다.

파란 마법의 물결이 매머드 떼를 향해 몰려갔다. 불굴의 장애물과 멈출 수 없는 힘의 충돌……. 그런데 타라는 동물들이 마법의 주문으로부터 보호되어 있다는 걸 새까맣게 잊고 있었다. 매머드들을 죽이려는 것이 아니라 후퇴시켜서 멈추게 하려는 타라의 마법이 매머드 수백 마리를 후려치는 순간 두 가지 일이 동시에 일어났다.

매머드 떼가 털 달린 볼링공처럼 사방으로 흩어졌다. 그리고 동물들을 보호하는 마법이 타라의 마법을 밀어내버렸다.

맙소사, 그런데 밀어낸 방향이…… 하늘이었다. 파브리스가 호랑이에게 주문을 날렸을 때와 같은 반응이 아닌가.

하지만 타라의 마법은 파브리스보다 천 배는 더 강하다는 것이 문제였다. 마법의 에너지가 강력한 빛의 파도처럼 솟구치더니 반구형 천장, 즉 인공 하늘을 후려쳤으니!

엄청난 폭발이 일어났고, 강력한 마법의 물결이 파도처럼 모든 걸 휩쓸었다.

그리고 태양이 꺼졌다.

16
꺼진 태양
머물고 있는 곳은 망가뜨리지 않는 것이 좋은데

*

훗날 생존자들은 이때의 일을 이렇게 전했다. 타라가 태양을 껐지만 불도 껐다는 것은 그나마 긍정적인 부분이었다. 어둠 속에서는 얼마간 살 수 있어도 불에 타면 바로 끝이니까.

초원 위에 여전히 떠 있는 타라는 넋이 나간 얼굴이었다. 크고 작은 완두콩처럼 나가동그라진 매머드들의 울음소리가 멀리까지 쩌렁쩌렁 울리고 있었다. 마법의 방패가 보호해주지만 공포에 휩싸인 매머드들에게는 두고두고 아주 끔찍한 충격이 될 텐데……**23**

아주 침착한 목소리, 칼의 목소리가 올라왔다.

. . . .

23. 아주 예외적으로, 신 나는 놀이라고 생각하는 어린 매머드 여섯 마리는 몇 달 동안 아마존 여군들이 나타나면 내동댕이쳐지는 흉내를 내면서 즐거워했다. 타라가 아틀란티스 초원을 다녀간 뒤로 아마존 여군들은 매머드 떼에 쫓기는 끔찍했던 상황에 치를 떨면서 타라라는 이름을 입에 담을 때마다 아주 자연스럽게 욕설이 붙었다.

"타라?"

"맙소사!"

"태양을 다시 켜주면 안 될까?"

무거운 침묵이 흘렀다.

"태양을 다시 켜……?"

"응, 너도 알잖아. 우리 머리 위에서 열기와 빛을 주는 번쩍거리는 덩어리 말이야. 네가 끄기 전까지는 빛을 내려주던 것."

하지만 너무 충격을 받은 타라는 아무 말도 못했다. 다시 긴장된 침묵이 흘렀다. 어둠 속 여기저기서 마법을 사용한 이들의 딸꾹질 소리가 들렸다.

"해, 해볼게." 타라가 마침내 어물어물 말했다.

"안 돼애애애애!"

갑자기 사령관이 소리쳤다.

"우리의 태양을 건드리면 안 돼!"

아차! 이제야 부여제에게 말하고 있다는 걸 깨달은 사령관이 마지못해서 덧붙였다.

"적어도 지금은 안 됩니다, 폐하. 훼손 상태부터 점검해야 합니다."

그러고는 목소리를 높였다.

"옐로우 분대와 블루 분대! 허브글라이더들의 헤드라이트를 켜라. 부상자가 있는지 확인! 모두 랜턴 사용! 움직일 때 덫이 있는지 살펴라!"

아마존 여군들은 복종했고, 랜턴 불빛이 하나둘 어둠 속을 수놓기 시작했다. 사령관의 군대는 필요한 장비를 잘 갖추고 있었다.

도둑의 시커먼 복장 때문에 전혀 보이지 않는 칼이 불렀다.

"타라?"

너무 엄청난 짓을 저질러서 정신을 차릴 수 없는 타라는 파란 반딧불이처럼 여전히 공중에 떠 있었다.

"왜?"

"내려와도 될 것 같은데…… 이젠 걱정할 것도 없고."

사령관은 하마터면 타라만 없으면 이 초원에 위험한 건 없다고 소리칠 뻔했지만 이를 악물었다. 그러고는 넘어지면서 군복에 묻은 흙을 털면서 부하들을 지휘했다.

타라가 땅바닥에 내려섰는데 눈에는 아직 공포의 빛이 역력했다. 용선의 부축을 받고 일어나는 무아노를 보고 칼과 타라가 깜짝 놀라서 뛰어갔다. 무아노와 파브리스는 무사했다. 인간으로 돌아온 무아노가 비틀거렸기 때문에 용선이 재빨리 검을 거두고 무아노를 붙잡아주었다. 무아노는 얼굴이 빨개져서 고마움을 표시했다. 그사이에 파브리스가 깨어났다.

"뭐야, 왜 이렇게 깜깜해?"

부상자 명단을 작성한 보고서가 도착했다. 잠시 후, 그 어느 때보다 머리가 헝클어진 모우르무르는 흙을 만지면서 탄성을 질렀다.

"이렇게 셀 줄이야! 아직까지 매직미터기에 이 정도로 강한 힘이 표시된 걸 본 적이 없었는데…… 타라, 네가 지금까지의 모든 기록을 아주 확실히 깨버리는구나."

모우르무르가 기구를 흔들자 삐삐, 삐삐 요란스러웠다. 타라는 너무 놀라서 사레들릴 뻔했다. 세상에! 매머드에게 깔려 죽을 절체절명의 위기 상황에도 타라가 살아있는 돌에게 도움을 청하는 걸 보고 기구를 뒤져서 마법의 힘을 쟀다니! 정말 못 말리는 발명가였다.

타라는 사령관을 향해 돌아섰다.

"미, 미안해요, 사령관 히글 5. 마법의 방패가 동물들을 보호해준다는 걸 까맣게 잊어버렸어요. 위험에 빠진 친구들과 여군들을 빨리 구해야 된다는 생각이 앞서서 그만⋯⋯."

"태양이 없으니까 이렇게 캄캄할 줄이야!" 칼이 주위를 유심히 살피면서 불쑥 끼어들었다. "경계 태세로 들어가야 할 것 같아요, 사령관님."

그 말에 사령관이 긴장했다.

"경계 태세?"

"여기 사정은 잘 몰라도, 전략은 내가 좀 아는 편이거든요. 이건 아주 독창적인 살인미수 사건입니다. 매머드 떼를 이용하여 암살을 기도한 최초의 사건으로 기록될 겁니다."

"암살 기도?" 사령관의 목소리가 날카로웠다. "누구, 여제를?"

"여제요? 어이쿠, 그건 절대 아니고요." 칼이 대답했다. "사령관님의 부관, 용선 마법사!"

한국인 용선이 들었는지 흰머리 독수리와 하얀 사자를 데리고 다가왔다.

"이 공격이 나를 죽이려는 것이었다고?"

칼이 고개를 끄덕였다.

"단트릭스와 경쟁 관계에 있잖아요. 단트릭스는 부족 내에서 용선의 영향력을 견제하는 것이 틀림없어요. 그리고 이 초원에 주둔하는 아마존 부대도 마음에 들지 않고. 그래서 두 가지 골칫거리를 단박에 해결하기 위해 매머드 떼를 이용한 겁니다. 여군들이 다치면 아마존 부대가 당연히 매머드들을 공격할 테고, 그러면 보너스로 고기를 챙길 수 있죠. 그뿐인가요, 불을 냈으니 덩달아 매머드 구이까지······ 이름 하여 일석삼조!"

칼이 타라를 돌아보면서 천연덕스럽게 웃었다.

"아주 비뚤어진 인간이야. 단트릭스는 마지스터의 먼 친척이 틀림없어!"

아직도 충격에서 벗어나지 못한 타라는 웃을 수가 없는 반면에 파브리스는 짓뭉개지지 않았다는 것에 안도하며 미소를 지었다.

"마지스터 얘기가 나왔으니 말인데요."사령관이 뾰족한 어조로 말했다. "오늘 아침, 이런······ 끔찍한 사건이 일어나기 직전 오무아 궁정에서 메시지를 받았습니다. 메시지에는 마지스터, 폐하와 검은 여왕에 대해 언급이 되었고······ 즉각 체포하라는 명이 포함되어 있었습니다."

아마존 여군들은 엉망이 된 주변을 정리하느라 너무 바빠서 사령관과 부여제의 대화를 들을 수 없었다. 이를 틈타 칼은 아솜무스 주문으로 히글과 부관 용선을 제압하고 어둠 속으로 달아날 궁리를 했지만, 타라가 선수를 쳤다.

"좋을 대로 해요. 하지만 좀 기다려요. 어둠 때문에 식물과 동물이 모두 죽기 전에 내가 태양을 다시 켜야 하니까."

사령관은 헤드라이트 불빛 속에서 타라를 뚫어져라 쳐다보다 약간 긴장을 풀었다.

"네, 폐하, 맞는 말씀입니다. 가장 큰 문제부터 하나씩 풀어야겠습니다."

사령관은 여전히 타라에게서 눈길을 떼지 않고 조심스럽게 물었다.

"그 검은 여왕은…… 여전히 여기 있습니까?"

"사용할 수 있는 악마의 마법이 남아 있는 한 검은 여왕은 이 안에 있지요." 타라는 손가락으로 몸을 가리키면서 대답했다. 그러자 타라의 안에서 검은 여왕이 웃음을 터뜨리면서 외쳤다. '그건 네 생각이고!'

타라는 무시해버리고 아무런 내색을 하지 않았다.

사령관은 한숨을 내쉬었다. 이 모험은 인사기록 카드에 아주 나쁜 영향을 줄 거란 느낌이 들었다.

"자, 이제 부상자들을 치료해요. 한 사람도 비욘드월드로 떠나지 않기를 바랍니다. 그런 일이 없도록 나도 도울게요. 아침 먹고 나서 태양을 켜는 데 전념할게요."

"단트릭스에 대한 문제도 도와주실 겁니까?" 사령관이 물었다.

"물론이에요." 타라는 부드러운 목소리로 말했다. "무엇을 도와주면 좋을지 말해요."

사령관이 절도 있게 턱을 탁 올리는 것으로 알았다는 표시를 한 다음 부대를 지휘하러 가자 불안한 표정으로 서 있던 용선이 뒤따라갔다.

부서진 텐트와 부상자들로 아수라장이 된 캠프는 한 시간 만에 깨끗하게 정리되었다. 불행히도 아마존 여군 세 명이 희생되었다. 시신을 아더월드로 이송할 것이기 때문에 장례식은 없었다. 하지만 타라는 이를 악물고 시신을 보존하는 주문을 날렸다. 그런데 이상하게도 토할 것처럼 속이 울렁거리지 않았다. 마치 초원에 걸린 마법이 훨씬 강력한 타라의 마법에 납작 엎드린 것처럼.

하루에 1000킬로미터씩 가면 공간이동의 문까지 앞으로 나흘이 걸리지만, 사령관은 하루빨리 타라를 더 강력한 군대에 인계하기 위해 이동 속도를 높이고 싶었다. 그래서 휴식을 위해 정지했을 때 허브글라이더의 엔진을 응급용으로 변경했다. 기계 부속이 너무 빨리 마모되는 문제가 있지만, 하루에 3000킬로미터를 강행하면 하루하고 반나절이면 가능했다.

새파랗게 질린 타라를 보면서 무아노가 걱정스러운 듯 물었다.

"할 수 있겠어?"

"저기 반구형 천장, 가짜 하늘을 뚫어버릴까 봐 두려워." 타라가 꺼진 태양을 향해 고개를 처들면서 대답했다. "이제는 타공에서도 멀리 떨어진 해저에 와 있다고 생각해. 익사는 내 계획에 들어 있지 않은데…….."

"내 계획에도 없어." 무아노는 솔직하게 말했다. "하지만 너는 파브리스와 나의 목숨을 구해줬어. 따라서 나는 불평할 입장이 아냐. 고마워, 타라."

그렇게 말하고 무아노가 킥킥거렸다.

"오, 타라. 사방으로 내동댕이쳐질 때의 매머드들을 봤다면…….. 끔찍했지만 한편으로 정말 우스웠어! 그 놀라는 꼴이라니!"

마법사들이 이런 반응을 보일 때마다 타라는 너무 당황스러워 입술을 깨물었다. 비뚤어진 인간의 욕심 때문에 희생된 여군 세 명을 생각하며 침통해 있는 타라와 달리 무아노는 여군들의 혼령이 비욘 드월드로 떠난다는 걸 알기 때문인지 별로 걱정하지 않는 것 같았다.

타라는 건성으로 무아노에게 미소를 지었지만 이렇게 공감할 수 없을 때는 소외감이 들었다.

누군가 팔로 허리를 두르면서 단단한 어깨로 받쳐주었을 때 타라는 소스라쳤다.

친구가 외로워하는 걸 느낀 칼이 물었다.

"괜찮아, 타라? 넌 혼자가 아냐, 우리가 있잖아."

타라는 고마워하면서 칼의 어깨에 기대었다. 칼은 타라가 몸을 많이 기대는 데도 끄떡없이 받쳐줄 수 있는 자신에게 놀랐다. 그래서 이번만은 키를 크게 해준 검은 여왕이 고마웠다.

"너무 두려워." 타라는 나직한 소리로 대답했다.

칼은 혼자가 아니니까 떨지 말라고 용기를 주고 싶지만(조금이라도 잘못될 경우, 쏟아지는 물에 휩쓸릴 걸 생각하면 선뜻 말할 수 없었다) 일단 우스갯소리로 긴장부터 풀어주기로 했다.

"이거 왜 이러시나? 태양을 다시 켜줄 사람이! 어디 그뿐이야? 공간 이동의 문으로 가서 마지스터와 담판까지 지을 사람이면서! 서둘러야 해. 일주일 후에 있는 카니발에 초대를 받았는데 안 가면 마라가 내 심장을 파버릴 거야."

칼이 부르르 떨면서 타라의 귀에 대고 속삭였다.

"너보다 네 여동생이 더 무섭다고 하면 나를 원망할 거야?"

그런데 막상 타라가 웃음을 터뜨리자 칼은 안도해야 할지 슬퍼해야 할지 알 수가 없었다.

"오, 칼. 정말 고마워. 이런 때에 나를 웃게 해줘서. 네가 정말 좋아."

칼은 가상의 모자를 벗는 시늉을 하면서 허리를 깊이 숙였다.

"언제든 분부만 내리세요, 공주님!"

타라는 심호흡을 했다. 그 순간 긴 금발이 바람에 휘날렸다.

"당장 시작하는 것이 낫겠다. 히글 사령관에게 준비가 됐다고 알려야겠어."

타라는 단호하게 걸어갔다. 파브리스가 탐색하는 눈초리로 칼을 살폈다. 타라를 따라가려다 시선을 느낀 칼이 눈살을 찌푸리면서 말했다.

"왜? 나한테 무슨 할 말 있냐, 파브리스?"

"응? 있긴 한데 지금은 안 할래."

그렇게 말하고서 의아해하는 칼에게 개의치 않고 파브리스는 미소를 머금은 채 타라를 뒤따라갔다.

무아노도 이상한 표정을 짓고 있어서 칼은 꺼림칙했다. 로빈만 손바닥으로 칼의 등을 탁 쳐주는 것으로 타라에게 신경을 써줘서 고맙다는 표시를 했다.

다가오는 타라를 보면서 사령관은 심정이 복잡했다. 한편으로는 망가뜨린 것을 고쳐주려는 것이 고마우면서, 또 한편으로는 결코 만나지 않았으면 좋았을 거라고 생각했다. 사령관은 모르고 있었다. 같은 생각을 하는 사람이 헤아릴 수 없이 많다는 걸.

그리고 그 사람들이 모두 아직 살아 있다는 걸.

"전혀 준비가 되지 않았어요!" 타라는 억지로 활기차게 말했다.

사령관은 깜짝 놀라는 얼굴로 타라를 쳐다봤다.

"슬루르크! 빌어먹을 진실 주문! 준비가 됐다고 말하려고 했는데……. 너무 두려워서 사실은 엄두가 안 나지만 그래도 하려고요. 미안해요."

사령관의 입술이 눈곱만큼의 미소로 아주 미세하게 떨렸다. 타라 일행은 자꾸 진실 주문을 잊는 경향이 있었다.

"우리가 뭘 해드리면 됩니까?" 사령관이 물었다.

"없어요." 타라가 대답했다. "살아있는 돌과 내가 저지른 짓이니까 우리 둘이서 해낼 수 있을 거예요. 물론 나의 희망 사항이지만. 내 마법의 힘이 매머드들의 방패와 충돌했던 지점으로 가야겠어요. 거기서 내 마법의 힘을 하늘로 보낼 거니까."

"어떤 주문을 사용하실 겁니까?"

"레푸수스. 알 수 없는 이유로 태양이 꺼졌으니까요. 그다음 레파루스를 사용할 생각이에요. 그 방법밖에 없어요."

사령관은 반신반의하는 얼굴이지만 반대하지 않았다.

"좋습니다. 하십시오, 폐하."

타라가 살아있는 돌을 불러냈고, 타라의 머리 위에 자리를 잡은 살아있는 돌이 백열전구처럼 반짝였다. 허브글라이더에 오른 아마존 여군들이 멀찍이 떨어져서 지켜보고 있었다. 매직갱과 모우르무르는 지상에 있기로 했다. 타라를 잘 아는 친구들은 엄청나게 흔들릴 가능성이 있는 기계에 타고 싶은 마음이 전혀 없었고, 모우르무르는 기구를 꺼내놓고 이 장면을 녹화할 준비를 하고 있어서였다.

타라는 눈짓으로 인사한 다음 붕 떠올랐다. 손에 이어서 몸 전체가 번쩍거리더니 두 눈이 파란 태양처럼 빛나고 흰 머리털이 지지직거렸다. 그런데 체인지라인이 웬일로 타라에게 반바지와 구명조끼를 입혀놓은 상태였다. 납작한 배와 긴 다리, 아름다운 금발, 타라의 섹시한 모습을 보면서 로빈은 뛰어난 미모를 자랑하는 엘프녀들과 비교해 전혀 손색이 없다고 생각했다. 물론 어디까지나 로빈의 생각이지만.

이런, 체면을 많이 잃었으니 이제 로빈은 침을 그만 흘려야 할 텐데.

로빈이 이런 생각을 하는 사이, 타라는 정신을 집중하면서 마법을 작동했다. 파란색 거대한 검처럼 생긴 것이 허공을 뚫고 태양을 후려치자 반구형 천장에서 종소리 같은 것이 아주 길게, 길게 울렸다.

대애애애애애애애애애애애앵…….

어찌나 쩌렁쩌렁 울리는지 모두 귀를 틀어막아야 했다.

"맙소사! 저 정도로 강력하다니!" 모우르무르는 눈이 동그래진 사령관을 쳐다보면서 소리쳤다.

사령관은 너무 놀라서 말도 못하고 고개만 끄덕였다.

태양이 깜박거리자 안도의 함성이 울렸다. 타라가 좀 더 힘을 쏟아내자 태양이 켜졌다.

그리고 꺼졌다.

사령관이 이맛살을 찌푸렸다.

"슬루르크! 이럴까 봐 불안했는데. 가봐야겠어요."

그 말에 깜짝 놀란 모우르무르가 사령관을 쳐다보는 사이에 타라는 난처한 얼굴로 지상에 내려왔다.

"친애하는 사령관, 어디로 가겠다는 거요?" 모우르무르가 물었다.

"당연히 태양에 가봐야지요!"

타라 일행은 머리가 잘못된 사람을 쳐다보듯 사령관을 응시했다. 몹시 흥분한 모우르무르는 불편한 다리인데도 펄쩍펄쩍 뛰었다.

"아, 그러니까 태양이 기계라는 말이오? 기계라면 수리하면 되는데! 흠, 마법으로부터 보호되는 주문이 걸려 있었군. 그래서 타라가 태양을 수리할 수 없었던 거야. 타라의 마법이 매머드들의 방패를 맞고 튕겨 나간 것과 같은 원리의 주문이 틀림없어. 태양/기계는 빛이 꺼진 걸 모르기 때문에 타라의 마법을 공격으로 받아들인 것이고⋯⋯. 흠흠, 그렇다면 태양에 걸어놓은 주문을 제거하면 되지. 그렇지요, 친애하는 사령관?"

히글이 감탄하는 얼굴로 모우르무르를 쳐다봤다.

"아, 발명가가 맞긴 맞나 보네요."

"아니요."

"네, 아니라고요?"

"네. 나는 최고 수준의 발명가니까 그냥 발명가와는 엄연히 다르지요. 나는 무엇이든 수리할 수 있고, 무엇이든 창조할 수 있어요. 당신의 작은 태양도 나한테는 오래 반항하지 못할 거요. 나를 믿으시오. 하지만 태양을 수리해주는 대가로 원하는 게 있는데⋯⋯."

사령관의 표정이 굳어졌다.

"협박인가요?"

"태양을 수리해주는 대가로 내가 원하는 건…… 데이트요. 브리양트24 불빛 아래 당신과 마주 보고 앉아서 근사하게 저녁 식사를 하는 진짜 데이트 말이오."

씩씩한 사령관이 모우르무르를 쳐다보는데 파란 눈에 즐거워하는 빛이 역력했다.

"저녁 식사, 좋죠. 아무튼 나도 그럴 생각이었어요."

모우르무르는 깜짝 놀랐다.

"아, 정말이오?"

"네, 이 초원에 진실 주문이 걸려 있으니 거짓말이 아니라는 건 아실 테고."

싱글벙글해진 모우르무르는 어찌나 기쁜지 사령관을 뜨겁게 포옹하고 싶은 걸 간신히 참았다.

"내 소원을 꼭 들어줘야 합니다."

사령관이 미소를 지었다. 물론 책임이 막중한 지휘관의 무표정한 얼굴로 이내 돌아가서 긴가민가했지만, 타라는 그의 왼쪽 입꼬리가 살짝 올라가는 것을 분명히 보았다.

"허브글라이더의 엔진을 바꿔서 비행기로 변형시킬 생각이오. 그래야 저 위로 올라갈 수 있으니까."

뜻밖의 모험을 하게 된 칼은 완전히 들떠 있었다. 반면에 파프니르

· · · · · · · · · · · · · · · ·

24. 아더월드에서 브리양트는 전구 역할을 하며 샹들리에로도 사용된다.

는 불안한 얼굴로 하늘을 쳐다보며 오만상을 찌푸렸다. 드래곤, 비행기, 글라이더, 양탄자…… 뭘 타고 날아가는 거라면 아주 질색인데.

"빌어먹을!" 파프니르가 벨제부트에게 말했다. "왜 걸핏하면 날아야 하는 걸까? 날아다니는 건 난쟁이들의 취향이 아닌데. 우린 너무 무겁거든!"

준비는 그리 오래 걸리지 않았다. 풀밭에 어지럽게 널린 엔진 사이를 이리 뛰고 저리 뛰는 모우르무르를 보면서 사령관은 실험 중인 물건에 손대면 안 된다고 말한 이유를 알 것 같았다.

모우르무르가 뿌루퉁한 얼굴을 하자 히글이 아주 재미있어했다.

"저런 잡동사니들을 주물럭거리는 걸 정말 좋아하나 봐요?" 사령관이 타라에게 속삭이듯 말했다.

사령관은 두 다리를 벌리고 떡 버티고 서서 뒷짐을 진 채, 모우르무르가 여군들에게 이거 가져와라, 저거 가져와라 들볶으면서 엔진을 조립하는 모습을 지켜봤다.

"사령관, 나의 삼촌할아버지와 사귄다면……." 타라는 아주 진지하게 말했다. "획기적인 가사 도구들을 경험하게 될 거예요."

사령관이 군대식으로 아주 조금 킥킥대다 말았다.

"발명품 때문에 아내가 사망했다고 들었습니다."

타라는 무슨 일이 있었는지 사실대로 설명해주고 싶지 않았다.

"사실과 다르게 와전된 얘기예요. 삼촌할아버지가 말씀하시겠죠, 직접 들으세요."

사령관은 알겠다는 표시로 고개를 끄덕였다.

허리를 숙이고 뭔가를 만지던 모우르무르는 작은 불꽃이 일어나자 소스라쳤다. 그러고는 불에 덴 손가락을 입에 갖다 댔다. 타라와 사령관이 시선을 주고받았다.

"와우, 날마다 저러면 곤란한데." 사령관이 중얼거렸다.

잠시 침묵이 흘렀고, 타라는 먼저 말하지 않으려고 입을 꾹 다물었다.

"나를 감전사시키지만 않으면 잘되겠지요." 사령관이 약간 주저하는 어조로 덧붙였다.

그때 모우르무르가 놓친 열쇠가 발등에 떨어지자 욕설을 뱉으면서 펄쩍 뛰었다.

사령관은 부대를 감독해야겠다면서 자리를 떴다.

불에 덴 손가락을 빨면서 동시에 발등을 문지르는 모우르무르를 보면서 타라는 한숨을 내쉬었다.

"모우르무르 발명가와 사귀면 감전은 가장 사소한 일일 텐데!"

용선이 타라에게 다가왔다. 약간 경계하는 눈치였다. 타라가 혼자 중얼거리는 모습이 이상해 보였던 것이다.

"단트릭스와 나의 일 때문에 문제를 일으켜서 정말 죄송합니다, 폐하." 용선이 정중하게 허리를 숙이면서 말했다. "폐하를 위험에 빠뜨리는 용서받지 못할 죄를 지었습니다."

"당신에게는 아무 책임이 없어요." 타라는 부드럽게 말했다. "단트릭스가 제거하려던 사람은 내가 아니라 당신이었으니까 그런 생각할 필요 없어요. 나는 늘 위험에 노출되어 있으니까요. 권력에 욕심을 부리는 폭군, 광적인 사람들…… 그런 사람들은 하나같이 죽일 생각만 하죠. 러시아 태생으로 미국으로 귀화한 작가 아이작 아시모

프는 『파운데이션』이란 책에서 폭력은 무능력의 마지막 도피 수단
이라고 했죠. 반군의 단트릭스는 지휘자로서 무능력하기 때문에 폭
력으로 감추는 거예요. 아주 구태의연한 방법이죠."

용선이 미소를 지었다.

"나이도 많지 않은데 아주 지혜로우십니다. 나의 조국 한국은 유교
의 영향으로 여자를 업신여기고 깎아내리는 경향이 있지요. 다행히
남녀 지식인들의 노력 덕분에 지금은 예전에 비해 아주 많이 달라졌
지만, 아직은 나보다 힘이 세거나 능력이 뛰어난 여자를 받아들이는
것에 익숙하지 않습니다."

명령을 내리는 히글 사령관의 목소리가 들리자 용선은 미간을 찡
그렸다.

"하지만 나의 상관을 본받으려고 합니다. 폐하도 귀감이십니다."

타라는 쪽빛 눈으로 용선의 눈을 응시하면서 말했다.

"무아노도 당신보다 강해요. 파프니르도 그렇고요. 인간은 누구나
나름의 능력이 있어요. 여자라고 업신여기는 것은 결국 인류의 절반
을 업신여기는 겁니다. 반군 부족을 지휘하게 될 때 지금 내가 한 말
을 잊지 마세요."

용선의 검은색 눈이 동그래졌다.

"반군 부족을 지휘해요?"

"당연하지요. 악마들과 싸운 영웅들의 후예들인데 내가 단트릭스
같은 살인자의 지배를 받게 내버려둘 거라고 생각해요? 오무아 제국
의 여군을 세 명이나 죽인 대가를 치러야지요. 가서 할 일을 하세요.
나도 내 일을 할 테니까."

용선은 얼떨떨한 표정으로 인사를 하고 사자와 독수리를 데리고 황급히 돌아섰다.

돌아서자마자 뛰어가려던 용선은 표범을 데리고 조용히 다가와 있던 무아노와 맞닥뜨렸다. 무아노는 다정한 목소리로 말했다.

"멍청한 단트릭스와 담판을 지으러 떠나기 전에 시간 좀 내줄래요, 용선? 내가 할 얘기가 좀 있는데……."

어둡지만 타라와 칼은 용선의 얼굴이 빨개지는 것을 봤다.

"그…… 그러지." 용선은 어물어물 대답하고는 상관을 만나러 뛰어갔다.

텐트 정리를 끝낸 칼이 웃음을 터뜨렸다.

"타라, 너 방금 용선에게 뭐라고 했는지 알아?"

타라가 칼을 돌아보면서 눈을 부릅떴다.

"뭐?"

"가서 할 일을 하라는 건 악당을 제거하라는 뜻인데……. 단트릭스의 머리를 가방에 넣어서 돌아와도 난 놀라지 않을 거야. 용선이 멋진 장검을 지니고 있는 걸 봤거든."

타라는 소름이 끼쳤다. 무아노도 비위가 상했다.

"칼! 제발 부탁인데 자세히 얘기 좀 하지 마! 허브글라이더를 비행기로 만든다더니 다 됐나? 태양을 빨리 켜야 하는데!"

아마존 여군들은 허브글라이더의 엔진들을 재조립해놓은 상태였다. 모우르무르가 성능을 향상시키는 데 성공한 허브글라이더들을 보면서 파프니르가 질겁했다. 맙소사, 하필이면 돌진하는 샤트릭스의 형상이라니!

"위험하지 않을까?" 파프니르는 땋아 늘인 빨간 머리를 비비 꼬면서 타라에게 물었다. "평생을 찌그러진 깡통 같은 모습으로 살고 싶진 않은데."

타라는 어깨를 으쓱했다.

"파프니르, 문제가 생기면 레비투스 주문을 읊으면 돼. 우리는 전혀 위험하지 않아!"

난쟁이는 타라를 유심히 쳐다보다 대꾸했다.

"마법에 대해 한마디 할게. 먼저 여기서는 아더월드보다 마법의 힘이 약해. 그리고 저 위 태양까지 거리가 1, 2킬로미터는 될 것 같은데……. 그 높은 데서 문제가 생기면 내 마법으로는 자신 없어. 아! 우리 난쟁이들이 마법을 좋아하지 않는다는 건 말 안 해도 되지? 그리고 내가 진짜로 아주 무겁다는 것도?"

파프니르는 정정했다.

"아 참, 실버의 표현으로 하면 비중이 아주 커."

타라는 짓궂은 미소를 지었다.

"그렇게 날아가는 게 싫어?"

"싫어한다는 표현으로는 약해. 혐오해. 아주 심하게, 본능적으로."

"그럼 저 위로 올라가지 말고 넌 그냥 여기 있으면 되잖아?"

난쟁이가 턱을 쳐드는데 모욕이라도 당한 것처럼 초록색 눈빛이 이글거렸다.

"내가 고소공포증이 있다는데 그렇게 말해도 되는 거야? 올라가지 말고 여기 남아 있으라니! 너와 친구들을 다 버리라는 뜻이야? 나는 대장장이일 뿐만 아니라 기계도 좀 만지기 때문에 아주 결정적인 도움을 줄지도 모르는데!"

"오, 당연히 그런 뜻이 아니니까 도끼는 뽑아 들지 마, 제발! 파프니르 너를 위해서 한 말이었어. 네가 높은 데 올라가는 걸 얼마나 싫어하는지 아니까. 그리고 네가 필요한 일은 없을 거라고 생각해서 한 말인데 내가 실수한 것 같다."

파프니르가 여전히 화난 얼굴로 빤히 쳐다보자 타라는 항복했다.

"오케이, 알았어. 같이 가자. 당연히 그래야지. 무슨 일이 생기면 내가 너희 모두를 붙잡아줄 거야."

파프니르는 약간 누그러져서 고개를 끄덕였다.

"아, 맞다." 타라가 또다시 짓궂은 표정으로 덧붙였다. "드래곤으로 변신해서 너희들을 태우면 되겠다. 특히 나의 착륙을 좋아하던 파프니르 네 모습이 기억나는데……."

드래곤으로 변신한 타라는 친구들을 태우고 비행한 적이 있었다. 비행이 서툴러서 타라가 곤두박질칠 때 난쟁이의 얼굴이 어찌나 새파랗게 질렸는지 정말 안쓰러울 정도였다. 타라는 친구의 멍한 얼굴을 보면서 웃음을 참고 있었다.

등 뒤에서 칼이 말했다.

"미리 말해두는데 드래곤으로 변신하더라도 내가 도와줄 거란 기대는 하지 마!"

타라가 웃음을 터뜨리면서 파프니르를 놀리려고 장난쳤다고 말하자 칼은 얼굴이 빨개져서 사과했는데 땀까지 흘리고 있었다.

"어이쿠, 미안해. 나도 모르게 말이 툭 튀어 나갔네. 물론 기쁘게 너를 도와주지. 아, 그러니까 내 말은 드래곤으로 변신한 네가 아니라⋯⋯."

타라와 파프니르는 애, 지금 뭐라는 거야? 하는 얼굴로 칼을 쳐다봤다.

"너는 무슨 말인지 알겠어?" 타라가 파프니르에게 넌지시 물었다.

"아니, 전혀. 웃긴다고 한 말이겠지 뭐. 아무튼 저 기계 중 하나에 올라갈게. 아마존 여군들에게 몸무게의 맛을 보여주는 의미에서."

"이미 여러 번 허브글라이더를 탔는데⋯⋯"

"내가 직접 확인해보는 게 좋겠어. 혹시 모르잖아." 난쟁이는 단정적으로 말했다.

파프니르가 멀어져 가자 타라는 참고 있던 웃음이 터졌지만⋯⋯ 시원하게 소리 내어 웃지는 못했다.

입을 꾹 다물고 있던 칼이 몸을 비비 틀고 있었다.

"이제 끝난 거지?" 타라가 물었다.

"응." 칼이 그래도 너스레를 떨었다. "난 요놈의 입이 문제야. 터무니없는 말들이 예고도 없이 툭툭 튀어 나간다니까!"

타라는 웃었지만 친구의 태도가 어딘지 좀 이상하다고 생각했다.

둘은 잠자코 허브글라이더들이 있는 쪽으로 갔다. 여군들이 파프니르를 안심시키느라고 진땀을 빼고 있었다.

"휴, 못 타겠어요." 난쟁이 여전사가 투덜거리자 어깨 위에 앉은 장밋빛 고양이도 시무룩해서 여군을 쳐다봤다. "꽈당! 떨어져서 묵사발이 되는 게 당신이 아니라고 쉽게 말하면 안 되죠!"

허브글라이더들을 살피고 있던 여군이 어색한 미소를 지었다. 최근 들어 묵사발이니, 짓이겨지느니, 이런 말을 왜 이렇게 많이 듣지?

"아무 일 없을 거예요." 여군은 신경이 날카로워진 표정으로 말했다. "아가씨 체중보다 백배쯤 무거운 걸 실어도 이 기계는 끄떡없어요. 전혀 위험하지 않아요."

파프니르가 또다시 툴툴거리는데 '꽈당'이라는 말이 또 나오자 여군의 턱에 경련이 일었다.

난쟁이는 여군이 시키는 대로 두 번째 허브글라이더에 올라섰다. 파프니르의 체중에 허브글라이더가 삐걱거리면서 약간 휘어졌다.

"아하! 봤죠?" 파프니르가 의기양양하게 말했다. "이래서야 이륙할 수 있겠어요?"

짜증이 난 여군이 그만 리모컨을 떨어뜨리고 말았다. 불행히도 리모컨의 '고속' 버튼이 땅바닥과 부딪쳤고, 갑자기 허브글라이더가 엄청난 속도로 수직 상승하는 바람에 파프니르는 공포의 비명을 질렀다.

"아아아아아아아아아아아아악!"

질겁한 여군이 리모컨을 보면서 정신없이 눌러댔다. 몇 초 후, 허브글라이더는 마지못해 궤적을 바꾸고 얌전히 여군 앞에 착륙했다.

허브글라이더 안에서 파프니르는 혼이 나간 것처럼 멍한 눈빛으로 입만 벌린 채 동상처럼 뻣뻣하게 굳어 있었다.

앞좌석 등받이가 찌부러져 있는데 파프니르가 얼마나 힘을 줬는지 손가락 자국이 나 있었다. 아니, 정확하게 말하면 등받이가 뚫려서 속이 드러나 있었다.

타라와 칼, 로빈, 파브리스까지 뛰어갔다.

"나……." 난쟁이가 간신히 뭐라고 중얼거리는데 알아들을 수 없었다.

"파프니르?" 걱정스러운 얼굴로 타라가 물었다. "괜찮아? 정신 차려!"

칼이 파프니르의 눈앞에 손가락 두 개를 들이대고 물었다.

"손가락이 몇 개로 보여?"

파브리스가 칼을 밀쳐냈다.

"멍청하기는! 파프니르는 뇌진탕이 아니라 공포에 질린 거야. 파프니르, 숨을 깊이 들이쉬어. 괜찮아지면 내려줄게."

"응."

"그래, 어떻게 하는지 기억나지? 한 발 먼저 내디뎌."

허브글라이더는 자동조종 상태였고, 파브리스가 하라는 대로 복종하는 파프니르의 눈빛이 흐릿했다. 어깨 위에서 아직도 털이 곤두선 벨제부트는 장밋빛의 동그란 털 뭉치 같았다. 고양이는 정말 두려워하는 것이 아니라 파프니르의 공포가 전염되어서 쿵쾅거리는 심장을 진정시키려 애쓰고 있었다.

땅으로 내려서던 파프니르가 마치 다리에 힘이 풀려버린 것처럼 갑자기 푹 쓰러졌다. 떨어지지 않으려고 의자 등받이를 붙잡고 늘어지는 동안 힘을 다 써버린 모양이었다.

"아무래도 애를 데려가는 건 좋은 생각이 아닌 것 같아." 파브리스가 말했다. "고소공포증 때문에 자칫 마비가 일어날 수도 있어."

파프니르의 초록빛 눈이 뿌옇게 되더니 분노로 이글거렸다. 그들이 미처 알아차리기도 전에 난쟁이 전사가 돌변했다. 도끼 두 개를 빙글빙글 돌리던 난쟁이는 공중으로 보내버렸던 여군을 향해 달려들었다. 겁먹은 여군이 권총을 잡았지만 뽑아 들지는 않았다. 타라는 파프니르가 완전히 이성을 잃어버릴 경우를 대비해 마법을 작동했다.

난쟁이의 도끼가 솟구쳐 올랐는데 맙소사, 여군의 목에서 불과 몇 밀리미터 앞에서 멈췄다.

"당신!" 난쟁이가 고함쳤다. "일부러 그랬지?"

진실 주문 때문에 거짓말을 할 수 없으니 그럴 생각이 전혀 없었다는 말을 굳이 할 필요가 없었다.

"전혀 아니에요." 도끼 때문에 아주 조금도 움직이지 않으려고 여군은 목을 꼿꼿이 세운 채 조그맣게 말했다.

"흥!" 난쟁이는 악을 쓰듯 외쳤다. "일부러 그랬죠?"

"도끼가 너무, 너무 가까워서……." 여군은 침도 삼키지 않으려고 기를 쓰면서 말했다. "크게 말할 수가 없어. 일부러 그런 건 절대 아니고 리모컨을 놓치는 바람에……. 정말 유감스러워. 아주 많이."

"유감스러운 건 나예요!" 파프니르는 여군의 얼굴 높이까지 뛰어오를 수 없는 것이 유감스러운 표정이었다.

파프니르는 도끼를 도로 집어넣은 다음 파랗게 질려서 부들부들 떠는 여군에게서 돌아섰다. 그러고는 저벅저벅 걸어가서 모든 사람을 휙 노려보더니 허브글라이더에 올랐다.

이어서 파브리스와 로빈이 미소를 감추면서 오르자 여군들이 다른 두 개의 허브글라이더에 올랐다. 이제 모우르무르, 사령관(남은 부하들에게 마지막 명령을 내리고 있었다), 샤먼과 부관, 타라와 칼, 무아노가 오르면 출발이었다. 그런데 무아노는 좀 떨어진 데서 용선과 뭔가 심각하게 이야기하고 있었다.

갑자기 열띤 대화가 주춤해지는가 싶더니 용선이 항복했는지 무아노의 주장에 고개를 끄덕이는데 유감스러운 표정이었다.

　무아노와 용선이 나란히 허브글라이더를 향해 걸어왔다. 용선의 어깨에 앉은 흰머리 독수리도, 뒤따라오는 하얀 사자와 무아노의 은빛 표범도 침울해 보였다.

　무아노는 어색한 미소를 짓더니 아주 뜻밖의 말을 했다.

　"태양을 켜는 일은 내가 필요하지 않지만, 용선에게는 후위를 살펴줄 사람이 필요해. 내가 용선과 함께 반군 부족의 캠프로 가겠어."

17
반군 부족

남친이 아닌 다른 남자를 따라
위험천만한 소굴로 들어가는 걸
어떻게 이해해야 하나

*

무아노는 가짜 하늘, 즉 시커먼 반구형 천장을 향해 올라가는 허브
글라이더들을 바라봤다.

초원을 비춰주던 강렬한 헤드라이트들이 확 줄어들자 어두컴컴했
다. 하지만 남은 허브글라이더 두 개가 밝혀주는 불빛이 있어서 시야
확보는 되었다.

질투에 사로잡힌 파브리스는 고함을 질렀고, 다른 친구들도 매직
갱의 일원으로서 필요하지 않다고 말하는 건 도저히 이해가 안 된다
고 소리쳤다. 사령관도 랑코비트의 베어 왕과 티타니아 왕비의 조카
를 위험천만한 반군의 소굴로 보낼 수 없다고 반박했지만, 무아노는
끝내 주장을 관철시켰다. 목소리 큰 사람이 이긴다더니…….

야수로 변신한 무아노가 그 누구보다 목소리를 높였던 것이다. 무

아노가 두려운 것은 한 살 한 살, 나이를 먹을수록 야수로 변하는 것
이 점점 더 쉬워진다는 것이었다. 무시무시한 야수의 발톱을 드러낼
때마다 몇 년 전만 해도 수줍고 연약하던 소녀는 도대체 어디로 숨어
버렸는지 궁금했다.

무아노가 친구들과 옥신각신하는 동안 막무가내로 따라가겠다는
소녀 때문에 적잖이 당황한 용선도 마음이 몹시 불편했다. 갈등이라
는 것 자체를 좋아하지 않는데 마치 삼각관계라도 되는 듯 오해를 불
러일으키는 무아노의 태도를 어떻게 받아들여야 할지 몰랐다.

용선은 매력적인 소녀 무아노(솔직하게 말하면 마음이 끌리고 있
었다)가 왜 위험한 반군의 소굴로 따라가겠다고 하는지 도무지 이해
가 되지 않았다. 함께 가겠다는 남친 파브리스를 단호하게 거절하면
서까지.

그래서 용선은 분명히 짚고 넘어가야 할 문제라고 여기고 물었다.

"왜 나를 따라가려고 하지? 남친에게 질투심을 유발시키려고?" 용
선은 내심 그렇다는 대답이 나올까 두려우면서도 차분하게 물었다.
더군다나 수틀리면 살상 무기나 다름없는 늑대인간으로 변신할 텐데
그런 소년에게 쫓기고 싶은 마음은 추호도 없었다.

초록빛과 금빛이 도는 예쁜 눈을 흘기자 용선은 무아노가 야수로
변신하지 않아서 다행이라고 생각했다.

이어서 무아노가 웃었는데 보조개가 활짝 핀 미소에 용선은 다리
가 풀리는 것 같았다.

"그건 품위를 떨어뜨리는 어리석은 짓이죠." 무아노가 말했다. "파
브리스와 거리를 두고 싶어서 그래요. 질투심을 유발할 필요 따위는

없어요. 나는 암컷 늑대가 아니라서 늑대인간들의 습성에 맞춰줄 수도 없고요. 나를 불행하게 하는 파브리스를 이해할 수 없어요. 인내심을 갖고 다정하게 대했는데 그런 나를 배신했고, 친구들 모두를 배신하더니 결국에는 말도 안 되는 결정을 내렸어요. 그러면 안 되는 건데. 용선을 따라나선 것은 파브리스에게 경고 차원이 아니라 결별 예행연습이라고 할 수 있어요. 바보가 아니니까 느끼겠죠. 그리고 다시 만날 때 우리는 헤어지는 거예요. 물론 쉽지는 않겠죠. 타라를 중심으로 친구들이 단단한 팀을 이루고 있으니까요. 하지만 파브리스는 이제 지구에서 살 거니까 자주 볼 일은 없을 거예요."

용선은 생각에 잠긴 눈으로 무아노를 쳐다보면서 검은색 머리를 젖혔다.

"파브리스가 지금은 어려서 모르지만 머지않아 어른이 되면 무아노가 보물이라는 걸 깨달을 거야."

무아노가 활짝 미소를 짓자 용선은 숨이 멎을 뻔했다.

"보물이요? 내 친구 칼의 말대로 용선은 여자를 어떻게 대할지 아네요. 하지만 나는 지금 여기 있어요. 그리고 이제는 지쳐서 더는 괴롭고 싶지 않아요. 파브리스는 아마 멋진 남자로 성장할 거예요. 하지만 나와는 맞지 않아요. 그럼, 이제 갈까요?"

갑자기 화제를 바꿔버리자 용선은 멍한 얼굴로 무아노를 잠시 쳐다봤다. 그리고는 허리를 굽히는 것으로 공주에 대한 예의를 표한 다음 나란히 걷기 시작했다.

반군이 보면 달아날 것이기 때문에 용선과 무아노는 허브글라이더를 타지 않고 필요한 것은 뭐든 들어가는 마법복 주머니에 집어넣었다(다행히 크리스털 볼과는 달리 마법복은 제대로 작동했다).

어두운 데다 용선과 잘 아는 사이가 아니기 때문에 오히려 마음의 상처를 털어놓기 쉬운 걸까. 무아노는 자신에 대해 이야기했다. 랑코 비트에서 살다가 부모님을 따라 난쟁이들의 나라 히믈리아에서 보낸 어린 시절과 아주 소심해서 말을 많이 더듬었는데 타라가 낫게 해주었다는 얘기까지 했다. 지금은 부여제가 된 후계자와 함께한 믿을 수 없는 모험들, 맞서 싸워야 했던 적들, 가까운 사이가 되었던 파브리스가 마법 능력에 대한 욕심 때문에 철천지원수 마지스터를 따라가는 것으로 모두를 배신했던 일, 그렇게 실망을 주더니 자기 아버지 브주아 지롱 백작처럼 유럽 대륙에 있는 공간이동의 문 문지기가 되기로 결정해버렸다는 것까지…….

용선은 말을 자르지 않고 잠자코 들어주면서 한 이야기가 끝났다 싶으면 재빨리 "아아"하면서 장단을 맞춰주었다. 무아노는 피곤한 느낌이 들 정도로 많은 말을 쏟아내자 진정이 되는 것 같았다. 마치 자신에게 어울리지 않는 것을 완전히 빼내려면 어둠 속의 고요하고 평온한 순간이 필요했던 것처럼.

갑자기 너무 혼자서만 떠들었다는 생각에 무아노는 약간 무안해하면서 물었다.

"반군 부족과 함께 사는 생활은 어때요? 단트릭스라는 대장은 문제가 있는 사람 같은데…….."

용선은 고개를 끄덕였다.

"카리스마가 대단하지. 사람들이 자기 말에 맹목적으로 복종하게 만들었으니까. 뛰어난 사냥꾼이라서 먹을 것을 해결해주기 때문에 모두 고마워하고. 그 대가로 30년이나 절대 권력을 휘두르고 있지. 그렇지만 부족 사람들은 먹는 게 부실해서 영양실조에 걸려 있고, 비위생적이기 때문에 아이들과 노인들은 쉽게 병들고 있어. 내가 훔쳐 온 거라고 하면서 약을 제공해주었는데 그 일로 나를 고마워하는 사람이 늘어나자 단트릭스가 아주 못마땅해했지. 나를 부관으로 삼았지만 내 등에 칼을 꽂을 기회만 노리고 있어. 단트릭스가 매머드를 이용하여 저지른 짓이 그걸 확인시켜주었고. 나는 이제 문제를 해결해야 돼. 여제도 단도직입적으로 그렇게 말했고."

무아노는 빙긋이 웃었다.

"그래요, 타라가 좀 직선적이죠. 책임을 피하지 않고 받아들이는 날 타라는 아주 대단한 여제가 될 거예요."

용선이 깜짝 놀라서 무아노를 쳐다봤다.

"부여제가 책임을 피해?"

"얘기하자면 좀 복잡해요." 무아노는 한숨을 내쉬었다. "타라는 권력을 원하지 않거든요. 내 생각에는 마법도 좋아하지 않아요. 제국을 다스릴 생각도 없고요. 타라는 자신과 친구들, 세상을 구하기 위해 끊임없이 싸울 필요가 없는 평범한 여자로 살고 싶어해요. 솔직히 나라면 그러지 않을 것 같은데 타라는 늘 힘든 선택을 하죠."

용선이 머뭇거리면서 물었다.

"부여제와 함께 다니면 어때?"

"역동적이죠. 흥분되면서 무시무시하니까요. '타라'와 '평온함'은 그야말로 모순어법이라고 할 수 있죠. 타라는 늘 불가능한 것에 도전할 일이 생기죠. 지쳐서 쓰러졌다가도 또 오뚝이처럼 일어나는

데…… 용감한 것 못지않게 고집도 세거든요. 타라는 붙잡혀도 적이 먼저 지치고 말 거예요. 하지만 그런 식으로 영원히 싸울 수는 없어요. 그러다가는 정말 쓰러질 거예요."

무아노는 잠시 말을 중단했다가 침울한 얼굴로 덧붙였다.

"그리고 다시는 일어나지 못하겠죠."

용선은 충격을 받았다. 진실 주문 때문에 무아노는 거짓말할 수 없었다. 게다가 그냥 하는 말이 아니라 깊이 생각하면서 하는 말이었다. 용선은 좀 더 자세히 묻고 싶지만 참았다.

"여길 어떻게 오게 됐어요?" 무아노가 물었다.

용선은 아시아 대륙 지킴이에게 발각되었다고 이야기했다. 마법사들은 의식적이든, 무의식이든 능력을 사용하기 때문에 해마다 여러 명의 마법사들이 발각되기 마련이었다. 그해에는 중국인 열두 명, 일본인 다섯 명, 한국인 두 명—인구 비례에 따른 것이다—이 아더월드로 보내졌다. 용선은 인턴 과정을 마친 의사였기 때문에 2년 동안 샤먼 공부를 한 다음 지구의 블랙 섹션, 히글 5의 부관으로 발령이 났다. 하지만 단트릭스가 지배하는 반군 부족이 학대를 받고 있다는 걸 알았다. 그래서 용선은 그들을 돕기로 결심했고, 1년 전부터 위험한 이중생활을 하고 있었다.

"타라와 비슷한 면이 있군요." 무아노가 지적했다. "이상을 위해 목숨을 걸고 있으니까요."

용선이 힐끔 쳐다보면서 말했다.

"무아노는 어떤데?"

"나는 평온하게 살고 싶어요. 어른이 되면 세상을 자유롭게 여행하면서 새로운 것들을 접하고 신 나게 살 거예요. 랑코비트에서 직장을 얻고 즐겁게 일하면서 새로운 사람들과 새로운 친구들을 만나고, 물론 연애도 해야지요. 콤플렉스도 없고 복잡하지도 않은 평온한 남자와."

무아노가 잠시 침묵하다가 덧붙였다.

"걸핏하면 세상의 무게를 어깨에 짊어지는 일 없이 살고 싶어요."

"파브리스처럼."

무아노가 소스라쳤다.

"네?"

"파브리스가 지구로 돌아갈 결심을 한 것이 두려운 게 싫어서, 평온하게 살고 싶어서 아닌가? 그러니까 무아노도 파브리스와 같은 생각이잖아. 부여제도 마찬가지고. 나도 그렇고, 우리 모두 같아. 이 세상에는 파브리스처럼 중압감을 견디지 못하는 사람도 있고, 무아노나 나처럼 얼마 동안은 견뎌내는 사람도 있지. 그리고 내가 들은 바에 따르면 칼처럼 스릴이 넘쳐서 아드레날린이 분비되는 삶이어야 살아가는 맛이 있다고 하는 사람도 있고. 이런 사람들은 위험이 닥쳐도 중압감이 아니라 정상적인 것으로 받아들이기 때문이지. 친구들 중에서 우리의 부여제가 가장 믿을 수 있는 사람은 아마 칼일 거야."

아주 흥미로운 분석이었다. 무아노는 친구들을 이런 각도에서 생각해본 적이 없었다.

"그럼 로빈은 어때요?" 무아노는 호기심이 가득한 얼굴로 물었다.

"하프엘프? 이론의 여지가 없는 전사. 하지만 혼혈이라는 콤플렉스 때문에 내쳐지는 느낌을 받지. 그럴 만한 이유가 있거든. 무엇보다 로빈이 타라를 원하는 것은 여제 후계자이기 때문이야."

"아니. 전혀 그렇지 않아요." 무아노가 반박했다. "로빈은 정직하고 올곧은 성품이에요."

"내 말은 그런 뜻이 아니야." 용선이 말했다. "물론 로빈은 정직하고 올곧지. 온전한 엘프도, 온전한 인간도 아니라는 것 때문에 고통받아온 존재가 황제가 되는 건데 얼마나 통쾌한 설욕이 되겠어? 아더월드에서 가장 강력한 여자, 내가 본 바에 따르면 우리 은하계에서 가장 강력한 여자의 남편이 되는 거잖아. 로빈은 바로 그런 타라를 사랑하는 거야. 그것이 로빈의 문제이고, 우리 부여제의 문제이기도 하지. 정말 사랑해서가 아니라 외적 조건을 보고 사랑했다는 걸 알면 어떻게 될까?"

무아노가 놀랍다는 표정을 지었다.

"젊은 분이 도인처럼 말하네요."

갑자기 용선이 마치 키스라도 할 듯 무아노를 향해 얼굴을 숙였다. 무아노는 눈을 동그랗게 뜬 채 꼼짝하지 않았다. 용선이 귀에 대고 속삭였다.

"거의 다 왔어. 지금부터는 소리를 내면 안 돼."

용선이 뒤로 물러서면서 몸을 숙이라고 손짓한 다음 랜턴을 껐다. 가슴이 콩닥거리는 무아노는 용선이 정말로 입을 맞췄으면 어떻게 했을지 자신도 알 수가 없었다. 그렇게 잠시 몸을 숙이고 있을 때 그리 멀지 않은 곳에서 희미한 불빛이 어른거렸다.

느닷없이 무아노가 변신하는 바람에 용선은 깜짝 놀랐다. 아! 야수의 시력 때문에 무아노는 훨씬 잘 보였다.

둘이 살금살금 다가가는데 싸우는 소리가 들렸다

반군 부족 캠프가 보였다.

분위기가 심상치 않았다.

야수로 변신한 무아노와 용선은 발각되지 않은 채 캠프까지 접근했다. 동물이야 발바닥의 살 덕분에 소리 내지 않는 것이 어렵지 않지만 발소리를 전혀 내지 않는 용선을 보면서 무아노는 혀를 내둘렀다.

"무아노는 여기 있는 게 좋겠어." 용선이 속삭였다.

"아뇨, 같이 가겠어요." 무아노가 우겼다. "나도 탈영했다고 말해요. 나한테 적의를 보이면 변신할게요. 야수를 보고 질겁하는 틈을 타서 달아나면 되니까."

"단트릭스는 뛰어난 사냥꾼이야." 용선이 상기시켰다.

무아노의 목소리가 차가웠다.

"어둠 속에서 나를 추격해요? 누가요? 단트릭스가 나한테 쫓기는 게 아니고요?"

무아노를 향해 무심코 고개를 돌리던 용선은 머리 위에서 내려다보는 야수의 냉랭한 눈빛을 보면서 소름이 돋았다.

"알았어. 하지만 실수하면 안 돼. 단트릭스는 손가락 하나만 까딱해도, 눈짓만 해도 무조건 복종하는 심복들에게 둘러싸여 있어서 아주 위험해."

"내가 더 위험할지도 모르는데······." 무아노는 차분하게 대꾸했다. "이제 토론은 그만하고 들어갈까요?"

용선이 고개를 갸웃하는데 무아노가 수줍은 소녀였다는 것이 전혀 믿기지 않는다는 얼굴이었다. 무아노는 야수의 눈으로 용선을 뚫어져라 쳐다보다 아름다운 소녀의 모습으로 돌아왔다. 인간 모습의 무아노는 확실히 야수보다 덜 위험하고 연약해 보였다. 두 모습 다 고집불통인 건 똑같지만. 하는 수 없다는 얼굴로 일어난 용선은 마치 포로처럼 무아노의 팔을 움켜잡고 캠프로 향했다.

용선이 나타나자 보초 둘이 소스라치게 놀랐다. 트라둑투스 덕분에 무아노는 그들이 하는 말을 알아들을 수 있었다.

"용선? 살아 있······."

옆에 있는 동료가 발을 밟았기 때문에 보초는 말끝을 흐렸다.

"갑자기 나타나서······ 깜짝 놀랐어요. 우리는 용선이 죽었다고 생각했거든요."

"깔려 죽었을 거라고. 매머드 떼 봤어요? 두 마리밖에 못 잡았어요. 그 빌어먹을 마법사들이 매머드를 사방으로 흩어지게 하는 바람에!"

보초 둘이 번갈아 말하는데 입안이 말라서 혀가 잘 안 도는 것처럼 발음이 이상했다.

"봤어." 용선이 비아냥거리는 투로 말했다. "너희가 불을 지른 것도 알아. 대장은 어디 있지?"

"들어갔어요. 기분이 아주 안 좋아요. 지금은 안 보는 게 좋아요."

"아니, 만나러 갈 거야." 용선이 내뱉듯이 말했다.

누더기를 걸친 꾀죄죄한 두 남자가 아름다운 무아노를 힐끔힐끔 쳐다보거나 말거나 용선은 캠프 안으로 성큼성큼 들어갔다.

바람이 반대 방향으로 불어서 무아노는 냄새를 맡지 못했다. 그런데 갑자기 숨이 턱 막혔다. 캠프에서 찌든 땀과 썩은 음식, 질병, 절망, 오줌, 영양실조가 뒤섞인 냄새가 풍기고 있었다. 여기저기 어슬렁거리는 굶주린 개들, 뼈다귀를 서로 가지려고 싸우는 피골이 상접한 아이들. 무아노는 눈물이 주르륵 흘러내렸다. 아더월드에서는 굶주리는 사람, 다쳐서 아프거나 병든 사람이 거의 없었다. 그나마 가장 문제가 많다는 살테렌스들의 나라나 에드라킨족의 나라도 이 정도로 끔찍하지는 않은데…….25 반군 부족의 궁핍하고 비참한 광경에 무아노는 큰 충격을 받았다.

이런 환경에서 사는 인간들을 본 적이 없었다. 울화가 치민 무아노는 분노의 눈빛으로 용선을 쳐다보면서 단트릭스가 이 지경으로 만들 때까지 왜 그냥 내버려두었냐고 소리치고 싶은 걸 간신히 참았다.

다 똑같이 누더기를 입고 있지만 성인 남자들만 그나마 끼니를 거르지는 않는지 상태가 조금 나아 보였다. 그때였다. 한 남자가 노파의 따귀를 갈기더니 고기 조각을 빼앗으려고 넘어뜨렸다. 다른 남자들이 웃음을 터뜨리는 사이에 노파는 몸을 웅크렸다. 모닥불 위에 크기가 매머드의 사분의 일쯤 되는 거대한 고깃덩어리가 지글지글 구워지고 있건만…… 정말 이해할 수 없는 광경이었다.

정체가 들통 나지 않으려면 절대로 나서지 말아야 한다는 걸 무아

....

25. 무아노는 간략하게 표현했지만 에드라킨족의 나라에서는 사람을 죽일 때 한순간에 해치우기 때문에 고통스러워할 겨를을 주지 않는다. 살테렌스들은 노예로 붙잡아두기까지 비싼 대가를 치러야 하기 때문에 노예들에게 공을 들인다.

노는 잘 알고 있었다. 하지만 너무 충격적인 행동을 도저히 그냥 넘길 수 없었다. 행동을 후회할 겨를도 없게 만들어야겠다는 생각밖에 없었다.

용선은 무아노의 근육이 단단해지는 걸 느꼈다.

"가만히 있어." 용선이 속삭였다. "절대 나서지 마. 오히려 노파만 더 힘들어지니까. 사람들에게 두려움을 주는 것이 놈들의 수법이야. 그리고 노파는 전 대장의 아내 살루타야. 그래서 구박할 기회만 노리고 있는 거니까……."

"그래서 모두가 구경만 한다고요?" 무아노는 입술을 움직이지 않으려고 조심하면서 나직하게 말했다.

"응, 단트릭스에게 의존하면서 살아가는 사람들이니까. 단트릭스는 불과 몇 년 사이에 초원에서 아마존 여군들과 조화를 이루며 살아온 앞선 세대를 제거하는 데 성공했지. 이전에는 마법을 조금씩 사용하면서 살았어. 속이 불편하더라도 참으면서. 그런데 단트릭스가 자신의 입지가 좁아질 거란 생각에 마법을 사용하면 너무 위험하다고 사람들을 설득했지. 그렇게 해서 지금 명실상부한 대장으로 군림하는 것이고."

노파가 뭐라고 증오에 찬 말을 던지자 못된 놈이 큼직한 손을 쳐들더니 주먹을 쥐었다. 그 주먹에 맞으면 노파는 살아남을 수 없었다. 하지만 노파는 굴하지 않고 때가 덕지덕지 앉은 얼굴을 쳐들었다. 눈빛이 이글거렸다.

이런 지옥에서 사느니 죽는 것이 낫다고 작정하지 않는 한 나올 수 없는 용기였다.

용선이 붙잡을 겨를도 없이 무아노가 달려들었다. 그러고는 랑코비트의 왕족은 누구나 연마하는 호신술을 사용하여 남자의 가랑이 사이로 발길질을 날려서 넘어뜨렸다. 노파는 놀라울 정도로 날렵하게 몸을 굴려서 충돌을 피했다. 무아노는 냉정하게, 아주 힘껏 남자의 목덜미를 가격했다. 야수의 힘을 썼다면 단숨에 죽일 수도 있지만 그것만은 참았다.

남자가 한동안 정신을 잃을 정도로 충격을 받았기 때문에 그사이에 무아노는 노파를 일으켜주었다.

아연실색한 노파는 부축을 받으며 일어섰다.

무아노는 미소를 지으며 노파의 주름진 얼굴에 흘러내린 희끗희끗한 머리털을 가다듬어주고는 부드럽지만 단호하게 말했다.

"체념은 해결책이 아닙니다. 때로는 싸우기도 해야 합니다. 부인은 강인한 분입니다. 마법을 사용하면……."

눈이 휘둥그레진 노파가 대답하기 전에 용선이 무아노의 팔을 잡아끌었다.

"이게 뭐 하는 거야? 모든 걸 망칠 생각이야?" 용선이 성난 얼굴로 속삭였다.

"부인을 죽이려고 했어요!"

"살루타가 놈들에게 대드는 것이 처음이 아니야."

용선은 무아노의 손을 잡고 캠프를 가로질러서 무두질한 동물 가죽으로 만든 대형 텐트까지 데려갔다. 열어놓은 텐트에서 악취가 풍겨 나왔다. 거구의 남자가 의자에 앉아 있었다. 수염을 길게 기른 근육질의 남자는 인간이라기보다 곰에 가까웠다.

악취를 생각하면 오히려 곰을 모욕하는 것이지만.

갈색의 돼지눈에 경계하는 빛이 번득이는데 더부룩한 눈썹은 아주 불결했다. 지금은 무아노가 인간의 눈인데도 단트릭스의 머리털 사이를 기어 다니며 피를 빨아 먹는 이가 보였다. 혐오감에 저절로 몸서리가 쳐졌다.

단트릭스가 길게 늘어진 가죽끈 두 개를 잡아당기자 가려져 있던 것이 드러났다.

뼈다귀와 나무로 만든 의자에 씌워놓은 더러운 털가죽이 보였다. 그리고 의자 양쪽에서 헝클어진 긴 머리에 가냘픈 젊은 여자 둘이 겁먹은 표정으로 걸어 나왔는데 얼굴은 눈물로 얼룩지고 온몸이 피멍이 들어서 불그죽죽했다.

그런데 젊은 여자 둘은 마치 개처럼 뼈다귀가 달린 가죽 줄에 묶여 있었다.

용선이 석상처럼 굳어버렸다. 이번에는 무아노가 진정하라고 속삭였다.

"살루타의 딸들이야!" 용선이 격분했다.

한 여자가 용선을 쳐다봤다. 무아노는 여자의 눈에서 희망과 애원의 빛을 봤다.

그리고 사랑의 빛까지.

용선이 신음했다.

용선이 몸을 꼿꼿이 세우고 다가가자 거인이 일어났는데 키가 2미터에 이르고, 돌처럼 단단한 근육질이었다.

"그 빌어먹을 아마존 여군들이 약이 바짝 올랐던가?" 거인이 우렁차게 소리쳤다. "몇 명 죽였다고 우리와 한판 붙겠대?"

무아노는 혐오감에도 불구하고 냄새를 맡아야 했다. 아! 땀과 오물의 냄새 외에 너무 잘 아는 냄새를 맡을 수 있었다.

두려움의 냄새.

"구덩이에 빠진 사람은 죽지 않았어요." 용선이 목소리를 내리깔고 미치광이의 얼굴을 뚫어져라 응시하면서 말했다. "그래서 아마존 부대는 우리에게 화가 나 있지 않아요. 하지만 범죄 흔적을 지우기 위해 매머드들을 달아나게 한 것은 정말 어리석었어요."

거인의 눈빛이 분노로 이글거리면서 한 발짝 앞으로 나왔다.

"나한테 어리석다고 했나?"

용선이 정색하면서 응수하는데 말투도 바꿨다.

"어리석고 무모하고 무책임했다. 여군을 셋이나 죽였는데 어떻게 나올 것 같나?"

단트릭스가 터뜨리는 걸걸한 웃음소리에 무아노는 소름이 끼쳤다.

"그까짓 계집년들이 뭘 어떻게 나오겠어! 질질 짜면서 죽은 사람들을 처리하고 있겠지. 우리가 훨씬 세기 때문에 감히 덤빌 생각도 못할 텐데!"

단트릭스가 고함을 지르면서 말을 끝내자 주위의 심복들이 창과 활을 흔들면서 함성을 질렀다.

단트릭스 일당이 떠들썩하게 웃고 떠드는 사이에 노파가 슬그머니 용선과 무아노 옆에 와 섰다. 살루타였다.

포악한 대장의 눈앞에 나타난 어머니를 보면서 두 딸은 깜짝 놀랐다.

너무 얻어맞아서 만신창이가 된 살루타는 간신히 서 있었다. 관절염에 걸려 두 손이 다 뒤틀려 있지만 강단으로 버티는 것 같았다.

단트릭스가 살루타를 발견하고 경멸의 표시로 침을 뱉었다.

"감히 여길 어디라고 들어와? 용건은?"

살루타는 비웃음을 흘리면서 말했다.

"용선이 당신보고 어리석다고 했는데도 죽이지 않았다. 그건 용선의 도전을 받아들이지 않겠다는 건가?"

용선이 나직하게 말했다.

"왜 이러세요?"

살루타는 아랑곳하지 않았다.

"아니면, 용선의 멋진 장검이 두려운 건가, 단트릭스?"

그러면서 살루타가 느닷없이 용선의 장검 하나를 뽑아 들었는데 드는 것조차 힘겨워 보였다.

용선이 불안한 얼굴로 말했다.

"검을 내려놓으세요. 그러다 다쳐요."

검을 들고 덜덜 떠는 살루타를 보면서 마음이 약간 놓인 단트릭스는 심복들에게 용선이 나설 경우 활시위를 당기라는 신호를 보냈다.

그래서 살루타가 서툴게 잡고 있던 칼날이 느닷없이 자신의 목을 건드렸을 때 단트릭스는 정말 아연실색했다.

무아노와 용선, 다른 사람들도 갑자기 피가 콸콸 쏟아지는 이유를 알지 못했다.

단트릭스는 떨리는 손으로 자신의 목을 만져보고는 믿기지 않는 얼굴을 했다.

살루타는 능숙한 동작으로 칼날에 묻은 피를 뚝뚝 떨어지게 한 다음 용선에게 돌려주었다.

그러고는 무아노를 향해 돌아서면서 말했다.

"위험해질 경우에는 아가씨가 마법을 사용하여 용선을 보호해줄 거라고 생각하고 기회만 엿보고 있었지요. 심복들이 활시위를 당기기 전에 기습해야 되기 때문에."

어안이 벙벙한 심복들이 대장을 멍하니 응시하고 있었다.

단트릭스가 한 발, 두 발 움직이더니 살루타를 뚫어져라 쳐다보는데 늙어빠진 여자에게 이렇게 맥없이 당할 줄은 정말 꿈에도 생각 못했다는 얼굴이었다. 뭐라고 중얼거렸지만 목에서 피가 흘러내리고 있어서 알아들을 수 없었다.

마침내 썩은 나무가 쓰러지듯 단트릭스는 푹 고꾸라졌다.

심복들이 고함을 질러댈 때 무아노는 변신했다. 심복들은 눈 깜짝할 사이에 달려드는 야수에게 속수무책으로 무기를 빼앗겼다. 야수/무아노는 포위하고 있는 40명의 심복 중에서 30여 명을 무력화시켰다. 용선도 단트릭스의 시대는 막을 내렸다는 걸 아직도 깨닫지 못한 심복들을 향해 장검을 휘둘렀다. 하지만 상처를 입히지 않았고, 창과 활만 빼앗아서 사방으로 내던졌다.

무아노는 반항이 제일 심한 세 남자를 골라서 제압했다. 이런 괴물을 본 적이 없는 남자들이 재빨리 항복했다.

그런데 정작 살루타는 단트릭스의 죽음에 별다른 감정을 내보이지 않았다. 가죽 줄에 묶인 딸들부터 풀어주었다. 딸들은 눈물범벅이 되어 어머니를 얼싸안았다. 용선이 다가가자 딸 한 명이 품에 뛰어들었다. 어찌할 바를 몰라서 잠시 머뭇거리던 용선은 여자를 다정하게 안아주었다.

단트릭스의 심복들 이외에 부족의 사람들이 모두 모였다. 권력자가 교체될 때는 늘 그렇듯 무아노는 이들에게서 체념과 경계의 냄새를 맡았다. 오무아에 예부터 내려오는 속담이 있었다. "모르는 사람보다 차라리 잘 아는 악마가 낫다." 이 말은 구관이 명관이라는 뜻이었다.

단트릭스와의 혈전을 생각하던 용선은 이렇게 끝나버린 것이 실망스러우면서도 한편으로는 안도했다. 용선이 갑자기 목청을 높이면서 외치는 바람에 모두 깜짝 놀랐다.

"살루타 만세! 우리의 새로운 대장 만세!"

이번에는 살루타가 속삭였다.

"오, 끔찍한 벤드룩의 내장이여! 지금 뭐 하는 건가?"

"부인을 대장으로 추대하는 건데, 왜요?"

"하지만…… 나는…….."

딸들이 어머니의 말을 막으면서 외쳤다.

"살루타 만세! 결투는 끝났습니다. 살루타가 단트릭스를 물리쳤습니다. 살루타는 우리의 새로운 대장입니다!"

살루타는 주위를 둘러봤다.

"하지만…… 하지만 안 돼, 나는…….."

용선은 살루타 앞에 무릎을 꿇었다. 재빨리 인간으로 돌아온 무아노도 용선 옆에서 무릎을 꿇었다. 두 시간 전, 타라는 용선에게 반군의 대장이 되라고 했었다. 하지만 다른 계획이 있었다.

"이게 가장 이상적인 선택입니다." 용선이 아연실색하는 살루타의 눈을 응시하면서 말했다. "부족이 나를 따르는 것 같지만 내심 경계하고 있는 거 알아요. 단트릭스도 의약품과 의술 때문에 나를 살려두었지요. 이방인이라서 절대로 대장으로 받아들이기 힘든 나보다는 부인이 적격입니다."

살루타는 입을 굳게 다물고 천사 같은 얼굴의 젊은이를 응시하다가 나직한 소리로 말했다.

"용선, 자네는 정말 나를 꼼짝 못하게 하는군. 이 빚은 꼭 갚을 날이 있겠지!"

그렇게 말하고 살루타는 고개를 꼿꼿이 들고 승리의 표시로 두 손을 쳐들었다. 함성이 터지면서 모두 모여들었다. 지금이야말로 무아노가 나설 차례였다.

"이곳에 도착한 뒤로 내내 가슴이 아팠는데 이제 됐군요. *레파루스의 이름으로* 반군 부족은 모두 치료가 되고, 옷은 수선되어라!"

무아노의 마법이 반군 캠프 전체를 후려치는 순간 공포의 비명이 터져 나왔다.

하지만 괜한 불안이었다. 부러지거나 뽑혀나간 이가 다시 자랐고, 뒤틀린 수족이 똑바로 펴졌고, 머리털과 피부에 윤기가 흘렀고, 눈빛이 살아났고, 아픈 사람들은 모두 병이 나았다.

너무 힘을 많이 쓴 무아노는 털썩 주저앉았다가 메스꺼움 때문에 토하기 위해 뛰쳐나가야 했다. 무아노가 돌아오자 건강을 되찾은 사람들이 에워싸면서 놀라움과 기쁨을 감추지 않고 진심으로 고마워했다. 사실 무아노 자신도 어리둥절했다. 마법이 이 정도로 강하지는 않았는데…….

살루타는 이제 기꺼이 반군 부족을 맡기로 결정을 내렸다. 무아노는 마법을 어떻게 사용하는지 보여주는 임무를 맡았다. 그들은 몸에서 기생충부터 없앴고(무아노는 머리에 득실거리는 이를 보면서 잠깐이지만 공포에 사로잡혔다), 살루타의 딸이 솟아오르게 한 샘물로 몸을 씻고, 청소도 말끔히 끝냈다. 얼마 후 반군 부족 캠프는 몰라보게 달라져 있었다. 살루타의 딸이 광장을 만들었고, 무아노는 예쁘게 단장한 텐트들을 만들었다. 이어서 중앙에 피워놓은 모닥불 주위에 편안한 의자들이 놓였다. 침대와 담요, 주방 도구, 조명등(용선이 제공한)……. 사람들은 믿기지 않는 눈으로 두리번거리면서 '왜 진작에 이런 생각을 하지 않았을까' 하는 얼굴이었다.

마법을 사용하는 것은 문제가 좀 있었다. 하지만 무아노와 용선, 살루타가 토하기는 해도 일시적일 뿐 죽지는 않는다는 걸 눈으로 확인했다. 그들은 하나둘 조심스럽게 마법을 시도해봤다.

단트릭스를 추종했던 심복들은 살아남지 못했다. 살루타는 가차없이 그들을 처형했다.

용선과 무아노가 미처 말릴 사이도 없었다.

그들은 시신들을 힐끔 쳐다보고 나서 새로운 대장 앞에서 단결을 다짐했다. 살루타의 딸 수알라가 슬그머니 손을 잡고는 놓아주지 않자 용선은 어찌할 바를 몰라했다. 두 사람의 모습에 무아노는 흐뭇한 미소를 지으면서 중얼거렸다.

"칼이 이 소식을 들으면 아주 기뻐할 거야. 폭군에게 시달리는 사람들을 해방시켰으니까. 우리와 함께하지 못한 것이 분하다며 펄펄 뛰겠지."

"원래 그렇게 혼잣말을 잘해요, 아가씨?"

등 뒤에서 누군가가 말했다.

무아노가 깜짝 놀라서 돌아보니 살루타였다.

"뭐라고 하셨어요?"

"원래 그렇게 혼잣말을 잘하느냐고 물었어요."

"아, 그건 아니고요. 곧 만날 친구들을 생각하다가 그만. 우리가 한 일……, 아니 부인이 한 일에 대해 친구들이 들으면 굉장히 좋아할 거예요."

"좀 더 일찍 하지 못한 게 유감스럽죠. 단트릭스가 워낙 영악한 인간이라 접근할 틈을 주지 않아서……. 무엇보다 철통 경계를 했지요. 가장 위협적이라고 생각하는 용선에게 온통 신경을 쓰고 있다는 걸 알고 기회를 노렸어요. 그런데 달/태양이 꺼지면서 어두컴컴했기 때문에 기회가 왔다고 생각했어요. 보초들이 창이나 화살로 나를 겨냥하기가 쉽지 않으니까요(살루타는 추운 것처럼 팔을 문질렀다). 하지만 키가 너무 작아서 장검을 휘두르지 못할까 봐 두려웠죠. 용선이 나한테 검을 빼앗길 정도로 어리석은 사람도 아니고, 용케 검을 빼앗았다고 해도 손이 너무 망가져서 목을 벨 수나 있을지 자신이 없었는데……."

"네, 많이 아프셨을 텐데." 무아노는 고개를 끄덕였다.

"단트릭스 때문이죠."

살루타가 이젠 힘이 나는 듯 웃으면서 덧붙였다.

"그래요, 고통스러웠지만 이제는 단트릭스가 죽었으니 훨씬 더한 고통도 감내할 거예요."

그렇게 말하면서 살루타의 시선이 두 딸에게 머물렀는데 뼈다귀가 달린 가죽 줄을 불태우면서 환호성을 지르고 있었다. 단트릭스가 저지른 결정적인 잘못은 살루타의 딸들을 개처럼 묶어두어 모멸감을 주었다는 것이다.

살루타가 다시 무아노에게 시선을 옮기면서 말을 계속했다.

"정말 고마워요, 아가씨. 나에게 용기를 줬어요. 꼭 필요한 순간에 나를 도와주었고, 용선과 아가씨가 기가 막히게 교란작전을 만들어 주었어요."

갑자기 살루타가 가슴을 쭉 펴면서 자세를 바로 하는데 대장의 위용이 느껴졌다.

"고맙다는 말은 이쯤에서 끝내고 우리의 태양을 어떻게 한 겁니까?"

정색하면서 변하는 살루타의 어조에 무아노는 흠칫했다.

"그게…… 사고였어요."

"네, 우리도 봤어요. 태양, 사방으로 달아나는 매머드 떼, 여러분은 초원을 혼란에 빠뜨렸어요."

이제는 악취가 사라졌기 때문에 무아노는 마음 놓고 공기를 들이마시면서 말했다.

"내 친구 중에 음…… 굉장히 강력한 친구가 있는데요. 단트릭스가 일부러 놓은 불 때문에 매머드 떼가 몰려와 위험에 처했어요. 그래서 아마존 부대를 도와주려고 마법을 사용하다가 태양을 꺼뜨리게 된 거예요. 지금은 저 위에서 수리하는 중이에요."

이번에는 살루타가 흠칫 놀랐다.

"뭘 하는 중이라고요?"

"진짜 태양이 아니라 기계거든요."

무아노는 살루타에게 이 초원의 내력을 자세히 알려주었다.

"악마들이요? 그러니까 우리가 5000년 전에 악마들과 싸웠던 병사들의 후예라고요? 그런 전설을 듣긴 했는데 사실인지는 몰랐어요. 그래서 우리가 피해서 사는 거였군요."

"반군의 대장들이 지금까지는 계속 그랬죠."

살루타가 오랫동안 입을 다물고 있어서 무아노는 화가 나 있는 거라고 생각했다.

"그런 것도 모르고 바보같이 살았으니!" 살루타가 외쳤다. "마법으로 뭘 할 수 있는지 보면서 알았어요. 마법은 해로운 것이 아니라 사용하기가 약간 까다롭고 불편한 도구라는 것을."

살루타가 자세를 바로 하면서 말했다.

"나의 부족에게 선택권을 줘야겠어요."

"어떤 선택인데요?"

"우리는 너무 늙어서 변화보다는 안주하고 싶어하죠. 나는 이곳의 삶을 사랑해요. 하지만 젊은 사람들은 아마 다른 삶을 살고 싶겠죠. 내 딸도 그럴 테고. 내가 보기에는 수알라가 용선을 많이 좋아해요. 매머드 가죽을 씹으며 신발이나 만들며 살라고 할 수는 없어요. 다른 꿈이 있는 걸 아니까요. 딸이 용선을 따라가고 싶어한다면 허락할 거예요. 탈영이니 반군이니 그런 역사는 끝낼 때가 됐어요. 우리는 아더월드인이고 더 이상 비겁하게 살지 않겠어요."

살루타는 무아노를 쳐다보면서 덧붙였다.

"다른 부족들에게 메시지를 보낼 거예요. 떠나고 싶어하는 젊은이들을 아마존 부대로 보낼 테니까 받아주면 좋겠어요. 이제 아가씨도 용선과 함께 어서 떠나세요."

"위험하지 않을까요?" 무아노가 걱정이 되는 얼굴로 물었다.

"네, 괜찮을 거예요. 아직은 충격을 받은 상태지만, 깨끗한 옷이며 음식, 위생적인 생활, 되찾은 건강이 얼마나 중요한지 깨달았을 테니 모두 나를 따를 겁니다. 단트릭스를 따랐던 것처럼."

"동물에게는 마법이 안 통한다는 걸 잊지 마세요." 무아노가 주의를 주었다.

"물론이죠. 그리고 밀을 어떻게 자라게 하는지, 밀가루를 어떻게 만드는지 잘 봐뒀으니까 어려울 것 없어요. 살코기 문제는 다른 부족과 물물교환을 하면 되니까 해결할 수 있고……. 조금 멀긴 해도 철광이 매장된 언덕을 알고 있죠. 단트릭스가 나를 죽이지 않은 것도 바로 그 때문이었죠. 그자는 위치를 모르는데 내가 알려주지 않았으니까……."

그 순간 무아노는 지칠 대로 지친 살루타에게서 온갖 시련에 단련된 강인한 여인이 숨어 있음을 보았다. 그래서 몇 년만 지나면 아틀란티스에 있는 모든 부족을 다스리는 수장이 될 자질을 갖췄다고 높이 평가하면서 살루타에게 용기를 북돋워주었다.

무아노와 용선이 떠나는 순간 살루타의 두 딸이 와서 조심스럽게 인사했다. 몇 시간 사이에 완전히 탈바꿈한 터전에 대해 진심으로 고마워했다. 헤어지기가 못내 아쉬운 수알라는 용선을 뜨겁게 포옹한 뒤에 놓아주었다.

무아노는 용선이 비추는 랜턴 불빛에 의존하면서 어둠 속을 걸었다. 간밤에 잠을 설쳤기 때문에 그들은 몹시 피곤한 상태였다.

"수알라가 용선을 많이 사랑하는 것 같아요."

무아노가 불쑥 말했다.

어두워서 용선의 얼굴이 명확하게 보이지 않지만 빨개지는 걸 무아노는 알 수 있었다.

"대단한 여자지. 고통받는 사람들과 어머니를 도우려고 애를 썼지만 쉽지 않았어. 단트릭스…… 그자가 사람들을 공포에 떨게 했어. 나름대로 저항하려고 했지만 괴물들에게 맞서는 게 쉬운 일은 아니지. 나는 정말 어떻게든 상관의 명에 복종하고 명예를 지키기 위해서 그 몹쓸 인간들을 해치우고 싶은 걸 참고 또 참았는데……."

아! 그러니까 최고 사령관이나 다름없는 타라의 명을 받고 더는 신중할 필요가 없게 된 것이었다. 충분히 이해가 된다는 뜻으로 고개를 끄덕이면서 무아노가 말했다.

"용선은 정말 용감하고, 의로운 남자예요."

용선은 긴 한숨을 내쉬고 깊은 침묵에 빠졌다.

무아노와 용선은 생각에 잠겨서 나란히 걸었다. 용선은 일어난 일을 곱씹어볼수록 실망스러웠다. 고전적 결투 방식으로 단트릭스와 일대일로 맞서 죽이든 죽든 결판을 낼 생각이었다. 그런데 늙은 살루타가 검을 빼앗아서 거인의 목을 베어버릴 줄이야!

용선은 한숨을 내쉬었다. 하지만 중요한 것은 살루타의 부족은 더이상 두려움 속에 살지 않으리란 것이었다.

용선은 다시 한 번 미소를 띠면서 기계적으로 검의 위치를 바로잡았다. 다른 여러 부족의 족장들도 단트릭스 못지않게 잔혹하고 위험했다. 그래도 기회가 오면 아름다운 수알라가 보는 앞에서 멋지게 싸우리라고 다짐했다.

무아노는 왜 갑자기 타라와 파브리스랑 함께 가지 않고 용선을 따라나서고 싶었는지 아직도 의문이었다. 파브리스가 언제부터 그렇게 귀찮고 숨 막히는 존재가 된 걸까? 정말 알 수가 없었다. 몇 년 전, 몇 달 전만 해도 죽을 때까지 함께할 사람은 파브리스라고 굳게 믿었건만. 그런데 타라와 마찬가지로 무아노도 어릴 적 사랑은 영원하지 않다는 걸 깨닫고 있었다.

무아노도 한숨을 내쉬었다. 모든 것이 아주 복잡했다. 얼마 동안은 남자친구 없이 지내면서 마음을 정리하고 싶었다. 파브리스는 지구에서 문지기로 살기로 했으니 어차피 아더월드에 혼자 남을 텐데.

그런데 왜 이렇게 슬플까?

둘은 묵묵히 걸었다.

갑자기 아마존 부대의 캠프에 도착했을 때 머리 위에서 이상한 소리가 들렸다. 무아노가 올려다봤다.

"이게 무슨……." 용선이 어물어물 말했다.

무아노는 손으로 하늘을 가리켰다.

태양이었다. 태양에서 무슨 일이 일어나고 있었다.

태양치고는 이상한 반응이었다.

태양이 지지직거렸다.

그리고 엄청난 폭발이 일었고, 빛이 번쩍였다.

무아노가 눈이 부셔서 고개를 돌리는 순간 뭔가가 보였다. 뭔가가 추락하고 있었다.

손으로 빛을 가리면서 무아노는 뚫어져라 하늘을 쳐다보다 하얗게 질렸다.

사람들이 떨어지고 있었다.

18
다시 켜진 태양
뭔가를 폭발시킬 때 어떻게 해야 화를 면할 수 있을까

*

변형시킨 허브글라이더에 자리 잡고 앉은 타라와 친구들은 무아노와 용선에게 손을 흔들어준 다음 돔형의 크리스털 문을 닫았다. 캠프에 남은 여군들의 성원과 인사를 받으면서 허브글라이더들이 시커먼 하늘을 향해 올라갔다.

파프니르는 지면에서 멀어질수록 하얗게 질렸다.

그들은 태양을 향해 올라가고 있었다.

꽤 오래 걸렸다. 허브글라이더들은 올라가는 용도로 만들어진 기구가 아니기 때문에 반구형 천장까지 가는 데 한 시간이나 걸렸다.

올라가는 내내 파프니르는 창밖을 보지 않으려고 열심히 벨제부트와 정신적으로 교훈적인 대화를 나누었다. 고양이는 기분을 맞춰주려고 애를 썼지만, 파프니르는 기구가 흔들리면 덩달아서 부들부들 떨고, 기구가 요동치면 덩달아서 소스라치게 놀라고, 기구가 덜컹거리면 이를 악물고 좌석을 붙잡고 늘어졌다. 초록빛 눈이 어찌나 공포에 질려 있는지 용기를 주는 말조차 건넬 수 없었다.

너무 힘을 준 나머지 안락의자 팔걸이를 반쯤 뚫고 들어간 난쟁이의 두 손을 보면서 칼은 가슴이 조마조마해 제발 팔걸이들을 그만 괴롭히기를 바랐다.

한편 로빈은 타라의 생각을 알 수만 있다면 영혼이라도 내어주고 싶었다. 그런데 초원에 걸린 진실 주문 때문에 타라의 생각을 알았다. 하지만 악마와 잤다면서 충격적인 말을 쏟아낸 뒤로는 헤어지겠다는 건지, 화해하겠다는 건지 타라는 아무 말이 없었다. 로빈은 어찌나 불안한지 다가갈 엄두가 나지 않았다. 크리스털 볼이 불통이라서 유감이었다. 어머니나 여친 경험이 많은 친구들에게 조언을 구하면 좋을 텐데. 친구들의 조언이 무조건 믿을 만한 것은 아니었다. '너무 걱정 말고 밀어붙여. 잃는 게 있으면 얻는 것도 있으니까!' 지난번에 타라와 말다툼했을 때 친구가 해준 조언대로 밀어붙였다가 지금이 꼴이 됐는데…….

로빈은 한숨을 내쉬었다. 오, 엘프들! 엘프들은 아주 단순한 것 같으면서도 아주 까다로운 면이 있었다. 타라의 '마음에 들려면' 엘프의 본능을 완전히 버려야 할까? 아니면 타라를 단념해야 할까?

로빈 맞은편에 앉은 파브리스는 더 침울했다.

질투에 사로잡혀 있었다. 멋진 남자와 멀어져 가는 무아노를 보면서 하마터면 늑대로 변신해서 달려들고 싶은 걸 간신히 참아야 했다. 하지만 파브리스가 깨물면 남자는 죽는 것이 아니라 늑대인간이 되는 것이니 알파 늑대가 될 가능성도 있었다.

게다가 날카로운 장검을 두 자루나 지니고 다니는 한국인 전사에 비해 파브리스는 사고를 당한 뒤로 아직 완전히 기력을 되찾은 상태가 아니었다. 늑대인간들은 아주 빠른 속도로 회복되지만 그렇다고 초인간은 아니었다.

타라는 불안했다. 마지스터의 수중에 들어간 어머니의 시신, 마지스터가 꾸미는 음모, 언제 튀어나올지 모르는 검은 여왕, 얼떨결에 한 살을 더 먹으면서 일어나게 될 여러 가지 일들…….

타라는 로빈도 걱정이었다. 하프엘프는 생각에 잠겨서 입술을 깨물고 있었다. 타라는 잘생긴 얼굴, 은빛 머리(인간의 특성을 나타내는 검은 머리털은 사라졌지만), 반짝거리는 크리스털 눈을 응시했다. 다른 엘프들과는 달리 로빈의 눈빛은 마음을 반영했다. 하지만 답 없는 의문이 남아 있었다. 로빈은 타라에게 충분히 인간적이었나? 그럼 타라는? 타라가 로빈에게 좀 더 엘프적일 수는 없는 걸까? 생각지 못한 습관을 받아들일 수는 없는 걸까? 어쨌든 로빈도 많은 걸 양보한 것이 틀림없는데…….

그리고 로빈은 여러 번 타라의 목숨을 구해주었는데! 하지만 생명의 은인이기 때문에 사랑할 수는 없지 않은가. 그런 식이라면 날마다 인명을 구조하는 소방수는 어떻게 해야 되나? 그 모든 사람과 사랑할 수도 없는데. 의사나 영웅들도 마찬가지였다. 아, 물론 이들의 경우 목숨을 살려준 여자나 남자와 맺어지는 일이 종종 있지만.

이런 생각을 하면서 타라는 한숨을 내쉬었다. 인간은 여러 가지 감정 중에서도 두려움에 지배된다는 생각이 들었다. 타인에 대한 두려움, 혼자라는 두려움, 병과 죽음에 대한 두려움, 내처지는 것에 대한 두려움, 친구들이나 부모에 대한 두려움. 그리고 미래에 대한 두려움, 젊음에 대한 두려움, 늙음에 대한 두려움…….

타라는 고개를 흔들었다. 자꾸 이런 생각을 가지면 안 되는데…….
타라의 시선이 파프니르에게 머물렀다. 돌덩어리처럼 굳어 어찌나 힘을 주고 있는지 난쟁이가 앉은 의자가 삐걱거리고 있었다. 온몸의 모공에서 삐질삐질 땀이 나오는 저 두려움은? 타라는 문득 그르룰이 생각났다. 옛 보디가드도 날아가는 걸 완전 싫어했었다.**26**

"파프니르." 타라가 차분한 목소리로 말했다. "좌석 팔걸이를 그만 잡아당겨. 버티지 못할 거야. 그러다 좌석이 뜯겨버리면 바닥에 구멍이 뚫릴 텐데……. 내 생각에 구멍이 뚫리면 허브글라이더가 작동하지 않을 것 같아."

파프니르는 멍한 눈으로 타라를 쳐다봤다. 그러고는 정말 괴로운 얼굴로 천천히 손가락들을 폈고, 다시 주먹을 꽉 쥐고서 자신의 단단한 허벅지를 눌렀다. 그때였다. 우지끈, 좌석에 금이 갔다.

칼이 파프니르 앞으로 자리를 옮기고는 마주 보게 돌아앉았다.

"파프니르, 내 말 잘 들어." 칼이 긴 손가락을 흔들면서 말했다. "네 문제를 해결할 방법이 있어."

난쟁이는 짜증스러운 눈초리로 째려보면서 이를 악물었다.

"난 비행기 타는 게 싫은 것뿐이야. 무슨 문제가 있는 게 아니고!"

. . . .
26. 초록 트롤 그르룰은 뱀파이어 대통령의 딸 킬라가 조종하는 양탄자 비행기에서 다 토한 적이 있는데 엄청난 크기의 위생봉지를 보면서 탑승자들이 모두 안도의 숨을 내쉬었던 적이 있었다.

"아니, 문제가 있지. 고소공포증이 있는 거니까. 그건 아주 큰 문제야. 우리는 초원 상공 높이 올라가고 있는데 저 위에서는 더 대처하기 힘들 테니까. 그래서 말인데 계속 그렇게 현기증이 나면 너 때문에 우리 모두 위험해질 수도 있어. 따라서 고소공포증을 없애줄 생각이야."

난쟁이가 칼을 뚫어져라 쳐다봤다.

"나한테 마법을 사용했다가는 내 고양이를 위한 푸딩으로 만들어버릴 테니까 알아서 해!"

야옹, 벨제부트가 항의의 울음소리를 냈다. 그런 끔찍한 말을 하다니, 난 절대 인간을 먹지 않아!

"오, 천만에." 칼은 두 손을 흔들면서 말했다. "너에게 마법을 사용할 생각 전혀 없어. 난쟁이들이 마법을 싫어하는 걸 아는데 내 목숨을 아껴야지. 아주 간단한 방법이 있어."

난쟁이가 경계하는 시선으로 흘겨봤다.

"간단한 방법이라는 게 뭔데?"

"네가 새라고 믿게 만들 거야."

타라는 웃음을 참았다. 모든 시선이 칼에게 쏠렸다. 무아노가 없어서 짜증이 나 있던 파브리스가 신경질적으로 내뱉었다.

"무슨 말하는 거야, 칼?"

칼은 들은 체도 않고 파프니르에게 집중했다.

"최면술인데 내가 방법을 알거든. 내 직업상 필수적인 것이라서. 이따금 우리 면허 받은 도둑들은 사람들의 머릿속에서 기억을 빼내거나 집어넣어야 할 때가 있거든. 늘 마법을 사용할 수는 없으니까.

그래서 너에게 최면을 걸어서 새라고 믿게 만들 거야. 그러면 일시적으로 허공을 두려워하지 않게 되니까."

"새?" 파프니르가 확인했다.

"응. 짹짹 짹짹, 날개 달린 새."

"지금 나 놀리는 거야?"

칼은 어이없다는 표정으로 말했다.

"내가? 천만에. 나를 믿어."

"꿈 깨시지!" 파프니르가 쏘아붙였다.

"고소공포증을 낮게 해줄 수 있어. 잘될 거야. 그리고……."

"그리고 뭐?"

"넌 선택의 여지가 없어."

"어떤 새인데? 비둘기라면 당장 집어치워."

칼의 눈이 반짝거렸다.

"아니, 훨씬 위엄이 넘치는 의젓한 새!"

"독수리? 매?"

"기대해."

파프니르의 위협적인 눈초리에도 칼은 눈 하나 깜짝하지 않았다. 그렇지 않아도 터져 나오려는 웃음을 참던 타라는 침묵을 지키기로 했다. 입을 열었다가 웃음이 터지면 파프니르가 최면을 걸지 못하게 할 테니. 실은 타라도 칼이 어떻게 하려는 건지 궁금했다.

"나한테는 절대로 안 통할……." 파프니르가 중얼거렸다.

칼이 파프니르 앞에 서서 뚫어져라 쳐다보면서 손가락 퉁기는 소리를 냈다. 난쟁이는 순간적으로 긴장이 풀리면서 주저앉아 눈을 감고 말끝을 흐렸다.

아! 칼의 손가락 퉁기는 소리에 파프니르는 최면에 걸린 것이 틀림
없었다.

칼은 전혀 알아들을 수 없는 언어로 무슨 말인가 하더니 풀벌레 소
리와 물이 철썩거리는 듯한 소리를 냈다. 파프니르의 얼굴이 잠시 일
그러지다가 다시 평온해졌다.

칼이 흡족한 미소를 머금고 몇 걸음 물러서더니 모두 깜짝 놀랄 정
도로 크게 말했다.

"잘되고 있어!"

"파프니르가 정말로 자기를 새라고 생각할까?"

"아니."칼은 유감스러운 어조로 대답했다(정말 놀려먹고 싶지만
파프니르에게는 시도할 만한 것이 그리 많지 않아서 유감스러워하
는 것 같았다). "우리의 목숨이 위태롭지 않은 다른 상황이라면 파프
니르가 옥수수를 쪼아 먹는 모습을 보고 싶지만 여기서는 그럴 수 없
어. 다만 파프니르는 허공으로 떨어질 때 날개를 펼치기만 하면 날
수 있다고 생각할 거야. 새들은 현기증을 못 느끼니까 파프니르도 그
럴 텐데 문제는 시간이 제한되어 있어. 지금부터 몇 시간 후에 최면
효과가 사라지면 다시 고소공포증을 느끼니까."

사령관이 아주 흥미롭다는 얼굴로 칼을 지켜보았다.

"우리에게도 최면술로 환자를 치료하는 샤먼이 있어. 몸과 상관없
이 뇌만 세뇌한다는 것은 정말 대단한 기술이야. 하지만 공포증이 감
소하는 걸 본 적은 전혀 없는데…… 아주 흥미롭군."

파프니르를 응시하는 사령관의 눈빛을 보면서 타라는 앞으로 최면

술이 아마존 부대의 훈련 프로그램에 들어갈 거라고 생각했다.

칼이 다시 파프니르 앞에 서더니 휘파람을 불었다. 휘파람 소리가 점점 작아지다 멎자 파프니르가 번쩍 눈을 뜨고 칼을 멀뚱히 쳐다보다가 말했다.

"……어쨌든 너의 최면술인지 뭔지는 나한테 안 통해."

"파프니르?" 칼이 불렀다.

"왜?"

"저 밑을 내려다봐."

파프니르는 기계적으로 멀리, 아주 멀리 떨어진 땅 쪽을 내려다봤다.

"그래서 뭐? 뭘 보라는 건데?"

"아무것도 안 보여?"

"칼, 나는 시력이 아주 좋은데 아무것도 안 보여. 어둡고, 땅은 아주, 아주 멀리……."

두렵지 않다는 걸 깨달은 파프니르가 입을 다물었다. 아주 작은 떨림도 없었다. 그리고 느낌도 아주 좋았다. 마치 활동 영역에 있는 것처럼 아무렇지도 않았다. 파프니르는 안전벨트를 풀고 벌떡 일어나서 유리창 쪽으로 몸을 숙였다. 허브글라이더가 한쪽으로 기울어졌다.

"파프니르!" 칼이 말했다. "조심해! 넌 너무 무거워서…… 이러다 큰일 나!"

"전혀 어지럽지 않아!" 난쟁이가 감탄했다. "이제는 떨어질까 봐 무섭지도 않아! 믿을 수 없어!"

파프니르는 아래쪽의 어두컴컴한 풍경을 응시하다가 칼을 향해 고개를 홱 돌리고 미심쩍은 얼굴로 물었다.

"나한테 마법을 사용한 거 아니겠지?"

"요만큼도 사용하지 않았으니까 걱정 마." 칼이 말했다. "다행히 네가 최면에 잘 걸리는 편인지 금방 잠들었어. 나머지는 암시 작용이고, 그 이상은 아무것도 하지 않았어."

"제발 그러길…… 부엉, 부엉……."

모두 의아한 얼굴로 파프니르를 쳐다봤다. 난쟁이는 눈이 동그래져서 손으로 입을 막았다.

칼도 깜짝 놀란 얼굴로 물었다.

"내가 잘못 들었나? 너 방금 부엉부엉 한 거 맞아?"

"칼, 나한테 무슨 짓을 한 거야?" 난쟁이가 위협적인 어조로 으르렁거렸다. "나는…… 부엉부엉!"

잠시 침묵이 흘렀다. 난쟁이가 부엉이 울음소리를 내는 것이 틀림없었다.

타라는 도저히 참을 수가 없었다. 웃음이 터지고 말았다.

"파프니르, 부엉부엉……. 무아노가 이걸 못 봤으니 펄쩍펄쩍 뛰겠어. 칼? 부엉이를 선택한 무슨 특별한 이유가 있는 거야?"

"아니." 칼은 난쟁이를 유심히 살펴보면서 대답했다. "어둡기 때문에 야행성이면 좋겠다는 생각은 했지만……."

질겁한 파프니르는 두 손을 입에 댄 채로 이를 악물고 말했다.

"오, 내 어머니의 수염이여! 그럼 내가 말할 때마다 부엉부엉……."

격분한 파프니르가 이글거리는 눈초리로 칼을 쏘아봤다.

"내가아아아, 부엉, 내가아아아아아, 부엉, 당장!"

칼이 깔깔대고 웃다가 파프니르의 얼굴을 보면서 헛기침으로 목소리를 가다듬었다.

"으흠, 웅얼거림, 중얼거림, 기타 등등에 대한 우리의 공식 통역사 무아노가 없는 관계로." 칼이 짐짓 점잔을 빼면서 외쳤다. "두 손을 입에 댄 채로 했는데도 불구하고 의사소통에 성공한 파프니르의 말을 내가 추측해보겠어요."

파프니르의 손 하나가 입을 떠나 눈 깜짝할 사이에 도끼를 움켜잡았다. 칼은 잽싸게 타라 뒤로 숨어 도끼 공격을 가까스로 모면했다.

"야아! 너를 도와주려고 했을 뿐인데 이런 식으로 하면 안 되지." 칼이 항의했다. "내가 최면을 풀면 너는 다시 현기증을 느낄 텐데…… 선택해. 부엉부엉 울래, 새파랗게 질려서 비틀거릴래?"

파브리스가 칼에게 편잔을 주었다.

"내가 너를 아는데 사람들을 놀리는 일에 있어서는 절대 물러설 애가 아냐, 넌!" 파브리스는 조롱당하는 것에 이골이 난 어조로 내뱉었다. "우리는 미션 중이야. 파프니르를 웃음거리로 만드는 건 아니라고 봐. 상태가 최고인 파프니르가 필요해."

평소에 그토록 천진한 얼굴의 칼이 상처받은 표정을 지었다. 타라는 미소를 지었다. 어처구니없는 짓을 저지를 때도 칼이 정말 좋았다. 아마 타라를 가장 잘 이해하는 친구가 칼이고, 유령들의 습격으로 의기소침해 있는 동안 변함없이 끝까지 돌봐준 친구도 칼이었다.

칼이 두 손을 내밀고 말했다.

"도둑들의 명예에 걸고 말하는데 파프니르의 부엉부엉은 나와 상관없어."

"부엉부엉이 너와 상관없어?" 파브리스가 못마땅한 얼굴로 따졌다. "그럼 파프니르가 왜 갑자기 그런 이상한 소리를 내는데?"

"그거야 나도 모르지! 최면술은 대가들이 하는 건데 나는 면허 받은 도둑이 된 지 이제 3년밖에 안 된 초급이니까."

파프니르의 눈이 동그래졌다.

"뭐? 내가 그러니까…… 부엉…… 초보의 최면에…… 부엉…… 걸렸단 말이야? 너를 죽여버리겠어! 창자를 다 뽑아버릴 테야! 부엉부엉!"

"쯧쯧, 최면술이 그리 좋은 생각이 아닌 것 같군." 사령관이 중얼거렸다. "그래도 아주 흥미롭단 말이야. 아, 도착했군."

부엉이 사건으로 그들은 허브글라이더들이 태양에 착륙한 것도 모르고 있었다. "태양이라면 굉장히 뜨거울 텐데요?" 파브리스가 두려워하는 목소리로 물었다.

"온도계를 확인해봤는데 현재 온도는 섭씨 40도야." 허브글라이더를 조종하는 사령관이 말했다. "그리 쾌적한 온도는 아니지만 그래도 이전의 1만 도에는 비할 바가 아니지."

"1만 도?" 웃음이 싹 달아난 타라가 물었다.

"크기는 얼마나 돼요?"

"원둘레가 100미터니까 그리 크지 않아." 이미 계산을 끝낸 모우르무르가 대답했다. "근데 흥미로운 건 도시가 있다는 거야."

"도시요?" 파브리스는 깜짝 놀랐다.

"저기 봐." 모우르무르가 손가락으로 가리켰다.

그들은 허브글라이더의 유리창 앞으로 다가갔다. 정말 놀랍게도 돔형의 둥그렇고 거대한 반투명 유리관 너머로 도시가 보였다.

거꾸로 된 버섯 모양의 파랗고 하얀 집들이 옹기종기 모인 파란색 도시. 이제껏 타라가 본 가장 희한한 모습의 도시였다. 스머프들의 이미지가 머릿속에 떠올랐다. 이 희한한 도시의 주민들이 설마 키가 아주 작고, 파란 피부에 흰 모자를 쓴 스머프는 아니겠지…….

"태양을 관리하는 사람들이 살고 있는 게 틀림없어." 모우르무르가 지적했다. "태양열이 도시 안으로 들어가면 모두 타 죽으니까 저 유리관이 열기를 반사시켜서 지상으로 보내는 거야. 대단한 냉각 시스템을 갖추고 있는 것이 틀림없어. 아하 저거 봐, 내 추측이 맞았군."

정말로 도시를 둘러싼 유리관에 연결된 어마어마한 파이프들이 보였다.

책을 많이 읽어서 상식이 풍부한 파브리스가 눈을 반짝이면서 중얼거렸다.

"압력과 냉기가 지배하는 심해, 비등점……. 지구의 심해잠수정에 엄청난 정보를 제공할 수 있겠어. 내가 연구원이라면 이걸로 이름을 날릴 수 있을 텐데."

"여기 아틀란티스를 나가는 즉시 기억상실증에 걸릴 텐데?" 타라가 말했다. "지구 지킴이들이 네가 발설하게 내버려두지 않을 거야."

초원에서 도시나 파이프가 보이지 않았던 것은 파란색 돔이 가리고 있어서였다. 사령관이 태양을 떠나 도시로 들어갈 거란 표시를 했다. 파리처럼 주위를 맴도는 작은 기구들, 대형 글라이더들도 보였다.

"여기 사람들과 교류가 있나요?" 타라가 물었다. "오무아에서 온 사람들인가요?"

"오무아가 아니라 스파니비아 출신입니다." 사령관 히글 5가 대답했다. "약 500년 전, 아더월드 대전 때 에드라킨족의 탄압을 피해 공간이동의 문을 이용하여 도망치다 영문도 모른 채 이곳에 이르렀다고 합니다. 처음에는 초원에 정착했고, 반군 부족과는 달리 우리와 좋은 관계를 유지했습니다. 최근에, 그러니까 20년 전쯤 스파니비아 사람들이 '우리의 태양' 주위에서 사는 데 필요한 기술력을 갖게 되었고, 그때부터 우리는 마법 기술과 과학기술을 교환하면서 살고 있습니다. 스파니비아족은 원래 대단한 기술자들이죠. 그래서 스파니비아 사람들이 태양을 책임지고, 우리는 그들에게 생필품을 공급해주기로 협정을 맺었지요. 뿐만 아니라 스파니비아족이 설립한 환상적인 연구소는 오무아 제국에도 큰 도움을 주고 있지요. 여러분이 사용하는 신기한 기구들의 절반이 그 연구소에서 만든 것이니까요. 하지만 태양을 고장 낸 사건으로 화가 많이 나 있을 겁니다."

깜짝 놀란 타라는 이해가 되지 않았다.

"기술자들이라면 우리가 없어도 태양을 수리할 수 있을 텐데……
왜 우리를 여기까지 올라오게 했어요?"

"마법으로 태양을 꺼뜨렸으니까요." 히글 5는 솔직하게 대답했다.
"과학기술만으로는 수리할 수 없는 데다 마법 기술은 사고 친…… 마법을 사용한 당사자만 수리할 수 있기 때문에……."

부엉부엉! 타라는 허리쯤에서 나는 소리에 내려다봤다. 파프니르가 무슨 말을 하려다 말고 샐쭉한 얼굴로 칼을 째려봤다. 그러거나 말거나 딴 데 정신이 팔려 있는 칼(여기서도 수집할 정보가 있나? 아니면 슬쩍할 기술/무기가 있나?) 때문에 파프니르는 약이 바짝 올라 있었다. 어깨에 앉은 벨제부트는 진지한 낯짝이지만, 웃음을 참고 있는 것이 역력했다. 잔뜩 골이 난 난쟁이의 얼굴로 보아 귀에서 연기가 풀풀 날 것 같았다.

'버섯 집'이 옹기종기 모인 곳에 착륙장들이 보였다. 허브글라이더들이 착륙하고 엔진을 끄자마자 한 무리의 사람들이 달려왔다.

타라는 심상치 않은 분위기의 사람들을 보면서 혹시 모르기 때문에 마법을 작동했다. 어두컴컴하지만 랜턴 불빛 속에서 키가 작은 사람들이 드러났다(파프니르보다는 크고, 땅신령들의 키와 비슷했다). 다행히 피부는 파랗지 않았다. 하나같이 주머니마다 연장으로 불룩한 작업복 차림에 머리를 두 갈래로 땋았고, 잔뜩 골이 나 있는 얼굴이라서 누가 여자고 남자인지 구분이 가지 않았다.

"오, 위대한 기술자의 연장들이여!" 왕관 모양의 은빛 헬멧을 쓴 남자가 앞으로 나와서 소리쳤다. "대체 우리 태양에 무슨 짓을 한 겁니까?"

히글 5는 정중하게 인사한 다음 위엄 있게 글라이더에서 내렸다.

"안녕하세요. 근데 우리가 그랬다는 걸 어떻게 알았습니까?"

콘스트럭터는 짜증스럽게 한숨을 내쉬었다.

"나 그렇게 멍청하지 않습니다! 태양이 꺼지고 몇 시간 뒤에 당신들이 이렇게 우르르 나타났는데! 그렇지 않아도 정신없이 기계들을 살피고 다니다 마법의 공격이 아닌가 의심하던 차에! 협약을 무시하고 대체 무슨 짓을 한 겁니까? 데미데루스께서 나를 와작와작 씹어 먹을 텐데!"

히글 5가 미소를 지었다.

"네, 우리에게 책임이 있는 거 맞아요. 우리의 여제(사령관은 타라가 부여제라고 밝히지는 않았다)께서 매머드 떼가 돌진해올 때 우리를 구해주려고 마법을……."

여제라는 말을 못 들었나? 콘스트럭터는 거리낌 없이 내뱉었다.

"두 종류가 얽힌 마법이 강타했는데 방벽 주문이 에너지의 사인을 알아보고 마법을 통과시킨 겁니다. 비오트!27 차단기가 타버렸단 말이오!"

"아, 네. 수리할 수 있겠죠?" 기계에 대해 모르는 히글 5가 물었다.

"물론 수리할 수야 있지요. 시간이 오래 걸리는 게 문제지……." 콘스트럭터는 허리를 쭉 펴면서 말했다. "필요한 부품을 만들려면 1, 2년은 걸린단 말이오!"

"1년이라면 초원 전체가 죽는 거잖아요." 사령관이 걱정스러운 듯 말했다. "초원이 죽으면 동물이 죽고, 그럼 모조리 죽는 건데……."

"마법으로 만든 부품들은 크게 도움이 안 돼요." 콘스트럭터가 응수했다. "오래가지 못하니까요. 게다가 구리가 많이 필요한데 여기서는 구할 수가 없어요."

"부품을 제조하는 시간을 단축하도록 내가 필요한 것들을 만들어줄게요." 타라가 말했다.

콘스트럭터는 70센티미터의 키로 거만하게 타라를 올려다봤다. 오무아의 여제를 상대하고 있다는 걸 잊은 건지, 아니면 아예 무시해버리는 건지 도무지 알 수가 없었다.

"우리에게 필요한 것을 모두 만들어주려면 마법의 힘이 엄청나야 해요, 어린 아가씨. 특히 그놈의 마법이 갑자기 사라지는 바람에 우

....

27. 기술자들이 흔히 사용하는 욕설. 좋은 연장이 아무리 많아도 수리하기가 아주 까다로운 사고가 일어났기 때문에 몹시 화가 나 있다는 뜻이다.

리가 벌거벗고 있을 때 느닷없이 떨어질 수도…….”

콘스트럭터는 아차, 소녀 앞에서 할 말은 아니지, 하는 얼굴로 정정했다.

“그러니까 내 말은 기름 범벅 상태로 떨어질 수도 있는데…….”

“아, 네.” 타라는 재미있다는 얼굴로 말했다. “하지만 내 마법은 여러분을 떨어뜨리지 않아요. 나는 현존하는 마법사 중 가장 강력해서 내가 만든 사물들에 대해 그런 걱정은 하지 않아도 돼요. 오무아의 접견실에 가면 몇 년 전에 내가 만든 크리스털 페가수스가 있는데 지금도 온전하거든요. 여러분이 필요하다는 것들은 훼손될 경우 자동으로 교체되도록 만들어줄 수도 있어요.”

콘스트럭터는 초콜릿을 발견한 아이처럼 타라를 쳐다봤다. 이마 위로 흘러내리는 왕관형 헬멧을 뒤로 젖히면서 외쳤다.

“정말 그럴 수 있어요? 그렇다면 경이로운 일이지만…….”

그러고는 주위를 둘러보고 나서 덧붙였다.

“그게 정말이라면, 그래서 우리가 떨어지는 일만 없다면……!”

“나를 믿으세요.” 타라가 말했다.

좀 전에 칼에게 같은 말을 들었던 파프니르가 이맛살을 찌푸렸다. 마법사들이 믿으라는 말은 정말 믿을 게 못 되는데, 하는 얼굴이었다.

사령관이 불안한 얼굴로 타라를 쳐다보고 있었다. 모우르무르도 타라를 잠시 쳐다보다 손을 풀 듯 손가락을 가볍게 흔들더니 마법복 주머니에서 많은 걸 꺼냈다.

“여러분에게 필요할 만한 연장이 있지요.” 모우르무르가 신이 나서 말했다. “나도 발명가라서 수리해줄 수 있는…….”

콘스트럭터는 경계하는 시선을 던지면서 말을 끊었다.

"발명가라고 했소? 우리 태양에 발명가가 접근하게 놔두지 않겠소. 이번 사고로 자기장까지 작용하지 않기 때문에 떨어질까 봐 가슴을 졸이면서 살아야 한단 말이오."

"돔형 유리관이 있잖아요?"

"유리관은 태양과 우리를 분리시켜주는 것이고, 추락을 막아주는 건 자기장의 역할입니다. 다시 말해서 자기장이 작용하는 유리관은 태양열로부터 도시를 보호해주지요. 그리고 자기장을 도시 아래쪽으로 확장시켰기 때문에 초원의 사람들이 우리를 보지 못할 뿐만 아니라 사람들이나 연장 등이 떨어지지도 않았던 겁니다. 자기장은 다리, 길, 통로, 도로의 역할도 해주지요. 그런데 이제는 자기장이 없기 때문에 집들 사이의 공중에 구름다리를 걸쳐놓았습니다. 도시가 반구형 하늘에 단단하게 매달려 있기에 망정이지 벌써 초원에 떨어졌을 텐데……. 요컨대 수리할 수 있는 상황이 아니라는 겁니다. 알아들었소?"

"네, 알았어요." 사령관이 얼른 모우르무르를 흘겨보며 말했다. "지켜보다가 필요한 경우에만 도울 테니까 신경 쓰지 마세요."

콘스트럭터는 약간 긴장을 풀었다. 타라는 스파니비아 사람을 보면서 키가 작아도 얼마든지 위엄을 보일 수 있으며, 당당한 자신감은 소인을 거인으로 보이게 할 수도 있다는 걸 깨달았다.

"그럼 나를 따르시오. 이 사람들에게 헬멧을 가져다줘. 추락할 수도 있으니까!"

타라는 헬멧이 너무 작다고 말하려다가 그만두었다. 대번에 알아차린 체인지라인이 재빨리 타라의 머리에 딱 맞는 황금 헬멧을 씌워주었다.

타라는 한숨을 내쉬었다. 주민들은 호기심 가득한 눈으로 쳐다볼 뿐 입을 여는 사람이 아무도 없었다.

무아노가 없어서 아쉬웠다. 이 도시에 관해 내려오는 전설이나 일화를 알고 있을지도 모르는데……. 주거지역 밑으로 커다란 그물이 쳐 있는데, 자기장이 사라졌다는 걸 잊은 주민들이 그물로 떨어지는 사고가 일어났다. 깜짝 놀란 사람들이 눈이 동그래져서 조심스럽게 다른 구름다리로 올라갔다. 그런가 하면 아주 재미있는 놀이라고 생각했는지 일부러 그물로 떨어지면서 장난치는 아이들도 있었다. 처음에 아이가 떨어질 때 타라는 심장이 멎을 뻔했다. 조명 불빛으로는 아래쪽에 쳐놓은 그물이 보이지 않아서 아이가 허공으로 떨어지는 줄 알고 가슴이 철렁했던 것이다.

콘스트럭터는 가는 동안 내내 구시렁거렸고, 아이들이 깔깔대면서 즐거워하는 모습이 조금도 재미있지 않았다. 파프니르는 다른 사람들이 두려움을 느끼는 고도에 아랑곳없이 발걸음이 가벼웠다. 칼은 자신에게 최면술을 걸고 싶은 심정이었다. 현기증이 나지는 않지만 그래도 너무 높은 데라서 두려움이 앞섰다.

물론 남자이기 때문에 두려움을 이겨내고 싶었다. 그래서 사령관이나 모우르무르, 콘스트럭터가 알아채지 못하게 그물이 없는 데에서 공중 곡예를 하자고 로빈에게 제안했다. 스트레스와 불안에 휩싸여 있던 로빈은 기꺼이 대결을 받아들였다(오, 끔찍한 벤드룩의 내장이여! 얼떨결에 무모한 제안을 해버린 칼은 로빈이 자기보다는 이성적으로 판단하길 내심 기대했건만!). 칼과 로빈이 흔들거리는 구름다리에서 펄쩍펄쩍 뛰기 시작하자 파브리스의 눈이 동그래졌다. 칼의 패밀리어 블롱딘도 비난하는 눈초리로 영혼의 동반자를 쳐다보면서 바보 같은 행동에 동참하길 거부했다.

"너희, 죽고 싶어서 그래?" 파브리스가 나직한 소리로 나무라는 순간 칼이 비틀거리면서 떨어질 뻔했다. "당장 멈춰! 그러다 떨어지면 어쩌려고!"

타라도 싸늘한 눈초리로 노려봤다. 로빈은 한숨을 쉬면서 내려왔고, 칼도 마지못해 파브리스 옆으로 갔다.

히글 5를 수행하는 아마존 여군들은 칼과 로빈의 바보 같은 짓에 너무 놀라 미처 말리지 못했지만 사고를 방지하기 위해 주위를 에워쌌다.

타라가 버섯 모양의 집이라고 생각한 이유는 흰색 몸통에 머리가 파란색인 집의 지붕이 반구형 천장…… 다시 말해서 하늘에 거꾸로 매달려 있기 때문이었다. 떨어지는 것을 막으려는 것이었다. '우산 버섯 집'들 주위에는 이동을 위한 구름다리, 그물, 밧줄 사다리들이 있었다. 콘스트럭터가 도시 주위와 아래쪽에 작용했다고 한 자기장 덕분에 태양열에 타 죽는 일도 사람들이 추락하는 일도 없었다. 그리고 세월이 흐르면서 주민들은 놀라운 평형감각을 얻었다. 하지만 타라와 친구들은 밧줄 사다리에 있던 사람들이 아무것도 붙잡을 것이 없는 허공으로 미끄러질 때마다 가슴이 철렁철렁했다.

사람들이 많았는데 체격이나 모습이 모두 똑같았다. 작달막한 키에 두 갈래로 짧게 땋은 머리(남녀 똑같이). 바빠 보이는 사람들이 도시를 방문한 키다리들을 향해 원망 섞인 눈길을 던졌다. 타라는 충분히 이해할 수 있었다. 이제는 따뜻한 음식을 해먹을 수도 없고, 도시 전체가 정전이라서 기술자들로 이뤄진 스파니비아 사람들은 반쯤 미쳐 있으니…….

친구들과는 달리 파브리스는 무아노가 뭘 하는지 보기 위해 늑대인간의 시력으로 어둠 속의 초원을 내려다보고 있었다. 물론 보일 리가 없기 때문에 파브리스는 미칠 지경이었다. 눈이 빠져라 살피다가 열 번쯤 헬멧을 떨어뜨릴 뻔했기 때문에 결국 마법복 주머니에 집어넣었다.

태양 통제실은 도시 외곽에 있었다. 그리 먼 거리는 아니지만 벨트 컨베이어가 작동하지 않아 시간이 좀 걸린다고 콘스트럭터가 말했다.

무아노에 대한 생각에서 벗어나려고 애쓰면서 파브리스가 물었다.

"왜 태양에너지에만 의존하고 자가발전 설비를 하지 않으셨어요? 정전에 대비하는 비상용 발전기가 있으면 좋았을 텐데요."

콘스트럭터는 계속 걸어가면서 말했다.

"당연히 대비해놨는데 그마저도 과부하에 걸려서 파괴되고 말았지. 비상용 발전기도 포함해서."

아! 당연히 그랬겠지. 타라의 초강력 마법에 얻어맞았는데! 파브리스는 더 이상 캐묻지 않았다. 타라는 입술을 깨물었다. 타라가 지닌 마법의 힘은 너무 파괴적이었다. 세상을 방어하는 문제일 때는 마법이 강력할수록 만족스럽지만…….

파프니르는 미소를 지으면서 타라를 쳐다봤다. 난쟁이 전사는 고소공포증이 느껴지지 않기 때문에 아주 편안해 보이는 반면에 벨제부트는 불편한지 몹시 예민해 있었다.

로빈의 히드라 소우르브도 뿌루퉁해 있었다. 고도를 느끼지 않는 엘프들과 달리 히드라들은 어지러움을 느꼈다. 그리고 좋아하는 것도 공기가 아니라 물인데 호수도 강도 보이지 않으니 물고기를 구경할 수도 없지 않은가. 일곱 개의 머리로 로빈의 목을 휘휘 감은 히드라는 허공 위를 지날 때마다 열네 개의 눈을 감았다. 그리고 좀 전에 로빈이 공중 곡예를 중단했을 때 얼마나 안도했는데.

사령관과 모우르무르는 크게 불안해하는 것 같지 않았다. 모우르무르는 추락할 경우 날거나 헤쳐나갈 수 있는 기구들이 호주머니에 잔뜩 들어 있었고, 사령관은 중력 문제 외에도 생각할 게 많았다.

마침내 태양 통제실에 도착했다. 타라와 파브리스의 예상과는 달리 구름다리와 같은 높이에 유리로 된 원형 방이었다. 곳곳에 기계와 부품들을 그린 화려한 색상의 추상화들이 걸려 있었다. 누가 그렸는지 모르지만 멋진 그림이었다.

그림에 관심이 없는 칼이 휘파람을 불었다.

불에 타서 훼손된 기계와 전자기구, 전기 설비에서 아직도 연기가 나고 있었다. 그을음이 시커멓게 앉아 있지만 원상 복귀가 안 될 정도로 훼손된 것 같지는 않았다. 파브리스는 구시렁거렸다. 늑대의 후각이 플라스틱 탄 냄새에 민감하게 반응했다. 사령관의 호랑이(히글5는 다른 패밀리어들을 초원에 남겨두었다)가 재채기를 하는 것으로 보아 아주 싫은 모양이었다.

"무슨 말인지 알겠소." 모우르무르가 미소를 머금고 말했다. "전부 다 복원해야 되는군요. 오랜만에 실력 발휘……(콘스트럭터의 성난

시선과 마주친 모우르무르는 얼른 표현을 바꿨다) 정말 비통한 일이
군요. 내가 수리하는 걸 원치 않는다고 했지만 솔직히 상태가 이 모
양인데 그럴 상황이 아닌 것 같소."

모우르무르는 너무 흡족한 표정을 짓지 않으려고 노력했다. 사령
관은 태연하지만 눈빛에서 콘스트럭터가 모우르무르의 도움을 어느
순간에 받아들일지 기대하는 것이 엿보였다.

"현재 가장 큰 문제는 이 기계들이 아니에요."콘스트럭터는 마지
못해서 말했다. "이 기계들은 태양의 활동을 통제하는 역할을 하는
데…… 코일에 문제가 생겼어요. 코일들을 교체해야 합니다. 따라오
세요, 보여줄 테니."

그들은 콘스트럭터를 따라갔다. 커다란 창고에 수십 개의 전기회
로가 보이고 코일들이 다리미에 짓눌린 것처럼 납작해져 있었다. 타
라는 헛기침을 하면서 목소리를 가다듬었다.

"이걸 교체하면 되는 건가요?"

"네, 모조리 타버렸어요. 레파루스로는 복구가 안 되거든요. 다시
만들려면 옮겨야 하는데 전력이 없어서 엘리베이터를 사용할 수 없
으니……."

말하다 말고 콘스트럭터는 입을 멍하니 벌린 채 처다봤다. 커다란
코일 하나가 천천히 공중으로 둥둥 떠올랐던 것이다.

"어디로 옮길까요?"타라가 경쾌하게 물었다.

타라는 기술자를 안심시키기 위해 허세를 부렸다. 엄청나게 무거
운데!

파프니르와 칼, 파브리스, 로빈은 웃음을 참고 있었다.

"저쪽이요……. 네, 거기입니다, 폐하. 우리도 나중에 그렇게 하겠습니다."

타라는 코일을 내리기 전에 주문을 읊었다.

"*레콘스트룩투스의 이름으로 손상되기 전의 기구로 원상 복귀될지어다!*"

콘스트럭터의 눈길을 받으면서 타라의 손에서 솟구치는 파란색 마법의 빛이 손상된 코일을 후려치자 방금 빠져나왔던 자리에 새 코일이 교체되었다.

"이제 됐어요."타라는 흡족한 목소리로 말했다. "접속하면 될 거예요. 내가 접속하지 않는 것은 태양에 전력을 공급하기 전에 모든 사람이 안전한지 확인해야 하기 때문이에요."

콘스트럭터는 아연실색했다.

"마법을 사용했는데…… 멀쩡하다니, 괜찮으십니까?"

"여러분의 태양을 꺼뜨린 뒤로는 마법을 사용해도 아무렇지도 않아요. 데미데루스가 걸어놓은 주문이 나를 알아봤는지 메스껍지도 않고 편안해요."

"정말 다행입니다."콘스트럭터가 말했다. "우리는 끔찍한 알레르기 때문에 고생해야 되는데……. 모두 교체해주실 수 있습니까?"

그러면 마법의 에너지를 너무 많이 소모하는 건데……. 타라는 솔직하게 물었다.

"내가 일부분을 수리해주면 여러분이 작동할 수 있는 거 아닌가요? 지금까지 코일에 문제가 생겼을 때 어떻게 했는데요?"

"코일이 10퍼센트만 남아 있어도 아무런 문제가 발생하지 않습니다. 그런데 모든 코일이 동시에 파열되는 사고가 발생할 줄이야 정말 생각도 못한 일이었습니다."

이건 마법을 다 소모하라는 얘기잖아. 콘스트럭터는 타협할 뜻이 없어 보였다.

"네, 알았어요." 타라는 나오려는 한숨을 억누르면서 말했다. "내가 다 교체해줄게요."

물론 친구들이 돕겠다고 나섰지만 타라는 사양했다. 친구들이 마법을 사용하면 당연히 다 토해내면서 힘들어할 텐데……

시간이 오래 걸리는 아주 피곤한 작업이었다. 칼은 시간을 쟀다. 두 시간 동안 타라는 372개의 코일을 교체했다. 하지만 어쩌겠는가, 타라 때문에 일어난 대형 사고인데.

콘스트럭터의 기술자들이 접속해나가자 전기 케이블에서 전류 흐르는 소리가 나기 시작했다.

콘스트럭터는 먼저 중력장과 자기장 같은 에너지장부터 가동시킨 다음 태양에 연결할 거라고 말했다. 코일들이 절반쯤 접속되었을 때 갑자기 울리는 사이렌 소리에 도시의 주민들을 제외하고 모두 소스라치게 놀랐다. 유리벽 너머로 부리나케 집으로 뛰어 들어가는 주민들이 보였다. 그물에서 놀던 아이들도 순식간에 사라졌다. 불과 몇 초 사이에 그물이며 구름다리도 모조리 납작하게 접혀 있었다.

"이런 훈련으로 사람 놀라게 하지 마세요. 간 떨어질 뻔했잖아요."

칼이 너스레를 떨면서 아직도 털이 곤두선 블롱딘을 쓰다듬었다.

"태양과의 거리가 50미터 이하일 때 빨리 서둘러야 해. 이 사이렌은 에너지장이 곧 복원될 거란 신호야." 콘스트럭터가 손가락을 꼽으면서 설명했다. "넷, 셋, 둘, 하나…… 접속!"

둔탁한 소리가 윙윙거리더니 파란빛의 보호 장막이 도시를 에워쌌다.

"완벽해. 이제 남은 코일을 접속하면 끝나는 거야."

타라 일행이 이 도시에 발을 들여놓은 뒤로 콘스트럭터가 처음으로 미소를 지었다. 녹초가 된 타라는 비틀거리면서 미소를 지어 보였다.

타라는 한 기술자가 가져다준 물을 단숨에 들이켰다. 그들은 스파니비아 사람들이 파란 개미 군단처럼 분주하게 움직이는 창고를 나와 통제실로 돌아갔다.

타라가 전기회로의 코일들을 복원하는 동안, 신이 난 모우르무르는 콘스트럭터의 묵인 아래 기계들을 손보기 시작했다. 그야말로 눈 깜짝할 사이에 컴퓨터들을 연결하는 모우르무르를 보며 기술자들은 놀라서 눈이 동그래졌다.[28] 이어서 모우르무르는 통제실의 모든 컴퓨터를 자신의 컴퓨터에 연결시켰다. 두 개의 눈이 튀어나와 있고(하나는 파란색, 다른 하나는 밤색), 마를린 먼로의 육감적인 입술로 〈해피 버스데이 미스터 프레지던트〉를 노래하는 모우르무르의 컴퓨터를 보고 어떤 사람이 놀라지 않을까. 모우르무르는 기술자들에게 이제부터는 자신의 컴퓨터가 다 알아서 처리할 것이라고 안심시켰다.

정말인지 확인하다 감전된 기술자 한 명이 쓰러져 동료들의 보호

· · · · · · · · · · · · · ·

28. 모우르무르는 마법복 호주머니에 많은 마법 기구를 지니고 다니지만, 마법을 거의 사용하지 않는 스파니비아 사람들은, 눈과 입이 있어서 빤히 쳐다보며 "안녕, 친구?" 하고 말하는 컴퓨터에 익숙해 있지 않기 때문이다. 그중 기술자 둘은 얼마나 놀랐으면 커다란 입을 내민 컴퓨터들이 웃음을 터뜨리면서 쫓아오는 꿈을 꾸다 사고를 당해서 입원할 정도였다.

를 받고 있었다. 모우르무르도 손가락을 빨면서 애꿎은 컴퓨터에 대고 가만두지 않겠다고 위협했다.

한쪽 구석에서 지켜보던 사령관이 웃지 않으려고 애를 쓰고 있었다. 불거진 관자놀이와 상기된 얼굴로 보아 모우르무르는 컴퓨터와의 기 싸움에서 지고 있었다.

모우르무르는 컴퓨터에게 일을 시작하라고 사정했다. 그제야 컴퓨터는 오무아 대륙의 먼바다 블루 대양의 섬사람들인 라찌 부족의 노래가 되면서 아더월드에서도 아주 유명해진 앙리 살바도르의 샹송을 노래했다.

주인을 닮아서 반항적인 컴퓨터였다. 지쳐 있지 않다면 깔깔대고 웃을 대목인데……, 타라는 안락의자에 주저앉았다.

"이제 태양을 가동시킵시다." 콘스트럭터가 노래하는 컴퓨터를 향해 회의적인 눈길을 던지면서 말했다. "모우르무르 선생, 자신 있는 겁니까?"

"물론이오!" 모우르무르가 헝클어진 머리를 마구 흔들면서 말했다. "이 컴퓨터가 아직 연결되지 않은 기계들까지 마저 작동시키길 기대해봅시다. 하지만 에너지 파동은 충분히 통제할 수 있지요. 자, 시작합시다. 절대 위험하지 않으니까."

타라는 불안해하는 콘스트럭터를 보면서 미소를 참았다. 그때 모우르무르가 마법복 주머니에서 커다란 갈색 가죽 모자 두 개를 꺼내더니 하나는 사령관에게 건네고, 또 하나는 자신의 머리에 썼다. 그러고는 너무 작아서 귀를 가리지 않는다면서 빌려 썼던 헬멧과 히글 5의 헬멧을 콘스트럭터에게 돌려주었다.

그 순간 불현듯 위험할지도 모른다는 느낌이 든 히글 5는 허브글라이더 안으로 아마존 여군들을 피신시켰다. 그래서 타라와 파브리스, 로빈, 파프니르, 칼, 모우르무르, 히글 5, 콘스트럭터와 기술자 셋이 남아 있었다.

파브리스는 이맛살을 찌푸렸다. 어디서 오는 자신감일까. 위험천만한 일에 뛰어들면서도 '위험하지 않아' 하고 쾌활하게 외치는 사람들이 정말 끔찍했다. 마치 머피의 법칙에 걸린 듯 일이 풀리지 않고 갈수록 꼬여서 되는 일이 하나도 없는데도…….

모우르무르는 컴퓨터에게 모든 것을 접속하라고 지시했다. 컴퓨터는 복종했다. 밖에서 태양이 켜졌다가 꺼졌다. 그리고 뒤쪽에서 태양이 돌아오는 신호인지 엄청난 폭발이 일었다. 그러자 폭발에 대한 방어라도 하듯 컴퓨터가 태양에너지를 바닥 쪽으로 보냈다. 바닥에 뻥 뚫린 구멍에서 먼지가 뿌옇게 일었다.

어찌나 강렬한 폭발인지 구멍에서 가장 멀리 떨어진 데에 있는 사람들은 절반쯤 정신을 잃었고—모우르무르, 사령관, 파프니르와 타라—, 가장 가까이 있던 콘스트럭터와 기술자들, 로빈과 파브리스(헬멧을 마법복 주머니에 집어넣은 뒤로 다시 쓰지 않고 있었다)는 완전히 기절했다.

정신을 차린 타라는 칼이 보이지 않자 가슴이 철렁했다. 혹시나 하는 생각에 엉금엉금 기어서 구멍을 내려다보던 타라는 비명을 질렀다. 구멍으로 빠지면서 많이 다친 칼이 허공으로 떨어지고 있었다. 마법을 사용할 겨를도 없이 여우와 함께 의식을 잃은 것이 분명했다.

방전 때문에 자기장이 뚫렸으니 칼은 속수무책이었던 것이다.

타라는 칼을 붙잡을 생각으로 마법을 작동했다. 하지만 한 줄기의 파란 광선이 희미하게 반짝하다가 꺼져버렸다. 맙소사, 타라는 아연실색했다. 마법을 너무 많이 소모해서 친구를 구할 힘이 없으니…….

비칠거리면서 구멍으로 다가간 파프니르가 타라에게 외쳤다.

"걱정 마, 내가 날 수 있으니까 칼을 붙잡을게!"

질겁한 타라가 말릴 겨를도 없이 난쟁이는 두 팔을 흔들면서 자이언트 닭처럼 뛰어내렸다.

바로 그 순간 끔찍한 일이 일어났다.

태양이 다시 켜졌다.

파프니르

깃털도 날개도 없는데
나는 것과 떨어지는 것이
근본적으로 무슨 차이가 있을까

*

태양이 진짜 태양이었다면, 부분적으로나마 도시의 그림자와 자기장의 보호를 받지 못했다면, 파프니르와 칼은 통닭구이 신세로 끝났을 텐데.

난쟁이는 자신을 부엉이라고 생각하고 있었다.

그래서 두 팔을 열심히 흔드는데도 날기는커녕 곤두박질치는 이유를 알 수가 없었다. 게다가 칼보다 훨씬 무거워서 아주 빠르게 떨어지는 중인데 이 속도라면 몇 초 후에는 추월할 것 같았다.

발톱에 온힘을 실어서 파프니르의 어깨에 딱 달라붙은 벨제부트는 공포 때문에 뇌가 마비된 것처럼 아무 생각도 할 수 없었다.

칼에게 가까워지면서 파프니르는 두 가지 사실을 깨달았다.

하나는 부상당한 칼이 의식을 잃었다는 것.

또 하나는 자신의 최면 효과가 사라졌다는 것.

그래서 부엉이가 아니라는 걸 알게 된 파프니르는 공포의 비명을 지르면서 허공으로 떨어지고 있었다. 너무 빠르게 가까워지는 땅을 보면서 난쟁이들이 가장 싫어하는 것, 마법을 사용하기로 결정했다.

파프니르 자신을 위해서가 아니라 칼을 위해서.

파프니르 다음으로 뛰어내린 사람이 아무도 없는 것 같았다. 난쟁이는 속으로 외쳤다. 내가 미쳤나? 이게 뭐 하는 짓인지! 빌어먹을 칼, 지금 이대로 죽는 게 아니면 결국 칼을 죽일 거면서!

아무튼 칼을 붙잡아야 하니까 냉정해져야 했다. 파프니르는 밑을 내려다보다 얼른 눈을 감았다. 집중. 파프니르는 장시간 레비투스 주문을 사용할 정도로 마법이 강력하지 않았다. 따라서 다른 방법을 찾아야 했다. 눈을 다시 뜬 난쟁이는 묘안이 떠올랐다. 아, 아더월드의 동물 영화에서 본 불비*! 아더월드에 사는 회색과 보라색의 다람쥐 불비는 옆구리부터 발가락까지 이어지는 비막(조류를 제외한, 활공 또는 비행을 하는 척추동물에서 주로 앞다리, 몸 쪽, 뒷다리에 걸쳐 쳐진 막. 박쥐, 하늘다람쥐류에 있다—옮긴이)을 이용하여 이 가지에서 저 가지로 날 수 있었다. 파프니르는 주문을 읊어서 만든 붉은색의 커다란 날개로 방향을 잡을 수 있었다. 그리고 주머니에 넣어주자 벨제부트가 고마움을 표시했다. 그러고는 마법을 사용했기 때문에 구토증을 느끼면서 칼을 향해 날아갔다.

이런 상황이 일어난 것은 여러 가지 요인이 복합적으로 작용한 것이었다. 파프니르가 난생처음으로 해본다는 것, 구토 때문에 허리를 구부리고 있다는 것, 그리고 심하게 어지럽다는 것. 칼을 따라잡았지만 돌풍과 통제되지 않는 움직임 때문에 빙빙 돌다가 난쟁이의 단단한 이마와 칼의 무릎이 충돌했다. 그 순간 퍽, 하는 소리가 들렸다.

파프니르가 정신을 잃으면서 날개가 엉키는 바람에 둘은 곤두박질 쳤다. 내가 이렇게 죽으면 엄마가 절망할 텐데! 파프니르가 마지막으로 한 생각이었다.

한편 위에서는 파프니르가 허공으로 몸을 던질 때 너무 순식간에 벌어진 일이라서 아무도 붙잡을 겨를이 없었다. 불안해서 제정신이 아닌 타라는 살아있는 돌의 도움을 받아 끌어당기는 아트락투스 주문을 날리려고 했지만 불가능했다. 살아있는 돌은 보내줄 에너지가 충분히 남아 있지만, 타라가 탈진한 상태라서 사용할 수 없었다. 다른 사람들은 쓰러져 있거나 그로기 상태였다. 아무것도 할 수가 없었다. 타라는 현기증과 싸우면서 체인지라인에게 두 친구가 떨어지지 않게 튼튼한 그물이 달린 갈고리를 만들어달라고 부탁했다. 하지만 체인지라인은 그렇게 먼 거리에 사용할 수 있는 밧줄이 없었다. 타라는 갈랑을 이용할 생각을 했지만, 페가수스라도 너무 빠른 속도로 떨어지는 칼과 파프니르를 따라잡을 수는 없었다.

속수무책인 타라는 파프니르가 마법을 사용해서 칼을 구해주길 기도하는 수밖에 없었다.

갑자기 칼 옆에서 커다란 날개가 펼쳐지는 것을 보면서 타라는 안도했다. 그리고 친구들이 살았다는 생각에 웃기까지 했다!

위에서는 아래에서 무슨 일이 일어나고 있는지 상황을 정확하게 알 수가 없기 때문이었다. 타라는 날개를 통제하지 못한 파프니르가 칼의 무릎에 부딪혀서 정신을 잃었을 줄은 전혀 생각도 못했다. 콘스트럭터가 뭐라고 말했지만 폭발음 때문에 귀가 먹먹해져서 들리지 않았다.

과도한 힘을 배출하고 난 모우르무르의 컴퓨터가 이제는 노래를 부르고 있었다.

"저러다 으스러지겠어!"

로빈의 고함소리에 타라는 깜짝 놀랐다. 하얗게 질린 하프엘프가 구멍까지 엉금엉금 기어가서 내려다봤다. 엘프의 시력이기 때문에 끔찍한 상황이 벌어지고 있는 걸 볼 수 있었다.

절망에 빠진 타라는 선택의 여지가 없었다. 그래서 속만 태우고 있느니 트란스미투스를 이용하여 두 친구가 있는 데까지 내려갔다가 다시 트란스미투스를 한 번 더 사용하여 초원으로 내려설 생각이었다.

로빈이 단호하게 말했다.

"아니, 너는 마법을 너무 많이 소모했기 때문에 안 돼. 내가 할게. 트란스미투스에 이어서 레비투스(아, 타라는 그 생각을 못했는데 그게 좋겠네)를 사용하여 조심스럽게 초원에 착륙시킬게. 그리고 너는 오무아의 후계자, 아니 부여제인데 목숨을 걸면 안 돼."

"하지만……."

"나한테 맡겨. 트란스미투스의 이름으로 칼과 파프니르를 붙잡을 수 있는 위치로 이동시킬지어다!"

타라가 말릴 겨를도 없이 하프엘프는 사라졌다.

아연실색한 콘스트럭터가 타라 옆에 엎드리고 누워서 확대경을 건네주었다. 확대경 덕분에 구멍 밑이 잘 보였다.

로빈이 의식이 없는 친구들 옆에 유형화되었는데 파프니르가 어찌나 무거운지 두 친구를 들쳐 업느라고 몹시 힘들어하는 것이 보였다. 이어서 친구들이 떨어지는 속도를 늦추기에 이르렀다. 하지만 초원에서 마법을 사용하는 것은 대가를 치러야 했다. 하프엘프는 구토증 때문에 배를 움켜잡았다.

셋이 다시 추락하기 시작했다.

물론 떨어지는 속도는 많이 느려져 있었다. 하프엘프가 미친 듯이 애를 쓰지만 추락사를 피할 정도는 아니었다.

그들이 지면에서 100미터 높이에 이르렀을 때 타라는 결단을 내렸다. 기진맥진한 상태지만 달리 방법이 없어 타라는 살아있는 돌을 사용하기에 이르렀다. 갈랑이 항의의 울음소리를 냈지만 타라는 모른 척했다. 성난 페가수스는 타라가 죽으면 자기도 죽는다고 상기시켰다. 하지만 타라는 망설이지 않았다.

살아있는 돌의 도움을 받는데도 마법의 빛이 희미했다. 타라는 갈랑을 본래의 크기로 만들고, 강력해진 페가수스에 올라탔는데 어찌나 힘든지 반쯤 실신한 상태였다.

"폐하, 그 몸으로 안 됩니다." 질겁한 콘스트럭터가 벌떡 일어났다.

"*트란스미투스……*" 타라는 주문을 읊을 힘도 없었다.

마치 허약한 몸에서 피가 흘러나오듯 두 손에서 마법이 흘러나왔다.

타라와 페가수스는 사라졌다.

콘스트럭터가 다시 엎드려 구멍으로 내려다봤다. 타라와 페가수스가 로빈과 칼, 파프니르 옆에 다시 나타났다.

그런데 페가수스는 날갯짓을 하지 않았다. 다른 친구들처럼 타라와 페가수스도 떨어지고 있는 것이었다. 콘스트럭터는 타라와 패밀리어가 충격으로 기절했다는 걸 알아차렸다.

맙소사, 저러면 죽음을 면할 수 없는데…….

콘스트럭터는 덜컥 겁이 났다. 이러다 내가 오무아의 부여제를 죽게 했다는 덤터기를 쓰는 거 아냐?

콘스트럭터는 머릿속으로 어떤 처벌을 받을지 생각했다. 리스베스 여제에 대한 소문이 사실이라면 가차 없이 가혹한 판결을 내릴 텐데…….

지면과의 거리가 10미터에 이르는 순간 로빈이 친구들을 구하려고 필사적으로 애쓸 때, 갑자기 보이지 않는 끈끈이에 걸린 것처럼 수풀 위 공중에서 옴짝달싹하지 않았다.

콘스트럭터가 벌떡 일어나더니 주민들과 함께 기적을 자축하는 춤을 추기 시작했다. 그 순간 깨어난 모우르무르와 사령관은 두 팔과 두 다리를 흔들면서 사방으로 미친 듯이 뛰어다니며 고함치는 콘스트럭터를 보았다.

"젤리소르의 충치여! 또 무슨 일입니까?" 히글 5가 일어나려고 오만상을 찌푸리면서 물었다.

모우르무르가 정신을 차리려고 애쓰면서 엉금엉금 기어갔다.

"폭발이 일어났소."

사령관이 피식 웃었다.

"그건 나도 알죠. 왜 폭발이 일어났을까요?"

"태양이 돌아왔기 때문에 내 컴퓨터가 태양에너지를 바깥쪽으로 유도한 게 틀림없어요. 아니면 우리가 타 죽을 게 뻔하기 때문에. 그래서 에너지를 흩어 없어지게 하려고 바닥을 폭발시킨 겁니다. 그렇게 하지 않으면 우리 모두 죽으니까."

"컴퓨터가 우리 목숨을 구해준 거예요?"

"물론이죠."

"그럼 콘스트럭터는 왜 저렇게 펄쩍펄쩍 뛰죠? 미친 걸까요?"

모우르무르와 사령관은 여전히 호프호프* 춤을 추는 소인을 응시했다.

"그건 나도 모르겠소." 가까운 벽에 기대어 간신히 일어난 모우르무르가 말했다. "여기 풍습인 모양인데 우리도 따라하는 건 어때요?"

"일어나기도 힘든데……." 사령관이 솔직하게 말했다. "나는 펄쩍펄쩍 뛸 힘이 없어요. 아무튼 지금은."

모우르무르는 신사답게 손을 내밀었다.

"자, 내 손을 잡아요, 히글?"

사령관은 손을 잡았다가는 모우르무르도 넘어질 거라고 말할 뻔했지만 입을 다물었다. 사령관은 모우르무르의 손보다 벽과 자신의 근육에 더 의지하면서 힘겹게 몸을 일으켰다. 하지만 손바닥에 전해지는 따뜻한 남자의 손에서 전혀 생각지 못한 전율을 느꼈다.

모우르무르가 불쑥 나타난 뒤로 사령관은 지금까지 살아오는 동안 겪었던 것보다 훨씬 많은 모험을 하고 있었다. 이번에는 무언가 새로운 일이 일어날 것 같아 가슴이 설레기까지 했다.

그때 모우르무르가 소리를 질렀다.

"다 어디 갔지?"

콘스트럭터가 마침내 춤을 멈추었다. 활짝 웃는 얼굴로 눈물까지 흘리는 소인을 보면서 모두 깜짝 놀랐다.

"우리 여제가 보이지 않아요." 히글 5가 자세를 바로 하려고 애쓰면서 말했다(군복에 그을음이 잔뜩 묻어서 폼은 안 나지만) "어디 계신지 알아요?"

콘스트럭터는 잘 알고 있었다. 그의 설명을 들으면서 모우르무르와 히글 5는 얼굴이 창백해졌다.

콘스트럭터는 칼이 어떻게 구멍으로 빠졌는지, 파프니르가 두 팔을 흔들면서 뒤따라 뛰어내린 데 이어 로빈과 타라가 두 친구를 구하러 뛰어내렸는데 어떻게 실패했는지, 그리고 정말 믿기지 않는 기적으로 죽음을 면했다는 것까지 상세히 묘사했다.

모우르무르와 히글 5는 불안한 시선을 주고받았다.

"몇 분 사이에 그 모든 일이 일어났단 말이오?" 모우르무르가 깜짝 놀라서 물었다. "내가 정신을 잃었던 게 차라리 다행이군. 그런 서스펜스는 내 심장이 감당하지 못했을 텐데. 아이들을 누가 어떻게 구한 건지 아시오?"

"전혀 모릅니다. 이제 태양이 다시 작동하고 있으니." 콘스트럭터는 느긋하게 노래를 부르는 컴퓨터를 향해 차가운 눈길을 던지면서 말했다. "우리 기계들을 다시 접속하고 선생의 컴퓨터를 차단하는 즉시 모든 것이 통제될 겁니다."

그리고 정직하게 덧붙였다.

"선생의 컴퓨터가 과전압을 잡아주면서 우리의 목숨을 구해주었다고 생각합니다."

그을음과 먼지 뒤범벅이 된 모우르무르의 얼굴이 싱글벙글했다. 이 천재 발명가도 잦은 폭발 사고 때문에 사람들이 자기를 신뢰하지 않는다는 걸 잘 알고 있었다. 그래서 폭발 사고에도 불구하고 목적을 달성하면 정말 날아갈 듯 기분이 좋았다.

모우르무르의 매직컴이 차단되고 수리된 컴퓨터들로 완전히 대체된 것을 확인한 뒤에 그들은 허브글라이더를 향해 달려갔다. 파브리스는 쓰러져 있는 사이에 친구들의 목숨이 위태로웠다는 걸 알고 분노했지만 초원으로 돌아가는 것은 기뻤다.

태양이 완벽하게 작동하는 것 같았다. 콘스트럭터는 어떤 마법의 공격에도 끄떡없을 정도로 안전장치에 문제가 없는지 확인했다. 물론 타라처럼 강력한 마법사는 거의 존재하지 않지만, 소인은 어떤 위험도 무릅쓰고 싶지 않았다. 모우르무르가 같이 초원으로 내려가서 살자고 제안했지만 콘스트럭터는 거절했다.

"수풀의 키가 너무 큰 데다 동물도 너무 많은 위험한 곳에서 살고 싶은 마음이 없어요." 콘스트럭터는 부르르 떨었다. "나는 여기가 좋습니다. 그리고 지금은 할 일이 태산 같아요. 선생의 연장이 튼튼하기를!"

"당신의 기계들이 절대로 녹슬지 않기를!" 모우르무르도 기술자들 사이에서 나누는 의례적인 인사말로 화답했다.

그들은 올라갈 때보다 훨씬 빠른 속도로 내려갔다. 이렇게 속도를 내면 브레이크가 튼튼할까 걱정하던 파브리스는 허브글라이더에는 브레이크가 없다는 걸 깨닫고 이마를 탁 쳤다. 하지만 아래에서 무슨 일이 일어났는지 너무 궁금한 히글 5는 속도를 늦추지 않았다.

그들은 마침내 히글 5가 처음 보는 이상한 무리에게서 몇 미터 떨어진 곳에 착륙했다.

반군 부족이 눈을 감은 채 원을 이루고 있었다.

하지만 이상한 건 그게 아니었다.

정말 이상한 것은 원을 이룬 무리에 초원에 남았던 아마존 여군들이 섞여 있었다. 허브글라이더들도 반군 부족 캠프에 착륙해 있었다.

허브글라이더에서 황급히 뛰어내린 히글 5는 제일 가까운 아마존 여군에게 달려가다가 보이지 않는 벽에 쾅, 부딪쳤다. 깜짝 놀란 사령관은 혹이 날 게 틀림없는 이마를 문질렀는데 코피까지 흘러내렸다.

모우르무르는 깨끗한 손수건을 내밀면서 말했다.

"히글, 그래도 습관이 되면 안 되는데!"

사령관이 눈을 흘기면서 손수건을 거들떠보지도 않았다.

"당신이 이 초원에 나타나기 전까지는 멍청한 부하가 내 발에 총을 떨어뜨리는 바람에 딱 한 번 다쳤단 말입니다. 당신이 여기 있으면서부터 이렇게 자꾸 사고를 당하는데 지금 무슨 소리하는 거예요?"

모우르무르는 서글픈 표정으로 코를 찡그렸다.

"미치광이니 위험한 사고뭉치, 시시한 발명가 취급은 당했어도 폭력을 쓴다는 말은 처음 듣는데……"

"하하!" 히글이 짤막하게 말했다. "당신은 정말 당해낼 수가 없군요."

히글이 코를 세게 풀어쥐자 코피가 멈췄다.

"아무래도 우리는 문제가 좀 있는 것 같아요."

"아니, 그렇지 않아요!" 모우르무르는 가슴에 손을 얹고 말했다. "내 사랑은 영원하오. 내 영혼과 뇌를 당신에게 바치겠소."

"당신의 뇌는 그냥 내버려두고…… 저기 저 사람들 이상하지 않아요?" 히글이 풀어쥐고 있던 코를 놓고 손을 닦으면서 물었다. "내 부

하에게 다가가는데 힘의 장막 같은 것에 부딪치면서 밀려났어요. 저
들을 봐요. 꼼짝하지 않아요."

모우르무르는 아마존 여군들과 반군 부족들 쪽으로 시선을 옮겼다.
정말로 장막 속에 갇힌 사람들이 눈도 깜빡하지 않고, 숨도 쉬지 않는
것 같았다. 수풀은 바람결에 휘지만 장막은 끄떡도 하지 않았다.

"정상이 아니야." 모우르무르가 중얼거렸다.

"그렇죠? 왜 저럴까요?" 히글 5가 불안한 표정으로 물었다.

모우르무르가 호주머니에서 반짝거리는 기구를 꺼내더니 보이지
않는 벽을 향해 내밀었다. 잠시 후, 고개를 끄덕이면서 버튼 몇 개를
누르고 윙윙거리는 소리에 귀를 기울였다.

마침내 모우르무르가 히글과 방금 합류한 파브리스와 아마존 여군
들에게 말했다.

"봉쇄되어 있는 건데……."

"저기 공중에 타라와 친구들이 있어요!" 파브리스가 아연실색한 얼
굴로 외쳤다. "반군 부족 캠프에서 왼쪽으로 20미터쯤 떨어진 곳으
로 떨어지는 중이었나 본데……."

원을 이루는 사람들을 살피던 파브리스의 시선이 갑자기 멈췄다.

"무아노…… 무아노!"

모우르무르는 주의를 기울이지 않았지만, 용선이 무아노의 손을
잡고 있었다. 파브리스의 얼굴이 일그러지더니 송곳니를 드러내고
으르렁거렸다.

"저것 좀 봐요! 무아노와 용선이 손을 잡고 있어요!"

"그래 봤으니까 진정해. 그렇게 흥분하면 사람들이 놀라잖아. 저기

흉터가 많은 뚱뚱한 사람도 무아노의 손을 잡고 있는 걸 보면 네가 그렇게 질투할 상황은 아닌 것 같다. 친구들의 추락을 막으려고 모두 마법을 결합하여 원을 만들고 있는 거야. 그런데 초원에 걸어놓은 주문이 저렇게 많은 사람이 결집하는 걸 위험으로 간주한 게 틀림없어. 아마 이런 이유로 반군 부족이 마법을 사용하지 않았을 거야. 마법을 사용하면 다 토해내는 문제 말고도 많은 사람이 한꺼번에 마법을 사용하면 저렇게 굳어버리기 때문에. 흠, 기발해!"

"그럼 이제 어떡하죠?" 원을 이룬 무리에서 무아노를 끌어내고 싶은 파브리스가 물었다.

"대충 감이 잡히기는 하는데……." 모우르무르는 흡족한 얼굴로 말했다. "데미데루스의 주문은 아주 강력해. 네 명의 최고 마구스들과 함께 날린 게 틀림없어. 그렇지 않다면 이토록 오랫동안 지속될 수 없지. 5000년이 넘도록 여전히 작동하고 있으니까. 정말 대단해!"

"그래서요?"

"내가 해보려고, 결과에 대해 보장은 못하지만."

히글 5가 갑자기 불안해하는 것 같았다. 지상에서 1미터 위 공중에 정지해버린 부여제가 눈앞에 있는데 어찌 불안하지 않을까.

"모우르무르?"

"왜요, 나의 천사?"

히글 5는 나의 천사라는 말에 깜짝 놀라는 눈치였다. 그녀처럼 만만치 않은 사람은 소화하기 좀 힘든 말이었다.

"내 부하들 앞에서는 그렇게 부르지 않았으면 좋겠어요." 히글이 속삭였다.

"아, 그럼…… 알았어요." 모우르무르는 오히려 모두가 들리게 큰 소리로 외쳤다. "나의 천사가 마음에 안 들면 '내 사랑'이나 '당신'은 어떻소?"

"그냥 '당신'이라고 하세요." 히글 5가 단호하게 대답했다. "나는 어떻게 부를까요?"

"글쎄." 모우르무르는 차분하게 말했다. "좀 전처럼 다정하게 내 이름을 불러줘요."

히글은 침을 간신히 삼켰고, 아마존 여군들은 웃지 않으려고 애를 썼다.

"으흠흠, 알았어요. 이 초원은 용암호 위에 있다는 걸 알려주고 싶 군요. 융해된 용암이라 가능하면 폭발이 일어나지 않도록 조심해야 합니다."

모우르무르는 실망한 표정을 지었다.

"정말이오? 폭발이 일어나면 안 된단 말이오? 유감천만이군!"

"이제부터 내가 당신이 왜 그렇게 폭발을 좋아하는지 이유를 알아 봐야겠어요." 사령관이 자신의 가슴과 모우르무르의 가슴을 손으로 연결하는 표시를 하면서 말했다.

그러고는 모우르무르의 말을 기다리지 않고 공중에 떠 있는 이들을 향해 걸어갔다.

서로 엉켜 있지만 표정은 평온했다. 정신을 잃은 상태인데도 두 날 개로 타라를 포근하게 감싸고 있는 페가수스, 두 다리로 칼의 다리를 받쳐주고 있는 파프니르, 좀 더 밑에서 어떻게든 추락을 저지하려고 애쓰는 로빈, 공포에 질린 로빈의 크리스털 눈만 빼고 모두 눈을 감고 있었다. 하프엘프는 추락사의 공포를 느끼는 순간 굳어버렸기 때문일까? 히글 5는 몸서리쳤다. 아니면 추락에 제동이 걸리는 걸 알아차린 상태에서 저렇게 됐을까?

모우르무르는 번쩍번쩍하고 윙윙거리는 여러 가지 기계, 잡다한 사물들, 연장들을 꺼내놓고 바쁘게 손을 놀렸다. 사랑하는 히글을 기쁘게 하고 오무아의 부여제를 구하려면 무언가를 파괴하더라도 폭발시키지는 말아야 하는데…….

파브리스는 모우르무르가 깜짝 놀랄 정도로 많은 도움을 주었다. 파브리스는 마법의 힘을 얻기 위한 필사적인 노력 덕분에 엄청난 경험이 축적되어 있었다. 비록 데미데루스가 걸어놓은 주문을 깨뜨릴 힘은 없지만 어떤 원리인지 완벽하게 파악하고 있었다. 게다가 사랑하는 무아노가 그 주문에 갇혀 있기 때문에 발명가를 열심히 도왔다.

하지만 시간이 많이 걸렸다.

늦은 오후, 모우르무르가 일그러진 얼굴로 일어났는데 마법복이 기름으로 얼룩져 있었다.

"진실 주문과 마법 방지 주문을 깨뜨려도 괜찮겠소? 조수 파브리스와 내가 내린 결론은 두 개의 주문이 결합되어 있기 때문에 하나만 깨뜨리는 것이 불가능하다는 것이오. 굳어버린 사람들을 구하기 위해 두 개의 주문을 깨뜨리고 나면 더 이상 작동하지 않을 텐데 괜찮겠소?"

히글 5의 눈이 동그래졌다. 모우르무르가 이 정도로 능력 있는 사람일 줄이야.

그녀는 군인이었다. 군인답게 좋은 점과 나쁜 점을 면밀히 검토했다. 그리고 생각에 잠긴 목소리로 말했다.

"우리는 기계와 총기가 있어서 반군 부족보다 우위에 있어요. 여기서는 마법을 사용할 수 없기 때문에 침입자들이 우리한테 꼼짝 못한다는 것도 이점이죠. 반면에 우리의 부여제가 주문에 걸린 상태로 시간이 너무 오래 흐르면 건강에 해로울 수 있으니 그건 나쁜 점이죠. 그렇지만 확실한 방법이 없는 건 아니에요. 데미데루스가 잿빛 시간에서 돌아오면 되니까요. 잿빛 시간 속에 있으니까 쉽게 접촉할 수 있을 겁니다. 주문을 깨뜨렸다가 다시 거는 것이 데미데루스에게는 그리 어려운 일이 아닐 거예요. 그래서 내 대답은 찬성이에요. 두 개의 주문이 깨뜨려져 있는 시간이 기껏해야 몇 주일 정도로 끝난다는 조건이라면. 내가 여기 있는 목적은 악마의 사물들을 지키기 위해서예요. 마법 방지 주문은 이 초원을 보호하기 위한 것인데 아무런 대책 없이 방치할 수는 없습니다."

모우르무르는 고개를 끄덕였다. 무슨 말인지 이해되었다.

그들은 달빛에 자리를 넘겨주기 위해 태양이 꺼지는 순간에 첫 번째 실험을 했다. 파브리스는 지쳐 있지만 낙관적이었다. 그렇지만 힘의 장막을 향해 '에너지총'을 발사했는데 아무 일도 일어나지 않았다.

"아하!" 모우르무르가 말했다. "우리가 생각하는 게 바로 이거야."

흡족한 모우르무르가 손바닥으로 어깨를 탁 때렸지만, 파브리스는 애써 놀란 표시를 하지 않았다. 늑대인간이 된 뒤로 파브리스의 생활은 평온한 날과 잠 못 자는 긴장된 날이 연속으로 교차되었다. 그런데 몇 달 전부터는 평온한 날보다 긴장된 날의 주기가 점점 잦아지고 길어지고 있었다.

그래서 파브리스는 이성적이고 온화하고 이해심 많은 무아노가 지구로 돌아가겠다는 자신의 생각을 누구보다 찬성해줄 거라고 믿었다. 하지만 타라와 함께 친구들이 모두 태양을 수리하러 올라가는데 용선을 따라가겠다며 초원에 남은 무아노를 보면서 완전히 잘못 생각한 것임을 깨달았다. 갑자기 번쩍하고 정신이 드는 것처럼.

파브리스는 갑옷 차림의 믿음직하고 강인한 아마존 여군들을 둘러보면서 미소를 지었다.

그리고 곰곰이 생각하기 시작했다.

파브리스가 인생을 새로운 각도에서 돌아보는 사이에 부지런히 기계를 만지던 모우르무르는 마지막 작업을 끝냈다. 태양이 다시 켜졌을 때 모우르무르는 소스라치게 놀랐다. 아마존 여군들은 가짜 달빛과 가짜 별빛에도 불구하고 켜놓았던 헤드라이트들을 껐다. 갑자기 바람이 불자 모우르무르는 눈살을 찌푸렸다.

"바람이라……." 모우르무르는 생각에 잠긴 목소리로 중얼거렸다. "이건 아닌데……."

히글이 다가갔다.

"왜 그래요? 무슨 문제가 생겼어요?"

"아니, 아니, 그건 아니고……. 좀 이상한 걸 봐서요. 저기!"

히글은 모우르무르의 손가락이 가리키는 방향을 쳐다봤다. 바람결에 키 큰 수풀이 휘어져 있었다.

"뭘 보라는 거예요, 특별한 게 없는데?" 사령관이 말했다.

모우르무르는 부드러운 눈길을 보내면서 말했다.

"아! 성질 급한 것도 죽은 아내와 똑같군요."

"모우르무르."

"네?"

"우리 둘이 잘되길 바란다면 지금처럼 당신의 아내와 나를 비교하는 건 그만두는 게 좋을 거예요."

히글이 어찌나 부드럽고 차분한 어조로 말하는지 모우르무르는 최후통첩이라는 걸 대번에 알아차리지 못했다. 모우르무르는 히글을 멀거니 쳐다보다 얼굴을 찌푸렸다.

"이런, 내가 바보 같은 말을 했군요! 정말 예의에 어긋난다는 걸 깜박 잊고 그만……. 여자를 만난 지 너무 오래돼서 주책을 부렸군요."

히글 5는 빙긋이 웃으면서 손으로 수풀을 가리켰다.

"그래서요?"

"네? 아, 바람 때문에."

"바람이 왜요? 바람이 불면 안 되나요?"

"안 된다기보다 좀 의외라서. 초원에 바람이 부는 이유를 압니까?"

"코리올리힘 때문이에요." 히글 5가 대답했다. "지구의 과학자가 발견한 건데……."

모우르무르는 미소를 지었다. 비록 잘못 알아들었지만, 과학에 대해 이 정도로 말이 통하는 똑똑한 여자를 만나다니!

"그래요. 바람은 지구의 자전에 의한 코리올리힘(운동 방향과 직각으로 작용하고, 질량과 속도에 비례하는 크기의 힘—옮긴이)을 받아 진행 방향이 변하게 되죠. 그런데 동굴 속이나 다름없는 이 초원에 공기가 움직이고 바람이 분다는 게 이상해서 묻는 겁니다."

"당신 말을 들으니까 정말 그러네요. 동굴 속에서는 외부의 영향을 거의 받지 않으니까 바람이 불 수 없는데……. 그리고 송풍 장치 같은 것도 본 기억이 없어요. 태양을 위한 것은 있지만, 공기를 위한 것은 없었어요. 공간이동의 문을 제외하고는 어디에도 입구가 없어요. 균열이나 구멍도 없고요. 악마의 사물들이 있는 신전 외에도 여기는 보이지 않는 주문의 보호를 받고 있는 곳이죠."

모우르무르와 히글이 시선을 교환했다.

"따라서 바람도 마법!" 두 사람은 동시에 결론을 내렸다.

모우르무르는 이맛살을 찌푸렸다.

"신선한 공기와 부드러운 바람을 주는 주문, 옴짝달싹못하게 사람들을 굳어버리게 하는 주문, 마법을 사용하지 못하게 하는 주문, 이 세 개가 같은 주문일까요?"

사령관도 똑같이 이맛살을 찌푸리며 대답했다.

"글쎄요, 잘 모르겠어요."

"그래서 말인데 주문을 깨뜨릴 경우 어쩌면 산소가 없어질지도 모르겠소."

침묵이 흘렀다.

"맙소사!" 사령관이 한숨을 내쉬었다. "이젠 정말 최고 사령관에게 연락해야겠어요. 우리의 부여제를 가두라는 명을 받았는데 흡족해하실 겁니다. 명대로 옴짝달싹 못하는 셈이니까요!"

모우르무르는 어깨를 으쓱하며 말했다.

"몇 사람을 구하자고 수천 명에 이르는 인명을 위태롭게 할 수는 없소. 자, 불러내요. 이 문제를 해결하려면 데미데루스를 불러야 해요. 우리가 해결할 수 있는 문제가 아니오."

히글은 안도하면서 최고 사령관을 불러내기 위해 전력을 다했다.
더 유능한, 아니 훨씬 높은 위치에 있는 능력자에게 문제를 넘기는
것이 홀가분한 눈치였다. 어차피 데미데루스 외에는 누구도 해결할
수 없는 문제인데.

이번만은 타라를 비롯한 매직갱이 외부의 도움 없이는 이 난관을
벗어날 수 없었다.

20
데미데루스

아무리 최고 마구스라도
자칫 행성 전체를 위험에 빠뜨리는
엄청난 실수를 저지를 수도 있는데

*

그리 오래 걸리지 않았다. 반나절쯤 지났을 때 캠프 부근에 허브글라이더들이 무더기로 유형화되었다.

말 그대로 난데없이 나타났기 때문에 모두 소스라치게 놀랐다. 마법을 자유자재로 사용하는 것 같았다. 보통 키에 지성의 빛이 번뜩이는 눈, 흰 머리털이 두드러진 금발의 남자가 허브글라이더에서 내리자 수행하는 오무아 군대의 장교들이 뒤따랐다. 악마들로부터 세상을 구한 데미데루스, 살아 있는 전설을 대면하게 되다니. 히글 5 사령관은 침을 삼키면서 앞으로 나섰다.

입대한 뒤로 말로만 수없이 들었지 한 번도 본 적이 없는 위대한 인물이었다.

바짝 긴장한 히글 5는 차례 자세를 취했다.

데미데루스는 근엄하게 인사를 받았다.

"사령관, 그대의 마법이 빛나기를!"

"마법으로 세상을 지켜주시기를!"

데미데루스가 빙긋이 웃었다.

"이곳에 무슨 문제가 생긴 모양인데 내 주문과 관련된 일인가?"

히글 5는 원을 이루고 있는 사람들, 공중에 떠 있는 상태로 굳은 타라와 친구들을 가리키면서 태양 주위에 정착한 스파니비아 사람들, 과학기술의 변화 등 상황을 자세히 설명했다.

신중한 히글 5는 기절하거나 나자빠지는 경우를 대비하여 타라 일행 밑의 땅바닥과 원을 이루는 무리의 뒤쪽 땅바닥에 두꺼운 매트를 깔아놓은 상태였다. 물론 앞으로 넘어지는 이들도 있겠지만 나름대로 최선을 다한 것이었다. 데미데루스는 미심쩍은 표정으로 매트를 쳐다봤지만 아무 말도 하지 않았다.

이번에는 모우르무르가 굳어버린 사람들을 구할 생각으로 주문을 깨뜨리려고 하다가 모두 질식시킬 뻔했다는 걸 뒤늦게 깨닫고 중단했다고 설명했다. 그러자 데미데루스가 말했다.

"우리는 여기를 지구인들이 접근할 수 없는 곳으로 만들었다. 악마의 사물들을 발견한 지구인들이 지킴이들에게 걸려서 목숨을 잃을까 두려웠기 때문이다. 마법을 함부로 사용하지 못하게 하는 주문은 여러 개가 얽혀 있다. 우리는 지구의 해저 속에 거대한 버블을 만들어놓았다. 해저 기반의 중앙에 직경 150킬로미터의 움푹한 곳에 신전이 잠겨 있으며, 신전 지킴이들이 영양을 섭취할 수 있도록 대양과 곧장 통하게 만들어 놓고, 암반에 비옥한 흙을 덮어놓았다. 그리고 매머드처럼 오래전에 멸종된 동물을 포함하여 여러 종의 동물이 살게 했다. 방어 시스템을 만들고 아마존 부대를 창설했다. 악마의 사물들을 지키기 위한 대책은 5단계이다. 아마존 군대, 대양, 지킴이들과 심판관들……."

"그런데 대양은 약점입니다." 히글 5 사령관이 지적했다. "대양이 신전과 통해 있기 때문입니다."

"당시에는 물속을 다닐 수 있는 잠수함이라는 기계가 존재하지 않았다." 데미데루스가 말했다. "그리고 지구에서는 마법이 약하기 때문에 물속의 신전은 아주 훌륭한 방책이 되었다. 악마들에게 바닷물은 술이나 다름없어서 마시지 않고는 배길 수가 없지. 게다가 잠수 상태로는 200미터도 못 가서 익사해버리는 것도 간과하면 안 되고."

"하지만 바로 그래서 악마가 아닌 마지스터는 습격할 수 있는 겁니다. 그런데 마지스터가 첫째 단계인 우리를 피했다는 것은 오무아 궁정 최고위층에 스파이가 있다는 증거입니다."

"그게 아니면 오무아 부대의 존재를 어떻게 알겠소?" 모우르무르는 한술 더 떴다.

데미데루스는 고개를 끄덕이면서 주문에 걸려서 옴짝달싹 못하는 마법사들을 둘러봤다.

"아무튼 긴긴 세월의 풍상에도 이 모든 것이 변함없는 걸 보니 아주 기쁘다. 나는 악마들이 더 빨리 쳐들어올 거라고 생각했다. 따라서 여기는 필요할 경우 포기할 수 있는 임시 거처일 뿐이었다."

모우르무르는 생각에 잠겼다. 데미데루스는 4단계까지만 말했는데…….

"그럼 5단계는 무엇입니까?"

"보이지 않는 것이다." 데미데루스는 자신의 발을 가리켰다.

모우르무르는 데미데루스의 발이 어떻게 악마들로부터 세상을 지켜준다는 건지 이해가 안 되는 얼굴로 쳐다보다가 발이 아니라 땅바닥을 가리키고 있음을 알아차렸다.

"아, 용암호!" 모우르무르는 탄복했다. "악마들에게도 통할까요?"

"나의 직계 후손이 아닌 자가 악마의 사물을 신전에서 사용할 경우 용암이 분출해서 모든 걸 집어삼키는 장치가 되어 있다. 우리는 악마들이 4단계까지는 돌파할 수 있다고 생각했으니까. 하지만 5단계에서 허를 찔리게 되지. 대응할 겨를도 없이 악마들은 타 죽고, 사물들은 파괴되니까."

데미데루스는 이마를 찡그렸다.

"한 가지 미지수는 용암호 분출을 지구가 견딜 수 있을지 그걸 전혀 알 수가 없다. 거대한 화산들을 깨워서 지구의 모든 생명체를 죽일 위험이 있으니……. 당시에는 선택의 여지가 없었지만, 오늘날이라도 악마들의 침략에 직면하면 악마의 사물들을 빼앗기지 않기 위해 수많은 인명이 희생될 수밖에 없을 것이다(데미데루스는 말을 중단하고 유감스러운 표정을 지었다). 악마들이 최상의 상태라면 우리는 모두 잡아먹히고 말 테니까. 그러면 최악의 사태가 벌어지는 것이지."

모두 부르르 떨었다. 모우르무르가 외쳤다.

"오, 슬루르크! 방금 뭐라고 하셨습니까?"

"최악의 사태가 벌어지는 것이다."

"아니, 거기 말고요."

"수많은 인명이……."

몹시 흥분한 모우르무르는 발을 굴렀다.

"그 부분 말고…… 무슨 장치에 대해서 말씀하셨지요? 그 부분을 한 번만 더 말씀해주십시오."

"나의 직계 후손이 아닌 자가 악마의 사물들을 신전에서 사용할 경우는……."

"네! 거기! 악마의 사물들을 파괴하면 절대 안 됩니다!"

"뭐라고?"

"직계 후손이 아닌 마지스터가 악마의 사물들을 손에 넣으려고 합니다." 모우르무르가 마음이 급한 나머지 두서없이 설명했다. "그래서 우리가 여기 온 겁니다. 사랑하는 여자를 비욘드월드에서 돌아오게 하려고 악마의 사물을 사용하려는 걸 막아야 하기 때문입니다. 타라가 악마의 사물을 파괴하면 속에 남은 마법을 림보로 돌려보내는 것이라고 주장했는데 조각상 재판관이 타라의 생각이 맞는 걸 확인해주었습니다."

데미데루스는 파랗게 질렸다.

"뭐라고? 대체 그게 무슨 말인가?"

지성이 번득이는 쪽빛 눈의 차분하던 데미데루스가 갑자기 몸집이 커졌다. 모우르무르는 본능적으로 한두 발짝 물러서서 자초지종을 이야기했다. 검은 여왕과 아르칸즈의 출현, 림보의 변화 등.

"악마들이 인간의 모습으로 변신을 해?" 데미데루스는 전혀 모르고 있었던 게 분명했다.

5000년 동안 단 두 번 잿빛 시간에서 빠져나왔는데 모르는 게 당연한 것 아닌가. 데미데루스는 모우르무르에게 들은 말을 이해하려고 애를 쓰는 눈치였다.

"완전히 미쳤군!" 데미데루스가 마침내 말했다. "그러니까 악마의 마법이 그걸 만든 주인에게 돌아간다는 말인가?"

"네, 타라가 확인한 사실입니다. 크라에토비르의 반지를 파괴할 때 속에 남아 있던 마법이 아르칸즈 마왕에게 돌아가는 것을 타라와 칼이 목격했습니다. 애석하게도 타라가 실루르의 옥좌를 파괴했을 때도 그랬던 게 틀림없습니다. 재판관이 타라에게 준 흑요석 조각 덕분에 비욘드월드와 연결되었을 때 재판관도 악마의 사물들을 파괴하면 안 된다고 했습니다."

데미데루스는 갑자기 몹시 피로한 듯 턱을 만졌다.

"나는 악마들과 싸우는 데 일생을 보냈다. 악마의 사물들을 파괴하고 싶었지만 다행이었는지 당시에는 우리에게 그럴 힘이 없었다. 우리의 마법은 오늘날의 자네들보다 강력하지 않았지. 그래서 우리는 악마의 사물들을 나누어서 숨겨둘 생각을 한 것이다. 일부는 여기 아틀란티스에, 나머지는 다른 두 곳에 있다."

더는 자세히 말하지 않으려는 듯 데미데루스가 갑자기 화제를 바꾸었다.

"마지스터에 대해 자세히 알고 싶다. 좀 전에 받은 상황 보고에 따르면 마지스터가 드래곤들이 숨겨두고 있던 악마의 셔츠를 손에 넣었고, 정신적으로 불안정한 인간이며 셀레나를 사랑한다던데……."

"네, 맞습니다. 그런데 셀레나는 사망했습니다."

"아, 이제야 무슨 말인지 알겠네." 데미데루스가 중얼거렸다. "그러니까 셀레나를 비욘드월드에서 돌아오게 하려고 악마의 사물들을 사용하겠다, 그거로군."

"네, 맞습니다. 미친 듯이 사랑하기 때문에 셀레나의 죽음을 받아들이지 않는 겁니다."

모우르무르는 마지스터가 악마의 사물들에 접근하기 위해 검은 여왕을 이용하고 있다고 설명했다.

"완전히 비논리적이군." 데미데루스가 중얼거렸다. "악마의 마법으로 타라를 감염시키면 사물에 접근할 수가 없어! 지킴이들이 악마의 마법에 감염된 타라를 통과시키지 않을 테니까! 게다가 악마의 마법이 아주 조금이라면 몰라도 검은 여왕이 출현할 정도라면 에너지가 상당할 테고, 그러면 지킴이들은 당연히 적으로 간주하게 되어 있다!"

"아니, 아주 논리적입니다." 모우르무르가 말했다. "타라에게 따귀를 얻어맞는 바람에(데미데루스를 쳐다보고 얼른 표현을 바꿨다)⋯⋯, 아니 타라에게 번번이 패배하다 보니 마지스터는 마침내 타라를 통해서는 사물을 손에 넣지 못하리라는 걸 깨달은 듯합니다. 내 생각이지만, 악마들이 지구를 침략했을 때처럼 지킴이들은 힘으로 물리치고, 타라는 악마의 마법에 감염시켜서 무력화하겠다는 것이 마지스터의 계획인 것 같습니다. 지킴이들의 저지 때문에 타라가 자기를 추적하지 못할 거라 계산한 거죠. 하지만 데미데루스께서 악마의 사물들을 지키기 위해 지구 전체에 함정을 놓았다는 것은 꿈에도 생각하지 못할 테니 뜻을 이루지 못할 겁니다!"

데미데루스는 이글거리는 눈초리로 모우르무르를 쳐다봤다.

"놈을 체포해야 한다! 그렇게 대비를 했는데도 사물들이 있는 데까지 가다니. 우리 인간들이 악마들의 밥이 되는 건 시간문제야! 용암 분출로 인해 지구가 파괴될 뿐만 아니라 아더월드도 위험해지니까!"

모우르무르는 고개를 끄덕이면서 끈끈이에 걸린 듯 옴짝달싹 못하는 사람들을 가리켰다.

"그러니까 무엇보다도 타라 덩컨을 풀어주어야 합니다. 타라 자체가 핵폭탄인데……."

"핵폭탄이 무엇인가?"

"아, 아닙니다. 굉장히 강력해서 타라가 필요하다는 뜻입니다."

"물론이지. 내가 잊고 있던 것을 일깨워줘서 고맙다."

데미데루스가 하늘을 향해 소리쳤다.

"이들을 놓아주어라!"

잠시 후, 타라와 친구들은 충격을 흡수하는 매트 위로 떨어져서 천만다행이었다. 하지만 갈랑이 파프니르와 칼의 몸 위로 떨어져 둘은 깨어나자마자 비명을 질렀다.

"'이들을 놓아주어라', 이렇게 간단한 주문일 줄이야!" 모우르무르가 혼잣말처럼 중얼거렸다.

한마디 말로 주문을 깨뜨릴 수 있다는 것에 많이 당황한 눈치였다.

"나는 간단한 걸 좋아한다." 데미데루스가 타라를 살피러 가면서 말했다. "주문 때문에 시간을 낭비하고 싶지 않고."

데미데루스의 대꾸가 너무 싱거워서 히글 5는 웃음이 나오지만 용암 분출이라는 말이 불안하여 눈살을 찌푸리면서 데미데루스를 따라갔다.

타라와 갈랑, 칼, 파프니르, 로빈이 한데 얽혀 있었다. 샤먼은 구토
증에도 불구하고 즉시 치료를 시작했다. 파프니르의 단단한 머리에
부딪혀서 탈구된 칼의 팔과 무릎, 떨어지는 갈랑과 부딪치면서 부러
진 로빈의 두 다리와 페가수스의 부러진 날개, 파프니르의 이마에 난
혹. 마법을 너무 많이 사용해서 그로기 상태에 있는 타라는 다행히
다친 데가 없었다. 페가수스가 날개로 감싸준 덕분이었다. 모우르무
르가 영혼의 동반자 가까이 데려다 놓자 블롱딘은 몸뚱이를 한 번 부
르르 털더니 칼의 얼굴을 핥기 시작했다. 정신이 든 칼은 위에서 기
절했는데 초원에 내려와 있는 걸 알고 깜짝 놀랐다.

데미데루스는 마법을 사용해도 구토증이 일어나지 않는 것 같았
다. 강력한 레파루스 주문에 이어서 타라에게 마법의 에너지를 넣어
주기 위해 레제네루스 주문을 날렸다. 몇 분 동안 응급처치를 하고
나자 마침내 타라가 눈을 떴다. 타라는 데미데루스를 단박에 알아보
지 못했다. 아마존 부대가 주둔하는 초원에서 그 유명한 조상을 만날
줄이야! 하지만 차츰 의식이 돌아오면서 정신이 번쩍 들었다. 데미데
루스가 틀림없었다. 그리고 데미데루스를 수행하는 오무아 군대의
장교들이 포위하고 있는데 경계 태세로 무기를 겨누고 있는 것이 아
닌가.

"안녕, 타라." 데미데루스는 다정하게 말하면서 병사들에게 무기를
내리라는 손짓을 했다. "좀 어떠니?"

"30톤쯤 되는 뭔가에 깔렸던 것 같아요."

아, 톤이라는 현대적 무게 단위를 모를 수 있겠구나. 눈이 동그래지
는 데미데루스를 보면서 타라는 표현을 바꿨다.

"드래코-티라노사우루스에게 깔렸던 것 같아요."

"응? 아, 그래. 짐작이 가는구나. 너는 마법이 거의 고갈된 상태야. 그 정도로 마법을 많이 사용하면 죽을 수도 있다는 걸 알 텐데! 이성적으로 행동해야지!"

"내 친구들이 죽게 생겼는데 구경만 할 수 없었어요."

데미데루스는 눈살을 치켜 올렸다.

"그래서?"

"구할 생각도 안 하고 친구들이 죽게 내버려둘 수는 없었어요. 그런데 어떻게 된 거죠? 누가 우리를 구해준 겁니까? 정신을 잃기 전에…… 마지막으로 본 것은 땅이 아주 빠르게, 정말 빠르게 가까워지고 있었어요."

"용선이 구해줬어." 등 뒤에서 힘없는 목소리가 말했다.

그들이 돌아보자 무아노가 파브리스의 부축을 받으면서 비틀비틀 다가오고 있었다.

"너희들이 떨어지고 있는데 추락을 막을 게 아무것도 없는 걸 보면서 용선이 아마존 여군들에게 허브글라이더를 타고 달리게 했고, 반군의 족장 살루타에게 부족들을 합류시키라고 한 다음 모두 손에 손을 잡고 서 있었어. 너희들을 받아내기 위해서. 그랬는데 갑자기 끈끈이에 걸린 듯 옴짝달싹 못하게 되었지."

타라는 힘겹게 일어나서 무아노를 끌어안았다.

"고마워, 우리를 살려줘서."

"천만에." 미소 짓는 무아노의 눈빛이 반짝였다. "선견지명이 있어서 초원에 남아 있었나 봐. 태양을 다시 켜놓은 거 축하해."

칼과 로빈은 서로 도우면서 일어났다. 혼자서 일어난 파프니르는 칼에게 퍼붓기 시작했다. 최면을 걸었던 것, 날 수 있다고 믿게 한 것, 구멍으로 떨어진 것, 뒤따라 뛰어내리지 않을 수 없게 만든 것에 쏘아붙였다. 그런데 완전 뒤죽박죽이라서 정확하게 무엇을 비난하는지 알기 힘들었다.

아무튼 화가 아주 많이 나 있다는 증거인데 다행히 파프니르는 도끼를 뽑아 들지는 않았다.

아직 눈빛이 흐린 칼이 고개를 끄덕였지만 한마디도 알아듣지 못한 눈치였다.

모두 무사히 깨어났으니 이제 할 일은 마지스터가 악마의 사물들을 손에 넣지 못하게 막아야 할 뿐만 아니라 파멸할 위기에 처한 지구를 구하는 것이었다.

"이상한데……." 칼이 중얼거렸다. "이런 상황을 이미 경험한 것 같은 느낌이야. 아주 많이."

그때 데미데루스를 수행하는 한 장교가 타라는 검은 여왕 문제로 체포령이 떨어져 있는 상태라고 지적했다.

데미데루스는 손사래 치면서 성난 목소리로 말했다.

"검은 여왕이 타라를 지배하고 있다면 친구들이 떨어져 죽거나 말거나 그냥 내버려뒀을 것이다. 내 후손은 사악한 마법을 제거하는 중이니까 며칠 지나면 아마 검은 여왕에게서 완전히 벗어날 것이다."

아, 데미데루스는 타라가 후손이라는 걸 강조하면서 자신은 오무아 제국을 건국한 사람임을 넌지시 상기시키고 있는 것이었다!

무슨 말인지 알아들은 장교는 더 이상 반박하지 않았다.

"자, 이제는 마지스터와 담판을 지으러 가자." 데미데루스가 말했다. "인간들을 위험에 빠뜨리는 작자에게 짜증이 나기 시작했다. 그 미치광이를 파멸시켜야 완전히 문제가 해결될 것이다."

타라는 침을 삼켰다. 아버지 단비우나 데미데루스나 문제를 해결하는 방식은 어쩌면 그렇게 한결같이 과격한지…….

타라는 데미데루스가 명령권을 가로챈 것을 리스베스 여제가 어떻게 받아들일지 궁금했다.

아직도 공포에 사로잡힌 얼굴로 다가온 로빈이 타라 옆에 섰다. 타라는 용기를 주기 위해 아무 생각 없이 손을 잡아주었다. 하프엘프는 놀란 시선으로 쳐다봤다. 타라는 속으로 한숨지었다. 엘프는 정말 상대하기 힘들었다. 손잡아준 걸 특별한 의미로 받아들인 건가? 파브리스나 칼의 손을 잡는 것과 다름없는데 로빈은 진전된 사랑의 표시로 이해한 것이 틀림없었다. 타라는 손을 놓고 데미데루스에게 정신을 집중했다.

데미데루스는 타라에 대한 체포령을 거두게 하려고 버뮤다 삼각지대의 사건 현장과 통화하는 중이었다(타라와 친구들의 크리스털 볼과는 달리 작동하고 있었다). 리스베스 여제가 못마땅해하리라는 걸 알지만 어쩔 수 없었다. 몹시 난처한 얼굴로 명을 거둬도 되는지 여제에게 확인하겠다고 버티던 티그족은 스파슌이나 두꺼비로 둔갑될까 벌벌 떨고 있었다.

"현재 상황은?" 데미데루스는 눈앞에서 몸을 비비 꼬는 이미지에게 물었다.

미국 해군복 차림(팔이 네 개라서 모습이 좀 이상했다)의 티그족이 대답했다.

"여기는 미국의 최첨단 항공모함 'USS 조지 H.W. 부시호'가 보이는 곳입니다. 미국 대통령은 악마의 사물들이 있는 아틀란티스 신전 바로 위에 항공모함을 배치하고 있습니다. 하지만 힘의 장막이 가로막고 있어서 폭발이 일어난 현장으로 접근할 수 없습니다. 우리 요원들을 침투시키려고 했지만 불가능합니다. 현장을 촬영하는 지구인들의 카메라 때문에 마법을 사용할 수 없는 여제께서 격분한 상태입니다. 트리톤과 사이렌들을 파견했지만 역시 접근할 수가 없습니다. 마지스터의 군단이, 믿을 수 없을 정도로 강력한 힘의 장막이 작용하는 바닷속으로 내려가는 파이프를 에워싸고 있기 때문입니다. 우리가 아는 것은 막강한 무기를 지닌 미군 병사 수백 명이 심해에 파견되어 있다는 것입니다. 최첨단 무기로 공격한다면 지킴이들도 오래 버티지는 못할 겁니다. 지킴이들은 강하지만 그렇다고 절대로 물리칠 수 없는 건 아닙니다. 그리고 심판관들도 그렇게 많은 군인이 한꺼번에 공격하면 막아내지 못할 겁니다."

티그족이 목소리를 낮추었다.

"여제께서 몹시 불안해하십니다."

데미데루스의 대답은 간단했다.

"우리가 간다."

데미데루스는 그렇게 말하고 크리스털 볼을 끊었다.

타라는 자세를 바로 했다. 아무리 미운 사람이라도 죽일 생각은 없었는데 이제는 정말 아니었다. 사랑하는 여자를 소생시킬 수만 있다면 세상 사람들이 모조리 죽어도 상관없다는 미치광이를 과감하게 제거할 때가 된 것이다. 타라가 그런 생각을 전하자 파프니르는 등을 토닥여주면서 난쟁이의 피가 흐르는 것이 틀림없다고 말했다. 파브리스는 아연실색했다.

"뭐? 설마 농담이지, 타라? 싸우고 싶어서 안달이 난 사람처럼 말하다니! 그냥 하는 말이 아니라면 미친놈들 때문에 너까지 미쳐가는 거야. 발톱 손질까지 하면서 예쁘게 꾸미던 소녀, 성적이 떨어질까 걱정하던 예쁜 소녀는 어디로 간 거지?"

"파브리스, 분명히 말하는데 난 발톱 손질 같은 건 하지 않았어. 그리고 성적이 떨어질까 걱정한 건 할머니한테 야단맞기 싫어서였어. 할머니가 얼마나 무섭게 했는지 너도 알잖아. 그리고 나는 싸우고 싶어서 안달이 난 게 아냐. 마지스터를 상대로 싸워서 다시는 내 인생에 끼어들지 못하게 하려는 거야. 내 어머니의 인생도 마찬가지고."

파브리스는 항복했다.

"그래, 알았어. 무슨 말인지 알겠는데 그래도 나는 아더월드가 너를 이렇게 만들었다고 생각해. 너도 나처럼 지구에서 사는 게 좋을 것 같아. 지구가 훨씬 평온하다고 확신해."

타라가 반박하기 전에 파브리스는 무아노를 돌아보면서 말했다.

"너를 놓아줄게."

무아노가 어안이 벙벙한 얼굴을 하자 파브리스는 미소를 흘렸다.

"뭐라고?"

"너를 놓아준다고. 내가 이기적이었어. 너처럼 자유로운 영혼을 붙잡을 수 있다고 생각하다니. 내가 어리석고 자만했어. 너는 마법이 강해서 아무것도 두려울 게 없어. 하지만 나는 약하고 비겁한 겁쟁이야. 우리는 전혀 어울리지 않아. 그래서 놓아주려고. 용선과 사귀고 싶으면 그렇게 해. 난 이해해. 그는 아주 용감한 남자니까."

무아노는 입을 다물었다. 이렇게 중요한 때에 모두가 지켜보는 앞에서 이런 식으로 결별을 선언하다니. 무아노는 정말 어이가 없었다. 그리고 파브리스가 비겁한 겁쟁이라는 생각은 한순간도 하지 않았다. 오히려 두려움을 억제하고 위험에 맞서 싸울 때마다 그 용기에 감탄했는데.

근데 방금 파브리스가 뭐라고 했지? 뇌리에 박힌 마지막 말 때문에 무아노는 눈살을 찌푸렸다.

"우리 문제에 왜 용선 얘기를 하는데?"

"용선과 떠났고……."

파브리스는 말끝을 흐렸지만 무슨 말을 하려는지 표정으로 충분했다. 무아노는 얼굴이 빨개졌다.

"파브리스, 너 대체 무슨 생각하는 거야? 어떤 남자와 사귀고 싶다는 이유로 미션을 함께 떠나지는 않아. 그런 식이면 행성에 있는 절반의 남자와 사귀었게?"

히플리아에 살 때 난쟁이들에 대한 정보 때문에 랑코비트에서 받은 임무를 빼면 지금까지 그렇게 많은 미션을 수행한 게 아니니까 좀 많이 과장된 표현이었다.

"용선과 사귀고 싶은 거 아니었어?"

무아노는 대꾸도 하지 않았다.

"타라?"

걱정도 되고 놀랍기도 한 표정으로 두 친구의 대화를 듣던 타라는 이름 부르는 소리에 소스라쳤다. 어이쿠, 사랑싸움에 끌어들이지 않으면 좋겠는데.

"여자는 만난 지 10분밖에 안 되는 남자와 사귀는 일은 없다고 파브리스에게 말 좀 해줄래?"

이런, 진짜 끌어들이네.

"그런 식으로 남자를 사귀지는 않지. 그리고 무아노, 네가 직접 말하고 나는 빼주면 안 될까?" 타라는 발뺌이라도 하려는 듯 말했다. "나는 지금 마지스터를 생각하는 것만으로도 머리가 너무 복잡해."

"아, 그래?" 로빈이 호기심을 보였다. "10분밖에 안 되는 사람과는 왜 사귀지 않는데? 우리 엘프들은……."

타라의 냉랭한 시선과 마주치자 로빈은 말을 잇지 못했다.

"로빈, 무슨 말을 하고 싶은데?" 타라는 노려보면서 물었다.

"나? 아니, 아무것도 아냐." 로빈이 얼른 대답했다. "아 참, 짐을 싸야 하는데……. 당장 시작해야겠다."

로빈은 로미네트보다 빠르게 달려갔다.

"휴!" 타라가 한숨지었다.

"무아노, 하지만 난 네가……." 파브리스가 힘없는 목소리로 말했다.

"네가 잘못 생각한 거야." 무아노는 파브리스를 응시하면서 말했다. "이번에도 너는 추측만 하고 나한테 묻지 않았어. 하는 수 없지. 내가 너를 놓아줄게."

무아노는 모두를 증인으로 삼았다.

"우리는 이제 자유야!"

파브리스는 주저앉았다. 이게 아니었는데…… 예상이 빗나갔다.

"음, 잘 봤다!" 멍하니 지켜보던 데미데루스가 박수를 쳤다. "연극 한 편을 보는 것 같았어. '나도 너를 사랑하지 않아' 타령은 그만두고 이제 우리의 미션에 정신을 집중할까? 지구를 구해야지."

그때 반군 부족의 족장(살루타가 변화의 바람을 불러일으키기 위해 대장 대신에 족장을 택한 것이 분명했다)이 와서 인사하는 바람에 파브리스는 창피를 당할 겨를이 없었다.

끈끈이에 걸려 있었다는 사실 때문에 마법을 사용하고 싶은 의욕이 꺾인 것은 아니지만 족장은 이따금 경계하는 눈길로 하늘을 쳐다보는 것 같았다. 데미데루스는 세 명까지는 동시에 마법을 사용해도 큰 문제가 생기지 않는다고 알려주었다. 물론 구토증은 여전하지만. 구토증도 악마의 사물들을 지키기 위한 방책의 일부였던 것이다. 족장은 상황을 완전히 파악했다. 다른 부족들도 교육을 시키겠다고 단언했다. 반군 부족 족장 살루타와 사령관 히글은 악수를 했다. 군복 차림의 튼튼한 여자와 가죽옷 차림의 가냘픈 여자가 이상할 정도로 비슷했다. 사령관과 족장은 능력 있는 철의 여인들이었다. 모우르무르는 완전히 들떠 있는 게 역력했다. 벌써 콩깍지가 씌었나, 히글 5만 눈에 들어왔다.

"그렇게 대단한 주문을 걸어놨을 줄이야!" 모우르무르가 흥분해 있었다. "그 주문을 깨뜨릴 기회가 없어서 정말 유감입니다. 엄청난 폭발을 보여줄 수 있었는데. 하지만 나야 이제 곧 마지스터를 상대할 테니 또 기회가 있겠죠. 놈이 무슨 짓을 했는지, 이유가 뭔지 대충 알 만하니까. 보통 영리한 놈이 아닙니다."

모우르무르는 히글 5를 향해 윙크를 했다.

"물론 나만큼은 아니지만!"

사령관 히글은 무슨 뜻으로 하는 말인지 궁금했지만 설명은 나중에 자세히 듣기로 하고 참았다. 히글은 아마존 부대의 일부를 반군 부족과 함께 있게 했다. 그들은 서로에게 필요하기 때문이었다. 특히 체계가 아직 정립이 안 된 반군 부족은 여군들의 도움이 절실했다. 지난번에 서로에게 호감을 보이던 아마존 여군 실빈이 칼에게 크리스털 볼의 번호를 알려주었다. 타라는 흐뭇하게 지켜봤다.

이윽고 역사적인 순간을 함께하고픈 사령관의 인솔을 받으며 타라 일행은 목적지인 아틀란티스 신전을 향해 출발했다. 하지만 곧장 신전으로 갈 수 없었다. 데미데루스가 살테렌스를 모델로 삼아 비행이 불가능한 사막을 만들고 그 주위에 트실을 살포해놓았기 때문이다 (아더월드의 치명적인 벌레 트실이라는 말에 타라는 오만상을 찌푸렸다). 도착 지점은 신전을 에워싸는 방벽으로부터 한 시간쯤 떨어진 사막 앞이었다. 타라의 부탁을 들어주려면 아직 만들 것이 많기 때문에 모우르무르는 정신없이 바빴다. 호기심이 생긴 데미데루스가 뭘 만드느냐고 묻자 모우르무르는 힐끔 쳐다보면서 막연하게 대답했다. "최고 마구스의 후손, 타라를 위한 것들입니다." 다행히 데미데루스는 캐묻지 않았다.

허브글라이더에 오른 무아노와 친구들은 떨어져 있는 동안 일어난 일을 서로 이야기했다. 무아노는 위에서 있었던 얘기를 들으면서 아주 재미있어했다. 타라가 새처럼 두 팔을 휘저으면서 뛰어내리는 파프니르를 흉내 낼 때는 배꼽을 잡고 웃었다.

"왜 그랬어?" 무아노가 물었다.

"날 수 있다고 믿었으니까!" 파프니르는 차갑게 내뱉었다. "멍청한 도둑의 멍청한 생각을 철석같이 믿다니!"

칼은 재미있어 죽겠다는 듯 눈을 반짝였다.

"그래, 나도 후회해. 정말 후회가 막심해!"

난쟁이는 약간 부드러워졌다.

"사과는 받아줄게."

"아니, 그러지 마." 칼이 말을 끊었다. "나 때문에 모두 추락사할 뻔했는데……. 자책감에서 벗어날 수 없을 거야!"

"아, 그래? 걱정 마, 내가 죽여줄 테니까." 파프니르가 신랄하게 받아쳤다. "얼마 전부터 몸이 근질근질했는데 내가 해결해줄게."

"내 허브글라이더에서는 안 된다." 사령관 히글이 말했다. "핏자국을 없애려면 시간이 많이 걸려서 안 돼. 얘들아, 장난은 밖에서 해."

'얘들'이라는 말에 칼과 파프니르는 얼굴을 찌푸렸지만, 타라와 로빈, 무아노는 웃음을 터뜨렸다.

'놓아주겠다'고 선언하면서 내심 성공을 확신하던 파브리스는 의도했던 것과 달리 처참하게 끝나버리자 정신이 멍했다. 정말 끝내야 하는 건가? 아무튼 무아노의 비난은 근거가 있었다. 무아노를 괴롭게 했지만 그건 악해서가 아니라 서툴기 때문이었다. 마지스터를 따라가는 엄청난 배신으로 충격을 준 것으로도 모자라서 마지스터의 지시대로 때리기까지 했던 순간을 떠올리자 몸서리가 쳐졌다.

파브리스는 생각에 잠겼다. 무아노를 더는 힘들게 하지 말아야 해. 좀 물러서서 지켜보자. 지구와 아더월드에서 각자 떨어져 있다 보면, 그리고 시간이 좀 흐르면 감정 정리가 되겠지. 파브리스는 한숨을 내쉬었다.

파브리스가 얼마나 괴로워하는지 알 길이 없는 타라와 무아노는
계속 수다를 떨고 있었다.

"정말 대단했어!" 무아노가 말했다. "부인이 단트릭스의 목을 단칼
에 베어버리는데…… 내 눈이 믿어지지 않더라고."

"나이도 많고 몸도 그렇게 가냘픈 분이?" 로빈이 놀랐다. "검을 들
기도 힘들 텐데 어떻게 그랬지?"

"육체적 힘보다 의지와 믿음이 더 강하니까." 타라가 말했다. "딸
들을 위해서 필사적으로 싸운 거야. 힘없는 노파라고 얕보다가 단트
릭스는 큰코다친 거지."

무아노와 타라는 미소를 주고받았다. 용기와 고집에 있어서는 닮
은 데가 많아서 둘은 말이 잘 통했다.

갑자기 아마존 여군들이 허브글라이더를 착륙시켰다. 더는 전진할
수 없는 사막 앞에 이른 것이었다. 그들은 허브글라이더에서 내려서
복사열로 뜨거운 초록 사막을 살폈다. 모래에 숨어서 동물이 지나가
기를 기다리는 트실들 때문에 모래언덕이 물결치고 있었다. 트실들
이 사막을 벗어나지 못하게 막는 주문이 걸린 경계에 서 있기 때문에
모래 소리가 나는 즉시 달려들 기세로 초록 벌레들이 잔뜩 집결해 있
었다.

"얘들이 아주 반갑게 맞아주네요." 칼이 야유했다. "내가 스파슌이
라면 트실의 공격을 받고 알들의 밥이 되기 전에 바짝 구워서 완전히
쪼아버릴 텐데. 왜 이런 끔찍한 벌레들을 풀어놓으셨어요?"

데미데루스는 미소를 지었다.

428

"사람들은 신전 주위에 우리가 이런 환경을 만들어놓았다는 걸 전혀 예상하지 못하지. 오랫동안 방어할 정도로 마법이 강력하지 않으면 트실을 당해내지 못하니까."

"여기서부터는 초원에 걸어놓은 주문이 통하지 않나요?"

"어떤 의미에서는 그렇지. 허브글라이더든 양탄자든 이 지역에서는 상공을 날지 못하기 때문에 걸어서 가야 한다. 밤에는 주문이 작동하지 않는 살테렌스 사막과는 달리 이곳은 밤낮으로 작동하기 때문에 무조건 걸어야 한다. 마법사들을 지치게 하려는 계략이니까."

"마법사가 녹초가 되어 쓰러질 때까지 힘을 빼는……." 칼이 부르르 떨었다. "슬루르크! 그래도 초록 벌레는 정말 싫은데 미치겠네."

"게다가 지구에서는 아더월드보다 마법이 약하기 때문에 더 빨리 힘을 못 쓸 테고……." 모우르무르가 지적했다. "따라서 악마의 사물을 훔치려고 들어온 마법사들을 막는 아주 기막힌 방법이야!"

모우르무르의 말을 증명하듯, 사막 가장자리에 방심하다 봉변을 당했는지 하얀 뼈다귀들이 널려 있었다.

파브리스는 두려워하는 표시를 내지 않으려고 노력했다. 칼은 식은땀을 흘리면서 예전에 금빛 트실에게 공격을 받았던 자국이 보이게 목을 드러냈다. 금빛 트실의 자국이 있으면 다른 트실의 공격을 피할 수 있기 때문이었다.

하지만 데미데루스는 이미 준비하고 있었다는 듯 하늘을 향해 고개를 쳐들고 크게 외쳤다.

"잠들지어다!"

즉시 죽음 같은 침묵이 흘렀다. 용암 분출이 수그러들었고, 회오리치던 모래바람이 잦아들었다.

"엄청나게 간단한 주문인데 효과는…… 와!" 칼이 탄성을 질렀다.

"다시 시작하라는 명을 내리지 않는 한 이 상태로 있을 것이다. 공격받는 일은 없을 것이야. 이제 얼마 남지 않았다. 길어야 하루 반나절 정도 걸으면 도착한다."

"죄송합니다만 허브글라이더가 날지 못하게 하는 주문을 거두지 않는 무슨 특별한 이유가 있습니까?" 무아노가 의문점을 지적했다.

데미데루스는 유감스러운 듯 미소를 지었다.

"그건 아주 복잡한 주문이지. 그 주문을 거두려면 나와 함께했던 네 명의 최고 마구스들이 있어야 한다. 시간이 좀 걸려서 그렇지 걸어가도 되는데 주문을 깨뜨리고 싶지는 않다."

"아, 실망입니다." 걷는 걸 끔찍이 싫어하는 칼이 툴툴거렸다.

데미데루스는 수행하는 장교들을 아더월드로 돌아가게 했다. 아마존 여군들도 돌려보냈다. 작전에 도움이 되지 않을 뿐만 아니라 데미데루스가 가능한 한 최소 인원이 악마의 사물들에게 접근하길 바라기 때문이었다.

그래서 모우르무르는 히글 5에게 작별 인사를 해야 했다. 두 사람은 다시 만날 약속을 하면서 크리스털 볼 번호를 교환했다.

타라는 바캉스에서 만났다가 헤어지는 연인을 보는 것 같았다.

그들은 모두 숨 막히는 더위와 싸우기 위한 장비를 갖추었다. 흰색의 헐렁한 마법복, 챙이 넓은 모자, 초록빛 모래가 들어오지 않게 할 장화.

칼은 일행의 머리 위로 커다란 우산을 펼쳐주었다. 패밀리어들에게도 우산을 씌워주고, 뜨거운 모래로부터 동물들의 발바닥을 보호하기 위해 보강한 가죽 토시를 제공해주었다. 각각 타라의 어깨와 파프니르의 어깨에 앉아서 여행할 생각을 하는 페가수스와 고양이에게도.

만반의 준비가 끝나자 그들은 사막으로 들어갔다.

미지의 세계를 향해.

21
초록 벌레의 사막

동물 알레르기가 있으면
둥지에 잠자리를 만들지 않는 것이 상책인데

*

사막에 들어서기가 무섭게 발밑에서 용암의 열기가 느껴졌다. 타라는 어렸을 때 외할머니 이사벨라를 따라 이탈리아의 베수비오 산에 간 적이 있었다. 당시 이사벨라는 신고되지 않은 젊은 여자 마법사를 추적하고 있었다. 분화구에서 멀리 떨어진 곳인데도 발바닥으로 전해지는 열기 때문에 아주 신기하다는 생각을 했는데 지금도 똑같은 느낌이었다.

타라 옆에서 무아노는 긴 다리로 미끄러운 모래 위를 성큼성큼 걸었다. 모두 지켜보는 가운데 거창하게 이별을 선언한 뒤로는 파브리스와 말은 물론 눈도 마주치지 않고 있었다. 갑자기 타라는 이상한 소리를 들었다. 중얼거림이라는 걸 알아차리는 데는 시간이 좀 걸렸다. 타라는 귀를 세웠다. 무아노는 걷기가 힘든 모래언덕을 원망하는 것처럼 구시렁거렸다.

"이제 말해봐." 15분쯤 후, 타라가 말했다.

혼잣말을 하던 무아노가 소스라쳤다.

"뭘?"

"파브리스를 멍청이 중의 멍청이라고 욕하고 있잖아. 네가 끝내겠다는데…… 파브리스가 그런 식으로 놓아주느니 어쩌느니 하는 게 어이가 없는 거잖아, 그치?"

무아노는 걸음을 멈추고 어안이 벙벙해서 타라를 쳐다봤다. 발그레한 얼굴에 땀이 흘러내리고, 긴 머리가 땀에 젖어 있었다. 무아노의 패밀리어 표범도 흠뻑 젖어 있었다. 지구와는 달리 태양이 두 개인 아더월드의 동물들은 심한 열기를 배출할 수 있게 변형되었기 때문에 땀을 흘린다.

"그걸 네가 어떻게 알았……."

무아노가 말을 잇지 못하고 의혹의 눈길로 타라를 쳐다봤다.

"내가 하는 말을 들은 거야?"

"중얼중얼하는데 알아들을 수는 없지. 하지만 내가 네 입장이면 그렇게 말했을 테니까."

무아노는 눈살을 찌푸리다가 인정했다.

"그래, 맞아. 어쩌면 그렇게 멍청할까!"

"그러게."

"얼간이, 멍청이, 바보!"

"그런 말 들어도 싸!"

"도대체 자기가 뭐라고 생각하는 거야?"

"사랑에 빠진 남자라고 생각하지. 어쩔 수 없어, 사랑이 바보로 만든 거니까."

"그게 무슨……. 뭐라고?"

"그게 파브리스의 생각이야. 너에게 서툴게 행동했다는 걸 그런 식으로 설명한 거야."

다시 걸어가던 무아노가 멈춰 섰다.

"누가 그래? 파브리스가 그래? 사랑에 빠져서 바보가 됐다고? 그러니까 바보가 되지 않으려면 사랑에 빠질 필요가 없다는 뜻이네."

"너 정말 화 많이 났구나." 타라가 웃으면서 말했다.

고개를 끄덕이는 무아노의 얼굴에 주근깨가 가득했다. 타라는 아더월드의 강렬한 햇빛 때문에 생긴 거라고 생각하면서 은근히 걱정이 되었다. 자외선은 하얀 피부의 적인데! 머릿속에서 검은 여왕이 대답을 해서 깜짝 놀랐다.

'내 피부는 완벽한데! 잡티 하나 없으니까.'

잘난 척하는 어조였다.

파브리스에 대해 불평을 쏟아내는 무아노의 얘기를 듣지 않고 타라는 정신적으로 비아냥거렸다.

'아이고, 그러서! 나는 결점이 많은데! 여드름도 났었고, 뾰루지는 지금도 있고, 흉터도 있어. 체인지라인이 늘 신경 써서 없애주기에 망정이지 다리에는 털이 수북하지(체인지라인의 제모 기능은 전혀 아프지 않기 때문에 타라는 아주 실용적이라고 생각했다). 완벽함에 대한 당신의 견해는 완전 고리타분하군. 완벽한 것은 죽은 거지. 더 이상 변할 게 없으니까. 하지만 나는 불완전하기 때문에 살아 있는 거고!'

깊은 침묵이 이어졌다.

'너는 왜 나를 두려워하지 않지?' 마침내 검은 여왕이 물었다. '다른 사람은 나처럼 악랄한 존재에게 사로잡혀 있으면 공포에 떨기 마련인데 너는 두려워하지 않아. 난 그게 이해가 안 돼.'

검은 여왕이 스스로 '악랄한 존재'라는 걸 알고 있어서 다행이라고 해야 되나?

'당신은 내 영혼의 가장 어두운 부분일 뿐이야.' 타라는 차분하게 응수했다. '모든 인간은 내면에 당당하고 정직하기 위해 날마다 싸워야 하는 어두운 부분이 있으니까. 나는 당신을 알기 때문에 두렵지 않아! 당신은 노력도 하지 않고 힘을 원하고, 땀도 흘리지 않고 영광을 원하고, 사람들이 무조건 당신 앞에서 굴복하길 원하지. 세운 것도 없으면서 파괴를 원하고, 맹목적인 숭배를 원하지. 당신은 무의미하고, 아무것도 아냐.'

분노가 서린 침묵이 흘렀다. 다행히 검은 여왕이 나타나지 않았다. 오히려 더 깊숙이 움츠리는 것이 느껴졌다.

갑자기 머릿속에서 아주 부드러운 목소리가 속삭였다.

'잘못 생각한 거야. 나는 너의 일부가 아냐. 나는 너와 별개야. 내 의식도 목적도 너와 달라.'

타라가 대꾸하지 않자 검은 여왕도 입을 다물었다. 타라는 정신적으로 어깨를 으쓱했다. 육체에 침투한 사악한 마법이 뭐라고 하든 듣지 말아야 했다. 마법의 에너지가 고갈되면 검은 여왕은 영원히 사라지겠지. 그런 다음에도 스파리담이라는 말을 입 밖에 낸다면 혀를 뽑아버리고 말겠다고 다짐했다. ·

"……아무튼 그게 최선이야." 무아노가 말을 맺었다.

걸어가다 멈추고, 다시 걸어가다 멈추기를 반복하는 바람에 타라와 무아노는 일행에게서 많이 뒤처져 있었다. 갈랑이 날개를 활짝 펼치고 더위를 쫓아주면서 타라의 걸음을 재촉했다. 트실이 너무 싫은 갈랑은 타라가 가능한 한 데미데루스와 가까이 있기를 바랐다.

"미안해, 뭐라고 했어?" 타라가 물었다. "검은 여왕이 자꾸 말을 시켜서 네 말을 못 들었어."

무아노가 멈춰 섰다. 또! 갈랑은 정말 짜증이 났다.

"뭐라고?" 무아노는 눈이 휘둥그레져서 소리쳤다. "방금 뭐라고 했어?"

"미안하다고……."

"아니, 그거 말고. 검은 여왕이 말을 시켜? 둘이 얘기도 해? 무시무시한 괴물과 네가? 타라, 농담이지?"

'거 봐, 이게 정상이지.' 검은 여왕이 기다렸다는 듯이 나섰다. '얘는 나를 두려워하잖아!'

타라는 짜증을 내지 않으려고 꾹 참았다. 그리고 어떻게 설명해야 무아노를 이해시킬 수 있을지 고민했다.

이 기회에 검은 여왕의 입도 다물게 해야 되는데……. 갑자기 머릿속에 반짝 떠오르는 것이 있었다. 아, 이건 검은 여왕이 진짜 싫어할 거야.

"무아노, 뾰루지 난 적 있어?"

"응?"

"하필이면 중요한 약속이 있는 날 뾰루지가 돋으면 정말 속상하잖

아. 특히 며칠 전부터 기름진 음식을 피했어야 하는데 주의하지 않아서 얼굴에 생기는 바이러스성 붉그스름한 종기는…….”

시대를 막론하고 어느 나라에서나 청소년들의 고민거리인 뾰루지와 여드름에 대해 얘기하는 것으로 타라는 무아노의 관심을 끄는 데 성공했다.

“검은 여왕과 무슨 관계가 있는지 모르겠지만, 마법으로도 감춰지지 않아서 짜증 날 때가 있지. 근데 그게 왜?”

“뾰루지는 피지샘이 막혀 생기거나 균이 번식해서 생기는 피부 염증이야. 검은 여왕과 비슷하다고 할 수 있지. 외부 감염으로 생긴 뾰루지는 그냥 짜버리면 끝나. 보기 싫은 흔적은 남아도 사라져버리니까.”

눈치가 빠른 무아노는 타라가 왜 이런 말을 하는지 대번에 알아차렸다.

“그래, 뾰루지가 사람을 죽이지는 못하지. 아주, 아주 강력하게 터져서 그 더러운 고름이 사람들의 얼굴에 튈 수는 있어도!”

“웩! 구역질 나잖아!”

“뾰루지를 예로 든 사람이 누군데…….”

무아노와 타라는 웃음을 터뜨렸다. 검은 여왕은 반응하지 않았지만 분노의 침묵 같은 것이 느껴졌다.

무아노는 잠시 머뭇거리다 말했다.

“고마워, 웃게 해줘서. 이번 일이 끝나고 아더월드로 돌아갈 때를 생각하면서 좀 착잡했는데……. 파브리스와 헤어진 것도 그렇고, 파프니르를 데려가는 문제도 있고.”

타라는 깜짝 놀랐다.

"파프니르? 우리의 용맹한 난쟁이 전사를 네가 데려가? 난쟁이 전사가 너를 데려가는 게 아니고?"

무아노는 미소를 지었다.

"마법을 사용했기 때문에 추방당했거든. 난쟁이들이 얼마나 보수적인지 알잖아. 그리고 마법을 얼마나 혐오하는 종족인데 파프니르가 패밀리어라면서 악마 세계의 장밋빛 고양이를 달고 가는 것으로도 모자라서 하프드래곤을 남친이라고 데려가면…… 어떻게 되겠어?"

깊은 침묵이 흘렀다.

"아!" 마침내 타라가 탄식했다.

"이제 알겠지? 그래서 데려가겠다고 한 거야. 히믈리아로 돌아갈 수 없으니까."

"난쟁이들로부터 보호해주려고?"

"그보다는…… 파프니르로부터 난쟁이들을 보호하기 위해서."

두 소녀는 깔깔대고 웃었다.

"내가 같이 갈까?" 타라는 눈을 반짝이면서 물었다. "나의 소중한 보물들인데."

"네 문제만으로도 할 일이 많다는 걸 아는데 파프니르는 그런 생각 아예 하지도 않을 거야. 하지만 네가 그렇게 말하면 좋아하겠지. 네가 나서주면 파프니르의 부모님이 마법을 사용한 딸 때문에 곤란한 일이 생기지 않을 거라고 안심할 수 있을 테니까."

"그러네." 타라는 한숨을 쉬면서 화제를 바꿨다. "무아노, 실은 나도 너랑 같은 심정이야. 로빈에 대한 믿음이 없어졌어. 유혹 주문 때문에 나를 거부하더니…… 나로 위장한 악마와 잤어. 그런 행동을 한다는 건 나를 전혀 모른다는 거야. 물론 내가 여전히 로빈을 사랑한다면 그리 중요한 문제가 아닐 수도 있겠지. 사랑하면 용서가 될 테니까. 그런데 나는 더 이상 사랑하지 않아. 이제는 로빈을 봐도 가슴이 설레지 않아. 마치 이제야 내가 눈을 뜬 것처럼(타라는 슬픈 미소를 지었다). 지구에서는 3년이 지나도, 또 7년이 지나도 지속되면 성공적인 사랑이라고 하는데…… 나는 첫 단계를 넘지 못하고 실패한 것 같아."

"그렇구나." 무아노는 생각에 잠긴 목소리로 말했다. "지구에서는 희한한 생각을 많이 하나 봐. 근데 그 말을 들으니까…… 어떤 느낌이 있었는데 그게 확실해지네."

"뭐? 네가 뭘 느꼈는데?"

"응? 아니, 아무것도 아냐. 타라, 칼을 어떻게 생각해?"

"칼은 마라에게서 벗어나기 힘들 거야." 갑자기 칼에 대해 묻는 이유를 모르는 타라가 물었다. "왜?"

"칼은 마라를 사랑하지 않아." 무아노가 말했다. "한순간도."

"그래? 그렇게 생각해? 맙소사, 마라가 알면 궁전이 남아나지 않을 텐데!"

"보수 공사 준비를 해야지 뭐." 무아노는 재미있다는 듯 놀렸다. "랑코비트의 트라비아에 있는 최고급 레스토랑 '웃는 거미'에서 저녁 식사 내기를 걸고 말하는데 칼은 다른 사람을 사랑하고 있어. 칼 자신도 아직 깨닫지 못하고 있지만."

"아마존 여군 실빈? 정말 그럴까? 좀 빠르지 않나?"

무아노는 한숨을 내쉬었다.

"아니, 내 생각에 실빈은 아닌 것 같은데……."

무아노는 타라를 뚫어져라 쳐다보면서 아주 이상한 말을 했다.

"이곳으로 출발하기 전에 제레미가 보낸 매직메일을 받았어."

제레미? 타라는 깜짝 놀란 얼굴로 친구를 쳐다봤다.

"스톤헨지에서 만났던 제레미 델렝비르 발 드레구스? 나처럼 강력한 마법사로 만들기 위해 유전자 조작이 된 소년 말이야?"

"응."

"그랬구나, 제레미는 잘 지내지?"

"응. 형 조던을 도와주려고 지구의 스톤헨지로 돌아갔는데 형이 사라지고 없어서 많이 걱정하고 있어. 농가는 세를 준 상태였는데 세든 농부들마저 조던이 어디 있는지 전혀 모른다고 했대. 연락은 조던이 해오기 때문에 연락처를 전혀 모른다면서. 그래서 제레미가 내게 도움을 청했어. 아더월드의 친부모들, 여동생 캐서린은 조던을 찾는 일에 별로 신경을 쓰지 않지만, 제레미는 자기를 키워준 지구의 가족에게 신세를 많이 졌다고 생각하거든. 그래서 우리는 매직메일을 많이 주고받았어. 만나기도 했어, 여러 번."

아, 그래서 무아노가 파브리스에게서 쉽게 마음이 멀어질 수 있었구나. 사랑하는 사람이 있어서……. 타라는 불현듯 오무아 황궁에 있는 자신의 방에 친구들이 다 모였을 때 크리스털 볼이 계속 울리자 나가서 통화한 다음 상기된 얼굴로 돌아오던 무아노의 모습이 기억났다.

"그래서?" 타라가 감정을 드러내지 않는 어조로 말했다.

"제레미는 마법사야."

"그래, 아마 나 다음으로 강력한 마법사일 거야." 기정사실이기 때문에 타라는 겸손하게 말했다.

"너처럼 지구에서 자랐어."

"그건…… 그렇지."

"그렇지만 제레미는 아더월드를 좋아해." 무아노의 얼굴이 빨개졌다. "제레미가 잘생겼다고 생각해."

타라는 침묵을 지켰다. 화가 나면 야수로 변하는 무아노를 아무나 감당하지 못할 텐데.

"어떻게 생각해?" 무아노가 어렵게 물었다.

"착하다는 것 말고 내가 제레미를 뭐라고 평가할 수 있겠어." 대답은 이렇게 했지만 타라는 제레미가 캐서린을 사랑했던 것을 지적하고 싶었다. 물론 친동생인지 모르고 끌렸던 거지만.

파브리스는 단점이 많지만 똑똑하고, 사랑에 빠지지 않았을 때는 열심히 공부하는 학생이었는데……. 타라는 제레미를 그리 영리하지 않은 우직한 소년이라고 생각했다. 아더월드의 부자들을 추적하는 스쿠프들과 탈루디들을 통해 발 드레구스 가문의 젊은 상속자가 파티를 여는 장면을 자주 볼 수 있었다. 그런데 행방불명된 형 조던이 걱정돼서 찾는다는 건 성품이 괜찮다는 건데…….

"제레미 때문에 파브리스를 버린 거야?"

타라가 노골적으로 물었다.

무아노는 입술을 깨물었다.

"아니, 제레미 때문에 헤어진 것이 아니라 여러 차례 잘못을 저지른 파브리스를 용서하지 않기로 마음먹은 거야."

"오케이."

모래언덕에서 약간 미끄러진 무아노는 간신히 중심을 잡으면서 물었다.

"오케이? 할 말이 그것밖에 없어?"

"무아노, 내가 무슨 말을 하겠어? 넌 이제 파브리스를 사랑하지 않아. 그리고 이미 제레미와 사귀고 있는데……."

타라는 잠시 말을 중단했다가 활짝 웃으면서 말했다.

"제레미와 사귀다니, 정말 상상도 못했는데 자세히 얘기 좀 해줘!"

무아노는 깔깔대고 웃었다.

"그러는 너는? 마음에 담고 있는 남자가 있어?"

뜻밖의 질문에 타라는 잠시 말이 나오지 않았다.

"무아노!"

"뭐? 당연한 질문인데 왜?"

"당연히 없지! 몇 시간 전에도 로빈과 함께 있는 거 못 봤어? 나는 당분간 남자친구 없이 지낼 거야. 연애는 너무 복잡해. 너도 알다시피 나와 내 가족, 친구들, 제국을 해치는 사람들과 싸우는 것만으로도 바빠 미칠 지경인데. 연애하기에는 시간이 너무 없어."

그러고는 타라가 약간 머쓱한 얼굴로 덧붙였다.

"그런 점에서는 로빈이 나한테 어울리긴 해. 늘 같이 있을 수 있으니까."

무아노는 어깨를 으쓱했다.

"글쎄, 그게 이유라면 넌 파브리스와 사랑에 빠졌을 수도 있어."

"절친과 사랑을 해? 미쳤어, 무슨 그런 말을 해? 남동생과 사귀는

442

느낌이 들 텐데."

"그럼 칼은 어떻게 생각하는데?"

"침대에서 자는 사람의 얼굴에 베개를 던져서 깨우는 애하고? 내 취향이 아냐, 장난이 좀 심해서⋯⋯."

"뭐야, 너? 침대에서 칼을 본 적 있다는 얘기야?" 무아노는 짓궂은 미소를 지었다.

"하하하, 천만에."

타라와 무아노의 이야기는 끝날 줄을 몰랐다. 늑대인간은 엘프와 마찬가지로 청각이 예민했다. 로빈은 여자들이 하는 말에 귀를 기울이지 않았지만, 여전히 무아노를 주시하는 파브리스는 귀를 세우고 있었다.

특히 무아노가 제레미에 대해 말할 때 파브리스는 귀가 번쩍 뜨였다. 서서히 눈빛이 늑대의 호박색으로 변하는 사이에 파브리스는 날카로운 손톱이 손바닥을 뚫고 들어가는 줄도 모르고 주먹을 꽉 쥐었다. 모래 위로 파브리스의 피가 뚝뚝 떨어지고 있지만 이야기에 정신이 팔린 타라도 무아노도 주의를 기울이지 않았다.

결별의 아픔 때문에 예민해져서 늑대인간으로 변하고 있던 파브리스는 헤어지기도 전인데 제레미가 무아노를 유혹했다는 사실을 알아차렸다.

파브리스는 목구멍에서 튀어나오려는 소리를 억누르면서 주먹을 풀고 송곳니를 집어넣었다.

제레미 델렝비르 발 드레구스는 살날이 얼마 안 남았군.

물론 파브리스가 이 미션에서 살아남는다면.

무슨 일이 일어나는지 전혀 모르는 타라와 무아노는 걷는 것이 너무 힘들어서 이야기를 멈췄다. 머리 위에서 쏟아지는 태양열에다 타들어가는 지열까지 더해지면서 모두 탈수증상이 나타났다. 더위를 먹은 로빈은(강철나무 숲이 많은 셀렌다는 날씨가 선선한 편이다) 금방이라도 쓰러질 것 같은 얼굴로 걸어가고 있었다. 모우르무르가 가장 힘들어했다. 많은 기구 중에 방법이 있을 텐데 내가 왜 이 생고생을 하고 있지, 하는 얼굴로 발명가가 걸음을 멈췄다.

"대체 우리가 이렇게 계속 걸어야 하는 이유가 있나?"

타라와 데미데루스, 일행이 하나둘 멈춰 섰다. 모두 걸음을 멈출 이유가 생긴 걸 기뻐하는 눈치였다.

"허브글라이더를 타고 날 수가 없기 때문이다."

데미데루스가 대꾸하면서 더위 때문에 괴짜 발명가의 머리가 잘못된 거라고 생각했다.

"그렇다고 계속 걸어갈 수는 없습니다!"

"그래도 마법을 사용하지 않는 것이 더 낫다." 데미데루스가 물 한 병을 꺼내서 모우르무르에게 끼얹어주었다. "이 사막을 걷는 것은 힘들 수밖에 없다. 힘들라고 만든 거니까. 걷는 게 힘들다는 단순한 이유로 다시 걸기가 아주 복잡한 주문을 깨뜨리는 것은 바람직하지 않다."

"아, 데미데루스 최고 마구스께서 51세기 사람이 아니라는 걸 자꾸 잊어버려서 말입니다. 5000년이 흐르는 동안 마법이나 과학기술이 발전했고, 획기적인 것을 수없이 발명했습니다. 그러니까 걱정 마시고 좀 비켜주시겠습니까?"

깜짝 놀라는 데미데루스의 눈길을 받으면서 모우르무르는 호주머니에서 뭔가를 꺼내 땅바닥에 내려놨다. 그러자 반짝거리는 정육면체의 기구가 펼쳐지기 시작했다. 비행 관련 마법이 통하지 않는 사막이기 때문에 과학기술로 작동하는 이동 수단이 틀림없었다. 잠시 후, 꽤 커다란 바퀴가 셋 달린 자동차가 부르릉거렸다.

"태양열과 전기로 움직이는 자동차입니다." 모우르무르가 말했다. "마법과는 아무 상관없으니까 걱정하지 마세요. 두 사람을 태우고 신전까지 몰고 가서 내려준 다음 돌아올 테니까 너희들은 계속 전진해. 그래야 시간을 벌 수 있으니까. 데미데루스께서는 길을 안내해주세요."

데미데루스는 주저하면서 하얀 마법복 자락을 걷어 올리고 삼륜차에 올라탔다. 모우르무르는 무아노를 태운 다음 둔탁한 바퀴 소리를 내면서 내달렸다. 칼이 투덜거렸다.

"오, 끔찍한 벤드룩의 내장이여! 진작 좀 생각하시지, 죽어라고 걸었는데! 땀을 얼마나 흘렸는지 달팽이처럼 긴 자국을 남길 정도란 말이야!"

칼은 예민해진 얼굴로 주위를 둘러봤다.

"이제부터는 어떻게 될지 몰라."

파프니르는 땀에 젖은 이마를 닦고 벨제부트에게 물을 먹였다.

"이런 말 하기 정말 싫은데 너무 더워서 견딜 수가 없어. 어떻게 될지 모른다면서…… 시원해지는 걸 기대하면 안 되려나……."

난쟁이는 병에 남은 물을 머리에 쏟으면서 신음소리를 냈다.

"왜 어떻게 될지 모른다고 했어?" 파브리스가 칼에게 물었다.

"데미데루스가 없잖아. 데미데루스가 날린 주문이라서 내 생각에는 우리가 '잠들어라'라고 해봐야 통하지 않을 거야. 트실도 그렇고, 용암 분출도 그렇고. 그러니까 내 말은 악당에게 붙잡힌 데미데루스가 강제에 못 이겨 사막을 잠재운 주문을 취소하고 마법을 금하는 주문을 걸면 어떡하냐고. 그럼 우리는 마법을 사용하지 못하는 상태에서 수백만 마리의 트실과 싸워야 한다는 거지."

"너 말고**29** 우리!" 타라가 응수했다. "위험한 건 네가 아니라 우리니까. 입방정 떨지 마. 정말 그런 일이 일어나면 어떡하려고!"

갑자기 칼의 시선이 파브리스의 마법복에 꽂혔다. 핏자국…….

"파브리스, 괜찮아? 아물던 상처가 다시 벌어진 거야?" 칼이 걱정되는 얼굴로 물었다.

마법복을 내려다보던 파브리스는 화가 치밀었다. 사방에 피를 흘리고 다녔을 텐데 모르고 있었다니…… 파브리스의 얼굴이 굳어졌다.

"아니, 그게 아니라…… 손톱에 할퀴었어. 근데 피가 모래에 떨어졌을 텐데 트실들을 자극했으면 어떡하지? 난 왜 이렇게 멍청할까! 조심했어야 되는데!"

그들은 본능적으로 둥글게 둘러서서 초록빛 모래사막을 살폈는데 수상쩍은 움직임이라곤 없었다. 잠시 후, 타라는 파브리스를 보면서 말했다.

"나는 영화 〈듄〉(데이비드 린치 감독의 1984년작 SF영화─옮긴이)이 생각나서 섬뜩해. 영화에서는 수백만 마리의 초록 벌레가 아니라 거대한 '모래괴물'이었지만."

· · · · · · · · · · · · ·

29. 칼은 금빛 트실에게 물려서 숨이 끊어진 적이 있지만 다행히 살아날 수 있었다. 금빛 트실에게 물린 자국이 있으면 일반적인 트실이 공격하지 않는다.

그렇지만 불타는 모래사막은 조용하고 평온했다. 공격해오는 것도 전혀 없었다. 덥지만 않으면 거의 만족스러운 곳이었다.

모우르무르가 운전하는 삼륜차는 두 번 더 왕복했고, 칼과 타라만 남았다. 오랜 친구답게 둘은 편안한 마음으로 잠자코 걸었다.

"아주 예쁘게 생겼어, 아마존 궁수 말이야." 타라가 갑자기 침묵을 깨고 말했다.

칼의 얼굴이 빨개졌다. 더위 때문에 이미 벌겋게 익은 얼굴이 더 빨개졌다.

"응, 아주 예쁘고 상냥해. 군인이라서 그런지 거의 무기 얘기만 한다는 게 좀 문제야."

"너한테 주눅이 들어서 그랬을 거야."

"그런가?"

"당연하지, 칼리반 달 살란이 얼마나 유명한데!" 타라가 짓궂게 친구를 놀렸다. "아더월드에서 너의 뛰어난 활약을 칭송하지 않는 사람이 어디 있다고."

"나 놀리는 거지?"

"약간." 타라는 솔직하게 말했다.

"흠."

둘은 계속 걸었다. 여우 블롱딘도 헉헉거리면서 따라오고 있었다. 타라의 어깨에 앉아 있는 페가수스는 영혼의 동반자가 더위에 지치지 않도록 날갯짓으로 부채질을 해주고 있었다. 정말 잘 어울리는 한 쌍이었다.

"로빈은?" 칼이 호기심이 가득한 얼굴로 물었다. "너희 둘은 어떻게 되어가는데?"

타라는 킥킥 웃었다.

"어쨌든 오이를 암호로 쓰는 일은 없을 거야."

"그래? 아, 실망이다!"

둘은 장난스러운 시선을 주고받았다.

칼은 다시 시도했다.

"진지하게 생각해야 돼. 나이가 됐는데!"

"그래, 고마워!"

"아니, 내 말은 머지않아 여제 후계자의 부군이 되기 위해 아더윌드의 수많은 후보들이 몰려올 텐데 여러 언어로 말하는 화술, 휘파람, 노래를 배워야 한다는 뜻이야. 넌 아무 생각이 없겠지. 리스베스 여제와는 성장 과정이 다르니까. 아무튼 로빈에게는 많은 장점이 있어. 로빈이 너를 얼마나 사랑하는지, 그리고 네가 오무아의 여제 후계자라서 사랑하는 게 아니라는 건 타라 너도 알잖아. 로빈을 선택하면 연애결혼인데 너의 행복을 위해서라도……. 정략결혼과는 완전 다르지!"

칼은 진심으로 타라를 걱정해주고 있었다. 칼이 지금처럼 유머와 비아냥이란 껍질을 뚫고 섬세한 감성을 드러낼 때마다 타라는 가슴이 뭉클했다.

"지금은 아무 생각이 없기 때문에 남자들이 아무리 많이 와서 '사랑해요, 결혼하고 싶어요, 함께 오무아 제국을 다스리고 싶어요, 말해도 내 대답은 '노'야."

칼은 이맛살을 찌푸렸다. 타라는 앞으로 일어날 일에 대해 아무 생

448

각이 없었다.

"타라, 넌 상황을 제대로 이해하지 못하고 있어. '노'라고 말하는 거야 쉽지. 네가 '노'라고 해도 네 고모는 단념하지 않을 거야. 아무개는 오무아의 경제에 필요한 사람이고, 아무개는 오무아의 안전에 필요한 사람이고, 아무개는 오무아의 미래를 위해 대단히 중요한 인물이라고 강조하면서 집요하게 너를 설득할 테니까."

타라는 칼이 방금 한 말을 곰곰이 생각하다가 물었다.

"칼, 나보다 아더월드를 훨씬 많이 아니까 묻겠는데 너라면 어떻게 하겠어?"

칼은 머뭇거렸다. 이유는 모르겠는데 진실을 말하기가 약간 망설여졌다. 여기서는 더 이상 진실 주문이 작동하지 않지만 지금까지 친구들에게는 대체로 정직했는데……. 그래서 칼은 대답했다.

"나라면? 로빈을 여제 부군으로 삼지. 정직하고, 너에게 충성하고, 또 너를 미친 듯이 사랑하니까. 차우프* 처럼 어설픈 데가 있어서 실수를 좀 했지만."

타라는 빙긋이 미소 지었다. 황궁의 동물원에도 차우프가 있었다. 공격적인 포식동물이 우글거리는 행성에서 어설프기 짝이 없는 동물이 어떻게 살아남는지 정말 놀라웠다.

"그래, 맞아. 차우프와 비슷하다고 말할 수도 있겠다. 그런데 림보에서 있었던 일은 너무 불쾌해서 떠올리기도 싫어."

칼은 잿빛 눈으로 쳐다봤다. 타라는 칼을 알게 된 뒤로 유머 감각이나 영리함 때문에 깊은 인상을 받은 건 여러 번이지만 아름다움에 마음이 끌리기는 처음이었다. 이따금 얼마나 짓궂은 장난을 치는 아이인지를 잊게 할 정도로 칼은 천사의 얼굴을 하고 있었다.

"하지만 그 사건은 엘프의 천성 때문에 일어난 거야." 칼이 잿빛 눈으로 타라의 쪽빛 눈을 뚫어져라 쳐다보면서 차분하게 말했다. "타라, 인간은 누구나 속을 수 있어. 나도 속아 넘어갈 때가 있어. 로빈은 여성 악마가 한밤중에 찾아와 아무 말도 하지 않고 옷을 벗더니 침대에 들어왔다고 했어. 인간은 감정의 동물이지 돌로 만든 조각상이 아냐. 눈앞에서 아주 섹시한 사람이 반쯤 벌거벗고 욕구를 자극하는데 그걸 어떻게 뿌리칠 수 있겠어? 그런 상황에서 이성적으로 행동할 수 있는 사람은 아마 거의 없을 거야!"

타라는 얼굴이 화끈거리는 느낌이 들었다. 이런 관점에서 생각해본 적이 없었는데. 로빈을 이렇게 변호하다니, 칼의 우정은 정말 대단했다.

"그 때문만은 아냐." 타라는 솔직하게 말했다. "여성 악마와의 일뿐만 아니라 유혹 주문 때문에 나를 거부했던 것, 유머 감각이 없는 것도…… 다 마음에 안 들어. 너무 잘생겨서 눈만 마주쳐도 어지러웠는데 이젠 아냐."

칼은 한숨을 내쉬었다.

"우리가 갑자기 성장해서 그래." 칼은 자신의 몸을 가리켰다. "내 키 좀 봐. 검은 여왕 때문에 갑자기 10센티미터나 커버렸어. 예전처럼 아무 데나 잠입하는 건 이제 꿈도 못 꾸게 생겼다니까!"

타라는 웃음을 터뜨리면서 긴장감이 사라지는 걸 느꼈다.

"칼, 검은 여왕은 너의 발육과 별로 상관없어. 사춘기에는 몇 달 사이에 육체적, 정신적으로 갑자기 성장하잖아. 네가 키가 큰 건 그 경우라고 생각해."

"그래서 이렇게 다리가 아픈가? 아주 기분이 나쁘단 말이야." 칼이 툴툴거렸다.

그때 모우르무르가 운전하는 삼륜차가 돌아왔다. 타라와 칼은 삼륜차에 올라탔다가 이내 후회했다. 시제품이라서 끔찍하게 덜컹거리는 데다 삐걱거리고(모우르무르는 톱니바퀴 장치에 고운 모래가 들어갔기 때문이라고 설명했다) 바퀴가 몽땅 빠져서 뒤집힐 것만 같았다.

게다가 앞뒤로 심하게 흔들리는 바람에 속이 울렁거렸다. 모우르무르만 시간을 버는 방법을 생각해낸 것이 흐뭇한 듯 딴청을 부리며 휘파람을 불고 있었다.

멀리서 무언가의 윤곽이 차츰 드러나기 시작했다. 타라가 얼굴에 흘러내리는 머리카락을 쓸어 넘기자 체인지라인이 바람에 머리가 흩날리지 않게 재빨리 새틴 헤어밴드를 씌워주었다. 하얀 원피스에 쇠사슬 갑옷 셔츠, 모래가 들어가지 못하게 긴 부츠, 게다가 트임이 있는 원피스를 입고 앉아 있어서 허벅지가 드러나기 때문일까, 타라 자신은 모르지만 아주 섹시한 모습이었다.

덜컹거리는 삼륜차 때문에 칼은 툴툴거리는 반면에 타라는 웃음을 터뜨렸다. 속도를 즐기는 타라의 활력 넘치는 모습을 보면서 칼은 정말 매력적이라고 생각했다.

칼은 침을 삼켰다. 갑자기 뭔가를 암시하는 듯한 친구들의 곁눈질이 떠올랐다. 그토록 영악한 칼이 멋지게 걸려든 것이었다.

칼은 사랑에 빠져 있었다. 타라 덩컨을 사랑하다니!

시선을 느꼈는지 타라가 활짝 웃어 보이자 칼은 혼란스러웠다.

"저기 좀 봐!" 타라가 외쳤다. "신전보다 훨씬 높은 게 있어!"

데미데루스 시대에는 마법을 사용하지 않고서는 아주 높은 건물을 짓는 것이 불가능했다. 신전은 절대로 아닐 테고, 그렇다면 눈앞에 보이는 저건…… 지평선을 가르는 검은 수직선 같은데, 뭐지?

모우르무르는 뭔지 알려주지 않고 타라와 칼이 놀라게 잠자코 내버려두었다.

좀 더 가까워졌을 때 마침내 사막이 흔들릴 정도로 포효하는 것의 정체를 볼 수 있었다.

소용돌이, 아니 더 구체적으로 말하면 거대한 소용돌이 물기둥이었다. 물기둥을 에워싸는 방벽은 엄청나게 강력한 것이 분명했다.

모우르무르가 급브레이크를 밟으면서 삼륜차는 물기둥 앞에서 멈췄다.

"말도 안 돼!" 새파랗게 질린 데미데루스가 말했다. "물이 초원을 침범하지 못하게 암벽을 세워놨는데 없어졌어. 마지스터가 없앤 것이 틀림없다!"

"처음 신전에 왔을 때도 암벽 같은 건 없었는데요." 타라가 말했다. "하지만 여기처럼 물속에 통로가 나 있었어요."

"마지스터는 생각보다 훨씬 강한 인간이구나. 최고 마구스 여러 명의 마법을 사용해도 오랫동안 대양을 통째로 잡아둘 수는 없는데……. 필시 며칠은 계속 이러고 있었을 텐데."

데미데루스는 아연실색한 얼굴이었다. 인간을 잡아먹는 악마들을 무찔렀던 가장 강력한 최고 마구스 데미데루스까지 겁을 먹다니! 타라는 목이 메는 것 같았다.

"티그족은 블랙 매직의 소용돌이라고 했는데 마법이 아닌 것 같아요."

데미데루스가 가까이 다가섰지만 거품을 일으키는 물기둥을 선뜻 만져보지 않았다. 이따금 기괴한 것이 순식간에 통과했다. 물기둥 안에 냉기와 엄청난 압력을 견딜 수 있는 무슨 장치가 있는 걸까?

"트란스미투스를 사용하는 게 어떨까요?" 칼이 제안했다. "물기둥의 안과 밖의 거리가 몇 미터밖에 안 되는 것 같은데요."

"방해하는 주문이 걸려 있지 않을까요?" 파브리스가 물었다.

"그래, 맞아." 데미데루스가 대답했다. "모래사막에서는 비행할 수 없어. 트란스미투스를 사용할 수는 있는데 힘을 소모하기에는 거리가 너무 짧을 거야……. 물론 그마저도 희망 사항이지만."

매직갱은 일제히 얼굴을 찌푸렸다. 아주 위험한 마법 작전을 앞두고 '희망 사항'이라고 말하는 건 정말 마음에 들지 않는데.

데미데루스는 물기둥을 응시하면서 고개를 끄덕였다.

"하지만 물기둥을 통과할 수 있을지 모르겠다. 쉽지 않겠어. 나무 토막이 있으면 좀 주겠니?"

칼이 마법복 주머니에서 굵은 막대기 하나를 꺼냈다. 데미데루스는 막대기를 휘두르면서 한 발짝 앞으로 나서서 물기둥 속에 넣었다.

두 가지 일이 동시에 일어났다.

막대기가 박살 났다.

데미데루스가 비명을 질렀고, 한 손으로 피투성이가 된 팔을 잡은 채 쓰러졌다. 모두 뛰어갔다. 나무 파편이 손바닥에 박혔고, 손가락 관절 여러 개를 잃은 상태였다. 붉은 살을 뚫고 나온 하얀 뼛조각이 보였다. 피가 콸콸 쏟아지고 있었다.

"*레파루스의 이름*으로 부상당한 마법사의 상처는 당장 아물지어다!" 칼이 주문을 읊었다.

데미데루스는 참을 수 없는 통증과 싸우면서 휘파람을 불고 있었다.

하지만 주문이 너무 늦었는지 데미데루스는 의식을 잃었다. 파브리스의 피 냄새를 맡고 반쯤 잠에서 깬 트실들이 데미데루스의 피 냄새를 맡고 완전히 깨어난 걸까.

모래사막이 움직이고 있었다.

22

칼

육식 벌레가 싫으면 자극하지 말아야 하는데

*

타라는 본능적으로 행동했다. 친구들보다 훨씬 빨리 마법을 작동한 타라의 쪽빛 방패가 발밑을 포함하여 사방에서 일행을 에워쌌다. 수천 마리의 트실이 달려드는 순간이었으니 절묘한 타이밍이었다. 불꽃이 탁탁 튀는 방패를 만든 것은 경험상 사막에서는 끔찍한 벌레들의 공격을 피할 수 없다는 걸 알고 있었기 때문이다. 그래야 마법의 불에 수백 마리씩 한꺼번에 죽을 테니까.

잠시 침묵이 흘렀다. 격렬한 공격에 모두 정신이 나갔고 어쩔 줄 몰랐다. 벌레들이 조용히 죽지 않을 것이기 때문이었다. 휘파람 같은 이상한 소리가 방패를 뚫고 전해지는데 정말 섬뜩했다.

잔뜩 긴장한 파브리스는 침을 꿀딱 삼켰다.

"고마워, 타라!" 파브리스가 외쳤다. "이제 어떡하지? 데미데루스의 말씀을 제대로 이해한 거라면 이곳에 걸린 주문 때문에 마법이 약해질 텐데?"

"내 주문 때문에 트실들은 들어올 수 없고 우리는 빠져나갈 수 있어."

타라는 방패가 손상되지 않도록 유지하면서 외쳤다.

트실이 한 마리라도 뚫고 들어왔다가는 누군가 희생되는 것이었다.

"다시 말해서 한쪽은 침투하지 못하게 막아놓고 다른 쪽으로 빠져나갈 수 있는 주문을 걸어놨어. 그러니까 우리는 트란스미투스를 사용하여 통과할 수 있어."

"브라보, 타라!" 스트레스 때문에 야수로 변한 무아노가 외쳤다. "이런 급박한 상황에 그런 생각을 하다니! 황제 밑에서 훈련을 잘 받았네!"

"그게…… 실은 마지스터의 수법이야. 우리를 억류했을 때 마지스터가 써먹은 건데 기억 안 나?"

"아, 그랬던가?"

"응, 남자들!"

"응?"

"내가 오래 버티지 못할 거야……. 삼촌할아버지?"

"소용돌이 물기둥을 자세히 살펴볼 수 있게 몇 걸음 가까이 가면 좋겠는데……."

"세 걸음 이동할게요. 하나, 둘, 셋!"

그들은 방패를 따라 움직였다. 의식을 잃은 데미데루스는 야수가 둘러메고 있었다. 초원에 걸어놓은 주문의 영향을 받지 않아 타라가 더 이상 토하지 않아도 되어서 그나마 다행이었다. 아니면 떼거리로 몰려와서 끊임없이 공격하는 트실을 막기 위해 마법의 에너지가 소모되는 방패를 오랫동안 유지하지 못했을 텐데.

칼은 새파랗게 질려 있었다. 그들 중에서 몸속에 트실의 알들을 지니고 있다는 게 어떤 건지 유일하게 경험한 칼은 데미데루스에게 레파루스 주문을 날렸던 걸 감안하더라도 속이 완전히 뒤집힌 얼굴이었다.

"데미데루스를 깨워야 해." 칼이 외쳤다. "벌레들을 잠들게 하려면!"

"뼈가 골절되는 중상이라서 회복되려면 시간이 필요해." 무아노가 말했다. "지금 깨우면 통증이 심해서 다시 기절할 거야."

"슬루르크!"

"다른 방법이 있을 거다." 모우르무르가 측정기를 흔드는데 보랏빛이 번쩍거렸다. "지금은 눈앞에 보이는 이것부터 연구해야 되니까 좀 기다려봐."

소용돌이 물기둥 부근의 모래땅은 몹시 심하게 흔들렸다. 그래서인지 벌레들의 공격이 약간 주춤해지는 것 같았다. 마음이 조금 놓인 타라는 모우르무르가 하는 말에 정신을 집중했다.

"흠, 흠." 발명가는 측정기를 살피면서 말했다. "이 소용돌이 물기둥은 악마의 마법과 아주 기발한 힘의 장막으로 이루어져 있어. 그래서 말인데 마지스터와 내통하는 과학자들이 있는 것이 틀림없다. 몇달 전 랑코비트 마법 연구 대학에서 개발한 힘의 장막인데…… 테스트해달라고 도표를 보내왔기 때문에 내가 잘 알고 있거든."

"그래요?" 칼이 눈을 반짝이면서 물었다. "그럼 빠져나갈 방법도 아세요?"

"데미데루스께서 깨어나지 않으면 물기둥 안으로 이동하는 것이 유일한 방법이지. 도표에 따르면 악마의 마법과 힘의 장막은 물질적인 것을 통과시키지 않지만 트란트미투스는 저지되지 않을 거야. 타라가 작동할 경우에는."

"왜 타라예요?"

"왜 나예요?"

무아노와 타라가 동시에 물었다.

"타라는 악마의 마법에 감염되어 있으니까. 그리고 내 생각에는 검은 여왕이 타라가 죽게 내버려두지 않을 것 같구나. 우리가 물기둥을 통과하게 검은 여왕이 도와줄 거다."

그들은 모우르무르를 쳐다봤다.

"잘못 생각하신 거면?" 칼이 물었다.

발명가는 빙긋이 웃었다.

"우리는 고통을 느낄 겨를도 없을 테니까 안심해."

"그 말로는 안심이 안 돼요." 파브리스가 한숨을 내쉬었다.

"타라? 우리 모두를 동시에 이동시킬 수 있겠어?" 로빈이 걱정스러운 얼굴로 물었다.

"힘의 문제라면 할 수 있지. 지금은 마법의 에너지가 충분하니까. 하지만 효력의 문제라면 모르겠어. 물과 악마의 마법으로 이뤄진 소용돌이 물기둥과 싸워본 적이 없으니까. 그런데 선택의 문제가 아냐. 마지스터가 악마의 사물들을 손에 넣으면 우리 모두 죽는 거니까. 이 초원을 포함해서. 나는 이 세상을 사랑해. 자, 해보자."

공포에 사로잡힌 친구들이 반박하기 전에 타라는 마법을 작동하면서 일행을 결합시켰다. 모두 통과하거나 아무도 통과하지 못하거나 둘 중 하나였다. 눈 깜짝할 사이에 방패가 흔들렸다. 칼이 소스라치게 놀라면서 비명을 질렀지만 이미 너무 늦었다.

그들은 사라졌다.

검은 여왕은 본의 아니게 한 몸을 쓰는 육신의 동반자가 하는 행동이 별로 마음에 들지 않았다. 타라의 생각과는 달리 검은 여왕은 내면의 어두운 부분이 아니었다. 타라는 유머와 용기, 살아가는 기쁨으로 충만한 아주 밝은 성격이라서 어두운 부분이 없었다. 악마의 마법에 감염되지 않았다면 순수한 영혼에 검은 여왕이 들어갈 자리는 없었을 것이다.

타라에게 고집스럽고 거만한 면은 있지만 권력에 대한 욕심이 전혀 없다는 것도 아쉬운 점이었다. 남동생 자르보다도 욕심이 없었다. 하지만 타라의 몸을 점령한 악마의 영혼들과 타협해서 어둡고 부패한 면이 생긴다면 검은 여왕의 힘에 넘어갔을 텐데. 그랬다면 타라를 이길 수 있는 것은 아무도 없을 텐데. 타라의 마법에 악마의 마법까지 더해지면 그 힘을 누가 당해낼 수 있겠는가. 하지만 멍청한 칼이 검은 여왕과 타라의 결합을 깨뜨리는 바람에(그에 대한 앙갚음으로 검은 여왕은 칼이 타라의 뒤통수를 치게 꼼수를 부리고 있다. 칼은 모르고 있지만) 검은 여왕은 타라의 영혼 속 한쪽 구석에 쭈그리고 있는 신세였다. 검은 여왕은 정말 마음에 안 들었다.

그렇지만 검은 여왕은 선택의 여지가 없었다. 모두 통과시키거나,

아니면 모조리 죽게 내버려두거나…….

모우르무르나 타라, 마지스터가 생각도 못하고 있는 것이 있었다. 악마의 마법이 소용돌이 물기둥을 에워싸고 있다는 것. 검은 여왕은 그들을 통과시키면서 악마의 에너지를 축적했다. 나중에 꼭 필요한 에너지였다. 검은 여왕은 나름대로 계획을 세우고 있었다. 아무도 예상하지 못하는 순간에, 대응할 수 없는 순간에 후려치는 거야. 한밤중에 냉혹한 킬러가 돼야지. 이제 머지않아 전 세계가 나에게 굴복할 거야.

좋아!

검은 여왕은 타라에게 맡기고 더는 나서지 않았다.

타라가 눈을 떴다. 아틀란티스 신전 앞의 젖은 바닥에 누워 있었다. 맨 처음 왔을 때처럼 소용돌이 물기둥이 넘을 수 없는 장벽으로 그들을 에워싸고 있었다. 타라는 미소를 지었다. 그들은 통과해서 거의 들어와…….

타라가 생각에 잠겨 있을 때 칼이 고래고래 소리를 질러댔다. 깜짝 놀라서 천천히 일어나는 친구들의 시선을 받으면서 칼이 옷을 벗어 젖히고 있었다.

"트루크켈리, 트루크켈리, 트루크켈리!**30**" 칼이 벗은 옷을 바닥에 패대기치면서 외쳤다.

꿈틀거리는 초록 벌레를 쥐고 일어난 칼이 손가락으로 으스러뜨렸다. 상황을 알아차린 타라는 창백한 얼굴로 뛰어가다 젖은 돌에 미끄

----

30. '빌어먹을, 빌어먹을, 빌어먹을'과 비슷한 욕설이지만, 비열하고, 야비하고, 역겹고, 형편없는 사람을 가리키는 훨씬 격한 표현이다.

러졌다.

"칼! 물렸구나!"

칼이 타라를 향해 얼굴을 들었는데 잿빛 눈이 공포에 질려 있었다.

"이해할 수가 없어! 금빛 트실에게 물린 자국이 있어서 절대로 나를 물지 않을 텐데 정말 이상한 일이야! 타라, 나는 죽나 봐."

"아니, 그 전에 내가 죽여줄게!"

깜짝 놀란 모우르무르는 눈살을 치켜떴다.

"타라, 친구를 죽이겠다고? 트실이 그 정도로 위험해? 전염될까 봐 그래?"

"그게 아니라 죽이는 것이 칼을 살리는 유일한 방법이라 그래요. 혈액순환이 멈춰야 트실의 알들이 죽거든요. 예전에 물렸을 때도 그렇게 해서 칼의 목숨을 구했어요. 우리가 쓰러지면서 몇 분 동안 심장이 멈췄고, 그 덕분에 알들에서 벗어날 수 있었어요. 그때처럼 해야 돼요."

그들은 팬티만 달랑 입은 칼을 에워쌌다. 벌거벗은 상체를 처음 보는 것이 아니지만 키가 작았기 때문에 타라는 칼의 몸에 별로 관심이 없었다. 그런데 지금은…… 물론 아르칸즈만큼 잘생긴 것도 아니고, 로빈만큼 우아한 것도 아니지만 칼은 근육질의 늘씬한 체격에 떡 벌어진 어깨, 도둑이라는 직업에는 불리한 신체 조건이지만 멋진 몸으로 변화되어 있었다.

"오케이, 타라." 칼이 말했다. "나를 죽였다가 부활시켜."

이제는 타라를 예수 그리스도나 지구의 뱀파이어로 여기는 건가?

예민해진 타라가 주위를 살폈다. 다행히 그들 외에는 아무도 없었다. 바닥은 부서진 돌과 이렇게 깊은 곳에서 유일하게 살아남을 수 있는 거무스름한 지의류 식물로 덮여 있었다. 그들은 아직 신전에서 멀리 떨어져 있고, 소용돌이 물기둥은 지름이 최소 수 킬로미터에 이르렀다.

타라는 침을 삼켰다.

"내가 제안했지만 그리 좋은 생각이 아닐 수도 있어." 타라는 자신 없는 목소리로 말했다. "나보다는 무아노에게 맡기는 게 나을 거야. 마법도 안정적이고, 치료도 나보다는 숙련되어 있으니까."

"하지만 여기서 마법을 사용하면 다 토해야 되잖아." 야수 모습의 무아노가 지적했다.

"여기? 아닐 거야." 파브리스가 허공을 바라보면서 말했다. "그 주 문이 미치는 영향권을 벗어난 것 같아. 저 위를 봐!"

그들은 고개를 쳐들었다. 아주, 아주 높이 파란 하늘이 보였다.

무아노는 본래의 모습으로 변신하고 이상한 시선으로 파브리스를 쳐다봤다.

"네 말이 맞아. 이제는 동굴 속이 아냐. *레파루스의 이름으로!*"

무아노의 마법이 데미데루스의 몸을 후려치면서 치료 속도를 높 였다. 최고 마구스가 쪽빛 눈을 떴는데 통증 때문에 아직은 흐리멍 덩했다.

"무…… 무슨 일이지?" 데미데루스가 힘없는 목소리로 물었다.

"팔이 찢기고 탈구되셨습니다." 무아노가 대답했다. "그리고 우리 는 소용돌이 물기둥을 통과했습니다. 하지만 칼이 트실에 물려서 감 염되었기 때문에 타라가 알들을 죽이기 위해 칼을 죽이겠다고 했습니다.”

데미데루스가 일어나 앉으려고 하자 파브리스가 도와주었다.

“아이고, 아직도 머리가 핑핑 도는구나. 그런데 뭐…… 이 아이를 죽이겠다고?”

“네, 그 방법밖에 없어요.”

“아니 그럴 필요 없다. 이런 일이 생길까 봐 내가 해독제를 갖고 왔거든.”

데미데루스는 호주머니에서 힘겹게 작은 병 하나를 꺼냈는데 금빛 액체가 들어 있었다.

칼의 얼굴이 환해졌다.

“오, 젤리소르의 충치여! 해독제가 있군요!”

병을 받으려고 손을 내밀던 칼이 갑자기 허리를 구부렸다. 그러더니 속이 울렁거린다는 말을 할 겨를도 없이 검은 초록빛 액체를 토하기 시작했다. 순식간에 눈, 귀, 코…… 구멍이란 구멍에서는 검은 초록빛 액체가 흘러나왔다.

모두 질겁해서 뒷걸음쳤지만, 타라만 용감하게 다가가서 칼을 부축해주었다.

차츰 경련이 뜸해졌다. 검은 초록빛 액체는 더 이상 나오지 않았다. 타라는 걱정이 가득한 얼굴로 칼을 다른 데로 옮겨주었다.

“오, 데미데루스여! 대체 이게 무슨 일이지?” 모우르무르가 말했다.

데미데루스는 재미있다는 눈길로 힐끔 쳐다봤고, 모우르무르는 한숨을 내쉬었다. 아더월드에서 영광스러운 조상의 이름을 걸고 맹세하는 것은 습관이었다. 그런데 그 문제의 조상이 5000년이 지난 뒤에 죽은 자들 속에서 돌아와 들으니 이상할 수밖에…….

"트실의 알인 것 같아요." 칼이 토해낸 액체를 살피던 무아노가 말했다(어느새 마스크를 쓰고 있었다) "칼을 무는 즉시 트실의 알들이 혈관을 타고 들어가 번식한 거예요. 하지만 금빛 트실의 항체 때문에 알들이 죽자 칼의 몸이 밀어낸 것 같아요."

무아노는 물러서서 마스크를 벗은 다음 온몸을 부들부들 떠는 칼을 안심시켰다.

"이제는 위험하지 않아. 넌 죽지 않아."

하지만 칼의 얼굴을 봐서는 그렇지 않았다. 초록 모래 못지않게 시퍼런데…….

칼을 유심히 살펴보던 데미데루스가 갑자기 알아차린 듯 말했다.

"너는 정말 운이 좋구나. 알들이 활동하지 않을 때 해독제를 먹었다면 너까지 죽었을 텐데."

칼은 힘없이 손을 흔들었다. 죽을 뻔했다는 걸 깨닫기에는 아직은 너무 아팠다.

타라는 바닷물을 가둬둔 일종의 수영장까지 칼을 부축했다. 물이 너무 차가워서 타라는 염분을 제거하고 데우는 주문을 읊었다. 잠시 후, 칼은 따뜻한 물속으로 들어갔고 행복한 신음소리를 냈다. 아더월드 사람들은 부끄러움이라는 것이 없기 때문에 칼이 아무렇지도 않게 팬티를 벗을 때 타라는 얼른 돌아섰다.

타라가 체인지라인이 제공해준 비누를 건네주자 칼은 이 기회에 팬티를 빨았다. 그러고는 잠시 후 비틀거리면서 나왔다. 타라도 염분을 뺀 따뜻한 물속에 몸을 담갔다.

칼이 타라를 흘겨보면서 강조했다.

"이번 모험에서는 진짜 많이 토했어. 세상을 구하려면 배 속에 있는 걸 다 토해내야 하다니, 이건 정말 아니다. 휴, 다시는…….."

타라는 미소를 지어 보였다.

"레파루스로 치료해줄 생각인데 견딜 수 있겠어?"

"해, 반대하지 않아. 아직 온몸이 아파 죽을 지경인데. 특히 위가 너무 아파!"

타라가 레파루스 주문을 읊자 강력한 마법이 칼을 후려쳤다. 칼은 즉시 좋아지는 느낌이 들었다. 이상한 눈길로 타라를 쳐다볼 정도로 좋았다.

"네 마법은 확실히 다르다." 칼이 기지개를 켜면서 말했다. "너한테 치료받는 것이 이렇게 좋은 느낌인지 미처 몰랐네."

무아노가 고개를 갸웃하면서 눈살을 치켜떴다.

"아, 그래? 그 말은 우리가 하는 레파루스에 비해 느낌이 아주 다르다는 뜻이야?"

칼은 불안정한 상태인 것 같았다.

"응. 레파루스로 치료를 받을 때 일단 통증이 사라지니까 마음이 놓이잖아. 그런데 그 정도가 아냐…… 정말 믿을 수가 없는데 뭐랄까, 아무튼 아주 좋은 느낌이야."

칼이 엷은 미소를 지었다. 로빈이 못마땅한 얼굴로 말했다.

"뱅뱅31에 중독된 증상 같은데……. 너는 좋은 느낌이 아니라 황홀

....

31. 트롤들은 뱅뱅나무의 꽃을 가루로 만들어서 진통제로 사용한다. 하지만 다른 종족들은 뱅뱅 가루를 먹으면 황홀경에 빠져든다.

경에 빠져든 거야!"

타라는 빙긋이 웃었다.

"마법을 사용할 때마다 너무 강력해서 뭐가 망가졌다느니, 어쩌느니 하는 소리는 들었어도 느낌이 좋다는 말은 처음 들어본다!"

칼이 눈꺼풀을 파르르 떨면서 자리에 앉더니 발가락들을 움직여보면서 장난치기 시작했다.

"와, 이것 좀 봐. 얘도 움직이고, 얘도 움직인다. 한꺼번에 다 움직이게 할 수 있네."

무아노가 그 앞에 쭈그리고 앉아서 칼의 눈에 랜턴을 비추다가 고개를 흔들면서 일어났다.

"동공이 완전히 풀렸어. 타라, 네가 무슨 짓을 한 건지 모르겠지만 로빈의 말이 맞아. 칼은 마치 마약 환자처럼 황홀경에 빠져 있어."

타라는 한숨을 쉬면서 손을 쳐다봤다.

"빌어먹을 마법! 우리의 가장 뛰어난 핵심 브레인을 네 살배기 꼬마로 만들어놓다니! 이제 어떡하지?"

"어허!" 모우르무르는 그냥 넘어가지 않았다. "가장 뛰어난 브레인이라는 말을 할 때는 조심해야지. 반증되기 전까지 가장 뛰어난 브레인은 나니까. 자, 어린 도둑, 움직이지 말고 가만히 있어."

모우르무르는 기습적으로, 깔깔대고 웃으면서 두 손을 흔들어대는 칼의 팔을 움켜잡은 다음 그 위에 빨간빛과 금빛의 곤충 한 마리를 올려놨다. 곤충은 잠자리 날개를 파닥이다가 칼의 구릿빛 피부에 침을 쏘았다. 하지만 칼은 끄떡도 하지 않았다.

"뭐 하는 거예요?" 타라가 물었다.

"비즈즈즈를 모델로 내가 개량한 에프즈즈즈라는 곤충이야. 술에 취해서 땅과 벽을 구분하지 못할 때 사용하지. 시간당 열 번은 독침을 쏠 수 있어."

계속 종알거리던 칼이 갑자기 타라를 향해 눈을 반짝이더니 어리광을 부렸다.

"와우, 예쁘당, 예쁘당."

타라의 눈이 동그래졌다.

"설마 내가 귀여워해주길 바라는 건 아니겠지? 이걸 어떡하면 좋아!"

"미치겠네!" 얼마 전부터 크리스털 볼을 꺼내 들고 촬영하고 있던 파프니르가 말했다. "이렇게 비싼 대가를 치르고 있으니 내 복수는 참아야겠네. 털 뽑힌 닭으로 만들어줄 생각이었는데!"

웃을 상황이 아니지만 파브리스와 로빈은 웃음을 터뜨렸다. 둘은 스트레스를 풀고 싶지만 다른 방법이 없었다. 너무 아파하는 칼을 보면서 정말 겁이 많이 났다.

몸을 숙이고 칼을 끌어안으면서 일으켜주는 타라를 보면서 로빈은 거북함을 느꼈다. 갑자기 칼이 뻣뻣해졌는데 정신이 번쩍 든 모양이었다.

"이게…… 어떻게 된 거냐? 느낌이 굉장히 좋더니 갑자기 내가 타라의 품에 안겨서 뽀뽀를 하다니!"

타라가 칼을 일으켜줄 때 몸에 가려서 보이지 않았기 때문에 로빈이 외쳤다.

"뭐? 네가 뭘 했다고?"

"칼은 자기가 뭘 하는지도 모르고 그런 거야. 내가 엄마로 보인 거니까." 타라는 칼이 안정이 되자 딱 잘라 말했다.

그 말에 안심이 된 로빈은 안도의 미소를 지었다.

타라의 말이 거짓이었다는 걸 알아차렸다면 로빈은 많이 불안했을 텐데. 그리고 칼은 모르고 한 짓이 아니었다. 칼은 분명히 타라의 입술에 자신의 입술을 포개었다는 걸 알고 있었다. 칼은 처음으로 입을 꾹 다물고 대꾸하지 않았다.

하지만 타라와 주고받는 칼의 눈빛에는 무언의 의문이 가득했다.

모우르무르는 에프즈즈즈를 잡아서 호주머니에 넣었다.

데미데루스는 소용돌이 물기둥을 쳐다보면서 눈살을 찌푸리고 있었다.

"이상해. 좀 전보다는 회전 속도가 느린 것 같은데."

"다시는 시험해보지 않는 게 좋겠습니다." 모우르무르가 말했다. "팔하나를 잃을 뻔한 것으로 됐습니다. 마지스터가 일을 저지르기 전에 신전으로 들어가야 하는데…… 꾸물거릴 시간이 없습니다."

데미데루스가 차가운 시선으로 발명가를 노려봤지만, 모우르무르는 피하지 않고 빤히 쳐다봤다. 데미데루스는 어깨를 으쓱했다.

"좋다. 이제 칼이 나아졌으니 가자. 나를 따르거라."

그들은 데미데루스의 뒤에 섰고, 신중한 로빈은 타라 옆에 붙어 있기로 했다. 파프니르는 신전으로 들어간다는 소리를 듣기가 무섭게 미소를 머금은 채 도끼를 뽑아 들었다.

한참을 걷다가 갑자기 모두 걸음을 멈췄다. 이상하게도 잊혀진 신에테벨리에르의 조각상과, 악마의 사물들을 지키는 심판관들이 있는 웅장한 신전 주위에는 아무도 없었다.

맙소사, 오히려 트리톤들이 쓰러져 있다니. 수십 구의 트리톤 시체들. 아연실색한 데미데루스는 마법복 자락을 거머쥐고서 걸음을 재촉했다. 그러다 수천 년 동안 사물들을 지켜온 한 트리톤의 머리를 들어서 유심히 살폈다.

"오, 내 조상들이시여!" 데미데루스가 중얼거렸다. "모두 당하다니!"

죽은 트리톤들이 여기저기 나뒹구는 처참한 광경에 파브리스는 파랗게 질렸다.

"지구의 무기나 아더월드의 박살기에 당했어요. 마법이 아니라 총을 맞고 죽은 거예요." 파브리스가 트리톤의 근육질 가슴에 뚫린 구멍을 가리키면서 말했다.

데미데루스가 허리를 세웠는데 마법복에 트리톤의 파란 피가 얼룩져 있었다. 데미데루스의 눈빛이 분노로 이글거렸다.

"비겁한 자들의 무기로다!" 데미데루스가 내뱉었다. "멀리서 금속 총알을 쏘아댈 수 있는 무기를 상대로 갈퀴발톱이나 창이 뭘 할 수 있겠어?"

"지킴이들은 용감하게 싸웠어요." 다른 시체를 살피면서 로빈이 말했다. "저기 보세요!"

미군 병사가 쓰러져 있었다. 눈을 감은 젊은이는 목이 창에 찔려서 즉사한 것이 틀림없었다. 맙소사! 한 사람만 죽은 게 아니었다.

타라는 죽음의 냄새를 맡는 것만으로도 이렇게 속이 메스꺼운데! 마지스터는 어떻게 생겨먹었기에 자기를 방해하는 존재들을 벌레 죽이듯 쉽게 죽일까……. 타라는 주위를 둘러봤다. 몇 년 동안 징그럽게 싸우고 있는 비뚤어진 남자의 비상식적인 야심 때문에 이렇게 많은 이들이 비싼 대가를 치르다니!

타라의 영혼 속에 있는 검은 여왕이 흥분했다. 오! 계집애가 충격을 받았군. 이 살육 덕분에 엉겁결에 마지스터가 완벽한 동업자가 되다니, 좋았어. 더구나 타라는 칼 때문에 로빈과 친구들에게 거짓말한 것에 죄책감을 느끼고 있었다. 이것도 검은 여왕에게는 호재였다. 검은 여왕은 비웃음을 흘렸다. 이제 멀지 않았어…….

타라는 마법을 작동했다. 타라를 보면서 데미데루스를 포함하여 친구들도 일제히 마법을 작동했다. 모우르무르는 타라의 부탁으로 발명한 기구를 준비했다. 체인지라인은 타라에게 전투 갑옷을 입혀주고, 머리에 사령관의 왕관을 씌워주었다. 파브리스가 제일 먼저 타라의 마법이 평소의 쪽빛이 아니라 거의 검은빛이라는 걸 알아차렸다. 이따금 타라는 정신이 나간 것처럼 멍한 얼굴을 했다. 검은 여왕을 대수롭지 않게 여기는 다른 사람들과는 달리 파브리스는 악마의 마법에 감염된 적이 있기 때문에 타라 안의 존재가 얼마나 위험한지 잘 알고 있었다. 그래서 단도를 준비했다. 검은 여왕이 타라의 정신을 지배할 때는 선택의 여지가 없었다.

절친을 죽이는 수밖에.

타라는 자신만만하게 신전으로 들어갔다. 조심하려고 애쓸 필요가 없었다. 작전이 있었다. 물론 그 작전이 상황에 들어맞을지 당장은 알 수 없지만.

안으로 들어가자 잊혀진 신의 강력한 조각상이 돌의 눈으로 그들을 응시하고 있었다. 지난번에는 마지스터가 조각상을 깨우는 데 성공했지만, 이번에는 신전의 지붕이 닫혀 있어서 달빛이 비쳐 들 수 없었다(달빛이 조각상의 눈을 비추면 잊혀진 신이 깨어나기 때문이다). 지구의 시간으로 한낮이라 천만다행이었다. 타라는 약간 마음이 놓였다. 그리고 그때는 칼이 위기 상황에 기지를 발휘해서 벗어젖힌 마법복으로 조각상의 눈을 가려서 모두의 목숨을 구했었는데……. 타라는 머릿속의 생각을 단호하게 떨쳐냈다. 칼을 생각하고 싶지 않았다. 지금은.

처참했다. 지킴이들에게 갈가리 찢겨서 죽은 미군 병사들의 시체가 말 그대로 바닥을 뒤덮고 있었다. 어두컴컴한 실내에 흐르는 죽음 같은 정적. 그들이 좀 더 전진할 때 갑자기 기둥 뒤에서 병사들이 불쑥 나타났는데 공포에 질린 눈빛으로 무기를 들고 있었다.

희끗희끗한 머리의 남자가 앞으로 나왔다. 미국 대통령을 알아본 타라는 아연실색했다.

게다가 완벽한 오무아 언어로 말할 때 타라는 정말 깜짝 놀랐다.

"타라!" 남자가 말했다. "오, 내 검이여! 여기서 뭐 하는 거야?"

남자가 말을 중단했는데 목소리에 불안이 가득했다.

"파프니르? 내 사랑?"

감히 무기를 겨누고 있는 이들의 머리통을 부숴버릴 준비를 하던 파프니르는 눈썹을 치켜 올렸다.

"우리가 언제 봤다고! 내 사랑이라니! 인간아, 나는 당신의 사랑이 아니다!"

도끼로 위협하거나 말거나 남자는 파프니르 앞으로 와서 무릎을 꿇었다.

"파프니르! 내 영혼의 반쪽, 나를 모르겠어? 나야, 실버!"

어둠 속에서 눈빛이 반짝였다.

타라는 구토증이 올라오려고 할 때 깨달았다. 충격을 받고 마법이 꺼져 있었다. 다른 사람들도 창백해져 있었다. 아직 알아차리지 못한 데미데루스를 제외하고.

"슬루르크!" 칼이 말했다. "실버의 유령이야! 실버가 어쩌다가 미국 대통령의 몸을 장악한 거지?"

이번에는 파프니르의 구릿빛 얼굴이 창백해졌다. 파프니르는 눈앞에 있는 남자의 얼굴을 만졌다. 난쟁이 전사에게 이런 느낌은 난생처음이었다.

"내 사랑, 실버?" 파프니르는 자신 없는 목소리로 말했다. "정말 실버 맞아?"

미국 대통령 모습의 실버가 파프니르를 꼭 끌어안았다.

지구에서 가장 강한 나라의 대통령의 몸을 빌린 실버의 유령과 난쟁이 여전사는 고통의 눈물을 흘렸다.

23
아틀란티스의 신전

때로는 길들인 것이 세상의 균형을 바꿀 수 있는데

*

등 뒤에서 박수 치는 소리가 났다.

"이게 무슨 멜로드라마야. 나까지 눈물이 찔끔 났잖아."

어둠 속에서 가슴에 핏빛 원이 있는 잿빛 마법복 차림의 마지스터가 불쑥 나타났는데 마스크는 만족스러움을 표시하는 파란색이었다. 그 옆에 마지스터를 호위하는 상그라브들과 마지스터의 무시무시한 사냥꾼 셀렌바가 있었다. 다른 상그라브들과는 달리 마스크를 쓰지 않는 뱀파이어의 냉랭한 얼굴이 송곳니를 드러내며 미소를 흘렸다.

"안녕, 귀염둥이들!"

본능적으로 위기를 느낀 파브리스와 무아노는 변신했다. 이들의 모습에 병사들이 소스라쳤지만 훈련이 잘되어 있어서 명령 없이는 공격하지 않았다. 공격을 받아도 늑대인간은 살 수 있지만, 야수는 날쌔고 사나워도 죽음을 면할 수 없는데 천만다행이었다.

데미데루스가 걸어 나가서 키가 큰 상그라브를 노려봤다.

"한심하고 멍청한 살인자 같으니라고! 이 행성을 위험에 빠뜨리다니!"

마지스터는 들은 척도 하지 않았다.

"용케 여기까지 왔구나, 타라 덩컨. 솔직히 깜짝 놀랐다. 어떻게 곤경에서 벗어났을까?"

타라는 여러 번의 경험으로 적에게 어떤 정보든 함부로 주면 안 된다는 걸 배웠다.

"지킴이들을 다 죽였군요. 심판관들은 어디 있죠?" 타라는 냉랭한 목소리로 물었다.

자신만만해서일까. 마지스터는 거리낌 없이 말해주었다.

"저 위에."

모두가 올려다봤다. 분노로 일그러진 정령들이 반짝거리는 마법의 장막 속에 갇혀 있었다.

"심판관들이 병사들을 물리치는 동안 나는 몇 가지 실험을 할 수 있었다. 그래서 정령들을 옴짝달싹 못하게 하는 주파수를 찾았지. 이제 악마의 사물들은 내 것이니까 너희들은 나의 승리를 목격할 것이다."

마지스터는 타라를 뚫어져라 쳐다봤다.

"그리고 네 어머니의 소생."

마지스터는 말을 중단했다가 마지못해서 덧붙였다.

"내 아들의 소생도."

파프니르가 마지스터를 째려봤다.

"아들을 소생시키기 위해 악마의 사물들이 필요하다고요? 실버가 죽었단 말이에요!"

"그렇지 않다, 한 성깔 하는 파프니르 전사. 죽었지만…… 잠정적인 죽음이니까. 실버의 시신은 셀레나의 시신과 함께 잘 보존되어 있다."

그 순간 상그라브들에게 떠밀린 들것 두 개가 둥둥 떠올라서 타라 일행은 소스라치게 놀랐다.

들것에는 크리스털 의료 기기에 에워싸인 시신 둘이 누워 있었다.

미국 대통령의 몸을 장악한 실버 유령이 크리스털 보호막 안의 꼼짝 않는 시신 옆으로 가서 한숨을 내쉬었다.

"미안해, 파프니르. 아버지에게 복종하지 않으면 나를 완전히 죽여버리는 것으로 네 마음에 깊은 상처를 주겠다고 해서 어쩔 수 없었어. 너는 나한테 너무 소중해서 너를 위해서라면……."

칼이 어이없어하는 얼굴로 당돌하게 말했다.

"와, 진짜 대단한 마지스터야. 사랑하는 여자 살리겠다고 모조리 죽이려고 하다니……."

"악마의 사물들은 어디 있죠?" 타라가 물었다.

"내 뒤에. 파괴할 생각은 하지 마. 타라! 마법을 작동하는 순간 너는 죽어. 네 어머니에 대한 사랑 때문에 너를 죽이고 싶지 않지만, 넌 내 계획을 번번이 좌절시켰다. 이제부터는 가차 없이 죽일 거야. 그러니까 나를 자극하지 마."

타라는 고개를 끄덕였다. 그랬지, 죽기 살기로 싸웠으니까. 타라는 그동안 마지스터를 잘 파악하고 있었다.

타라가 무시하고 그냥 지나쳐가자 너무 어이가 없어서인지 마지스터는 아무런 반응이 없었다. 타라는 방을 가로질러서 악마의 사물 세 개가 있는 곳을 응시했다. 몇 년 전 타라가 파괴한 실루르의 옥좌가 있던 장소였다.

그때는 실루르의 옥좌만 드러나 있고, 다른 것들은 벽감 안에 감춰져 있었기 때문에 보지 못했는데 이번에는 마지스터가 열어놓은 상태였다.

눈앞에서 크라에토비르의 반지 완제품, 드레쿠스의 왕관, 그루이그의 검이 휘황찬란한 빛을 발하고 있었다. 타라가 파괴한 실루르의 옥좌나 브뢱스의 왕홀(일명 저주받은 왕홀)과 마찬가지로 이 사물들의 표면에도 수많은 괴물의 낯짝이 고통과 분노의 괴성을 지르고 있었다. 괴물들에게서 풍기는 악한 기운 때문에 용광로 앞이라도 되는 듯 타라는 흠칫 뒤로 물러서야 했다. 모우르무르가 타라 옆에 서자 따라온 병사들이 총을 겨눴다.

모우르무르는 타라의 귀에 대고 속삭였다.

"준비됐는데 무력화시킬 수 있겠니?"

"네."

타라가 어떤 동작을 취하기 전에 마지스터가 선수를 쳤다.

"스파리담!"

그 즉시 세 개의 벽감에 있는 사물들이 복종하면서 악마의 마법이 마지스터를 향해 몰려갔다. 마지스터의 첫 번째 공격 대상은 타라였다. 시커먼 촉수가 타라를 휘감으면서 꼼짝 못하게 했다.

"안 돼!" 데미데루스가 소리쳤다. "내 후계자가 아닌 자가 악마의 사물을 사용하면 용암이 모든 걸 집어삼킨다! 그게 마지막 함정이라서 이 행성은 당해내지 못하고 폭발한다!"

마지스터는 마법의 물결을 받아들이느라 바빠서 대꾸하지 않았지만 마스크는 하얗게 변해 있었다.

"뭐라는 거야?" 셀렌바가 데미데루스의 목덜미를 움켜잡으면서 으름장을 놓았다. "방금 뭐라고 했나?"

데미데루스는 마법의 광선으로 뱀파이어를 공격했다. 격분한 뱀파이어가 갈퀴손톱과 송곳니를 드러내면서 달려들었다.

타라가 기다리던 교란작전이었다. 데미데루스와 셀렌바가 너무 빠르게 움직이기 때문에 병사들은 아군에게 부상을 입힐까 봐 총을 겨누기 힘들었다. 게다가 매직갱이 개입하지 못하게 계속 총을 겨누고 있어야 했다.

"지금이에요, 빨리!" 타라가 모우르무르에게 외쳤다.

마지스터는 가장 위협적인 타라를 꼼짝 못하게 제압했기 때문에 다른 사람들에게는 주의를 기울이지 않고 있었다. 악마의 마법을 사용하여 비욘드월드와 지구 사이의 문을 여는 데만 정신을 집중했다.

"셀레나 덩컨!" 마지스터가 외쳤다. "돌아와! 셀레나 덩컨! 돌아와! 명령이다! 실버, 돌아와! *레수렉투스의 이름*으로 되살아나라고 명하노라!"

악마의 사물들이 지닌 마법과 결합한 강력한 마법 때문에 신전의 벽이 흔들리고 있었다.

갑자기 미국 대통령이 소리를 질렀는데 실버의 목소리가 섞여 있었다. 악마의 힘에 이끌린 실버의 유령이 몸을 빠져나가자 대통령이 푹 쓰러졌던 것이다. 이어서 실버의 유령은 자신의 육신 옆으로 가서 머뭇거리다가 합체되었다. 기계들이 즉시 작동했고, 실버가 눈을 뜨는 사이에 크리스털 의료 기기들이 떨어져 나갔다. 모우르무르는 재빨리 호주머니에서 꺼낸 기구를 작동했다. 그러고는 마지스터가 반응하기 전에 가장 크고 가장 위험해 보이는 그루이그의 검을 향해 기구를 벌렸다. 찰칵, 하는 소리가 나면서 사물이 기구 속으로 빨려 들어갔다.

이로써 마지스터에게 에너지를 공급하는 악마의 마법 삼분의 일이 사라진 것이다.

마지스터는 격분했다. 하지만 입고 있는 악마의 셔츠, 크라에토비르의 반지, 드레쿠스의 왕관이 남아 있기 때문에 아직은 힘이 충분했다.

"셀레나, 명령이다. 셀레나 덩컨, 복종하라!"

맙소사, 마지스터는 죽음도 이겨낼 수 있다고 확신하는 건가. 또 하나의 유령이 생명을 유지시켜주는 크리스털 보호막 안에 꼼짝 않는 자신의 육신에 다가갔지만 주춤거리다가 하는 수 없이 합체되었다.

모우르무르는 방금 세상에서 가장 위험한 무기 중 하나를 꿀꺽 집어삼킨 놀라운 기구의 방향을 바꿨다. 이번에는 가까이 있는 두 번째 악마의 사물, 크라에토비르의 반지 완제품이 목표였다. 마지스터는 이제 목적을 거의 이뤘기 때문에 대수롭지 않게 여겼고, 셀레나를 향해 뛰어갔다.

죽은 지 얼마 되지 않는 실버는 천천히 일어나고 있지만, 셀레나는 시간이 좀 걸렸다. 마지스터는 생명을 유지시켜주는 의료 기기들에 나타난 표시를 보면서 셀레나가 깨어나리라는 걸 알고 있었다.

478

꿀꺽, 하면서 모우르무르의 기구가 두 번째 악마의 사물을 집어삼켰다. 셀레나를 안고 있던 마지스터는 모우르무르가 들고 있는 기구의 정체를 알아차리고 코웃음 쳤다.

쓰레기통. 은빛의 아주 예쁜 쓰레기통이었다.

발명가의 아내를 집어삼켰던 바로 그 소용돌이 쓰레기통을 복제한 것이었다. 타라가 작전을 알리면서 도움을 청했을 때 모우르무르는 새로운 발명으로 위험을 무릅쓰지 말고 성능을 확실히 아는 첫 번째 쓰레기통과 똑같은 걸 만들기로 했다.

그렇게 쓰레기통에 집어넣으면 악마의 사물들을 파괴하지 않고 무력화시킬 수 있었다. 게다가 악마의 사물들은 쓰레기통에 들어 있는 상태로 우주 공간을 떠돌게 될 테니 아무도 찾지 못할 뿐만 아니라 아르칸즈에게 에너지를 공급하는 일도 없을 것이다.

어머니가 소생하는 걸 보면서 뛸 듯이 기쁘지만 마지막 사물의 마법에 휘감긴 타라는 격분했다. 드레쿠스의 왕관이 꼼짝 못하게 해 타라는 마법을 작동하지도 빠져나가지도 못하고 있었다. 병사들이 친구들에게서 눈길을 떼지 않는 데다 주문을 읊어서 방패를 불러내는 것은 방아쇠를 당기는 것보다 빠르지 않았다.

마지스터와 싸울 방법은 전혀 없지만 악마의 사물 두 개를 무력화시키는 데는 성공했다.

갑자기 발밑의 바닥이 흔들렸다. 셀렌바가 축 늘어진 데미데루스를 안고 돌아왔다. 타라의 조상은 중상을 입고 의식을 잃은 상태였다. 뱀파이어는 입술을 실룩거리면서 데미데루스를 바닥에 내려놨다. 그렇지만 데미데루스가 그냥 당하기만 한 건 아닌 모양이었다.

뱀파이어가 팔 하나를 쓰지 못하고, 다리를 절룩거리는 걸 보면.

마지스터가 또 비웃음을 흘렸다.

"이 작은 행성은 네가 구해, 타라!" 마지스터가 트란스미투스를 읊으면서 외쳤다. "그리고 죽지는 마. 네 어머니가 나를 원망할 테니까!"

마지스터는 심판관들이 격분해 있는 천장을 올려다봤다.

"저들도 너에게 맡길 테니까 잘 구해주고."

그리고 마지스터는 셀렌바와 상그라브들을 데리고 사라졌다.

바닥에 누운 대통령 옆으로 미군 병사들이 푹푹 쓰러졌다. 그들을 무력화시키던 악마의 마법이 사라진 것이었다.

심판관들은 풀려나기가 무섭게 신성한 신전을 더럽힌 침입자들을 갈가리 찢어발기고 박살 낼 기세로 달려들었다.

갈퀴발톱과 송곳니들이 타라와 친구들의 코앞에 있었다. 타라는 겁이 나지만 우렁찬 목소리로 호통쳤다.

"이제 그만! 나는 데미데루스의 후손이며, 여기 데미데루스께서 의식을 잃고 쓰러져 있다. 나와 내 친구들을 가만히 내버려둬. 아니면 5000년 전에 너희들을 구해주었던 지옥으로 돌려보내겠다. 알았나? 우리는 이러고 있을 시간이 없다!"

아연실색한 심판관들은 침입자들에게 더는 다가갈 수 없었다. 버티고 서서 호통을 치는, 금발의 머리털이 곤두선 날씬한 소녀가 데미데루스의 직계 후손이라는 걸 알아차렸던 것이다.

소녀의 깊숙이 웅크리고 있는 악마의 마법도 느꼈다.

마지스터는 악마의 사물을 손에 넣으려고 데미데루스의 후손인 자르와 마라를 앞세운 적이 있었다. 하지만 아이들은 너무 어렸고, 그

때는 타고난 마법보다 악마의 마법이 더 강했다. 그래서 자르와 마라는 첫 번째 방어선 지킴이(트리톤)들을 통과하지 못했다. 두 번째 방어선 심판관(무형의 정령)들은 말할 것도 없었다.

심판관들은 오늘도 악마의 마법을 느꼈지만, 이 소녀는 악마의 마법을 지배하는 것 같았다. 악마들로부터, 그리고 흑심을 품은 세상 사람들(데미데루스와 같은 핏줄만 빼고)로부터 사물들을 지키는 대가로 신전에서 물고기를 먹으며 살아도 된다는 협정을 맺고 있었다.

이들은 각자 자유의지로 행동하지만 텔레파시 능력이 있어서 의사소통이 가능했다. 심판관들 중 하나가 대표로 나서서 데미데루스의 후손에게 말했다.

타라는 심판관의 한 정령이 정면에 떡 버티고 섰을 때 이맛살을 찌푸렸다.

"우리가 왜 너희들을 모조리 잡아먹지 않고 살려두는지 아는가?"

심판관은 인간이 너무 끔찍한 맛이라서 물고기를 훨씬 좋아한다는 말을 하지 않았다.

마지스터가 악마의 사물을 사용하는 순간 이 행성을 파괴하는 데미데루스의 주문이 이미 작동하기 시작했다는 걸 아는 타라는 재빨리 대답했다. 어조는 단호했다.

"당신들의 임무는 내 조상의 후손이 아닌데도 악마의 사물들을 탐내는 이들로부터 이 사물들을 지키는 것이기 때문이다. 나는 데미데루스의 후손이며, 두 개는 이미 어딘가로 보내버렸으니까 마지막 남은 사물 하나도 감춰야 한다. 아니면, 마지스터가 돌아올 것이다. 이번에는 당신들이 마지스터를 물리치지 못했다. 훨씬 강력해졌기 때문에. 다음번에도 마지스터를 막지 못할 것이다."

심판관의 정령은 타라가 한 말을 깊이 생각하다 마지못해서 인정했다.

"마지막 사물마저 너희에게 넘겨주면 지켜야 하는 것이 아무것도 없는데 우리의 협정은 계속 유효한가?"

"무슨 협정? 빨리 말하라. 시간이 없다!"

정령이 신전에서 살아도 된다는 조건으로 맺은 협정을 설명했다.

"물론 그 협정은 계속 유효하다. 당신들은 여기 머물러도 된다. 하지만 물고기를 제외한 어떤 존재에도 해를 끼치면 안 된다. 알았나?"

"알았다." 정령은 교활한 소녀가 아니라고 생각하면서 대답했다. 신전에서 살게 해주는 조건으로 마법의 힘이나 아티팩트 같은 걸 달라고 하면 협상할 각오가 있었기 때문이다.

그런데 타라가 아무것도 요구하지 않았기 때문에 정령은 충고를 해주려다가 그만두었다.

"그런데 당신들의 도움이 필요하다. 지금 당장." 타라가 말했다.

그럼 그렇지, 공짜가 어디 있겠어……. 정령이 실망한 듯 물었다.

"무엇인가?"

"저 위에 함선들이 있으니까 시신들을 수면 위로 올려 보내기 바란다. 시신을 훼손하지 않고 소용돌이 물기둥을 통과시킬 수 있겠나?"

"할 수 있다." 정령이 대답했다. "이미 죽은 사람들이라서 물기둥은 더 이상 죽일 수 없다. 하지만 왜 죽은 자들을 물고기에게 넘기지 않는가?"

타라는 퉁명스럽게 대답했다.

"장례도 치러주지 않고 물고기 밥이 되게 할 수는 없다. 음모와 배신 때문에 희생된 이들인데! 따라서 가족의 품으로 돌려보내야 한다."

정령들이 시신들을 수거하고 밖으로 나갔다. 트리톤이 죽인 병사들의 시신도 수거하기 위해서였다.

도끼보다는 총알이 빠르고, 정령 역시 빠르다는 걸 알기 때문에 나서지 못하고 기회를 엿보던 파프니르가 실버를 향해 뛰어갔다. 비틀거리던 실버는 난쟁이가 내지르는 고함소리에 귀를 틀어막아야 했다.

그런데 파프니르는 화가 단단히 나 있었다.

"싸우는 건 나중에!" 정령들과 실랑이를 벌이느라 시간을 허비하여 마음이 급해진 타라가 외쳤다. "우리는 행성을 구해야 해! 지금 용암이 모든 걸 집어삼키게 생겼다고!"

맙소사, 맞는 말이었다. 대서양 해저에서 지각변동의 움직임이 이미 시작되고 있었다. 데미데루스의 주문 때문에 지각판이 몇 센티미터 밀려 나간 상태였다.

그리고 용암이 격렬하게 분출했다. 해저의 초원은 공황 상태였다. 아마존 부대와 마찬가지로 반군 부족은 갑작스러운 용암 분출로 인해 부상자가 상당수였다. 용암호는 신전 주위에만 있는 게 아니기 때문이었다. 사막도 천천히 용암으로 뒤덮이기 시작하면서 무수히 많은 초록 벌레들이 타 죽었다. 갑작스러운 신전의 흔들림에 뒤로 벌렁 나자빠져 있기에 망정이지 트실에게 물려서 혼쭐난 칼이 봤다면 통쾌해했을 텐데.

대서양의 바닥이 들리기 시작했을 때 물기둥의 보호를 받는데도 그들은 볼링의 핀 쓰러지듯 넘어졌다. 잊혀진 신의 조각상이 흔들렸고, 천장이 으드득 금이 갔다. 이미 여러 개의 기둥이 엎어질 듯 기울고 있었다.

"타라!" 도둑답게 몸이 가벼운 칼이 날렵하게 일어나면서 소리쳤다. "데미데루스는 의식을 잃었기 때문에 주문을 중단시키지 못해. 그걸 할 수 있는 사람은 너밖에 없어! 너는 후손이니까!"

"왕관은 나한테 맡겨!" 모우르무르가 남은 벽감을 향해 절룩절룩 걸어가면서 외쳤다. "네가 부탁한 상자에 담아서 소용돌이 쓰레기통에 넣으면 어딘가로 사라질 거야. 10분이면 된다."

모우르무르가 드레쿠스의 왕관을 상자에 넣는 것까지 확인한 다음 타라가 소리쳤다.

"우리는 초원으로 돌아가야 해요! *트란스미투스!*"

타라의 마법이 병사들과 데미데루스, 패밀리어들, 의식이 없는 미국 대통령을 포함하여 모두를 건드렸다. 그들이 사라지는 사이에 신전은 균열이 일어나다가 무너지기 시작했다.

공포에 질린 타라는 소용돌이 물기둥이 힘의 장막과 악마의 마법으로 이뤄져 있다는 걸 깜빡 잊었다.

그렇지만 이번에도 물기둥은 그들을 통과시켰다. 그러고는 놀랍게도 펑 터지면서 신전이 물에 잠겼다. 그러자 바닥에서 다시 암벽이 솟구치더니 초원이 침수되지 않게 막아주었다.

타라 일행이 사막에 발을 들여놓기가 무섭게 벌레들이 몰려왔다. 하지만 용암 불길에 타 죽는 공포가 더 큰지 벌레들이 공격하지 못하고 우왕좌왕하는 사이에 다행히 그들 모두 방패를 불러낼 수 있었다.

484

그래서 타라를 제외하고는 모두 속이 울렁거렸다. 실버는 검을 뽑아 들었다.

하지만 타라는 그들이 오래 버티지 못하리라는 걸 잘 알고 있었다. 주문, 초록 벌레, 용암을 상대로 살아남을 수 있을까. 이미 시뻘건 마그마가 다가오고 있는데.

"타라!" 메스꺼움에도 불구하고 무아노가 소리쳤다. "우리의 마법을 너에게 보내줄게. 자, 받아!"

타라는 못 이기는 척 받아들였다. 엄청난 힘이 필요하다는 걸 알기 때문이었다. 타라는 살아있는 돌에게 도움을 청하면서 공중 부양했다. 친구들과 모우르무르도 공중 부양하면서 타라를 에워쌌고, 의식이 없는 데미데루스와 병사들, 패밀리어들은 방패의 보호를 받으면서 땅바닥에 있었다. 벌레라면 질색하는 갈랑은 타라 옆으로 날아올랐다.

주문 때문에 사막에서는 비행할 수 없지만, 신전 부근이라서 주문의 힘이 약했다. 그리고 지진의 영향을 받아서인지 마법사들은 그리 어렵지 않게 날 수 있었다.

타라는 정신을 집중했다. 태양을 꺼뜨렸을 때는 주문과 충돌한 것이었다. 덕분에 주문은 데미데루스의 후손이라는 걸 알아봤고 그 뒤로 타라는 마법을 사용해도 토하지 않았다.

이대로 데미데루스의 주문이 작동하게 내버려둘 수 없었다. 데미데루스가 아주 간단하게 외치는 걸 눈여겨보았었다. '이들을 놓아주어라'. 끈끈이에 걸려 있는 타라를 보면서 데미데루스가 한 말이었다). '잠들지어다'. 그래서 타라도 그대로 따라했다.

"잠들지어다!" 타라가 하늘을 향해 마법을 겨누면서 외쳤다.

마치 주문은 타라가 적합한 표현을 찾길 기다리는 것 같았다. 부글부글 끓는 용암이 몰려왔다. 벌써 끔찍한 열기가 느껴질 정도로 가까워지고 있었다.

"멈춰라!" 타라는 입에서 나오는 대로 계속 외쳤다. **"스톱! 그쳐! 움직이지 마! 지진 중지! 굳어라! 얼어붙어라! 얼음!"**

어떤 표현도 통하지 않았다.

"선택의 여지가 없다, 타라. 주문이 네 말에 복종하지 않으면 깨뜨리는 수밖에 없어. 산소는 어쩔 수 없어." 모우르무르가 소리쳤다.

"무슨 산소요?" 숨을 헐떡이는 표범을 지켜보느라고 대화를 제대로 듣지 않은 무아노가 물었다.

"데미데루스의 주문이 초원에 산소를 공급하고 있거든." 모우르무르가 대답했다. "하지만 며칠은 문제없을 거다. 산소의 양이 그 정도는 되니 그사이에 해결하면 돼. 데미데루스가 깨어나면 되니까. 어쨌든 이대로 계속되면 초원과 함께 우리 모두 타 죽는 거야. 트란스미투스를 사용해도 공간이동의 문까지 제때에 가지 못할 테니까!"

"좋아." 정신이 흐트러지고 싶지 않은 타라가 중얼거렸다. "자, 갑니다."

짙은 파란색 불빛이 번득이는 눈, 지지직거리는 머리털, 타라의 온몸이 진동하고 있었다. 모든 마법을 보내주면서 로빈은 새삼 타라가 무시무시하다는 생각을 했다.

타라는 마법을 날렸다. 하늘을 향해 날아간 마법은 주문을 후려쳤다. 타라의 마법은 아주 특이했다. 사소한 일이나 세심한 주의가 필요할 때는 대부분 정확하게 작동하지 않았다. 하지만 사물을 파괴하거나 특히 중대한 일일 때는 마법이 신기할 정도로 말을 잘 들었다.

마치 살아 있는 것처럼 열렬히.

타라는 살아있는 돌에게서 힘을 얻을 때만 그런 일이 일어났다는 걸 알아차렸다. 살아있는 돌은 어쩌면 마법으로 자신을 표현하는 것일지도 모른다는 생각이 들었다. 위험을 무릅쓰는 일에는 훨씬 열렬하게 나서기 때문이었다. 모우르무르와 먼 친척이라고 해도 될 정도로 비슷했다.

날아간 마법과 주문이 충돌했다. 5인의 최고 마구스들이 설정해놓은 주문이라서 아주 강력했다. 비록 개개인으로는 타라의 마법보다 약할지 모르지만.

주문이 흔들리는 듯했지만 버티고 있었다. 그렇지만 용암의 물결이 몰려오는 속도가 느려지기 시작했다. 타라는 좀 더 노력했다. 주문이 지각판을 이동시키지 못하게 막아야 했다. 아니면 노력이 수포로 돌아가는 것이었다. 온몸에서 빛을 발하는 타라는 말 그대로 가장 완벽한, 살아 있는 마법의 화신이었다. 엄청난 힘을 쓰는 타라 때문에 지친 갈랑은 칼의 어깨로 이동해야 했다.

하지만 타라는 이 정도로는 부족하다는 걸 알았다. 친구들과 살아 있는 돌이 도와주고 있지만 이 엄청난 재앙을 멈추기에는 힘이 부족했다.

그런데 도와줄 사람이 아무도 없었다.

그 순간 문득 묘안이 떠올랐다. 타라는 더 생각할 필요 없이 실행에 옮겼다.

"상자!" 타라가 모우르무르에게 외쳤다. "나한테 상자를 던져요!"

모우르무르는 즉시 상자를 던졌는데…… 맙소사, 방패를 작동하고 있다는 걸 깜빡 잊었으니! 힘의 장막에 부딪힌 상자가 용암을 향해 떨어지고 있었다.

일제히 비명을 질렀다. 쏜살같이 날아간 갈랑이 갈퀴발톱으로 제 몸만 한 크기의 상자를 낚아챘는데 어어…… 갑자기 하강했다. 불길에 닿을 뻔했던 페가수스는 힘겹게 날갯짓을 하면서 가까스로 화를 면했다. 기진맥진한 갈랑이 타라의 손에 상자를 떨어뜨린 다음 어깨에 내려앉았다.

"갈랑, 너는 최고야!" 칼이 외쳤다.

"고마워, 갈랑." 타라는 털이 살짝 타서 누린 냄새가 나는 페가수스에게 미소를 지었다.

타라는 심호흡하고 나서 상자를 열었고, 경악하는 친구들의 눈길을 받으면서 왕관을 머리에 쓰고 하늘을 쳐다보면서 외쳤다.

"스파리담!"

크기가 훨씬 작고, 에너지가 절반쯤 소모되었기 때문에 아르칸즈가 한순간에 파괴해버린 크라에토비르의 반지 시제품과 드레쿠스의 왕관은 차원이 달랐다. 왕관에는 시커먼 쇠사슬에 묶인 수많은 악마의 영혼이 갇혀 있었다. 타라가 모르는 사이에, 검은 여왕은 소용돌이 물기둥을 두 차례 통과하면서 악마의 마법을 상당히 축적해놓은 상태였는데…… 왕관의 마법까지 더해졌으니! 타라는 순간적으로 통제력을 잃었다.

결국, 타라 대신에 검은 여왕이 나타났다.

강철 침이 뾰족뾰족한 시커먼 갑옷, 당당한 가슴을 장식하는 악마의 두상, 왕관을 쓴 검은색 긴 머리에 데미데루스의 직계 후손을 나타내는 흰 머리털이 눈에 띄었다. 유일하게 타라라는 걸 알아볼 수 있는 것이었다. 쪽빛 눈까지 지금은 검은색으로 변해 있었다.

갈랑이 송곳니와 갈퀴발톱이 무시무시한 괴물로 변했는데 눈빛이 빨갛고, 시커먼 털에서 연기가 났다. 평소의 페가수스보다 훨씬 커져 있었다.

페가수스가 모래 위에 있지만 초록 벌레는 감히 접근하지 못했다. 자기들의 신 네메시스라도 본 것처럼 트실들이 줄행랑쳤다. 제대로 파악한 것이었다. 연기가 나는 털에서 스며 나오는 검은 액체가 닿자 땅바닥이 이상한 소리를 내면서 없어졌으니.

타라와 마찬가지로 검은 여왕도 온몸이 빛을 발하지만 짙은 파란색 불빛이 아니라 시커먼 불빛이 이글거렸다.

검은 여왕이 두 손가락을 튕기자 데미데루스의 주문이 깨지면서 딱, 소리를 냈는데 어찌나 쩌렁쩌렁 울리는지 행성 전체에 울렸을 것 같았다. 즉시 지각판들의 움직임이 멈췄고, 압력도 낮아졌다. 검은 여왕은 용암 분출로 인한 불의 강을 응시하다 또다시 두 손가락을 튕겼다.

의식을 잃은 병사들과 데미데루스, 미국 대통령이 있는 곳으로부터 불과 몇 미터 떨어진 데에서 용암 줄기가 고체로 굳었다.

경악하는 타라의 친구들을 보면서 검은 여왕은 그들이 감히 묻지 못하는 무언의 질문에 대답했다.

"내 마음에 쏙 드는 행성인데 불타게 내버려둘 수는 없지. 나는 아더월드를 정복한 다음에 이 지구를 정복할 것이다. 드래곤들은 그다음에 해치울 것이다. 길어야 100년 후에는 이 우주의 대부분을 접수할 것이고, 모두 내 앞에서 벌벌 기어 다닐 것이다. 아하하하하하하하하!"

칼이 가장 빨리 반응했다. 데미데루스의 주문이 깨진 틈을 이용해서 칼은 트란스미투스를 외쳤고, 순식간에 그들 모두 사라졌다.

화가 난 검은 여왕이 입술을 실룩거렸다. 영악한 도둑…… 이 정도로 빠를 줄은 정말 예상 못한 일이었다.

권력에 눈먼 검은 여왕의 정신 속에서 타라는 킥킥거렸다.

역시 칼은 타라를 실망시키지 않았다. 기만한 적도 없었다.

검은 여왕의 분노에 눌려서 바람 앞의 촛불처럼 의식이 가물가물해지기 전에 타라는 칼을 정말 많이 좋아한다는 생각을 했다. 그리고 믿음직스러웠다.

검은 여왕이 칼을 해치는 일이 없기를 진심으로 바랐다. 마지막으로 어머니를 생각했다.

방금 소생한 어머니 셀레나.

타라는 화가 나서 미칠 것 같았다. 그리고 아주 약간 마지스터가 불쌍했다.

이윽고 깜깜해졌다.

24
리스베스

사악한 존재가 옥좌를 찬탈하면 하루하루가 힘든데

*

칼은 멀리 가지 않았다. 첫째는 많은 사람을 이동시키기 때문이었다. 둘째는 바다 위에 함대가 있으니 미국 대통령을 돌려보낼 수 있기 때문이었다.

그들은 확연히 기울어지고 있는 항공모함 갑판에 유형화되었다. 그래서 의식이 없는 사람들이 굴러가 76미터 아래 바닷속으로 빠질 뻔했을 때 칼의 심장이 오그라들 뻔했다.

다행히 야수의 반사신경 덕분에 무아노가 재빨리 마법을 작동해서 굴러가는 사람들을 붙잡았다. 그렇게 불쑥 나타난 그들을 보고 미군 항공모함의 사람들이 아연실색할 거라고 예상하고 있었다. 정령들이 많은 시신을 비행갑판에 떨어뜨리더니, 이번에는 의식이 없는 미국 대통령까지 데려왔으니.

하지만 아무도 쳐다보는 사람이 없었다. 바로 뒤쪽 비행갑판에서는 칼이 방금 데려온 대통령과 꼭 닮은 사람의 지시에 따라 군복 차림의 남자 여섯 명이 한창 마법을 행사하고 있었다.

심각한 문제가 있는 것 같았다.

모든 사람의 손에서 마법의 광선이 보인다는 건 항공모함의 난파를 막으려고 애쓰는 것이었다. 곳곳에 널브러진 사람들이 수백 개에 이르는 마법의 그물에 갇힌 채 잠들어 있지만, 불행하게도 마지스터나 지킴이들의 공격을 받고 완전히 죽은 병사들도 있었다.

"갑자기 토네이도가 닥쳐서 깜짝 놀랐다." 대통령으로 위장한 사람이 외쳤다. "배가 평형을 되찾게 모두 힘을 합하라!"

여섯 명의 최고 마구스들과 정상적인 인간의 모습으로 위장한 티그족 대원들—장군, 대령, 해군 장성들—이 항공모함의 평형을 되찾기 위해 힘을 쏟고 있었다.

무슨 상황인지 이해가 되지 않는 칼은 공중 부양을 중지하고(트란스미투스로 이동한 다음 공중 부양을 하고 있었다) 항공모함의 갑판으로 착지했다. 갑자기 심하게 출렁거리는 바다를 보면서 가짜 대통령과 수하의 사람들이 배만 붙잡고 있는 것이 아니라는 걸 알아차렸다.

바다를 붙잡고 있는 것이었다.

용암 분출과 지진이 일어난 뒤에 느닷없이 엄청난 쓰나미가 일어난 것이었다. 막지 않으면 엄청나게 많은 목숨을 앗아갈 쓰나미였다.

갑자기 일루전을 유지할 수 없는 대통령의 모습이 변했다. 타라와 마찬가지로 금발에 두드러져 보이는 흰 머리털…… 리스베스 여제였다. 실버의 유령이 장악한 미국 대통령이 돌격부대를 이끌고 소용돌이 물기둥 속으로 휩쓸려 들어간 뒤부터 리스베스는 대통령으로 위장하고 있었던 것이다. 따라가려고 했지만 악마의 마법으로 이뤄진 힘의 장막이 그들 앞에서 닫혀버렸기 때문에 그들은 소용돌이 물기둥을 통과할 수 없었다.

이 정도로 철통 방어를 해놓다니 마지스터는 정말 주도면밀했다.

상황을 알아차린 무아노, 모우르무르, 칼, 로빈, 파브리스가 가세했고, 마법을 싫어하는 파프니르와 실버까지 재빨리 힘을 보탰다.

마침내 영원히 계속될 것 같던 거대한 물의 덩어리가 잔잔해지자 항공모함이 서서히 평형을 되찾았다. 여제는 안도의 한숨을 내쉬었다.

"휴, 됐구나. 조심, 조심! 반대쪽으로 기울어지면 안 된다!"

궁전을 통째로 이동시켰던 타라를 빼놓고 아더월드나 지구에서 무게가 8만 8000톤에 이르고, 길이가 330미터에 이르는 배를 들어 올릴 수 있는 사람은 거의 없었다.

폭격기들은 마법의 그물을 씌우고 꽁꽁 동여맸기 때문에 다행히 활주로를 이탈하지 않은 상태였다.

마법사들도 바다에 빠지거나 부상을 막기 위해 뱃전에 있는 사물이든 인간이든 거의 모든 것을 묶어서 고정시켰다.

그래서 응급조치를 끝냈을 때는 이상한 정적이 감돌았다.

리스베스 여제는 앞에 나서지 않으려고 했지만, 본모습을 되찾은 크산디아르 친위대장이 단단한 팔을 내밀었다. 여제는 고마워하면서 친위대장의 팔을 잡고 호통을 쳤다.

"림보의 악마들이여!" 초췌해진 여제가 의식을 잃은 데미데루스와 미국 대통령을 보면서 말했다. "저 밑에서 무슨 일이 있었기에! 슬루르크! 우리 조상에게 대체 무슨 짓을 한 것이냐?"

리스베스 여제는 쪽빛 눈으로 주위를 둘러보다 조카딸이 없다는 걸 알아차렸다.

"타라는 어디 있나?" 여제가 냉랭한 어조로 물었다. "지금 일어난 일과 타라가 무관하지 않다고 생각하는데? 타라가 마지스터를 죽인 건가?"

칼과 친구들은 시선을 주고받았다. 괜히 나섰다가 성난 여제에게 불똥을 맞고 싶은 사람은 아무도 없었다. 책임이 있어서가 아니라 가장 나이가 많은 모우르무르가 나섰다.

모우르무르가 흔들어대는 쓰레기통을 보면서 여제는 너무 놀라 말문이 막혔다. 그 틈에 모우르무르는 그간에 있었던 일을 늘어놓기 시작했다.

"우리는 악마의 사물을 지키는 거시기 종족을 발견했습니다. 그런데 돌진하는 매머드 떼를 밀어내려다 타라가 태양을 꺼뜨리게 되었습니다. 우여곡절 끝에 산소를 공급하는 주문을 깨뜨렸다는 걸 알고 다시 태양을 켜는 데 성공했지요. 하지만 파프니르가 자신을 새라고 생각하고 허공을 나는 바람에 모두 추락했는데, 반군 부족과 폐하의 거시기 종족이 힘을 합해 마법을 사용한 대가로 끈끈이에 걸려 있는 걸 데미데루스께서 구해주었습니다. 그다음 우리는 사막으로 갔고, 초록 벌레들, 뜨거운 열기, 소용돌이 물기둥과 맞서 싸워야 했지요. 그리고 마지스터가 사물들의 마법을 이용하여 셀레나를 소생시켰고, 또 미국 대통령의 몸을 장악하게 하려고 죽인 아들도 소생시켰습니

494

다. 그런데 내가 그 사물 두 개를 사라지게 했습니다. 하지만 데미데루스께서 의식을 잃었기 때문에 지구를 파괴하는 주문을 깨뜨리기 위해 타라가 그 거시기 왕관을 머리에 썼는데…… 재수 없게 검은 여왕이 나타났지요. 데미데루스께서 걸어놓은 주문이 깨졌으니 트란스미투스 마법을 사용할 수 있다는 걸 가장 먼저 알아차린 어린 도둑 칼 덕분에 이렇게 이 항공모함으로 이동할 수 있었던 겁니다. 대단한 모험이었습니다. 성가신 문제를 해결하려다 더 엄청난 문제에 직면하게 되었다고 말씀드릴 수 있습니다만……."

모우르무르가 밑도 끝도 없이 쏟아내는 말에 리스베스는 입을 멍하니 벌리고 있었다. 도무지 무슨 말인지 전혀 이해하지 못한 얼굴이었다. 아니, 장황하게 늘어놓은 말에서 유일하게 뇌리에 박힌 말이 있었다.

"검은 여왕이 나타났다고요?"

"타라는 선택의 여지가 없었습니다. 폐하." 로빈이 말했다. "우리 모두를 구하기 위해서는 스파리담을 외쳐서 악마의 마법을 얻어야 했습니다. 어떤 점에서는 타라가 자신을 희생한 겁니다."

죽음 같은 정적이 흘렀다. 충격을 받은 리스베스 여제는 크산디아르의 단단한 팔을 잡은 손에 힘을 주었다.

"그래서 지금 어디 있는데?"

칼이 컴퓨터폰을 쳐다보면서 말했다.

"검은 여왕의 모습으로 이 아래 해저 동굴로 갔습니다. 하지만 제 생각에 이제 곧 가장 가까운 공간이동의 문에서 검은 여왕이 모든 사람을 살육했다는 연락이 올지도 모르죠. 검은 여왕이 아더월드로 돌아가서 다 죽이면 연락해줄 사람이 아무도 없겠지만요……. 검은 여왕이 우리에게 선포했거든요. 아더월드에 이어서 지구, 그다음 드란보우글리스펜쉬르, 나머지 행성도 전부 정복할 거라고."

칼은 그 모든 일이 그리 대수롭지 않다는 듯 미소를 지으면서 덧붙였다.

"잘 아시다시피 정신병자들은 항상 너무 필요 이상을 원하는 것이 문제예요. 진짜 골때린다니까요!"

하지만 리스베스 여제는 어린 도둑의 유머와 너스레가 전혀 재미있지 않았다. 불현듯 모우르무르가 늘어놓던 여러 가지 이야기 중에서 뇌리에 꽂힌 말이 또 하나 생각났다.

"내가 제대로 들은 건지 모르겠는데 마지스터가 셀레나만 소생시킨 거니? 다른 사람은?"

"네, 애석하게도 타라의 어머니만 돌아오셨어요. 영혼을 받기 위한 다른 육신들은 준비되어 있지 않으니까요." 무아노가 여제의 목소리에서 희망을 느끼고 얼른 대답했다. "죄송합니다. 폐하의 동생이자 셀레나 부인의 남편 단비우께서는 소생하지 못했습니다."

리스베스 여제는 동정을 받는 것에 익숙하지 않아서 아주 싫어했다. 하지만 소녀의 예쁜 눈빛에서 동정심이 아니라 이해심을 읽고 여제는 고개를 끄덕였다.

"우리가 지키거나 파괴할 것이 더 이상 없다면 이제 아더월드로 돌아가자."

최고 마구스들이 민투스 주문을 날려서 6천 명에 이르는 해군들에게 가짜 기억을 심어주는 동안 칼과 로빈이 크산디아르 친위대장과

리스베스 여제에게 해저 동굴의 초원에서 일어난 일을 모우르무르보다 훨씬 알기 쉽게 설명해주었다.

그사이에 깨어난 데미데루스는 잿빛 시간 속에 사는 것이 그래도 현실 세계보다 스트레스를 덜 받는다는 걸 확인했다. 짧은 시간에 두 번이나 기절했으니 그런 생각이 들 법도 했다. 데미데루스는 무슨 일이 있었는지 들으면서 안도의 숨을 내쉬었다. 어쨌든 림보의 악마들이 사물들을 회수하지 않은 건 다행이지만, 검은 여왕이 정말 심각한 문제가 될 거라고 걱정했다.

검은 여왕에 대한 전략을 짜는 동안 데미데루스는 최고 마구스 몇 명을 데리고 해저의 초원으로 가서 주문을 다시 걸기로 했다. 그래야 몇 주일 후면 완전히 고갈될 산소 부족으로 인한 동식물의 질식사를 막을 수 있었다.

그들은 신중하게 행동했다. 검은 여왕이 아직 있는지 모르기 때문에 데미데루스의 항변에도 불구하고 해저의 초원으로 정찰병을 파견하기로 했다. 칼이 예상한 대로 푸에르토리코 공간이동의 문에서 티그족 대원이 '검은 여왕이 통과해서 오무아의 황궁에 유형화되었다'고 알려왔다.

아, 리스베스 여제는 너스레라고 생각하고 칼의 말을 흘려들었는데!

칼은 살아 있는 사람이 이렇게 상황을 알릴 수 있다는 사실에 주목했다. 검은 여왕이 아무도 죽이지 않았다는 사실, 그리고 모습을 드러내는 것만으로 모든 사람을 무력화시키고는 살아 있는 사람에게 메시지를 남긴 뒤에 홀연히 이동의 문을 통해 사라졌다는 것은······.

생각에 잠긴 칼이 입술을 실룩거렸다. 흠, 이건 타라가 검은 여왕 안에서 아직 사투를 벌이고 있다는 뜻이었다. 림보에서 수많은 악마의 사물들로부터 계속 에너지를 공급받을 때의 검은 여왕은 잔혹하고 악독한 존재였다. 그런데도 전대미문의 마법사 타라는 그런 검은 여왕을 상대로 버텨내지 않았던가.

지금은 소용돌이 물기둥에서 마법을 축적했고, 드레쿠스의 왕관에서 마법을 얻고 있지만 림보에 있을 때보다는 약할 텐데 타라가 그 정도는 견뎌내지 않을까? 물론 칼의 희망 사항이지만…….

25
지워진 기억

사랑하는 여자를 소생시킬 때는
뜻밖의 상황도 예상해야 되는데

*

아직 의식이 없는 여자를 신주단지 모시듯 품에 안고 아더월드의 잿빛 요새로 돌아간 마지스터는 어찌나 행복한지 휘파람을 불면서 방으로 향했다.

마지스터가 지나가자 상그라브들이 잔뜩 긴장했다. 대체로 마지스터가 휘파람을 불 때마다 누군가 죽거나 죽어가거나 머지않아 죽을 것이기 때문이다.

그래서 마지스터가 휘파람을 불면 그들은 정말 싫었다.

하지만 이번만은 누구를 죽이지도 고함을 지르지도 않았다. 그저 연인을 데려오는 사랑에 빠진 남자의 행복한 얼굴이었다.

마지스터는 방을 지키는 거인 둘을 지나쳤다. 줄에 단단하게 묶인 샤트릭스들이 쓰다듬어달라고 끙끙거렸지만 마지스터는 본 체도 하지 않았다.

마지스터는 자신의 방과 붙은 옆방을 셀레나가 마음에 들어할지 가슴이 설레었다. 잿빛 돌벽의 음울한 분위기를 날려버리기 위해 셀레나의 방은 흰색과 금색으로 장식하게 했다. 침대에 달린 닫집에는 붉은 장밋빛의 통통한 천사들이 새겨 있었다.

마지스터에게는 아예 어울리지도 않는 핑크빛이나 금빛을 선택한 것은 오직 셀레나를 위한 배려였다. 마지스터는 조심스럽게 푹신한 침대에 셀레나를 눕혔다.

셀레나는 아직 잠들어 있었다. 구불구불한 갈색 머리, 불그스름한 광대뼈, 얼굴에 조금씩 혈색이 돌아오고 있었다.

마지스터는 행복한 신음소리를 냈다. 이제 셀레나가 곁에 있으니 모든 것이 잘될 것이다. 계획대로 밀고 나가면 되는 것이다. 몰살이든 집단학살이든 적들을 무찌르고, 드래곤족을 섬멸하여 아더월드를 지배하고 인간들이 영화를 누리게 이끌어갈 것이다.

마지스터가 망상에 빠져 있을 때 마침내 셀레나가 금빛이 도는 초록빛 눈을 떴다.

마지스터가 몸을 숙이면서 다정하게 물었다.

"내 사랑, 괜찮아요?"

셀레나는 마지스터를 빤히 쳐다봤다. 전혀 모르는 사람을 보는 눈빛이었다.

셀레나는 말하고 싶지만 목이 말라붙어 소리가 나오지 않았다. 마지스터는 얼른 준비해놓은 물을 주었다

"천천히, 천천히, 너무 빨리 마시지 마요." 마지스터는 셀레나의 머

리를 어루만지면서 다정하게 말했다. "그러다 숨 막히니까."

셀레나가 방긋 웃으면서 어리광을 부리듯 혀 짧은 소리를 냈다.

"근데요, 아저씨는 누구세요?"

며칠 동안 시험해본 뒤에 마지스터는 끔찍한 현실을 인정해야 했다. 셀레나는 과거를 완전히 잊어버린 기억상실증에 걸려 있었다. 세 아이의 어머니라는 것도, 납치된 적이 있었다는 것도 몰랐다. 그중에서도 최악은 마지스터가 누구인지 전혀 모른다는 것이었다.

부모님에 대해서도, 죽었다가 살아났다는 것도, 랑코비트나 오무아가 무엇인지조차 기억하지 못했다.

셀레나는 아이처럼 행동했다. 거울에 비친 자신의 모습을 보고는 아주 깜짝 놀랐다.

셀레나는 얼굴을 만져보면서 말했다.

"어? 내가 어른이네! 내가 왜 이렇게 크지?"

마지스터가 아주 부드러운 어조로 물었다.

"셀레나, 몇 살?"

셀레나는 머뭇거리다가 손을 내려다보면서 작은 소리로 손가락을 꼽다가 하나씩 세웠다.

"여섯 살! 하나, 둘, 셋, 넷, 다섯, 여섯!"

벽에 기대고 서서 지켜보던 뱀파이어 셀렌바는 검푸르게 변한 마지스터의 마스크를 보고 웃음을 터뜨릴 뻔했다. 망연자실해 있다는 표시였다.

"흐음." 뱀파이어는 목소리를 가다듬기 위해 헛기침을 하면서 말했다. "맙소사, 자기가 여섯 살이라고 생각하나 봐요?"

너무 충격을 받은 마지스터는 말을 못하고 고개를 끄덕였다.

"여섯 살." 셀렌바는 웃음을 꾹 누르면서 반복했다. "음…… 아주 어리네."

마지스터의 마스크가 시커메졌다.

"말도 안 돼. 연기하는 거야."

소생하면서 셀레나는 거의 완벽하게 깨끗한 정신으로 돌아왔다. 마치 모든 기억이 지워진 것 같았다. 마지스터는 셀레나가 너무 무서워서 울음을 터뜨릴 정도로 온갖 시험을 다 해봤지만 결과는 달라지지 않았다.

공공의 적 1위의 무시무시한 요새에 억류된 셀레나는 한 가지 욕망밖에 없었다.

인형 놀이.

혼령

*육신이 없으면 줄행랑치는 것이
그리 대수로운 일이 아닐 수도 있는데*

*

검은 여왕의 정신 속에 갇힌 타라는 격분해 있었다. 외부와 연락할 방법이 전혀 없었다. 타라의 사랑이나 우정 같은 시시한 감정에 휘둘리는 것이 싫기 때문에 검은 여왕이 완전히 봉쇄해버린 것이었다.

타라를 맹인으로 만들고, 귀머거리로 만들고, 벙어리로 만들어버렸으니.

그래서 타라는 밖에서 무슨 일이 일어나는지 전혀 모르고 있었다. 타라가 미치광이가 될까 걱정은 됐는지 검은 여왕은 둘의 정신 속에 정원이 딸린 예쁜 집을 만들어주었는데 넘을 수 없는 시커먼 벽으로 둘러싸여 있었다. 그리고 타라가 심심하지 않게 책이 엄청나게 많은 도서관에는 수백 편의 영화를 마음대로 볼 수 있는 영사실까지 있었다.

하지만 타라가 원하는 것은 당연히 따로 있었다. 1)도망치기 2)육신을 지배하기 3)검은 여왕 죽이기.

물론 실현 불가능한 일이었다. 타라는 빠져나갈 방법이 전혀 없었다. 드레쿠스의 왕관 덕분에 강력해진 검은 여왕이 타라가 마법을 사용할 수 없게 차단시켜놓았을 뿐만 아니라 살아있는 돌과도 교감할 수 없기 때문이었다.

칼이 걱정한 대로 심각했다.

타라는 사물을 만드는 정도의 마법만을 행사할 수 있었다. 그래서 우선 망치를 만들었다. 벽을 허물기 위해서 너무 무겁지 않은 망치를 만들었다. 타라는 현재 근육이라곤 없는 정신에 지나지 않아서 단단한 벽에 대고 망치를 내려칠 때마다 녹초가 된다는 걸 이내 알아차렸다.

하지만 그 망치로는 벽이 깨지지 않아서 이번에는 들기도 힘든 커다란 망치를 만들었다. 그런데 망치가 발등으로 떨어지는 덕분에 몸을 변형시킬 수 있다는 걸 알아차렸다.

무적의 거인으로 변해서 열두 개의 팔을 만들어봤는데 손이 너무 많다 보니 오히려 헷갈려서 망치를 계속 떨어뜨렸다.

뛰어오르면서 넘어보려고 했지만, 시야가 닿지 않을 정도로 벽이 높아서 실패했다. 벽을 넘는 것은 도저히 불가능했다.

타라는 거인의 근육을 유지하면서 속력을 내봤다.

굴착기 수준이었는데 그래도 끄떡없었다. 작은 상처 하나 없이 멀쩡한 벽이 타라를 비웃고 있었다.

타라는 바주카포로 바꿨다.

폭발이 일어나면서 10분 동안 기침을 했지만 벽은 멀쩡했다. 그래서 이번에는 벽을 부식시키기 위해 산성 물질을 만들었지만 역시 소용없었다.

그렇게 계속 벽과 씨름하다 지칠 대로 지친 타라는 저녁마다 어둠이 내리면 목욕하고(몸이 없지만 더운물로 목욕하는 것이 좋아서), 먹고(먹을 필요가 없지만 먹는 걸 좋아해서), 휴식을 취했다(그럴 필요 없지만 두 시간 동안 거울과 대화를 나눈 뒤에 잠이라도 자지 않으면 정말 미칠 것 같았기 때문에).

검은 여왕이 만든 집 안에 추시계가 있었다. 타라에게 시간이 흐르고 있다는 걸 알려주기 위해서인데 검은 여왕이 머리를 잘못 쓴 것이었다. 타라는 시간이 얼마나 중요한지 잘 알기 때문이었다. 이대로 내버려둘수록 검은 여왕이 오무아 제국을 할퀴고 상처 내다 완전히 지배하고 말 거란 경각심을 일깨워주었다.

타라는 며칠 동안 머리를 쥐어짰지만 끝내 기발한 작전을 생각하지 못했다. 하지만 한 영화를 보면서 돌파구를 마련할 수 있었다.

〈캐리비안의 해적〉 새로운 시리즈인가?

정말 불가능한 일인데……. 지구에서는 아직 상영하지 않은 작품이라서 타라는 본 적이 없는 영화였다. 아더월드에서도 본 적이 없었다.

이때까지 타라는 가상의 도서관에 있는 책들과 영화들은 둘이 함께 공유하는 기억 속에서 검은 여왕이 찾아낸 작품이라고 생각하고 있었다. 타라는 도망칠 방법을 궁리하는 데만 골몰하느라고 도서관을 구석구석 살피지 않았었다. 도서관도 처음에 둘러볼 때는 문을 열어놓고 안에 있는 책들을 쭉 훑어보고 기억한 다음 문을 닫았었다. 그러고는 다시 마법을 되찾아서 벽을 넘어 탈출할 방법을 궁리했다.

그러던 어느 날, 절망에 빠진 타라는 좋은 책이나 영화를 보면서 기분을 바꾸기로 했다. 절망적인 상황에서도 선한 사람들이 악당을 물리치는 영화를 보면 용기를 얻지 않을까. 〈스타워즈〉, 〈반지의 제왕〉……

러브 스토리의 영화는 없었다. 이럴 때 남친이 곁에 있으면 좋을 거란 생각이 들어서일까. 타라는 자신의 몸 안에 억류되어서 아무것도 할 수 없을 때 곰곰이 생각해보기로 했다.

언제부터였을까. 매력을 느끼는 남자는 로빈이 아니라 칼이었다. 벽을 부수고 도망칠 궁리를 하는 동안 내내 타라는 생각을 많이 했다. 물론 끊임없이 빠져나갈 작전을 짰지만 칼이 키스하던 순간이 자꾸 떠올랐다.

왜 친구들에게 거짓말을 했을까? 그건 분명히 우정의 입맞춤이 아니었는데. 믿을 수 없을 정도로 뜨겁고 격렬한 키스였다. 그런데 타라는 아닌 척 속였고, 칼도 그랬다.

사이가 좀 틀어지긴 했지만 로빈이 보는 데서 할 짓은 아니었다. 절대로 일어나서는 안 될 일이었다. 생각지도 못한 아주 이상한 일이었다. 〈버피와 뱀파이어〉에서 윌로우가 알렉스를 사귈 때와 비슷하다고 할까. 타라는 영화를 보면서 충격을 받았고, 둘의 관계를 이해하기 힘들었다. 그런데 타라에게 그런 일이 일어나다니……. 칼을 알게 된 뒤로 많은 모험을 함께하고 죽을 고비를 넘기면서 가장 믿을 만한 친구로 생각했지 다른 눈으로 본 적은 없었다.

타라는 아무도 없는 거대한 도서관에서 눈앞에 있는 비디오디스크들을 훑어보기 시작했다.

〈고스트 라이더〉…… 〈헬보이〉, 아하! 검은 여왕이 유머 감각이 있다니! 〈콘스탄틴〉, 〈엑소시스트〉, 〈프리스트〉, 〈반 헬싱〉, 〈인셉션〉, 여러 번 봐서 달달 외우는 〈매트릭스〉도 있었다. 다음 칸의 비디오디스크들을 향해 시선을 옮기던 타라는 잭 스패로우(〈캐리비안의 해적〉시리즈의 히어로)의 얼굴을 발견했다.

타라는 반가운 마음에 얼른 비디오디스크를 집었다. 지구보다는 크기가 훨씬 작은 디스크가 손에서 둥둥 떠서 컴퓨터에 접속되었고, 대형 화면에 영상이 뜨더니 그 유명한 배경음악이 흘러나왔다.

타라의 비물질적 심장이 빠르게 뛰었다. 본 기억이 없는 건데…… 새로 나온 시리즈가 틀림없었다. 어쩐지 이 작품은 지구의 영화를 보기는커녕 사람들의 팔다리를 부러뜨리는 가혹행위나 일삼는 검은 여왕의 취향이라는 생각이 들었다.

도서관을 유심히 살피던 타라는 불현듯 아주 잘 아는 곳, 자주 드나들던 곳이라는 걸 알아차렸다.

언젠가 폭발시킨 적도 있는데…….

타라는 정신을 집중했다. 이때까지는 검은 여왕에게 접근해서 마법의 에너지를 빼낼 생각만 했는데……. 타라는 집의 문에서 시작되어 도서관으로 연결되는 일종의 동아줄 같은 걸 느낄 수 있었다.

몸 밖에 있는 도서관이었다. 검은 여왕이 황궁의 도서관으로 연결되는 가상의 통로를 열어놓은 것이었다.

동아줄이 있다는 것은 빠져나갈 구멍이 있다는 것이고, 빠져나갈 구멍이 있다는 것은 탈출할 수 있다는 뜻이었다. 검은 여왕이 타라를 외부와 연락할 수 없게 차단시켰는데 그렇다면…… 타라와 검은 여왕 사이도 차단되어 있다는 것이 아닌가. 따라서 검은 여왕은 타라가 무슨 생각을 하는지, 뭘 하는지 알 수 없는 것이고…….

타라는 망설이지 않고 동아줄을 잡고 따라갔고, 타라의 혼령이 시커먼 동아줄에 섞여서 녹아들었다. 그리고 찢어지는 것 같은 느낌이 들면서 자유로워졌다.

몸을 빠져나온 것이었다.

타라의 혼령이 느닷없이 눈앞에서 유형화되자 한 카흠보움이 폭발할 뻔했다. 당황한 타라는 도와주러 달려온 카흠보움 사서들에게 미안하다고 말하면서 달아났다. 타라는 눈 깜짝할 사이에 벽을 통과해서 접견실로 향했다. 검은 여왕이 타라가 빠져나갔다는 걸 알테니 서둘러야 했다. 타라는 마지막 대리석 벽을 통과해서 곧장 옥좌 앞으로 갔다.

옥좌 주위에 많은 궁인이 꿇어앉아서 떠받들고 있어서일까. 의기양양한 검은 여왕이 흡족한 얼굴로 타라를 쳐다봤다.

흰 머리털이 두드러진 검은색 머리에 매서운 검은 눈의 잔혹한 여왕은 아주 위압적인 모습이었다.

타라가 육신을 되찾기 위해 힘을 쏟으려고 할 때 검은 여왕이 비아냥거렸다.

"몸을 빠져나가는 길을 찾는 데 시간이 좀 걸렸구나! 사투를 벌이는 너를 구경하는 것도 꽤 재미있었다. 이 몸에서 너를 내보내기 진짜 싫었는데."

깜짝 놀란 타라는 이용당했다는 걸 깨달았다.

혼령도 말할 수 있다는 걸 알아차린 타라가 물었다

"함정이었나?"

"당연히 함정이었지!" 검은 여왕이 대답했다. "그게 내 목적이라는 걸 눈치챌까 봐 머리를 좀 썼지. 너무 쉬우면 들통이 나니까 찾기가 쉽지 않은 빠져나갈 구멍을 만들어놓고 동아줄이 외부로 나가는 길이라는 걸 알아차리게 해놨지. 그리고 네가 육신을 포기하기를 기다린 거야."

옥좌에 앉은 검은 여왕이 몸을 약간 숙였다.

"네 몸을 나한테 내주어서 고맙다. 내가 잘 돌봐줄 테니까 넌 이제 떠나도 돼. 여기서 네가 할 일은 더 이상 없으니까. 그리고 충고하는데 내가 너라면 곧장 비욘드월드로 가겠다. 네 가족이 거기 있잖아. 멍청한 마지스터가 네 어머니를 소생시켰지만 결국은 돌아갈 거니까 식구가 다 모일 테고!"

하지만 타라는 이용당하고 싶은 생각이 전혀 없었다. 타라가 정신적으로 불러낸 살아있는 돌이 마법복 주머니에서 튀어나오자 검은 여왕이 깜짝 놀랐다.

"악독한 여왕!" 살아있는 돌이 내뱉었다. "멍청하고 나쁜 여왕! 타라, 마법 원하면 내가 줄게. 멍청한 년의 빈약한 엉덩이를 걷어차버려!"

황당한 검은 여왕이 자기 엉덩이는 빈약하지 않으며, 멍청하지도 않다고 말할 겨를도 없이 타라가 공격했다.

타라는 육신을 빠져나온 어머니의 영혼이 마법을 사용하는 걸 봤고, 유령들도 마법 능력은 유지한다는 걸 확인했었다. 물론 살아 있는 매체가 있으면 훨씬 강력하지만 아무튼 육신이 있어야만 마법이 가능한 것은 아니었다.

타라에게 필요한 것이 바로 그거였다. 검은 여왕에게서 마법을 되찾아야 했다.

살아있는 돌 덕분에 타라는 일종의 거대한 스펀지처럼 검은 여왕
이 가진 악마의 힘이 아니라 자신의 마법을 빨아들이기 시작했다. 너
무 놀랐는지 아무 반응을 보이지 않던 검은 여왕은 이내 방패를 만들
었는데 마치 존재하지 않는 것처럼 타라의 마법이 통과했다.

격분한 검은 여왕이 혼령을 제압하려는 순간 타라가 비웃음을 흘
리면서 사라졌다.

한 궁인이 너무 놀라서 딸꾹질을 했다. 검은 여왕이 째려보자 궁인
은 허겁지겁 티끌 하나 없이 깨끗한 마루판을 다시 닦기 시작했다.

"오, 트란를쿠르의 드루프**32**여!" 검은 여왕이 구시렁거렸다. "계집
애가 정말 짜증 나게 하네!"

---

32. 드루프는 남성의 생식기관을 가리키며, 트란를쿠르는 여신들이 특히 좋아하는 신이다.
　　ps: 검은 여왕은 림보 언어가 아니라 오무아 언어로 말하고 있다.

27
딜레마

검은 여왕을 쓰러뜨리려면 한 가지 방법밖에 없는데

*

어둠 속에서 살금살금 움직이는 실루엣이 팅가푸르를 뒤덮은 시커먼 장막을 뚫고 이따금 달빛을 환히 비추는 마딕스와 타딕스를 향해 저주를 퍼부었다. 하지만 기상관측 마구스의 일기예보를 믿지 않기는 아더월드에서도 마찬가지인지 마니투는 개의 축 늘어진 혀를 말아 올렸다! 어찌나 화가 나는지 모든 사람을 물어뜯고 싶었던 것이다. 기상관측 마구스들이 가까이 없기에 망정이지 봉변을 당했을 텐데…….

페가수스나 양탄자를 타거나 걸어 다니면서 오무아 제국의 수도 팅가푸르를 경비하는 정찰대에 발각되지 않고 목적지에 도착한 마니투는, 오무아의 황궁을 장악한 검은 여왕의 속박이 일시적이기를 빌었다.

팅가푸르의 거리들을 놀이터 삼아 떼거리로 몰려다니는 다양한 종류의 곤충 때문에 몇 번이나 심장발작을 일으킨 뒤에 검둥개가 크라크덴트 글로우톤 여인숙 앞에 이르자 문이 열렸다. 초록색 젤라틴 같은 물질을 만지작거리는 모우르무르, 그리고 매직갱의 아이들이 있었다. 아직 충격에서 벗어나지 못한 실버와 그 옆에 파프니르가 어찌나 딱 붙어 있는지 둘을 떼어놓으려면 기중기가 필요할 것 같았다.

가장 중요한 멤버 타라 덩컨만 없었다.

검은 여왕으로 변한 타라는 오무아 제국을 지배하는 재미에 푹 빠져 있기 때문이었다.

지난 몇 주일은 아주 끔찍했다. 타라…… 아무튼 검은 여왕은 잔혹한 발톱을 세우고 오무아를, 특히 팅가푸르를 속박하고 있었다. 오무아 제국을 공포의 도가니로 몰아넣었던 유령들보다 훨씬 더.

검은 여왕은 아무도 죽이지 않았지만 최악이었다.

사람들을 이용하고 꼭두각시로 만들어서 배신하게 만들었다. 그리고 고문하면서 희열을 느꼈다. 장난감을 부수면 더 이상 갖고 놀 수 없다는 걸 이미 알고 있었다. 그래서 사람들을 살려두고 있는 것이었다.

마니투는 로빈의 연락을 받고 아더월드에 왔다. 하프엘프는 타라에게 일어난 일로 큰 충격을 받았다. 타라를 잃어버렸으니! 드레쿠스의 왕관에 갇힌 수많은 악마의 영혼이 검은 여왕의 마법에 에너지를 공급해주고 있었다. 거기에 타라의 강력한 마법까지 더해져 그 힘은 가히 가공할 만했다.

얼마나 막강한지 표현이 불가능할 정도였다.

오무아 제국은 수세기 동안 많은 역경을 겪었다. 악마들의 습격, 행성들의 파멸, 이민자들의 물결, 크고 작은 전쟁들, 선한 군주들과 악한 군주들, 짧은 기간이지만 제국을 지배한 마지스터와 유령들, 행성을 파괴할 뻔했던 저주받은 왕홀, 반역한 드래곤들……. 그럼에도 불구하고 오무아 사람들은 역경을 헤치고 다시 일어섰다.

하지만 그들은 검은 여왕 같은 존재는 겪어본 적이 없었다. 여왕은 시커멓고 무겁고 끈적거리는 마법의 장막으로 수도를 뒤덮고 있었다. 그래서 늘 어두컴컴했고, 햇빛이 없어서 꽃과 나무는 죽어갔다. 두 개의 태양과 파란 하늘을 보기 위해 팅가푸르 밖으로 나가야 할 정도였다.

무엇보다 사람들을 가장 얼어붙게 하는 것은 장막의 범위가 점점 확장되고 있다는 것이었다.

에너지를 공급해주는 것이 드레쿠스의 왕관밖에 없는데도 검은 여왕의 힘이 점점 커지고 있었다. 끈적거리는 검은색 장막을 유지하려면 에너지가 조금씩 소모되고 있는 것인데……. 다른 나라들의 로크 새들이 궤도에 올려놓은 인공위성에서 근접 촬영한 결과, 검은 여왕의 힘이 검은 점으로 표시되어 있었다.

검은 여왕이 왜 검은 장막으로 도시를 뒤덮었는지 아무도 이유를 모르고 있었다.

현재로서는 모든 사람을 우울하게 만드는 것 말고는 아무런 영향도 주지 않았다(하지만 시커먼 장막을 쳐놓은 목적이 극악무도한 짓이리란 의혹 때문에 공포에 떨어야 하는 것이 문제였다).

타라…… 아무튼 검은 여왕이 친구들과 림보를 여행했다는 건 모두 알고 있었다. 따라서 림보의 환경을 만들기 위해서라는 건 설득력이 없었다. 림보는 이미 지구처럼 만들어놓은 상태이기 때문에 크리스털리스트들과 여론도 이 점은 배제해버렸다.

그래서 사람들은 아침에 눈을 뜰 때마다 자는 동안 드래곤으로 변했을까 봐 불안에 떨었다. 너무 불안한 나머지 26시간 내내 불을 켜놓고 거울 속에서 생활하는 사람도 있었다. 시커먼 그림자가 말을 걸어왔다고 주장하는 사람까지 있었다. 도시를 뒤덮은 장막이 믿을 수 없을 정도로 강력하지만, 해를 끼치거나 말하는 것은 분명히 아니기 때문에 이런 사람들은 정신병원에 감금되었다.

그런데 이상한 것은 검은 여왕이 다시 나타난 지 거의 3주일이 되어가는데(아더월드 시간으로) 마법의 힘이 약해지는 징조가 없다는 점이었다.

지구에 남은 타라의 외할머니 이사벨라는 모우르무르에게 오무아로 돌아가서 검은 여왕이 뭘 하는지 살피라고 부탁했다. 그리고 타라, 아무튼 검은 여왕이 그루이그의 검과 크라에토비르의 반지(모우르무르가 소용돌이 쓰레기통에 넣어서 우주 공간으로 보내버린)를 손에 넣었기 때문에 놀라운 힘을 얻고 있는 것이 아닌지 알아보라고 했다. 하지만 쓰레기통들은 사라지고 없는 것이 분명했다. 어디에 있는지 아무도 모르고, 위치를 추적하는 것도 불가능했다. 우주 공간에서 쓰레기통을 찾는 것은 산더미같이 쌓인 건초 더미에서 바늘을 찾는 격이었다.

모우르무르가 오무아로 출발하기 전, 데미데루스와 이사벨라, 마니투, 몹시 불안해하는 드래곤들이 모여서 방법을 찾기 위해 머리를 맞대었다. 셈 선생님이 소식을 듣고 지구에 도착했기 때문이었다.

블루 드래곤은 악마의 사물에 관한 모든 연구 결과를 공개했다. 그리고 며칠 후에는 산도르 황제가 저택의 허가를 받아서 모우르무르의 실험실에 황궁의 연구실 절반을 옮겨다 놓았다.

그들은 협력했고, 2주 동안 밤낮으로 연구한 끝에 해결책을 찾았다. 방법은 많은데…… 문제는 결과가 똑같다는 것이었다.

검은 여왕을 없애버리자는 것이었다.

하지만 그것은 타라를 죽이는 것이기도 했다.

도망친 자르와 마라33(이상하게도 검은 여왕은 달아나게 내버려 두었다)와 함께 지구로 피신한 리스베스 여제는 단호하게 이 방법을 거부했다. 여제는 이를 부드득 갈면서 여러 가지 작전을 짰고, 제국을 되찾고 후계자를 구할 방법을 찾으려고 노력했다.

그렇지만 황위 양위를 결정했던 리스베스는 이런 식으로 느닷없이 옥좌를 빼앗긴 것 때문에 격분해 있었다. 산도르 황제도 그 방법을 찬성하지 않았다. 타라가 약간 부산스럽고 통제 불능이지만 조카를 많이 사랑했다. 그리고 사악한 존재에게 육신을 점령당했다고 죽인다는 것이 말이 되는가.

하지만 그들이 해치지 않아도 결국에는 다른 나라들이 검은 여왕을 위험한 존재로 여기고, 죽일 방법을 찾으려고 할 텐데…… 오히려 그게 걱정이었다.

왜냐하면, 찬탈자 검은 여왕이 다른 나라 대사들의 접견 요청을 묵

• • • • • • • • • • • • • • •

33. 마라와 자르도 후계자 수업보다는 벌써 몇 번째 죽을 고비를 넘기면서 숨어서 지내는 시간이 많았다. 대체로 타라를 옹호하는 마라가 칼과 자꾸 어긋나는 것 때문에 잔뜩 골이 나 있었다. 기껏 지구로 도망쳐왔더니 이번에는 칼이 아더월드 어딘가에 숨어 있으니…….

살해버렸기 때문이다. 크라살비, 살테렌스, 빌랭, 스파니비아, 타트란, 파트로크에서 요청했지만 모두 거부당했다. 황궁에서 무슨 일이 일어나고 있는지 알 길이 없었다. 아무런 정보도 얻을 수 없었다. 황궁에 들어갔다가 나오는 이들은 공포에 질린 얼굴로 부들부들 떨면서 절대로 입을 열지 않았다. 입을 열었다가는 즉시 마비가 되었다.

주문이 어찌나 강력한지 최고 마구스들은 어떻게 작동하는지 알아내지 못했다.

그러던 중 아주 이상한 일이 일어났다. 그래서 마니투는 아더월드를 향해, 오무아 제국을 향해 위험한 여행을 떠나야 했다.

계속 영역을 확장하던 시커먼 장막이 멈췄던 것이다. 어느 날 느닷없이. 그리고 몇 분 사이에 장막이 물러나기 시작했다. 이제 장막은 황궁을 중심으로 반경 50미터까지 드리워졌다. 무슨 일인지 알 길이 없었다. 확장이 권모술수의 일환일까, 후퇴가 권모술수의 일환일까…….

어떤 정보도 얻을 수 없기 때문에 공포의 분위기가 감돌았다.

아무튼 검은 여왕이 타라의 기억에 접근할 수 있기 때문에 매직갱의 모임은 아주 위험했다. 검은 여왕은 타라가 가장 믿는 우군이 누구인지, 그리고 그 무리가 자기에게는 철천지원수라는 것을 알고 있었다. 게다가 무슨 일이 있어도 타라의 육신과 황궁을 고수해야 한다는 것도 잘 알았다. 그래서 매직갱이 황궁으로 들어가는 것은 생각할 수 없는 일이었다.

칼과 로빈의 술책은 말이 전혀 통하지 않는 보초에게 막혀서 실패했다. 납품업자들에게 섞여서 들어가는 것은 도저히 불가능했다. 칼이 찾아낸 지하 통로를 이용할 수도 없었다. 검은 여왕이 타라의 기억에서 알아내고는 통로를 막고 경비를 강화해놓았기 때문이다. 황궁으로 들어갈 방법이 전혀 없었다.

마니투가 그들을 위해 마련한 여인숙의 2층으로 올라가서 안락의자에 앉자 칼이 투덜거렸다.

"뭐, 항상 힘들었지만 그래도 이런 적은 없는데……. 황궁으로 들어갈 수가 없는데 어떡하지?"

어떤 궁전이든 침투할 수 있는 아더월드 최고의 도둑이 이런 말을 하자 마니투는 믿기지 않는 듯 물었다.

"정말 불가능해?"

"네!" 칼이 말했다. "나 혼자면 쉽게 들어가죠. 하지만 이 인원이 전부 들어가는 건 문제가 있어요. 게다가 들어가기만 하면 되는 게 아니라 파괴 주문도 걸어야 하잖아요. 검은 여왕은 엄청나게 강력해요. 본의 아니게 림보를 여행했을 때 거대한 크리스털 덩어리의 도움이 없었다면 검은 여왕의 영향력을 깨뜨리지 못했을 거예요. 검은 여왕은 우리를 자기 지시에 복종하는 꼭두각시로 만들었죠. 끔찍했어요. 림보와 우리 세계를 아무 문제없이 지배할 수 있을 것이고, 아무도 견디지 못할 거예요. 그리고 재판관이 말한 대로 5000년 전에 갇힌 영혼은 지금의 영혼보다 백만 배로 강하기 때문에 검은 여왕과 싸우지 못할까 봐 정말 두려워요."

칼은 우울했다. 가슴 한편에 작전의 성공을 바라지 않는 마음이 도사리고 있어서였다.

성공하면 타라에게 사형선고를 내리는 것이었다. 검은 여왕은 이제 타라와 분리할 수 없었다. 타라는 너무 깊숙한 곳에 박혀 있었다. 검은 여왕을 제거하는 유일한 방법은 타라를 죽이는 건데…… 도저히 그럴 수는 없었다.

마니투는 생각에 잠겨서 칼을 쳐다봤다. 소년은 혼란스러운 딜레마에 빠져 있었다.

"이 상황을 그냥 이대로 내버려두면 어떻게 되지?"마니투가 말했다. "검은 여왕이 온 세상을 공포의 도가니로 몰아넣었지만 유령들과는 달리 지금까지는 아무도 죽이지 않았어. 제국은 타협해야 돼. 검은 여왕은 시간이 갈수록 세력을 넓히기 위해 마법을 점점 더 많이 소모할 수밖에 없겠지. 그러다 보면 타라가 검은 여왕에게서 약점을 찾는 순간이 올 거야. 그러면 육신을 되찾을 테고."

무아노는 확신이 없지만, 친구를 죽이는 건 절대 안 되기 때문에 선택의 여지가 없다고 결론 지었다.

"그럼 플랜 C로 가야겠네. 내가 좋아하는 방식은 아니지만."

"플랜 C?"파브리스가 검은 눈을 찡그리면서 물었다. 그들은 많은 작전을 짰는데 플랜 C가 뭐였는지 얼른 기억나지 않았다.

무아노는 짜증스러운 얼굴로 돌아봤다.

"파브리스! 플랜 C가 뭐냐니! 검은 여왕이 악마의 마법을 소모할수록 힘이 약해진다는 거잖아! 어떻게 되어가는지 잘 모르지만 내 생각에는 타라가 어떤 식으로든 개입하고 있는 것 같아. 그래서 검은 여왕이 어쩔 수 없이 도시를 뒤덮는 검은 장막의 범위를 축소시킨 거라는 생각이 들어. 아주 신중하게 행동한다는 것도 타라에게 더 가까워. 타라와 달리 검은 여왕은 아주 오만했잖아. 그래서 말인데 우리가 자극하면 검은 여왕은 아마 힘을 과시하려고 달려들 거야. 그때 공격하면 될 것 같아. 타라도 공격할 기회를 잡을 테고. 이게 바로 플랜 C! 그래서 내가 좋아하지 않는 작전이라고 말한 거야. 맞서 싸우되 죽이지도 죽지도 않으려면……."

갑자기 무아노는 말끝을 흐렸다. 친구들이 아연실색한 얼굴로 뭔가를 응시하였던 것이다.

적이 방어 주문을 뚫고 들어온 거라고 생각한 무아노는 싸우기 위해 야수로 변신할 준비를 하면서 천천히 돌아섰다.

하지만 허공에 떠 있는 사람은……? 너무 놀란 무아노는 입이 떡 벌어졌다.

타라!

아니, 타라의 유령인가? 눈부시게 빛나는 보석처럼 살아있는 돌이 그 옆에 떠 있었다.

친구들이 펄쩍펄쩍 뛰면서 타라의 발밑으로 달려갔다. 타라는 기쁨의 눈물을 흘렸고, 친구들은 소리를 꽥꽥 지르면서(아직 충격에서 벗어나지 못한 실버만 입을 꾹 다물고 있었다) 질문을 퍼부었다. 모우르무르와 마니투는 애써 아이들을 진정시켰고, 매직갱은 친구의 혼령을 만난 것에 안도했다.

"네 몸에서 어떻게 분리된 거니? 우리를 어떻게 찾았고?" 마니투가 물었다. "검은 여왕이 미행하지 않았을까?"

"외부와 연결되는 동아줄을 따라 몸을 빠져나오게 됐어요." 타라는 공중에 떠 있는 상태로 평온하게 말했다. "그런데 함정이었어요."

끌어안을 수 없는 것이 괴로운 로빈이 뜨거운 눈길로 타라를 쳐다보면서 외쳤다.

"함정? 그러니까 검은 여왕이 네가 몸에서 떠나길 바랐다는 뜻이야?"

"응. 검은 여왕이 나한테 의심받지 않으려고 머리를 썼는데 내가 그 함정에 걸려들었어. 그래서 지금은 검은 여왕이 내 몸을 완전히 지배하고 있어. 하지만 내 마법은 대부분 나를 따라왔으니까…… 검은 여왕이 과시하는 힘의 절반 이상이 빠진 상태야."

"아하!" 모우르무르가 흡족한 얼굴로 탄성을 질렀다. "이제야 갑자기 검은 장막의 범위가 줄어든 이유를 알겠구나. 네가 몸을 빠져나가면서 검은 여왕의 힘이 약해진 거였어. 아주 좋은 소식이야. 그래, 정말 좋은 정보로구나."

"그리고 너희들을 찾기 위해 칼의 정신에 접속했어."

칼은 숨이 멎을 뻔했다. 뭐?

타라는 칼의 얼굴을 보면서 웃음을 터뜨렸다.

"머릿속을 점령하는 유령과는 좀 달라. 내가 유령은 아니니까."

타라는 말을 중단하고 그때의 느낌을 이해시키기 위해 잠시 기억을 더듬었다. 수많은 다른 영혼 속에서 화려하게 빛나는 칼의 정신을 알아볼 수 있었다고 말했다.

"내 몸은 살아 있고, 기생충 같은 검은 여왕에게 농락당하고 있어. 하지만 내 영혼은 살아 있는 사람들의 세상에 접속되어 있어서 정신을 알아볼 수 있어. 유령들은 할 수 없는 일이지. 내 주위를 둘러보면서 정신을 집중하면 돼. 근데 아주 신기한 건 가로막힌 벽들은 거의 보이지 않는 반면에 정신은 아주 잘 보여. 가장 빠르게 아주 깊이 생각하는 정신일수록 반짝반짝 빛난다는 걸 확인할 수 있었어. 칼의 정신은 정말 반짝거렸어. 색깔도 강렬했고,"

타라가 다시 말을 멈추자 얼굴이 빨개진 칼이 어찌할 바를 몰라했다.

"물론 반짝거린다고 다 명석하다는 뜻은 아냐. 아주 빠르게, 깊이 생각하는 것으로 말하면 모우르무르 삼촌할아버지를 빼놓을 수 없으니까. 처음에는 실패했지만, 대학과 활기찬 정신들이 모이는 여러 곳에서 시간을 보내다가 알아냈어. 물론 살아있는 돌의 도움도 컸고."

갑자기 모우르무르가 이맛살을 찌푸리면서 자세를 바로 했다. 칼이 대단히 영리하다는 걸 인정하면서도 칼 다음으로 밀리는 것이 마음에 들지 않았다. 무아노도 얼굴을 약간 찌푸렸다. 누구보다 머리가 좋다고 자부했는데 더 똑똑한 사람이 많고, 특히 이따금 바보 같다고 생각하는 칼이 더 똑똑하다는 말에 자존심이 상했다.

"어떻게 하는 건지 방법을 알아낸 뒤로는 너희들을 찾는 데 그리 많은 시간이 걸리지 않았어." 타라가 말을 계속했다. "삼촌할아버지와 칼이 등불처럼 나를 인도했으니까. 중조할아버지의 마지막 질문에 대한 대답은 미행할 수 없다는 거예요. 내가 많은 사람 사이를 지나갔는데 아무도 나를 보지 못했고, 검은 여왕은 내 몸에 있기 때문에 나처럼 정신을 볼 수 없어요."

타라는 칼의 정신이 얼마나 눈부신 광채였는지 자세히 말하지 않았다. 잘될 거란 자신감 없이 무작정 황궁을 나왔을 때 얼마나 두려웠는지도 말하지 않았다.

그리고 정신을 볼 수 있고 친구들을 찾을 수 있다는 걸 알았을 때 얼마나 안도했는지도 말하지 않았다. 친구들이 랑코비트나 지구에 있다면 찾기가 훨씬 복잡했을 텐데 오무아에 와 있어서 얼마나 기뻤는지도 말하지 않았다.

어떤 위험이 닥쳐도 늑대 입속으로 뛰어들망정 피하지 않는 친구들! 타라는 모우르무르와 마니투 주위에 둘러앉은 친구들을 보면서 감격한 나머지 하마터면 이 세상과 연결된 끈이 끊어질 뻔했다. 혼령의 모습은 정신력만으로 유지되는 건데 깨닫지 못했던 것이다. 사실 타라는 유령은 아니라도 육신이 없기 때문에 비욘드월드로 갈 위험이 있다는 걸 모르고 있었다. 혼령의 형체가 희미해지기 시작할 때는 정신을 집중해서 윤곽을 되살려야 했다. 몇 시간 동안 안개 같은 몸을 유심히 살피던 타라는 안개가 흩어지는 느낌이 드는 순간 정신을 집중하면 형체가 되살아나는 걸 알아차렸던 것이다. 하지만 타라는 시간이 많지 않다는 걸 알고 있었다. 방심하는 순간 연기처럼 사라지기에.

타라는 이것도 말하지 않았다. 지금까지 일어난 것만으로도 잔뜩 겁먹고 있는 친구들인데 더는 걱정시키고 싶지 않았다.

타라는 친구들을 쳐다보면서 마침내 질문을 했다.

"내 몸을 되찾아야 할 텐데 무슨 방법이 있을까?"

모우르무르가 난감한 얼굴로 대답했다.

"응, 방법을 찾긴 찾았는데 그 결과가…… 우리가 바라는 것이 아니라서 문제지."

"왜요? 검은 여왕에게서 벗어나는 것이 가장 중요한 거 아니에요?"

"물론 가장 중요하지. 하지만 너까지 죽으니까 문제라는 거다."

"아!"

무거운 침묵이 흘렀다.

"아, 그러네요." 타라가 다시 말했다. "검은 여왕을 파괴하려면 내 몸을 파괴해야 되니까!"

"그러니까 말이다⋯⋯."

"다른 방법은 전혀 없고요?"

"지금으로서는 없어. 지구에서 셈 선생과 리스베스 여제, 네 가족이 모여서 다른 방법을 찾고 있는데⋯⋯."

그때였다. 날카로운 웃음소리에 모두 소스라치면서 공포에 사로잡혔다. 광적이고 잔혹한 웃음소리⋯⋯.

문이 폭발하면서 그들이 미처 방패를 불러내기도 전에 날카로운 가시들이 공격해왔다.

피투성이가 된 그들의 눈앞에 위풍당당한 검은 여왕이 황궁의 친위대를 이끌고 나타났다.

검은 여왕을 보는 순간 엎드려 절하고 싶은 충동이 일어나는 이유는 뭘까. 타라의 아름다움이 고혹적인 여신의 모습으로 승화되어 있었다. 친위대의 새로운 갑옷과 마찬가지로 어깨가 시커먼 털로 덮인 검은색 갑옷 차림의 검은 여왕은 커다란 키로 모두를 내려다보고 있었다(웃음소리가 들리는 순간 야수로 변신한 무아노를 제외하고). 검은 여왕은 쩌려보면서 털북숭이 짐승에게 눌리지 않기 위해 키를 약간 높였다.

겁에 질린 타라는 벽 속으로 사라질 뻔했지만 두려움을 억제했다.

검은 여왕이 그들을 뚫어져라 쳐다봤다.

"이게 무슨 모임이지? 왜 나는 초대하지 않았을까?"

누가 악당 아니랄까 봐, 악당들이 으레 내뱉는 그 뻔한 대사를 지껄이고 있었다. 칼은 정신병자가 유치한 농담을 덧붙일 겨를을 주지 않았다.

칼은 공격했다.

하지만 검은 여왕은 어떤 면에서 타라였다. 그래서 타라의 기억에 접근할 수 있었다. 칼은 검은 여왕에게서 두 번씩이나 그들을 꿇어 엎드리게 하는 기쁨을 앗아간 녀석이었다. 그래서 검은 여왕은 이미 곁눈질로 어린 도둑을 살피고 있었다. 칼이 양손에 비수를 들고 달려들자 검은 여왕이 반격했다. 악마의 마법이 칼을 옴짝달싹 못하게 하는 사이에 검은 여왕의 방패는 공격을 흡수했다.

칼만 공격한 것이 아니었다. 로빈은 칼에게 번번이 선수를 빼앗기는 것에 짜증이 나기 시작했다. 어쨌거나 이 무리에서 전사는 하프엘프인 자신인데! 오, 트란를쿠르의 드루프들이여!**34**

엘프들은 마법보다 전사의 능력을 과시하는 경향이 있었다. 검은 여왕이 나타났을 때 이상한 낌새를 챈 릴란드릴은 이미 로빈의 어깨에 활을 유형화시킨 뒤였다. 그래서 거의 반사적으로 세 개의 화살이 여왕을 향해 날아가고 있었다.

로빈의 공격과 칼의 공격은 완벽하게 동시에 일어났다. 검은 여왕은 강력하지만 전능한 존재는 아니었다. 그리고 공중에 떠 있는 타라의 마법과 파프니르의 도끼도 거의 동시에 날아갔다. 타라의 파란색

• • • • • • • • • • • • • •
34. 로빈도 이 욕설을 알고 있다.

524

마법은 여왕의 방패 일부를 사라지게 했고, 도끼는 구멍을 뚫고 바닥으로 떨어졌다. 방패 전체가 파괴된 것이 아니라서 화살 두 개는 실패했지만, 도끼에 찍혀서 구멍이 뚫린 바로 그 부분에 세 번째 화살이 꽂혔다.

릴란드릴 덕분에 쏜살같이 날아간 화살이 검은 여왕의 풍만한 가슴을 관통한 것이었다. 마치 종잇장처럼 검은 갑옷을 뚫었다.

모두 공격을 멈췄다. 그들은 검은 여왕이 뻣뻣해져서 쓰러지길 기다렸다. 무아노는 타라의 육신을 가능한 한 빨리 되살리기 위해 만반의 준비를 하고 있었다.

하지만 검은 여왕은 끄떡없었다.

검은 여왕은 쓰러지기는커녕 꼿꼿하게 서 있었다.

그러고는 재미있다는 얼굴로 그들을 쳐다봤다. 화살이 가슴을 관통했는데도 조금도 개의치 않았다.

아연실색해서 쳐다보는 사람들을 향해 검은 여왕은 깔깔대고 웃었다. 심장이 피투성이가 되어 있을 텐데 웃다니.

"음, 쓸 만하군." 검은 여왕이 기뻐했다. "나를 섬기는 전사들이 되어라, 귀여운 것들! 내가 너희들을 변신시켜주겠다. 내 이름으로 너희들이 이 작은 세상을 정복하면 정말 재미있겠어!"

모우르무르는 묻지 않을 수 없었다.

"근데 어떻게 멀쩡하지? 화살이 관통했는데."

"심장을 다른 데로 옮겨놨거든." 검은 여왕이 친절하게 대답해주었다. "다른 데 있어도 접속은 되고, 너희들이 무슨 짓을 해도 손상시킬 수는 없지. 몇몇 신경은 접속을 끊어놨기 때문에 아픔을 못 느끼지."

뭐야? 검은 여왕이 데비 존스 흉내라도 내는 건가(〈캐리비안의 해적〉에 등장하는 인물로 자신의 심장을 도려내 상자에 넣어두었기 때문에 죽지 않는 괴물로 변해간다—옮긴이)? 정말 가관이었다. 타라는 파브리스와 눈길을 교환한 뒤 이맛살을 찌푸렸다.

"너희들의 몸은 너무 약해." 검은 여왕이 비웃으면서 화살을 뽑았는데 피가 콸콸 쏟아지다 멈췄다. "나를 공격할 놈이 나타날 줄 알았기 때문에 미리 필요한 조치를 해놓았지. 그렇지만(검은 여왕은 머리 위에 떠 있는 타라를 가리켰다) 이 몸에서 영혼을 쫓아내면 약해진다는 걸 몰랐어. 많은 힘이 빠져나갔기 때문에 검은 장막의 범위를 줄일 수밖에 없었지(검은 여왕이 타라의 혼령에게 날카로운 미소를 보냈다). 나라면 비욘드월드로 곧장 가겠다고 충고했다만 네가 내 말에 복종하지 않아서 기쁘구나."

그렇게 말하면서 검은 여왕은 한 손으로 화살을 우드득 부러뜨렸다. 릴란드릴의 활이 으르렁거렸다. 로빈은 방법을 꼭 찾아서 앙갚음할 거라고 달래주었다. 어떤 상황이든 방법은 있기 마련이었다.

그 옆에서 잠자코 듣던 모우르무르는 여왕이 방금 한 말을 물고 늘어졌다.

"검은 장막은 뭐 하는 건가? 모든 사람을 우울하게 만드는 것 말고 특별한 역할이 없는 것 같은데. 검은 장막을 드리운 이유가 있나?"

검은 여왕은 손가락으로 바주카포를 조준, 발사하는 시늉을 하면서 말했다.

"내가 림보에서 했던 것처럼 이 세상을 바꾸기 시작했다면 무슨 일이 일어났을까?"

모우르무르는 오래 생각할 필요가 없었다.

"모두 도망쳤겠지."

"나는 서두르지 않을 생각이거든. 힘을 소모할수록 많은 사람이 달아날 테니까. 하지만 위험한 일이 없다고 생각하면 사람들은 남겠지. 그래서 대륙 전체를 장막으로 뒤덮은 다음 주민들을 꼭두각시로 만들어서 나를 받들게 할 것이다."

검은 여왕이 고개를 처들고 타라를 향해 교활한 눈길을 보냈다.

"하지만 상황은 달라질 수도 있지. 이 나라의 사람들을 꼭두각시로 만들기보다 평온하게 내버려둘 수도 있어. 타라, 이제 몸속으로 돌아오기 바란다. 네가 거부할 거라고 예상하고 거래를 제안하겠다."

타라는 약간 내려오다 얼굴을 마주 보는 위치에서 멈췄다. 맙소사, 보톡스 주사로 얼굴이 빵빵해진 조각상을 보는 느낌이었다.

"거래라면?" 타라는 경계하는 목소리로 물었다.

복종하면 친구들을 죽이지 않겠다고 하겠지. 하지만 타라의 예상과 달리 검은 여왕은 치밀했다. 단순한 협박으로는 승산이 없다는 걸 파악했다. 그리고 친구들에 대한 타라의 신의를 알지만, 제국과 국민을 얼마나 사랑하는지도 잘 알고 있었다. 가장 중요한 국민을 지키기 위해서라면 목숨을 내놓을 수도 있는 타라였다. 그래서 검은 여왕은 다른 제안을 했다.

"너의 몸, 아니 우리의 몸속으로 돌아와. 그리고 나와 함께 통치하자. 제국을 다스리려면 어떻게 해야 하는지 알기 때문에 나는 본능을 억제할 수 있다. 모든 사람을 꼭두각시로 만드는 대신에 평화로운 통치를 하기 위한 충성을 요구하겠다. 물론 일단 다른 나라들을 정복한 뒤에. 고삐는 나한테 맡겨. 복종시키려면 학살을 통해 본보기를 보여 줘야 하는데 너는 그럴 배짱이 없으니까. 림보의 악마들이 습격할 때 방패가 되어주는 건 나밖에 없다는 걸 명심해. 나를 믿어, 이래봬도 나 사랑스럽고 순수한 여자야."

타라는 믿지 않았다.

"당신과 함께 통치하자고? 내 몸속에 나를 가두지도 않고?"

"그럼, 완전 자유롭지. 어때, 나 괜찮지?"

비아냥거리는 어조였다. 다른 꿍꿍이가 있는 것이 뻔했다. 타라와 똑같았다. 오무아의 여제와 황제, 그리고 이사벨라에게 훈련을 잘 받은 타라는 여러 가지 전략을 알고 있었다. 그런데 불행히도 기억을 공유하기 때문에 검은 여왕도 같은 수법을 쓰고 있었다.

하지만 타라는 속임수를 알고 있었다.

타라는 슬픈 미소를 지었다.

"쇠사슬에 묶여서 사물 속에 갇힌 영혼들은 자원한 게 아니었어." 타라가 천천히 말하자 피가 나는데도 감히 움직이지 못하고 있는 친구들이 멍하니 쳐다봤다. "억울하게 고통받고 파괴되고 희생된 악마들이었지. 그걸 알아차렸을 때 얼마나 격분했는지 악마의 영혼들은 자기들이 갇힌 사물에 인식능력을 줄 정도였지. 악마의 영혼들은 증오와 분노에 중독되어 있기 때문에 사물을 사용하는 멍청한 인간들을 타락시키고 미치광이로 만들어버리는 거야."

검은 여왕이 반박하려고 했지만 타라는 겨를을 주지 않고 말을 계속했다.

"당신과 악마의 영혼들은 사악한 힘으로 나를 타락시키고 말겠지.

악마의 셔츠를 몸에 착용하면서 미치광이가 된 마지스터처럼 나도 미쳐서 폭군으로 변할 테니까."

타라는 잠시 침묵했다. 검은 여왕이 눈살을 찌푸렸다. 찬성이라는 거야? 반대라는 거야? 정말이지 이 계집애는 종잡을 수가 없군.

타라는 모든 사람을 둘러봤다. 그러고는 검은 여왕을 본 척도 않고 친구들을 한 사람 한 사람 스쳐갔다. 칼, 로빈, 남은 도끼 하나를 움켜쥔 파프니르, 각각 야수와 늑대의 긴 송곳니를 드러내고 있는 무아노와 파브리스, 불안과 두려움에 떠는 마니투, 혈검으로 난쟁이를 지키는 실버, 그리고 괴물 모습을 하고 있지만 그래도 사랑스러운 갈랑.

타라는 깊이 생각하지 않았다. 깊이 생각할수록 용기가 나지 않을 것이기 때문이었다.

"죽여, 빨리! 그래야 검은 여왕이 훨씬 많은 힘을 잃어. 그리고 복수해줘."

그러면서 타라는 안개 같은 혼령의 형체를 놓아버렸다.

타라는 친구들과 살아있는 돌의 비명소리를 들었다.

"안 돼애애애애애애애애애애애애애애애!!!!!"

그리고 '영혼의 남매'를 뜻하는 나오울디아르의 진홍빛 고리무늬가 갑자기 꿈틀거리는 팔을 잡으면서 로빈이 푹 쓰러지는 걸 봤다.

이어서 타라는 죽었다.

28
이사벨라

정치를 하면 많이 후회하는 날이 오기 마련인데

*

타라의 사망 소식은 즉시 지구로 전해졌다. 육신은 여전히 살아 있어도 혼령은 비욘드월드로 떠났다는 말에 이사벨라 덩컨은 벼락이라도 맞은 듯 충격을 받았다. 초록빛 눈과 은발의 거만한 마법사가 질러대는 고함소리에 함께 점심을 먹던 리스베스 여제와 자르, 마라는 소스라치게 놀랐다. 이사벨라는 마치 불에 덴 것처럼 팔을 잡으면서 비명을 지르다가 실신했다.

그들은 불안에 떨면서 이사벨라를 침실로 옮겼다. 침대에 눕히고 레파루스 주문으로 치료한 다음에 점심시간 동안 산책하러 나간 여제의 샤먼을 불러들였다.

질겁한 샤먼이 트란스미투스를 이용해서 저택으로 들어오는 사이에 이사벨라가 깨어났다. 리스베스와 손주들의 걱정스러운 눈길을 받으면서 이사벨라는 천천히 소매를 걷어 올렸다. 양팔에서 피의 맹세를 표시하는 붉은빛 흉터가 마치 창백한 살을 뚫고 나올 듯 꿈틀거렸다.

"왜 그래요, 덩컨 부인?" 리스베스가 외쳤다. "깜짝 놀랐잖아요."

"내 손녀딸이 죽었어요." 이사벨라가 손목을 문지르면서 힘없이 대답했다. "내 사위 단비우에게 타라를 멀리 데려가서 마법사로 키우지 않겠다는 피의 맹세를 했을 때 생긴 흉터지요. 그 뒤로는 보이지도 않고, 통증도 없다가 타라에게 위험이 닥칠 때마다 꿈틀거렸는데 이번에는 완전히 달라요. 이렇게 흉터가 다시 나타났다는 건 타라가 죽었다는 뜻이에요. 그렇다면 검은 여왕도 죽었다는 거니까 모우르무르가 뭔가 해낸 거라고 봐야겠지만…… 그래도 모우르무르 혼자 보내지 말고 나도 같이 아더월드로 갔어야 하는 건데."

리스베스는 다리가 후들거려서 안락의자에 주저앉았다. 저택의 가구들은 살아 움직이지 않는다는 걸 깜빡 잊어서 자르가 재빠르게 잡아주었기에 망정이지 엉덩방아를 찧을 뻔했다. 타라가 죽었다는 소식에 너무 충격을 받아 말문이 막힌 리스베스는 자르에게 고갯짓으로 고맙다는 표시를 했다.

"언니가…… 죽어요?" 눈물이 글썽글썽한 마라가 물었다. "어쩌다가……?"

자르는 휘파람을 불었다.

"둘 중의 하나겠지." 이사벨라가 말했다. "첫 번째, 검은 여왕이 몸을 완전히 장악하고 내쫓았기 때문에 타라가 지금 비욘드월드에 있다. 두 번째, 모우르무르가 검은 여왕을 제거하는 데 성공했고, 동시에 타라도 죽였다. 우리 모두를 위해서 두 번째이길 빌어야지. 어차피 타라가 제압하지 못하면 검은 여왕이 온 세상을 파멸시킬 텐데."

자르가 신경질적으로 발을 굴렀다.

"오, 아더월드의 모든 크라크텐트들이여! 나는 절대로 빌어먹을 제국을 물려받지 않겠어!"

이사벨라와 리스베스는 아무런 반응도 하지 않았다. 자르가 하루에도 열 번 넘게 지껄이는 말이었다. 타라가 제국을 위험에 빠뜨릴 때면 특히 더 그랬지만. 이럴 때마다 고모나 외할머니는 대꾸도 하지 않는데 자르 혼자서 계속 떠들어댔다. 그런데 오늘, 언니가 죽었다는 소식에 충격을 받은 마라는 도저히 참을 수가 없었다.

"너 왜 이렇게 못됐어! 누나가 죽었다는데! 나는 가끔 네가 동생이 아니라 트라둑으로 보여. 그리고 제국이 네 장난감이니? 나라를 그렇게 우습게 여기다니! 그저 불평불만에 남 탓만 하고 있어. 이래도 타라, 저래도 타라! 하면서 입으로만 지껄이는 너는 나라를 위해서 뭘 했는데? 타라 언니는 셀 수 없을 정도로 아더월드와 지구를 구했는데 너는 아무것도 안 했잖아! 이제 그만 까불고 입 닥쳐!"

당황한 자르가 반격할 겨를도 없이 마라는 울음을 터뜨리면서 뛰쳐나갔다.

화도 나고, 자괴감도 느끼지만—그래도 인정하기는 죽기보다 싫었다—자르는 팔짱을 끼면서 입술을 실룩거리다가 마라와 똑같이 나무라는 고모와 외할머니에게 억울하다면서 항변했다. 하지만 고모와 외할머니는 자르의 술수에 말려들 정도로 어수룩하지 않았다. 자르 혼자 떠들게 내버려두고 두 여자는 일어난 사태에 정신을 집중했다.

아더월드가 어떻게 돌아가고 있는지 정보를 얻으려면 누구와 접촉해야 하지?

그런데 닫집 달린 침대, 온갖 잡동사니, 묘약, 박제로 만든 희한한 동물들로 어수선한 방의 크리스털 전광판이 갑자기 켜졌다. 그리고 검은 여왕의 잔혹한 얼굴이 나타났다.

검은 여왕 뒤쪽에 괴물 모습으로 서 있는 사람들을 발견하고 아연실색한 리스베스 여제는 딸꾹질을 했다. 검은 여왕이 림보에서처럼 사람들을 노리개로 만들어놓았던 것이다. 해골 모습의 칼, 당장이라도 갈기갈기 찢어먹을 듯 송곳니와 갈퀴발톱을 세운 동물 모습의 무아노와 파브리스, 어이없게도 서랍장에 기댄 채 단도로 손톱을 깎고 있는 멋진 엘프 모습의 로빈(두 팔에 있는 나오울디아르의 진홍빛 무늬가 오므라들고 있는데 로빈은 모르고 있었다), 세 배로 커진 머리, 손가락이 스무 개로 늘어난 자신의 모습에 놀라서 제정신이 아닌 모우르무르, 피와 전쟁에 굶주린, 강철 근육의 거인으로 변한 파프니르, 악마의 마법에 아무런 영향을 받지 않기 때문에 장밋빛 고양이의 모습을 유지하고 있지만 영혼의 동반자에게 일어난 일 때문에 예민해진 벨제부트(난쟁이의 어깨에 앉아 있을 때는 괜찮았는데 거인의 어깨는 너무 높아서 어지럽기 때문이다), 다른 동물들─칼의 여우, 로빈의 히드라, 무아노의 표범─도 모두 사악한 모습으로 변해 있는데 그 눈빛에 서린 욕망은 한결같았다. '음, 냠냠, 네놈들을 잡아서 좀 갖고 놀다가 천천히 잡아먹어야지.'

검은 여왕이 빨간 눈의 블랙 드래곤이 된 실버에게 등을 기대고 있는데 아주 흡족한 표정이었다.

리스베스는 가슴이 오그라드는 것 같았다. 검은 여왕이 로빈과 파프니르, 실버, 야수, 늑대인간, 도둑이자 술책에 능한 스파이 칼, 모우르무르까지 체포하는 것으로 방어력에 일격을 가한 것이었다. 이사벨라는 마니투가 없는 것에 주목했다. 검은 여왕이 검둥개를 죽이고 어딘가에 던져버렸을지도 모르는데 섣불리 기뻐해도 되는 걸까……

"안녕, 전 여제! 안녕, 할머니!" 검은 여왕이 경쾌하게 소리쳤다. "잘 지내셨죠?"

황당한 리스베스와 이사벨라는 위풍당당한 전사를 뚫어져라 쳐다봤다.

"정말 미안하지만 당신들이 사랑하는 타라는 죽었다. 내가 기막힌 거래를 제안했는데 타라가 거부했거든. 거부하는 이유를 정말 모르겠지만. 계집애가 힘을 많이 빼내갔지만 이 몸은 계속 힘을 만들어내고 있지."

검은 여왕이 냉소적인 미소를 지었다.

"친절한 모우르무르를 데리고 있으니까 지금부터 손가락 하나 까딱했다가는 폭탄을 투하할 거다. 모우르무르가 당신들이 피신해 있는 행성을 완전히 파괴할 폭탄을 만들고 있거든. 하하하! 그래서 말인데 내가 갈 때까지 얌전히 있어. 말썽 피우지 않으면 어쩌면 당신들에게 지구를 맡길지도 모르지."

검은 여왕이 몸을 앞으로 숙였는데 전광판 화면에 코가 크게 보일 정도였다.

"물론 내 이름으로."

그러고는 영상이 사라졌다.
그러자 자르가 이 순간 그들의 마음을 대변했다.
"슬루르크! 다 미쳤어!"

29
비욘드월드
죽은 이들의 세상에 있는 것도 괜찮은데

*

타라는 죽으면서 무슨 일이 일어날지 잘 몰랐다. 하늘을 향해 똑바로 올라가서 행성의 궤도를 통과하다가 갑자기 그 유명한 할머니 엘세스 여제 앞에 있게 되리라고는 꿈에도 몰랐다. 전 여제 엘세스가 두 세계 사이에 가로놓인 거대한 크리스털 문 앞에서 황금열쇠를 쥔채 기다리고 있었다.

"오, 내 조상들이여! 타라!" 엘세스가 성난 목소리로 외쳤다. "어떻게 된 일이니?"

타라의 쪽빛 눈이 동그래졌다.

"죄송한데…… 무슨 말씀인지?"

"제안을 받아들였어야지!"

"죄송한데…… 무슨 말씀인지?"

"예의 바르다는 거 아니까 죄송하다는 말은 이제 그만! 검은 여왕의 제안 말이다! 악마의 마법이 고갈되면 네 몸을 지배하는 것이 힘들기 때문에 없애버릴 수 있는데! 검은 여왕은 악마의 마법이 만들어 낸 산물이지 네 정신의 일부가 아냐. 대체 무슨 생각을 한 거니?"

타라는 입술을 깨물면서 자신이 허공에 떠 있는데 몸이 단단하다는 걸 확인했다. 정신이 든 타라는 수상쩍은 얼굴로 할머니를 뚫어져라 쳐다봤다.

"그걸 어떻게 아세요? 비욘드월드와 아더월드 사이에는 통신이 안 되는 걸로 아는데요. 재판관을 통하지 않고서는 불가능한 일이잖아요?"

엘세스의 표정이 굳어졌다. 손녀딸이 이렇게 빨리 정신을 차릴 줄이야. 게다가 상황 판단까지.

"나는 이 문을 지키고 있다."

문이라는 말에 힘을 주는 것이 느껴졌다. 보통 문이 아니라는 뜻이겠지.

"아…… 네, 그래서요?"

"문지기라는 지위는 몇 가지 특권이 따르게 마련이지."

"염탐……."

"아니, 전혀 염탐은 아니다." 엘세스가 말을 끊으면서 신경질적으로 열쇠를 흔들었다. "아더월드의 형편과 특히 내 자손들에게 무슨 일이 일어나는지 파악하는 거니까. 그리고 내 국민에게 무슨 일이 일어나는지도."

"마귀할멈은 자기랑 상관도 없는 일에 참견하는 게 취미란다!" 뒤에서 목소리가 말했다. "리스베스나 네가 잘못을 저지르면 아주 은하계가 떠나갈 정도로 소리를 질러대지."

소스라치게 놀란 엘세스가 불쾌한 얼굴로 노려봤다. 수염을 길게 기른 백발노인이었다. 노인이 미소 짓는데 치아 몇 개가 없어서일까. 미소가 약간 이상해 보였다. 노인이 윙크를 보내면서 지팡이에 몸을 의지했다.

"엘세스, 이 아이에게 열쇠를 주겠다는 건가. 아니면 계속 호통칠 건가? 많은 사람이 기다리고 있다는 거 뻔히 알면서."

엘세스는 한숨을 내쉬었다.

"이렇게 찬물을 끼얹다니, 드루이투스! 데미데루스의 아들, 고로 나의 조상이라서 운 좋은 줄 알아요! 내 후손이었다면 벌써 엉덩이를 걷어찼을 텐데!"

타라는 긴장했다. 데미데루스의 아들? 드루이투스도 아버지 데미데루스 못지않게 유명한 인물이었다. 아더월드에 온 뒤로 데미데루스가 건설하기 시작한 제국을 완성한 사람이었다. 당시는 공간이동의 문을 통해 여행하는 것이 오늘날보다 훨씬 위험했기 때문에 드루이투스는 지구에 가보지 못했지만, 아버지가 태어난 행성에 애정을 갖고 있었다. 젊은 마법사들을 발견하면 아더월드로 보내서 연수를 받게 하려고 지구 지킴이들을 임명한 사람도 드루이투스였다. 악마들이 패하고 추방되었을 때 임시방편으로 만든 규정을 철칙으로 제정한 사람도 드루이투스였다. 그리하여 지구는 마법과 단절되고, 천부적으로 마법 능력이 있는 사람들과도 단절되었다. 타라는 지구에 살 때 마법 능력을 숨기는 것이 아주 힘들었던 기억이 났다. 그래서

538

악마들이 침략할 때 지구인들이 받을 충격은 생각도 하고 싶지 않았다. 하지만 악마들이 공격할 게 틀림없는데…….

타라는 드루이투스가 방금 한 말을 곰곰이 생각했다. 엘세스에게 무슨 열쇠를 주라는 걸까?

"알았어요, 알았다고요. 열쇠를 주면 되잖아요." 할머니가 짜증스럽게 말했다.

엘세스는 타라를 쳐다보면서 말했다.

"이것이 열쇠다. 1)아더월드로 돌아가려고 하지 말 것. 2)거기서 부르지 않는 한. 3)새로운 삶을 만들 것. 4)마음에 드는 곳에서. 5)다른 사람들을 괴롭히지 않을 것. 6)예의를 지킬 것."

아, 진짜 열쇠가 아니라 은유적으로 표현한 것이었다. 오케이.

엘세스가 황금열쇠로 문을 건드리자 천천히 소리 없이 열렸다. 타라는 트럼펫 소리와 함께 천사들이 나타나고, 우레와 같은 함성이 들릴 거라고 예상했는데 조용했다.

크리스털이라고 생각하는 문 뒤쪽은 뜻밖에도 다른 풍경을 비추고 있었다. 타라가 잘 알고 사랑하는 두 사람, 아버지 단비우와 어머니 셀레나! 부모님을 여기서 보게 될 줄은 정말 꿈에도 생각 못했는데…….

"엄마!"

타라가 어머니의 품에 뛰어들자 아버지는 모녀를 얼싸안았다. 남

몰래 눈물을 닦다가 들킨 엘세스는 농담을 던지는 드루이투스에게 눈을 흘겼다.

"말만 그렇지 목석은 아니군."

아들과 며느리, 손녀딸의 감격스러운 상봉을 지켜보느라고 엘세스는 대꾸도 하지 않았다.

타라는 깜짝 놀랐다. 부모님이 안개 같은 몸이 아니라 단단한 몸으로 이뤄져 있어서 정말 살아 있는 것처럼 느껴졌던 것이다. 어머니에게서는 타라가 잘 아는 꽃향기가 났고, 아버지에게서는 상큼한 향기가 나는데 급하게 달려온 것처럼 땀 냄새가 섞여 있었다. 근데 유령도 땀이 나나?

흥분이 가라앉자 타라는 어머니와 아버지의 품에서 빠져나왔다. 하지만 셀레나는 딸의 손을 놓아주지 않았다. 마치 딸이 달아날까 불안하다는 듯.

"엄마? 이해가 안 돼요. 엄마는 살아났는데…… 마지스터가 살려냈거든요. 내가 두 눈으로 분명히 봤어요!"

셀레나가 빙긋이 미소를 짓는데 타라가 의아할 정도로 장난스러운 미소였다.

"네 아빠가 정말 아주 짓궂은 생각을 했어. 나의 천사." 웃음을 간신히 참는 얼굴로 어머니가 말했다. "그 괴물 같은 마지스터가 언젠가는 나를 소생시킬 거라고 예상하고서 나와 이름이 똑같은 어린 소녀의 혼령과 거래를 해놨었거든."

"셀레나라는 이름의 어린 소녀와 거래를 해요?" 타라는 잘 이해가 되지 않았다.

"응, 여섯 살 먹은 아이란다."

타라는 입을 멍하니 벌렸다.

"셀레나라는 이름을 가진 소녀가 필요했는데……." 아버지가 아주 만족스러운 표정으로 말했다. "마침 그 소녀가 다시 살아나고 싶어했 거든. 어린아이를 선택한 건 마지스터가 아무리 극악무도한 인간이 라도 아이를 해치진 않을 거라고 생각했기 때문이야. 특히 진짜 셀레 나의 혼령이라고 믿을 경우에는. 그런데 아이가 이름은 셀레나지만 성이 달라서 실패할 뻔했지."

"하지만 네 아빠는 포기하지 않았고, 어린 셀레나를 보내기에 이르 렀지." 셀레나가 말했다. "육신이 없기 때문에 이곳으로 돌아오는 것 이 훨씬 쉽거든. 아더월드에서 하고 싶은 걸 끝내는 즉시 돌아오기로 했어."

"그 아이가…… 아더월드에서 하고 싶은 게 뭔데요?"

"인형 놀이!"

그들은 서로 얼굴을 쳐다보다 갑자기 웃음을 터뜨렸다. 배꼽을 잡 고 눈물까지 흘리면서 웃었다.

"맙소사!" 타라는 얼굴을 닦으면서 말했다. "배신하는 셀렌바와 함 정에 빠뜨리는 엄마, 두 여자에게서…… 버림받는 건가. 오, 불쌍한 마지스터!"

"셀렌바가 마지스터를 배신했어?" 셀레나는 깜짝 놀랐다. "마지스 터를 미친 듯이 사랑하는 걸로 아는데?"

"얼마 전에 나한테 연락을 했더라고요. 가짜 목소리로 위장하고 자 기는 악마의 사물이 두려워서 보스가 그걸 사용하는 걸 원치 않는 상그라브라면서 마지스터의 계획을 막게 도와주겠다고 제안했어요. 아틀란티스의 신전에서 데미데루스와 싸우는 것으로 미군 병사들이 우리에게 총을 쏘지 못하게 막을 때까지는 누군지 몰랐는데, 데미데루스를 죽이지 않은 걸 보고 그때서야 연락한 게 셀렌바임을 알아차렸어요. 셀렌바는 엄마가 소생하는 걸 원치 않아요. 불행히도 아무 소용이 없었죠. 마지스터가 성공했기 때문에…… 아니, 성공했다고 믿었지요. 나도 믿었으니까."

셀레나의 눈이 동그래졌다.

"셀렌바와 데미데루스가 싸워? 그리고 무슨 병사? 미군 병사라고 했니? 지구에 있는 미국 말이니?"

타라는 부모님이 전혀 모르고 있다는 걸 알고 지금까지 일어난 일을 설명했다. 악마의 사물들은 모우르무르가 발명한 소용돌이 쓰레기통 덕분에 우주 공간으로 날아갔다는 것도 빠뜨리지 않았다.

타라가 얘기를 끝냈을 때 단비우와 셀레나는 딸을 멍하니 쳐다봤다. 딸이 미치광이들 속에서 이 정도로 힘들게 살고 있는지 몰랐던 아버지가 타라를 꼭 끌어안으면서 말했다.

"네가 죽은 것은 가슴 아픈 일이야. 그런데 정말 이기적인 생각이지만 네가 우리가 있는 곳으로 와서 나는 기쁘구나."

단비우는 딸의 손을 잡고 말했다.

"가자, 비욘드월드를 구경시켜주마."

타라가 통과했던 문은 일종의 우주 플랫폼이 틀림없었다. 우주가 한눈에 내려다보이는데 수많은 행성이 수많은 태양 주위를 돌고 있었다. 그중 핑크빛 물방울무늬의 파란색 태양, 회색 줄무늬가 있는 태양, 초록색 태양 등 다양했다. 행성도 각양각색이었다. 행성은 원형이라는 고정관념이 단박에 깨져버렸다. 정사각형, 직사각형, 삼각형, 납작한 모양, 동그란 모양, 촛불을 세운 케이크 모양, 수많은 구멍과 깃발이 꽂힌 거대한 골프장 모양, 심지어 샹들리에처럼 생긴 행성도 있었다. 액체성과 고체성, 기체성의 크고 작은 행성, 투명한 행성까지 정말 믿을 수 없는 놀라운 광경이었다.

"와우!" 타라가 탄성을 질렀다. "이렇게 아름다울 수가!"

"마법사마다 하나씩 만든 행성이란다. 그래서 행성은 각각 그 마법사가 좋아하는 것을 반영하고 있지. 우리는 이동하면서 서로 방문하고 있어. 여기서는 뭔가를 갖고 싶을 때 생각만 하면 당장 가질 수 있지. 상상하는 것만 만들 수 있기 때문에 상상력이 풍부한 사람이 다른 이들에게 모델을 제시해주지."

"네 아빠가 가장 인기가 있어." 셀레나가 자랑스럽게 말했다. "화가라서 예술 감각과 창의력이 뛰어나니까 행성을 아름답게 꾸미고 싶은 마법사들이 많이 찾아오는 거야. 너의 행성을 건설하는 동안 우리 행성에서 살자."

하지만 타라는 여전히 플랫폼에 서서 머뭇거리고 있었다. 몸은 죽지 않았기 때문에 아직은 살아 있는 사람들의 세계에 연결되어 있는 느낌이었다.

"내가 죽은 건 친구들을 구하기 위해서였어요." 타라는 부모님을 쳐다보면서 말했다. "그래서 따라가더라도 먼저 아더월드가 어떤 상황인지 알고 싶어요."

뒤에서 조용히 눈물겨운 상봉을 흐뭇하게 지켜보던 엘세스가 한숨을 내쉬었다.

"그건 금지되어 있다, 타라. 너는 돌아갈 수도 돌아가서도 안 돼. 그걸 어기면 새로운 삶을 살기는커녕 아더월드로 돌아갈 기회만 엿보는 방랑 유령 신세가 되고 마니까 아주 위험해. 그래서 금지하는 거란다."

"하지만 할머니는?"

엘세스의 얼굴이 발그레해졌다.

"나는 좀 다르지. 아더월드로 돌아가고 싶은 마음이 전혀 없으니까. 난 여기서 아주 행복해. 무슨 일이 일어나든 상관하지도 않고." 엘세스는 드루이투스의 놀리는 시선과 마주치자 덧붙였다. "약간 짜증이 나긴 하지. 하여튼 아더월드에서 일어나는 일을 보여주면 넌 가만히 구경만 할 수 없을 거다. 더군다나 네 육신은 아직 살아 있기 때문에 이성을 잃을 테니까. 미안하구나."

타라는 고개를 끄덕였다. 이해가 되었다. 바캉스를 떠나는 것과 비슷하게 생각하면 될 것 같았다. 바쁜 일상에 쫓기는 사람들이 처음에는 학교/대학/직장에 가기 위해 아침 일찍 일어날 필요가 없는 것이 적응이 안 되지만, 차츰 긴장이 풀리고 일광욕을 즐기다 보면 근심 걱정이 사라져버리고, 바쁜 일상이 나와는 아무 관련이 없는 것처럼 느껴지지 않는가.

문제가 되는 것은 친구들이었다! 하지만 곰곰이 생각하던 타라는 돌아간다고 해도 혼령의 상태로는 검은 여왕을 완전히 몰아낼 수 없다는 걸 깨달았다.

그래서 아버지와 어머니가 다시 손을 내밀었을 때 타라는 미소를 지으며 손을 잡았다. 세 사람은 날아올랐다.

그리고 타라는 새로운 삶을 시작했다.

타라가 몇 년 만에 처음으로 죽이려고 하거나 이용하려는 사람이 없는 비욘드월드에서 행복하게 지내는 동안 아더월드에서는 많은 사람이 행복하지 않았다. 심지어 검은 여왕도 행복하지 않았다.

허세에도 불구하고 타라의 죽음으로 인해 힘의 일부를 상실했기 때문에 검은 여왕은 많이 약해져 있었다. 자기가 모습을 바꿔놓은 타라의 친구들을 지배하기가 버거울 정도였다. 검은 여왕은 그게 실수였다는 걸 이제는 깨닫고 있었다. 다른 사람의 모습을 바꿔놓는 것도 자신이 변신하고 있을 때와 마찬가지로 시간마다 악마의 영혼 하나를 소모하기 때문이었다. 많은 건 아니지만 시간이 흐르다 보면 결코 무시할 수 없는 소모량이 되는데……

하지만 자존심과 허세 때문에 검은 여왕은 타라의 친구들을 원래 상태로 돌아가게 할 수 없었다. 리스베스와 이사벨라에게 우스꽝스럽게 바꿔놓은 모습들을 보여주면서 여봐란듯이 힘을 과시하지 않았던가.

게다가 타라의 친구들이 멀리 가 있을 때는 훨씬 더 많은 에너지를 소모하기 때문에 방법을 찾아야 했다. 그들을 곁에 두고 있는 수밖에 없었다. 아더월드를 정복할 준비를 시작해야 되는데……. 그래서 검은 여왕은 화가 나서 미칠 지경이었다.

그리고 육신을 지배하기가 점점 더 힘들었다. 영혼이 떠난 걸 알아챘는지 육신의 기능이 차츰 정지되고 있어서 적응하기가 쉽지 않았다. 회복하려면 잠을 오래 자야 했다. 검은 여왕은 황궁에만 안개 장막을 드리웠는데 장막을 완전히 거둘 생각까지 하고 있었다. 이윽고 셀레나 몸의 생명을 유지하게 한 것처럼 검은 여왕도 심장박동과 두뇌 활동, 호흡을 도와주는 크리스털 의료 기기를 사용해야 했다. 하지만 셀레나와는 달리 검은 여왕은 육신을 사용해서 움직여야 하기 때문에 몸이 빨리 상했다. 악마의 마법은 해결책이 아니라 오히려 문제가 되는 것 같았다.

방법을 찾아야 하는데…….

그런데 정말 아이로니컬하게도 이 상황에서 벗어나게 해줄 수 있는 사람은 타라의 철천지원수 마지스터밖에 없었다.

하지만 검은 여왕은 타라와 똑같은 딜레마에 직면했다. 그 빌어먹을 마지스터가 어디에 숨어 있는지 알 길이 없었다. 그래서 크리스털 리스트들을 통해 마지스터와 통화하고 싶다는 뜻을 알려야 했다. 하지만 마지스터에게서 아무런 응답이 없기 때문에 극도로 예민해졌다.

검은 여왕은 플랜 B로 작전을 바꿨다.

안락의자로 사용하는 실버 드래곤에게 등을 기댄 검은 여왕은 무릎을 베고 누워서 크리스털 눈을 감고 있는 엘프의 은빛 머리를 쓰다듬고 있었다. 검은 여왕이 아름다운 몸을 좋아하기 때문에 엘프는 상체를 벗고 짧은 반바지를 입고 있었다. 검은 여왕은 신음소리를 내지 않으려고 꾹 참았다. 잠시 후, 검은 여왕은 갈퀴손톱을 세우고 엘프의 상체를 할퀴어서 상처를 냈다. 피가 흐르는 상체를 뒤로 젖히면서 엘프는 비명을 질렀다. 그 정도로 심하게 아파서가 아니라 검은 여왕이 비명을 지르는 걸 좋아하기 때문이었다.

"옷에 피가 묻겠어요, 여왕님." 옆에 있던 칼이 지적했다. "빨래로는 피를 지우기 힘들 텐데……. 더운물에는 피가 굳어 찬물에 빨아야 하고, 마법으로 세탁하면 옷감이 상하거든요."

검은 여왕은 웃었다. 칼은 정말 재미있는 소년이었다. 검은 여왕이 유일하게 원래의 모습으로 돌아가게 해준 칼은 해골의 모습이 아니었다. 하지만 검은 여왕이 자기와 키를 맞추기 위해 근육과 뼈를 늘려서 키를 키워놨기 때문에 어찌나 고통스러운지 차라리 죽음을 원할 정도였다. 물론 검은 여왕이 자기를 열렬히 사랑하게 만드는 주문까지 풀어준 건 아니었다.

파브리스와 무아노는 옥좌 반대쪽에 있었다. 야수와 늑대의 모습으로 웅크린 채 누구든 여왕의 심기를 건드리는 놈은 물어뜯을 기세로 으르렁거렸다. 둘 중에서 더 사나운 파브리스는 로빈에게서 눈을 떼지 않고 킁킁거렸다. 검은 여왕은 늑대인간이 피를 좋아한다는 걸 알고 있지만 엘프의 피를 맛보게 해줄 생각이 없었다. 자신을 위해 엘프를 지켜주는 것이었다. 이들을 위에서 내려다보는 파프니르는 갈기갈기 찢어버리고 싶은 욕망에 사로잡혀서 도끼를 움켜잡았다.

검은 여왕은 천성적으로 사랑할 수 없었다. 하지만 자신이 모습을 바꿔놓은 이들을 곁에 두고 엘프의 아름다움, 야수와 늑대인간의 잔혹성, 거인이 된 빨간 머리 난쟁이의 사나움, 어린 도둑 칼의 기발한 재치를 즐기면서 피로를 풀었다. 그리고 무엇보다도 질투하는 엘프를 보는 것이 정말 즐거웠다.

검은 여왕의 마음에 들고 싶어하던 여러 궁인들은 희생을 치러야 했다. 질투심에 사로잡힌 로빈이 그들을 목숨만 끊지 않았지 반쯤 죽였다. 거의 맹수나 다름없이 행동했다. 그래서 언제 갑자기 주인에게 등을 돌리고 잡아먹을지도 알 수가 없었다. 타라의 몸이 죽는 건데 손해 볼 것이 없는 검은 여왕은 그저 흥미진진할 뿐이었다. 원하는 것도 못한다면 이까짓 몸이 무슨 소용 있단 말인가. 어차피 죽어가는 몸뚱이인데.

"그래. 맞는 말이다, 어린 도둑." 검은 여왕이 인정했다. "내 옷에 피를 묻히지 않게 엘프를 치료해주어라."

칼은 복종했고, 피가 흐르던 로빈의 상체는 우윳빛을 되찾았다. 피가 사라지는 걸 보면서 여왕은 칼이 레파루스 주문으로 치료뿐만 아니라 네토이우스 주문으로 깨끗하게 닦아주었다는 걸 알았다. 이 정도로 세심히 배려하다니!

칼이 검은 여왕의 관심을 받는 걸 느낀 엘프는 가슴을 펴면서 강철 케이블 같은 멋진 복근을 과시했다. 그러고는 환한 미소를 짓다가 갑자기 뜨거운 키스를 퍼부었다. 여왕은 입술을 깨물었고, 엘프는 웃음을 터뜨렸다. 잠시 후 엘프는 미소를 머금은 채 있었다. 이번에는 입술에서 피가 나지 않았다.

"여왕님, 오늘은 누구를 죽여드릴까요?" 엘프가 속이 부글부글 끓는 것 같은 목소리로 말했다.

검은 여왕은 한숨을 내쉬었다.

"나의 잔인한 미남 엘프. 오늘은 없다. 더 급한 일이 있어."

모우르무르가 한 기구 앞에서 바쁘게 움직이고 있는데 얽히고설킨

전기회로 속에서 흑요석이 광채를 발하고 있었다.

림보의 조각상 재판관이 자기 몸 일부를 떼어 타라에게 준 흑요석인데 검은 여왕이 체인지라인에게서 억지로 빼앗은 것이었다. 검은 여왕은 타라만 흑요석을 작동할 수 있다는 걸 알지만, 천재 발명가 모우르무르에게 연락이 닿도록 지시를 내렸다. 재판관이 어쩌면 타라의 몸을 알아보고 받아들일지도 모르지 않는가.

검은 여왕은 마지스터와 연락이 되지 않기 때문에 재판관에게 도움을 청하고 싶었다. 악마들을 책임지고, 마법사들의 혼령들과 소통할 수 있는 이상한 조각상 재판관에게서만 정보를 얻을 수 있었다. 모우르무르가 손짓을 하자 여왕이 일어나서 윙윙거리는 이상한 기구를 쳐다봤다.

"가운데 버튼을 누르세요, 여왕님." 모우르무르가 말했다. "빨간색이었는데 여왕님을 위해 검은색으로 칠했지요."

검은 여왕은 모우르무르의 얼굴을 쓰다듬어주었다. 검은 여왕의 마법 덕분에 두뇌의 힘이 증가된 늙은 발명가는 이제야 여왕을 위해 해줄 일이 생긴 것이었다. 여왕은 마음 놓고 버튼을 눌렀다.

검은 여왕은 깜짝 놀랐다. 나타난 이미지는 재판관과 아무런 상관이 없었다.

그리고 기구는 폭발했다.

한편 마지스터는 황당했다. 도대체 검은 여왕이 무슨 할 얘기가 있다는 거지? 메시지는 무슨 수수께끼도 아니고 알쏭달쏭했다. '상그라브들의 보스, 이 번호로 연락하시오, 제안할 게 있으니까.'

장난 좀 친다는 사람도 감히 번호를 누를 용기가 있을까.

검은 여왕에게 연락하기로 결심한 날은 심통이 난 셀레나가 아침 식사를 먹지 않고 얼굴에 던져버렸기 때문에 많이 실망한 날이었다.

건강에는 좋지만 셀레나가 싫어하는 오트밀 파편을 꼼꼼히 닦아낸 다음 마지스터는 뱀파이어 셀렌바에게 여섯 살짜리 셀레나를 맡겼다. 뱀파이어가 겉으로는 태연하지만 속으로는 비웃고 있는 게 느껴져서 찜찜하지만 어쩔 수 없었다. 마지스터는 통화를 해도 위치 추적이 불가능한 장소로 가서 검은 여왕의 번호를 눌렀다.

마지스터는 크리스털레오 토론에 나온 검은 여왕을 여러 번 본 적이 있는데 드레쿠스의 왕관을 쓰고 있는 것이 부러웠다.

실물 크기의 이미지가 마지스터의 눈앞에 나타났을 때 고혹적인 아름다움에 충격을 받았다. 그리고 그렇게 거만할 줄이야. 찬찬히 뜯어봤는데 타라와는 아주 다른 아름다움이었다. 뱀파이어의 빨간 눈과 여왕의 검은 눈에서 번뜩이는 냉혹한 빛이 똑같아서일까. 오히려 셀렌바와 닮은 데가 있었다. 그런데 방금 폭발이라도 한 걸까. 사방에 시커먼 그을음이 앉은 커다란 방에 검은 여왕이 있는 걸 보고 마지스터는 이맛살을 찌푸렸다.

마지스터가 약간 허리를 숙이는 정도로 예의를 갖추자 검은 여왕도 똑같은 몸짓으로 인사했다.

아하! 부탁할 게 있는 모양이군. 그렇지 않다면 저렇게 인사할 리가 없었다. 마지스터는 무슨 말을 할지 기다렸다.

"타라 덩컨이 죽었어요."

마지스터는 흠칫 놀랐다. 소문은 들었지만 그냥 흘려버렸다. 그런데 사실이라는 걸 알고 슬퍼지는 자신에게 깜짝 놀랐다. 걸핏하면 자신의 계획을 가로막으면서 방해하는 통에 격분했지만 실은 용감한 타라를 정말 좋아했다. 아더월드 전체에서 타라와 비길 만한 사람이 없었다. 셀레나가 돌아온 뒤 처음으로, 딸을 기억하지 못하는 여섯 살 소녀인 것이 천만다행이라는 생각이 들었다. 마지스터는 감정이 없는 목소리로 물었다.

"그래서요?"

"그 아이의 영혼이 필요해요. 아니면 이 육신도 죽을 테니까."

마지스터의 마스크는 변화가 없었다. 검은 여왕은 상대가 유리하다는 걸 깨달았다. 마스크로 표정을 숨길 수 있는 마지스터에 비하면 검은 여왕은 불리했다. 그래서 검은 여왕은 가능한 한 굳은 표정을 지으려고 노력했다. 도박꾼 흉내를 내면서 표정 관리를 했다. 마지스터가 반복했다.

"그래서요? 그게 나와 무슨 상관이 있는지 모르겠군요. 타라의 육신이 죽으면 당신도 죽는다는 건…… 결국 나에게는 적수 한 명이 줄어드는 것인데."

마지스터가 통화를 끝내자는 손짓을 하자 검은 여왕이 재빨리 외쳤다.

"셀레나 덩컨에 관해 알려줄 게 있는데……."

마지스터가 그대로 멈춰 서더니 자세를 바로 했다.

"셀레나는 나와 함께 있는데 뭘 알려주겠다는 건지…… 괜한 수작 부리지……."

이번에는 검은 여왕이 생각하는 것을 표정으로 나타냈다. 그러고는 악랄한 미소를 흘리면서 마지스터의 이미지에 거의 닿을 정도로 얼굴을 들이댔다.

"절대로 수작 부리는 거 아니니까 걱정 말고 하나씩 주고받읍시다. 악마의 사물을 사용해서 죽은 사람을 돌아오게 하는 방법을 알려주면 그 대가로 나는 셀레나가 어디 있는지 말해주겠소. 당신이 돌아오게 한 사람이 누군지 정확히 모르겠지만 타라 덩컨의 어머니, 셀레나의 혼령이 아니라는 건 확실하게 말할 수 있소."

마지스터의 금빛 마스크가 분노의 빨간색으로 변했다. 아하, 역시 반응을 보이는군.

"다시 말하는데 셀레나는 나와 함께 있다니까!" 마지스터가 이를 악물고 소리치는 것 같았다.

"모르고 있을 줄 알았다니까!" 검은 여왕이 비아냥거리듯 응수했다. "내가 불과 몇 시간 전에 셀레나를 봤기 때문에 하는 말인데. 아, 다른 누군가와 접속하는 중이었는데 갑자기 셀레나가 보여서 나도 깜짝 놀랐죠. 통신이 끊어지기 전에 분명히 셀레나를 봤어요. 그래서 나는 당신이 그걸 알고 연락한 거라고 생각했는데."

마지스터는 침묵을 지키고 있었다. 검은 여왕은 바보가 아니었다. 그래서 잠자코 있었다. 마지스터는 검은 여왕이 거짓말하는 게 아니라는 걸 느꼈다.

"거래가 이뤄진 건가요?" 검은 여왕이 응수했다. "셀레나가 있는 곳을 알려주면 악마의 사물을 사용하는 방법을 알려주기로?"

마지스터는 이용당하는 것 같고, 궁지에 몰리는 것 같고, 빠져나갈 수 없을 것 같아서 거래라는 걸 정말 싫어했다. 검은 여왕은 능수능란했다. 굴복시키려고 네 시간 동안 말싸움을 벌인 끝에 마지스터는 전의를 상실하고 검은 여왕이 원하는 걸 알려주었다.

악마의 사물을 사용하는 방법, 시공간을 깨뜨리고 죽은 사람의 영혼을 돌아오게 에너지를 사용하는 방법. 물론 검은 여왕은 확인할 방법이 없었다. 하지만 모우르무르에게 검토해보라고 지시했고, 가능하다는 결과가 나왔다. 유령들이 습격하는 끔찍한 사건으로 인해 사용법이 적힌 양피지를 파괴해버렸기 때문에 확인할 수 없는 것이 유감이지만, 마지스터가 알려준 방법은 분명히 실현 가능성이 있었다.

거래를 이행한 마지스터가 다그쳤다.

"그래서요? 셀레나가 어디 있다는 거요? 진짜 셀레나 덩컨이 어디 있는데?"

"셀레나는 비욘드월드를 떠난 적이 없어요." 검은 여왕은 통화를 끝내기 직전에 마지스터를 아연실색하게 만들었다.

뱀파이어 셀렌바는 어린 셀레나를 데리고 노는 것이 즐거웠다. 너무나 놀랍게도, 어른 셀레나는 죽이고 싶은 충동을 주는데 어린 셀레나는 사랑스럽기만 했다. 셀렌바는 인간의 피를 빨아 먹은 뱀파이어가 되면서 자식을 가질 수 없다는 걸 알고 있었다. 뱀파이어가 인간의 피를 먹으면 육체적, 정신적으로는 강해지지만 불임이 되기 때문이었다. 그런데 자신도 모르게 모성애가 나타나고 있었다. 어린 셀레나가 기쁨과 즐거움의 원천이었다. 인형 놀이를 하면서 몇 시간 동안 재잘거리는 천진난만한 아이가 뱀파이어의 아픔을 어루만져주었다.

셀렌바는 셀레나가 일어설 때마다 키가 커서 이따금 깜짝깜짝 놀랐지만 어른의 몸을 가진 여섯 살 소녀로 볼 수 있게 되었다.

그래서 검은 여왕과 통화한 뒤에 격분한 마지스터가 나타났을 때 셀렌바는 본능적으로 셀레나 앞을 가로막고 섰다.

"너 누구야?" 마지스터가 소리를 버럭 내질렀다. "그 몸에서 당장 나와! 네 몸이 아니잖아!"

어린 셀레나가 울음을 터뜨리자 뱀파이어는 마지스터를 쏘아봤다.

"대체 왜 이러는지 모르겠네요!"

셀렌바는 사람들 앞에서는 보스에게 깍듯하게 존대하지만 사적인 자리에서는 편안하게 말하는 경향이 있었다.

"셀레나가 아니다!" 마지스터가 내뱉었다. "내가 속았어! 누군지 모르지만 목을 베어서라도 당장 꺼내야겠다!"

셀렌바의 빨간 눈이 동그래졌다.

"셀레나의 목을 베겠다고요?"

그제야 마지스터는 약간 이성을 찾은 것 같았다.

"아니, 그녀의 몸을 훼손하겠다는 게 아니라 안에 들어 있는 자를 꺼내야겠다! 지금 당장!"

깜짝 놀라서 까무러치게 울던 아이가 새빨개진 얼굴로 마지스터를 쳐다보더니…… 세상에 이럴 수가, 늑대인간으로 변신했다.

마지스터가 반응하기 전에 늑대인간이 달려들었다. 살아야 한다는 본능이 작동한 걸까. 송곳니를 드러낸 늑대의 아가리로 팔을 물고 늘어지자 마지스터가 비명을 질렀다.

잠시 후, 늑대가 나가동그라졌다. 더 다치기 전에 셀렌바가 늑대인간과 마지스터를 떼어놓았던 것이다.

셀렌바가 그렇게 한 것은 마지스터를 구해주기 위해서가 아니었다. 용감하게 늑대로 변신했지만 상그라브들의 보스가 어린애를 상대로 공격한다면 개가 웃을 일이 아닌가. 셀렌바는 셀레나의 몸이 훼손되거나 말거나 상관없지만, 아이를 다치게 하고 싶지는 않았다.

"그 몸에서 나와, 꼬마야." 셀렌바가 다정하게 말했다. "이제 끝났으니까 집으로 돌아가야지. 어서!"

갑자기 늑대인간이 털썩 주저앉더니 금발 소녀의 유령이 나오는 것이 또렷이 보였다. 셀레나와는 전혀 닮은 데가 없는 아이였다.

아이가 마지스터를 향해 혀를 쏙 내밀었다.

"메롱, 메롱!"

이어서 친절하게 대해준 셀렌바에게 방긋 웃어 보였다. 아이는 실컷 재미있게 놀았으니 비욘드월드로 돌아갈 때가 된 건데…… 아저씨는 너무 못됐다고 생각하면서 사라졌다.

팔에서 피가 나는 마지스터가 주문을 읊자 셀레나의 몸이 둥둥 떠오르더니 심장과 허파를 다시 뛰게 해주는 크리스털 의료 기기에 연결되었다.

마지스터는 주먹을 불끈 쥐었다(늑대에게 팔이 물렸기 때문에 한쪽 주먹은 쥘 수 없었다).

셀렌바가 뒤에서 부르는 소리에 마지스터가 돌아서자 뱀파이어는 재빨리 레파루스로 상처를 치료했다.

"셀레나는 당신이 싫은 거예요." 셀렌바는 치료를 끝내고 나서 말했다(마지스터는 뱀파이어가 레파루스를 사용하는 걸 좋아하지 않았다). "얼마나 싫으면 여섯 살짜리 아이를 보냈겠어요. 그런데도 계속 그녀를 돌아오게 하면 어떻게 되겠어요?"

"나를 사랑할 거야." 마지스터는 단호하게 말했다.

"아니, 셀레나는 기회만 있으면 비욘드월드로 돌아가려고 할 거예요. 무조건 막을 수 없다는 건 당신도 알고, 나도 알아요. 스물여섯 시간 내내 그녀만 감시할 수는 없어요. 자결하거나 물에 뛰어들거나 그녀는 아마 무슨 방법이든 찾을 텐데."

마지스터의 마스크가 밝아지더니 셀렌바가 깜짝 놀랄 정도로 웃음을 터뜨렸다.

"괜찮아요?"

마지스터는 터져 나오는 웃음 때문에 숨넘어가는 소리로 대답했다.

"아니, 괜찮을 리가 없지. 셀레나가 자기와 이름이 똑같은 어린아이를 보냈는데 나는 전혀 모르고 있었으니……. 그런데 정말 기가 막힌 여자란 말이야. 좀 전에 나한테 달려들었을 때 알아차렸는데 뭐 느낀 거 없나?"

"뭐 말이에요?" 뱀파이어가 물었다.

"셀레나는 늑대인간이야." 마지스터는 상황을 즐기는 것처럼 말했다. "그건 죽지 않는다는 거잖아. 목을 베도 도로 아물어버리니까. 물에 빠져도 허파가 재생하고, 다쳐도 끄떡없지. 그녀가 죽어서 비욘드월드로 돌아갈 일은 없을 거야."

마지스터는 양손을 비볐다. 상황이 정말 재미있게 돌아가고 있었다.

의료 기기에 둘러싸인 셀레나의 몸 위에서 크리스털 뚜껑이 닫혔다. 셀렌바는 분노의 휘파람을 불면서 애꿎은 탁자를 내리쳐서 산산조각을 냈다. 이어서 발차기로 날려서 회반죽벽에 나무 파편들이 파바박, 박혔다.

"보기 좋게 당했군요!" 셀렌바는 크리스털 뚜껑에 대고 으르렁거렸다. "소감이 어때요? 당신을 여러 번 경험하다 보니 셀레나가 배웠나 본데. 교활하기가 당신 못지않아요. 몇 년 전만 해도 당신을 속이려고 어린아이의 혼령을 보낼 생각은 하지 않았을 텐데. 이젠 거침이 없네요."

뱀파이어는 처음으로 아름다운 셀레나에게 증오심 이외의 다른 감정을 느꼈다.

셀레나에게 그야말로 감탄하고 있었다.

30
마니투

살아있는 돌과 함께 세상을 다시 바꿔야 하는데

＊

마니투는 도망치는 데 성공했다. 개의 모습이라는 것이 여러 가지
로 유리했다. 개에게 주의를 기울이는 사람이 없기 때문에 많은 얘기
를 엿들을 수 있었고, 탁자 밑에 숨어서 타라의 친구들이 악마 형상
으로 바뀌는 과정도 지켜볼 수 있었다. 공포에 질린 마니투는 방문
앞을 지키는 친위대원의 가랑이 사이로 살금살금 빠져나왔다.

일단 밖으로 나와 보니 마니투만 탈출한 것이 아니었다. 그야말로
과감하게, 아니 '단순무식하게' 창문을 깨고 도망쳐 나온 살아있는
돌이 전속력으로 달리는 개의 머리 위를 둥둥 떠서 따라왔던 것이다.
살아있는 돌은 타라의 죽음을 슬퍼했다.

한참을 달리다 황궁이 보이지 않는 곳에 이르자 숨넘어갈 듯 헉헉
거리면서 검둥개가 속도를 늦췄다.

"휴, 다이어트를 해야지 정말 안 되겠군."

"뚱보 개, 착한 개, 친절한 마니투." 고지식한 살아있는 돌이 직설적으로 말했다.

"쯧쯧, 뚱보라는 말은 빼고 불러도 전혀 섭섭해하지 않을 테니 너라도 나 좀 봐주라. 그건 그렇고 살아있는 돌아, 빌어먹을 검은 여왕을 물리쳐야겠는데 무슨 방법이 없을까?"

마니투는 욕설을 입에 담는 일이 거의 없었다. 욕설이 난무하는 것은 문명이 쇠퇴하고 있다는 표시이며, 예의는커녕 비누를 사용할 줄도 모르는 미개인들의 속성이라고 생각했다. 그런데 지금은 저절로 욕설이 나왔다. 살아있는 돌은 검둥개와 함께 고요한 거리를 지나가면서 생각에 잠겼다. 그러다 자신이 지닌 두 가지 주요 기능, 즉 타라에게 힘을 주는 기능과 전화 기능을 사용하겠다고 제안했다.

"예쁜 타라에게 연락할까요? 빌어먹을 검은 여왕 년을 어떻게 죽일지 방법을 물어보기 위해."

마니투가 살아있는 돌의 말을 골똘히 생각하는 동안 잠시 침묵이 흘렀다. 괜찮은 생각인데…….

"너까지 상스러운 말은 하지 마." 마니투가 한마디 하고 나서 덧붙였다. "그리고 아주 좋은 생각이야. 마지스터나 드래곤들을 제외하면 타라만큼 악마의 마법을 경험한 사람이 없으니까. 타라는 분명히 방법을 알 거야. 그런데 비욘드월드에 있는 타라에게 연락해줄 수 있는 유일한 존재가 다른 곳에 있다는 게 문제야."

살아있는 돌은 강력하고 유능하지만 그렇게 영악하지는 않았다.

"다른 곳?"

"그래, 내 입으로 이런 말을 하게 될 줄이야!" 마니투는 한숨을 내쉬었다. "너와 내가 금서를 훔쳐서 림보로 가야겠다."

타라는 전속력으로 달려가다 몸을 굴려서 가까스로 따라잡은 공을 백핸드로 보냈다. 얼굴이 뻘게져서 숨을 몰아쉬는 단비우는 총알같이 날아오는 공을 받아치기는커녕 손도 못 대고 땀만 비 오듯 흘렸다. 게임 끝.

"이런, 트라둑의 똥 같으니라고!" 단비우가 내뱉었다. "반사신경이 표범 저리 가라네! 그런 너를 누가 이길 수 있겠니?"

단비우와 타라는 크리스털로 지은 스쿼시 코트에서 경기를 하고 있었다. 셀레나의 제안에 따라 큰 부상을 입지 않게 개조한 경기장이었다.

단비우는 크리스털 벽 너머에서 지켜보는 셀레나에게 눈을 흘겼다. 늘씬하게 뻗은 구릿빛 다리를 드러낸 흰색 원피스 차림의 셀레나는 칵테일을 홀짝이고 있었다.

"휴, 힘들다." 단비우는 의자에 주저앉으면서 툴툴거렸다. "아무래도 당신이 속임수를 쓴 것 같아. 우리 딸은 도와줄 필요가 없다는 거 알면서. 당신이 도와주지 않아도 나를 이기고도 남는 아이인데."

셀레나는 사랑스럽게 눈썹을 치켜 올렸다.

"그래서 내가 당신을 도와준다고 한 건데."

2리터쯤 되는 물을 꿀꺽꿀꺽 마시고 얼굴을 닦던 타라가 항변했다.

"엄마! 그러기예요? 아빠가 얼마나 뛰어다니게 하는지 숨넘어가는 줄 알았단 말이에요. 여기서는 죽을 걱정 따윈 안 할 줄 알았는데 심장마비 일어날 뻔했잖아요."

골난 얼굴로 따지는 딸을 보면서 단비우와 셀레나는 웃음을 터뜨렸다. 타라는 생애 최고의 날들을 보내고 있었다. 어느새 한 달이 훌쩍 지나갔다. 그들은 마치 그동안 함께 보내지 못했던 시간을 벌충하듯 한 달 동안 헤아릴 수 없이 많은 행성—행성 전체가 유원지라고 할 수 있는—들을 돌아다니면서 많은 이야기를 나눴다. 믿을 수 없을 정도로 신기한 것들을 아직 다 보지 않았지만 타라는 혹시 눈속임은 아닐까 의문이 들었다. 이 세계에 있는 것들을 다 구경하고 나면 어떻게 되는 걸까? 수백 년의 휴가가 끝나면 사람들은 뭘 하면서 시간을 보낼까? 처음에는 마냥 신 났다. 하지만 어느 순간부터는 시간이 길게 느껴지기 시작했다. 그러다 이날은 지루함을 달래기 위해 스쿼시 게임을 아버지와 했던 것이다.

아버지에게 불평을 늘어놓으려는 순간 타라는 갑자기 칼에 찔리는 듯한 통증을 느끼면서 배를 움켜잡았다. 딸이 장난치는 거라고 생각하던 단비우는 셀레나까지 고통의 비명을 지르면서 배를 움켜잡자 사색이 되었다.

"뭐야? 왜들 이래? 무슨 일이야?" 당황한 단비우가 외쳤다.

"아빠!" 타라가 소리쳤다.

그리고 사라졌다.

무슨 일인지 대번에 알아차린 셀레나가 외쳤다.

"여보, 도와줘요!"

단비우는 셀레나를 붙잡았다. 마지스터가 소생시키려고 했을 때 셀레나는 이미 경험한 적이 있었다. 하지만 그때는 만반의 준비를 해놓았을 때였다. 그래서 어린 셀레나를 대신 보낼 수 있었다. 그런데 딸과 행복한 시간을 보내느라고 어린 셀레나가 돌아온 걸 모르고 있었다. 셀레나는 어이없는 실수를 저질렀다는 걸 깨달았다. 남편과 함께 사력을 다해서 싸웠지만 소용없었다. 너무 강력한 힘이었다.

사랑하는 아내가 사라지는 걸 보면서 단비우는 절망했다.

단비우가 내지르는 절규가 길게 울려 퍼졌다.

타라는 어딘가에서 유형화되었다. 분명히 심장이 뛰고 숨을 쉬고 있었다. 구불구불 흘러내리는 검은색 머리. 어, 잠깐, 검은색 머리? 이게 나라고?

금빛 피부에 청회색의 커다란 눈, 검은색 머리의 낯선 여자가 거울에 비쳐 있었다. 타라가 두 팔을 들자 거울 속 여자도 똑같이 두 팔을 들었다. 그래도 미심쩍어서 이번에는 한 팔을 내리자 거울 속 여자도 똑같이 따라했다. 오케이. 내 몸을 되찾은 건 분명히 아닌데 그럼 일루전인가. 상황 파악이 안 되는 타라는 눈을 크게 뜨고 주위를 살폈다.

맙소사, 초록빛의 아름다운 눈으로 내려다보는 남자를 알아보고 타라는 심장이 오그라들었다.

"아름다운 타라, 또 이렇게 비슷한 상황에서 다시 볼 줄이야!"

"아르칸즈?"

어떻게 이런 일이! 비욘드월드에서 지내면서 잊어버리기 시작했던 두려움이 느껴졌다. 정체불명의 몸인데도 그 두려움이 되살아나다니…….

마왕이 미소를 보냈다.

"오, 나를 알아봐주니 정말 행복하군."

타라는 내가 죽었지만 그렇게 멍청하지도, 기억상실증에 걸린 것도 아니거든! 하고 내뱉고 싶은 걸 참았다. 그리고 여기가 어디냐고 묻고 싶지만 림보인지 뻔히 알면서 묻자니 수법이 너무 식상해서 꾹 참았다. 하지만 마니투와 살아있는 돌을 만난 건 정말 뜻밖이었다.

침대로 뛰어오른 검둥개가 타라의 목에 축축한 주둥이를 비벼댔다.

"오, 내 조상들이여! 타라! 얼마나 무서웠는지 모른다! 너에게 연락하려면 이 방법밖에 없었어. 모조리 죽게 생겼는데 그걸 막을 수 있는 사람이 너밖에 없어서!"

"나에게 연락하려고…… 뭘 어떻게 했다는 건데요, 할아버지?"

마니투는 쪽빛이 아니라 청회색으로 변한 타라의 눈을 응시했다.

"이곳으로 오려고 금서를 이용했는데 정말 무서웠어." 마니투는 눌어붙은 꼬리를 가리키면서 덧붙였다. "아르칸즈에게 재판관을 만나게 해달라고 부탁했지. 너한테 검은 여왕을 제거하는 방법을 물어보려면 재판관을 통해야 하니까. 그런데 살아있는 돌과 내가 흑요석 재판관 앞에 섰는데 너에게 물어봐야 아무 소용없다는 거야. 비욘드월드에서 나와 검은 여왕을 마주 보는 자리에서만 할 수 있다면서."

검둥개가 침을 삼키자 타라는 기계적으로 쓰다듬어주었다.

"그래서 절망에 빠져 있는데 문득 깨달았지. 재판관의 말은 검은 여왕과 담판을 지을 수 있게 너의 혼령을 아더월드로 보내주겠다는 제안이라는 걸. 그런데 유감스럽게도(마니투는 아르칸즈를 향해 미안한 눈길을 던졌다) 재판관이 너를 영원히 돌아가게 하는 것이 아니라 미션을 완수할 때까지라고 했어. 그래서 아르칸즈 마왕이 중상을 입고 영혼이 떠나버린 여성 악마의 몸을 찾아낸 거야. 너는 지금 여성 악마의 몸을 빌리고 있는 것이고. 재판관이 다른 육신에 네 영혼을 깃들이느라고 애를 많이 썼지."

마니투의 목소리에서 그 과정이 결코 쉽지 않았다는 걸 알 수 있었다. 타라는 거울 속의 모습을 찬찬히 뜯어봤다. 죽었지만 그래도 매력적이었다.

여성 악마들이 모두 그렇듯 이 악마의 몸도 매혹적이었다. 아담한 체격의 새로운 실루엣은 운동선수처럼 단단한 체격의 타라와는 거리가 멀었다. 반면에 가슴은…… 와우. 타라는 얼굴이 빨개졌다. 느낌인데도 이상했다. 브래지어 사이즈를 바꿔야 하는 것은 말할 것도 없었다. 코르셋에다 짧은 반바지 차림이라서 너무 빵빵한 엉덩이가 드러나 보였다. 긴 바지로 바꾸면 좋을 텐데. 체인지라인이 없는 것이 유감스러웠다.

눈부시게 아름답다는 것이 이런 자신감을 주는 걸까. 손만 뻗으면 모든 행운과 행복을 잡을 수 있을 것 같았다. 악마들은 중추신경과 교감신경을 흥분시키는 암페타민이라도 복용하나? 게다가 느긋해지면서 낙천주의자가 된 것 같았다. 타라가 일어나는 순간 갑자기 몸이 튕겨 나가더니 방 저쪽 끝으로 나가동그라졌다. 타라는 또 넘어질까 조심조심 중심을 잡고 돌아봤다.

"세상에! 왜 이러지? 난 그냥 일어섰을 뿐인데 6미터나 멀리 나동 그라지다니!"

아르칸즈는 미소를 지었다. 타라 덩컨이 방문해줘서 기분이 아주 좋았다. 사랑하는 타라와 정말 잘 지낼 수 있었는데 난데없이 검은 여왕이 오무아의 옥좌를 차지하는 바람에 입장이 난처해졌으니…….

"힘이 훨씬 세졌지. 우리 악마의 근육으로 강화되어 있어서. 일어서면서 너무 강한 힘을 썼기 때문에 멀리 튀어 나갔던 거야."

타라는 입술을 깨물었다. 힘이 세졌다는 건 잘된 일이니까 불평할 일은 아니지. 타라는 아르칸즈에게 미소를 보냈다.

"아더월드로 보내줄게." 아르칸즈가 진지하게 말했다. "진심으로 네가 그 흉악한 여자를 물리치기 바란다. 도움이 필요하면 어떻게 해야 되는지 알지? 나를 불러, 당장 눈앞에 나타날 테니까."

네 도움을 받느니 죽는 게 낫다고 말하는 건 정말이지 좋은 생각이 아닌 것 같았다. 그래서 타라는 짤막하게 '고맙다'고 말하는데 아르칸즈는 기뻐하는 것 같았다. 타라는 곁눈질로 훑어봤다. 짙은 눈썹에 초록빛의 커다란 눈, 윤기가 잘잘 흐르는 갈색 머리, 똑바로 쳐다보기 힘들 정도로 잘생긴 얼굴. 타라가 아는 남자 중에서 아르칸즈는 단연 최고의 미남이었다. 타라는 한숨을 내쉬었다. 적들이 이렇게 매혹적이면 싸우기 힘든데…….

하지만 매혹적인 아르칸즈는 약속을 지켰다. 타라가 아더월드로 돌아가는 데 필요한 것을 준비해주었다. 스파리담을 사용했지만 악마의 마법이 타라에게 고통을 주지 않게 신경을 써주었다.

악마가 이 정도로 배려해주다니.

타라가 부탁한 대로 그들은 랑코비트의 트라비아 공간이동의 문 대합실에 도착했다. 타라는 팅가푸르가 어떤 상황인지 모르는데 늑대 아가리 속으로 뛰어들고 싶은 마음이 없었다.

그런데 살아 있는 궁전의 금빛 돌을 만지자마자 푹 쓰러지는 타라를 보면서 마니투는 아연실색했다.

얼마 후, 타라는 이날 두 번째로 어딘가에서 유형화되었고, 자신의 몸속으로 돌아와 있다는 걸 알아차렸다.

그리고 검은 여왕과 마주했다.

31
희생
하늘이 무너져도 솟아날 구멍은 있는데

*

타라는 메스껍고 어지러웠다. 몸 상태가 좋지 않은 것 같았다. 그
래도 자신의 몸으로 돌아왔기 때문인지 굽 높이 12센티미터 킬힐을
신고 다니다 낡았지만 편안한 신발을 다시 신었을 때처럼 위안이 되
었다.

검은 여왕이 타라를 위해 머릿속에 만든 가상의 집/감옥에 두 영혼
이 있게 되었다. 돌아온 것에 대한 성의를 보여주기 위해 검은 여왕
이 이번에는 도저히 뛰어넘을 수 없게 집을 둘러싸던 벽을 없애주었
다. 대형 유리창 너머로 파란 초원 외에 다른 것은 보이지 않았다.

검은 여왕은 도서관에 앉아서 차를 마시고 있었다. 전에는 키가 작
은 여자의 모습이었는데 지금은 다시 금발, 아니 검은 여왕이 머리
색깔을 바꿨는지 갈색 머리의 키가 큰 여자였다. 어떻게 된 거지? 타

라의 의문을 느낀 검은 여왕이 긴 다리를 쭉 펴면서 말했다.

"너를 돌아오게 하느라고 드레쿠스의 왕관에 있는 악마의 영혼을 절반이나 소모했어. 마법의 에너지를 공급받기 위해 모우르무르가 우주로 보내버린 악마의 사물들도 회수해야 될 상황이었는데……." 검은 여왕은 손가락으로 타라를 가리켰다. "아무튼 때마침 이렇게 돌아오는 것으로 나를 도와주는구나."

"나를 돌아오게 하려고 악마의 마법을 사용한 모양인데…… 방법을 어떻게 알았지?" 타라가 물었다.

꿍꿍이가 있어서 한 질문인데 검은 여왕은 시원하게 대답해주었다.

"마지스터 덕분에."

타라가 깜짝 놀라서 쳐다보자 검은 여왕이 비웃음을 흘렸다.

"마지스터와 나는 협정을 맺었지. 네 어머니가 어디 있는지 내가 말해주면 마지스터는 네 영혼을 돌아오게 하는 방법을 알려주기로. 그런데 알고 보니 그리 어려운 일이 아니었어. 너는 죽은 지 얼마 되지 않기 때문에 물고기가 물을 찾듯, 영혼은 제 몸을 찾아오기 마련인데……."

검은 여왕이 타라의 머릿속에 접근해서 생각의 일부를 읽는 것은 가능해도 전부 다 읽을 수는 없었다. 따라서 냉정을 잃지 말아야 했다. 타라의 영혼과 육신이 합체되면서 마법도 함께 돌아왔으니 이제는 검은 여왕이 악마의 사물을 찾아서 에너지를 공급받을 필요가 없었다. 하지만 타라는 도와줄 생각이 전혀 없었다.

"원하는 게 뭐지?"

검은 여왕이 벌떡 일어나서 타라는 가슴이 철렁했다.

"싸우자는 게 아니라 협력하자는 거야. 내 제안을 받아들이면 네 국민을 괴롭히지 않을게. 오무아 제국을 제외한 아더월드 전체를 정복한 다음…… 아, 그래. 네가 원치 않으면 지구를 공격하는 일도 없을 거야. 그리고 우리 둘이 의기투합해서 아르칸즈와 악마 군단을 제거하는 작전을 함께 짤 수도 있고. 그 교활한 아르칸즈는 너무 간악해서 내 취향이 아니거든."

이게 웬 횡재? 마왕과 검은 여왕이 서로를 제거하기 위해 타라의 도움을 기대하다니! 타라는 한순간 둘이 죽도록 치고받게 내버려두는 것도 괜찮겠다고 생각하다가 그러면 시간이 너무 많이 걸린다는 걸 깨달았다. 검은 여왕이나 아르칸즈는 그런 함정에 빠질 정도로 어수룩하지 않은데…….

"내 친구들을 본래의 모습으로 돌려줄 건가?"

검은 여왕은 강한 어깨를 으쓱했다.

"물론이지! 하지만 허튼수작 부리지 마. 그랬다간 후회할 테니까."

타라는 비웃음을 참았다. 이미 죽었는데 더 이상 두려운 것이 뭐가 있다고? 검은 여왕이 알아차렸는지 분명히 말했다.

"너의 패밀리어부터 죽여주지." 검은 여왕이 초연한 목소리로 말했다. "그다음 네 친구들의 패밀리어들을 죽여서 미쳐 날뛰게 만들 거야. 그래도 살아남는 놈이 있으면 차라리 죽여달라고 애원할 정도로 고문할 거야."

검은 여왕이 타라에게 몸을 숙여 검은 눈으로 쪽빛 눈을 응시했다.

"그리고 내 손으로 죽이지는 않아. 어차피 내가 죽으면—네가 또다시 빠져나가면 나는 살아남지 못하니까—나와 함께 다 죽을 테니까.

그러면 다 끝장나는 거야."

타라는 침을 삼켰다.

"알았으니까 친구들을 보여줘. 모두 괜찮은지 내 눈으로 확인해야 겠어."

검은 여왕이 고개를 끄덕였다. 낌새도 못 챘는데 검은 여왕이 언제 물러난 거지? 타라는 자신이 몸을 지배하고 있다는 걸 알아차렸다. 하지만 완전히 장악한 건 아니었다. 지난번에 검은 여왕을 머릿속 깊은 곳으로 처박아버려 타라의 모습을 유지한 것과는 달리 지금은 검은 여왕의 모습을 그대로 유지하고 있었다.

커다란 접견실에 궁인들도 친위대원들도 없었다. 검은 여왕 주위에 타라의 친구들과 모우르무르만 있었다. 검은 여왕은 친구들에게 본래의 모습을 찾아주려면 어떻게 해야 하는지 알려주었다.

"너희들에게 본래의 모습을 되찾아줄게."타라는 친구들이 검은 여왕이 아니라 진짜 타라라는 걸 알아차리길 진심으로 바라면서 말했다.

친구들은 순종적으로 무릎을 꿇었고, 실버만 누운 상태로 복종하는 표시를 했다. 이런, 친구들은 진짜 타라라는 걸 알아채지 못했다. 그들은 타라가 죽었다고 믿기 때문에 검은 여왕이 걸어놓은 주문의 영향으로 명령에 군소리 없이 복종했다.

그런데 칼만 좀 이상한 미소를 지으면서 거부했다.

"여왕님, 나는 본래의 모습을 되찾고 싶지 않아요. 나를 변신시키면서 여왕님처럼 바꿔놨다고 했잖아요. 그래서 난 이대로의 몸을 유지하고 싶어요. 정말 마음에 쏙 들거든요."

타라가 반박하려고 했지만, 검은 여왕은 칼의 말을 듣고 아주 기뻤다. 사랑하게 만드는 주문을 걸어서 강제로 복종시킨 건데 여왕이 바꿔놓은 그대로의 모습이 좋다고 하니. 타라는 어이가 없지만 하는 수 없이 칼을 제외했다.

타라는 역겨워하면서 악마의 왕관에서 빼낸 검은 마법으로 로빈, 무아노, 파브리스, 실버, 파프니르를 건드렸다.

잠시 후, 친구들이 멍한 얼굴로 일어났고, 패밀리어들도 피에 대한 욕망으로부터 해방되었다. 갈랑만 괴물의 모습을 하고 있었다. 로빈은 알몸을 드러낸 상체와 딱 달라붙은 반바지 차림에 부츠를 신은 자신의 모습이 믿기지 않는 표정을 지었다. 늑대인간과 야수로 있던 파브리스와 무아노는 재빨리 주문을 읊어서 옷을 나타나게 했다. 모두 검은 여왕을 사랑하는 주문에서 벗어났지만 고통이 따랐다. 특히 모우르무르는 본래의 모습으로 돌아오면서 머리가 깨질 듯 아팠다.

타라는 거칠게 몰아쉬는 친구들의 호흡이 진정되기를 기다렸다가 말했다.

"안녕! 나야!"

귀가 믿어지지 않는 친구들이 일제히 쳐다봤다. 로빈이 제일 먼저 알아봤다.

"타라?"

"응!"

"돌아왔구나." 칼이 주먹을 불끈 쥐었다. "아, 하필이면 지금! 진짜 미치겠네!"

"나를 만난 게 기쁘지 않아, 칼?" 타라는 상처받은 얼굴로 외쳤다.

"검은 여왕의 몸, 아니 너희 둘의 몸이 죽어가고 있단 말이야, 타라. 네 힘이 없으면 악마의 마법은 얼마 남지 않아서 오래가지 못할 텐데. 우리를 지배하는 힘이 점점 약해지고 있는 게 느껴지거든. 그런데 너를 돌아오게 했다는 것이…… 어쩐지 좋은 소식이 아닌 것 같아."

'거봐, 얘들은 네가 생각하는 것만큼 너를 사랑하지 않는다니까!'

검은 여왕이 타라의 머릿속에서 이죽거렸다.

타라는 들은 체도 하지 않았다. 독수리 같은 검은 여왕이 가슴을 후벼 파거나 말거나 개의치 않고 타라는 괴로운 마음을 감추면서 말했다.

"검은 여왕과 협상했어."

고통 때문에 아직도 얼굴이 창백한 파브리스가 칼의 부축을 받아 일어났다.

"협상?"

"너희들에게 모습을 되찾아주고 오무아 제국을 제외한 아더월드를 정복한 다음에 악마들을 공격하기로. 그리고 지구도 공격하지 않겠다고 했어."

타라가 검은 여왕의 제안을 다 말하지도 않았는데 파브리스가 뭔가를 날렸다. 검은 여왕이 감시한다는 걸 아는 칼이 파브리스를 일으켜줄 때 슬그머니 건네준 트리크로크였다. 검은 여왕이 타라보다 훨씬 빨리 반응했다. 몸을 지배하고 있는 것이 타라이기 때문에 강력한 방패를 유형화시킨 다음에 검은 여왕 자신은 시커먼 장검을 뽑아 들었다. 바로 그때 날아오던 트리크로크가 방패에 맞고 바닥으로 떨어졌으니 절묘한 타이밍이었다.

칼과 파브리스는 동시에 욕설을 내뱉었다.

"바로 이래서 내가 네 친구들을 강제로 복종하게 만들었던 거야." 검은 여왕이 흡족한 목소리로 크게 말했다. "이 정도로 나를 이기겠다고? 가소로운 것들!"

하지만 그들은 단순한 친구가 아니라 모두 전사들이었다. 게다가 검은 여왕이 타라의 친구들을 풀어주면서 접견실에 친위대가 없다는 걸 생각하지 못했으니 결정적인 실수를 저지르고 있었다.

그들은 함께 있을 때 더욱 빛나는 매직갱이고, 실버는 아더월드에서 가장 뛰어난 불굴의 전사였다. 파프니르와 실버, 로빈과 칼이 앞으로 나섰고, 야수와 늑대인간은 다리를 물어뜯어 제압하기 위해 뒤에서 공격했다. 며칠 동안 접속이 끊어졌던 임자가 돌아와 기쁜 릴란드릴의 활이 유형화되었고, 로빈은 연달아 활시위를 당겼다.

타라는 친구들이 치명상을 입힐 수 있게 검은 여왕을 꼼짝 못하게 제압하려고 했지만 지푸라기처럼 떠밀렸다. 악마의 영혼이 절반이나 소모되어서 왕관의 힘이 약해졌는데도 검은 여왕은 믿지 않을 정도로 강했다.

로빈의 화살들이 튕겨 나가자 방어를 뚫을 수 없다는 걸 알아차린 릴란드릴의 활이 아더월드에서 가장 단단한 은빛 금속 켈트릴 검으로 변했다. 칼이 던지는 트리크로크나 단검도 검은 마법의 방패를 뚫지 못했다. 늑대와 야수도 여왕의 방어를 뚫기는커녕 시커먼 장검 앞에서 뒷걸음치는데 실버의 혈검이 제때에 막아주었다. 전투는 치열했다. 여왕의 칼에 맞은 야수를 보면서 당황한 늑대인간은 옆으로 피했는데 머리에서 피가 흘러내렸다. 그 순간 시커먼 칼날에 배가 찔려서 쓰러진 무아노는 인간으로 변했다. 이번에는 파프니르와 칼, 로빈의 차례였다. 하지만 검은 여왕은 이미 하프엘프를 공격했고, 계속되는 타격에 힘이 빠지고 있었다. 순식간에 로빈의 은빛 검을 날려버린 여왕은 팔꿈치로 얼굴을 가격했고, 나가동그라진 로빈은 벽에 부딪쳐서 꼼짝하지 않았다. 아무리 싸움에 능해도 파프니르는 오래 버틸 수 없었다. 시커먼 검을 피하면서 도끼를 내리던 파프니르는 여왕의 손을 찍어버릴 자신이 있었다. 벌써 눈치챈 걸까. 검은 여왕이 손으로 도끼날을 움켜잡았다

의도적인 것이었다. 철 장갑으로 무장한 여왕의 손을 보고 놀라던 파프니르의 움직임이 그대로 멈췄다. 이번에는 검은 여왕이 도끼를 이용해서 난쟁이를 쓰러뜨렸다. 이어서 잽싸게 실버를 향해 도끼를 던져서 불굴의 전사를 쓰러뜨리는 데 성공했다.

이제 남은 건 칼밖에 없었다.

칼은 주위를 둘러봤다. 친구들이 너무 쉽게 패하고 있었다. 타라가 몸을 지배하기 위해 사투를 벌이고 있지만, 검은 여왕은 영악했다.

검은 여왕은 그들을 죽이는 게 아니라 생명에는 지장이 없을 정도에서 멈추고 있었다.

칼이 어찌나 슬픈 미소를 짓는지 여왕 안에서 타라는 전율이 일었다. 그리고 아주 충격적인 말을 내뱉었다.

"너를 위해서야, 타라. 오직 너를 위해서. 사랑해."

검은 여왕이 막을 겨를도 없이 칼은 가까이 다가서서 스스로 시커먼 장검에 찔렸다. 칼날이 가슴을 관통했다.

"안 돼!" 검은 여왕이 장검을 뽑으면서 소리쳤지만 이미 늦었다.

"안 돼애애애애!" 타라는 피투성이가 되어 푹 쓰러지는 칼을 보면서 비명을 질렀다.

검은 여왕이 반응하기 전에 타라는 성난 불처럼, 복수의 벼락처럼 가상의 집을 파괴했고, 머릿속을 끝없이 펼쳐진 빙원으로 만들어버렸다. 그리고는 금빛 갑옷 차림의 타라는 로빈의 장검과 똑같은 은빛 장검을 움켜잡았다.

검은 여왕은 선택의 여지가 없다는 걸 깨달았다. 타라를 해치울 수밖에 없었다. 검은 여왕은 공격했다. 한 몸이 같은 전술로 싸우는 건데 상대를 쓰러뜨리는 것은 정말 만만치 않았다.

하지만 타라는 이성이나 전술에서 힘을 끌어내지 않았다. 어머니가 사망했을 때부터 쌓이기 시작한 분노에서 힘을 끌어내고 있었다. 방어하는 데 급급하지 않고 공격하고 또 공격하면서 결정적인 타격으로 검은 갑옷을 찌그러뜨렸다. 검은 여왕은 처음으로 이상한 느낌을 받았다.

두려움.

검은 여왕은 절대로 알 수 없는 것 때문에 타라가 돌변해 있었다. 검은 여왕이 마법을 사용하여 강제로 자기를 좋아하게 만든 사랑과는 질적으로 달랐다.

친구들에 대한 타라의 사랑. 자기도 모르는 사이에 시작된 칼에 대한 사랑. 타라가 칼을 위해서, 친구들을 위해서 희생했던 것처럼 칼이 희생으로 그 사랑에 답하고 있었다.

검은 여왕이 질 수밖에 없는 경이롭게 빛나는 광적인 사랑이었다. 타라는 완벽한 몸놀림으로 검은 여왕의 두 손을 부러뜨려서 제압한

다음 장검으로 목을 찔렀다.

검은 여왕이 머릿속에서 사라졌다. 존재한 적도 없었던 것처럼 사라졌다. 타라가 몸을 완전히 지배하자 드레쿠스의 왕관이 머리에서 떨어졌다. 너무 격분해서 판단력을 잃은 타라는 깊이 생각하지 않고 마법의 광선으로 왕관을 폭발시켰다.

힘을 되찾은 타라가 본래의 모습으로 돌아오자 마법의 에너지가 엄청나게 몰려왔다. 타라는 믿을 수 없는 힘으로 친구들을 건드렸다.

부상당한 친구들이 눈을 떴고, 순식간에 치료되자 영문도 모른 채 무작정 다시 싸울 준비를 했다.

그런데 타라가 축 늘어진 칼을 품에 안고 눈물을 흘리고 있었다.

친구들과 모우르무르도 타라를 에워싸고 말없이 눈물을 흘렸다.

"희생한 거야." 마침내 무아노가 침통한 목소리로 말했다. "그 방법밖에 없다는 걸 알기 때문에. 검은 여왕과 싸우는 너에게 힘을 보탤 수 있는 유일한 방법이니까. 우리를 위해서 희생한 거야."

타라는 고통스러운 눈으로 무아노를 쳐다봤다.

"죽었어! 칼이 죽었어! 이게 아닌데……. 본래의 모습으로 돌아가지 않겠다고 했어. 검은 여왕처럼 바뀐 몸이 마음에 쏙 든다고 하더니 스스로 검은 여왕의 장검에 찔렀어. 왜 그랬을까? 대체 왜?"

갑자기 로빈이 소스라쳤다.

"타라, 너 방금 뭐라고 했어?"

"스스로 검은 여왕의 장검에 찔렀다고……."

"아니, 그거 말고. 칼이 여왕처럼 바뀐 몸으로 있겠다고 했단 말이지? 맙소사! 레파루스를 보내! 빨리!"

"아무 소용없어. 검이 심장을 관통했어. 검은 여왕을 물리치는 데 시간이 너무 많이 걸리는 바람에 칼이 죽은 거야. 내 잘못이야."

"오, 내 조상들이여!" 로빈이 소리쳤다. "이번만은 내 말 좀 들어, 고집 그만 피우고! 네가 할 수 있는 가장 강력한 레파루스를 보내! 궁전 전체를 치료해도 될 정도의 힘으로, 빨리!"

하프엘프의 목소리에서 절박함을 느낀 타라는 더는 캐묻지 않았다. 타라가 레파루스 주문을 날렸는데 카메라 플래시 터지듯 번쩍, 하는 광선이 어찌나 강렬한지 저절로 눈이 감겼다.

모두 눈을 뜨고 보니 칼은 여전히 타라의 품에 안겨 있었다. 갑자기 칼의 가슴이 들썩거렸다.

그리고 칼이 잿빛 눈을 번쩍 떴다.

친구들의 고함소리에 칼은 얼굴을 찌푸렸다.

"뭐야, 왜 이렇게들 소리를 질러대는데, 귀 따갑게?" 칼은 힘없는 손으로 귀를 잡으면서 말했다.

"세상에!" 안도한 로빈이 외쳤다. "어쩐지…… 뭔가 이상했어. 검은 여왕이 너한테 보기 좋게 당한 거구나! 넌 정말 최고야! 칼, 네가 최고야!"

타라는 아직도 무슨 일인지 깨닫지 못했다.

"대체…… 어떻게 된 일이지? 내가 분명히 봤어! 칼날이 네 심장을 관통하는 걸!"

"심장을 찔린 게 아냐." 칼은 힘없는 목소리로 말했다.

"아니, 분명히 심장이었는데……."

타라는 검은 여왕의 가슴에 꽂힌 로빈의 화살을 다시 보다 말을 멈췄다. 검은 여왕은 누군가 공격해도 자신을 쉽게 죽이지 못하게 심장을 다른 데로 옮겨놨다면서 자랑하던 말이 기억났다.

"칼, 너는 본래의 모습으로 돌아가는 걸 원치 않았어. 그러니까 심장이 제자리에 있는 게 아니었던 거구나? 그래서 검은 여왕이 심장을 찌른 게 아니었던 것이고? 그럼 심장은 어디 있는데?"

"훨씬 아래 척추 안에 숨기고 뼈의 보호를 받게 해놨지. 그러니까 타라, 네가 심장을 제자리로 보내고 본래의 내 모습으로 돌려놓으면 돼."

타라는 당장 마법을 날렸고, 칼은 제 모습을 되찾았다. 힘이 없고 녹초가 된 모습이지만 그들의 친구 칼이었다.

"하지만 심장을 옮겨놓은 건 검은 여왕이 더 잘 알고 있잖아." 로빈이 물었다. "따라서 여왕은 네가 죽지 않았다고 타라에게 말해줄 수도 있었는데!"

"검은 여왕과 타라는 정신을 공유하잖아." 타라의 품에 안겨 있어서인지 너무나 편안하다고 생각하면서 칼이 설명했다. "내가 죽었다고 생각하면 타라가 엄청나게 격분해서 검은 여왕을 제압할 거라고 생각했지. 화가 나면 힘이 엄청나게 세지는 게 타라니까. 하지만 솔직히 말하면 나도 악마의 칼에 찔렸는데 죽지 않을 거란 확신은 없었어. 내가 억세게 운이 좋았던 거지, 뭐."

"아, 어떻게 된 건지 이제 알겠다." 타라가 칼의 잿빛 눈을 응시하면서 말했다. "검은 여왕은 말해줄 겨를이 없었어. 내가 마지막으로 목을 찌를 때까지 정말 틈을 주지 않고 줄기차게 공격을 퍼부었거든."

파프니르가 옆에 쭈그리고 앉은 실버의 손을 꼭 잡으면서 말했다.

"그래, 말할 수가 없었겠다. 빌어먹을 검은 여왕. 앞으로는 타라 네가 그놈의 끔찍한 여자를 피했으면 좋겠어. 나를 거인으로 바꿔놓다니! 파렴치하고 뻔뻔한 것 같으니라고! 너한테 찔려서 운 좋았지, 나한테 걸렸으면 아주 뼈도 못 추리게 작살냈을 테니까!"

"다시는 나타나지 않을 거야." 타라는 난쟁이의 격한 표현에 미소를 지으면서 말했다. "내가 악마의 마법을 불러내서 나타난다고 해도 다시는, 결코 내 정신을 지배하는 일은 없을 거야."

"악마의 마법 얘기가 나와서 말인데 너희들에게 해줄 말이 있다." 모우르무르가 말했다. "고인이 된 내 아내 하드라와 사령관 히글 5와는 달리 나는 싸움에 약하기 때문에 너희들이 싸우는 걸 지켜보다가 알았지. 타라, 네가 격분해서 드레쿠스의 왕관을 파괴했을 때 재판관이 알려준 사실을 확인할 수 있었지."

모우르무르는 심각한 얼굴로 모두를 쳐다보고 숫자들이 반짝거리는 측정기를 보여주었다. "네 말이 맞았어, 타라. 사물이 파괴되면 악마의 영혼들이 림보로 돌아가는 것이 분명해!"

셀레나

비겁하지만 어쩔 수 없는 때도 있는데

*

딸이 검은 여왕과 싸우는 동안, 셀레나는 마지스터의 잿빛 요새에서 제 육신을 찾아 합체가 되었다. 철천지원수 마지스터가 마치 크리스마스 선물을 기다리는 아이처럼 눈앞에 서 있었다. 아버지가 50미터짜리 레일을 갖춘 장난감 기차 세트를 선물할 거라고 잔뜩 기대하는 얼굴로.

셀레나는 시간 끌지 않고 냅다 고함을 질렀다. 마지스터는 남의 말을 절대 듣지 않는 걸 생각하면 고함쳐봐야 소용없지만.

셀레나는 변신했다.

그리고 마지스터에게 달려들다가 기절할 뻔했다.

셀레나가 목을 물어뜯으려는 순간 마지스터도 똑같이 물어뜯는 시늉을 하더니…… 맙소사, 늑대인간으로 변신하는 것이 아닌가!

본래의 모습으로 돌아온 셀레나는 의심의 눈초리로 쳐다봤다.

"어떻게 이런 일이……."

마지스터도 본래의 모습으로 돌아왔다. 셀레나는 눈이 믿어지지 않았다.

"물리려고 했어요? 나처럼 되려고? 나는 당신이 싫은데 대체 어떻게 해야 나를 단념하겠어요?"

"이미 당신한테 물렸어요." 마지스터가 너무 즐거워하는 어조로 외쳤다. "그리고 당신은 나를 치료해준 사람이오."

"뭐라고요? 무슨 말을 하는 거예요, 지금?"

"예전에 드래곤들에게 고문을 당했는데 상처가 어찌나 깊은지 오랜 세월 통증에 시달리면서 살아왔소. 그러다 당신이 내 곁에 있으면서 상처가 아물기 시작했어요. 마치 당신을 향한 사랑이 내 상처를 치료해주는 것처럼 천천히, 확실하게. 그러나 당신이 떠나자 다시 몸이 나빠졌소. 그런데 얼마 전 당신이 보내준 꼬마가 사납게 달려들더니 나를 깨물었지요."

마지스터는 팔을 내밀었다.

"세상에, 그게 치료제였다는 걸 알았다면 진작 물렸을 텐데! 늑대인간의 치유 능력이 그렇게 탁월할 줄이야!"

마지스터가 고개를 들었는데 마스크가 파란색이었다.

"그러니 당신이 나를 살린 거요. 나를 치료해준 거요, 당신이. 당신을 사랑하오! 몸 상태도 그 어느 때보다 좋아요. 봐요, 아주 건강하오."

셀레나는 할 말이 없었다.

"하지만 나는 당신을 사랑하지 않아요. 당신을 구해준 걸 고맙게 생각한다면 나를 비욘드월드에 있는 남편 곁으로 떠나게 해줘요. 그래주면 정말 고맙겠어요. 여기 은으로 만든 칼 없나요?"

마지스터의 마스크가 어두워졌다.

"아니, 당신을 떠나보내지 않을 거요. 당신은 내 여자요! 비욘드월드에 처박혀 있는 그 유령, 단비우의 여자가 아니란 말이오!"

셀레나는 경멸하는 눈빛으로 마지스터를 쳐다봤다. 왜 이런 남자 때문에 그토록 오랜 세월을 두려움에 떨며 살았는지 도무지 이해가 되지 않았다.

"난 당신의 여자도, 단비우의 여자도 아니에요! 나는 나일 뿐이에요!"

그렇게 말하면서 셀레나는 늑대로 변신해서 달려들었다.

셀레나보다 힘이 센 마지스터는 재빨리 방어했다. 그런데 마지스터가 모르는 것이 있었다. 셀레나는 마지스터와 맞서야 할 때를 대비해서 남편과 훈련해왔다는 것을.

단비우는 몇 달 동안─비욘드월드는 아더월드보다 시간이 훨씬 빠르게 흐른다─셀레나를 전사로 만들었다. 그래서 셀레나가 유리했다. 마지스터는 최근에 물렸기 때문에 전사로서의 기술과 늑대인간으로서의 기술을 동시에 사용해서 싸우는 훈련이 되어 있지 않았다. 이빨을 사용해야 할 때 손을 사용했고, 발톱을 사용해야 할 때 다른 걸 사용하는 바람에 셀레나를 당해낼 수 없었다.

셀레나는 인정사정없었다. 이내 피투성이가 된 마지스터는 궁지에 몰렸지만 설마 셀레나가 자기를 죽이지는 않을 거라고 확신하면서 마법을 작동할 생각조차 하지 않았다.

그런데 마지스터가 잘못 생각한 것이었다. 아니 허를 찔렸다. 셀레나는 마지스터의 두 팔을 부러뜨리고는 가차 없이 목을 베려고 하였다. 그때였다. 느닷없이 날아온 은 화살 하나가 셀레나의 목과 가슴을 관통했다.

마지스터는 소리를 질렀지만 너무 늦었다. 이미 싸우기를 거부한 셀레나의 영혼이 둥둥 떠올랐고, 방금 활시위를 당긴 사람 앞을 지나가면서 고맙다고 속삭이고는 사라졌다.

마지스터는 두 팔이 부러졌기 때문에 셀레나의 몸에서 은 화살을 뽑을 수 없었다. 셀레나는 소원대로 완전히 죽었다.

자괴감에 빠진 마지스터는 시신을 안고 흔들면서 눈물을 흘렸다.

화살을 쏜 셀렌바는 발꿈치를 들고 살금살금 물러갔다. 그토록 사랑하는 여자가 죽었는데 이 정도의 고통은 달게 받아야 한다면서 마지스터가 레파루스 치료를 원치 않을 게 뻔하기 때문이었다. 아니, 늑대인간이 되었으니 저절로 상처가 나을 텐데 다른 사람의 도움이 필요 없을 것이었다.

뱀파이어는 씁쓸한 미소를 지었다.

마침내 그토록 원하던 남자를 차지하게 된 것이다.

마침내 거의.

그런데 늑대는 정말 마음에 들지 않는데…….

33
축제

마법과 드래곤을 싫어하는 사람들 속에서
하프드래곤과 악마 세계의 고양이를
데리고 사는 것이 가능할까

*

파프니르는 가문의 어르신들 앞에 똑바로 서 있었다. 나이 든 대장장이 난쟁이들이 모두 모여 있었다. 파프니르의 아버지와 어머니뿐만 아니라 삼촌, 숙모, 사촌, 조카, 조부모, 그 윗대 조상들(난쟁이들은 아주 오래 살 수 있다)까지 적어도 500여 명에 이르렀다.

파프니르의 어깨 위에는 장밋빛 고양이 벨제부트가 앉아 있었다.

그 옆에 하프인간이자 하프드래곤이고 난쟁이라고 자처하는, 파프니르의 남친 실버가 거북해서 어찌할 바를 모르고 있었다. 180센티미터의 훤칠한 키와 섬세한 비늘 때문에 별처럼 빛나는 외모? 이런 것들이 부모님에게 좋은 점수를 따는 조건이 아니라는 것쯤은 파프니르도 잘 알고 있었다. 실버가 불굴의 전사를 상징하는 혈검을 차고 있다고 해도 달라지지는 않을 텐데.

뒤쪽에는 함께 따라가겠다고 나서는 것으로 파프니르를 감동시켰던 매직갱 전원이 보였다. 중상을 입었던 칼은 아직 완쾌되지 않아 여자들의 사랑을 독차지하면서 푹신한 양탄자에 편히 앉아 있었다.

그렇게 친구들이 응원해주어 파프니르는 든든했다. 특히 타라가 무심코 두 손에 작동한 마법의 불을 보고 모임에 참석하길 거부한 난쟁이들도 보였다. 신기하게도 가장 심하게 반발하던 난쟁이들이었는데.

"저의 천생연분을 인사시키겠습니다." 파프니르가 자랑스럽게 말했다. "악마의 세계 림보에서 나와 결합된 패밀리어 벨제부트도 함께."

타라는 이맛살을 찌푸렸다. 패밀리어의 출생지는 말하지 않아도 되는데.

갑자기 무거운 침묵이 흘렀다.

그때 한 목소리가 외쳤다. 바위 먼지 때문에 갈라지고, 세월의 무게가 느껴지는 목소리였다. 하지만 양미간이 도끼에 찍히고 싶지 않은지 앞으로 나서지 못하고 군중에 숨어 있었다.

"천생연분의 혈통은?" 목소리가 차분하게 물었다.

파프니르는 머뭇거리지 않았다.

"이름은 실버 클라쿠에투알이고, 드래곤 왕의 여동생 아마바쉬로우쉬바 공주와 정체를 모르는 강력한 마법사 마지스터의 아들입니다. 족보 노래**35**를 부를 때 까마득한 옛날, 아마바쉬로우쉬바의 자손까지 드래곤 계보를 거슬러 올라가려면 너무 길어서 족히 일주일은

....

35. 난쟁이들이 특히 조상들의 빛나는 업적을 찬양하면서 부르는 아주 긴 노래를 말한다. 난쟁이들은 누구나 자신의 족보를 정확하게 알고 있다. 이것은 한 가문의 위업은 곧 다른 가문의 실패를 뜻하기 때문에 오랜 세월 많은 난쟁이 가문이 서로에게 화가 나 있다는 걸 알려준다.

걸릴 텐데 다 읊을까요?"

"클라쿠에투알은 난쟁이 부족의 이름인데."

"클라쿠에투알 부족이 내 천생연분을 키웠으니까요. 드래곤 어머니 아마바쉬로우쉬바가 죽기 전, 적들이 절대로 찾지 못할 나라의 사람들에게 아기를 맡겼대요. 난쟁이족 중에서 가장 강한 최고 전사들의 부족이어야 아기를 지켜줄 수 있죠."

환심을 사기 위한 아첨이 시작되는 건가.

좀 더 무거운 정적이 흘렀다. 이번에는 덜 엄숙하게 느껴진 젊은 목소리가 외쳤다.

"너의 천생연분이 하프드래곤이라고? 설마 농담이지?"

파프니르가 흥분하고 있음을 느낀 실버는 긴장했다. 실버의 눈에 파프니르는 가장 아름답고, 환상적이지만 성깔이 대단하기 때문이었다. 실버는 한숨을 내쉬었다. 파프니르가 싸우게 놔둘 수는 없었다. 또다시 추방되어 히믈리아로 돌아가지 못하는 걸 얼마나 슬퍼할지 잘 아는데.

그래서 실버는 난쟁이들이 절대로 알아채지 못할 정도로 아주 약간의 마법을 사용하여 비늘을 세우고 덩치를 좀 불렸다. 그리고는 가죽 칼집에서 장검을 뽑을 때 의도적으로 쇠붙이 소리를 내는 것으로 난쟁이들의 시선을 집중시켰다.

"난쟁이족의 풍습에 따라 아름다운 파프니르와 나의 결합을 반대하는 구혼자가 있다면 앞으로 나와서 천생연분을 위해 겨뤄봅시다."

이번에는 생각에 잠긴 침묵이었다.

"내 딸을 위해 결투를 하겠다는 건가?" 마침내 파프니르의 어머니

벨리르가 나섰다.

"네, 기꺼이 하겠습니다."

"우리가 마법을 좋아하지 않는다는 건 알겠지?" 이번에는 파프니르의 아버지 탑두르가 말했는데 드래곤도 좋아하지 않는다는 말은 굳이 하지 않았다.

"네, 알고 있습니다." 실버가 공손하게 대답한 다음 난쟁이들의 습성을 잘 알고 있다는 걸 보여주었다. "저도 좋아하지 않고 사용하지도 않습니다, 빌어먹을 마법을."

이번에는 동의의 침묵이었다. 하프드래곤이 '빌어먹을 마법'(난쟁이들이 즐겨 사용하는 욕 중 하나)이란 말을 거침없이 내뱉었을 뿐만 아니라 장검을 갖고 있고, 예의 바르고 공손하기 때문이었다. 난쟁이들은 예절을 아주 중시했다. 광산에서는 여러 사람이 섞여서 온종일 위험한 도구를 다루기 때문에 예절이 필수적이었다.

타라는 친구들과 마찬가지로 신 나는 결투를 기대하고 있었다. 하지만 명성이 자자한 전사답게 도끼를 움켜잡은 파프니르, 칼을 어떻게 쓰는지 너무 잘 아는 것 같은 유연한 몸짓으로 장검을 빼어 든 하프드래곤, 이 둘의 기세에 주눅이 들었는지 아무도 나서지 않았다.

"이건 무슨 뜻이죠?" 파프니르가 갑자기 외치는 바람에 난쟁이들이 깜짝 놀랐다. "아직 결정하지 않았지만 날만 정하면 내 천생연분과 결혼해도 된다는 뜻입니까?"

이상한 낌새를 챈 무아노는 계략일지도 모른다고 귀띔했다.

"실버와 당장 결혼하는 것이 아니면 생각은 언제든 바뀔 수 있다고 보는 것 같아. 악마 세계의 고양이와 마법 문제는 네가 확실히 안심시키면 아마 그냥 넘어갈 거야. 하지만 하프드래곤과 함께 산다는 것 자체가 아무래도 문화적 충격이니까. 내 생각에는 너를 실버에게서 떼어놓으려고 앞으로 몇 달 동안 수십 명의 구혼자를 보낼 것 같은데 그중 몇 명쯤 때려눕히면 더는 귀찮게 하지 않을 거야."

어릴 적에 히믈리아에서 자란 무아노는 난쟁이들을 잘 알았다. 무아노는 미소를 지었다. 그렇게만 하면 빨간 머리 난쟁이의 승리가 틀림없었다.

이윽고 파프니르는 실버와 결혼할 결심이 섰기 때문에 작전에 들어갔다.

어느 날 아침이었다.

벨리르와 탑두르가 일어나길 기다렸다는 듯 실버는 눈에 띄는 곳에 검을 꺼내놓고서 약간의 피를 먹었다. 정말 인상 깊은 장면인 데다 대장장이가 대단한 솜씨를 발휘한 장검을 보면서 파프니르의 부모는 실버의 양쪽 어깨에 손을 얹으면서 합창으로 말했다. "자네를 사위로 받아들이겠네."

너무 기뻐서 미친 듯이 실버의 품으로 뛰어든 파프니르는 열렬하게 키스를 했다.

그리고 둘은 기절했다.

정적이 흘렀다. 그 어떤 말보다도 실버가 천생연분이라는 걸 확인시켜주는 대목이었다.

그리하여 축제가 시작되었다. 난쟁이들은 노래와 맥주를 즐기는 종족이었다. 그렇지 않아도 꽥꽥 질러대면서 부르는 노래에 술까지? 매직갱은 잽싸게 귀마개를 준비했다. 그러자 난쟁이들은 오무아 제국 후계자의 친구들은 친절하지만 귀머거리들이라고 생각했다. 그렇지 않고서야 어떻게 아름다운 노래를 듣지 않으려고 한단 말인가.

이런 정도의 사소한 불편함을 제외하면 영원히 기억에 남을 축제였다. 처음에는 모든 난쟁이가 열렬하게 하프드래곤을 맞아들였다고 할 수 없었다. 하지만 하프인간이자 하프드래곤이라는 껍질 속에 진정한 난쟁이의 심장이 뛰고 있다는 걸 알았을 때 난쟁이들은 실버를 훨씬 뜨겁게 환영해주었다.

실버와 파프니르는 정말 행복해 보였고, 아주 멋진 커플이었다.

타라는 키스하다가 기절하는 커플을 보면서 깔깔대고 웃다가 갑자기 호주머니 안에서 뭔가가 진동하는 걸 느꼈다. 모우르무르가 돌려준 흑요석 조각이었다. 모우르무르가 검은 여왕의 지시로 재판관과 접속을 시도했을 때 기계가 폭발했는데도 흑요석에는 아무 이상이 없었다.

재판관이 미션이 끝나면 돌아와야 한다면서 시간이 많지 않다고 했는데 타라는 아직 비욘드월드에 연락을 못하고 있었다. 또 갑자기 훌쩍 떠나버리는 것으로 친구들을 슬프게 할 용기가 나지 않아서 미루고 있었는데……. 타라가 불안한 마음으로 흑요석 조각을 앞으로 내밀자 즉시 다정하게 포옹하고 있는 부모의 모습이 나타났다.

"아빠! 엄마!" 타라가 외쳤다. "별일 없죠?"

셀레나는 마지스터를 만났던 일을 이야기했다.

"엄마의 영혼과 육신을 합체시켰다고 마지스터에게 고함을 질렀다는 건 좀 너무했네." 타라는 고소해 죽겠다는 얼굴로 말했다. "내가 사라진 것 때문에 화가 나서 그랬다면 몰라도."

그리고 셀레나는 어떻게 비욘드월드로 돌아갔는지 설명했다. 타라는 한동안 멍하니 입을 벌리고 있었다.

"마지스터가 늑대인간이 되다니!" 타라는 세 번이나 되뇌었다. "정말 미쳤군! 그럼 마지스터가 더 강해졌다는 뜻이잖아요? 슬루르크!"

셀레나와 단비우는 유감스러운 얼굴로 고개를 끄덕였다.

"사랑하는 딸, 길게 얘기할 수가 없구나." 단비우가 말했다. "재판관이 너에게 할 말이 있다고 해서."

단비우가 말을 다 끝내기도 전에 재판관의 이미지가 포개졌다.

"이제 비욘드월드로 돌아가야겠죠?" 타라는 목멘 소리로 물었다.

재판관이 놀라는 표정을 짓는 것 같았다. 조각상이 표정을 지을 수 있나? 그냥 느낌인가?

"아, 그래? 왜?"

"미션이 끝나면 돌아가야 한다고 했잖아요?"

"네 몸을 지배하지 못해서 검은 여왕을 물리치지 못하면 그렇다는 거였다. 완벽하게 합체가 되었으니 그 법은 이제 너에게 적용되지 않아!"

그 뒤에서 타라의 부모가 기뻐하는 미소를 보냈다.

"정말 잘됐구나." 어머니가 다정하게 말했다. "너와 행복한 시간을 보낼 수 있었던 것만으로도 좋아. 넌 아직 할 일이 많아. 재판관을 통해서 자주 연락할게. 타라, 사랑하는 내 딸, 잘 지내렴."

"에헴, 에헴." 재판관이 사라지기 전에 마지막으로 말했다. "오랜 세월이 흐른 뒤에 너를 다시 만나길 바란다, 타라!"

타라는 무슨 말인지 이해하는 데 시간이 좀 걸렸다. 아무도 없는

데서 혼자 재판관을 만나길 잘한 것 같았다. 미리 말했더라면 친구들이 괜히 불안에 떨었을 텐데…….

축제 동안 타라는 슬픔과 후회를 모두 날려버렸다. 그리고 오무아 제국 황궁으로 돌아왔을 때는 세상에서 가장 행복한 느낌이 들었다.

리스베스 여제는 바리우스 남작, 모우르무르와 함께 지구에서 돌아와 있었다. 모우르무르가 불임의 원인을 찾아야 한다면서 역겨운 것들을 계속 먹이는데도 고모는 행복한 얼굴이었다.

타라와 리스베스는 오랜 시간 대화하면서 이전처럼 리스베스는 여제, 타라는 후계자로 남기로 합의했다. 그 소식을 듣고 마라는 언니를 끌어안으면서 기뻐했다. 후계자가 아니기 때문에 이제는 꼭 하고 싶은 일에 전념할 수 있게 된 것이다. 칼의 마음을 사로잡아야 하는데……. 자르는 아무 말도 하지 않았지만 죽었던 누나가 살아난 뒤로 조심스럽게 처신하고 있었다. 그리고 언젠가는 오무아 제국을 다스리느니 어쩌느니 하는 허황된 말은 더 이상 입에 담지 않았다. 이유 없이 죽어야 한다면 황제가 되고 싶은 마음이 싹 달아났던 것이다.

아마존 부대는 더 이상 초원을 지킬 필요가 없기 때문에 다른 미션을 위해 초원에서 철수했다. 반군 부족은 아더월드로 오라는 제안을 받았다. 제안을 받아들인 이들도 있지만, 대부분은 초원에 남았다. 용선은 살루타의 딸 수알라를 따라 오무아 제국에 와 있었다. 흙구덩이를 파서 화장실을 만들고, 장작불로 음식을 만들어 먹는 등 원시적으로 살았던 수알라는 오무아에서 많은 걸 배우기로 결정했다. 반군 부족의 족장 살루타는 초원에 남았다. 많은 부족이 아직은 변화의 혜택을 받지 못했지만 차츰 많은 사람이 선택할 기회를 가질 거라고 확신했다.

물론 데미데루스가 초원에 걸어놓았던 주문은 다 복구되었다. 주민들과 마찬가지로 동물도 차차 집단 이주시키기로 결정했고, 평온을 되찾은 신전은 더 이상 테러의 무대가 되는 일도 없었다.

무시무시한 심판관들은 앞으로도 계속 신전에서 지낼 수 있어서 기뻤다. 이제부터는 어떤 의무도 지지 않고 좋아하는 지구의 물고기를 실컷 잡아먹으면서 쭉 바캉스를 즐기면 되는 것인데.

파브리스는 무아노와 결별했다. 둘은 정말 많이 사랑하지만 서로에게 어울리는 상대가 아니라는 걸 깨달았다. 파브리스는 사람이든 동물이든 잡아먹으려고 달려드는 것이 없는 지구에서 사는 것이 정말 행복했다. 무아노는 제레미 델렝비르 발 드레구스와 함께 있는 모습이 자주 눈에 띄었다. 후계자와 가까운 사람들의 사생활을 캐고 다니는 크리스털리스트들 때문에 이 커플의 미래에 대해 좋지 않은 소문이 돌고 있었다. 금지된 대륙에 억류되어 있다가 돌아온 뒤로 유명해진 발 드레구스 가문은 그만큼 세간의 이목을 끌고 있었다.

칼은 사랑을 고백한 뒤로 될 수 있으면 단둘이 있지 않으려고 타라를 피해 다녔다.

'너를 위해서야, 타라. 오직 너를 위해서. 사랑해.' 물론 이 말을 할 때 친구들은 의식을 잃은 상태라서 들은 사람은 타라와 모우르무르밖에 없었다. 그래서 둘은 암묵적 비밀처럼 가슴에만 담고 있었다.

어느 날, 칼이 아주 흥분한 얼굴로 양손에 크리스털 볼을 들고 헐레벌떡 방으로 뛰어 들어왔을 때 타라는 깜짝 놀랐다. 면허 받은 도둑의 옷차림인데 마치 비좁고 더러운 통로를 기어 다닌 것처럼 얼굴이 꾀죄죄하고 머리가 헝클어져 있었다.

타라는 모우르무르와 얘기하는 중이었다. 아니, 휴가 중이라서 아더월드에 머물고 있는 히글 5의 매력에 대해 일방적으로 떠들어대는 모우르무르의 말을 들어주던 참이라, 타라는 그렇게 나타나준 칼이 고마웠다.

그것도 잠시, 칼은 깜짝 놀랄 말을 했다.

"타라, 방금 네 고모한테서 빌려온…… 것을 봐야 해. 실은 너에게 알리지 않고 고모가 대신 답변하려고 해서 훔쳐올 수밖에 없었어."

칼이 첫 번째 크리스털 볼을 타라 앞에 내려놓자 크리스털 볼이 둥둥 떠오르더니 이미지가 나타났다.

타라는 충격을 받고 넘어질 뻔했다. 아르칸즈의 크리스털레오였다. 금빛과 은빛의 옷차림으로 눈이 부신 마왕이 정중하게 허리를 숙이면서 선언했다.

"림보의 마왕인 나 아르칸즈는 일곱 행성의 이름으로 오무아 제국의 후계자 타라틸랑넴에게 청혼하며, 두 세계를 결합하여 우리 국민들을 행복하게 만들겠다고 약속합니다."

타라는 말이 나오지 않았다.

"잠깐, 이건 아무것도 아냐." 칼의 얼굴이 어두웠다. "하나 더 봐."

두 번째 크리스털 볼에서 셈 선생님의 파란색 비늘이 나타났을 때 타라는 깜짝 놀랐다.

블루 드래곤이 타라 앞에서 정중하게 허리를 숙이면서 선언했다.

"나 셈나샤오비로다인트라쉬부는 내 국민의 이름으로 타라틸랑넴 후계자에게 청혼하며, 두 종족을 결합하여 우리 국민들을 행복하게 하고, 가장 강력한 국가를 만들겠다고 약속합니다."

충격을 받은 타라는 한마디밖에 할 수 없었다.

"다 미쳤네!"

10권에서 계속……

아더월드의 용어 해설

🐟 **아더월드_** 아더월드는 지구 표면적의 1.5배에 이르는 마법 행성으로 태양 주위를 공전하며, 하루 26시간, 1년 454일, 14개월로 이루어져 있다. 위성으로는 두 개의 달 마딕스와 타딕스가 아더월드의 주위를 돌고 있으며, 춘·추분에 조수간만의 차가 몹시 크다.

아더월드의 산들은 지구의 산보다 훨씬 더 높으며, 채굴되는 광물은 대체로 마법의 폭발성이 있어서 추출하는 것이 상당히 위험하다. 지구(육지 29%, 바다 71%)보다 바다가 차지하는 비율은 적으며(아더월드: 육지 45%, 바다 55%), 그중 두 개의 바다는 민물이다.

아더월드를 지배하는 마법은 동물상, 식물상과 마찬가지로 기후에도 영향을 미친다. 그로 인해 계절을 예측하기가 아주 힘들다(아더월드에서는 한여름에도 폭설이 내려 1미터나 되는 눈에 덮일 수 있다!).

타라 덩컨 595

아더월드의 7계절 분류: 계절 1 카일로스(지역에 따라 −30~−50℃까지 내려간다), 계절 2 보탄트(지구의 봄 날씨와 유사하다), 계절 3 트레보, 계절 4 파이초, 계절 5 플루초, 계절 6 모인초, 계절 7 살탄(우기).

아더월드에는 인간, 난쟁이, 거인, 트롤, 뱀파이어, 땅신령, 꼬마도깨비, 엘프, 유니콘, 키마이라, 타트리스, 드래곤 등 수많은 종족이 살고 있다.

☀ 그 밖의 다른 행성

🐉 드란보우글리스펜쉬르_ 드래곤들의 행성. 지능이 높은 거대한 파충류인 드래곤은 마법 능력을 타고나서 어떤 형상으로든 변신할 수 있으며, 대체로 인간으로 변신해 있다.

마법사들 편에 서서 림보의 악마들과 싸우고 있다. 세계의 영토를 점령하기 위해 악마들과 대립하면서 드래곤들은 지구의 마법사들과 충돌하는 순간까지는 알려져 있는 모든 세계를 정복했다. 끊임없이 악마들과 싸워야 하는 드래곤들은 지구인 마법사들과 전쟁을 벌인 뒤에 지구인들과 동맹을 맺는 것이 유리하다는 결론을 내렸다. 지구를 지배하겠다는 계획은 포기했지만, 마법사들이 지구를 지배하는 것도 인정할 수 없는 드래곤들은 지구의 마법사들에게 아더월드에서 더 많은 마법사를 양성하고 훈련시키자고 제안했다.

수년 동안 드래곤들을 경계하면서 고심한 끝에 지구의 마법사들은 결국 그 제안을 받아들이고 아더월드에 정착했다.

드래곤들은 드란보우글리스펜쉬르를 비롯해 지구, 아더월드, 마딕스와 타딕스 등 많은 행성에 살고 있으며, 특히 인간들의 일에 사사건건 참견한다. 드래곤들이 가장 끔찍하게 싫어하는 적은 림보에 사는 악마들이다.

🐉 **림보_** 악마의 세계로 악마들의 영역. 림보는 서클이라고 불리는 여러 세계로 나뉘어 있으며, 서클에 따라 악마들의 능력과 학식이 차이 난다. 제1, 2, 3서클의 악마들은 거칠고 아주 위험하다. 제4, 5, 6서클의 악마들은 마법사들과 정해진 조건 내에서 서로 도움을 주고받는다(마법사는 필요한 것을 악마에게서 얻을 수 있으며 악마의 경우도 마찬가지다). 제7서클은 마왕이 군림하는 서클이다.

림보에 사는 악마들은 저주받은 태양이 제공하는 악마의 에너지를 먹고산다. 다른 세계로 가기 위해 림보를 나갈 경우엔 생명력이 강한 존재의 살과 정신을 먹어야 한다. 전 세계를 침략하던 중 갑자기 나타난 드래곤들과의 전쟁에서 패배한 뒤로 악마들은 림보에 갇히게 되었고, 마법사나 마법 능력이 있는 존재의 긴급 요청이 있어야만 다른 행성으로 갈 수 있게 됐다. 악마들은 이런 활동범위 제한을 견디기 힘들어서 끊임없이 해방될 방법을 모색하고 있다.

악마들이 지구를 침략하려는 이유는 아쿠알릭, 즉 바닷물에 중독되어 있기 때문이다. 악마들에게 바닷물은 알코올과 같은 작용을 하는데 림보에는 바다가 없다. 게다가 지구의 바닷물 맛을 특히 좋아하기 때문이다. '모든 인간을 죽이고 짠물을 실컷 마시겠다'는 것이 악마들의 신조다.

🐂 **산티보르_** 텔레파시 능력이 있는 식물성 존재 진실의 입들이 사는 얼음 행성.

🐂 **지구_** 인간과 비밀 임무를 맡은 마법사들이 살고 있다.

✹ 아더월드의 나라들과 종족

🐂 **간디스_** 거인들의 나라로 수도는 제오폴. 세력 있는 그로아르 가문이 통치하며 흑장미 섬과 황무지 늪이 있다. 나라의 문장은 '주문 방지' 돌로 쌓은 벽에 아더월드의 태양이 올라앉은 형상이다.

🐂 **랑코비트_** 인간이 지배하는 가장 큰 왕국으로 수도는 트라비아. 왕국의 문장은 은빛 초승달 아래 금빛 뿔의 하얀 유니콘이다. 베어 왕과 티타니아 왕비가 통치하고 있으며, 타라와 어머니 셀레나의 조국이다. 약 8천만의 주민이 살고 있고, 뱀파이어들을 받아들이는 드문 나라 중 하나다.

🐂 **멘탈리르_** 보우 대륙 동쪽의 광활한 평원이며 유니콘들과 켄타우로스들의 나라. 유니콘은 생김새와 크기가 말과 같고, 이마에 나선형 뿔이 하나 있으며 발굽은 갈라져 있고 털은 흰빛이다. 지능이 떨어지는 유니콘도 간혹 있지만, 대부분은 영리하며 그 지능은 드래곤들의 지능에 견줄 수 있다. 유니콘의 이 특성을 어떤 종족의 지능이나

동물의 지능으로 분류하기는 힘들다.

켄타우로스는 반은 남자나 여자의 형상, 반은 말의 형상을 하고 있는데 두 종류가 있다. 상반신은 인간, 하반신은 말의 형상을 한 켄타우로스와 상반신은 말, 하반신은 인간의 형상을 한 켄타우로스. 켄타우로스가 어떤 마법에 걸려 있는지는 알 수 없으나 소금이나 향유 같은 생필품을 얻기 위해서가 아니면 다른 종족들과 섞이기를 싫어하는 까다로운 종족이다. 사납고 거칠어서 영역을 침범하는 이방인들을 발견하면 가차 없이 화살을 쏘아댄다. 켄타우로스의 샤먼 부족은 평원에서 하얗고 파란 맹독성 개구리 플로프들을 잡아 그 등을 핥는 것으로 미래를 점친다고 전해진다. '찌르레기 대전'이 벌어지는 동안 켄타우로스들이 엘프들에게 몰살되었다는 것은 이 방법이 100퍼센트 믿을 만한 것이 아님을 말해준다.

🎗 **살테렌스_** 살테렌스들의 나라로 수도는 살라. 나라의 문장은 파란색 투명한 소금을 물고 곧추서 있는 커다란 벌레. 왕은 없고 위대한 카샤라고 불리는 족장과 재상 일파봉이 통치하며 여러 부족으로 나뉘어 있다. 노예제도를 주장하는 종족으로 사자와 표범의 잡종인 두 발 동물이다. 침투할 수 없는 사막에서 숨어 지내면서 마법의 소금 광산을 개발한다.

🎗 **셀렌다_** 엘프들의 나라로 수도는 세보른. 문장은 대각선으로 시위를 메긴 두 개의 활 위로 보이는 은빛 보름달.

엘프들은 마법사들과 마찬가지로 마법에 재능이 있다. 겉모습은 인간이며 뾰족한 귀와 고양이의 눈처럼 동공이 수직으로 움직이는 크리스털 눈, 은발이 특징이다. 아더월드의 숲과 평원에서 살며 가공할 만한 사냥꾼이다. 엘프들은 전투와 싸움, 상대를 유인하는 온갖 종류의 게임을 좋아하기 때문에 그들의 에너지를 적절히 이용하기 위해 경찰국이나 국가정보국에 고용된다.

하지만 엘프들이 옥수수나 마법의 귀리를 경작하기 시작하면 아더월드의 종족들은 불안해한다. 그건 엘프들이 전쟁을 시작할 거란 뜻이기 때문이다. 실제로 전시에는 사냥할 겨를이 없기 때문에 엘프들은 곡식을 재배하고 가축을 기르며, 일단 전쟁이 끝나면 예전의 생활로 돌아간다.

또 다른 특성으로 아이들이 걸어 다닐 수 있을 때까지 남성 엘프들은 배에 달린 육아낭 같은 작은 주머니에 아기를 넣고 다닌다. 여성 엘프는 남편을 다섯 명 이상은 가질 수 없다. 엘프는 거의 죽지 않기 때문에 아이들이 별로 없다. 하프엘프 로빈은 혼혈이라는 이유로 엘프들에게 따돌림을 받고 있다.

🐎 **스몰컨트리_** 땅신령, 꼬마도깨비 파보, 요정, 고블린의 나라로 수도는 스몰빌. 문장은 원 안에 도안한 꽃, 새, 거미. 땅신령은 파란색, 꼬마도깨비는 초록색, 고블린은 회색, 요정은 여러 가지 색이다.

땅신령은 작달막하고 단단한 체구이며 오렌지색 털이 나 있다. 돌을 먹고 살며, 난쟁이들과 마찬가지로 광부들이다. 땅신령의 오렌지색 털은 고성능 가스 탐지기이다. 털이 곤두서면 별 탈이 없지만, 털이 내려앉는 순간부터 땅신령은 광산에 가스가 있다는 걸 알아채고 도망치기 때문이다. 또한 알 수 없는 이유로 인해 땅신령들만 '진실의 입들'과 교감할 수 있다.

스몰컨트리의 익살꾼인 꼬마도깨비 파보들은 키디코이라는 막대 사탕을 만들어낸 이들이다. 착시 현상을 일으키거나 일시적으로 보이지 않게 할 수도 있으며 금을 좋아해 비밀주머니에 숨겨둔다. 그 주머니를 찾아낸 자는 두 가지 소원을 빌 수 있고, 귀한 금을 회수하려면 반드시 그 소원을 들어줘야 한다. 하지만 꼬마도깨비들은 반대로 해석하는 데 선수여서 예측 불허의 결과가 일어날 수 있으므로 소원을 비는 것에는 항상 위험이 따른다.

요정들은 꽃을 가꾸면서 작지만 효과적인 마법을 날리며, 고블린들은 요정과 움직이는 것은 무엇이든 잡아먹으려고 한다.

🐚 **오무아_** 인간이 지배하는 가장 큰 제국으로 수도는 팅가푸르. 제국의 문장은 100개의 금빛 눈을 가진 주홍빛 공작이다. 타라의 고모인 여제 리스베스틸랑넴 탈 바르미 압 산타 압 마루와 삼촌인 황제 산도르 탈 바르미 압 마르치 압 브레비스가 통치하고 있다. 제국을 설립한 최고 마구스 데미데루스의 후손들이다. 오무아에는 약 2억의 주민이 살고 있다. 다른 나라들과 교역하고 있으며, 셀렌다를 제외하고 가장 많은 수의 엘프 군단을 거느리고 있다.

🐚 **크라살비_** 뱀파이어들의 나라로 수도는 우를라. 나라의 문장은 천문관측기 위에 무한을 상징하는 누운 8자와 별이 올라앉은 형상이다.

뱀파이어는 총명하고, 인내심이 많으며, 학식이 깊다. 수명이 아주 길고, 수학과 천문학에 몰두하며, 대부분의 시간을 명상하는 데 보내면서 삶의 의미를 추구한다.

아더월드의 뱀파이어는 동물의 피를 먹고 살기 때문에 가축을 키운다. 브르르르아아아, 모오오오우우우, 지구에서 수입한 말, 염소, 양 등. 하지만 몇몇 피는 금지되어 있다. 유니콘이나 인간의 피를 먹으면 미치게 되며, 수명이 절반으로 줄고, 햇빛을 쐬면 치명적인 알레르기가 일어나기 때문이다. 반면에 뱀파이어에게 물리면 독이 퍼지게 되며, 뱀파이어에게 물린 인간은 그들의 노예가 된다. 게다가 독성 피가 전이되면 뱀파이어가 되는데 이 경우의 뱀파이어는 파괴적이고 악독하기 때문에, 저주에 희생된 뱀파이어는 동족으로 구성된 특별수사대는 물론 아더월드의 모든 종족에게 쫓겨 다닌다.

🐊 **크랑카르_** 트롤들의 나라로 수도는 크리아. 나라의 문장은 나무 꼭대기에 몽둥이가 걸려 있는 형상이다. 트롤 외에 식인귀, 오크, 고블린 들이 살고 있다.

트롤은 거대한 몸집에 납작한 이빨이 있는 초록빛 털북숭이로 채식주의 종족이지만, 고기를 흡수할 경우 식인귀가 될 수 있다. 식인귀가 되면 크랑카르에서 쫓겨난다. 먹고살기 위해 나무를 마구 죽이며(이것이 엘프들의 울화를 치밀게 한다), 쉽게 자제력을 잃어버리는 성향이 있어서 한번 성질이 나면 닥치는 대로 짓뭉개버리기 때문에 평판이 나쁘다.

🦎 **타트란_** 타트리스, 카흠보움, 타츠보움의 나라로 수도는 시티 빌. 문장은 양피지 위에 놓인 직각자, 컴퍼스, 크리스털 볼.

타트리스는 머리가 둘인 특성을 가지고 있다. 관리 능력이 뛰어난 데다 신체적 특성 덕분에 행정관이나 정부 고위층에서 일하고 있다. 오로지 일을 중요하게 여기면서 헛된 꿈을 꾸지 않는 현실주의자들이다. 또한 꼬마도깨비 파보들이 즐겨 놀리는 대상 중 하나이며, 이 장난꾸러기들은 유머가 결핍된 종족이라는 소리를 듣지 않기 위해 수세기 동안 끈질기게 타트리스 종족을 웃기려고 애쓰고 있다. 게다가 파보들은 웃기는 데 성공한 자들 중 1등에게는 상까지 수여하고 있다.

카흠보움은 빨간 눈과 촉수들이 있는 노란색 덩어리 모습을 하고 있으며 주로 도서관 사서로 일한다. 타츠보움은 촉수로 놀라운 멜로디를 연주하는 음악가들이다.

🦎 **파트로크_** 에드라킨족이 사는 나라로 수도는 키크로크. 나라의 문장은 바람의 원소에 올라앉은 불새. 에드라킨족은 강력한 마법사들이며, 생김새는 인간과 비슷하지만 귀가 뾰족하고 털로 덮여 있는 육식동물에 가깝다. 머리털은 두상의 절반 정도까지만 자라며, 코는 거의 보이지 않는다. 다른 종족을 싫어하지만 의무적으로 여러 나라와 교역하고 있다. 에드라킨족은 아더월드를 정복하기 위해 네 번이나 침략을 시도했다.

🦎 **히믈리아_** 난쟁이들의 나라로 수도는 미나트. 대장장이 씨족이

통치하고 있다. 나라의 문장은 광산 지하의 전쟁용 모루와 쇠망치.

키와 몸통 폭의 길이가 똑같은 단단한 체구가 난쟁이들의 신체적 특징이다. 아더월드의 광부, 대장장이로 활동하고 있으며, 뛰어난 금속 가공업자, 보석 세공인도 거의 난쟁이들이다. 성격이 몹시 까다로운 것으로 알려져 있고, 마법을 싫어하며 아주 길고 복잡한 노래를 즐겨 부른다. 또한 돌을 통과하거나 돌을 용해시키는 특별한 재능을 지니고 있는데 마법과는 다른 차원의 힘이다.

✸ 아더월드와 주변 행성의 동·식물상 및 속담

🐾 **가즈즈**_ 사슴뿔이 달린 네 발 짐승으로 털이 빨간색(트롤들의 나라에서는 초록색)이다.

🐾 **간다리**_ 대황에 가까운 식물이며, 꿀처럼 단맛이 난다.

🐾 **갬볼**_ 마법에 흔히 이용되는 파란 이빨의 설치류 동물. 그 살가죽과 피에 마법이 침투하지 못할 정도로 땅을 깊이 파고 들어간다. 건조시키면 딱딱해졌다가 가루처럼 변하며, '갬볼 가루'는 힘든 마법을 실행할 수 있게 한다. 몇몇 마법사들은 갬볼 가루를 식용하는데, 그 가루가 환각 증세를 일으키기 때문이다. 갬볼 가루 복용은 아더월드에서 엄격하게 금지되어 있으며 위반할 경우 엄중한 처벌을 받는다.

그라옥스_ 아더월드의 신기한 동물. 돼지처럼 생긴 보라색 동물인데 납작한 주둥이는 확성기로 변할 수 있으며 울림통 역할을 하는 커다란 갑상선종 같은 것이 있다. 짝짓기 계절에 그라옥스는 괴성을 질러서 암컷을 유혹하는데 그 소리가 어찌나 큰지 주위에 있는 동물은 모두 귀가 먹을 정도이다. 그 때문에 짝짓기 기간에 아더월드의 동물들이 대이동을 한다. 하지만 짝짓기 기간을 제외하면 보이지도 않게 아주 조용히 지낸다. 학자들은 암컷이 수컷에게 달려가는 것은 괴성에 유혹된 것이 아니라 아가리를 닥치게 하려는 것으로 보고 있다.

글로우톤_ 털북숭이 동물. 길게 늘어나는 특성이 있어서 목을 조르는 밧줄로 사용한다.

글루릅스_ 머리가 아주 갸름한 초록색과 갈색의 도마뱀으로 호수와 늪 근처에서 서식한다. 식욕이 왕성하며, 물속에서 숨을 쉬지 않고 몇 시간을 견딜 수 있어서 목을 축이러 오는 순진한 동물을 잡아먹는다. 물가의 은신처에 굴을 파놓고 살며, 호수 바닥의 구멍 속에 먹이를 숨겨놓는다.

글리이르_ 새지만 날지 못한다. 포식동물들을 피하기 위해 트라둑과 같은 방식으로 생존한다. 냄새로 가장 끈질긴 흡혈파리 떼도 물리칠 수 있는 식물 예록을 먹고 산다.

🐾 **늑대인간_** 드래곤들의 왕이 납치해서 금지된 대륙에 정착한 아나자시족. 마음대로 늑대로 변신하며, 인간 모습일 때도 힘과 민첩성과 유연성이 굉장히 뛰어나다. 늑대인간은 깨무는 것으로 감염시킬 수 있다. 지구의 늑대인간들과는 달리 아더월드의 늑대인간들은 보름달에 의존하지 않고 언제든 변신할 수 있다. 타라 덩컨이 해방시켜준 늑대인간들은 아더월드 사람들의 마법 공격을 두려워하고, 금속 중에서는 은에만 약하다. 늑대인간을 죽일 수 있는 방법은 목을 베는 것이다. 알파 늑대들이 다스리고 있다.

🐾 **드래코-티라노사우루스_** 뱀과 공룡의 잡종. 드래곤의 사촌이지만 지능은 많이 떨어지며, 날개가 작아서 날지 못한다. 가공할 만한 포식동물로 움직이는 것뿐만 아니라 움직이지 않는 것조차 닥치는 대로 잡아먹는다. 오무아 제국의 따뜻하고 습한 숲에서 살며, 이 지역은 관광 개발이 불가능하다.

🐾 **디스쿠타리움/데비자투아르(사용하는 국민에 따라 다르다)_** 지구와 아더월드, 드란보우글리스펜쉬르, 악마들의 림보와 관련된 모든 책, 영화, 예술 작품에 관한 정보를 조회할 수 있다. 디스쿠타리움에서 나오는 목소리는 어떤 질문에도 답변을 못하는 경우가 거의 없다.

로미네트_ 아더월드에서 가장 빠른 동물. 어찌나 빠른지 아무도 사진을 찍지 못했기 때문에 존재하는지 확신할 수가 없다. 털북숭이 그림자 같은 것이 휙 지나가면 사람들은 '로미네트를 본 게 틀림없어'라고 말한다. 티티족만 로미네트를 볼 수 있다고 전해진다.

로크 새_ 공중에서 사는 자이언트 새로, 커다란 독수리 콘도르와 비슷하다. 인공위성을 궤도에 올려놓거나 아더월드에서 마딕스와 타딕스로 여행할 때 이용한다. 다행히 아더월드의 태양 빛을 먹고 살기 때문에 배설하지 않는다. 로크 새의 똥이 머리 위로 떨어질 일은 없다.

마누릴_ 마누릴의 하얀 싹은 즙이 많아서 아더월드 사람들이 즐겨 음식에 곁들여 먹는다.

모오오오우우우_ 뿔은 없고 머리가 둘 달린 고라니. 머리 하나가 먹을 때 다른 하나는 포식동물들을 감시한다. 이동할 때는 게처럼 옆으로 걷는다.

무슈티크_ 벌처럼 쏘아서 아더월드 사람들의 피를 빨아 먹는 공격적인 곤충. 흡혈파리보다 크기가 더 크며, 트라둑이나 브르르르아아아에 앉아 있다가 살 속을 파고드는데 치명적인 독을 분비하기 때문에 아주

위험하다.

므르르르_ 초록색 귀가 달린 오렌지빛 고양이. 같은
능력을 가진 빨간 생쥐 뿌익을 잡기 위해 공간이동을 할
수 있다.

므르모움_ 나무들이 숲 모양으로 거대한 군락을 이루
고 있어서 따기가 아주 힘든 과일이다. 므르모움나무는 접
근하는 것이 있으면 괴상한 소리를 내면서 땅속으로 파고들
기 때문에 붙여진 이름이다. 아더월드에서 산책을 하다 보면 므르모
움나무 숲이 통째로 사라지고 벌판만 남는 아주 놀라운 광경을 목격
할 수 있다.

미얌_ 크기가 복숭아만 한 빨간 체리.

발로르키데_ 꽃이 아주 화려한 기생식물. 이름은 개화하기 전
의 노란빛과 초록빛의 봉오리에서 따온 것이다. 성장 속도가 아주 빨
라서 몇 계절 만에 나무 한 그루를 죽일 수 있으며, 뿌리
로 이동해서 그다음 나무를 공격한다. 그래서 아더월드
의 나무들은 발로르키데들이 들러붙지 못하게 부식시키
는 물질을 분비하는 것으로 생존 경쟁을 벌이고 있다.

발분_ 거대한 고래로 붉은색이며 지구의 고래보다 두 배로 크

다. 발분은 잊지 못할 멜로디의 노래를 부르며, 젖이 아주 풍부하다. 발분의 젖으로 만든 버터와 크림은 영양가가 높은 인기 식품이어서 물에 사는 트리톤과 사이렌들과 육지에 사는 거주자들 사이에 무역 교류의 대상이 되고 있다. 노래를 아주 잘 부를 때 '발분처럼 노래 부른다'는 말로 칭찬한다.

🐟 뱅뱅_ 붉은색 나무로 인간이 이 식물에서 추출한 빨간 가루를 먹을 경우 행복을 느끼다가 황홀경에 빠져 죽음에 이른다. 트롤들은 이빨이 아플 때 복용한다.

🐟 버디 드라이어_ 바람의 원소를 이용한 무형물로 욕실에서 주로 사용한다.

🐟 베에에_ 아름다운 흰털 양. 마법 행성의 변화무쌍한 계절에 적응력이 뛰어나서 몇 시간 만에 털이 빠지거나 털을 자라게 할 수 있다. 그래서 털 깎는 시기에 사육자들이 그 특성을 이용해 날씨가 갑자기 몹시 더워졌다고 하면 베에에들은 즉시 털을 홀랑 벗어버린다. 아더월드에서 '베에에처럼 순진하다'는 표현을 쓰는 것은 여기서 유래한다.

🐟 벤드룩_ 림보의 여러 우상 중 하나인 벤드룩은 생김새가 어찌나

흉측한지 다른 우상들조차 그 끔찍한 모습에 두려움을 느낄 정도다. 벤드룩은 내장이 몸 밖으로 나와 있어 먹을 때 소화되는 과정을 구경할 수 있다.

🐾 **벨루르 목재_** 내구성이 좋고, 아름다운 금빛 색깔 때문에 아더월드에서 실내 바닥재로 많이 사용한다. 겉보기에는 차가운 느낌이지만 양탄자처럼 푹신하다.

🐾 **보벨_** 앵무새와 유사한 아더월드의 화려한 새로 마법사들의 마음을 사로잡는 마법 능력이 있다.

🐾 **보우둘 필터_** 파란색 자루처럼 생긴 유기체. 아더월드의 항구에서 온갖 쓰레기를 먹어치우는 것으로 맑고 깨끗한 물을 유지해 준다.

🐾 **본데르의 돌_** 마이크를 사용할 필요가 없을 정도로 소리를 중폭하는 특성이 있는 아더월드의 돌.

🐾 **부이브르_** 야행성의 날개 돋친 도마뱀으로 길이가 30미터에 이르며, 물고기를 먹는 동물이다. 부이부르의 이마에 박힌 보석에는 독을 중화시키는 성분이 있고, 도마뱀의 부위들은 주로 묘약의 재료로 사용된다. 최초의 부이브르는 알에서 태어난 것으로 전해지고

있지만 생물학적으로 도저히 불가능한 일이다.

북극 젤레_ 흰털의 작은 동물로 혈액 속의 동결 방지 성분 덕분에 영하 80도의 기온에서도 살 수 있다. 젤레는 두 봄을 보내고 나서 정확하게 플루초 1일에 죽는데 그 털이 희귀하기 때문에 사냥꾼들은 기온이 영하 20도로 오르는 북극으로 젤레를 잡으러 간다. 그러나 젤레가 구멍 속에 숨어서 죽는 습성이 있는 데다 털이 새하얗기 때문에 찾기가 힘든 것이 문제다. 빙산 속에 숨어 있다가 구멍 가까이 접근하는 것은 모조리 잡아먹는 '크로크라'라는 일종의 바다표범들 때문에 구멍마다 손을 집어넣는 것은 아주 위험하다.

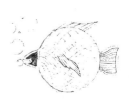

불비_ 아더월드에 사는 회색과 보라색의 다람쥐. 옆구리부터 발가락까지 이어지는 비막을 이용하여 이 가지에서 저 가지로 날 수 있다.

불사르딘_ 공격을 받으면 몸이 팽창하는 특성을 가진 일종의 정어리. 껍질은 칼이 들어가지 않을 정도로 아주 질기다. 아더월드에서 파괴되지 않는 것을 보면 '불사르딘 같다'고 말한다.

불새_ 깃털에 불이 붙어 있지만 신기하게도 털이 재생된다. 아더월드의 불에 타지 않는 나무에만 둥지를 틀며, 물을 떨어뜨리면 불새를 죽일 수 있다.

🦎 **붉은 트르르_** 썩지 않는 목재. 부서지거나 맥주에 부식되지 않기 때문에 집과 술집에서 주로 사용한다.

🦎 **브롤부레_** 난쟁이들이 사용하는 욕설로 세상에서 가장 비겁하고 지저분한 콧물 흘리는 찌질이를 가리킨다. 난쟁이들은 비겁한 것을 경멸하며, 광산에서는 까딱 잘못 재채기를 했다가는 수백 톤에 이르는 바위가 무너져 내릴 위험이 있어서 감기에 걸리는 걸 질색하기 때문에 생긴 욕이다. 따라서 가장 심한 욕이다.

🦎 **브롤크_** 슬루르크와 같이 쓰이는 욕으로 '빌어먹을'에 해당한다.

🦎 **브룩스_** 드래코-티라노사우루스의 똥만 먹고 사는 도마뱀.

🦎 **브룸므_** 일종의 빨간 무로 아더월드 사람들이 즐겨 먹는다.

🦎 **브르르르아아아_** 거인들의 나라 간디스에서 생산하는 엄청나게 큰 소. 털은 숱이 아주 많아서 거인들이 그 털가죽으로 옷을 지어 입는다. 몹시 공격적이어서 움직이는 것이 있으면 뭐든 덤벼든다. 제 그림자를 쫓다가 녹초가 된 브르르르아아아를 보게 되는

것은 그 때문이다. 흔히 고집불통인 사람을 '브르르르아아아 같다'고 표현한다.

🐾 **브르리르_** 흰빛과 금빛이 어우러진 고양이과 동물로 다리가 여섯 개. 특히 브르리르를 사랑하는 오무아 제국의 여제는 이 동물들이 궁전에 갇혀 있다는 생각을 하지 않도록 주문을 걸어놨다. 그래서 브르리르들에게는 가구와 침대의자가 나무와 편안한 바위로 보인다. 브르리르에게는 궁인들이 안 보이며, 궁인들이 쓰다듬어주면 바람에 털이 살랑살랑 흩날리는 것이라고 생각한다.

🐾 **브르맥주_** 첫 모금에 몸이 부르르 떨리기 때문에 붙여진 이름이다.

🐾 **브리양트_** 요정의 사촌으로 아더월드의 조명 기구. 대륙에 따라 날개 달린 작은 요정 형상, 날개 돋친 뱀 형상 등 여러 가지 모습이 있다. 어둠 속에서 100와트 밝기의 빛을 발하며, 거리의 가로등이 되기도 하고 투명한 스탠드나 램프의 모습으로 아더월드의 모든 가정을 밝혀준다.

🐾 **브릴_** 브릴의 싹 요리는 아더월드에서 아주 인기가 높다. 브릴은 히플리아에 있는 마법의 산골짜기에서 자라며 난쟁이들이 그 싹

을 수확해서 아더월드의 상인들에게 비싼 값으로 판다. 게다가 히플리아에서는 브릴을 잡초로 여겨 먹지 않기 때문에 난쟁이들은 이 불로소득에 즐거운 비명을 지른다.

브볼_ 아더월드의 참새로, 위험이 닥치면 포식동물의 모습으로 위장하는 능력이 있어서 공격자를 달아나게 한다. 가령 포콩지르들이 공격할 경우 브볼들은 포콩지르의 천적인 에글롱의 모습을 만든다. 정말 에글롱인 줄 알고 포콩지르들이 줄행랑치면 브볼 떼는 흩어진다.

블라즈_ 청소하는 푸프푸프와 비슷하지만 블라즈는 날아다니며 아더월드의 자이언트 거미들을 공포에 떨게 한다.

블루릅스_ 갈색 가죽배낭 같은 모습으로 흙 속에 숨어 있다가 접근하는 곤충을 잡아먹는 식물. 어린 블루릅스들이 흰개미처럼 어미 블루릅스에게 물과 먹이를 공급하며, 다 크면 둥지를 떠나 다른 데에 뿌리를 내리고 흙 속으로 파고 들어간다. 아더월드에서는 궁지에서 헤어날 방법이 전혀 없을 때를 가리켜 '블루릅스 둥지에서 헤맨다'고 표현한다.

블루투르_ 썩은 고기를 먹는 회색과 노란색 새로 무엇이든 소화할 수 있다. 블루투르가 죽어도 몇 달 동안 창자는 살아 있어서 먹은 것을 계속 소화시킨다. 블루투르의 창자는 독을 신선하게 보존하는 데 사용된다.

🐟 **블를_** 대부분 물속에서 생활하다 번식기에 물 밖으로 나오는 날개 돋친 물고기. 색이 아름다워 수영 장 장식용으로 쓰인다.

🐟 **블리르_** 아더월드의 금빛 자두. 지구의 자두와 아주 흡사하며 더 달콤하다.

🐟 **비마_** 비마법사를 축약한 것으로 비마는 마법 능력이 없는 인간 들을 가리킨다.

🐟 **비즈즈즈_** 빨간색과 노란색의 커다란 벌. 지구의  벌들과는 달리 비즈즈즈는 독침이 없다. 독극물을 분비 해 잡아먹으려고 달려드는 포식동물을 독살하는 것이 비즈즈즈의 방어 수단이다. 비즈즈즈들이 아더월드의 마법 꽃에서 생산하는 꿀은 그 어떤 꿀에도 비길 데 없는 맛이다. 아더월드에서는 '비즈즈즈 꿀처럼 달콤하다'는 표현을 자주 사용한다.

🐟 **빠그락-땅콩_** 벌어질 때 나는 독특한 소리 때문에 붙여진 이름 이다. 이 땅콩에서 짜내는 기름은 향이 좋아 아더월드의 유명한 주방 장이나 숙련된 가정주부들이 주로 애용한다.

빨간 바나나_ 색깔을 제외하고는 지구의 바나나와
똑같다.

뿌익_ 이 장소에서 저 장소로 순간 이동할 수
있는, 꼬리가 둘 달린 빨간 쥐. 천적은 같은 능력
을 지닌 초록색 귀의 오렌지색 뚱보 고양이 므르
르르이다.

사카트_ 맹독성의 공격적인 빨갛고 노란 곤충으로 아더월드에
서 특히 좋아하는 꿀을 생산한다. 미식가들인 난쟁이들만 사카트
의 애벌레를 먹을 수 있다. 다른 종족이 먹었을 경우에
는 애벌레의 딱지가 인간이나 엘프의 소화액에 용해되
지 않아 배 속에서 벌떼를 분봉할 위험이 있다.

샤먼_ 아더월드에서 의사 역할을 하는 치료사. 마법사는 누구나
다쳤을 때 레파루스 주문으로 상처를 아물게 할 수 있지만, 이 주문만
으로는 치료할 수 없는 병도 많기 때문에 꼭 필요한 존재이다.

샤트릭스_ 일종의 하이에나. 검은색이며, 독
이 든 이빨을 사용하는 아주 공격적인 동물로 밤에
만 사냥한다. 길들일 수 있어 오무아 제국에서 샤트
릭스들을 문지기로 이용한다.

세르팡 밀리에르_ 황무지 늪 근처에 서식하는 뱀. 납작한 비늘 덕분에 진흙 속에서도 이동할 수 있다. 물속에 집어넣으면 빠져 버린다.

소포르_ 향기로운 꽃들이 탐스러운 식물. 최면 작용을 하는 꽃가루로 곤충과 동물을 함정에 빠뜨린다. 곤충이나 동물이 잠들면 꽃가루를 뿌려서 번식을 도와주는 매개체로 삼는다. 얼마 후 깨어난 곤충이나 동물이  다른 소포르 군락지를 지나가면서 꽃가루를 옮기기 때문이다. 소포르는 위험한 식물이 아니지만, 매개체들을 잠들게 하기 때문에 다른 포식동물에게 쉽게 노출되어 위험에 처하게 된다. 소포르 군락지 주변에서 육식동물이 자주 보이는 것은 그 때문이다.

스너피_ 생김새는 여우와 비슷하지만 두 발로 걸어 다니며 누더기를 걸치고 옆구리에 배낭을 달고 다닌다. 닭이나 스파슌을 훔치기 때문에 아더월드의 농부들이 아주 싫어한다. 제 몸을 복제하는 특성이 있어서 감옥에 갇혀도 탈옥할 수 있다.

스쿠프_ 아더월드의 기술로 생산되는 날개 달린 작은 카메라. 스쿠프는 지능을 가지고 있어서 촬영한 영상을 크리스털리스트에게 전송한다.

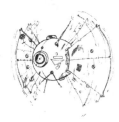

🐾 **스크로뉴플루프_** 수달과 토끼를 뒤섞어놓은 듯한 생김새. 스크로뉴플루프는 아주 어리석은 사람이나 아주 멍청한 경우를 가리킬 때 흔히 사용하는 욕이다.

🐾 **스트리둘_** 지구의 메뚜기에 해당된다. 몹시 파괴적이라 구름같이 떼를 지어 이동할 때는 삽시간에 농작물을 휩쓸어 버린다. 스트리둘은 아주 풍부한 점액을 생산하기 때문에 마법에 널리 사용된다.

🐾 **스파슈니어_** 닭장처럼 스파슌을 가두어두는 우리.

🐾 **스파슌_** 금빛의 자이언트 칠면조인데 시종일관 울음소리를 내면서 거드럭거리고 다니는 통에 사냥하기가 아주 수월하다. 흔히 '스파슌처럼 어리석다' 또는 '스파슌처럼 거드름피운다'고 표현한다.

🐾 **스팔렌디탈_** 일종의 전갈이며 스몰컨트리가 원산지다. 땅신령들은 스팔렌디탈을 길들여서 말처럼 타고 다니며, 가죽이 아주 질기기 때문에 유용하게 사용한다. 새를 좋아하는(미각적 의미에서) 땅신령들은 스몰컨트리의 서식 동물을 절멸시킴으로써 곤충을 포함한 다른 동물에게 생태적 지위를 열어주었다. 천적들에게서 해방된 스팔렌디탈들은 위험 없이 자라면서 그 개체 수가 점점 더 늘어났다. 땅

신령들 때문에 스몰컨트리는 결과적으로 자이언트 전갈, 자이언트 거미, 자이언트 다족류에게 점령되었다.

🐾 **스플루프_** 엘프들의 나라 셀렌다의 숲에 서식하는 빨간 도가머리의 은빛 새. 스플루프의 알은 아주 맛있지만 건드리기만 해도 잘 깨진다. 길들일 수가 없는 새라서 알을 얻기 힘들고, 값도 아주 비싼 편이다.

🐾 **슬루릅_** 멘탈리르 평원이 원산지인 식물이며, 그 즙은 신기하게도 후추를 친 쇠고기의 깊은 맛이 난다. 고기 맛이 나는 것은 초식동물인 유니콘 떼의 공격을 피하기 위해서다. 하지만 이 독특한 맛을 발견한 아더월드 사람들이 슬루릅 즙으로 요리하는 습관이 생겼다.

🐾 **아스토펠_** 장밋빛 작은 꽃으로 냄새를 맡으면 며칠 동안 후각을 마비시킨다. 특히 아스토펠은 초식동물을 비롯한 모든 동물의 공격을 막기 위해 꽃향기로 후각을 마비시키는 능력이 발달되어 있다.

🐾 **에글롱_** 날 수 있는 포식동물로 포콩지르를 잡아먹는다.

🐾 **에프리트_** 지각단층을 둘러싼 전쟁이 일어났을 때 인간들 편에서서 악마들과 싸웠던 악마 종족. 감사의 뜻으로 데미데루스는 마법

사의 호출을 받는 에프리트에게 아더월드로 오는 것을
허락했다. 아더월드에 온 에프리트들은 자기들의 능력
을 인간을 돕는 데 사용하기로 결정했고, 대부분 하인,
전령, 경찰로 일하고 있다.

🐾 **엠엠로움_** 아더월드에서 재배하는 과일로 즙이 아주
많고, 달콤한 살구와 바나나를 섞은 맛이다. 엠엠로움나무는
침입자가 다가오는 즉시 땅속으로 사라지는 능력이 있다.

🐾 **예륵_** 초식동물들이 도저히 먹을 엄두를 내지 못하게
썩은 냄새를 풍기는 식물. 후각이 없는 새, 글리이르만 먹을
수 있다.

🐾 **원소_** 불, 물, 흙, 공기 등 여러 종류의 원소가 존재한
다. 성질이 포악한 불의 원소를 제외하고 원소들은 대체로
다정하며 일상생활에서 아더월드 사람들을 도와준다.

🐾 **위베른족_** 드래곤들의 시중을 드는 자이언트 도
마뱀으로 금빛 비늘이 덮여 있고, 회전하는 엉덩이 덕분에 두 발로 걸
어 다닐 수 있다. 드래곤보다는 덜 영리하며, 유머 감각은 전혀 없다.
드래곤의 세포 실험 과정에서 태어났으
며, 드래곤의 먼 사촌으로 볼 수 있다.

유니콘_ 갈라진 쌍발굽과 이마에 뿔이 하나
달린 말. 멘탈리르 평원에서 자라는 지혜의 풀 덕
분에 아주 영리한 동물이다.

자이언트 강철나무_ 마법을 사용하지 않고서는
파괴할 수 없다. 키가 무려 300미터까지 자랄 수 있으며
야생 페가수스들이 둥지를 짓는다.

자이언트 거미_ 스팔렌디탈과 마찬가지로 스몰컨
트리가 원산지이다. 땅신령들이 말처럼 타고 다니며, 그 거미줄은 아
주 질긴 것으로 유명하다. 여덟 개의 다리와 여덟 개의 눈, 전
갈처럼 독침이 있는 꼬리가 달려 있는 것이 특징이다.
아주 영리하며, 잡아먹기 전에 먹이에게 수수께끼를
내는 것이 취미이다.

젤리소르_ 림보에서 숭배하는 신. 입김이 어찌나
센지 향기가 나는 천으로 주둥이와 얼굴을 가려야만 신전으로 들어
갈 수 있다. 악취 때문에 젤리소르의 신전에서는 파리도 살 수 없다.
다른 신들과 회의가 있을 때는 실내 공기를 고려하여 송곳니를 깨끗
이 닦고 들어가야 하며, 젤리소르 옆에서는 담배를 피울 수 없다.

주르스탈_ 텔레크리스털이 방송하는 아더월드의 뉴스이며, 마
법사와 비마는 크리스털 볼과 크리스털 전광판으로 받아 본다.

진비지블_ 보이지 않게 모습을 감출 수 있는 카멜레온. 오무아 황실과 여제를 위해 일하는 살아 있는 녹음기이자 스파이이다.

진실의 입_ 아더월드에서 가까운 얼음 행성 산티보르 원산의 식물성 존재. 텔레파시 능력이 있어서 어떤 거짓말도 탐지할 수 있다. 말을 못하기 때문에 진실의 입들의 생각을 읽어낼 수 있는 파란 땅신령을 통해 의사소통한다.

진흙먹보_ 간디스의 황무지 늪에 사는 털북숭이 동물이며 진흙에 들어 있는 영양소와 곤충, 수련을 먹고 산다. 진흙먹보들의 원시족은 아더월드의 다른 거주자들과 거의 접촉이 없다.

차우프_ 아더월드에서 가장 어설픈 동물. 머리에 나 있는 노란색 깃털과 트럼펫 모양의 빨간색 코, 코끼리와 하마를 섞어놓은 모습의 잿빛 털북숭이로, 여섯 개의 다리가 서로 걸리는 바람에 3미터도 못 가서 넘어지기 일쑤이다. 그래서 차우프를 노리던 포식동물들이 깔려 죽는 일이 자주 일어난다.

첼프_ 림보의 동물로 액체가 가득 찬 풍선 형태를 하고 있다. 포식동물을 피하기 위해 날아가거나 겁이 났을 때 액체를 투하하는데 냄새가 몹시 고약하다. 림보에서 '오늘 아침에는 첼프 향기가 나네요?'

하고 말하면 칭찬이다. 악마들이 첼프 향기를 좋아하기 때문이다.

🐾 **친파프**_ 콜라, 사과, 오렌지 맛이 나고, 콜라처럼 거품이 생긴다. 상쾌하게 해주고 활력을 주는 청량음료.

🐾 **카멜레**_ 하트 모양의 식물로 잎은 식용한다. 계절과 장소에 따라 색이 변한다. 카멜레 잎만 섭취하고도 생존한 여행자가 많아서 '여행자의 식물'이라고 불린다. 치즈 샌드위치 맛과 비슷하다.

🐾 **카멜린**_ 환경에 따라 색이 변하는 특성에서 이름이 유래한 희귀종 식물. 멘탈리르 평원에서는 파란색이고, 살테렌스 사막에서는 금빛이나 흰색이다. 꺾거나 옷감으로 짜도 그 특성은 유지되기 때문에 활용 가치가 높다.

🐾 **칵스**_ 근육을 풀어주는 효능이 있는 약초로, 달여 마시며 잠자기 직전에만 복용하라고 되어 있다. 근육에 영향을 준다고 하여 아더월드에서는 '몰몰'이라고도 부른다. '이런 칵스 같은 놈!'이라고 말하면 아주 흐늘흐늘한 사람을 가리킨다.

🐾 **칸타루프**_ 공격적인 식충식물이며, 주로 곤충과 설치류 동물을 잡아먹는다. 꽃잎의 색은 다양하지만 항상 눈에 거슬리는 빛깔이며,

날카로운 가시를 사용하여 마치 작살로 찍듯이 먹이
를 잡는다. 크기는 큰 개만 해서 꺾기가 힘들고, 아더
월드의 특선 요리에 들어가는 재료로 사용한다.

🦎 **칼로르나_** 숲에 피는 매혹적인 꽃. 달콤한 장밋빛과
흰빛 꽃잎으로 아더월드의 초식동물과 모든 동물에게
특선 요리를 제공해준다. 멸종을 피하기 위해서 칼로르
나는 세 개의 꽃잎을 포식동물의 접근을 감지할 수 있는
탐지기로 만들었다. 커다란 눈 모양의 이 꽃잎들 덕분에 칼
로르나는 재빨리 모습을 감출 수 있다. 그런데 불행히도 호기심이 많
은 칼로르나는 그 꽃잎들을 세우고 있다가 포식동물을 제때에 피하
지 못하는 경우가 종종 있다. 호기심이 많은 사람을 보고 '칼로르나
같다'고 말하는 것은 바로 그 때문이다.

🦎 **케빌리아_** 광채가 나는 투명한 보석. 다이아몬드와 비슷하지만
훨씬 반짝거리며, 파란빛, 초록빛, 장밋빛, 노란빛, 빨간빛 등 빛깔도
훨씬 짙다. 케빌리아는 아더월드에서 가장 귀한 보석이다. 엄청난 가
치를 지니고 있다는 표현을 할 때 아더월드에서는 '케빌리아 같은 영
향력이야' 라고 말한다.

🦎 **켈트릴_** 가볍고 아주 단단해서 갑옷과 보호대를 만드는 데 사용
하는 은빛 금속. 난쟁이들이 만들어서 엘프와 인간에게 아주 비싼 값
으로 판다.

크라켄_ 시커먼 다리들이 위협적인 자이언트 문어. 엄청난 크기 때문에 아더월드의 바다에서 발견되지만, 민물에서도 살 수 있다. 뱃사람들에게는 위험한 존재로 널리 알려져 있다.

크라크덴트_ 트롤의 나라 크랑카르 원산의 장밋빛 털북숭이 동물. 앞뒤가 분간되지 않지만, 세 배 크기로 늘어나는 입을 갖고 있어 무엇이든 거의 한입에 덥석 집어삼키므로 상당히 위험하다. 아더월드를 방문한 많은 관광객들이 "어머 어쩌면 이렇게 귀여울까!" 하고 감탄하다가 목숨을 잃었다.

크레크레크레_ 레몬빛 털의 설치류 동물로 생김새는 토끼와 비슷하다. 빛깔이 화려한 아더월드의 환경을 이용해서 포식동물들을 아주 쉽게 피한다. 고기는 맛이 없는데도 굶주린 여행가나 사냥꾼이 먹기도 한다. 아더월드에서는 크레크레크레를 사로잡아서 사육한다.

크렐_ 아더월드의 금빛 미모사나무. 놀랍게도 지나가다가 건드리는 동물이나 사람들의 감정을 색깔로 반영한다.

크로그로세이유_ 갈증을 풀어주는 청량음료. 아더월드 사람들

이 즐기는 탄산음료 중 하나다.

🐾 **크로쉬엥_** 살테렌스 사막의 재칼. 크로쉬엥은 무리를 지어 사냥한다.

🐾 **크로아_** 두 가지 색의 개구리. 크로아는 글루룹스들의 주식이며, 신경을 거스르는 독특한 울음소리 때문에 쉽게 찾을 수 있다.

🐾 **크로우즈_** 향기가 짙은 야생 장미의 일종으로 꽃의 색깔이 다채롭다.

🐾 **크로크-르캥_** 아더월드의 바다 포식동물인 일종의 상어. 날카로운 이빨을 무기로 주저치 않고 크라켄을 공격한다. 크로크-르캥은 아더월드의 바다에서 크라켄과 함께 뱃사람들에게 위협적인 존재이다.

🐾 **크루이크크크_** 빨간 상아가 돋친 파란색 잡식성 포유류 동물. 성질이 포악한 것으로 알려져 있으며, 고기가 맛있어서 사육한다. 야생 크루이크크크 떼는 삽시간에 밭을 황폐하게 만들어놓는다. 그래서 아더월드의 농부들은 곡물을 지키기 위해 크루이크크크 퇴치 주문을 사용한다.

크르룩_ 바닷가재와 게의 잡종으로 집게발 열
개가 달려 있다. 아더월드 사람들이 즐겨 먹는다.

크리크리_ 보랏빛과 노란색의 메뚜기. 이 곤충들이
수풀 속에서 울기 시작하면 어찌나 요란한지 잠을 잘 수
가 없다.

키디코이_ 장난꾸러기 꼬마도깨비 파보들이 만들어낸 막대사
탕. 겉을 빨아 먹으면 속에서 예언 글귀가 나타난다. 이 예언은 항상
실현되지만 그 순간에는 당사자가 이해하지 못하는 경우가 대부분이
다. 모든 국가의 최고 마법사들은 그 기능을 이해하기 위해 신비한 키
디코이를 연구하고 있지만 성과를 얻지 못했다. 파보들이 그 비밀을
잘 지키고 있기 때문이다.

키마이라_ 아더월드 군주들의 고문관 역할을
하며, 사자 머리에 염소의 몸, 드래곤의 꼬리로 이뤄
져 있다.

타로데르_ 자는 동물의 살 속에 유충을 넣어서 번식하는 벌레.
타로데르에게 물리면 통증이 심하므로, 유충이 몸속으로 퍼지기 전
에 즉시 소독해야 한다. '타로데르 같다'고 하면 들러붙는 사람을 가
리키는 모욕적인 말이다.

타오르미_ 얼굴이 개미처럼 생긴 쥐인데 깨물면 굉장히 아프다. 개미집처럼 생긴 타오르미 굴 하나가 이동할 때 숲 전체가 쑥대밭이 될 수 있다. 타오르미는 아더월드의 동물이 좋아 하는 꿀을 생산하지만, 그 꿀을 얻으려면 목숨을 걸어야 한다.

타춤_ 노란색 꽃이며, 꽃가루는 아더월드의 후추로 사용된다. 자극성이 아주 강해서 타춤의 냄새를 맡으면 어떤 상태의 코든 뻥 뚫린다.

타크_ 초록색 또는 회색 쥐로 항구 주변에서 많이 발견된다. 타크들이 며칠 만에 배를 갉아 먹기 때문에 선원들이 아주 싫어한다.

타트롤_ 지구와 아더월드는 측량 단위가 서로 다르다. 타트롤은 킬로미터, 바트롤은 미터에 해당한다. 1트롤은 3미터, 1바트롤은 1미터 50센티미터, 1타트롤은 1킬로미터 500미터.

탈루디_ 눈이 셋 달린 모자 모양의 작은 동물이며 무엇이든 녹화하는 능력이 있다. 촬영한 것을 보려면 머리에 쓰면 된다.

테오디르_ 드래곤들이 즐겨 마시는 일종의 샴페인. 인간들은 부동액 맛을 느낀다.

🐾 **토예_** 마늘과 양파의 맛이 섞인 식물로 아더월드 사람들이 향신료로 사용한다.

🐾 **토쿨린_** 보석으로 이뤄진 꽃이며 수시로 색이 변한다. 보석-꽃은 아더월드에서 가장 아름다운 꽃이며, 위험한 파트로크 섬에서만 재배되기 때문에 구하기가 몹시 힘들다.

🐾 **톨리스_** 아더월드의 아몬드.

🐾 **트라둑_** 살코기와 털가죽을 얻기 위해 켄타우로스들이 키우는 동물. 악취를 풍기는 특성이 있어서 포식동물들로부터 자신을 보호한다. 그러나 트라둑의 냄새를 맡지 않기 위해 콧구멍을 막을 수 있는 늑대 크르르렉은 예외다. 아더월드에서 '병든 트라둑 같은 악취가 난다'라는 표현은 모욕으로 받아들여진다.

🐾 **트란를쿠르의 드루프_** 드루프는 남성의 생식기관을 가리키며, 트란를쿠르는 여신들이 특히 좋아하는 신이다.

🐾 **트리_** 작은 새로 아더월드의 숲에서는 루비 빛깔이고, 트롤들의

숲에서는 초록 빛깔이다. '트리이이이이' 하면서
우는 독특한 울음소리를 따서 붙인 이름이다.

🦅 **트리크로크**_ 표적을 정확하게 찾는 마법의 무기로
세 개의 치명적인 침이 달려 있다. 공격자가 표적을 죽이
고 싶은가, 잠들게 하고 싶은가에 따라 세 개의 침에 독이
나 마취제가 생성된다.

🦅 **트실**_ 살테렌스 사막의 벌레. 모래 속에 숨어서 동물이 지나가
기를 기다리다 동물에 들러붙어서 살갗이든 딱딱한 껍질이든 뚫어버
린다. 그 알들은 혈관을 침투해서 숙주의 몸속에 퍼진다. 100시간이
지나면 알들이 부화하며, 새로 태어난 트실들이 숙주의 몸을 먹는다.
아더월드에서는 트실로 인한 죽음이 가장 끔찍한 죽음 중
하나다. 이런 이유로 살테렌스 사막을 여행하는 사람은
거의 없다. 일반적인 트실에 대한 해독제는 존재하는 반
면에 금빛 트실에 대한 해독제는 없어서 공격을 받으
면 죽음을 면할 길이 없다.

🦅 **페가수스**_ 날개 돋친 말. 지능은 개의
지능에 가깝다. 발굽은 없지만 갈퀴발톱이 있
어서 어디든 쉽게 올라앉을 수 있다. 야생 페
가수스는 키가 무려 300미터까지 자라는 자
이언트 강철나무에 거대한 둥지를 짓고 산다.

포콩지르_ 아더월드의 포식동물로 날개를 회전시키는 놀라운 능력이 있다. 이름은 자이로스코프에 올라앉은 것 같은 모습에서 유래한다.

푸프푸프_ 발이 여섯 개 달리고 커다란 뚜껑이 있는 작은 상자로 아더월드의 청소기이다. 바닥에 떨어지는 모든 쓰레기를 집어삼킨다. 마법과 과학기술로 만들어 진 푸프푸프는 안드로메다은하의 블랙홀과 연결되는 작은 공간이동의 문을 통해 쓸모없는 쓰레기를 자동으로 배출한다.

프르루트_ 아더월드의 식충식물로 하이에나와 포식동물을 유인하기 위해 짐승의 썩은 고기 냄새를 피운다. 동물이 다가와서 촉수에 닿는 순간 꿀꺽 삼킨다. '트라둑처럼 악취가 난다'는 표현과 함께 '프르루트처럼 악취가 난다'는 표현도 많이 쓰인다.

플로프_ 맹독성의 하얗고 파란 개구리로 멘탈리르의 평원에서 볼 수 있다.

피크크크_ 이름이 가리키는 대로 피크크크는 흡혈파리처럼 피를 빨아 먹고 사는 아더월드의 곤충이다. 피크크크의 독침에 쏘이면 트라둑이나 모오오오우우우, 베에에는 몸속의 피를 다 토해낸다. 다행히 피크크크는 늪 주위에 서식하면서 알을 낳는다.

🐾 **하르퓌아_** 욕설로만 의사를 전달하는 여자 모습의 새. 매우 더러우며 산에서 생활한다. 갈퀴발톱에 있는 독은 해독제가 존재하지 않기 때문에 마법사들이 독을 사용하기 위해 많이 찾는다.

🐾 **호프호프_** 아더월드의 신기한 동물. 지구의 캥거루처럼 펄쩍펄쩍 뛰는데 어디서나 시종일관 그렇게 뛰어서 전진한다. 그래서 언제, 어디로 뛸지 종잡을 수가 없다. 아더월드에서는 몹시 흥분해서 펄펄 뛰는 사람을 보면 '호프호프처럼 돌았다'고 한다. 지구의 춤과 혼동하면 안 된다.

🐾 **흡혈파리_** 물리면 통증이 몹시 심하다. 많은 동물이 긴 꼬리를 발달시켜서 흡혈파리를 죽이는 데 사용한다.

🐾 **히드라_** 아더월드에는 머리가 세 개, 다섯 개, 일곱 개 달린 히드라가 있으며, 강이나 호수에서 산다.

632

랑코비트의 덩컨 가문 가계도

-5015년 파이초 25일(아더월드력)을 기준으로 작성-

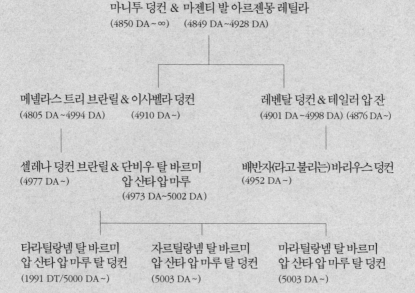

마니투 덩컨 & 마젠티 발 아르젠몽 레틸라
(4850 DA ~ ∞)   (4849 DA ~ 4928 DA)

메넬라스 트리 브란릴 & 이사벨라 덩컨
(4805 DA ~ 4994 DA)   (4910 DA ~)

레벤탈 덩컨 & 테일러 압 잔
(4901 DA ~ 4998 DA) (4876 DA ~)

셀레나 덩컨 브란릴 & 단비우 탈 바르미
(4977 DA ~)   압 산타 압 마루
                    (4973 DA ~ 5002 DA)

배반자(라고 불리는) 바라우스 덩컨
(4952 DA ~)

타라틸랑넴 탈 바르미
압 산타 압 마루 탈 덩컨
(1991 DT/5000 DA ~)

자르틸랑넴 탈 바르미
압 산타 압 마루 탈 덩컨
(5003 DA ~)

마라틸랑넴 탈 바르미
압 산타 압 마루 탈 덩컨
(5003 DA ~)

DA= 아더월드력
DT= 지구력

오무아 제국의 탈 바르미 압 산타 압 마루 가문 가계도

-5015년 파이초 25일(아더월드력)을 기준으로 작성-

'불의 주먹' 데미데루스, 오무아 제국의 시조
(—2984 DT~)

5000년 이후의 후손

오무아 여제
리스베스틸랑넴 & 다릴 크라투스
탈 바르미 압　　　(4950 DA~5005 DA)
산타 압 마루
(4970 DA~)

전 오무아 황제
단비우 탈 & 셀레나 덩컨
바르미 압　　　(4977 DA~)
산타 압 마루
(4973 DA~5002 DA)

**오무아 여제의 이복오빠,
이복형제 단비우를 계승한
현 오무아 황제**
산도르 탈 바르미 압 마르치
압 브레비스 (4958 DA~)

타라틸랑넴 탈 바르미
압 산타 압 마루 탈 덩컨
(1991 DT/5000 DA~)

자르틸랑넴 탈 바르미
압 산타 압 마루.탈 덩컨
(5003 DA~)

마라틸랑넴 탈 바르미
압 산타 압 마루 탈 덩컨
(5003 DA~)

DA= 아더월드력
DT = 지구력

타라 덩컨에 쏟아진 세계 언론의 찬사

기발한 아이디어, 서스펜스, 유머, 판타지로 넘치는 소피 오두인 마미코니안의 작품은 분명 마법 같은 매력을 발휘한다. 흥행의 귀재 스티븐 스필버그도 지대한 관심을 갖고 영화 제작을 신중하게 검토하는 중이다. 타라는 초인적인 능력을 가진 괴짜 소녀지만 타라를 탄생시킨 작가 역시 평범한 인물은 아니다. 작가 자신이 바로 아르메니아의 왕위 계승자로 추대되는 공주이기 때문이다. 「마취 드 파리」

한 번쯤 생각의 힘만으로 사물을 들어올리는 꿈을 꿔보지 않은 사람이 있을까? 마법사가 되기를 꿈꿔보지 않은 사람이 있을까? 현실을 벗어나 다른 세상으로 도망치는 꿈을 꿔보지 않은 사람이 있을까? 평범한 소녀가 아니라 마법사라는 사실을 막 알게 된 타라 덩컨과 함께 그 꿈이 이뤄진다. 「르 몽드」

아르메니아의 왕위 계승자 소피 오두인 마미코니안이 창조해낸 타라 덩컨, 상상을 초월하는 매혹적인 아더월드를 탐험하러 떠나다. 책을 펼치는 순간 신나는 마법의 세계에 빠져서 책을 손에서 놓으려면 강력한 주문이 필요할 것이다. 「렉스프레스」

타라 덩컨은 치마 두른 해리포터가 아니다. 어린 독자들만 매료시키는 것이 아닌 이 놀라운 책에 작가는 상상 세계의 영역을 확장했다. 「르 쿠리에 프랑세」

어린이들의 영상 세계(텔레비전, 영화)를 참조하면서 많은 공상소설에서 빌려온 수많은 요소를 뒤섞어놓은 듯한 타라 덩컨 시리즈는 어린 독자들에게 이보다 더 유쾌하고, 재미있는 기쁨을 줄 수 없을 것이다. 「피가로」

사건의 변화가 많고 유머러스하고 흥미로운 이야기들로 가득 찬 호감이 가는 작품이다. 첫 독자였던 두 딸들과 환상적인 커플이 되어 작가는 아더월드라는 마법 세계의 지도와 독특한 어휘와 함께 상상을 초월하는 세계를 펼쳐놓았다. 해리포터의 누이동생의 이야기를 읽는 것 같다. 하지만 프랑스 문화 속에서 성장한 작가는 닫힌 공간에 특권을 주는 영국의 완곡 어법보다는 미국 문학의 과장법과 광활한 공간에 매료되어 있다. 「라 리브르」

이 소설 십여 페이지에서 영화 3편을 찍을 수 있을 거라고 한 어느 감독의 말이 결코 지나친 과장은 아닐 듯하다. 10권 시리즈의 제1권은 어린 독자들을 서스펜스와 판타지, 유머, 우정이 마음을 사로잡는 공상의 세계로 유혹한다. 「프랑스 수아르」

마법사이자 모험가인 열두 살 소녀, 타라 덩컨. 해리포터와 반지의 제왕이 뒤섞인 듯한 손에 땀을 쥐게 하는 흥미진진한 소설, 이건 이제 시작일 뿐이다. 「라 리베르테」

「타라 덩컨」 9권 이후 무슨 일이 벌어지는지 궁금하세요?
그럼 iPhone/iPod touch의 앱에 들어가보세요.
새로운 타라 덩컨 이야기가 영상 및 음악과 함께 펼쳐집니다.
Byook이 제공하는 독특하고 놀라운 세계를 지금 경험해보세요!

앱 스토어 검색창에 'Tara Duncan'을 입력해서 다운로드하세요.
혹은 스마트 폰에서 QR코드를 찍어보세요.

byook.com/tara-kr

🌞 소피 오두인 마미코니안
Sophie Audouin-Mamikonian

아르메니아 왕위 계승자인 소피 오두인 마미코니안은 파리의 아사스 대학에서 법학을 전공했으며, 두 딸을 둔 어머니이다. 할머니와 어머니에게 러시아의 독특한 이야기를 들으며 자란 그녀는 열두 살 때 복막염을 앓으면서 꼼짝할 수 없게 되자 시간 죽이기 요량으로 처녀작 「상들리에, 황금 불사조」를 썼으며, 15,000여 권의 공상과학 소설을 읽은 독서광이기도 했다. 15년이라는 오랜 작업 끝에 1권이 출간된 『타라 덩컨』의 주인공 소녀는 두 딸의 성격을 합해서 만들어낸 캐릭터라고 한다. 캐나다, 일본 등 26개국에서 번역된 『타라 덩컨』 시리즈는 2015년 12권으로 완결될 예정이다. 그 외 작가의 주요 작품으로 『뚱보들의 저녁식사』, 『인디아나 텔러』 시리즈 등이 있다.

🌙 옮긴이 이원희

프랑스 아미앵 대학에서 「장 지오노의 작품 세계에 나타난 감각적 공간에 관한 문체 연구」로 석사학위를 받았다. 현재 전문 번역가로 활동 중이며 역서로는 아민 말루프의 『사마르칸트』와 『마니』, 앙리 지델의 『코코 샤넬』, 생텍쥐페리의 『야간비행』, 칼릴 지브란의 『예언자』, 다이 시지에의 『발자크와 바느질하는 중국소녀』, 장 크리스토프 뤼팽의 『붉은 브라질』, 안니 뒤페레의 『파티』, 기욤 프레보의 『시간의 책』(전 3권), 피에르 보테로의 『에윌란의 모험』(전 3권) 등 다수가 있다.

Illust 스튜디오 가게 studiogage.com